La historia de mi vida

LUCY SCORE

La historia de mi vida

Traducción de
Eva Carballeira Díaz

Papel certificado por el Forest Stewardship Council®

Título original: *Story of My Life*
Primera edición: mayo de 2025

© 2025, Lucy Score
Publicado por acuerdo con Bookcase Literary Agency
© 2025, Penguin Random House Grupo Editorial, S. A. U.
Travessera de Gràcia, 47-49. 08021 Barcelona
© 2025, Eva Carballeira Díaz, por la traducción
Imágenes de interior: © oknebulog / iStock / Getty Images Plus via Getty Images
y © Valeriia Soloveva / iStock / Getty Images Plus via Getty Images

Penguin Random House Grupo Editorial apoya la protección de la propiedad intelectual. La propiedad intelectual estimula la creatividad, defiende la diversidad en el ámbito de las ideas y el conocimiento, promueve la libre expresión y favorece una cultura viva. Gracias por comprar una edición autorizada de este libro y por respetar las leyes de propiedad intelectual al no reproducir ni distribuir ninguna parte de esta obra por ningún medio sin permiso. Al hacerlo está respaldando a los autores y permitiendo que PRHGE continúe publicando libros para todos los lectores. De conformidad con lo dispuesto en el artículo 67.3 del Real Decreto Ley 24/2021, de 2 de noviembre, PRHGE se reserva expresamente los derechos de reproducción y de uso de esta obra y de todos sus elementos mediante medios de lectura mecánica y otros medios adecuados a tal fin. Diríjase a CEDRO (Centro Español de Derechos Reprográficos, http://www.cedro.org) si necesita reproducir algún fragmento de esta obra.
En caso de necesidad, contacte con: seguridadproductos@penguinrandomhouse.com

Printed in Spain – Impreso en España

ISBN: 978-84-666-8081-3
Depósito legal: B-4625-2025

Compuesto en Llibresimes

Impreso en Black Print CPI Ibérica,
Sant Andreu de la Barca (Barcelona)

BS 80813

*A Flavia y a Meire, las mejores agentes
del mundo y mis mayores animadoras.
¡Muchísimas gracias por todo!*

1

Un jarrón de vino y un tirón de orejas

Hazel

El alterado trío de mujeres vestidas de traje y con cafés expresos triples de al lado de la ventana conspiraba con entusiasmo para cargarse a un tal «Bernard» en las auditorías. O puede que solo pensaran denunciarlo a Recursos Humanos. Era difícil oírlas por encima del bullicio habitual de la cafetería.

Los dos hombres de mi derecha, que lucían sendas alianzas idénticas, discutían apasionadamente sobre el espacio del armario. En el resto del mundo, la mayoría de los divorcios giraban en torno a cuestiones como el dinero, los hijos y la monogamia. En Manhattan, apostaría la cabeza a que el espacio en el armario estaba entre las cinco primeras.

Y la camarera estaba tan aburrida que, como tomara y sirviera pedidos con más desgana, caería en coma.

«¿Coma?», escribí en una página del cuaderno. ¿Una mujer recién despertada de un coma sería una buena candidata para un flechazo? Fruncí el ceño y di unos golpecitos en la mesa con el bolígrafo. De un coma no muy largo, obviamente. Habría que abordar problemas como los pelos en las piernas, la caspa y un aliento atroz.

«Mierda». Me tapé la boca con la mano e intenté olfatear sutilmente si había recordado lavarme los dientes por la mañana. Pues no. Tampoco me había afeitado las piernas… ni duchado… ni peinado… ni me había acordado de comprar desodorante para poder ponérmelo.

La antigua Hazel solo se habría atrevido a salir de casa con esa pinta —y ese olor— si la hubiera pillado el toro con un plazo de entrega. Pero la Hazel actual se movía a hurtadillas entre las sombras del mundo real como un ratoncito desaliñado, la mayoría de las veces.

—Buf. ¿Por qué es tan difícil? —murmuré. La pareja con problemas de armario me miró de reojo—. Jeje. ¿Diría eso ella? —añadí. Las miradas de reojo se convirtieron en expresivas cejas levantadas y en un acuerdo tácito de abandonar inmediatamente la mesa que estaba al lado de la pirada—. Tranquilos. Soy escritora. Se supone que es normal que hable sola en público —les expliqué rápidamente mientras ellos cogían los cafés e iban hacia la puerta, escaqueándose bajo la humedad sofocante de agosto.

Gemí y me llevé las manos a las mejillas, estrujándolas para poner cara de pez. El caballero de la camiseta de tirantes de Lenny Kravitz que se había montado en la mesa su propia tienda de tecnología, levantó la vista por encima de las gafas bifocales.

Aparté las manos de la cara y le dediqué lo que esperaba que fuera una sonrisa humana. Él volvió a centrarse en sus dos móviles y el iPad mientras yo me limpiaba las palmas de las manos en los pantalones cortos. Tenía la piel asquerosa, grasienta y descamada al mismo tiempo, aunque pareciera una combinación imposible. ¿Cuándo había sido la última vez que había completado mi rutina de cuidado facial, en vez de meter la cabeza debajo el grifo y andando? Mejor dicho, ¿cuándo había sido la última vez que había completado algo?

Bueno, la noche anterior me había zampado todo el *pad thai* que había pedido para llevar. Eso contaba, ¿no?

Eché un vistazo a la cafetería en busca de algún rastro de la inspiración o la motivación que en su día me habían convertido en una adulta productiva, pero no estaba por ninguna parte. Suspirando, escribí «coma», «enemigos acérrimos» y «canoas». Lo último se lo había oído decir a una animada pareja de jubilados irlandeses que parecían recién salidos de una tienda de ropa de montaña. Habían pedido unos tés matcha y unos bollos sin gluten antes de largarse con sus botas de *trekking* a juego.

Según el reloj de la pared, ya era hora de dejarlo. Llevaba allí tres horas y lo único que había conseguido era un vaso vacío de café con hielo con mi nombre escrito. Estaba segura al ochenta por ciento de que había sido mi subconsciente el que había oído gritar a la camarera: «¡Un café con leche, hielo y vainilla para la fracasada!».

Con uno de esos gemidos que emiten las personas mayores al levantarse de las sillas en casa, me puse en pie. Claramente llevaba demasiado tiempo pudriéndome en mi apartamento si no era capaz de recordar la diferencia entre los sonidos «para la intimidad del hogar» y los «autorizados en presencia de otras personas». Recogí mis bártulos de escritora —cuaderno, bolígrafo, portátil y teléfono— y salí al calor.

Sentí que el tamaño del pelo se me duplicaba antes de llegar al final de la manzana y estaba a punto de levantar las manos para volver a aplastármelo, cuando un tío de metro noventa con un traje de Ralph Lauren a medida me arrolló mientras profería una sarta de insultos por el móvil, a cada cual peor.

Zoey lo habría tachado de financiero casposo y le habría soltado alguna pullita. Me refería a la misma mujer que, definitivamente, iba a matarme cuando descubriera que aún no tenía nada. Ni capítulos ni borrador ni ideas. Estaba viviendo una situación terrible, como la de *Atrapado en el tiempo*, en el que cada día era igual que el anterior. Solo que, a diferencia de Bill Murray, yo todavía no había encontrado un objetivo.

Cuando llegué a casa, mi vecina, cuyo nombre desconozco, no debió de oírme con los ladridos de los dos yorkshires cuando le pedí que no cerrara la puerta del ascensor. Subí arrastrándome los cuatro pisos hasta mi apartamento y entré.

El estado de mi casa reflejaba el estado de mi cabeza. Para ser exactos, era un vertedero cochambroso. El que en su día había sido un piso «precioso» e «impoluto» de dos dormitorios en el Upper East Side parecía ahora un mercadillo de asquerosidades recién inaugurado por un habitante de los pantanos.

—Confirmado: soy una de esas personas que pierden la cabeza y empiezan a acumular sobrecitos de salsa de soja y correo comercial —me dije a mí misma en voz alta. Había montones sin orden ni concierto de cartas y papeles por todas partes. Los libros estaban desparramados por las estanterías de nogal macizo y tirados por el suelo en pilas desordenadas. La microscópica cocina apenas se veía bajo los ocho pisos de platos sucios y envases vacíos de comida para llevar. En las paredes, recubiertas por un recargado papel que en su día me había parecido monísimo, ahora solo había premios enmarcados y recuerdos de vidas pasadas. Me vengo arriba por un momento—. ¿Y si la protagonista tuviera síndrome de diógenes? Puaj. No. No es nada sexy y mucho menos higiénico.

La antigua Hazel nunca se habría permitido caer tan bajo. Había muchas cosas que la antigua «yo» habría hecho de forma diferente. Pero ella estaba muerta y enterrada. D. E. P., Hazel.

Fui a la habitación para cambiarme los pantalones cortos de «me voy al gimnasio» por los pantalones cortos de «cuántos agujeros en la entrepierna son demasiados». Era hora de volver al trabajo... o al menos de pasar otro rato fustigándome por haberme convertido en la escritora de novela romántica más triste del mundo.

Refunfuñé al oír que llamaban a la puerta.

—¿Qué parte de «entrega sin contacto» no has entendido? —murmuré, levantando el culo del sofá. La puntera de la zapatilla se me enganchó en la pata de la mesa de centro y una cascada de cartas sin abrir cayó al suelo.

Busqué el cinturón del albornoz, pero no lo encontré. Como no llevaba sujetador ni camiseta, me crucé las solapas para taparme las tetas y abrí la puerta.

—Estás hecha un asco.

La mujer de pelo rizado y traje sastre rojo venía a entregar una crítica, no comida china.

Solté el albornoz y me crucé de brazos.

—¿Qué haces aquí, Zoey? Soy una persona muy importante y estoy muy ocupada.

La invitada no deseada entró con decisión sobre sus impresionantes tacones de diez centímetros, envuelta en una tenue nube de perfume caro. Zoey Moody, agente literaria, amante de la moda y mi mejor amiga desde tercero de primaria, sí sabía hacer una entrada triunfal.

Cerré la puerta y apoyé la espalda contra ella. Solía quedar con Zoey en su casa o en sitios en los que servían alcohol, lo que me permitía tener el piso como una indigente.

—¿Ocupada? ¿Haciendo qué? ¿Pudriéndote? —me soltó, cogiendo una caja de pizza grasienta que estaba en equilibrio perfecto sobre una montaña de platos sin lavar.

Se la quité de las manos e intenté meterla en el cubo de basura de la cocina, pero estaba hasta arriba y rechazó la nueva incorporación.

—No me estoy pudriendo. Estoy... desarrollando la trama —mentí.

—Llevas desarrollando la trama un año.

Me rendí y tiré la caja al suelo, al lado del cubo.

—¿Sabes quién piensa que escribir un libro es fácil? La gente que nunca ha escrito uno.

—Ya lo sé, los escritores son flores delicadas y creativas que necesitan cuidados y riego constantes y todo ese rollo. Pues ¿sabes qué? Que los agentes también necesitamos cosas. Yo, por ejemplo, necesito que mis clientes me contesten al puto teléfono. ¿Sabes siquiera dónde está el tuyo?

—Por ahí —dije, señalando todo el apartamento en general.

Zoey me miró con el ceño fruncido y haciendo un mohín con sus labios rojos.

—¿Cuándo fue la última vez que saliste a cenar? ¿O a tomar el aire? ¿O, no sé, que te duchaste? —Sus rizos rubios rojizos vibraron dentro de la trenza que se había hecho.

Levanté un brazo y me olí el sobaco. Mierda. Se me había vuelto a olvidar pedir el desodorante.

—Me recuerdas a mi madre cuando yo era pequeña, diciéndome que me dejara de tanto libro y saliera a socializar —refunfuñé—. Mi adolescencia le pilló entre los maridos dos y tres, por si estabas haciendo cálculos.

— 15 —

—Yo no soy tu madre. Soy tu agente y a veces tu amiga. Y, como ambas cosas, tengo que decirte que has descendido oficialmente al nivel de soltera deprimida.

—Querrás decir de solterona.

Zoey levantó un calcetín manchado de salsa de soja.

—¿Cuántas solteronas conoces que vivan como si estuvieran en el vestuario masculino de un instituto?

—Vale, tranqui. A ver, tampoco es que haya caído en un pozo de depresión y bloqueo del escritor antisocial para divertirme —le recordé.

Zoey abrió la nevera y se arrepintió de inmediato de la decisión.

—Ahí dentro están creciendo cosas.

—Iba a decírtelo. Me he estado dedicando a la agricultura urbana en mis ratos libres. —Cerré la nevera de golpe.

—Pues vas a tener mucho más tiempo libre, como no te pongas las pilas —me soltó Zoey amenazadoramente.

Pasé por delante de ella y me agaché para meter un brazo en el armario de la diminuta isla de madera. Varios segundos y un tirón en el cuello después, acabé encontrando una botella de vino y la saqué.

—¿Un vinito?

—No pienso consumir nada en este apartamento. No tengo tiempo para una infección por estafilococos. Dime que al menos estás escribiendo algo.

—Sí, claro. Voy por ahí cagando capítulos.

—No caerá esa breva —murmuró Zoey.

—Corta el rollo. ¿Qué haces aquí un jueves a mediodía, Zo?

Mi agente y mejor amiga se acercó a las ventanas del salón y abrió de un tirón las pesadas cortinas. Señaló las luces del edificio de al lado.

—Son las siete de la tarde y es lunes.

Fingí estar sorprendida y añadí un dramático gritito ahogado, solo por diversión.

Ella puso los ojos en blanco al darse cuenta de que la estaba vacilando.

—No se puede ser más petarda.

—Ya, pero me quieres igual. Por cierto, me gustaría recordarte que tengo treinta y cinco años. No necesito que me protejas como si fueras mamá pato. —Hacía tanto que nos conocíamos, que ninguna de las dos recordaba ya desde cuándo. Habíamos pasado juntas por ortodoncias, vestidos de graduación, giras promocionales, listas de libros más vendidos... y todo lo que había venido después.

—Tienes treinta y seis años. —Parpadeé sorprendida y me puse a calcular—. ¿No te acuerdas de tu cumpleaños? Me dijiste que ibas a pasar el fin de semana escribiendo en un Airbnb de Connecticut, y cuando me pasé por aquí para dejarte un ramo de flores y una tarta, te encontré con la misma sudadera de hacía un mes pegándote un atracón de *Las chicas de oro* y te saqué de casa a rastras para ir a tomar una copa de vino y más tarta.

Genial. Ahora me olvidaba de mis cumpleaños.

—Hablando de vino...

—Abrí el armario que estaba junto a la nevera, pero no había ni una triste copa. Rebusqué sin ganas entre los platos que había dentro del fregadero y alrededor de él. ¿Qué era aquella cosa azul que crecía en los laterales de aquel cuenco?

Entonces vi un jarrón chato, ancho y, lo más importante, limpio, y desenrosqué el tapón para echar el vino en él.

—Llevas puesto un albornoz con manchas de salsa marinara en un apartamento oscuro y sucio y estás bebiendo vino con tapón de rosca en un jarrón —dijo Zoey.

—Una buena editora diría que eso es explicar, no narrar. —Bebí un trago exagerado de vino.

—Yo no soy tu editora. Soy tu agente y necesito que espabiles.

Se trataba de una versión más agresiva del mensaje que Zoey me había estado transmitiendo durante los últimos meses. Eso despertó mis sospechas.

—¿Qué problema hay ahora?

—Vengo de una reunión.

—De ahí el traje de «no me toques el coño».

—Que no tiene nada que ver con el vestido de «por favor, tócame el coño». Me he reunido con tu editora Mikayla, de Royal Press, y me ha trasladado algunas preocupaciones muy preocupantes —dijo, metiendo la mano bajo el fregadero de la cocina para sacar una bolsa de basura nueva. La abrió con un violento chasquido.

—No te ofendas, pero menos mal que la escritora soy yo y no tú. Además, ¿quién narices es Mikayla? Mi editora se llama Jennifer.

Zoey metió en la bolsa un envase medio vacío de arroz frito pasado.

—Despidieron a Jennifer y a la mitad del departamento hace seis meses. Mikayla era más joven y, por lo tanto, más barata.

—¿Al menos lee novela romántica?

—Es más de ficción femenina y thriller psicológico.

—Ah, entonces fijo que nos entiende fenomenal a mí y a mis romances ambientados en pueblos pequeños.

—Pues a lo mejor lo haría, si por fin le entregaras un manuscrito —replicó Zoey.

—Perdona, ¿qué ha sido de la fase «tómate tu tiempo, has pasado por algo muy traumático»?

—Esa fase caducó hace como seis meses y desde entonces estás viviendo del cuento. En pocas palabras, *Granjera Último Modelo* urbana: como no cumplas el siguiente plazo, Royal Press te va a cancelar el contrato.

Me reí y empecé a meter bolsas de comida para llevar en otra bolsa de basura.

—Muy bueno. Como si pudieran hacer eso.

—Pueden hacerlo y no se lo pensarán dos veces. Me han hablado del contrato, lo que significa que ya han hecho que el Departamento Legal lo revise. Has incumplido el plazo de entrega ampliado. Otra vez.

—Me estoy recuperando. No pueden esperar que…

—Hazel, firmaste en la línea de puntos hace doce meses —me dijo Zoey con dulzura—. Tu editora ha tenido el detalle de retrasar los plazos de entrega tres veces. Y esta última ni siquiera te has molestado en inventarte alguna mentira para tranquilizarlos. Simplemente no les has entregado nada. Y ¿sabes qué impresión nos da eso a los que trabajamos en el mundillo editorial?

—No, pero seguro que me lo vas a decir.

—Nos da la impresión de que estás acabada. Que eres otra autora quemada que no da para más. Una de esas personas que hablan de que antes escribía libros.

—Qué dramática eres. ¿Y qué van a hacer? ¿Despedirme? Los lectores los odiarán por rematarme cuando he tocado fondo.

Zoey metió una bolsa de plástico entera en la basura.

—¿Qué lectores, Haze?

—Mis lectores. —Le di una sonora sacudida a la bolsa.

—¿Los lectores a los que has ignorado? ¿Los lectores a los que no te has molestado en responder? ¿Los lectores que han pasado a leer a autores que siguen publicando?

Le arrebaté la bolsa llena de aquellas manos innecesariamente dramáticas y le hice un nudo.

—En serio, ¿qué mosca te ha picado hoy?

Zoey me miró fijamente.

—Hazel, antes eras una de las autoras de comedia romántica más vendidas.

—¿Antes? Ese traje te hace ser malísima.

—Hasta que dejaste que alguien te comiera la cabeza. Y mírate ahora.

La verdad es que no tenía ningunas ganas de hacerlo.

—Haze, como falles esta vez, olvídate —dijo Zoey.

Metí en la bolsa un montón de folletos de comida para llevar que había usado para limpiar algo que se me había caído, mientras fingía que no se me helaba la sangre.

—No pueden hacerlo. Ni de coña. He escrito nueve libros para su editorial. Siete de ellos éxitos de ventas. He hecho un montón de giras promocionales. Los lectores siguen escribiéndome correos electrónicos pidiéndome más libros. —O al menos lo hacían, la última vez que consulté mi cuenta de correo de trabajo.

—Ya, bueno, pues justo eso es lo que te está pidiendo tu editora. La novela de *Spring Gate* que estás obligada a escribir por contrato. Sabes tan bien como yo que, para un editor, un autor vale tanto como su próximo libro. Y tú no tienes ninguno.

Zoey sacó otra bolsa de basura, abrió de nuevo la nevera y

— 19 —

contuvo la respiración mientras la llenaba de ensaladas de bolsa podridas y salsas caducadas.

No sabía cómo decirle que *Spring Gate* estaba muerto para mí. Que el mero hecho de pensar en volver a esa serie que antes adoraba y que había hecho despegar mi carrera hacía que se me revolviera el estómago.

¡Uy! ¿Y si la heroína trabajaba de limpiadora y el héroe la contrataba para vaciar la granja de un pariente que acababa de morir? Sería menos desagradable si la guarra fuera otra persona, ¿no? Además, así podría meter por el medio una renovación total de la casa para reforzar la evolución del personaje. Ya podía imaginármela llevando cosas al contenedor con un pañuelo ideal en la cabeza y las mejillas manchadas de mugre.

—No puedo controlar el proceso creativo, ¿vale? —dije, cogiendo el cuaderno más cercano. «Limpiadora». «Contenedor de basura». «Cara sucia». Este libro prácticamente se estaba escribiendo solo.

Zoey me miró por encima de la puerta de la nevera.

—Si lo dices en serio y de verdad no piensas cumplir el plazo de entrega, tendrás que empezar a pensar en el Plan B.

—¿Y cuál es ese Plan B, exactamente? —le pregunté.

—Empezar a preparar un currículum.

Abrí los brazos, retando a Zoey a que se fijara en mis pantalones cortos llenos de agujeros, mis calcetines desparejados y mis zapatillas de conejos rabiosos.

—¿Te parece que tengo pinta de buena empleada?

—Para nada.

Apreté los puños a los costados.

—Bueno. Escribiré, ¿vale?

Ella cerró la nevera y me miró fijamente con sus ojos verde bosque.

—Hace meses que no te oigo reír. ¿Al menos recuerdas cómo ser graciosa?

—Si soy divertidísima. Hoy mismo se me ha enganchado el albornoz en la puerta del ascensor y la señora Horowitz me ha visto en pelotas. —En realidad, el suceso se había producido hacía más de una semana, porque había sido la última vez que había sacado la basura. Pero ser divertida no consistía en ser precisa. Consistía en saber elegir el momento oportuno.

—¿Son importantes? —Zoey levantó un taco enorme de hojas con la marca del culo de una taza de café en la primera página.

Se las quité de las manos.

—No —mentí, dejándolas encima de la nevera.

—También estoy oyendo cosas en la oficina —dijo ella, cambiando de tema.

—A lo mejor está embrujada.

¿Qué tal una comedia romántica en un pueblito con un toque paranormal? ¿Y si el héroe viera fantasmas? ¿O si la heroína que limpiaba la casa descubriera un zombi? Un momento. Eso no era paranormal.

—Les preocupa la relevancia. —Eso me hizo volver a la realidad.

Fingí una buena arcada.

—Sabes que odio esa palabra.

—Ya, bueno, pues ya puedes ir convirtiéndola en tu mantra, porque no quiero que me obliguen a largarte.

—¿Quieres dejarme tirada? ¡Zoey! ¿Después de todo lo que hemos vivido juntas? ¿Después de que Zack Black nos invitara a las dos al baile del instituto? ¿Después de la gastroenteritis de Vancouver? ¿Después de que perdiéramos el vuelo a Bruselas, hiciéramos autostop, acabáramos en el autobús de un grupo punk de Ámsterdam que estaba de gira y escribieran una canción sobre nosotras?

Zoey levantó una mano.

—¡Yo no quiero dejarte tirada! ¡Quiero ser tu agente y ganar mucho dinero contigo, pero ahora mismo no me lo estás poniendo nada fácil!

—Ya lo sé —dije con voz lastimera.

—Mira, Haze. No quiero ser hija de puta, pero nunca habías vendido menos desde que empezaste a escribir. Hace siglos que los lectores no saben nada de ti. Hace más de un año que no envías una *newsletter*. Tu última actividad en las redes sociales fue cuando te hackearon la cuenta y la Hazel falsa empezó a enviar mensajes a tus seguidores pidiendo «ayuda económica para un trasplante de riñón de última generación».

—¿Eres así de arpía con todos tus clientes?

—Contigo el tacto no funciona. Necesitas mano dura. O al menos antes era así.

—Madre mía. ¿Cómo puedes ser tan dramática? Venga, vale. Iré a la cosa esa.

Zoey dejó la bolsa de basura llena encima de la otra bolsa de basura llena que estaba encima del cubo de basura lleno.

—¿A qué cosa?

Levanté el jarrón de vino.

—A esa firma a la que había dicho que no.

Zoey tamborileó con las brillantes uñas rojas sobre la isla de madera y se me quedó mirando.

—Algo es algo, pero ya te digo que no va a ser suficiente.

Metió la mano en su elegante maletín y sacó dos carpetas gordísimas, que puso sobre la encimera ya casi vacía con un golpe seco.

—Échale un vistazo a esto.

Exhalé un suspiro.

—Ahora que has acabado de ponerme las pilas, ¿te apetece un jarrón de vino?

—No ingeriría nada en este piso aunque apareciera Pedro Pascal y se ofreciera a dármelo con cuchara.

2

Los pantalones que hacen culazo

Hazel

—¿Bolígrafos?

—Sí —dijo Zoey, dándole una palmada a la maleta de ruedas mientras íbamos a toda prisa hacia el Salón B del hotel Hoight.

Mi desastroso intento de peinarme yo misma nos había retrasado. Odiaba llegar tarde, sobre todo cuando ya estaba nerviosa. Era mi primer evento con otros autores y me preocupaba que mi sistema digestivo se rebelara.

Esquivamos a un grupo de mujeres emocionadísimas con acreditaciones colgadas del cuello y camisetas hechas en casa en las que profesaban su amor por diversos galanes literarios. Ninguna reparó en nosotras al pasar.

—Un momento. ¿Unos bolígrafos cualesquiera, o mis bolígrafos especiales? —le pregunté.

—Una vez. Una única vez aparecí con un paquete de rotuladores y sigues echándomelo en cara.

—No has respondido a mi pregunta.

—Sí. He traído tus bolígrafos especiales, esnob de los artículos de escritura —replicó Zoey.

—Ah..., vale. ¿Cuántos asistentes se esperan? —pregunté, devanándome los sesos en busca de información relacionada con la firma.

—Seiscientos.

Me detuve en seco y mi coleta de emergencia se sacudió.

—¿Seiscientos? ¿Como quinientos, pero con cien más?

—Una vez había estado en una firma con doscientos cincuenta lectores, pero había sido en la presentación del cuarto libro de *Spring Gate*, que había resultado ser el punto culminante de mi carrera… y de mi autoestima. Era una pena que el universo no te avisara cuando estabas en los mejores años de tu vida.

Zoey me agarró del brazo y tiró de mí hacia adelante.

—Qué bien se te dan las matemáticas. Estás muy sexy cuando haces cuentas. Relájate. No han venido todos a verte a ti. Este sitio está petado de autores jóvenes y relevantes que sí están publicando libros.

—Qué bien. Veo que hoy te has vuelto a poner los pantalones de arpía.

—En realidad son los pantalones que hacen culazo. —Se dio la vuelta y señaló su trasero. No se equivocaba.

—Pues los pantalones que hacen culazo también te hacen ser una arpía —le informé—. Tenemos los libros, ¿no?

—La editora los ha enviado esta mañana.

—¿Cuántos?

Zoey vaciló solo medio segundo de más, pero cuando alguien se conocía tan bien como nosotras, medio segundo era suficiente. Me puse delante de ella de un salto y chocó contra mí.

—¡Ay! ¿Cuántos, Zoey?

—Cincuenta.

Sentí que mis cejas salían volando. Mierda. Mis cejas. Debería habérmelas repasado con las pinzas, pero ya era demasiado tarde.

—¿Cincuenta? ¿Cinco cero?

Zoey sacudió la cabeza y sus rizos rebotaron irritados.

—Sabía que ibas a flipar.

—No estoy flipando —declaré, con una vocecita de teleñeco aguda y asustada.

Ella me esquivó y continuó andando. Empecé a trotar para seguirla y me quedé sin aliento en tres metros. Mierda. ¿Cuándo había sido la última vez que había ido al gimnasio?

—¿Tengo que recordarte que te apuntaste *in extremis*? —me dijo, mirando hacia atrás.

—¡Ya, pero aquí hay seiscientas personas! ¿Y si nos quedamos sin ejemplares en una hora?

—Pues empiezas a firmar partes del cuerpo y niños pequeños. —Zoey usó su culazo para abrir una puerta en la que ponía «Solo para empleados».

—No quiero decepcionar a ningún lector. —Tampoco quería pensar en lo que significaba que la editora solo pudiera conseguirme cincuenta ejemplares. Zoey me lanzó una mirada siniestra—. Vale. No quiero decepcionar a los lectores más de lo que ya lo he hecho.

—Esa es la actitud.

La firma era en el Salón B, una sala de hotel normal y corriente con moqueta estampada con flores de lis doradas y paredes de paneles móviles. Las mesas de los autores se encontraban alrededor de la sala y por el centro, en dos hileras rectas.

—Caray. Esto es enorme —dije, echando un vistazo al espacio mientras seguía a Zoey.

Nos abrimos paso entre la multitud de autores y asistentes que daban los últimos retoques a sus mesas. Todo el mundo iba de punta en blanco, lo que hizo que me sintiera todavía más desaliñada de lo que me había sentido delante del espejo aquella mañana, con los vaqueros, las zapatillas de deporte y el jersey holgado. Había paredes de globos, serpentinas y pancartas enrollables con frases en colores llamativos del tipo «apasionantes héroes alfa» y «tan ardiente que hará que te derritas».

—¿Desde cuándo a todo el mundo se le da tan bien el marketing? —pregunté.

—Aquí hay un montón de autores independientes. Se les da de lujo lo de la imagen de marca. Y el resto hay que agradecérselo a las redes sociales. El Scroll Life ha revolucionado la forma de vender libros —dijo Zoey, saludando a uno de los vendedores de libros al pasar por delante de su stand.

—¿Qué narices es el Scroll Life?

Ella suspiró.

—A veces no sé qué voy a hacer contigo.

Me sentía como Rip van Winkle abriendo los ojos tras una larga hibernación. Busqué caras conocidas en la sala, pero no encontré ninguna. Todo el mundo parecía... jovencísimo. Y lleno de energía. ¿Es que yo era la única escritora cansada y avinagrada que había allí?

—¿Y esos que van sin camiseta? —le pregunté a Zoey al pasar por delante de un puesto no con uno, sino con dos tíos supercachas.

—Modelos de cubiertas —me explicó ella, dejando la maleta delante de una mesa encajonada entre una escritora de novelas románticas oscuras y góticas con una melena impresionante a lo Morticia y una joven autora de comedia romántica disfrazada de ardilla. La ardilla me saludó. Yo le devolví el saludo.

—Qué fuerte. No puedo creer que haya estado perdiéndome esto durante tantos años.

—Otra cosa de la que podemos culpar a Jim —dijo Zoey, dejando la maleta delante de la mesa vacía. Me quedé inmóvil, con el aire atascado en los pulmones. Ella puso cara de circunstancias—. Perdona, que me he despistado. Quiero decir «al que no debe ser nombrado».

Negué con la cabeza mientras se me secaba la boca y se me cerraba la garganta. ¿Se podía ser alérgica al sonido del nombre de alguien?

—No pasa nada. Venga, manos a la obra. —Fingiría que tenía la energía y el entusiasmo que me faltaban.

En cuestión de minutos teníamos el libro y los productos promocionales a punto, los bolígrafos organizados, la pancarta enrollable de una «yo» más joven y menos hecha polvo desplegada, y el café y la Pepsi Wild Cherry en el estómago.

«Cinco minutos para la apertura de puertas», dijo una voz incorpórea por el altavoz.

El pánico fue instantáneo.

—Ay, Dios. No sé si podré hacerlo. Él siempre decía que estos eventos eran como estampidas humanas —murmuré, aferrándome a la mesa con ambas manos.

—Ya, bueno, también decía que las novelas románticas eran «obscenidades baratas para complacer al populacho». ¡Ay, mierda! —gritó Zoey, tirando el cúter. Se agarró la mano izquierda por la muñeca mientras empezaba a salir sangre de un corte superficial que se había hecho en el dedo corazón.

—Eres la agente más propensa a los accidentes de la historia de los agentes —refunfuñé. Rebusqué en el bolso y saqué el minibotiquín de primeros auxilios que siempre llevaba para cuando Zoey se ponía en plan Zoey y empezaba a sangrar.

—¡Ay! —se quejó ella mientras le pasaba una gasa con alcohol por el corte.

—No seas quejica —le dije cariñosamente, poniéndole una tirita—. Al menos nos hemos quitado de encima el primer derramamiento de sangre antes de tener una cola de lectores. ¿Te acuerdas en Beaver Creek, cuando manchaste de sangre toda aquella caja de encargos?

—Voy a ignorar ese recuerdo para recordarte que, aunque puede que ahora no te sientas así, eres Hazel Hart. Has escrito nueve libros que los lectores adoraron…

—Eso se llama optimismo. —Mis tres últimos lanzamientos no habían arrasado en las listas de ventas, precisamente.

—Cállate. Tú no estás viendo lo que yo veo.

Exhalé un suspiro.

—¿Y qué ves?

—Veo a la heroína de su propia historia. Vale, has tocado fondo. Pero eso solo significa que estás a un capítulo de tener el coraje de levantarte. Tú puedes, Haze. Estás preparada para volver.

Me encantaban las heroínas con coraje y mala suerte. Pero no me sentía como una de ellas.

Solté un gruñido.

—Sí, vale. Lo que tú digas.

No hacía tanto tiempo era yo la que le daba las charlas a Zoey para subirle la moral después de las discusiones con sus padres, las facturas de la luz que olvidaba pagar y las rupturas desagradables. Sin embargo, habían cambiado las tornas y ahora era yo la que necesitaba que me recordaran constantemente que seguía siendo una adulta funcional.

—No es exactamente la actitud que buscaba, pero tendrá

que valer. Venga, siéntate y deja que te ponga un poco de esparadrapo para que no te destroces los tendones rotulianos firmando cincuenta libros y decenas de frentes de niños —dijo Zoey alegremente.

—Tu falta de conocimientos anatómicos resulta inquietante.

—Menos mal que soy agente, no médico de manos —replicó Zoey, cortando con los dientes una tira de esparadrapo azul.

—Por si surge alguna vez el tema en una cita o en un concurso de la tele, que sepas que la rótula es el hueso de la rodilla.

—Está bien saberlo —dijo ella, antes de acabar de vendarme con eficiencia la muñeca derecha.

Volvieron a hablar por el altavoz.

«Muy bien, damas y caballeros. Agárrense, que vienen curvas. Abriendo puertas en tres, dos, uno... ¡cero!».

Me tomé los ibuprofenos de rigor, eché los hombros hacia atrás y me limpié las palmas de las manos húmedas en los vaqueros, mientras mis nervios cobraban vida y revoloteaban por mis intestinos.

—Prepárate para el caos —dijo Zoey, levantándose y esbozando una sonrisa de lo más falsa.

—¿Echamos otra al tres en raya? —preguntó Zoey.

—Estoy demasiado ocupada limpiándome las gafas —refunfuñé mientras frotaba agresivamente los cristales con el jersey.

No se había producido ninguna estampida. Y tampoco había necesitado el alijo de barritas de proteínas. De hecho, habíamos adelantado la hora de la comida porque habíamos dado por finalizada la sesión de la mañana antes de tiempo. Había firmado trece libros. Tres de ellos para un trío de jóvenes lectores de buen corazón que se habían apiadado de mí al ver que no tenía cola y se habían acercado para presentarse.

La ardilla tenía una docena de lectores esperando la oportunidad de estrecharle la pata. La autora gótica que estaba a mi otro lado tenía cordones de terciopelo para controlar una cola larguísima.

Me sentía expuesta e invisible al mismo tiempo.

—Como sigas dándoles así de fuerte, te vas a cargar los cristales —dijo Zoey.

—Venga, suéltalo. Sé que te está quemando la punta de la lengua.

—En primer lugar, eso es muy borde y me recuerda a aquella vez que me quemé las papilas gustativas con el queso de la pizza, en la fiesta de pijamas.

—Te dije que la dejaras enfriar —le recordé.

—Y en segundo lugar, no pienso rematar a una clienta que está de bajón con un «te lo dije».

Dejé las gafas en la mesa.

—No ha pasado tanto tiempo. ¿Cómo he podido pasar de estar en la lista de superventas del *New York Times* a esto en solo un año? Cece McCombie publica un libro cada dieciocho meses y sus lectores siguen apoyándola.

Zoey invadió mi espacio vital. La empujé hacia atrás poniéndole con firmeza una mano en la frente.

—¿Qué haces?

—Intentar averiguar si prefieres la verdad o la mentira piadosa.

Emití un gruñido.

—Uf. Vale. Suéltalo.

—Para empezar, no ha pasado un año. Han pasado dos desde la última vez que publicaste un libro.

Yo resoplé.

—No puede ser verdad.

—Firmaste los papeles hace un año. Pero antes te tiraste otro peleando en los tribunales.

Me quedé pasmada. ¿De verdad acababa de «traspapelar» dos años enteros de mi vida?

—Cece McCombie es muy activa en internet. Envía una *newsletter* todos los meses. Habla con sus lectores todos los días en las redes sociales. Y no es una esnob con los eventos a los que asiste entre publicación y publicación.

—¿Qué me quieres decir con eso? —protesté.

—A aquella pequeña librería independiente de Wisconsin le

gustó tanto tu serie que organizó un club de lectura de un fin de semana sobre ella y tú te negaste a participar a través de Zoom, aunque te avisaron con ocho meses de antelación.

—¡Eso no es cierto! —exclamé indignada. Las librerías y las bibliotecas eran los sitios donde más segura me sentía de niña. Y me encantaba devolverles ese apoyo. Al menos antes.

—Pues Jim me dijo que te habías cerrado en banda y que no pensabas molestarte en participar en ningún evento con menos de… —Zoey dejó la frase a medias mientras ambas nos dábamos cuenta de la realidad.

—Así que fue cosa de Jim —dije, felicitándome por no haberme atragantado con su nombre.

—Mierda. Lo siento, Haze. Debería haberme dado cuenta…

—Tranquila, no pasa nada. Soy yo la que debería haberse dado cuenta —repliqué, intentando volver a meter en la caja todas aquellas emociones peliagudas. Sabía cómo gestionar las emociones una a una, pero cuando estaban enredadas en un nudo gigante, como las luces de Navidad, no sabía qué hacer.

Había un montón de direcciones en las que señalar si quería culpar a los demás por mi carrera profesional, pero en el fondo sabía que la culpa era toda mía.

—Y además tiene un contrato cinematográfico —añadió por último Zoey.

—¿Quién?

—McCombie.

—¡Qué…! —Varios pares de ojos se posaron sobre nosotras—. ¡… maravilla de evento! —grité con falso entusiasmo, como si siempre hubiera pretendido que fuera una frase completa. Zoey y yo sonreímos como locas hasta que todos volvieron a sus asuntos—. ¿Un contrato para una peli? ¿Con poder de decisión y elección de reparto, o solo ha vendido los derechos? —susurré.

—El protagonista va a ser ese tío bueno de la serie de policías que tanto te gusta.

—Me alegro por ella —mentí entre dientes.

—Sí, ya lo veo —contestó Zoey.

Mi rivalidad con aquella escritora de best sellers, que en realidad era una de las personas más agradables del mundo, era unilateral y en su día me había motivado para que cada uno de mis libros fuera mejor que el anterior. Pero ahora solo me apetecía meterme debajo de la mesa y mimetizarme con la moqueta del salón.

—¡Qué sorpresa! ¡Cuánto me alegro de que sigas por aquí!

Una mujer de mediana edad y su hija adolescente, a juzgar por los rizos marcados y el encantador prognatismo que compartían, se acercaron corriendo a la mesa, con las mejillas encendidas y unas sonrisas radiantes. Llevaban una de esas cajas con ruedas que había visto que arrastraban los asistentes más experimentados. Estaba llena de libros nuevos.

—Hemos estado en la cola de Maryanne Norton y luego no he podido evitar hacerme una foto con el modelo de la cubierta de Reva McDowell, que está cañón, y a mi madre le preocupaba no poder verte —anunció la hija.

—Soy tu mayor admiradora. Aunque seguro que no paran de decírtelo —dijo la madre, descargando sobre la mesa una docena de libros de otros autores.

—Te sorprenderías —dije, esbozando lo que me pareció un grotesco facsímil de sonrisa.

—¡Ajá! Aquí están. —Desenterró triunfalmente dos libros de bolsillo gastadísimos escritos por una servidora—. Tus libros de *Spring Gate* me ayudaron a superar un año de cuidados y la muerte de mi madre. Cuando estaba en paliativos, leímos juntas toda la serie. Incluso las partes más picantes. Era justo el tipo de evasión que necesitábamos y dio lugar a algunas de las conversaciones más importantes que tuvimos de madre a hija.

—Eso es... maravilloso. Gracias —conseguí articular. Alivio. Gratitud. Empatía. Esperanza. Todos se peleaban en mi garganta.

—Fue muy importante para mí —declaró.

—Cuando mi madre se enteró de que me gustaban las novelas románticas, me hizo leer todos tus libros —dijo la hija. Llevaba un *piercing* en la nariz que brillaba justo por debajo de la montura de sus gafas—. La verdad es que me sorprendió descubrir que en las novelas que devoraba los fines de semana salían tantas pollas.

—Bueno, me gusta escribir sobre ellas —dije con torpeza. Necesitaba urgentemente practicar el arte de la conversación.

Zoey me dio un codazo e intervino con elegancia.

—Soy Zoey, la agente de Hazel. Me alegro mucho de conoceros. ¿Queréis que os firme los libros?

La madre sonrió.

—¡Sería genial! ¿Podrías dedicárselos a Andrea?

La hija se quedó boquiabierta.

—Mamá, si son tuyos.

—Pero son los que dan pie a viajes como este. Y me encanta poder estar aquí contigo. —La madre posó una mano sobre las novelas mientras yo destapaba el bolígrafo—. ¿Podrías poner «para Andrea y Jenny»? —me pidió—. Así serán de las dos.

—Por supuesto —contesté.

Madre e hija se pegaron a la mesa para verme firmar.

—¿Cuándo sale tu próximo libro? —me preguntó Andrea.

—Llevas un tiempo muy callada. Debes de estar trabajando en algo importante —añadió Jenny, con cara de emoción—. ¿Va a ser una nueva entrega de *Spring Gate*? ¿O estás escribiendo algo totalmente distinto?

—Y ¿cómo puedes escribir novelas románticas ambientadas en pueblos pequeños, si vives en una ciudad? —quiso saber Andrea.

—Bueno…, suelo documentarme.

—¿*Spring Gate* está basado en un pueblo real? —dijo Jenny—. Porque entonces tenemos que ir a visitarlo antes de que Andrea se vaya a la universidad el año que viene.

—¡Venga, que os hago una foto con Hazel! —exclamó Zoey.

—Buena idea —dije, desesperada.

3

Desalojen el recinto

Hazel

El teléfono de Zoey no paraba de sonar. Pero como no lo encontraba, para variar, nos centramos en recoger. Oficialmente, la firma había acabado, aunque todavía quedaban tres o cuatro autores con largas colas de lectores nerviosos.

—Nunca me había sentido más venida a menos que hoy.

Zoey asintió con ímpetu.

—Genial.

—¿Genial?

Se apartó un rizo de la cara.

—Pues sí, porque te conozco, mi querida Hazel Hart. Te conozco desde tercero de primaria. Y en cuanto oyes un «eso es imposible», reaccionas con un «sujétame el cubata» y te pones en plan Rocky Balboa.

Fue una sonrisa bastante patética, pero al menos sonreí.

—Eres rarísima.

—Por eso me quieres. Y ahora escúchame bien. Solo hace falta un buen libro para convertir a todos esos maravillosos lectores en Jennys y Andreas. Eres una escritora acojonante con historias increíbles que contar. Y quién sabe, a lo mejor acabas encontrando tu propio final feliz.

Suspiré entre dientes. Ese era el problema. Ya había tenido la oportunidad de conseguir mi propio FF y me había explotado en la cara. Si algo tenía claro era que en el amor no había oportunidades ilimitadas. Por algo lo llamaban «el elegido», en singular.

Zoey abrió la cremallera del bolsillo delantero de la maleta y metió dentro el puñado de bolígrafos que yo apenas había usado.

—¡Anda! Por fin te encuentro, trasto electrónico escurridizo —dijo, sacando el móvil del bolsillo.

Sacudí la cabeza.

—Eres un desastre con patas.

—Pero me quieres igual. Venga, vamos a tomar una copa.

—¿Qué tal un par? —propuse.

—Mejor aún.

Nos dirigimos a la puerta, disculpándonos al cruzar una de las largas colas. Levanté la vista y me fijé en la cara de pánico de la atractiva escritora al ver tal cantidad de cuerpos.

El teléfono de Zoey volvió a sonar.

—Uf, es mi jefe. Tengo que contestar.

—Dame la maleta, o empezarás a dar vueltas por ahí y te la dejarás en algún sitio —le dije, arrebatándosela.

—Solo fue una vez. Bueno, vale, cuatro.

La ahuyenté para que se largara.

—Lawrence, ¿a qué debo el honor un sábado? —dijo Zoey, contestando al teléfono de camino a la puerta.

Me detuve de nuevo y me quedé mirando a la escritora. Todavía tenía cincuenta personas en la cola y parecía agotada. Me lo pensé durante casi un minuto entero antes de ponerme a rebuscar en la maleta y encontrar lo que buscaba. Me acerqué a la mesa y la asistente que organizaba la cola levantó las palmas de las manos, agobiada.

—Lo siento, pero tendrá que esperar su turno, como el resto de los lectores.

—Soy escritora y tengo una cosa para… —Miré hacia los carteles—. Stormi Garza.

—Dese prisa. Ya vamos a estar aquí hasta las mil, a no ser que la menopausia me tumbe antes de un sofoco —dijo, pasándose el antebrazo por la frente.

—Esto es para ti. —Le di a la mujer una barrita de proteínas y una bebida isotónica.

—¡Uf! Eres un puñetero ángel —susurró, antes de rasgar el envoltorio de la barrita con una violencia desesperada.

Pedí disculpas a los lectores que estaban al principio de la fila y me colé detrás de la mesa.

—Hola. Soy Hazel —le dije a Stormi—. Me ha parecido que te vendría bien un descanso para rehidratarte. —Saqué otra botella de bebida isotónica y la dejé en la mesa delante de ella.

Stormi la miró como si fuera a llorar. Era guapa, voluptuosa y muy joven, con una gran mata de pelo negro ondulado.

—Gracias —murmuró.

—Bebe —le ordené—. Lo estás haciendo muy bien. Ya te falta poco para acabar y están todos encantados de verte.

—Me duele la cara de sonreír y tengo la sensación de que se me va a caer la mano —reconoció.

—También tengo algo para eso —le dije, poniendo la neverita portátil sobre el bonito mantel morado con su logotipo.

—¿Es alcohol? Por favor, dime que es alcohol —suplicó Stormi.

—Aún mejor —le aseguré—. Es un guante de hielo para después de la firma. Solo tienes que ponértelo en la mano y te ayudará con la inflamación. Además te mantendrá la copa fría mientras la sujetas.

—Eres mi heroína —declaró.

Me despedí de ella torpemente con la mano y salí de detrás de la mesa con la maleta.

Fue como si le traspasara simbólicamente la antorcha. Como si la atleta vieja y cascada le cediera el brazalete de capitana a alguien con los músculos más jóvenes y frescos. Me alegré de poder ayudarla. Aunque había una parte de mí que me costaba reconocer. Una parte que no estaba preparada para rendirse sin más.

Encontré a Zoey en el espacio central del hotel, apoyada en la barandilla de cristal y mirando fijamente hacia la fuente del vestíbulo de la planta baja, con el teléfono en la mano.

—Necesito una copa. ¿Y tú? —le dije.

— 35 —

—También —respondió ella, con una voz inusualmente ronca.

—¿Qué pasa? ¿Ha entrado una paloma? —El miedo de Zoey a los pájaros era una fuente inagotable de entretenimiento para mí.

Cuando por fin me miró, sus ojos verdes estaban llenos de lágrimas.

—No. Me acaban de despedir.

—Al parecer, hoy era el día en el que me había ofrecido a hacer de canguro de Earl Wiggens —dijo Zoey, mirando fijamente su copa. Le había pedido al camarero el cóctel que llevara más alcohol y él le había traído un tanque de té helado Long Island.

—¿El escritor de novelas de terror medio misógino que siempre mete la pata en las entrevistas en directo? —le pregunté, revolviendo el vodka con soda con el gajo de lima.

—El mismo. Es uno de los clientes más importantes de la agencia. Tenía una entrevista programada con *The New Yorker*, pero su agente está en una feria del libro en Alemania. Creía que era el próximo fin de semana. Lo apunté mal en la agenda.

—Ay, Zo... —Los patinazos de esa mujer con las agendas eran legendarios.

—Así que ha ido solo a la entrevista y ha soltado alguna barbaridad —añadió.

—No pueden despedirte por algo que ha hecho el autor de otro agente —dije, indignada.

Zoey cruzó los brazos sobre la barra y apoyó en ellos la barbilla.

—Pues ya ves que sí. Lawrence me ha dicho que ha sido la gota que ha colmado el vaso.

Extendí la mano y le despeiné los rizos con cariño.

—¿Y qué piensas a hacer?

—Beber. Mucho —le dijo a la barra.

—Permíteme que te apoye en este momento tan duro. —Le pedí por señas al camarero que nos trajera otra ronda.

—Trabajo muchísimo, pero no paro de cagarla. El resto de adultos del planeta saben usar las agendas electrónicas. Pero yo no. Ahora la agencia está intentando controlar los daños colaterales y... ¡mierda! Tengo una cláusula de no competencia —se lamentó—. No puedo llevarme a ninguno de mis clientes, aunque estuvieran dispuestos a pasar por alto mi tremenda negligencia.

«Uf, mierda».

Sabía que se había comido varios marrones de trabajo durante mi divorcio, pero estaba demasiado ocupada regodeándome en mi propia tristeza como para pensar mucho en nadie más. Zoey había sido la única que me había apoyado y animado. Y ahora había perdido el trabajo por ayudarme cuando la necesitaba.

La agarré de la mano.

—Sé que ahora mismo no sirve de mucho, pero me tienes a mí. Y el hecho de que no haya escrito un libro en no sé cuánto tiempo no significa que esté dispuesta a que me manden a pastar al prado, o a donde sea que llevan a los caballos viejos.

—A la fábrica de pegamento.

—Qué horror. Pues no pienso ir a la fábrica de pegamento sin pelear. Y tú tampoco. Vamos a superar esto juntas. Y luego vamos a restregarles nuestro éxito en las narices a esos gilipollas estirados.

Zoey me dedicó una sonrisa llorosa que no era ni remotamente convincente. No me creía. Normal, ni siquiera yo sabía si me creía a mí misma.

—Gracias, Haze. Te lo agradezco —dijo, antes de buscar la pajita con la boca y sorber hasta que el hielo tintineó en el vaso.

Me desplomé contra la pared del ascensor de mi edificio. No habían sido los cuatro vodkas con soda que se habían apoderado de mi organismo los que me habían robado la capacidad de mantenerme en pie. Había sido la realidad.

No eran ni las seis de la tarde del sábado y ya estaba deseando pasarme en la cama las próximas veinte horas. Me pesaban las extremidades y estaba aturdida. ¿Por qué la vida tenía que ser tan dura y exigir tanta energía?

Pulsé el botón de mi piso y saqué el móvil. Necesitaba algo que me anestesiara y me distrajera del fracaso estrepitoso de mi carrera y de la culpa que sentía por el despido de Zoey.

¿Dónde estaban los vídeos de hombres de mediana edad a los que sorprendían con cachorritos cuando los necesitabas?

Me fijé en las notificaciones rojas de las llamadas perdidas y los mensajes en el contestador, y resoplé frunciendo los labios. Total, el día no podía ir peor. Escuché el último mensaje.

«Señora Hart, soy Rachel Larson, abogada de Brown & Hardwick. Necesito ponerme en contacto con usted para hablar de los términos de su acuerdo de divorcio. En concreto, de la cláusula de desalojar el piso de mi cliente, que usted aceptó en su día. Me consta que le entregaron los papeles el mes pasado. Tengo que hablar con usted...».

La voz correctísima de la abogada Rachel Larson se interrumpió bruscamente cuando paré el mensaje, dudando de que fuera capaz de sobrevivir al resto de la frase.

Las puertas del ascensor se abrieron en mi planta y salí desorientada al pasillo, en su día sofisticado y ahora más bien anticuado. Recordaba vagamente haber recibido algún paquete que había tenido que firmar. Pero había sido una botella de vino para un maratón de *Cougar Town*.

Se oían música y risas dos puertas más allá. No recordaba cómo se llamaban, pero era en casa de una pareja de unos cincuenta años que organizaba una cena cada mes. Llevaba tres años viviendo allí cuando me enteré de que los asistentes eran el resto de los vecinos de la planta. A nosotros nunca nos habían invitado.

Jim decía que era porque aquellos ordinarios no reconocerían un cabernet añejo aunque les diera un puñetazo en el paladar.

Me atreví a aventurar que eran opiniones como aquella las que nos hacían seguir en la lista de los excluidos.

Después de sacar las llaves del bolso, abrí la puerta del piso con el hombro y entré a toda velocidad. Dejé mis cosas en el suelo del salón y rebusqué rápidamente a lo loco entre los papeles de la mesita de centro. Encontré el sobre con el logotipo de Brown & Hardwick y lo abrí.

—Mierda. —Hojeé la primera página del grueso documento legal—. Mierda. Mierda. Mierda.

No es que hubiera olvidado que, en un acto supremo de evasión de conflictos, había prometido mudarme doce meses después de haber firmado la demanda de divorcio. Era más bien que había optado por ignorarlo, confiando temporalmente en que saldría del pozo con tiempo suficiente para ocuparme de aquel marrón antes de que fuera demasiado tarde.

... debe desalojar el inmueble antes del 15 de agosto.

—¿El 15 de agosto? ¿Dentro de cinco días? No, no, no. ¡Esto no puede estar pasando!

Me abalancé sobre el bolso, volví a sacar el teléfono y pulsé el botón de llamada.

—Sí, siento molestarle en fin de semana, pero necesito hablar con Rachel... no sé qué. Soy Hazel Hart —dije, haciendo todo lo posible por no vomitar mi pánico y mi frustración sobre el servicio de atención de fin de semana.

—Me han dado instrucciones para que le pase directamente con la señora Larson. Por cierto, mi madre es una gran admiradora suya, señorita Hart. Siempre estaba leyendo sus libros —dijo alegremente, como si su bufete no estuviera empeñado en dejarme sin hogar.

—Gracias —dije con frialdad.

Empecé a dar vueltas y a mordisquearme la uña del pulgar al ritmo del jazz con el que me dejaron en espera.

—Señorita Hart, me alegro de que me haya devuelto la llamada. —A juzgar por el ruido, Rachel Larson, «la levantahogares», debía de estar en algún tipo de evento deportivo de interior.

—¿Le pagan un plus por el sarcasmo? —le pregunté.

—Señorita Hart —dijo con la infinita paciencia de quien tenía el culo pelado de tratar con chalados como yo—. Entiendo que son momentos difíciles para usted, pero mi cliente y mi bufete le han proporcionado tiempo más que suficiente para organizarse.

—¿Organizarme para qué? ¿Para que me echen de mi casa?

—En teoría es la casa de su exmarido.

Sacudí la cabeza violentamente.

—No. ¡No! Puso la escritura a mi nombre cuando nos casamos.

—Una vez más, señorita Hart: en nuestros papeles consta que lo que puso a su nombre fue la hipoteca, no la escritura.

—¿Y cuál es la diferencia? —le pregunté, tropezando con una pila de libros de la biblioteca con el plazo vencido.

—Que le otorga la mitad de la propiedad de la deuda en lugar de la del activo.

—¿Por qué? ¿Por qué? Es decir, ¿por qué una persona que supuestamente está enamorada de otra iba a hacer algo así?

—No es mi trabajo cuestionar las motivaciones de los clientes. —Al otro extremo de la línea se oyó claramente un silbido y el abucheo del público.

—He visto *La clave del éxito* tres veces enterita y para ellos la motivación parece algo bastante importante —repliqué.

—Señorita Hart, el momento de pelear por esto ya ha pasado. Si quiere, puede hablarlo con su abogado, pero llegados a este punto va a tener que hacerlo desde otro apartamento.

—Por el último ápice de cordura que me queda, llámeme «Hazel». ¿Y si la compro?

—Hazel, sin duda esa es una opción factible —dijo—, aunque desconozco su situación financiera. Le aconsejo que consulte a su abogado. Pero aunque decida ir por ese camino, tendrá que desalojar igualmente el inmueble antes del jueves a última hora.

—¿Y adónde voy a ir? —grité.

—Seguro que tiene amigos o parientes que estarán encantados de acogerla hasta que decida qué hacer. O puede que haya llegado el momento de empezar de cero en otro sitio —dijo Rachel, con un deje de condescendencia propio de una persona muy importante con cosas muy importantes que hacer.

Mi resoplido podría haber echado abajo una de las casas de los tres cerditos. ¿Empezar de cero? ¿Me estaba tomando el pelo? Yo era una neoyorquina de pura cepa. Nunca había vivido en otro lugar. Ni siquiera en Long Island. Era la típica habitante de Manhattan que ponía los ojos en blanco cada vez que algún conocido anunciaba que se iba de la ciudad a una casa con jardín. ¿Quién quería tener que cortar la hierba, cuando caminando una manzana en cualquier dirección podías disfrutar de tiendas de lujo o de comida etíope galardonada con estrellas Michelin? Nueva York era mi hogar. El único que conocía. Había nacido allí y, hasta hacía siete minutos, había dado por hecho que moriría allí.

—Me alegro de que por fin hayamos podido hablar. Espero que esto se resuelva de forma pacífica. No dude en llamar al bufete si tiene más preguntas sobre el acuerdo —dijo Rachel antes de colgar.

—¿Hola? ¿Hola? —grité con dramatismo, pero ya no había nadie al otro lado de la línea.

Dejé el teléfono encima de los papeles y me puse a caminar de aquí para allá. Le pagaba a una abogada por sus servicios, pero tenía más experiencia en contratos editoriales que en solucionar líos personales. Y a la abogada del divorcio le había horrorizado tanto mi deseo patológico de rendirme, que dudaba que quisiera volver a hablar conmigo. Debería haberle hecho caso. Debería haber peleado más. ¿En qué estaba pensando? Siempre siendo una niña buena. Siempre sin querer hacer ruido. Como mínimo debería haberme tragado mi orgullo, haber llamado a mi madre y haberle pedido su consejo de experta. Pero en vez de eso había claudicado, me había hecho la muerta y me había salido caro.

—Se suponía que eras el elegido —mascullé en voz alta, por si el espíritu de los exmaridos pasados rondaba por allí.

Me pasé las manos por la cara y seguí caminando. Ninguno de mis héroes les habría hecho eso a mis heroínas. Pero ni Jim era un héroe ni yo una intrépida heroína. Era un desastre de treinta y cinco años, divorciada y deprimida, y necesitaba una solución. Hacía mucho tiempo que no tenía que pensar en soluciones creativas para un problema, real o ficticio. Me sentía como si estuviera vadeando mentalmente un río de pegamento Elmer's. Madre mía. ¿El pegamento Elmer's estaba hecho de caballos viejos? ¿El primer caballo que habían convertido en pegamento se llamaba Elmer? Intenté no pensar en eso.

—Concéntrate, Hazel. Piensa. ¿Qué es lo que resuelve todos los problemas? —¿El vino? No. ¿La familia? Definitivamente tampoco. Me detuve en seco—. El dinero.

Desenterré el portátil y me lo llevé a la encimera de la cocina, demasiado nerviosa como para sentarme. Tuve que hacer tres intentos, pero al final recordé la contraseña de mi cuenta corriente e inicié sesión.

—Vale. No es terrible, pero tampoco como para comprarse un piso en Manhattan —dije, al ver el saldo.

Entre el pago automático de las facturas, los ingresos irregulares y mi crisis múltiple de tristeza, vergüenza y letargo, yo había estado pasando de todo…, incluso de controlar mi situación financiera. No había recibido ningún adelanto por el supuesto libro nuevo porque me había pasado por el forro los plazos de entrega. Y, al parecer, los derechos de autor habían bajado. Mucho.

Menos mal que tenía experiencia en sacar adelante a personajes de ficción que habían tocado fondo. Solo necesitaba pensar como una heroína.

4

La burguesa durmiente abandona la ciudad

Hazel

Dos horas después me desplomé sobre la alfombra del salón. Tenía los ojos secos como el desierto del Sáhara. El ánimo por los suelos. Y la espalda como si Maurice, el burro de la serie *Spring Gate*, me hubiera dado una patada en los riñones.

Llamé a tres bufetes de abogados, pero como era sábado por la noche no contestó ninguno. Así que me puse a investigar el mercado inmobiliario y descubrí que dos viviendas de mi edificio se habían vendido el año anterior por casi el triple del saldo de mi cuenta. Cuando iba por el tercer simulador de hipotecas, empecé a asimilarlo.

A no ser que al día siguiente conociera a un apuesto multimillonario que se enamorara perdidamente de mí, era imposible que me quedara en aquel piso.

Levanté la mano para buscar a tientas el móvil en la mesita de centro, pero acabé tirando unos cuantos papeles que cayeron revoloteando y aterrizaron en mi cara.

—¡Si intentas asfixiarme, universo, vas a necesitar más papel! —les grité a las fuerzas cósmicas que, obviamente, estaban conspirando en mi contra.

Oí unas carcajadas en el pasillo y un coro de despedidas que anunciaban el final de la cena.

¿Se sentirían mal mis vecinos si acababa ahogada por kilos de papeleo a solo unos metros de sus apartamentos de una y dos habitaciones? Me planteé quedarme allí tumbada hasta el amanecer, hasta que recordé el miedo que me daba cortarme en el ojo con un papel.

Con cuidado, me quité las hojas de la cara y me incorporé. Eran de una de las carpetas que Zoey me había dejado.

La abrí y me encontré con varias copias de algunas noticias y páginas de cuadernos. Era mi carpeta de ideas, cuya existencia había olvidado.

Hubo un tiempo en el que me encantaba intercambiar ideas con Zoey mientras bebíamos vino en copas de verdad.

Hubo un tiempo en el que me reía y me duchaba con asiduidad. Bueno, vale, lo de la ducha quizá no tanto. Los escritores llevábamos una vida un tanto disoluta que nos permitía concentrar toda nuestra energía mental en gente ficticia con mejor olor corporal.

Hojeé los primeros papeles. Había varias noticias antiguas sobre donantes de órganos, adopciones y bebés con implantes cocleares que oían por primera vez la voz de sus padres. Encontré notas manuscritas con joyitas como «a la heroína le entra el hipo cada vez que miente», o «el héroe es diseñador de muebles y construye una cama para tirarse a la protagonista».

Tamborileé con los dedos y esperé, pero no ocurrió nada. Ni el más mínimo destello creativo en mi cerebro. Ni el menor rastro de inspiración.

—Menuda mierda —dije en voz alta, aunque el apartamento estaba vacío.

Investigué más a fondo y encontré un viejo artículo de un periódico de Pennsylvania.

UN PEQUEÑO PUEBLO SE UNE PARA SALVAR
LA CASA DE UNA ANCIANA

En Story Lake, un tranquilo pueblo de la Pennsylvania rural, late el corazón de una verdadera comunidad. Cuando Dorothea Wilkes descubrió una fuga de aguas residuales en el sótano de su vivienda histórica de cuarenta años de antigüedad, se dio cuenta de que no tenía presupuesto para hacer las reparaciones necesarias.

Desde que perdió a su esposa hace cinco años, Wilkes, ingeniera jubilada de noventa y tres años, dice que han sido tiempos difíciles. El mantenimiento de Heart House, una mansión del Segundo Imperio construida en la década de 1860, era cada vez más caro. Cuando se puso en contacto con unos contratistas locales para que evaluaran los daños y le dieran un presupuesto, les advirtió de que sus fondos eran limitados.

Pero a la empresa de construcción Bishop Brothers el dinero le daba igual. Los hermanos echaron un vistazo a la propiedad de Wilkes y decidieron que harían todo el trabajo... completamente gratis.

«Aquí somos así. Fin de la historia», dijo escuetamente Campbell Bishop, en una entrevista telefónica, antes de dejar que sus hermanos respondieran al resto de las preguntas.

Había una fotografía borrosa de Dorothea Wilkes, sonriente y encantada, de pie en el porche de su majestuosa casa. Los Bishop salían más abajo, en el jardín. Según el pie de foto, Campbell Bishop era el hombre musculoso y con pinta de estar buenísimo que fruncía el ceño mientras todos los demás sonreían.

Puse la espalda recta.

Un protagonista gruñón y bienintencionado que vivía en un pueblo y se enfadaba cada vez que alguien se atrevía a darle las gracias por su ayuda. Aquello era Hazel Hart en estado puro. De la anterior a Jim.

Estupendo. Ahora solo necesitaba una heroína, una razón por la que no pudieran estar juntos y una historia para hilarlo todo. Ah, y uno de esos finales felices en los que ya no creía. Y escribirlo todo en menos de cinco días.

—Pan comido. —Mmm, pan. Me pregunté si en la panadería de la calle Veintiocho que abría hasta tarde les quedarían pastelitos de piña—. Deja de pensar en los pasteles y empieza a pensar en opciones para mudarte —me dije a mí misma, antes de volver al artículo.

«Los vecinos salvaron mi casa», declaró Wilkes.

Me vino una escena a la cabeza. Una heroína parecida a mí, paseando por una calle principal supercursi, saludando con la mano a personas que me llamaban por mi nombre. Aire fresco. Ferias populares. Espacio en el armario. Gente paseando a sus propios perros y yendo a tomar un helado después del partido de fútbol del instituto.

Y allí estaba Campbell Bishop, con el ceño fruncido, haciendo algo varonil en una casa enorme, rodeado de serrín y con un cinturón de herramientas, mientras yo lo observaba desde la puerta. Se dio la vuelta y se secó la frente con el bajo de la camiseta, proporcionándome un primer plano de sus viriles abdominales.

Una chica de la gran ciudad empieza de cero en un pueblo pequeño. Donde, además de encontrar inspiración, acaba encontrándose a sí misma.

Abrí los ojos de par en par, como si me hubiera bajado dos litros de Pepsi Wild Cherry. Mis dedos entraron en calor y se curvaron como si quisieran teclear algo. ¡Palabras!

> El cinturón de herramientas se deslizó sobre sus viejos vaqueros mientras sacaba un martillo. Sus botas de trabajo llenas de rozaduras golpearon con fuerza y decisión los tablones de madera mientras se acercaba. Ella no estaba preparada para la proximidad de semejante alarde de testosterona.

Me abalancé sobre el portátil, tirando más papeles al suelo por el camino. Eso era algo muy propio de mí que siempre exasperaba a Jim. Cuando tenía alguna escena en la cabeza, nada más importaba.

Me olvidé por completo de que estaba a punto de quedarme sin casa, sin trabajo y sin agente, mientras volcaba aleatoriamente las palabras (las puñeteras palabras, aleluya) en la pantalla, creando un tosco esbozo de notas e interrogantes.

> ¿Qué hay a medio camino entre un cuerpo fofisano y el cuerpazo de un dios?
>
> ¿Hay que tener cuidado con las astillas si se practica sexo en una obra?

¿Tiene gracia que se te clave una astilla en una zona erógena? ¿Debería llevar un vestido de verano para ponérselo más fácil, o unos pantalones cortos para que la química arda a fuego lento? «Gracias por tu ayuda», dijo la heroína en mi mente, con confianza y sensualidad.

«Aquí somos así», replicó él con rudeza.

Cuando mis dedos dejaron de moverse, repasé con inseguridad el documento. Enderecé la espalda. Aquello no era una mierda. Aquello era… la leche.

Bajé la vista hacia el artículo que estaba en el suelo y me di unos golpecitos con los dedos en los labios. Si un viejo artículo de prensa podía hacerme esbozar el principio de un borrador, aunque fuera bastante esquemático, ¿qué podría conseguir si me inspiraba en la vida real?

—«Cuatro dormitorios, cuatro cuartos de baño, espectacular biblioteca/estudio, jardín vallado, maravillosa y amplia cocina, garaje para dos coches, lavadero espacioso, grandes armarios» —leí en el anuncio—. «En la calle principal, a una manzana de la plaza del pueblo».

Me estaba metiendo en un fregado. En el fregado inmobiliario de Story Lake, para ser exactos. Me autoconvencí de que solo me estaba documentando, hasta que me di cuenta de que el anuncio de internet era de Heart House, la casa del artículo. Eché un vistazo a la galería de fotos por novena vez.

—¡Qué pasada! Podría poner un escritorio en la torre y convertir la biblioteca en mi despacho —dije.

Estaba completamente a oscuras, salvo por la luz del resplandor de la pantalla. Eran las tantas de la madrugada. No sentía las piernas porque llevaba sentada con ellas cruzadas como un indio horas y horas. Pero estaba muy despierta… y sabía exactamente a qué distancia quedaba Story Lake del que pronto sería mi exapartamento de Manhattan. Como también sabía que había una tienda de ultramarinos y un bar a poca distancia de aquella casa trasnochada del Segundo Imperio situada en una parcela en esquina con paisajismo profesional.

—La propiedad incluye un puesto intransferible en el consejo municipal —leí en voz baja.

Yo nunca me había involucrado. Toda la vida había adoptado el papel de observadora, lo cual había sido estupendo para mi carrera de escritora y un jarro de agua fría cuando toda mi vida se había ido al traste.

«Compra inmediata».

El gran botón rojo de la subasta me llamaba a gritos desde la parte inferior del anuncio.

No era la primera vez que se me ocurría una idea completamente disparatada mientras escribía un libro. Como cuando de repente dejé de escribir y me fui a hacer paracaidismo para documentarme. O cuando había acompañado a una policía de un pueblito de New Jersey y acabé pagando la fianza de la persona a la que había detenido porque parecía un buen tipo al que habían metido en un embolado.

Pero esto..., esto tenía potencial para convertirse en el mayor de mis despropósitos. Puse el ratón sobre el gran botón rojo para ver si el universo me enviaba alguna señal clara, como un apagón o un aneurisma repentino. Quedaban pocas horas de subasta. El tiempo corría en mi contra.

¿Quién vendía un inmueble en una subasta por internet? ¿Y quién compraba un inmueble, sin verlo siquiera, en una subasta por internet?

¿Y por qué había cotejado el precio de «compra inmediata» con el saldo en efectivo de mi cuenta corriente cuatro veces en la última hora?

Exhalé un ruidoso suspiro que hizo vibrar mis labios.

Hubo un tiempo en mi vida en el que me caracterizaba por ser impulsiva. Había cambiado la carrera de Empresariales por la de Escritura Creativa después de un trabajo de Literatura en la universidad. Había convencido a Zoey para que se convirtiera en agente literaria y había firmado un contrato escrito en una servilleta de un bar una noche de borrachera a los veintipocos años, antes de haber escrito una sola palabra. Me había ido a vivir con Jim cuando solo llevaba dos meses saliendo con él.

Ahora que lo pensaba, esa había sido la última decisión precipitada que había tomado.

Era mayor que yo, algo que suponía que también querría decir más sabio. Bien educado, encantador. Me hizo desear ser el tipo de mujer que él quería. Sus metas se convirtieron en las mías.

Desvié la mirada hacia la puerta de su despacho y recordé la última vez que había entrado en aquella habitación. Todavía podía sentir aquel sabor amargo en la lengua mientras me decía «algún día lo entenderás», como si yo siguiera siendo aquella chiquilla de veinticuatro años deslumbrada por él.

¿Por qué seguía aferrándome a esos recuerdos? A ese espacio. Siempre había sido suyo. Mi ropa estaba guardada en un armarito del dormitorio y en un colgador con ruedas detrás de la mesa del comedor, porque la suya estaba en el vestidor. Mis libros estaban amontonados detrás de la cómoda y debajo de la cama porque «no pegaban» con su colección de ejemplares encuadernados en piel y las cubiertas literarias minimalistas de los libros de sus clientes.

Empezó a hervirme en el pecho aquella mezcla familiar de rabia y pánico, pero la reprimí.

Ahora ya no tenía hacia dónde canalizarla. La única persona allí que podía asumir la responsabilidad era yo.

Miré fijamente la pantalla y el reloj de la subasta, que seguía corriendo.

La gente cometía errores constantemente. Cambiaba de opinión sobre matrimonios y transacciones inmobiliarias, no era ninguna desgracia. Podía irme, escribir el mejor libro de mi carrera y luego volver a la ciudad… o mudarme a París, a Ámsterdam o a la playa. A donde me llevara la inspiración. Solo tenía que dar ese primer salto.

El gran botón rojo empezó a brillar con más intensidad a medida que acercaba el ratón.

Puede que fuera el vino que me había tomado después de los vodkas con soda. Puede que fuera la adrenalina. Puede que fuera el hecho de que eran las tres de la mañana y estaba eufórica de agotamiento.

Fuera cual fuera la «motivación del personaje», lo había hecho. Había comprado por internet una puñetera casa de un pueblito de Pennsylvania en el que nunca había estado. Pero me sentía bien. Sentía que era lo correcto.

Necesitaba contárselo a alguien. Hacía demasiado tiempo que no tenía una buena noticia que compartir. Y ahora que tenía una, no había nadie con quien compartirla. Seguramente Zoey estaría durmiendo la mona. Mi madre... nunca había sido una opción. Todos los amigos que tenía de casada se habían esfumado, bien espantados por mi prolongado regodeo en mi propia miseria, o porque conocían de antes a Jim y, por lo tanto, la lealtad les obligaba a ponerse de su parte.

—Esta es la razón por la que debería tener un gato —dije.

A los gatos les daba igual que los despertaras en plena noche para hablar. Fruncí los labios y tamborileé con los dedos sobre el teclado. Mmm. Siempre quedaba la opción de los desconocidos de internet. Para eso estaban, ¿no? Para compartir con ellos tus intimidades y que te pusieran a caer de un burro en los comentarios, probablemente. Fui a mi perfil de Facebook profesional, inicié sesión y resoplé.

Zoey tenía razón. Parecía un pueblo fantasma. Había abandonado mi perfil en la red y a los lectores que me seguían, cuando la cosa se habían puesto demasiado fea.

Bueno, ese día ya había hecho una locura. ¿Por qué no hacer dos?

Bajé por la pantalla hacia el botón y, antes de plantearme si era una buena idea o una pésima, me puse a grabar un directo.

—Uy, creo que debería haberme mirado al espejo antes —dije, peinándome con los dedos al verme en la pantalla. Era como si una familia de pájaros hubiera intentado construir un edificio de apartamentos para aves en mi pelo. Tenía el rímel corrido y la luz a aquellas horas de la madrugada era muy poco favorecedora—. Seguro que te estarás preguntando dónde he estado y puede que también por qué estoy haciendo un directo a las tres de la mañana. —Eché un vistazo al contador de gente que lo estaba viendo de la esquina superior derecha. Cero patatero—. O a lo mejor no te lo estás preguntando porque no estás ahí, sino durmiendo, como cualquier adulto sensato que no se encuentre en medio de una crisis existencial. —El cero cambió a tres—. Sé que algunos autores piensan que no les deben nada a los lectores. Pero, sinceramente, yo creo que se lo debo todo. Empezando por una explicación. Así que, si alguien está viendo esto, mi nombre es Hazel Hart y en su día era escritora de novelas románticas...

—Por mí como si el edificio está ardiendo. Tengo resaca y estoy en paro. Que me devoren las llamas —gimió Zoey, a través de la rendija de la puerta, el lunes por la mañana.

—No hay ningún incendio —le aseguré—. ¿Es la resaca del sábado por la noche, o seguiste bebiendo todo el fin de semana?

Zoey frunció el ceño.

—¿Qué día es hoy?

—Lunes.

—Pues entonces seguí bebiendo.

—Genial. Voy a necesitar que hagas la maleta —le dije, tendiéndole un café mientras entraba por la fuerza en su apartamento. A diferencia del mío, era alegre y luminoso, y estaba casi impecable—. Pensándolo bien, ¿por qué no dejas que te la haga yo? A ti se te da fatal. ¿Recuerdas aquella vez en St. Charles que creías que habías metido unos vaqueros, pero en realidad eran tres minifaldas vaqueras pegadas?

Zoey se quedó allí plantada, todavía mirando hacia al pasillo. Tenía un antifaz enredado en los rizos. Llevaba puestos un camisón de satén y un solo calcetín.

—¡Voy a entrar ahí, Burguesa Durmiente! —le grité mientras iba hacia su dormitorio.

Ella gimió.

—¿Qué está pasando?

—Te han despedido, ¿no?

—Vaya, gracias por recordármelo —replicó, quitándole la tapa al café.

Puse su maleta sobre la cama y abrí la cremallera.

—Tengo que escribir un libro, ¿cierto?

—¿Cuántas Pepsis Wild Cherry te has tomado esta mañana?

—Tres. —Abrí los cajones de la cómoda y me encontré con un revoltijo indómito de tela vaquera—. ¿Estos son los vaqueros de estar de pie, o sentada?

—Uf. De pie —dijo, sentándose en el colchón al lado de la maleta. Volví a meterlos en el cajón y saqué otro par, antes de asaltar el de la ropa interior—. ¿Por qué me estás haciendo la maleta?

Fui hacia el armario y abrí la puerta de un tirón.

Era el típico guardarropa de Manhattan. El diminuto ropero estaba lleno hasta los topes de modelitos de diseño. Zoey ni siquiera necesitaba perchas, porque todas las cosas estaban amontonadas unas encima de otras.

Cogí unas cuantas camisas y, como conocía a mi elegante amiga, añadí un traje de pantalón y dos vestidos que seguramente eran demasiado atrevidos para un pueblo tan pequeño.

—Cada vez que el universo le da con la puerta en las narices metafóricamente a una de mis heroínas, la hago empezar de cero —expliqué, agitando un par de botas hasta la rodilla de cuero vegano para sacar de ellas una camiseta y una bufanda de cachemira.

—Mmm. —Era evidente que Zoey me estaba ignorando mientras se bajaba el café con leche.

—Así que vamos a empezar de cero.

Ella dejó de beber y me miró por encima del vaso para llevar.

—Te juegas mucho con la siguiente frase. ¿Vamos a empezar de cero… en una playa tropical del Caribe?

—Habrá agua —dije, añadiendo unas cuantas camisetas de tirantes y pantalones de deporte al creciente montón.

—Sabes que me encanta la Hazel desquiciada y alocada. La echaba de menos —dijo, haciéndome un gesto con la mano—. Pero ahora mismo no puedo irme de vacaciones. Necesito buscar otro trabajo y tiene que ser en una agencia que me permita contratarte. Y, sin ánimo de ofender, la única de la ecuación que trae aún más lastre que yo eres tú.

—Pues sí me has ofendido. Por cierto, he estado escribiendo.

Zoey se puso alerta y se quitó el antifaz del pelo.

—¿Te refieres a palabras de verdad?

—Palabras de verdad organizadas de forma bastante legible, para una escena con una heroína de la gran ciudad cuya vida acaba de implosionar y se ha quedado sin ningún sito a donde ir, y un héroe de clase obrera que no puede evitar ayudarla.

Zoey se puso de rodillas y gateó hacia mí.

—Dime que son completamente opuestos, que él tiene un trabajo muy físico y que ella solo puede pensar en que la acaricie con sus manos enormes y ásperas.

—Lleva un cinturón de herramientas y arregla cosas, entre ellas la casa de una vecina anciana que no podía permitirse pagarle.

—¿Tiene algún hermano? —me preguntó Zoey, esperanzada.

Bajé de golpe la tapa de la maleta.

—Dos.

Mi amiga cerró los ojos y se retorció de emoción sobre el colchón.

—¡Eso significa tres libros más de *Spring Gate*!

—Significa tres libros de *Story Lake* —la corregí.

Zoey abrió los ojos de repente antes de entornarlos.

—Espera. Se suponía que ibas a escribir la siguiente entrega de *Spring Gate*.

Dejé de hacer la maleta un momento.

—No puedo, Zo. No puedo seguir con una serie que me robaron. Necesito hacer algo nuevo, en un sitio nuevo. Y antes de que intentes disuadirme, ya he apretado el gatillo y no hay marcha atrás. Por eso te estoy arrastrando. Te necesito para seguir adelante. Cuatrocientas palabras son mejor que nada, pero no son un libro.

—¡Cuatrocientas palabras son una maravilla, Haze! Ya nos preocuparemos luego del resto.

—Genial. Entonces te apuntas. Pues nos mudamos a Story Lake y puedes ayudarme a espiar a los hermanos Bishop.

Zoey se atragantó con el café.

—¿Cómo dices?

— 53 —

Gracias a la resaca y a la incapacidad general de mi amiga para ser operativa por las mañanas, me costó convencerla menos de lo previsto, así que en una hora estábamos en la acera con una Zoey duchada y su legión de maletas.

—Solo quiero recordarte que no puedes basar un personaje en una persona de la vida real sin que te demanden —me advirtió mientras hacíamos malabares para poner todo el equipaje en la acera.

—Ese artículo ha sido lo primero que me ha inspirado en casi dos años. Tengo un buen presentimiento.

—Nunca has vivido en otro sitio que no sea Nueva York. Ya sé que las películas de Navidad de Hallmark hacen que la transición de la gran ciudad a un pueblo pequeño parezca fácil, pero ¿has pensado en el hambre que vas a pasar cuando sea sábado por la noche y no puedan llevarte tarta a domicilio?

—Necesito un cambio. Además, ya me he comprometido.

Zoey me miró por encima de las gafas de sol con los ojos rojos.

—¿Cómo que ya te has comprometido?

—He comprado una casa en Story Lake a las cuatro de la mañana en una subasta de internet. Así que esto tiene que funcionar. Ya sabes que siempre escribo mejor cuando hay mucho en juego.

Zoey gimió.

—Creo que voy a volver a potar.

—Ni se te ocurra vomitar en el coche de alquiler —le advertí, llevándola hacia el descapotable azul que estaba aparcado a cuarenta y cinco grados de la acera. Había renunciado a aparcarlo en paralelo después del cuarto intento.

—No te ofendas, pero ¿tú sabes conducir?

—Tengo carnet —dije, pulsando el botón del llavero.

—No me digas. Y yo fui a clase de Biología y eso no significa que sepa operar de apendicitis.

5

El caballero de la brillante gasolinera

Hazel

—No puedo creer que estemos haciendo esto —dije, pulsando botones al azar en la pantalla táctil del coche, intentando encontrar una emisora que no fuera deportiva.

—No puedo creer que te esté dejando conducir —dijo Zoey inexpresivamente desde el asiento del copiloto, aferrándose al asa de la puerta y a la consola central.

—No seas tan dramática. Solo ha sido un bordillo.

—Un bordillo, un autobús urbano y cuatro conos de tráfico. Por no mencionar los treinta y siete baches con los que me has machacado el bazo.

Su crítica resacosa de mi forma de conducir no iba a empañar mi alegría de vivir recién estrenada.

—Eso ha sido en la ciudad. No cuenta —señalé con decisión.

Hacía muchísimo tiempo que no conducía. Años. Ni siquiera había tenido nunca coche. Pero mi tercer padrastro, Bob, me había enseñado a conducir en aparcamientos vacíos y pueblitos de Connecticut, al cumplir los dieciséis. Más allá de algún que otro momento puntual desde entonces, el curso de conducción de Bob había supuesto la experiencia al volante más dilatada que había tenido.

Pero ahora estaba oficialmente en el modo «Hazel aventurera», lo que implicaba asumir ciertos riesgos…, como conducir y comprar casas por internet. Y era una pasada. Me sentía viva y no simplemente un punto por encima del coma.

Los neumáticos traquetearon cuando desvié el coche hacia el arcén de la autopista.

—Uy —dije, corrigiendo demasiado la trayectoria y pisando la línea discontinua.

Zoey me dio un manotazo para que dejara en paz la radio.

—Madre mía, chica. Si te busco una lista de reproducción adecuada, ¿harás el favor de prometerme que mantendrás las dos manos en el volante y los dos ojos en la carretera?

—Solo si es buena. Nada de mierdas emo deprimentes.

Zoey metió la cabeza en el bolso gigante y salió a la superficie al cabo de un rato con el móvil y el cable del cargador. Estuvo investigando el salpicadero hasta que encontró el puerto adecuado y conectó el teléfono.

«Coja la próxima salida», berreó el GPS a través de los altavoces, sobresaltándome.

—¡Hazel!

—¿Qué? —pregunté con inocencia—. Solo ha sido un pequeño volantazo. Ni siquiera me he salido de las líneas.

«Another One Bites the Dust», de Queen, empezó a sonar mientras me dirigía a la salida.

—Muy graciosa.

Los labios de Zoey se curvaron por debajo de las gafas de sol de las resacas.

La Pennsylvania rural en agosto tenía un aspecto luminoso, bonito y ligeramente tostado. Los árboles y las colinas se extendían ante nosotros. El tráfico era mínimo. Y no había visto a una sola persona orinando contra un edificio desde que habíamos salido de la ciudad.

Estábamos a unos minutos de nuestro destino cuando se encendió la luz de la reserva de combustible. Me desvié hacia una gasolinera oportunamente ubicada. Zoey se bajó y fue dando tumbos hacia la tienda (un Wawa), murmurando algo sobre bocadillos y vómitos.

Cuando salí del coche, me di cuenta de que el surtidor de gasolina estaba en el lado del pasajero y la manguera no llegaba.

Así que me puse de nuevo al volante y rodeé los surtidores. Pero me abrí demasiado en la curva y me quedé en medio de la zona de paso del aparcamiento.

—Mierda.

Intenté dar marcha atrás y enderezar el coche, pero giré el volante en sentido contrario y acabé dejándolo aún más torcido. Una camioneta del tamaño de un autobús turístico entró rugiendo en el segundo surtidor y se detuvo con el parachoques pegado al mío. El conductor se bajó y me lanzó una mirada burlona. Era un tío de aspecto curtido, como el hombre de Marlboro, pero con mono de trabajo.

—Putos conductores de ciudad —refunfuñó antes de escupir en mi dirección algo que supuse que era tabaco y coger con destreza el surtidor.

Me aclaré la garganta y agarré el volante con más fuerza. No pensaba permitir que un lugareño que conducía un puñetero tanque y escupía tabaco le arruinara el día a la Hazel aventurera.

Puse la marcha atrás y giré el volante en dirección opuesta, pero un bocinazo agresivo me informó de que un turismo me había cerrado el paso por la parte trasera.

—Joder —murmuré, volviendo a meter primera.

Pisé el acelerador, pero no pasó nada. Así que lo pisé con más fuerza. El motor aceleró ruidosamente, pero el coche se quedó donde estaba.

—Creo que estás en punto muerto —comentó alguien amablemente.

Levanté la vista y vi a un hombre al lado del coche. El sol lo iluminaba desde atrás, haciendo que pareciera una estrella de cine en la gran pantalla. Era alto, de hombros anchos y llevaba puestos unos vaqueros y una camiseta bastante ceñida. Tenía el pelo de color castaño claro ondulado de tal forma que le daba un aspecto irresistible.

Desvié la mirada y bajé la vista hacia la palanca de cambios. Efectivamente, estaba en punto muerto.

Madre mía, qué vergüenza.

Don Observador se agachó un poco. Caray. Era guapísimo.

— 57 —

Y me sonaba de algo. ¿Lo habría visto en las páginas de una revista de moda, o en algún anuncio de colonia? ¿Sería un modelo que acababa de terminar una sesión de fotos al aire libre en las montañas de Pocono? De pronto me vino a la cabeza el vago recuerdo de una Hazel adolescente babeando ante los hombres barbudos con camisas de leñador y canoas del catálogo de L. L. Bean. A aquel caballero le faltaban la barba, la camisa de leñador y la canoa, pero eso no lo hacía menos atractivo.

—¿Necesitas ayuda? —me preguntó.

—No. Todo controlado —contesté, intentando hablar como alguien que conducía coches habitualmente.

Metí primera y pisé el acelerador. Por desgracia, me pasé un poco de la raya y me estampé de lleno contra el reluciente parachoques de la camioneta.

—¿Pero tú de qué coño vas? —protestó el conductor, tan colorado que me preocupó que se hubiera tragado el tabaco.

—Relájate, Willis —dijo mi héroe de la ventanilla—. Seguro que ni siquiera ha rayado el cromado.

—¿Dónde has aprendido a conducir? ¿En los putos coches de choque? —me preguntó el tal Willis mientras me disponía a bajarme del coche.

—Igual es mejor que pongas el freno de mano —me sugirió el desconocido, guiñándome un ojo.

La Hazel aventurera no tenía muy claro si caerse de culo o arrugarse como una pasa. Puse el freno de mano y salí, entornando los ojos para protegerme de la luz del sol. Los tres analizamos la situación. El desconocido sexy guiñador de ojos era alto y musculoso, mientras que el conductor de la camioneta era un palmo más bajo que yo, incluso con las botas de cowboy. El parachoques de la camioneta seguía impecable. A mi coche de alquiler no le había ido tan bien. La rejilla de plástico tenía una grieta en el centro.

—Parece que has salido bien parado, Willis —comentó el tío bueno—. No era muy partidario de ese kit de elevación, pero tiene pinta de que ya lo has amortizado.

Willis refunfuñó.

No tenía ni idea de lo que era un «kit de elevación», pero

Willis parecía un poco menos cabreado, así que yo también le di las gracias.

El turismo que estaba detrás volvió a tocar el claxon.

—Será mejor que dé la vuelta, señora Patsy —dijo el apuesto desconocido, haciéndole un gesto con la mano a la conductora.

Ella bajó la ventanilla.

—Ese es mi surtidor de la suerte. Casi siempre me saco algo en el rasca y gana cuando echo la gasolina en el número cuatro —se quejó una mujer blanca con un peinado que parecía una colmena y unas gafas de sol envolventes sobre las gafas normales.

—Si se cambia al número uno, le compro otro rasca —le prometió mi héroe, tranquilamente.

Nos encontrábamos en medio de la nada y los tres clientes de la gasolinera se conocían por su nombre. Definitivamente, ya no estaba en Nueva York.

—Espero que sea de los de cinco dólares. No me conformo con cualquier cosa —le advirtió Patsy, antes de girar el volante y maniobrar con pericia hacia el otro surtidor.

Willis gruñó y volvió a escupir.

—Supongo que no merece la pena llamar a la compañía de seguros.

—¿Qué te parece si esta mujer tan guapa te invita a un Mountain Dew y quedamos en paz? —le propuso mi héroe.

Willis me miró frunciendo el ceño por última vez y luego asintió.

—Si es de dos litros, cerramos el trato, abogado.

—Hecho —me apresuré a decir. Volví rápidamente al coche y rebusqué en el bolso la cartera antes de que le diera tiempo a cambiar de opinión—. Solo tengo un billete de veinte. Si tuviera cambio…

Willis me lo arrebató de la mano.

—Un placer hacer negocios contigo —dijo, yendo hacia la tienda.

—No le hagas caso a Willis —dijo mi héroe—. Odia todo lo que hay sobre la faz de la tierra.

—Soy de Nueva York. Es de los míos —bromeé.

—¿Y qué te trae por la Pennsylvania rural, chica de ciudad? —preguntó.

—Una crisis existencial. Supongo que tú eres de por aquí.

—No, es que se me da muy bien adivinar nombres —se burló.

Noté que mi cara hacía algo raro. Estaba sonriendo. Sonriéndole a un hombre. Esperaba que pareciera una sonrisa de verdad y no una de esas muecas babeantes después de una visita al dentista.

—Bueno, pues gracias por la mediación —dije.

—Un placer. Y nada me alegraría más el día que me dejaras mover tu coche.

Abrí la boca para protestar, pero levantó una mano.

—Reconozco a una mujer inteligente, fuerte e independiente en cuanto la veo. Y no es para nada mi intención emitir ningún tipo de juicio sobre la destreza al volante de las personas de cualquier género. Pero mi gran capacidad de observación me hace pensar que tal vez no tengas tanta experiencia con el coche como yo. Además, pareces alguien que aprecia la eficiencia y tener el menor número posible de problemas legales.

Era bueno. Muy bueno. Podía imaginármelo perfectamente cabalgando al rescate de la heroína sobre el papel.

Me quedé mirándolo.

—Puede que no vayas muy desencaminado —reconocí.

—Hay un momento y un lugar para aprender a maniobrar en una gasolinera. Y, por desgracia para ti, esto no es ni lo uno ni lo otro.

—Tú lo que quieres es que me largue y deje de atropellar a tus vecinos. —¿De verdad estaba usando un homicidio en potencia con un coche para ligar? No es que estuviera oxidada, es que me estaba pudriendo en el desguace del ligoteo.

—Eso también —reconoció con otra sonrisa afable.

—Vale. Pero que conste que podría haberlo conseguido sola. —«Tarde o temprano», añadí para mis adentros.

—No lo dudo. Pero piensa en el favor que me estás haciendo. No me he subido al caballo para socorrer a una bella desconocida en toda la semana.

—Caray. ¿Esa frase te suele funcionar?

—Ya me lo dirás cuando te impresione con mi maña al volante.

—Por supuesto —repliqué, estirando un brazo para señalar el coche de alquiler.

Tuvo que echar el asiento hasta atrás de todo para poder encajar aquellas largas piernas recubiertas de tela vaquera. Le llevó menos de quince segundos y dos eficaces volantazos poner el coche recto al lado del surtidor y abrir la tapa del depósito de combustible con un botón que estaba debajo del salpicadero y que yo no habría encontrado en la vida.

Antes de bajarse, mi héroe miró hacia el sol y volvió a bajar la vista hacia el salpicadero. Pulsó otro botón y la capota se abrió.

—Hace un día demasiado bueno para ir con el techo puesto. Mejor disfrutar del sol mientras podamos.

Mmm, atrevido, pero acertado.

Apagó el motor y se bajó.

—¿Qué tal?

—Confirmado. La frase combinada con la habilidad al volante funciona. Si quisiera ligarme a un abogado de pueblo, tú serías el primero de la lista —le aseguré.

—Mi madre me ha convertido en un hombre demasiado educado y caballeroso como para contestarte con un «te lo dije» —replicó él, entregándome las llaves.

—Siempre me ha gustado eso de ti.

Su sonrisa me llegó directamente al corazón.

—Bueno, ¿quieres que te ayude a repostar, o te ves capaz de hacerlo tú misma sin causar ninguna explosión?

—Creo que ahora ya puedo arreglármelas sola —dije.

—Muy bien. Pues voy a comprarle el rasca a la señora Patsy. No uses el surtidor del mango verde. Es diésel. Acabarás sentada al lado de la carretera.

—No se me ocurriría —repliqué.

—Encantado de conocerte, chica de ciudad.

—Encantada de conocerte, héroe de pueblo.

Esperé a que entrara en la tienda para ver un vídeo de YouTube sobre cómo repostar. Al final conseguí hacerlo y estaba apoyada con el aire más despreocupado posible en el guardabarros cuando Willis volvió a salir con una botella de dos litros de Mountain Dew y una bolsa de cosas para picar.

Ni siquiera se molestó en mirar hacia donde yo estaba, antes de alejarse marcha atrás del surtidor y salir rugiendo del aparcamiento.

—¡Tranquilo, quédate con el cambio! —le grité a la camioneta.

La típica humedad de mediados de agosto impregnaba el ambiente y actuaba sobre mi pelo, multiplicando milagrosamente su tamaño. Pero al menos no apestaba a alcantarilla, como en Manhattan. Aquel sitio no se parecía a Nueva York en absoluto. Al otro lado de la calle, enfrente de la gasolinera, no había una manzana de edificios, sino un campo de maíz con hojas verdes brillantes y sedosos mechones rubios que se extendía en hileras ordenadas sobre una suave colina. Más allá había un bosque. La naturaleza no estaba encerrada o enjaulada en áticos y rascacielos. Se extendía hasta el infinito..., bueno, al menos hasta el infinito que mis ojos alcanzaban a ver.

La puerta de la tienda se abrió de golpe y Zoey salió levantando una mano para protegerse del sol.

—¿Has potado? —le pregunté.

Ella asintió, muy pálida.

—Creo que ahora ya lo he echado todo.

El surtidor se apagó y volví a dejar la boquilla de la manguera en el soporte.

—Mírala a ella, repostando como una conductora de verdad —se burló.

—Está tirado —mentí.

Volvimos al coche y puse rumbo a Story Lake.

—¿Qué le ha pasado al techo? —me preguntó Zoey, a los dos minutos de viaje.

—Se ha caído —bromeé.

—Ja, ja. Me gusta. El aire me hace sentir menos saturada de alcohol.

El viento me alborotaba la melena extragrande a la espalda mientras avanzábamos por la soleada carretera hacia mi nuevo futuro.

—Esto empieza a parecerme cada vez menos descabellado. Como si tal vez estuviéramos yendo por el buen camino —dije, con el ruido del viento de fondo.

—¿En serio? ¡Yo estaba pensando que me recordaba al final de *Thelma y Louise*! —respondió Zoey a gritos.

—Ja, ja, muy simpática. Vamos hacia nuestro futuro, no hacia un precipicio.

Un trozo de plástico negro de la rejilla semidestrozada eligió ese preciso instante para chocar contra el parabrisas, sobresaltándonos a ambas.

—¿Qué demonios ha sido eso? —preguntó Zoey.

—Nada. Un bicho —respondí, intentando activar los limpiaparabrisas para quitar el trozo de rejilla del cristal. Encontré las luces largas, los calentadores de los asientos y los intermitentes antes de que los limpiaparabrisas cobraran vida.

—A la cuarta va la vencida —murmuró mi compañera de resaca desde el asiento del copiloto.

—Perdona, pero creo que lo estoy haciendo bastante bien. Mira, he conseguido que lleguemos hasta aquí —dije, señalando un cartel en el que ponía «Bienvenidos a Story Lake». Faltaban algunas letras y algún graciosillo había modificado otras con un espray rojo, convirtiéndolo en «Venid a Soy Fake». A la izquierda, pudimos ver por primera vez las brillantes aguas del lago—. Y sin ninguna catástrofe. Tal y como te prometí.

Debería haber cerrado la boca. Porque justo en ese momento una sombra del tamaño de un pterodáctilo se cernió sobre nosotras.

—¿Qué co...? —La pregunta de Zoey se vio interrumpida por un golpe húmedo.

Algo brillante, plateado y viscoso me golpeó en la cara y Zoey empezó a gritar.

Di un volantazo a ciegas y pisé el freno. Los neumáticos derraparon sobre la gravilla y una fuerte ráfaga de aire me sacudió el pelo al tiempo que algo frío y resbaladizo me caía por la frente.

Plof.

El cinturón de seguridad se bloqueó y salí propulsada hacia

adelante y luego hacia atrás mientras el coche se detenía de forma brusca e inesperada.

Por un instante se hizo el silencio conforme una nube de polvo se levantaba a nuestro alrededor.

—¿Cómo has podido chocar contra un puto pez? —chilló Zoey.

Tenía algo húmedo y rojo en el ojo. Intenté limpiármelo, pero solo conseguí mancharme el pelo.

—¿Estoy sangrando? —pregunté.

—¡Tengo un pez en el regazo! ¡Quítamelo! —aulló Zoey.

Intenté mirar hacia abajo, pero entre la cosa roja, el pelo enmarañado y el polvo, era imposible ver nada.

Un silbido inquietante y agudo se abrió paso entre los gritos y la nube de polvo.

—¿Qué coño es eso? —pregunté tosiendo mientras miraba hacia atrás a través de la polvareda y me encontraba con una aparición diabólica.

6

Le has dado a un águila calva

Campbell

Me planteé pasar de largo e ignorar el accidente.
Tenía asuntos que atender, temas que solucionar.
Pero Story Lake no era precisamente una metrópolis llena de gente y era muy probable que nadie más se detuviera. Además, Goose iba a hacer que le diera un infarto a alguien, encaramado al tronco de aquella forma.
Con un suspiro de fastidio, desvié la camioneta hacia el arcén y paré detrás del descapotable destrozado.
Cómo no, tenía matrícula de Nueva York.
Todavía no había puesto la bota en el suelo, cuando dos gritos gemelos atravesaron el polvo y el silencio.
—¿Estáis bien? —pregunté con rudeza mientras me acercaba.
Tanto la conductora como la pasajera estaban demasiado ocupadas gritando y forcejeando con los cinturones de seguridad mientras miraban hacia atrás como para fijarse en mí.
Goose extendió un ala imponente y dejó la otra pegada al costado.
—¡Nos va a comer la cara! —chilló la pelirroja que iba de copiloto.
—¡Pues devuélvele el pez! —gritó la conductora, cubierta de polvo.

Maldiciendo en voz baja, abrí la puerta del conductor.

—¿Alguna está herida?

Volvieron a gritar, esa vez mirándome a mí. La conductora, una mujer morena con las gafas de sol torcidas sobre la nariz, tenía un corte en la frente que sangraba de forma abundante.

Mordiéndome la lengua para no cagarme en lo más sagrado, no fuera a ser que mi madre se enterara de que había estado jurando como un carretero delante de un par de turistas, me agaché para desabrochar el cinturón de seguridad de la conductora.

—Sal —le ordené. Como no se movía lo bastante rápido, la cogí en brazos y la posé al lado del coche—. Estás sangrando.

—No jodas. Creía que era gelatina de fresa —replicó la mujer, llevándose una mano a la frente—. Zoey, ¿estás bien?

—Eres la única que está sangrando —señalé.

—¡Oiga, caballero, no sé quién es usted ni si es una buena persona o un asesino en serie, pero seré su coartada para cualquier crimen que decida cometer si me quita de encima este pez! —chilló la copiloto.

Miré hacia abajo y la pelirroja levantó ambas manos como si estuviera detenida. Una trucha arco iris gordísima la miraba inmóvil desde el regazo.

Goose graznó enfadado.

—Cállate, Goose —le regañé.

Él agitó el ala encogiéndose de hombros, casi como si fuera humano.

—¿Alguien podría hacer el favor de explicarme lo que acaba de pasar? —pidió la conductora, echando a andar mientras se sujetaba la frente ensangrentada con una mano.

La hice retroceder hasta que chocó contra el capó de mi camioneta.

—Quédate ahí.

La pelirroja seguía allí sentada sin moverse, con las manos levantadas, cara de pánico y negándose a mirar hacia abajo, cuando le abrí la puerta.

—Qué puto circo —murmuré cogiendo el pez.

Las escamas eran resbaladizas y casi se me escapó, pero conseguí agarrarlo mejor cuando estaba a un centímetro de arrearle un sopapo en las gafas de sol tamaño estrella de cine a aquella mujer.

Ella frunció los labios y ahogó una especie de grito interno.

Lancé el pez a la hierba del arcén de la carretera, donde aterrizó con un golpe húmedo.

Goose saltó del tronco al suelo y caminó hacia su almuerzo con la arrogancia de John Wayne.

—¿Puedes andar, o prefieres quedarte ahí sentada gritando? —le pregunté a la pelirroja.

—Creo que voy a lloriquear un poco más, si le parece bien.

—Mujeres. Y encima neoyorquinas.

Volví a donde estaba la conductora lesionada, que se había puesto las gafas de sol sobre la herida, encima del pelo polvoriento y empapado de sangre. Me miró con sus grandes ojos marrones.

—¿Eso es un...?

—Águila calva —respondí, rellenando el hueco.

—Me ha atacado un águila calva —dijo, en un tono casi soñador. De repente pateó el suelo con un pie y miró hacia el cielo despejado con los ojos entornados—. ¿Por qué el universo me odia tanto?

Me pareció más una pregunta retórica que otra cosa, así que no me molesté en contestar.

—Goose no te ha atacado. Te has cruzado en su camino justo antes de estrellarte con el cartel de bienvenida.

Seguramente aquel puto pajarraco había bajado demasiado con la comida y le había dado en la cabeza con el pez y probablemente con una garra. Pero aquella mujer me estaba tocando las narices y no pensaba dejar que se fuera de rositas.

Fue como si acabara de decirle que había atropellado a una camada de cachorritos.

—Ay, madre. ¿Lo dices en serio? ¿Se va a morir?

—No. —La agarré de la mano menos ensangrentada y la lle-

— 67 —

vé a la parte de atrás de la camioneta, antes de bajar el portón trasero. Al ver que se quedaba allí plantada, la senté sobre él—. No te muevas.

Inclinó la cabeza para ver al águila.

—Pero ¿está bien? ¿Necesita algún tipo de primeros auxilios para águilas calvas?

—Está perfectamente —le aseguré. Me acerqué a la puerta de atrás y saqué el botiquín del asiento trasero—. Estate quieta —le ordené, abriendo la maltrecha caja metálica que había dejado a su lado.

—¿Seguro que Zoey se encuentra bien? —me preguntó, volviéndose para buscar a su amiga.

Me puse entre sus piernas, la agarré de la barbilla y la hice girarse para que me mirara.

—Si Zoey es la del pez en el regazo, yo diría que ha sufrido más daños emocionales que físicos. Ahora estate quieta.

El corte no era profundo, pero, como todas las heridas en la cabeza, sangraba muchísimo.

—Tiene pánico a los peces y a los pájaros. Esto es como una película de terror hecha a medida para ella. —Intentó girarse de nuevo—. ¡Zoey! ¿Seguro que estás bien?

—Sí —contestó su amiga con un hilillo de voz—. Aquí, con mi pesadilla particular a dos metros de distancia.

—Oye, calamidad, como no pares de una vez voy a acabar metiéndote un algodón con alcohol en el ojo —le advertí.

—¿Vas a vomitar otra vez? —le gritó mi paciente a su amiga—. ¡Ay!

La mujer hizo una mueca de dolor y me lanzó una mirada acusadora mientras yo la agarraba de la nuca y le pasaba el algodón por la cara.

—Te he dicho que te estés quieta.

—Vale, lo siento. Es la primera vez que me meto en una pelea con un águila calva. Estoy un poco traumatizada.

Le limpié la sangre y el polvo lo mejor que pude.

Luego cogí una tirita y puse los ojos en blanco. Mi madre se había hartado de que asaltáramos su botiquín y había cambiado las tiritas normales por unas que parecían bigotes. Siempre se me olvidaba comprar material de primeros auxilios menos ridículo.

Mi paciente se acercó más a mí, examinándome como si fuera algo que nunca había visto y estuviera bajo un microscopio. Tenía las pestañas espesas y oscuras y unas cuantas pecas en la nariz.

—¿Qué? —dije bruscamente.

—Que me suenas de algo y tienes unos ojos muy bonitos —replicó ella.

Genial. Me había tocado cargar con una desconocida conmocionada y su amiga histérica con pánico a los peces.

—No me digas. Pues tú tienes un traumatismo craneoencefálico y eres un peligro al volante.

—Lo digo en serio —señaló.

Abrí la tirita-bigote.

—Yo también.

—Son verdes, pero con motitas doradas.

Los ojos de Calamidad eran marrones, como la tierra del bosque. Le puse la tirita en su sitio antes de que volviera a moverse.

—¿Eres Campbell Bishop? —me preguntó.

Volví a agarrarla por la nuca y le pegué bien la tirita con la palma de la mano.

—Cam. Y ¿a ti qué te importa?

Soltó una risita que se convirtió en resoplido.

—Pues sí que eres experto en eso de ser borde y majo a la vez.

No pensaba tocar aquella declaración ni con un palo de tres metros.

—¿Y tú cómo te llamas, Calamidad? —le pregunté.

—Hazel —contestó—. Hazel Hart. —De repente abrió los ojos de par en par—. ¡Mierda! ¿Qué hora es?

—¿Cómo coño voy a saberlo?

—No sé. Es que pareces… —Me miró de arriba abajo—. Bastante responsable.

—Eran las dos menos diez cuando te vi atropellar al emblema nacional.

Ella hizo una mueca.

—Llego tarde a una reunión. Y encima ahora voy a tener

que buscar un hospital para pájaros, así que me voy a retrasar todavía más.

—¿Qué?

Hazel se deslizó hasta el borde del portón trasero, lo que la puso en contacto directo e imprevisto con mi entrepierna. Todas las partes que me había empeñado en ignorar durante el último año de pronto pasaron a un primer plano. ¿De verdad hacía tanto tiempo? No echaba un polvo desde que había vuelto. Es decir..., desde hacía un puto año entero.

Ajena a mi instantánea e inconveniente reacción física, la desconocida me puso una mano en el pecho y me empujó hacia atrás. En cuanto sus zapatillas de deporte pisaron el suelo, levantó la cabeza para mirarme.

—¿A qué distancia queda el centro de aquí?

—¿El centro de Story Lake? —No se me ocurría ninguna razón para que una forastera de Nueva York tuviera una reunión «en el centro».

—Sí. Necesito ir a Endofthe Road, 44. ¿Se puede ir andando?

—¿Se te da mejor caminar que conducir?

—Ahora mismo estoy demasiado estresada como para ofenderme por eso —replicó—. Gracias por los primeros auxilios.

—¿Adónde coño vas? —La seguí, rodeando la camioneta.

—A buscar a Zoey, averiguar cómo atrapar a un águila calva y caminar hasta el pueblo. He quedado con el alcalde. Seguro que conoce a algún médico de aves. —Fue hacia su amiga, que estaba apoyada en la puerta del coche bebiéndose de un trago una bebida isotónica e intentando no mirar a Goose, que estaba despedazando el pez muerto—. Zo, ¿puedes buscar algún hospital para pájaros por la zona? —le gritó Hazel, quitándose el jersey y quedándose con una simple camiseta negra de tirantes sobre su cuerpo esbelto y digno de admiración.

—No deja de mirarme, me pone los pelos de punta —se lamentó Zoey, observando al pájaro.

—Seguro que me guarda rencor por haberle dado con el coche... o con la cara —dijo Hazel, con sensatez. Sujetó el jersey como si fuera el capote de un torero.

Aunque me habría encantado ver a una neoyorquina intentando pillar a Goose mientras comía, se me estaban acabando tanto el material de primeros auxilios como la paciencia.

Soltando entre dientes una retahíla de tacos, saqué el móvil del bolsillo trasero, abrí el grupo de «Bish Bros» —un nombre ridículo— y envié un mensaje.

> Me ha surgido un problema. Llego tarde.
> Tengo que hacer otra parada.

Levi
Pringado.

Gage
Necesitas ayuda? Estoy volviendo
y ya he cubierto el cupo de
heroicidades del día, pero no me importa
gastar un poco del de mañana.

> No. Todo controlado.

Gage
Pues entonces podemos chapar el chiringuito,
Livvy. Hace una birra?

Levi
Lo primero inteligente que has dicho
en todo el día.

Gage
Nos vemos mañana a primera hora, Cammy.

Una vez solucionado el tema, volví a guardarme el móvil en los vaqueros.

—Ven aquí, águila bonita, enorme y aterradora —canturreó Hazel, acercándose a ella. Goose levantó la vista, masticando un bocado de pescado.

—Como te acerques más, te va a dar un picotazo —le advertí, poniéndome detrás de ella.

Hazel se quedó inmóvil.

Goose nunca había atacado a nadie. A muchos nos había golpeado en la cara con las alas y tenía la manía de volar demasiado bajo simplemente por fardar. Pero era tan feroz como un perro labrador.

Hazel se volvió y me miró con los ojos muy abiertos.

—Pero tengo que llevarla a un médico de pájaros.

—¡Hay un hospital especializado en aves a quinientos kilómetros de aquí! —gritó Zoey.

—Está perfectamente —les aseguré.

Hazel entornó los ojos.

—No lo estarás diciendo para no herir mis sentimientos y en cuanto dé media vuelta acabar con su sufrimiento, ¿no?

—¿Crees que voy a dispararle en secreto a un águila calva para no herir tus sentimientos?

Debería haber pasado de largo. Debería haberme metido en mis asuntos y haber dejado que se las apañaran solas.

Hazel inclinó la cabeza de un lado a otro, mirando hacia el cielo, como si estuviera repitiendo mentalmente aquellas palabras.

—Vale. Vale. Suena bastante absurdo dicho en voz alta. A veces se me ocurren cosas que parece que tienen todo el sentido del mundo y cuando las pongo sobre el papel…, bueno, cuando las ponía sobre el papel…

—Hay un veterinario normal a quince kilómetros de aquí y parece que está especializado en pájaros, pero debe de ser sobre todo en esos pajarracos espeluznantes que hablan —terció Zoey.

—¡La puta águila está perfectamente, joder! —grité.

Las dos mujeres dejaron de hacer lo que estaban haciendo y me miraron fijamente.

—Qué mala leche —comentó Zoey.

—Ya te digo —replicó Hazel con una cara de alegría que me pareció del todo inapropiada y muy irritante, dada la situación—. Y no está perfectamente. Mírale el ala.

Goose tenía un ala desplegada, pero seguía con la otra pegada a su fornido cuerpo.

—Está fingiendo —les expliqué.

Hazel resopló.

—Sí, claro. ¿Ahora eres psicólogo de águilas calvas?

Murmurando una serie de frases muy poco halagadoras y caballerosas, volví a la camioneta y abrí la guantera. Cogí la bolsa de golosinas y volví con Hazel, que seguía sujetando el jersey como si fuera un protector de brazo para águilas.

—Déjate de tonterías, Goose —le dije, lanzando una de las chucherías al aire.

El ave la atrapó con arrogancia. Luego cogió los restos del pez con las garras y echó a volar.

—Me acaba de timar un águila calva. —Hazel levantó las manos para protegerse del sol y se tocó la tirita-bigote—. Ay.

—Voy a tener pesadillas con esto el resto de mi vida —declaró Zoey.

—Y yo —señalé.

Observamos cómo el ave se dirigía hacia el este y planeaba majestuosamente sobre lo que debía de ser Main Street. Un buen trozo de pescado se le soltó y cayó en picado hacia el suelo.

A Zoey le dio una arcada y se tapó la boca con la mano.

—¿Cómo sabías que estaba fingiendo? —me preguntó Hazel.

—Porque lo hace constantemente. Venga, subid a la camioneta.

Zoey señaló con la bebida isotónica el cartel hecho trizas.

—¿No habría que esperar a que viniera la policía? ¿O una grúa, al menos?

—¿Y nuestras cosas? —preguntó Hazel—. Tengo el portátil en el maletero.

—Le enviaré un mensaje al de la grúa y le diré dónde puede encontraros. Subid a la puñetera camioneta. Voy a llevaros a la reunión.

—Eres muy amable —dijo Zoey, antes de que me diera tiempo a añadir alguna grosería sobre el hecho de que, cuanto antes las llevara a su destino, antes las perdería de vista.

— 73 —

—Mi héroe —dijo Hazel, con un entusiasmo sospechoso para alguien que acababa de recibir un golpe en la cabeza con un pez.

—Deja de tocarte la herida —le ordené.

7

Una mentirijilla entre amigos

Hazel

Hasta con la herida en la cabeza podría haber caminado los cuatrocientos metros que había hasta el centro de Story Lake. Era tan pequeño que, si parpadeabas, te lo perdías. Estaba compuesto por dos manzanas llenas de escaparates vacíos y aparcamientos desiertos. Había un parquecito achicharrado por el sol que dividía la plaza por la mitad. Solo le faltaba el típico templete de los pueblos pequeños.

Pero estaba demasiado preocupada pensando en el hombre que conducía.

Eso tenía que significar algo. Acababa de conocer al responsable de que me hubiera mudado allí, antes incluso de entrar en el pueblo. Claro que, si nos poníamos así, el hecho de haber estado a punto de hacer papilla a un águila calva con el coche también podía ser una señal. Aunque prefería centrarme en el elemento más atractivo, gruñón y musculoso de la ecuación.

—¿Cuántos hermanos tienes? —le pregunté.

—¿Qué? —dijo Cam.

Señalé el logotipo de «Bishop Brothers» de su camiseta.

—Supongo que tu apellido es Bishop.

—Dos —contestó, como si estuviera deseando que dejara de hablar.

«Ja. Más quisieras, amigo». Le gustara o no, Campbell Bishop era ahora mi inspiración y pensaba sacarle todo el rendimiento posible.

—¿Eres el mayor? Tienes pinta de serlo. ¿Has vivido aquí toda la vida? —le pregunté.

Él gruñó, como si fuera una respuesta aceptable.

Me fijé en el maltrecho libro de bolsillo que había en el salpicadero.

—¿Lees? —le pregunté emocionada. En mi humilde opinión, los héroes a los que les gustaban los libros eran todavía más sexis.

—¿Me estás preguntando si sé leer?

Señalé la ajada novela policiaca.

—Te estoy preguntando si te gusta leer.

—Ahora mismo no me gusta nada de lo que está pasando —me espetó.

Me acomodé en el asiento para recomponerme. Estaba oxidada en lo que a conversaciones triviales se refería, pero era fundamental que le sonsacara a aquel hombre toda la información posible para engrasar los engranajes de la inspiración.

Cam conducía la camioneta como si hubiera nacido para manejar maquinaria muy pesada y con mucha potencia. Como si fuera una especie de extensión de su cuerpo. Y menudo cuerpazo. Llevaba una camiseta gris de Bishop Brothers que resaltaba aquel material espectacular. Y unos vaqueros desgastados en plan: «Hago trabajos de machote y mis fornidos muslos han tardado años en ablandar este tejido».

Antes de que él decidiera apagarla, la radio estaba en una emisora de música country.

A pesar del mal pie con el que había empezado y del dolor de frente, tenía la clara sensación de que las cosas estaban mejorando. En mi cabeza, el Cam literario ya había acudido raudo y veloz a rescatar a nuestra heroína varada. Cierto, la heroína del libro…, mmm…, iba a llamarla «Hazel», por aquello de facilitar las cosas. Eso es. La Hazel literaria no habría atropellado al emblema nacional. Aquello no era un flechazo: era un bajonazo. Aunque lo de la herida en la cabeza podía funcionar. ¿A quién no le gustaban las heroínas lesionadas y los héroes cascarrabias que hacían de médicos?

Aunque tal vez un esguince de tobillo fuera más romántico. Habría menos sangre y el Cam literario podría cogerla en brazos con sus músculos colosales.

—¿Hay alguien ahí? —gruñó el Cam de la vida real, agitando una mano delante de mi cara.

Parpadeé y salí de mi mundo de fantasía.

—¿Eh? ¿Qué?

—No le hagas caso. Siempre está un poco ida —dijo Zoey desde el asiento de atrás—. Ha preguntado para qué otra cosa hemos venido a Story Lake, además de para agredir águilas.

Definitivamente, el Cam literario iba a tener que ser más simpático que el Cam de la vida real.

—Tenemos una reunión con el alcalde —dije con arrogancia. Cam esbozó una sonrisa burlona, pero no hizo ningún comentario.

—Esto es un plató de cine abandonado o algo así, ¿no? —preguntó Zoey—. ¿Dónde está todo el mundo?

Desvié mi atención del hervidero de creatividad de mi cerebro y miré a mi alrededor. Tenía razón. Aparte de un par de ardillas que subían y bajaban por los troncos de los árboles del parque, no había ningún otro rastro de vida.

—No —contestó Campbell.

El estruendo del motor de la camioneta había disimulado el silencio. Fruncí el ceño.

—Tenía entendido que «el bullicioso centro» era un imán para los turistas.

Nuestro reticente protagonista se rio.

—¿Quién coño te dijo eso?

Antes de que me diera tiempo a responder, algo más interesante llamó su atención y le hizo frenar en seco en medio de la calle.

Un hombre apareció con una escalera y una larga tubería blanca por debajo de un toldo verde que cubría la fachada de ladrillo de una tienda. En el escaparate ponía ULTRAMARINOS en letras doradas. Un perro del tamaño de un oso estaba sentado en la acera, moviendo la cola peluda de un lado a otro como un metrónomo de felicidad, mientras otro más pequeño y menos melenudo seguía de cerca al hombre.

Cam se asomó por la ventanilla.

—¿Algún problema?

El hombre de la escalera negó con la cabeza y señaló con el tubo de plástico un bultito que había en el toldo.

—Nada, la cabeza de un pez.

El perro más pequeño empezó a ladrar, eufórico, captando la atención del perro más grande, que bajó los escalones de hormigón para unirse a la fiesta de la acera.

Zoey me clavó el dedo en el hombro y me giré en el asiento.

—¿La cabeza de un pez? —susurró.

Cam salió de la camioneta, dejando la puerta abierta. Si estuviéramos en Nueva York, en menos de cuatro segundos un camión de la basura o una furgoneta de reparto la habrían arrancado de cuajo. Pero aquí, en el «bullicioso centro», no había ningún otro vehículo a la vista.

—Lo reconozco. No hemos empezado con muy buen pie —dije, observando cómo ambos perros acosaban a Cam, saludándolo con entusiasmo—. Pero esto me da buena espina.

—Menos mal que se la da a alguna de las dos —replicó Zoey.

Cam esquivó a los perros e intentó quitarle la escalera al hombre. Eso dio lugar a una fuerte discusión con numerosos aspavientos. El perro más grande, el que parecía un oso, fue el primero en intentar subirse a la escalera, lo que hizo que ambos hombres le gritaran a la vez: «¡Melvin!».

—Haze, cielo. Esto es apocalíptico. Nos hemos cargado el cartel de bienvenida del pueblo, nos hemos peleado con el emblema nacional, tú te has manchado de sangre tu jersey favorito por culpa del ataque de un pez-pájaro, yo he contado media docena de locales vacíos y nuestro chófer le está gritando al tío de la tienda de ultramarinos como si estuvieran enemistados desde hace décadas.

—Toda buena historia necesita un conflicto —señalé.

Cam les arrebató a hombre y perro el derecho a trepar por la escalera y, con el ceño fruncido, la puso al lado del borde del toldo. El otro hombre le entregó un tubo largo de plástico y nuestro héroe del centro del pueblo lo utilizó para retirar la cabeza del pez de la tela. Esta aterrizó sobre el hormigón con un desagradable «plof».

El perro-oso se abalanzó sobre la cabeza de pescado.

—¡La madre que te parió, Melvin! —exclamó el otro hombre, arrastrando al descomunal perro hacia atrás por el collar. El perro más pequeño se había quedado dormido al sol en medio de la acera.

Cam volvió a bajar, plegó la escalera, la pasó por encima del perro dormido y subió los escalones hacia la puerta principal. Todo ello sin intercambiar una sola palabra con el público.

—¿No quieres darme un poco de puré? ¿O asearme con una esponja? —refunfuñó el hombre, que seguía sujetando al perro cuando Campbell volvió.

—Te lo he dicho cien veces y Gage probablemente mil más. Joder, seguro que hasta Levi te lo ha advertido en un par de ocasiones y sabes que odia abrir la boca. No toques la puta escalera —dijo Cam, clavándole un dedo en el pecho al hombre.

El perro-oso ladró alborozado, despertando al perro-alfombra durmiente, que se levantó de un salto y soltó un aullido ensordecedor.

—¡Cállate, Bentley! —le gritaron los dos hombres.

—¿Estamos a punto de presenciar una pelea? —preguntó Zoey, algo más animada.

—Deja de darme la tabarra, Cam. No soy un puñetero crío —dijo el hombre mayor, apartando la mano de Campbell—. Puedo hacer perfectamente todas esas cosas de las que creéis que no soy capaz, pesados.

—Una llamada y vuelves al sofá reclinable de casa cagando leches —lo amenazó Cam.

El anciano entornó los ojos.

—No serás capaz.

—Prueba y verás. Como te vea subido a esa escalera, yo mismo te ataré al sillón con cinta americana —le advirtió Campbell.

El otro hombre se pasó una mano por la barba. Luego miró hacia la camioneta.

—¿No vas a presentarme a tus amigas?

—No.

Dicho lo cual, Cam regresó al vehículo.

—¡Nos vemos en el desayuno! —gritó el hombre desde la acera mientras Cam metía primera y pisaba el acelerador.

—Vale.

—¿Un amigo? —le pregunté.

—No.

—¿Un archienemigo? —dije, volviendo a probar suerte.

Campbell miró fijamente el parabrisas con el ceño fruncido.

—Es mi padre.

—Parecéis muy unidos —bromeó Zoey desde el asiento de atrás.

—Y qué perros tan monos —comenté—. ¿Son de tu padre, con el que está claro que hace tiempo que te llevas fatal?

—Esta mañana no debería haberme levantado de la cama —murmuró Cam.

—¿Qué tipo de cama tienes? ¿Una extragrande? Tienes pinta de preferirlas extragrandes. Yo pienso comprarme una, ahora que voy a tener sitio para ella. Es mi sueño. Eso y tener espacio en el armario —farfullé.

Aún seguía buscando posibles temas de conversación treinta segundos después, cuando nuestro malhumorado chófer detuvo bruscamente la camioneta al lado de la acera. Habíamos recorrido dos manzanas desde la discusión de la tienda de ultramarinos.

—Fuera —ordenó.

A Zoey no le hizo falta que se lo dijera dos veces. Salió disparada del asiento trasero como si estuviera lleno de pájaros comiendo cabezas de pescado.

Pero yo no tenía tantas ganas de librarme de Míster Inspiración. ¿Y si no me lo encontraba por el pueblo? ¿Y si nuestros caminos no volvían a cruzarse?

—Gracias por traernos. Y por el espectáculo. Y por los primeros auxilios —dije, tocándome la tirita de la frente. Él gruñó, sin dejar de mirar hacia adelante—. Y perdona por lo del águila, por lo del cartel y por obligarte a hacer de conductor de Uber. —Esa vez, Cam miró con elocuencia el reloj del salpicadero—. No te entretengo más. —Me desabroché el cinturón de seguridad y empecé a recoger lentamente mis cosas.

—Hazel.

Dejé de hacer lo que estaba haciendo para mirarlo.

—¿Sí?

—Si necesitas algo antes de irte… —Aquellos ojos verdes me abrasaron como unas llamas de color esmeralda.

—¿Sí? —pregunté sin aliento.

—No me llames.

—Ja, ja. Así que eres uno de esos tíos graciosillos y caballerosos, ¿eh?

—No soy ninguna de las dos cosas.

—Entonces ¿qué eres? —insistí.

—Un tío que llega tarde —dijo con vehemencia.

Zoey me dio unos golpecitos en la ventanilla, sacándome de mi estupor.

—Oye, Haze. ¿Seguro que es aquí? —preguntó.

Por primera vez me fijé en el edificio ante el que nos habíamos detenido.

—Uy.

—Es la dirección que me has dado —dijo Cam, como si lo hubiera acusado de secuestrarnos y abandonarnos en el bosque.

Ignorándolo, salí de la camioneta y me quedé mirando el adefesio que tenía delante. Endofthe Road, 44. El número de la puerta estaba semioculto por una mata de enredaderas. Más allá de la valla de tablillas de madera desvencijada y la maraña de maleza que hacía las veces de jardín delantero, se alzaba una mansión destartalada de tres plantas pintada en un llamativo color salmón.

—¿Qué has hecho, Hazel? —me preguntó Zoey mientras nos quedábamos allí plantadas, una al lado de la otra.

—Yo me largo —dijo Cam a través de la ventanilla abierta de la camioneta, detrás de nosotras.

—En el anuncio de la subasta no tenía esta pinta —aseguré.

— 81 —

—Parece la típica casa embrujada a la que nadie deja ir a sus hijos a pedir caramelos en Halloween —comentó Zoey.

Me acordé del papeleo, palpé el bolso y saqué la carpeta.

—¿Lo ves? Mira. Es del mismo estilo y las ventanas y las puertas están en el mismo sitio, pero en las fotos no es horripilante ni terrorífica.

Un silbido estridente rompió el silencio. Detrás de nosotros oí a Campbell cagándose en todo y apagando el motor. Nos giramos y vimos a un pequeño grupo de adolescentes corriendo por la acera hacia nosotras.

—¿Están a punto de arrollarnos? —preguntó Zoey—. ¿Se trata de algún rito de iniciación pueblerino que implica una estampida?

Los chicos llevaban unas camisetas que ponían: «Club de Atletismo Story Lake».

—Creo que no.

El chaval que iba en cabeza se detuvo delante de nosotras y nos tendió la mano.

—Hazel Hart, supongo.

Era cuatro o cinco centímetros más alto que yo y un poco desgarbado, con los pies grandes y piernas de gacela. Tenía la piel oscura, el pelo muy corto, negro y rizado, y llevaba gafas.

—¿Quién eres? —le pregunté, un poco aturdida, mientras le estrechaba la mano que me ofrecía.

—Darius Oglethorpe. —Su amplia sonrisa me habría parecido encantadora si no acabara de darme cuenta de que me acababa de estafar un adolescente.

—¿El alcalde?

—Alcalde y agente inmobiliario —anunció con orgullo—. Bienvenida a Story Lake.

Zoey tosió para disimular la risa.

—¿Me tomas el pelo? Si tienes pinta de estar en el instituto —le dije.

—Este es mi último año. Bueno, lo será cuando empiecen las clases —aclaró, aparentemente ajeno a mi consternación.

—Hicimos campaña a favor de él por todo el pueblo al salir de clase —dijo orgulloso uno de los chicos que iban detrás.

—¿Qué coño has hecho ahora, Darius? —le preguntó Cam, uniéndose a nosotras en la acera.

—Ay, madre. No está de coña —dije, cayendo en la cuenta.

—La bella y exigente señorita Hart acaba de comprar Heart House —anunció alegremente Darius—. Y ha obtenido un puesto de concejala en el ayuntamiento.

—Un momento —dije.

—No me jodas —soltó Cam.

Me dio la sensación de que Campbell se tomaba como una afrenta personal que fuera a vivir en Story Lake.

—Todos estábamos de acuerdo en que necesitábamos caras nuevas en el pueblo, así que he obrado en consecuencia —dijo Darius, señalándome. Sus cuatro amigos asintieron efusivamente.

—No se puede vender un puesto en el consejo del ayuntamiento así como así —protestó Campbell, apretando la mandíbula y haciendo que los huecos de sus mejillas se hicieran más profundos bajo aquella barba incipiente.

—Ni una casa con imágenes generadas por IA —añadió Zoey, señalando las copias del anuncio de la subasta.

—Las fotos quedaron genial, ¿verdad? —dijo Darius, mostrando un hoyuelo—. Mi hermana pequeña se las curró durante una semana entera, entre sus bolos de DJ. Darius Oglethorpe, por cierto.

Zoey le estrechó la mano.

—Zoey Moody, alias «te voy a partir esa cara de efebo como hayas timado a mi amiga».

—¿Qué es una mentirijilla entre amigos? —bromeó Darius, nervioso.

Cam me arrebató los papeles de la mano y les echó un vistazo rápido. Nunca había oído gruñir a un hombre adulto. Lo había descrito muchas veces en mis libros, pero oírlo en la vida real era una experiencia nueva y emocionante.

Zoey me dio un codazo.

—Vaya. Ahora lo pillo. Resulta que gruñir es sexy —murmuró entre dientes.

—Te lo dije —le contesté en un susurro.

Darius se volvió hacia sus amigos.

—Vosotros seguid. Voy a enseñarle la casa a nuestra nueva e ilustre vecina. Os alcanzaré para los esprints.

—Chao, D. O. —dijo un chico alto y larguirucho que llevaba una cinta en el pelo para domar su *mullet* rizado, antes de hacernos una especie de seña adolescente con el dedo.

—Hasta luego, señoritas, espero verlas mucho por aquí —dijo un chico más bajo, haciendo un guiño y mostrando una sonrisa ortodóncica.

Acto seguido se alejaron corriendo por la acera.

Me giré hacia Darius y me froté las sienes.

—A ver, ¿cómo se convierte un estudiante de secundaria en agente inmobiliario y alcalde?

—Es tan listo que acojona y las ordenanzas municipales son una mierda —dijo Cam, devolviéndome los papeles y fulminando con la mirada al adolescente que acojonaba de lo listo que era.

—¿Qué puedo decir? He sido bendecido con el don del coeficiente intelectual. Pero, a diferencia de la mayoría de niños prodigio, he elegido avanzar en el ámbito profesional en lugar de en el académico. Las ordenanzas establecen claramente que cualquier persona en su sano juicio puede presentarse a un cargo electo una vez cumplidos los dieciséis años —señaló, adelantándose para ir hacia la puerta torcida del jardín. Le dio una buena patada y quitó el pestillo—. No es por alardear, pero gané de goleada.

Hizo una floritura con el brazo para invitarme a entrar.

—No se presentó nadie más —le soltó Cam.

—La ley del mínimo esfuerzo, amigo mío —dijo Darius, dándole en el hombro la típica palmadita masculina. Luego volvió a centrarse en mí y extendió los brazos—. Bueno, ¿qué le parece su nuevo jardín delantero?

Intenté asimilarlo todo. El camino de losas irregulares. Los arbustos deformes, las zarzas, los tablones del porche desconchados de color turquesa.

—¿Esto son flores o malas hierbas? —preguntó Zoey, quitándose unos cardos de las perneras del pantalón.

—Van a alucinar: son malas hierbas con flores. ¿A que molan? Al dueño anterior le iba el paisajismo de bajo mantenimiento. ¿Y de qué conoce a mi amigo Cam? —me preguntó Darius mientras subíamos las escaleras del porche.

Tuve la sensación de que intentaba distraerme para que no me fijara en los chirridos de la madera.

—No me conoce de nada —replicó este, sorprendiéndome al ponerme las manazas en las caderas para impedir que pisara un escalón agrietado y hundido.

Aquel contacto físico me hizo perder el hilo.

—Jugaban juntos a los médicos —contestó Zoey.

Darius subió y bajó las cejas varias veces seguidas.

—Bueno, dada su profesión, señorita Hart, espero que esté encontrando inspiración por todas partes.

Aquel chaval tenía labia suficiente para llegar a presidente del Gobierno.

—No tienes ni idea —repliqué, intentando mantener el equilibrio en el porche.

Cam frunció el ceño, arrugando el rabillo de los ojos en un gesto que imaginé que sería una especie de reproche masculino.

Giré sobre mí misma lentamente. Aquello no tenía muy buena pinta. Las jardineras estaban llenas de restos esqueléticos de plantas muertas. Algunas tablas del suelo estaban combadas. Y las telarañas de los aleros eran tan gigantescas que parecían decoración de Halloween.

Aunque aquella casa tenía algo que no lograba identificar: personalidad, carácter... Era como una anciana que había vivido tiempos mejores, pero se negaba a rendirse sin luchar. Fuera lo que fuera, me gustaba.

Me vino a la cabeza una imagen de mi valiente heroína de pie, exactamente donde yo estaba, sintiendo lo que yo estaba sintiendo, y se me puso la piel de gallina.

—¿Por qué sonríe? —oí murmurar a Cam.

—Porque su cerebro no funciona como el nuestro —le explicó Zoey con cariño.

Me giré. Zoey y Cam estaban uno al lado del otro, cruzados

de brazos. Él fruncía el ceño con ferocidad. Ella tenía pinta de ir a vomitar otra vez.

—¿Algún problema? —pregunté, desafiándolos.

—No —respondió Zoey, sabiamente.

—Sí. Uno de metro setenta con alucinaciones —contestó Cam.

Esa vez fui yo la que cruzó los brazos.

—¿No tienes que irte por ahí a ser borde con otros?

—No pienso moverme de aquí hasta que alguien me explique exactamente qué está pasando —declaró.

—No es tan difícil de entender. He comprado la casa. Ahora vivo aquí.

—No nos precipitemos —dijo Zoey—. Tiene pinta de bastar un buen estornudo para hacerla caer en el portal del infierno que oculta debajo.

—No olvide que no solo ha comprado una casa, sino también un puesto en el consejo municipal —me recordó Darius, subiéndose las gafas sobre la nariz.

—Ah, sí.

Todavía no sabía muy bien qué implicaba eso. Yo era más bien una eremita introvertida, así que no tenía mucha experiencia en eso de formar parte de comités y consejos. Pero seguro que a mi heroína le resultaba fundamental para evolucionar como personaje.

—Creo que esa es la parte que no he entendido bien —dijo Cam.

—Y eso que soy yo la de la herida en la cabeza —le murmuré disimuladamente a Darius.

—Entiendo que es un tema importante para ti, Cam —repuso este—. Y las inquietudes de mis electores son mis inquietudes. ¿Por qué no damos un paseíto por el jardín y charlamos mientras la señora Hart explora un poco?

—No se puede vender un puesto en el consejo —dijo Cam.

Darius me dedicó una sonrisa radiante.

—No es necesario que se quede aquí escuchando todos los detalles sin importancia de los estatutos municipales. Vaya a explorar el interior y ahora la alcanzo. —Darius metió la mano bajo la camiseta de atletismo y sacó una llave sucia de latón con una cadena—. Es la única, así que no la pierda.

Una especie de emoción me invadió al posar los dedos alrededor del metal.

—¡Vamos, Zo! —grité, mirando hacia atrás.

—Bueno, Cam —dijo Darius diplomáticamente mientras yo iba hacia las puertas dobles en arco de la entrada, pintadas de un marrón gastado muy poco atractivo—. Sé que conoces los estatutos municipales, pero es comprensible que algunos de los apartados más farragosos se te hayan escapado. Por ejemplo, según el 13.3 (c), en caso de fallecimiento de algún concejal, el residente designado por el concejal fallecido podrá cumplir con las obligaciones del finado durante el resto de la legislatura.

—Ah, ¿sí? —replicó Cam—. Los estatutos también dicen que los hombres que a los veinticinco años aún no hayan perdido la virginidad deberán acostarse con su vecina más cercana no consanguínea.

Tomé nota mentalmente de hacerme con una copia de los estatutos municipales lo antes posible. Introduje la llave en la cerradura y la giré. El pomo rotó, pero la puerta no se movió.

—A veces hay que darle un empujoncito —dijo Darius.

El «empujoncito» resultó ser una buena patada en la esquina inferior derecha.

Con un inquietante chirrido de casa encantada, la puerta se abrió girando sobre los goznes.

—Ay, madre —susurré.

8

No es una asesina a sueldo

Campbell

—¿Me estás diciendo que no solo ha comprado un inmueble, sino que además va a ser concejala durante los próximos dos años? —exclamé, repasando la lista de razones por las que pegarle un puñetazo a un chaval de diecisiete años con el entusiasmo de un cachorrito era una mala idea.

Estábamos en el jardín lateral de Heart House, acorralados por girasoles y maleza que nos llegaba a la altura del pecho.

—Sí. Le hablé de esto a Gage. ¿No te lo dijo? —me preguntó Darius.

—Pues no.

Al menos a mi hermano podía pegarle tranquilamente.

—Escúchame, Cam. Sopa Campbell. Camenatrón. Esto es muy positivo. Se trata de una nueva contribuyente que va a ocupar la última concejalía y a restaurar la mayor aberración de Endofthe. Y adivina a quién le va a pedir ayuda para hacerlo.

—Darius me apuntó con el dedo—. A Bishop Brothers. Ser la única alternativa tiene sus ventajas.

Darius nunca había visto un vaso medio vacío, ni una tempestad sin calma. Aquel optimismo juvenil hacía que me entraran ganas de darle una patada a algo.

—Ha atropellado a Goose con el coche y ha destrozado el cartel de bienvenida de camino al pueblo. No va a encajar —señalé.

—En primer lugar, Goose se mete delante de un coche como mínimo una vez a la semana. En segundo, ese cartel necesitaba un arreglo urgente. En tercero, no necesitamos que encaje, solo que se quede y pague sus impuestos. Y por último, así por fin tendremos una famosa en el pueblo. Y eso es algo que ni siquiera los de Dominion tienen. Todos salimos ganando.

—¿Una famosa? —Como ese chaval me dijera que había vendido la propiedad histórica más emblemática de Story Lake a la ciertamente atractiva estrella de un *reality*, iba a necesitar una lista más larga de razones para no darle un puñetazo.

—Camarada Cam, estamos hablando de Hazel Hart.

El nombre me sonaba de algo. Pero antes de que me diera tiempo a recordar de qué, la ventana que estaba detrás de nosotros se abrió con un chirrido quejumbroso.

Hazel asomó la cabeza. Tenía el pelo lleno de telarañas y una sonrisa tonta y soñadora en la cara.

Darius sacó el móvil y le hizo una foto. Luego nos enfocó a los dos e hizo un selfi. Fruncí el ceño.

—Para documentar el gran día —dijo encantado.

—Como acabe en la puñetera *Gaceta Vecinal*, entre tú y yo va a haber algo más que palabras y van a ser mis puños —le advertí.

Darius me puso una mano en el hombro y se rio como si estuviéramos de colegueo en un campo de golf.

—Pero qué gracioso eres, Cam. Ojito con el sentido del humor de este hombre —le dijo a Hazel.

—Sí, ya me he dado cuenta. Es la monda —contestó ella con frialdad—. ¿Qué puedes contarme del dueño anterior?

—Murieron aquí, ¿verdad? —exclamó Zoey—. Fueron asesinados a sangre fría y nunca resolvieron el crimen. Por eso huele así, ¿no?

—¿Qué le parece si entro y le doy algunos datos sobre su nuevo hogar? —propuso Darius—. Que venga también Cam, que es al que debería contratar para hacer cualquier arreglillo que este increíble pedazo de historia pueda necesitar.

—Ah, ¿sí? —preguntó Hazel.

Darius le guiñó un ojo con elocuencia.

—Solo si quiere al mejor del pueblo.

No me gustaba absolutamente nada de lo que estaba pasando.

Zoey apareció en la ventana, al lado de Hazel.

—¿Acaba de gruñir otra vez? —preguntó.

Hazel sonrió con suficiencia.

—Sí.

—Terminemos con esto de una vez —murmuré.

—Esa es la actitud —dijo Darius, yendo hacia la parte delantera de la casa.

El teléfono me vibró en el culo y lo saqué del bolsillo. Los mensajes estaban entrando a un ritmo alarmante en el grupo de Ojetes Bishop. Mientras que en el de Bish Bros estábamos los tres hermanos y hablábamos sobre todo de trabajo y cerveza, el de Ojetes Bishop incluía también a nuestra hermana. Le habíamos puesto ese nombre por una infame reunión familiar que había estado a punto de mandarnos a todos al hoyo por culpa de un virus estomacal o una intoxicación alimentaria (el jurado todavía no se había pronunciado). Durante dos días, todos los mensajes que nos mandamos fue en las inmediaciones de un váter.

Laura
Qué haces en Heart House, Cammy?
Las miradas indiscretas quieren saberlo.

Había incluido un GIF de un tío con prismáticos.

Me giré de forma instintiva hacia la valla y vi moverse una cortina en la ventana de la planta baja de la vecina de al lado. Felicity Snyder era diseñadora de videojuegos, prácticamente agorafóbica —dicho por ella, no por mí— y se pasaba la mayor parte del tiempo libre comiendo cereales que teñían la leche de colores antinaturales, haciendo punto y espiando todo lo que ocurría alrededor de su casa de ladrillo de dos plantas.

—¡Venga ya, Felicity! —grité.

Ella descorrió la cortina y pegó la nariz a la mosquitera de la ventana.

—¿En serio Darius ha vendido Heart House? ¿Qué tal la nueva dueña? ¿Es la morena con gafas o la del pelo rizado? ¿O son pareja? ¿Les vas a arreglar tú la casa?

—Como no pares de una vez, no vuelvo a entregarte los cereales a domicilio —le advertí mientras mi teléfono volvía a vibrar.

—¡Señor, sí, señor! —exclamó Felicity, con un saludo militar—. Pero, en serio, ¿parecen majas, o voy a tener que empezar a diseñar una estrategia para largarlas?

—Déjame en paz —repliqué, abriendo el mensaje nuevo.

Gage
Según mis fuentes (papá), han visto a Cam
cruzando la plaza con dos mujeres raras en
la camioneta.

Levi
Raras en plan como escapadas de un circo?

Gage
Hablando de mujeres raras, hoy he conocido
a una en Wawa.
Rara en plan guapísima, misteriosa
e ingeniosa..

Laura
Todas las historias con final feliz empiezan en
Wawa.

Levi
No habías dejado de buscar durante un tiempo
a doña Perfecta, después del último desastre?

Laura
Noticias frescas! Felicity dice que Cam está
en Heart House con las dos prófugas del circo
y nuestro alcalde prodigio!

—¡Vega ya, Felicity! —grité de nuevo por encima del hombro mientras iba hacia la parte delantera de la casa.

Gage
Me informan de que dos mujeres han atropellado a Goose con un Escalade y luego se han estrellado contra el cartel del pueblo hace media hora. Pero sé de buena tinta que Goose sigue vivo porque le tiró una cabeza de pescado a papá hace quince minutos.

Laura
Deberíamos preocuparnos?
Corre peligro el Hermano Gruñón con esas desconocidas?
Tengo que llamar a la caballería Bishop, es decir, a mamá?

Levi
Avistamiento reciente de Cam. Sigue vivo.

Levi compartió una foto borrosa, hecha con zoom, en la que se me veía en el jardín lateral de Heart House, mirando el móvil con el ceño fruncido.

Me di la vuelta y saqué el dedo corazón hacia la casa de Felicity.

—¡Búscate un hobby de verdad, Snyder!

—¿Para qué, si tú eres superentretenido? —replicó ella.

—Deja de enviarle mensajes a mi hermana.

—¿Has acabado de cagarte en todo lo que se menea, colega? —me preguntó Darius desde los escalones del porche.

—Casi.

Al cabo de cinco segundos llegó otro mensaje nuevo. Era de Laura y adjuntaba una foto mía haciéndole una peineta a Felicity.

Laura
Fe de vida.

— 92 —

Gage
Yo lo veo como siempre.

Levi
Saluda a Felicity de nuestra parte.

Volví a guardarme el teléfono en el bolsillo y seguí a Darius al interior.

Los recuerdos, como fantasmas, cobraron vida en cuanto mis botas pisaron el parqué de doble espiga. Dorothea e Isabella. El olor a yeso fresco y a galletas calientes. El eco de las carcajadas. En todos los rincones de Story Lake me pasaba lo mismo. Cada manzana contenía al menos una docena de recuerdos. Las peregrinaciones de puerta en puerta vendiendo porquerías para recaudar fondos para el colegio, los partidos de béisbol en plena noche, los trabajos de jardinería con mis hermanos para sacarnos cuatro perras. El camino en el que Levi le había arreado a Gage en la cabeza con una pala para la nieve. La ampliación que habíamos construido juntos en casa de los Landry para el cuarto del bebé y que se había convertido en nuestro primer trabajo oficial.

Darius dio una palmada cuando Hazel y Zoey se unieron a nosotros en el vestíbulo de techo abovedado.

—La anterior dueña era…

—Dorothea Wilkes —dijo Hazel por él.

—Me encantan las mujeres que hacen los deberes —dijo el niño prodigio, dándose unas palmaditas en el pecho.

A ella le hizo gracia.

—Podría decirse que es parte de mi trabajo.

—Cuando Dorothea falleció, legó la propiedad y su puesto en el consejo municipal al pueblo. Tendrá que sustituirla durante los dos años restantes del mandato. Y el pueblo utilizará el dinero de la venta para la mejora de infraestructuras.

—¿Formar parte del consejo municipal da mucho trabajo? —lo interrumpió Zoey—. Hazel va a tener una agenda muy apretada.

—Exige dedicación exclusiva —mentí.

— 93 —

Darius soltó otra carcajada.

—Ay, ahí está otra vez el típico humor de los Bishop. Solo son un par de horas a la semana, como mucho. Básicamente, correos electrónicos. Además del pleno mensual público.

Estaba mintiendo descaradamente. Si alguien tenía un problema, las reuniones mensuales del consejo podían durar horas. Y siempre había alguien que tenía un problema del que quería hablar largo y tendido contigo cada vez que te veía por el pueblo. Y dado el tamaño de Story Lake, eso ocurría casi a diario.

—Bueno, a la derecha tenemos el salón con la chimenea de mármol original.

Darius nos hizo cruzar el umbral de una puerta con marco de madera de nogal negro para entrar en una habitación con un techo artesonado de una altura exagerada y un papel de pared con capullitos de rosas hecho trizas. Todo estaba cubierto por una gruesa capa de polvo.

Había unos cuantos muebles amontonados en el centro de la habitación, ocultos bajo fundas protectoras. Un par de vidrieras decoradas con corazones flanqueaban la chimenea.

—Caray. En esa chimenea se podría quemar un cadáver —señaló Hazel, alucinada.

La miré y ella puso cara de circunstancias.

—Perdón. Por cierto, soy escritora, no asesina a sueldo.

—Hazel escribe comedias románticas superventas —me explicó Darius.

Genial. Una romántica empecinada en torturar a todos los solteros que conocía para que se casaran era todavía peor que la estrella de un *reality*.

—La salida de humos no funciona, así que no se puede usar ni para hacer fuego ni para quemar cadáveres —anuncié.

—Seguro que los hermanos Bishop pueden arreglarlo —dijo Darius—. O podría cambiarla por una de gas para no tener que preocuparse por la leña y el encendido.

Mientras Darius y Hazel hablaban de los pros y los contras de las chimeneas de gas comparadas con las de leña, me paseé por la habitación para intentar quitarme el dolor de cabeza que esa gente me estaba dando. Los suelos estaban rayados y necesitaban desesperadamente un buen lijado. Pero el revestimiento de madera de nogal hasta la cintura y las molduras de corona talladas a mano seguían dejándome sin palabras aun bajo aquella capa de polvo y telarañas.

Y a pesar de que se trataba de un trabajo que nunca se iba a materializar, no pude evitar apreciar su calidad.

Pulsé el interruptor de la lámpara de araña, formada por una enorme cascada de cristal y hojas doradas, pero no se encendió.

—La lámpara no funciona. Seguramente habrá que cambiar la instalación eléctrica —les advertí con suficiencia.

Otra mentira más. Habíamos recableado toda la casa nosotros mismos hacía una década y lo único que necesitaba aquella lámpara eran bombillas nuevas y alguien que se subiera a una escalera. Pero no pensaba ceder ni un ápice ante Hazel Hart, la de las novelas románticas, que dentro de un mes, como mucho, estaría haciendo las maletas para dejar el pueblo y mi negocio familiar peor de lo que los había encontrado.

—¿Estás intentando aguarme la fiesta, Cam? —me preguntó Hazel desde el otro lado de la habitación.

Estaba ruborizada y emocionada, como si acabara de echar el mejor polvo de su vida. En un segundo desterré de mi mente la imagen que acompañaba a aquel pensamiento. Estaba cansado. Me había quedado hasta tarde revisando el último balance de resultados, para ver si conseguía cuadrar los números a nuestro favor. Ese era el problema. Que estaba cansado y que no me había molestado en acostarme con nadie en un periodo de tiempo bochornosamente largo. Esa era la razón por la que aquella mujer en particular me estaba… sacando de quicio.

—Esa es la cara de emoción de Cam —bromeó Darius—. Y también la de hambre y la de felicidad. Es muy ahorrador con las expresiones faciales.

—Qué eficiente —se burló Hazel, levantando una ceja. La miré con frialdad.

—Permítanme que les enseñe la sala de estar del otro lado del pasillo —dijo Darius, presintiendo una discusión inminente—. Luego veremos la biblioteca, el comedor y la cocina.

— 95 —

Las habitaciones estaban todas en las mismas condiciones. Cubiertas de polvo y telarañas, pero en bastante buen estado. El suelo de la biblioteca habría que cambiarlo entero porque estaba podrido en la zona de la galería. No se me escapó la mirada soñadora de Hazel al detenerse delante del hueco con ventanas curvadas.

Era una mirada de amor.

Lo cual fue suficiente para que el breve recorrido por la anticuada cocina de color verde menta y naranja no lograra asustarla. Era el fruto de una mala reforma en los años setenta, que había sido mal apañada y recompuesta durante décadas.

Habría que vaciar aquel espacio por completo. Pero se podía actualizar respetando su historia. De hecho, seguramente sería la mejor habitación de toda la casa cuando acabáramos con ella.

Eso si Hazel no volvía pitando a la ciudad. Cosa que sin duda haría.

—Bueno, la verdad es que tampoco sé cocinar —reconoció esta, mordiéndose el labio mientras observaba las encimeras irregulares que había a ambos lados de la espantosa cocina de gas naranja.

—Pues te vas a morir de hambre, porque solo hay dos restaurantes en el pueblo y no tienen servicio a domicilio —le comuniqué, encontrando otra excusa para aguarle la fiesta.

Hazel dejó caer las manos a ambos lados del cuerpo.

—Vale, ¿sabes qué te digo? Que si no quieres aceptar el proyecto, es mejor que...

—Oye, Haze. ¿Cuándo has hecho un directo de Facebook? —me interrumpió Zoey, mirando el teléfono.

—Ayer por la noche. ¿Por qué?

—«La Hazel piripi es mi favorita» —leyó Zoey en voz alta, desplazándose hacia abajo por la pantalla—. «Es superauténtica. Me ha tocado la fibra sensible».

Hazel le quitó el teléfono de la mano a su amiga.

—Ay, Dios. ¡Alguien lo ha visto!

—¿Alguien? —Zoey le arrebató el móvil—. Haze, tiene más de quinientas visualizaciones.

—¿Qué? —preguntó Hazel, echando un vistazo a la pantalla.

Zoey asintió con la cabeza y siguió leyendo.

—«Necesito saberlo todo sobre ese pueblo. ¿Alguno de tus libros va a estar ambientado ahí? ¿Cuál es el porcentaje de solteros disponibles entre la población?».

—Bueno, tienen uno justo ahí —dijo Darius, señalándome con el pulgar—. ¿A que sí, grandullón?

—No —le espeté.

Hazel se tapó las mejillas ruborizadas con las manos.

—No me lo puedo creer.

Ella y Zoey se miraron entusiasmadas y empezaron a sacudir los brazos como si en vez de estar bailando de alegría les hubiera dado un telele.

—Si vais a convertir esto en una puta reunión para hablar de redes sociales, yo me largo —anuncié con los saltos, los pelos alborotados y los chillidos agudos de fondo.

Zoey fue la primera en detenerse y me lanzó una de esas miradas que las mujeres suelen reservar para alguien que les ha mentido, engañado y robado el perro.

—¿Quién quiere ver el piso de arriba? —preguntó Darius, aprovechando la interrupción temporal de los chillidos.

—¡Yo! —exclamó Hazel, yendo hacia la escalera.

—¡Yo voy ahora! ¡Antes tengo que responder a este correo electrónico! —gritó Zoey.

—Vale, pero date prisa. Si no, me quedo con la habitación que tenga el armario más grande —le advirtió Hazel, subiendo las escaleras con Darius pisándole los talones como un perrito.

Zoey se giró y se plantó delante de mí. Me clavó una uña afilada en el esternón.

—Escúchame bien, Campbell sea cual sea tu puñetero apellido.

Me señalé la camiseta.

—Bishop.

—Cállate. Es la primera vez en dos años que veo una chispa de emoción en los ojos de esa mujer y como tú te las arregles para apagarla comportándote como un armario empotrado gigantesco mimado y gruñón, pienso destrozarte la vida.

Aunque yo medía al menos medio metro más que aquella mujer y era cincuenta kilos más pesado, me dio la sensación de que no era de las que jugaban limpio.

Le aparté la mano.

—Mira, guapa. No pienso seguirle el rollo a tu amiga en este capricho absurdo para que al final cambie de opinión y se largue. Este es un negocio familiar y, como se le ocurra jugar con el sustento de mi familia, voy a ser yo el que empiece a destrozar cosas.

Zoey entornó los ojos.

—¿No me digas? ¿Y te sobran los proyectos, o tu empresa está tan muerta como el centro del pueblo?

Ahí le había dado. Aunque no pensaba reconocerlo en voz alta.

—Tú no sabes nada de nuestra empresa, ni de este pueblo.

—Hemos estado sentadas en Main Street durante cinco minutos mientras tú discutías con el único ser humano que había allí fuera. Llevas material de construcción en la parte de atrás de la camioneta, pero aun así has tenido tiempo suficiente para ayudarnos, acercarnos al pueblo y convertir esta visita guiada en una pesadilla. Uy, sí, perdona, salta a la vista que estás desbordado.

—Me basta con ver a tu amiga para saber que acabará aburriéndose de la «idílica vida de pueblo» y pasará a lo siguiente. Así que no pienso romperme los cuernos calculando materiales y plazos para que dentro de una semana se dé cuenta de que no puede con esto, haga las maletas y se largue.

—Madre mía, no tengo ni idea de lo que ha visto en ti. Eres un capullo integral.

—Soy un capullo integral que intenta proteger a su familia. ¿Y qué es eso de que no sabes «lo que ha visto en mí»? No había visto a esa mujer en mi vida, hasta que llegasteis y os pusisteis a cargaros el mobiliario urbano.

—Pues pide un puñetero adelanto al aceptar el puñetero proyecto, imbécil —replicó ella, ignorando mi pregunta.

La verdad es que lo de pedir un adelanto no reembolsable era una práctica habitual. Y, por la pinta que tenía el encargo, nos sacaríamos una pasta por no hacer nada, o casi nada. Una pasta que Bishop Brothers necesitaba con urgencia.

—O, mejor aún, dale el contacto de algún contratista menos gilipollas y lárgate de aquí antes de conseguir que empiece a dudar de sí misma otra vez. —Dicho lo cual, Zoey dio media vuelta y subió con arrogancia las escaleras.

—Algún día se comerá vivo a un pobre desgraciado —murmuré antes de seguirla con desgana.

9

La defensa de la pata del banco del piano

Hazel

—¿Sabías que aquí dentro hay un piano? —grité desde el salón, cuando se me pasó el ataque de estornudos. Había abierto todas las ventanas del primer piso que mi fuerza me había permitido para que el polvo que levantábamos tuviera por dónde salir.

—Ah. Mira qué bien. No es que esté buscando hoteles por la zona mientras hablamos, ni nada, eh —dijo Zoey, desde el sofá de terciopelo morado que habíamos descubierto en la biblioteca, alias mi futuro despacho.

Dejé la sábana llena de polvo en el montón de la entrada mientras iba hacia ella.

—Te he dicho que podías quedarte con la habitación grande.

—Y yo te he dicho que quiero que exprimas hasta el último centímetro cuadrado de inspiración posible de esta casa del terror infestada de fantasmas.

Me senté a su lado y apoyé los pies en el banco del piano con tres patas que habíamos encontrado en la despensa. Habíamos descubierto la cuarta en uno de los armarios para los abrigos que había a ambos lados de la puerta principal.

—Cam ha dicho que seguramente el ruido de arañazos que hemos oído en la pared era de un ratoncito chiquitín.

—Fuera lo que fuera, me estaba diciendo que me largara antes de que me comiera la cara —señaló Zoey.

Apoyé la cabeza en el respaldo del sofá. Aquella habitación tenía algo especial.

Las estanterías empotradas ocupaban dos paredes enteras y enmarcaban el mirador de cristales curvados con vistas al jardín lateral, que parecía una selva. Un par de puertas estrechas de cristal antiguo daban al vestíbulo. Y la lámpara que colgaba en el centro del rosetón del techo era de cristales de colores con más corazones.

En cuanto crucé el umbral de la puerta, tuve claro que aquel iba a ser mi espacio. Mi despacho. Podía imaginarme perfectamente escribiendo allí, en la galería, en un escritorio precioso. Con mis libros en las estanterías. Un fuego en la chimenea. Un gato regordete dormitando en la ventana. Y un equipo de contratistas guapísimos y gruñones caminando entre el serrín con sus cinturones de herramientas…

¿Cómo iba a poder concentrarme…? Es decir, ¿cómo iba a poder concentrarse mi heroína con el Cam literario y sus hermanos obreros, que sin duda serían guapísimos, trabajando a solo una pared de distancia?

—Que sepas que no tienes por qué hacer esto conmigo —le dije a Zoey.

—Y me lo dices ahora, después de presentarte en mi apartamento y secuestrarme —bromeó ella.

—No había pegado ojo y estaba alteradísima.

Zoey agachó la cabeza y me miró con la espalda encorvada.

—Oye, soy tu amiga y tu agente. Si esto es lo que necesitas, cuenta conmigo.

—Te lo agradezco. Pero puedes apoyarme igual sin tener que estar físicamente presente en un pueblo con dos restaurantes y dormir en una habitación con una alimaña comecaras.

Sacudió la cabeza y sus rizos rebotaron.

—No pienso moverme de tu lado…, al menos durante un par de semanas. Si no estoy yo aquí, acabarás asesinada a picotazos por un águila calva o poniéndote a hibernar otra vez para revolcarte en tu propia mierda.

—¿De verdad he tenido quinientos comentarios con ese directo?

Giró la pantalla del móvil hacia mí.

—Seiscientos siete.

—Caray. Eso está muy bien, ¿no? —En lo que se refería a redes sociales, mi presencia había sido casi nula.

—Lo estás petando, como dicen los chavales. Creo que lo de tocar fondo y huir de todo le está tocando la fibra sensible a la gente.

—¿En serio? Creía que era la única que fantaseaba con empezar de cero.

—A juzgar por los comentarios, debe de ser una de esas cuestiones universales. Qué leches, si hasta yo he soñado con dejar todo lo que no me gusta y empezar de cero. Sobre todo cuando me va a bajar la regla o se acerca la evaluación de rendimiento en el trabajo.

Nos quedamos sentadas en silencio un rato, disfrutando de la tenue luz exterior y de la brisa que entraba por las ventanas abiertas, ya ligeramente más fresca.

—Estoy orgullosa de ti —dijo Zoey de repente.

—¿Qué dices? ¿Por qué?

—Has perdido muchas cosas en el último año y pico, pero aquí estás, poniendo al mal tiempo buena cara. Y te admiro muchísimo por ello.

—¿Seguro que eso es solo una resaca? Estás empezando a preocuparme.

Zoey apoyó la cabeza en mi hombro.

—Tengo que ser lo suficientemente mala por las dos. Alguien tiene que protegerte.

—Quizá sea hora de que empiece a protegerme sola —repliqué.

Mi mejor amiga suspiró.

—Podemos protegernos mutuamente. Empieza buscando el ibuprofeno y algo con electrolitos.

Aún no me había dado tiempo a levantarme, cuando un golpe fuerte y contundente que venía de la parte delantera de la casa nos sobresaltó.

Zoey cogió la cuarta pata rota del banco del piano y la levantó como si fuera un bate de béisbol.

—¿Quién narices será?

—Yo qué sé. A lo mejor Cam ha vuelto para seguir gritándome un poco más —especulé, cogiendo el bolso. Pesaba lo suficiente como para arrearle con él en la cara a un delincuente, si era necesario.

—O puede que vengan a lincharlos por lo de ese tal Goose que nos quiere volver locas —sugirió Zoey mientras entrábamos de puntillas en el vestíbulo.

Los golpes empezaron de nuevo, sobresaltándonos. En la ciudad, unos golpes en la puerta tan violentos e inesperados solo podían significar dos cosas: una, que tenías visita de la policía, o dos, que estaban a punto de robarte.

—Necesito un cerrojo de seguridad y uno de esos timbres con vídeo —dije mientras avanzábamos por el vestíbulo.

—Y mejores armas.

Se oyó otra ronda de golpes y cogí aire.

—Vale, yo abro la puerta y tú te quedas al lado con la pata del piano.

Zoey asintió y se colocó detrás de la puerta, con el garrote improvisado preparado como una bateadora en su puesto.

—¡Una..., dos... y tres! —Tiré de la puerta, pero no se movió.

—Bueno, adiós al factor sorpresa —comentó Zoey.

Nos estuvimos peleando casi veinte segundos con ella antes de conseguir abrirla.

Zoey volvió a levantar inmediatamente la pata del banco del piano.

—¿Sí? —le pregunté con un hilillo de voz a la mole blanca y canosa que estaba en el porche delantero.

Solo medía un par de centímetros más que yo, pero tenía un pecho como un tonel y unos hombros como los de dos defensas de fútbol americano pegados. La barba le llegaba hasta el esternón y llevaba unos tirantes por encima de una camiseta que ponía «Bingo Definitivo de Story Lake».

Nos miró de arriba abajo mientras me parecía oírle murmurar algo así como «estos bichos raros de ciudad», antes de bajar la vista hacia una carpeta portapapeles manchada de grasa.

—¿Es usted Hazel Hart? —me preguntó de repente, con un ligero acento que me hizo pensar en *gumbo* y pantanos.

—Bueno…, puede.

El tipo me miró fijamente durante un buen rato, con cara de pocos amigos.

—Soy Gator. Tengo su coche y sus cosas ahí delante —dijo al fin, señalando con el pulgar hacia la calle.

Miré por encima de uno de sus hombros gigantescos y vi el coche de alquiler destrozado detrás de una grúa que ponía «Gator». Todo el lateral del vehículo estaba decorado con un reptil escamoso de aspecto agresivo.

—¿Quieren intentar dejarme inconsciente zurrándome con un bolso y la pata de una silla, o prefieren firmar este papel para que pueda irme a mi casa a descansar? —me preguntó el hombre, tendiéndome el portapapeles.

—En realidad es la pata de un banco de piano —dijo Zoey—. Y tengo una resaca tremenda, así que le agradecería que no me obligara a hacerle daño.

—Disculpe. Hoy en día toda precaución es poca. —Cogí el portapapeles.

—Un momento. Como agente tuya que soy, no puedo dejarte firmar nada sin fingir al menos que lo leo —dijo Zoey, arrebatándomelo.

Gator se inclinó hacia atrás sobre los talones de sus sucias botas de trabajo y negó con la cabeza.

—Cam me lo advirtió. Pero ¿le hice caso? No, señor.

No me interesaba oír ni una palabra de lo que Campbell Bishop había dicho de mí, de mi habilidad al volante o de mi condición de urbanita. Pero tampoco quería que su primera impresión se convirtiera en la de toda la ciudad.

—Perdone, señor Gator. Es nuestra primera noche en una casa nueva y estamos un poco nerviosas.

—¿Llaman a su puerta muchos asesinos? —bromeó.

En mi edificio más bien eran hijos de vecinos que vendían chorradas como papel de regalo y cantidades minúsculas de

— 104 —

masa de galletas congelada para recaudar fondos para el colegio. Pero tenía tantas ganas de abrirles la puerta como a un asesino.

—Toma. —Zoey me pasó el portapapeles.

—¿Puedo firmar?

—Sinceramente, la resaca hace que las palabras floten por la página como en una clase de natación para bebés. Pero seguro que puedo sacarte de esta, si es necesario —aseguró—. ¿No estará intentando jugársela a mi amiga, verdad, Gator?

—Solo hay una forma de averiguarlo.

Poniendo los ojos en blanco, garabateé mi firma en el formulario y le devolví el portapapeles a Gator.

Él me puso el llavero delante de las narices, con unos dedos del diámetro de perritos calientes.

—Pueden sacar sus cosas del coche antes de que me lo lleve al taller. —Pero cuando iba a coger las llaves, las apartó—. Estaría siendo negligente con mis obligaciones hacia este pueblo si no le recomendara encarecidamente que tratara esta casa mejor de lo que ha tratado nuestro cartel y nuestra águila.

—Lo entiendo y lo haré —dije sumisa.

—Sepa usted, Gator, que fue su águila la que golpeó a Hazel y no al revés. Mire qué herida tiene en la cabeza —le espetó Zoey, apartándome el flequillo para enseñarle la tirita.

—A lo mejor su amiga debería mirar por dónde va —sugirió el hombre.

—A lo mejor su águila debería mirar por dónde va —replicó Zoey.

Gator volvió a levantar el llavero. Esa vez se lo arrebaté de aquella manaza del tamaño de una garra de oso.

—Cuidado al abrir el maletero. He oído mucho tintineo. ¡Espero que no llevaran nada ahí atrás que se pudiera romper! —gritó mientras me alejaba.

—¿Has traído una sola maleta y tres cajas de vino? —exclamó Zoey mientras observábamos la catástrofe del maletero.

—Cuestión de prioridades —dije, pensando que mi heroína,

a la que llamaría «la Hazel literaria» hasta que se me ocurriera un nombre de verdad, seguramente se habría llevado varias maletas de colores a juego y habría guardado el vino en algo donde pudiera meter también las copas.

Pero yo no era la Hazel literaria. Era escritora. Y, como tal, no necesitaba un gran fondo de armario. Sin embargo, sí necesitaba un montón de alcohol.

Arrugué la nariz ante aquel desastre.

Los fragmentos de cristal brillaban bajo la luz de las farolas. Mi maleta y todas las cosas que había embutido en el exiguo maletero del descapotable estaban teñidas de rojo y olían como el suelo de una bodega después de un fin de semana de degustación con barra libre.

La parte delantera del coche estaba peor todavía. Al parecer, era imposible encenderlo por algo relacionado con un radiador, un pinchazo y porque todo el parachoques seguía empotrado en la base del cartel.

—Menos mal que mis cosas iban en el asiento de atrás —dijo Zoey alegremente.

—En cuanto a eso… —dijo Gator, comiéndose un sándwich de jamón que había sacado de la nada. Me hicieron ruido las tripas—. Creo que tendrá que limpiarle la mierda de águila.

Zoey dejó las manos inmóviles sobre su moderna maleta.

—Por favor, dígame que no ha dicho «mierda de águila».

—¿Es que en Nueva York los pájaros no cagan? —le preguntó Gator, antes de darle un bocado gigantesco al sándwich.

—Las águilas calvas no van por Manhattan cagándose en todo —refunfuñó Zoey, un pelín histérica.

—Esas suelen ser las palomas —dije, sacando mi bolsa del maletero, que empezó a mear vino por el culo sobre la calle.

—Por si a alguien le interesa, hay una reunión diaria de Alcohólicos Anónimos en la iglesia Unitaria. —Gator señaló el pueblo con el sándwich.

—Gracias por su preocupación, pero no tengo ningún problema con la bebida —le aseguré—. Solo soy una compradora impulsiva y un poco deprimida. —Gruñí mientras arrastraba mi equipaje empapado de vino hasta la acera.

Aquella primera impresión mejoraba por momentos.

Zoey utilizó un par de servilletas de la guantera como manoplas improvisadas y sacó con cuidado la maleta mientras murmuraba «ay, mi madre» y empezaban a darle arcadas.

Gator refunfuñó, acabó el sándwich y se sacudió las migas de las manos.

—Si ya tienen todo lo que necesitan, remolcaré esta arma de destrucción masiva a mi taller y empezaré a presupuestar las reparaciones.

—¿Al menos tiene otro coche que me pueda alquilar? —le pregunté.

Me miró como si acabara de pedirle que se quitara los pantalones y corriera desnudo por la calle.

—¿Un coche de alquiler para sustituir el coche de alquiler que acaba de cargarse? No, señora. No tengo ninguno.

—Muchas gracias por su ayuda —le solté, con una gran dosis de sarcasmo.

—De nada. Intente mantenerse alejada de las carreteras. Ah, y no trate de asesinar a ningún otro animal salvaje —dijo Gator, dándole una palmada en el guardabarros al descapotable, antes de ir hacia la cabina de la grúa.

—¡Si ha sido su águila la que ha intentado asesinarme a mí! —le grité mientras se marchaba.

Pero ya había desaparecido. Un segundo después, el motor del vehículo se encendió con un rugido y Gator, su grúa y mi coche de alquiler se alejaron por la carretera.

—Necesitamos desinfectante, cena y algo de ropa para ti que no huela a destilería —decidió Zoey—. Por ese orden.

—Imagino que eso significa que vamos a tener que ir andando a la tienda de ultramarinos.

10

Capitán Musculitos Malas Pulgas con dedos de salchicha

Campbell

—¿En serio? —dije, detrás del organizador de material de ferretería hecho con cubos de madera que servía de mostrador, cuando Calamidad y su compinche entraron tan campantes por la puerta de la tienda, haciendo tintinear la campanilla.

Melvin se levantó de la cama, desperezándose tras la decimonovena siesta del día, y corrió a saludar a las nuevas clientas.

—Hola, amiguito —dijo Hazel, agachándose para estrujar entre las manos la cara peluda del perro, que tiró con la cola un bote lleno de varillas repelentes de insectos.

—Muy bien, perro-oso —dijo Zoey, dándole educadamente unos golpecitos en la cabeza, antes de retroceder varios metros.

Había accedido a quedarme a cerrar para que mi padre tuviera algo de tiempo para hacer los números del proyecto de Heart House, que no iba a salir adelante ni de coña. Era una noche tranquila, así que me había entretenido un par de minutos investigando online a la nueva residente de Story Lake. Bueno, va, habían sido cuarenta. Estaba aburrido, ¿vale?

Según internet, la mujer que estaba besuqueando al perro de mi hermana era la autora de nueve «alocadas» comedias románticas ambientadas en pueblos pequeños que habían sido grandes éxitos de ventas. En el motor de búsqueda también salían sus redes sociales y, entre el goteo de clientes, había estado intentando ver a escondidas el vídeo que había publicado de madrugada hacía dos días.

—Oye, armario empotrado con malas pulgas —dijo Hazel—. No tengo fuerzas para un segundo asalto contigo. ¿Puedes decirnos dónde están el detergente, la ropa, si es que tenéis, y las cosas para picar? Después estaremos encantadas de dejarte en paz.

Zoey levantó las cejas.

—Mira quién ha recuperado el poderío.

—Me cuesta menos ser borde con él porque es un capullo y no se lo va a tomar a mal —explicó Hazel.

—Lo que tú digas, pero moved el puto culo —dije.

—¿Has visto? —dijo Hazel, señalándome.

—Los carros están detrás de ti. Los productos de limpieza en el pasillo que pone «Productos de limpieza». Y no tenemos ropa que alguien como tú pudiera querer tener en su armario —le dije, sin ningún cargo de conciencia por pasar de ayudarlas.

Hazel negó con la cabeza y cogió un carrito.

—Estoy empezando a cuestionarme la cordura de los personajes de ficción femeninos en general. ¿Cómo es posible que no intenten asfixiarlo con una almohada cuando llevan un rato con él? —le preguntó Hazel a Zoey.

—Las mujeres de ficción son más pacientes y están menos cansadas —contestó Zoey—. ¿A que eso de los repelentes de mosquitos es una monada? —añadió, señalando el expositor de insecticidas de mi hermana, que deberíamos haber renovado hace años.

—Una preciosidad —dijo Hazel con indiferencia.

Cuando pasaron a mi lado, me di cuenta de que olían a alcohol. O más bien atufaban. Pero estaba demasiado ocupado fingiendo ignorarlas como para hacer preguntas.

—¿Queréis daros prisa? Estamos cerrando —les solté diez minutos después.

—En realidad no cierras hasta dentro de veinticuatro minutos —dijo Zoey, saliendo del pasillo de alimentación con los brazos llenos de cosas para picar.

— 109 —

—Zoey trabajó en un par de comercios dos Navidades, cuando estábamos en la universidad. Nunca me deja entrar en una tienda si faltan menos de diez minutos para que cierre —declaró Hazel.

Tenía el carrito lleno y, por más que me empeñara en quejarme de su presencia, al supermercado le vendría bien una buena venta, aunque fuera acompañada de una mujer insufrible.

Volví a fijarme en su olor mientras iba hacia un expositor de ropa de marcas de la zona. Era como si se hubiera bañado en una cuba de vino de consagrar.

—¿Has estado bebiendo?

—No, pero mi equipaje sí —contestó distraída, cogiendo una camiseta de tirantes amarillo mostaza que ponía «Story Lake» en el pecho.

La metió en el carrito y añadió unos pantalones cortos a juego, una camiseta de manga corta con los peces del lago ordenados por tamaños y otra de las de seguridad para cazadores, de manga larga naranja.

Laura iba a estar encantada. Se moría por pedir ropa más moderna y menos fea, pero mi padre se negaba a hacerlo si no vendíamos hasta la última porquería que había encargado hacía cinco años. A lo mejor, si me entraba mucho complejo de hermano mayor en el próximo turno, ponía un cartel para rebajar al cincuenta por ciento el resto de mierdas para librarnos de ellas.

—¡Haze, he encontrado vino! —gritó Zoey desde la hilera de neveras de la pared del fondo.

—¿Vendéis cebo, balsas hinchables, comida y vino? —exclamó Hazel mientras pasaba trotando con el carrito.

Melvin salió corriendo tras ella.

Me encogí de hombros y fingí que estaba concentrado con el dinero de la caja registradora.

Volvieron al mostrador diez minutos antes del cierre con el carrito tan lleno que Hazel tenía que usar las dos manos para sujetar las botellas de vino, mientras Zoey pilotaba el carro. Melvin las ayudaba, dándole a Zoey con el morro en el culo de vez en cuando, como si la estuviera pastoreando.

Genial. Ahora tenía que cobrárselo todo. Y era el más lento

de la familia, así que íbamos a tardar una eternidad. Debería haberle hecho caso a Laura y haber votado también a favor de una caja registradora nueva, con escáner de códigos de barras.

Refunfuñando, abrí unas cuantas bolsas reutilizables sin preguntar, porque tenían pinta de usarlas y porque además así podía sacarme un extra por las molestias.

Empezaron a descargar el carro, llenando de cosas los dos metros de mostrador. No era la compra de alguien que iba a volver a la ciudad al día siguiente. Era la compra de alguien que pensaba quedarse un tiempo por allí.

—¿Vendéis café? —me preguntó Hazel, echando un vistazo a la carta de bebidas que había en la pizarra detrás de mí, mientras yo tecleaba el código de barras de dos paquetes de seis Pepsis Wild Cherry de tamaño mini.

—No —contesté, pasando a las cajas de avena.

—¿Y para qué son esa carta y la máquina de café expreso? —replicó, señalando el mamotreto de acero inoxidable que estaba sobre la encimera, detrás de mí.

Me equivoqué al pulsar las teclas y tuve que empezar de nuevo.

—Mi hermana es la única que sabe usarla. Y ahora, si haces el favor de dejar de hablar para que pueda concentrarme…

—Seguro que también sabe cobrar más rápido —murmuró Zoey.

Dejé lo que estaba haciendo a mitad de código.

—¿Te crees capaz de hacerlo mejor?

Hasta un bebé echándose una siesta podría hacerlo mejor, pero había sido un día largo de cojones.

—No, claro que no —dijo Hazel, para calmar los ánimos.

—Sí —repuso Zoey.

—¿Quieres cabrear al armario empotrado? —le preguntó Hazel a su amiga.

—Quiero que salgamos de aquí lo más rápido posible para que puedas cenar algo antes de convertirte en la Hazel hambrienta. A este paso vamos a estar aquí hasta mañana a mediodía. Aparta, dedos de salchicha —dijo Zoey, rodeando el mostrador.

—Mejor que le hagas caso —me advirtió Hazel—. Será más fácil.

—¿Tan chunga es la Hazel hambrienta? —le pregunté, alejándome de la caja registradora.

—No tanto —dijo Hazel.

—Es terrible —aseguró Zoey, cogiendo una caja de avena con una mano mientras con los dedos de la otra tecleaba rápidamente los números.

—¿Qué tal se te da embolsar? —me preguntó Hazel mientras Zoey me pasaba un cartón de huevos, una botella de leche y dos paquetes de beicon.

—Mejor que teclear —respondí, metiendo los huevos y la leche en una bolsa.

Hazel se coló detrás del mostrador y volvió a sacar los huevos.

—Mejor te echo una mano.

Gruñí y le hice sitio.

—¿Sueles trabajar aquí? —me preguntó Hazel, por encima del repiqueteo de las uñas de su amiga en la caja registradora.

—Cuando hace falta. Como todos —respondí evasivamente. Hazel hizo un ruidito con la boca y les puso doble bolsa a las latas de sopa—. ¿Qué? —le pregunté, a la defensiva.

Ella se encogió de hombros.

—Nada, que espero que seas mejor contratista que tendero.

La fulminé con la mirada.

—No me digas. Pues yo espero que seas mejor concejala que conductora.

Hazel resopló.

—Mientras no haya águilas sobrevolándome la cabeza en las reuniones del ayuntamiento, creo que podré arreglármelas.

Estiró el brazo por delante de mí para coger una caja de barritas de proteínas. Me rozó el torso con el codo y me tensé. Todo mi cuerpo se puso en alerta máxima, como si hubiera alguna amenaza cerca. Una amenaza en forma de esbelta escritora de novelas románticas en plena crisis vital.

Le olí el pelo. No por gusto, ni porque fuera un bicho raro que se paseara por ahí olisqueándole el pelo a la gente, sino porque olía como si hubieran fregado con él el suelo de un bar después de cerrar.

—En serio, ¿por qué hueles como si te hubieras bañado en vino tinto?

Hazel se subió las gafas sobre la nariz.

—Porque se me ha roto el vino que traía en el maletero. Ahora todas mis cosas huelen a cabernet.

El teléfono de la tienda sonó y me alejé de ella para descolgar el auricular de la pared.

—¿Qué? Es decir... Ultramarinos Bishop.

—¿Estás dejando que dos mujeres nos atraquen, o es que has contratado a unas empleadas nuevas sin consultarme, Cam?

Mi hermana no parecía muy contenta.

Miré hacia la cámara de seguridad y le hice una peineta.

—Ninguna de las dos cosas. ¿No tienes nada mejor que hacer que espiarme?

—No cuando estás haciendo que Hazel Hart se cobre a sí misma y se embolse su propia compra —replicó Laura con voz chillona.

Estiré el vetusto cable para alejarme lo máximo posible de los oídos atentos de Hazel.

—O eso, o nos tirábamos aquí hasta medianoche. Además, ¿cómo sabes quién es?

—Obviamente están hablando de ti —dijo Zoey, sin levantar la vista de las etiquetas del nuevo y horroroso vestuario de Hazel.

Esta puso cara de circunstancias.

—Espero que bien.

Tapé el auricular con la mano.

—De bien, nada. Mi hermana adora a Goose. Dice que deberíamos meterte en la cárcel por agredir a un águila.

—Campbell Bishop, capullo de mierda, como no dejes de ser borde con ella, voy ahí y te embadurno toda la camioneta con los restos del chili. ¡Por dentro y por fuera! —me gritó Laura al oído. Era muy capaz. Mi hermana era experta en venganzas.

—Relájate, Larry. Era una broma. Somos bordes el uno con el otro, pero de buen rollo.

— 113 —

—¡Él es borde de mal rollo! —gritó Hazel.

—Cállate o te cobro el doble —le advertí.

—Mira, no sé cómo gestionas tú la parte del negocio familiar que te corresponde. Si quieres cabrear al único cliente en dos años que te ha ofrecido un proyecto de seis cifras, problema tuyo por gilipollas. Pero no pienso permitir que te portes como un capullo con mis clientes.

—Oye, relájate. —Laura y su mala leche odiaban que les dijeran que se relajaran. Pero, afortunadamente para mí, estaban a tres manzanas de distancia.

—Se acabó. La próxima vez que te vea, pienso partirte la cara. Pásamela —dijo Laura, con una voz de madre que daba miedo.

—No. —No pensaba dejarme intimidar por mi hermana pequeña, y mucho menos por teléfono.

—Vale. Pues llamo a mamá, Cammy —me amenazó Laura.

«Joder».

—Toma. Quiere hablar contigo. —Le puse el teléfono en las manos a Hazel y luego le hice dos peinetas a la cámara de seguridad.

—Ah, vale. Hola —contestó ella.

Pasé por debajo del cable en espiral y empecé a meter comida y vino en bolsas, fingiendo que no tenía la antena puesta.

—No, tranquila. Es un poco… —Hazel se quedó callada y me miró—. Sí. Eso. Prometo no guardársela a toda la familia.

No hacía falta que me imaginara los insultos que mi hermana me estaría dedicando. Siempre eran los mismos. Gage era el simpático, Levi el fuerte y reservado, y yo el capullo de la familia.

—Nos encanta vuestra tienda. Tenéis un poco de todo —comentó Hazel, enroscándose el cable en el dedo. Dejé caer una bolsa de vino sobre el mostrador delante de ella con un golpe seco. Hazel soltó una carcajada grave y gutural, y Zoey miró sorprendida a su amiga—. ¿Cam Cactus? Muy bueno —dijo Hazel, frunciendo los labios. Sus cejas desaparecieron debajo del flequillo—. ¿Que hizo qué cuando tenía nueve años?

Le quité el teléfono con un gruñido, haciendo que ambos

nos enredáramos con el cable. Su pecho chocó contra mi torso y, una vez más, todo mi cuerpo reaccionó como si alguien estuviera a punto de darme un puñetazo en la cara.

—Si no te importa, tengo cosas que hacer antes de cerrar tu tienda, Larry —le espeté a mi hermana, tratando de ignorar el hecho de que tenía a una mujer retorciéndose contra mí por primera vez en... demasiado puto tiempo.

Escuché un bufido al otro lado de la línea.

—Si por mí fuera, yo estaría ahí y tú estarías en casa —me recordó Laura, con voz un poco temblorosa.

Sintiéndome peor que si hubiera pisado una mierda de perro en la acera, dejé de intentar escaquearme. Me pasé una mano por la frente.

—Joder, Lau. Perdona. Es que ha sido un día muy largo...

—¡Toma plomada, pringado! —exclamó ella, riéndose en mi oído. Era una expresión que solíamos usar en la familia: «Toma anzuelo, sedal y plomada». Que me estaba vacilando y acababa de picar, vaya.

—Te odio —le dije. Hazel abrió los ojos de par en par mientras se zafaba del cable que tenía alrededor de los hombros. Volví a tapar el auricular y la miré—. A ti no, a mi hermana. Aunque a ti un poco también.

Ella puso los ojos en blanco y me lanzó el cable del teléfono por encima de la cabeza.

—Sí, claro. Por eso haces el turno de cierre en la tienda después de haber estado todo el día currando en tus movidas —me dijo Laura al oído.

—Solo lo hago para que te sientas culpable —repliqué.

—Puede que por fuera seas un poco tosco, pero te conozco, Cam. En el fondo eres un osito de peluche gigante que adora a su familia.

—No digas chorradas —refunfuñé mientras Hazel y Zoey intentaban descifrar el funcionamiento del datáfono.

—Gracias, Cammy. Ahora deja de hacer el gilipollas con la mujer que ha escrito tres de mis diez libros favoritos y concéntrate en intentar hacer que nuestra familia gane algo de dinero.

Hazel se puso a bailar, moviendo victoriosa las caderas, cuando el datáfono escupió un recibo.

—No prometo nada.

Laura se quejó.

—No vas a cambiar nunca, Cammy.

—Para de dar el coñazo. Nos vemos cuando deje a Melvin.

—Osito de peluche —repitió ella antes de colgar.

Volví a dejar el teléfono en el soporte de la pared y, al girarme, me topé con dos mujeres que miraban orgullosas sus ocho bolsas de provisiones.

—Te dije que podía hacerlo más rápido que tú —dijo Zoey con maldad.

—Deberías ir a clases de mecanografía, si vas a seguir trabajando aquí —añadió Hazel, cruzándose de brazos con suficiencia.

—Vale, listillas. ¿Y cómo pensáis llevaros todo eso a casa?

Ellas se miraron.

—Mierda —dijo Hazel.

—Gracias de nuevo por traernos… otra vez —dijo Hazel, cuando nos detuvimos delante de Heart House por segunda vez en el día.

—Gracias por hacer que el interior de mi camioneta huela como una explosión en una bodega.

—Ya sabías lo del olor a vino antes de ofrecerte a traernos, así que si pretendes que me disculpe, ya puedes esperar sentado —dijo ella, sujetando una bolsa de galletitas de queso y varios refrescos contra el pecho.

Salí del coche y empecé a colgarme bolsas en los brazos.

—Apuesto a que no es capaz de llevarlas todas —se burló Zoey, bajándose del asiento de atrás.

—Sé que me estás provocando. Pero mi prioridad es perderos de vista durante el resto de la noche —dije mientras Hazel cogía la última bolsa—. Abrid la puñetera puerta.

Subí a toda prisa por el camino y entré a oscuras en el porche, detrás de Hazel, cargando con todo el peso del alijo que habían comprado. Las luces exteriores de la casa no funcionaban, lo cual era un peligro y algo que pensaba solucionar al día siguiente, aceptara ella o no el presupuesto de mi empresa. Como para ilustrar lo que acababa de decir, Zoey tropezó en los escalones detrás de mí.

—¿Estás bien, Zo? —le preguntó Hazel mientras abría la puerta principal.

—Sí. El pan ha amortiguado la caída.

—Menos mal que no ha sido el vino. —Hazel empujó la puerta con el hombro, pero esta se movió apenas un centímetro.

—Apártate —le ordené. Le arreé una patada bien dada con la bota, abriéndola de golpe.

—Eso ha sido bastante sexy. ¿Has tomado nota? —le preguntó Zoey a Hazel.

—¿Dónde dejo esto? —le pregunté.

Hazel frunció el ceño.

—No sé. En la cocina, supongo.

Llevé las bolsas por el pasillo hasta la parte de atrás de la casa y dejé todo en el suelo sin demasiados miramientos.

—Listo. Adiós.

—Gracias, musculitos —dijo Zoey mientras guardaba los productos perecederos en la vieja nevera—. Ahora recuérdanos dónde estaban los restaurantes del pueblo y dejaremos que te vayas.

—Si acabáis de gastaros cuatrocientos pavos en comida.

Me miraron como si me hubiera salido un cuerno de unicornio en la frente.

—¿Y qué? —preguntó Hazel al tiempo que sacaba la caja de avena de la nevera y volvía a dejarla en la encimera.

—Que ya habéis comprado comida. Preparadla y comedla —les dije.

Ellas se miraron y empezaron a partirse de risa.

—Muy bueno, Cam. Eres la monda —dijo Zoey.

—No. No soy la monda. Soy coherente.

—No puedes ir a la compra y luego ponerte a cocinar —replicó Hazel, a modo de explicación.

—Ya me estoy arrepintiendo de hacer esta pregunta, pero ¿por qué no?

—Porque hemos cazado y recolectado, y ahora nos merecemos que otro cocine y recoja los platos por nosotras —explicó.

—Obvio —añadió Zoey.

—Venga, ¿dónde está el restaurante? —me preguntó Hazel, chasqueando los dedos.

—Al otro lado del pueblo.

—¿A cuántas manzanas de ciudad equivale eso? —quiso saber Zoey.

—¿Y yo qué coño sé? Pero queda demasiado lejos para ir andando en la oscuridad.

Ni siquiera era recomendable para alguien del pueblo, acostumbrado a las aceras desiguales y a los perros que a veces andaban sueltos. No es que Story Lake tuviera fama de peligroso, pero acababan de llegar y estaban acostumbradas a las farolas y a los taxis. No quería ni imaginarme los líos en los que podrían meterse como intentaran recorrer andando las cinco manzanas.

—Pues pedimos un Uber —dijo Hazel, cogiendo el móvil.

—Pero ¿dónde crees que estás?

—No sé. ¿En la civilización? —replicó ella, cabreándose por fin.

—Piénsalo mejor —repliqué.

—Haze, el sitio se llama Angelo's y no está ni a seis manzanas de aquí —la informó Zoey, mirando la pantalla del móvil.

Hazel se burló de mí.

—¿Es que aquí no sois capaces ni de caminar seis manzanas? Yo una vez me hice quince corriendo con unos Jimmy Choo en hora punta. Vamos a cenar algo, Zo.

Me froté los ojos con las manos e intenté no imaginarme el primer encontronazo de Hazel en la oscuridad con el cerdo que Emilie tenía como mascota y que siempre andaba por ahí suelto. Seguro que intentaba cargarse alguna otra pieza de mobiliario urbano antes de llegar al restaurante.

Emití un gemido de desesperación y dejé caer los brazos.

—Ya os llevo yo al restaurante. Pero calladitas. Salís, entráis y me dejáis en paz el resto de la noche. Y luego volvéis a casa sin haceros daño y sin hacer daño a nadie más.

—A sus órdenes, capitán Musculitos Malas Pulgas —dijo Hazel, con un impertinente saludo militar.

—Subid a la puñetera camioneta.

11

Palitos de pan y reproches

Hazel

Cam se sentó al volante y lanzó al asiento de atrás la linterna que había utilizado para guiarnos por el jardín a oscuras.

—¿Cuál es la especialidad del Angelo's? —le pregunté mientras arrancaba.

—La comida —se limitó a contestar él, a la vez que ponía un brazo por detrás de mi asiento y salía marcha atrás del camino de entrada.

Había cambiado la ropa de trabajo por unos pantalones cortos de deporte y una camiseta ajustada para trabajar en la tienda. No cabía duda de que debajo había un cuerpo muy atlético, pero yo estaba más interesada en el funcionamiento de su mente. Campbell Bishop era un protestón empedernido que parecía empeñado en hacer lo correcto.

Zoey
Te sigue pareciendo atractivo ese cascarrabias
con dedos de salchicha?

Miré el teléfono y sonreí en la oscuridad de la cabina de la camioneta.

Es perfecto.

Zoey
De perfecto nada. Es una fábrica de insultos
andante.

Es el gruñón que equilibra a la alegría
de la huerta.
Y muy rácano con la simpatía, así que cuando
es majo impacta más.
A los lectores les va a encantar.

—Dejad de mandaros mensajitos —nos soltó Cam mientras conducía—. Es de mala educación y muy molesto.

—Tú sí que eres maleducado y molesto —replicó Zoey.

—¿Cómo sabías que nos estábamos mandando mensajes? —le pregunté cuando se desviaba de la carretera para entrar en un aparcamiento.

—Porque en cuanto una deja de teclear, la otra empieza a sonreír. —Detuvo en seco la camioneta en la entrada—. Es aquí. Fuera.

—Gracias, Dedos de Salchicha —dijo Zoey, saltando del vehículo a la acera.

—No me gusta nada ese apodo —replicó él.

Le sonreí al tiempo que me desabrochaba el cinturón de seguridad.

—Gracias por todo lo de hoy, Cam Cactus.

Mientras abría la puerta, Cam extendió la mano y me tocó. Me quedé inmóvil y bajé la vista hacia aquella mano grande y varonil que estaba sobre la mía. Él la apartó rápidamente y volvió a mirar hacia el parabrisas.

—El presupuesto debería estar listo esta semana.

—Estoy deseando verlo —dije, de todo corazón. Si aquello funcionaba, si podía contratar a Cam para trabajar en mi casa, podría verlo casi todos los días. Tendría inspiración a patadas.

Otra camioneta se detuvo a nuestro lado. Alguien bajó la ventanilla del copiloto. Cam bajó la suya, cagándose en todo.

El otro conductor estaba tan bueno que, en una palabra, casi se me cayeron las bragas. Vale, eso era más de una palabra. Pero aquel tipo de belleza masculina merecía describirse como era debido. En la penumbra de la cabina del vehículo parecía más ancho que Cam, con el pelo corto, una barba bien cuidada y tatuajes en ambos antebrazos. Unos penetrantes ojos verdes se posaron sobre mí antes de volver a mirar a Cam.

En aquel pueblo, la puñetera inspiración estaba por todos los puñeteros rincones. Me imaginé un trío en un aparcamiento con dos obreros buenorros.

—¿Vas a entrar? —le preguntó el desconocido a Cam.

—No pensaba hacerlo.

El hombre volvió a mirarme. Su semblante permaneció impasible, pero me pareció captar cierto aire burlón. Me pregunté si sería posible que hubiera adivinado aquellos pensamientos tan sucios.

—¿Un pastel y una jarra a medias? —le preguntó a Cam.

Cam me miró, antes de exhalar ruidosamente por la nariz.

—Bueno. Vale.

—Vamos, Haze —me suplicó Zoey desde la acera—. Me muero de hambre.

—Supongo que te veré dentro —le dije a Cam, antes de cerrar de un portazo y entrar detrás de Zoey en el restaurante.

Cam se alejó rugiendo hacia el fondo del aparcamiento. Si de verdad me odiara, no me habría llevado en coche por todo el pueblo, no me habría dejado colarme detrás del mostrador de la tienda de su familia y no cenaría en el mismo sitio que yo.

Estaba claro que no me odiaba. A lo mejor lo que odiaba era el hecho de no odiarme. Eso me encajaba más.

En cuanto entré por la puerta y me llegó el olor a ajo y a pan recién salido del horno, todas las ideas inspiradoras sobre el héroe gruñón desaparecieron.

—Madre mía. Hace siglos que no como —me lamenté.

El Angelo's era oscuro y acogedor, con una cocina abierta donde el personal metía y sacaba pizzas del horno. En la parte delantera y lateral del comedor se alineaban varios reservados. Y el espacio que había entre ellos y la barra en forma de U estaba lleno de mesas y sillas sin pretensiones. En el solitario televisor que se encontraba en la pared, sobre la barra, estaban retransmitiendo un partido de baloncesto.

—¿Y todo lo que hemos comido y picado por el camino? —me recordó Zoey.

—Eso fue hace siglos —declaré. O al menos había sido hacía un águila calva, un accidente de coche, un alcalde adolescente curiosamente entrañable y una estafa de casa.

—¿Puedo ayudarlas? —preguntó una mujer con voz de fumadora empedernida.

La anciana que estaba detrás del atril de recepción debía de tener noventa años. Su mata de pelo blanco desafiaba a la gravedad y contrastaba con su conjunto negro de mallas cortas y camiseta del Angelo's. Llevaba unas gafas colgadas del cuello con un cordón de perlas, encima de una chapita identificativa en la que ponía «Jessie». Estaba frunciendo el ceño con gesto de desaprobación.

Me teletransporté automáticamente a cuarto de primaria, cuando mi profesora de Arte, la señora Crossinger, me había pillado pasándole una nota de Debra Flower a Jacinta MacNamara. Había tenido que pasarme el resto de la clase de pie sobre un cuadrado dibujado en el suelo con cinta adhesiva, mientras los demás hacían manualidades y pegaban bolitas de algodón en los muñecos de nieve.

—Una mesa para dos para cenar, por favor —dijo Zoey, poniéndose en modo agente/amiga protectora pero amable, que debe alimentar a su cliente.

Con un gruñido que a mí me pareció inmerecido, nuestra anfitriona frunció los labios de color rosa claro brillante y cogió con toda la calma del mundo un par de cartas plastificadas y dos juegos de cubiertos enrollados en servilletas de papel. Mi estómago gruñó de forma audible mientras la puerta se abría y se cerraba detrás de nosotras.

Sentí un escalofrío y supe que el guaperas de Cam y aquel desconocido que estaba tan bueno como él acababan de entrar. Jessie la gruñona cambió de actitud y se puso en modo abuela coqueta, esbozando una sonrisa fina y brillante con sus labios pintados.

—Vaya, si son los hermanos Bishop —dijo, guiñándoles un ojo por encima de las gafas de media luna.

Eso explicaba que el amigo de Cam fuera tan guapo. Lo llevaban en los genes.

—Buenas noches, Jessie —dijo Cam, ignorándonos.

El hermano la saludó con la cabeza y señaló la barra con el pulgar.

—Adelante —dijo Jessie, poniendo por fin una equis en uno de los reservados del plano de distribución de mesas. El hermano nos lanzó otra mirada silenciosa, pero Cam ya estaba yendo hacia un par de taburetes vacíos—. Seguidme —nos espetó Jessie.

—¿Hemos dicho algo malo? —me susurró Zoey mientras Jessie iba arrastrando los pies delante de nosotras, saludando a los comensales a medida que avanzábamos.

Casi la mitad de las mesas estaban ocupadas. El resto de los clientes nos miraban con cara de pocos amigos.

Jessie dejó las cartas en la última mesa de la esquina y se alejó lentamente.

—Gracias. ¡Encantada de conocerla! —le grité.

Miré con disimulo hacia la barra y vi que Cam y su hermano anónimo ya tenían un par de cervezas delante.

—Qué maja —dijo Zoey mientras nos abalanzábamos sobre las cartas.

—¿Soy yo, o este sitio da un poco de mal rollo? —pregunté, levantando la vista del listado de pizzas.

—Definitivamente no eres tú. Pero no te preocupes, llevo un espray de pimienta en el bolso —me tranquilizó mi amiga.

—¿No se supone que la gente de los pueblos pequeños debería ser amable?

Zoey se encogió de hombros.

—A lo mejor se han enterado de nuestra entrada triunfal de hoy. O puede que le hayas birlado la casa a alguien del pueblo que llevaba años ahorrando para pagar la entrada.

—Creo que has pasado demasiado tiempo rodeada de escritores —comenté.

—Mira quién habla —replicó ella con elocuencia. Le di un

golpe cariñoso en la cabeza con la carta—. Ahí llega la Hazel hambrienta —bromeó—. ¿Compartimos una pizza y una ensalada?

—Perfecto.

—Bueno —dijo Zoey, dejando la carta en el borde de la mesa—. ¿Cómo va esa inspiración despés de medio día desastroso en tu nuevo pueblo adoptivo?

Dejé la carta sobre la suya y eché un vistazo a la barra. Los ojos de Cam se cruzaron un instante con los míos antes de volver a desviarse.

—Definitivamente la cosa se está animando.

Ella se desplomó con dramatismo sobre la tapicería del reservado.

—Gracias a Dios, porque si este día infernal no llega a poner en marcha los engranajes de la creatividad de esa cabecita tan mona, me daría por vencida, haría autostop para volver a la ciudad y me buscaría un curro de *personal shopper*.

—Tengo un buen presentimiento sobre este lugar —declaré, estableciendo sin querer contacto visual con la familia de cuatro miembros que estaba en la mesa del otro lado del pasillo.

Ellos respondieron a mi sonrisa de buena vecina con una mirada fulminante de «no eres bienvenida». Mi buen presentimiento flaqueó un poco.

—Al menos una de las dos lo tiene. Porque yo me siento como cuando salí con aquel tío que se puso una camiseta de los Eagles para ir a un partido en el campo de los Giants. Voy a decirles algo.

Extendí la mano sobre la mesa y la agarré del brazo.

—Ni se te ocurra —susurré—. Esto no es Manhattan. Aquí no puedes llamarle la atención a alguien y no volver a verlo.

—Y tú no puedes pasarte el resto de tu vida en un pueblo escondiéndote de una puta panda de tarados —replicó Zoey, levantando la voz para pronunciar las cuatro últimas palabras.

—¿Puedo tomarles nota ya, señoritas? —El camarero era un adolescente alto, de hombros anchos y piel bronceada, con una mata de pelo negro rizado y no uno, sino dos hoyuelos que hicieron acto de presencia mientras nos sonreía.

Me sentí tan aliviada de ver una cara amable, que le solté el brazo a Zoey y agarré el suyo.

—Pido perdón por todos los pecados que he cometido desde que he llegado al pueblo. Por favor, no te vayas sin tomarnos la comanda o moriremos de inanición y el comedor se convertirá en la escena de un crimen con nuestros cuerpos delineados con cinta adhesiva, algo que les costará muchísimo hacer porque moriremos sentadas. Además, nuestras trágicas muertes te joderán la noche, porque estaremos demasiado muertas como para darte propina —le dije.

Los dos hoyuelos se hicieron más profundos.

—Perdona la diarrea verbal de mi amiga y el taco que empieza por «pe» que he soltado yo. Estamos delirando de hambre —se justificó Zoey.

—Mis tíos se aseguraron de que «mierda» fuera la primera palabra que aprendiera para cabrear a mi madre. Pero basta de cháchara. No quiero que se consuman antes de que les tome nota y les traiga unos palitos de pan.

—Palitos de pan —murmuré con devoción.

Zoey le dijo lo que queríamos cenar. Consciente de que seguía oliendo como una caja de cabernet, decidí pedirme una Pepsi.

—Voy a meterles un poco de prisa con esto y ahora vuelvo con las bebidas y los palitos de pan. Por cierto, me llamo Wesley.

—Gracias, Wesley —dijo Zoey, moviendo los dedos en un saludo insinuante.

Los padres de la mesa de enfrente tenían pinta de estar a punto de lanzarnos un chorro de kétchup.

—No tontees con adolescentes —susurré cuando el camarero se marchó. No sabía si iba a ser capaz de limpiar las manchas de vino, menos aún las de kétchup.

—No estoy tonteando. Le estoy agradeciendo que sea tan mono.

—¿Y cuál es la diferencia?

—Bueno, supongo que ambas cosas forman parte de un todo. En un extremo estaría el agradecimiento inofensivo por lo mono que ha sido y en el otro el deseo de que me desnude en los próximos treinta segundos. —Zoey me miró y resopló—. Estás pensando si puedes incluirlo en un libro.

—Puede que mi heroína necesite una amiga con una vida sexual intensa.

Ella gimió.

—Puede que tu amiga de la vida real necesite una vida sexual intensa.

Una sombra cayó sobre nuestra mesa. Levanté la vista y me encontré con una mujer blanca, alta, de hombros anchos, nariz respingona y una permanente rubia muy marcada que nos miraba fijamente. Tenía los brazos musculosos cruzados sobre el pecho.

—Me estáis poniendo enferma —nos soltó.

Me agazapé contra la tapicería del reservado mientras todos los ojos del restaurante se giraban hacia nosotras. No era así como había imaginado el primer encuentro con mis nuevos vecinos.

—¿Podría ser más específica? —le preguntó Zoey con falsa dulzura.

—Empecemos por lo de cargaros a un águila calva a sangre fría —dijo la mujer. Se oyeron algunos gruñidos de aprobación en las mesas contiguas—. Puede que atropellar a un ave y cargársela no sea delito en el lugar del que venís, chicas de Nueva York, pero en Story Lake sí lo es —le espetó.

Zoey abrió la boca para contestar y, a juzgar por la rabia de sus ojos, lo que estaba a punto de salir de ella tenía todas las papeletas para causar daños irreversibles.

—Creo que ha habido un malentendido —dije enseguida—. El águila del pueblo me dio un golpe en la cabeza. Con un pez. La verdad es que fue bastante gracioso.

—El maltrato animal no tiene nada de gracioso —dijo la acusadora con frialdad—. Y menos aún si se trata de águilas calvas. Han estado en peligro de extinción y no vamos a quedarnos de brazos cruzados permitiendo que las volváis a poner en riesgo delante de nuestras narices.

Algunos comensales asintieron y eso pareció animar a la acusica de la permanente.

Zoey salió del reservado y se puso de pie, interponiéndose entre la mujer y yo.

—Muchas gracias por sus comentarios. Ahora, si nos disculpa, estamos intentando disfrutar de la cena.

—Los asesinos no tienen derecho a disfrutar de la cena —le espetó la mujer, acercándose más a su cara.

—Un momento —dije, despegando la capa superior de piel del muslo del asiento de vinilo mientras salía a toda prisa del reservado—. No creerá de verdad que nos hemos cargado al águila, ¿no? Estaba perfectamente cuando nos fuimos. Se fue volando. Se le cayó la cabeza del pez.

—Eso no es lo que tengo entendido —gruñó la mujer, invadiendo mi espacio vital como una gárgola cabreada.

—Yo que usted me alejaría —le advirtió Zoey.

—¿O qué?

Todo el restaurante crepitaba con una expectación electrizante. Esperaba no estar a punto de recibir un guantazo en la cara.

—A lo mejor deberíamos dejar que las autoridades se encargaran de eso, Emilie.

El hombre que lo sugirió era gigantesco. Sobresalía por encima de todos nosotros. Tenía la cara cubierta por una barba muy poblada que acababa en punta encima de su pecho colosal. Y llevaba puesta una camiseta del Campeonato de Bingo Definitivo de Story Lake que reventaba por las costuras.

—Cállate, Amos —gruñó Emilie.

—Sí, querida —dijo el hombre, agachando la cabeza.

—Les traigo… Uy, mierda… —dijo Wesley, volviendo con las bebidas y una cesta de palitos de pan que olía a gloria.

—Las de su calaña no se merecen palitos de pan —dijo Emilie, cogiendo la cesta y tirándola al suelo.

Ahogué un grito, como la mayoría de la multitud.

—Ya te vale, Emilie. Estaban recién salidos del horno —se quejó Wesley.

—Se ha pasado de la raya —dijo Zoey, dando un paso amenazador hacia nuestra enemiga Emilie.

Estaba empezando a entrar en pánico y me moría de hambre. No sabía qué hacer. En lo que a enfrentamientos se refería, se me daban mucho mejor los que se desarrollaban sobre el papel.

Un tío blanco y alto, sin culo para sostener los pantalones cargo, se abrió paso entre la multitud blandiendo un iPad.

—¡Aquí llega la prensa! Abran paso a la Primera Enmienda, señores. —Me puso el iPad en la cara—. Garland Russell, periodista galardonado de *La Gaceta Vecinal*. Me encantaría que dijera algunas palabras, señorita Hart.

—¿Qué es *La Gaceta Vecinal*? —pregunté.

—¿Unas palabras sobre qué? —dijo Zoey, al mismo tiempo.

—Sobre la trágica muerte de nuestra querida mascota del pueblo, Goose, la majestuosa águila calva, a la que ustedes han asesinado —dijo, cegándome con el flash de la cámara del iPad.

—¡Goose no está muerto! —insistí, parpadeando rápidamente. ¿Acaso estaba hablando en otro idioma? ¿Tenía la voz demasiado aguda como para que la oyeran los habitantes de un pueblo pequeño?

—La atropelló con un camión de mudanzas. Claro que está muerto —dijo un tipo calvo con un polo de golf.

Un murmullo de disgusto recorrió el restaurante. Estaba empezando a marearme. Puede que fuera por el hambre, pero tenía la sensación de que sobre todo se debía al rechazo unánime de mi nuevo pueblo adoptivo y al miedo a haber cometido un grave error.

—Sé de buena tinta que la espachurró al chocar con un camión de dieciocho ruedas contra el cartel —dijo un hombre con montón de queso de pizza en la barba, que estaba en una mesa al fondo del comedor.

—Yo no he hecho nada de eso —aseguré mientras Garland, el galardonado periodista, prácticamente me metía la lente de la cámara del iPad por la nariz.

El flash se disparó varias veces más en rápida sucesión.

—Pero ¿quién usa flash hoy en día? —exclamé, tapándome los ojos.

—La señorita Hart no se encuentra disponible para hacer ningún comentario —dijo Zoey en tono cortante.

—¡Si está ahí de pie! —gritó Emilie—. Lo menos que puede hacer es responder por sus delitos.

—Oiga, señora, yo que usted me alejaría de mi cara —le advirtió Zoey.

—¿Me podéis hacer otra de palitos? —gritó Wesley.

—Por el amor de Dios, haced el favor de calmaros todos.

Cam se abrió paso hasta nuestra mesa, con una expresión de cabreo monumental en su atractiva cara. Su hermano lo siguió y se interpuso sutilmente entre Zoey y Emilie.

Miré a Cam.

—Socorro —murmuré.

Él me dio la espalda con un gruñido y se dirigió a la multitud, poniéndome su maravilloso culo enfundado en tela vaquera delante de las narices.

—El puñetero pajarraco está bien.

Una mujer con un mono beis y una coleta resopló.

—Eso no es lo que yo he oído. Dicen que hizo pedazos al pobre Goose con las hélices de su helicóptero pijo, cuándo llegó volando de la ciudad.

—No me digas. Y la semana pasada, cuando Loribelle estaba vaciando la fosa séptica, alguien lanzó el rumor de que estaba construyendo un búnker subterráneo —dijo Cam.

—Que eso no fuera cierto no significa que esto no lo sea —replicó Barba de Pizza.

Cam respiró hondo.

—Goose está bien. Yo vi lo que pasó. Les dio un susto de muerte a estas dos, se comió el puñetero pez y se largó volando.

La justiciera con permanente contraatacó.

—¿Y por qué íbamos a creerte? Por la presente convoco un pleno municipal de emergencia el miércoles por la noche para zanjar el asunto.

—Secundo la moción —dijo al instante su marido.

—¿En serio, Emilie? Sabes que es noche de bingo —replicó Cam.

Su hermano se frotó la boca con la mano, pero no dijo nada.

—Pues habrá que aplazarlo —declaró ella, levantando la nariz. La multitud empezó a murmurar. ¿Quién iba a imaginarse que el bingo fuera tan popular?—. A mí no me echéis la culpa —dijo Emilie—. Echádsela a esa intrusa asesina de águilas.

—Si yo no he hecho nada. Bueno, he chocado contra el cartel y lo siento muchísimo. —Las miradas furiosas que estaba recibiendo se multiplicaron por diez.

—El miércoles por la noche a las siete. Justicia para Goose —dijo Emilie, señalando mi cara con un dedo rechoncho, antes de llevarse a rastras a su marido.

Garland levantó el iPad para hacer otra foto, pero el hermano de Cam se lo impidió.

—Ve a sentarte antes de que lance tu integridad periodística al lago —le advirtió.

—No se puede silenciar a la prensa —protestó Garland.

—Tú no eres la prensa. Publicas cotilleos de mierda en una página web de barrio —dijo Cam.

—¿Qué acaba de pasar? —pregunté, estupefacta.

—Creo que acabamos de librarnos por los pelos de una especie de linchamiento —comentó Zoey.

—Enhorabuena, concejala. Te acaban de invitar a tu primer pleno municipal —dijo Cam con frialdad.

Wesley reapareció entre la multitud, que estaba empezando a dispersarse, con una nueva cesta de palitos de pan y un chico clavadito a él, pero con los rizos más largos y vestido de cocinero.

—Hola, tío Cam. Hola, tío Levi —dijeron Wesley y su doble al unísono.

—¿Es que aquí todos son parientes? —se preguntó Zoey.

—Hola —respondió Cam, saludándolos a ambos.

—Qué mal. ¿Me he perdido la pelea? —preguntó el doble.

Levi alargó la mano y le revolvió los rizos.

—¿Por qué? ¿Tienes ganas de dar unos puñetazos, Har?

La sonrisa del chico era idéntica a la de Wesley. Si no hubiera estado tan traumatizada, me habría dedicado a reflexionar sobre el rastro de corazones rotos que los dos chicos y sus tíos debían de estar dejando por todo el pueblo.

—Este es mi gemelo, Harrison —nos explicó Wesley a Zoey y a mí.

—Encantada de conocerte —susurré, procesando todavía el follón de los últimos cinco minutos.

Cam se giró para mirarme.

—Os recomiendo que pidáis la comida para llevar.

12

Una tortita en toda la cara

Campbell

Reportero Intrépido
Convocado pleno municipal de emergencia después de que la asesina de águilas iniciara una trifulca en Angelo's.

Abrí la puerta de atrás de la casa de mi hermana sin llamar. De todos modos, nadie me habría oído con tanto jaleo. El beicon chisporroteaba, los perros ladraban y los adultos pedían más café.

Era el típico Desayuno Bishop. Demasiado temprano, demasiado ruidoso y demasiada gente hacinada en un espacio demasiado pequeño.

Me senté en el banco empotrado y me quité las botas de trabajo. Melvin, que tenía cuatro años y era un cruce entre san bernardo y boyero de Berna, entró en la habitación a trompicones, con las uñas repiqueteando sobre las baldosas hexagonales que yo mismo había ayudado a colocar antes de que él naciera. Hundió su enorme cabeza en mi regazo y gruñó para darme la bienvenida.

—Hola, colega —le dije, rascándole las orejas, antes de darle una palmadita en el costado.

Una fracción de segundo después, el beagle de mis padres,

Bentley, irrumpió en el vestíbulo reclamando su ración de mimos.

—¿Eres tú, Cam? —gritó mi madre desde la cocina.

A Pepper Bishop, alias «Pep», no se le escapaba una. Y menos cuando se trataba de sus hijos. Una vez, a los quince años, había intentado escaparme de casa para ir a ver a un amigo. Ella se me había adelantado con el coche y me había esperado en la acera, con el pijama de franela puesto. «Estás castigado, Campbell Bishop. Al coche», me había dicho. En aquel momento me había preguntado si ella sabría que, aunque me hubiera metido en un lío, el hecho de que me llamara «Bishop» encendía una llamita en mi pecho.

Siempre le decía a todo el mundo que nunca se había arrepentido de su decisión de adoptarnos, a pesar de todas las razones que le habíamos dado para hacerlo.

Puse mis botas al lado del resto del calzado que la familia había dejado allí y seguí a los perros hasta la pequeña cocina de Laura.

Mi madre estaba delante de los fogones, dándoles la vuelta a las tortitas como si se tratara de una maniobra militar. Mi padre se encontraba al lado del fregadero, absorbiendo la grasa de las lonchas de beicon con papel de cocina. Mis hermanos estaban poniendo la mesa y mi hermana miraba a todo el mundo con el ceño fruncido desde la mesita plegable que ahora usaba para preparar la comida.

Echó un montón de arándanos y fresas cortadas en un cuenco de cristal y alejó la silla de ruedas de la mesa.

—Ya lo llevo yo —se ofreció Gage, acercándose para quitarle el cuenco.

—Soy perfectamente capaz de llevar la fruta a la mesa, Gigi —le recordó ella, con el gruñido patentado de los Bishop.

Mi hermana nos llamaba «Cammy», «Gigi» y «Livvy». Decía que habría preferido tener hermanas, en vez de la jauría rebosante de testosterona que le habían endosado. Pero en el fondo, muy por debajo de aquel exterior tosco, nos quería tanto que nos habríamos sentido avergonzados si alguno de nosotros de verdad se hubiera dado cuenta.

— 134 —

—Tengo una mano libre, Larry —insistió Gage.

—Y yo dos dedos —replicó ella, haciéndole sendas peinetas.

—¡Niños! —les advirtió mi madre, sin levantar la vista de las tortitas.

Pasé a un centímetro de ella y le di un beso en la mejilla.

—No te preocupes, tu hijo favorito acaba de llegar —la tranquilicé.

Mis tres hermanos me miraron y resoplaron.

Olvidada ya por completo la discusión del día anterior, le di una palmada en la espalda a mi padre y rodeé la isla. La cocina ya era pequeña cuando mi hermana y su marido, Miller, se habían ido a vivir a aquella casa hacía quince años. Pero ahora, con tres adolescentes, un perro de cuarenta kilos olfateando las encimeras y una silla de ruedas, aquel espacio era una puta mierda.

Lo de la rampa exterior era un cambio permanente. Y también lo de la silla. Pero la mesa plegable de plástico que había pegada a la isla y el estudio del primer piso transformado en dormitorio improvisado seguían siendo soluciones temporales. El accidente de hacía un año había arrastrado a nuestra familia a un extraño limbo del que ninguno de nosotros parecía saber salir. Quizá porque eso implicaba admitir que las cosas nunca volverían a ser como antes.

Sin ganas de enredarme en temas emocionales espinosos a aquellas horas de la mañana, agarré la silla de ruedas y la incliné hacia atrás hasta que mi hermana me miró con el ceño fruncido. Luego le di un ruidoso beso en la falsa cresta rubio platino.

—No te cargues mi superpeinado, gilipollas —se quejó ella, dándome un puñetazo relativamente cariñoso en el brazo.

—Deja de fruncir el ceño, Laura. Te van a salir arrugas en el entrecejo —le advirtió mi madre.

—Dejaré de fruncir el ceño cuando tú empieces a dejarme cocinar en mi propia cocina. Te dije que iba a enchufar la plancha eléctrica para hacer yo las tortitas.

Laura y mi madre estaban cortadas por el mismo patrón; las dos eran de armas tomar.

Mi madre dejó las últimas tortitas en la bandeja y las cubrió con un paño de cocina.

— 135 —

—No estoy haciendo las tortitas porque tengas una lesión medular, así que cálmate de una vez.

Los hombres de la sala nos quedamos paralizados. Aguantamos la respiración durante varios segundos, mirándolas a ambas.

—Ah, ¿no? Entonces ¿por qué siempre me encasquetas los frutos rojos?

Mi madre esbozó una sonrisa irónica y despiadada.

—Porque tus tortitas son asquerosas.

La brusquedad con la que todos cogimos aire hizo que Melvin saliera marcha atrás de la habitación. Era cierto. La vigoréxica de mi hermana insistía en añadir una mierda de proteínas en polvo a sus tortitas bajas en carbohidratos que, a decir verdad, no le llegaban ni a la suela de los zapatos a la receta casera de masa madre de mamá, que te subía la insulina que daba gusto. Pero ninguno de nosotros había tenido el valor de decírselo a Laura.

—¡Wesley! ¡Harrison! ¡Isla! —gritó Laura.

Unas ruidosas pisadas resonaron en el piso de arriba y retumbaron escaleras abajo. Mi sobrina y mis sobrinos se unieron obedientemente a nosotros. Los chicos tenían dieciséis años y acababan de sacarse el carnet de conducir. Wesley no llevaba ni camiseta ni zapatillas. Tenía el pelo rizado revuelto y marcas de la almohada en la cara. Harrison vestía ropa de deporte y estaba sudando. Isla iba en pijama y llevaba la media melena recogida con una cosa de esas raras que parecían calcetines, en lo alto de la cabeza. A sus quince años, e incluso con aquel extraño calcetín, se estaba convirtiendo en la típica belleza adolescente que me hacía recordar la cantidad de idioteces que hacían los chicos en el instituto para acercarse a las chicas guapas.

—¿Qué tal, mamá? —dijo Isla alegremente, como si fuera de lo más normal que la llamaran para bajar a desayunar a las siete de la mañana en uno de los preciados últimos días de las vacaciones de verano.

Antes del accidente, los niños eran los típicos adolescentes huraños que no dejaban de desafiar la autoridad de sus padres. Pero desde entonces se habían convertido en pequeños adultos

— 136 —

que se portaban bien, preparaban la comida, trabajaban en el jardín e incluso ayudaban a su madre con los ejercicios de fisioterapia en casa. Y aunque yo les agradecía que estuvieran a la altura en aquellos momentos tan complicados, por otra parte me dolía que tuvieran que estar viviendo aquello.

—Vuestra abuela dice que mis tortitas son una mierda —les dijo Laura.

Wesley e Isla se miraron con cautela. Harry observó fascinado algo que había en el techo. Mi hermana entornó los ojos peligrosamente.

—Las tuyas son mucho mejores —declaró Isla, un pelín tarde.

—Sí, las de la abuela son pésimas —coincidió Wesley.

—¿Qué? —intervino mi madre.

—Te has pasado de frenada, chaval. Te has pasado de frenada —susurró Gage.

—¿Harrison? —dijo Laura.

—¿Qué? ¿Es a mí? —Harry se señaló a sí mismo—. Nada podrá superar jamás tus tortitas, mamá.

Aquel chico era un mentiroso profesional y un embaucador. Casi daba pena que ahora solo utilizara sus poderes para hacer el bien, en lugar de disfrutar de la inofensiva rebeldía adolescente que todos se merecían.

—Lo que queremos decir es que las dos recetas tienen sus ventajas —dijo Isla diplomáticamente, dándoles un codazo a sus hermanos.

—¿Y cuál tiene más ventajas? —preguntó mi madre.

Con una sensación de peligro inminente, Levi le quitó el trapo a las tortitas, que ya estaban encima de la mesa, cogió la de arriba de todo y le dio con ella a Gage en la cara.

En defensa propia, Gage cogió una cucharada de huevos revueltos y contraatacó.

—Levi Fletcher y Gage Preston Bishop, ¿cuántas veces os he dicho que no juguéis con la comida? —gritó nuestra madre.

—A ver, ¿quién quiere beicon? —preguntó mi padre, levantando el plato como si fuera uno de los azafatos del escaparate de *El precio justo*. Bentley se sentó a sus pies, moviendo el rabo.

—¡Yo! —respondimos a coro el resto de miembros masculinos de la familia.

—Me hacen falta un par de medidas más para el presupuesto de Heart House. Si me las consigues hoy, lo tendré listo mañana —anunció mi padre mientras nos apiñábamos alrededor de la mesa del comedor, que era demasiado pequeña.

Aun así había más espacio que antes, y sabía que a todos nos dolía. Por eso me sentaba de espaldas a las fotos de la pared. Ni necesitaba ni quería que me recordaran la pérdida. Laura, sin embargo, siempre se sentaba de frente.

Me atraganté con el café.

—Ah, ¿sí?

Creía que tardaría al menos una semana en hacer el presupuesto. Una semana en la que Hazel se hartaría de la vida de pueblo, haría las maletas empapadas de vino y yo podría olvidar que la había conocido.

—¿De cuánto estamos hablando? —le preguntó Gage mientras se echaba otra tortita en el plato.

—De seis cifras, con un depósito del cincuenta por ciento —dijo mi padre con orgullo.

Gage soltó un silbido grave que hizo que los dos perros asomaran la cabeza por debajo de la mesa. Las caras esperanzadas de todas las personas que estaban sentadas alrededor de esta casi me hicieron sentir como un gilipollas por querer que cierta escritora de novelas románticas se rindiera y siguiera con su vida. Casi.

—¿Crees que lo hará? —me preguntó Levi.

—¿Cómo quieres que lo sepa? —repliqué enfadado.

—Es una escritora acojonante. Esperemos que eso se vea reflejado en su cuenta bancaria —dijo Laura, cogiendo su sirope asqueroso de persona sana.

—Ayer cogí uno de sus libros en la biblioteca —comentó mi madre.

—Yo he investigado un poco sobre ella. Resulta que es la damisela en apuros que me encontré ayer en la gasolinera —dijo Gage—. Me tocó a mí hacerme el héroe antes que a Cam.

—El tío Cam tiene más pinta de villano —dijo mi sobrina, desde la isla.

—No digas tonterías —gruñí.

Isla sonrió.

—¡Toma plomada!

Al ver que mi madre estaba ocupada dándole comida de tapadillo a Bentley por debajo de la mesa, le lancé una tortita a la cabeza a mi sobrina, como si fuera un frisbi.

—¡Eh! —protestó ella mientras mis hermanos se reían.

Mi madre me fulminó con la mirada y yo sonreí con inocencia.

—Parecía simpática. A mí me cayó bien —dijo Gage, acudiendo a mi rescate—. Es una conductora pésima, pero simpática y divertida. Y guapa.

—Se ve que no has pasado tiempo suficiente con ella —dije, tomándome el café.

—¿A ti no te parece atractiva? —me provocó Levi.

—No me atraen los problemas.

—Y una mierda —dijeron mis hermanos a la vez.

—Darius dijo que le habías estado gritando durante media visita —intervino Harrison.

—Para el tío Cam, ese es el lenguaje del amor —dijo Isla.

—Eso no es cierto y yo no tengo ningún lenguaje de amor. Estáis los dos desheredados —dije, señalando con un tenedor a los pesados de mis sobrinos.

—Yo soy el bueno —anunció Wesley con orgullo.

—Volviendo a lo del trabajo. Si a Hazel le parece bien el presupuesto, ¿podréis con el proyecto? Sin ánimo de ofender —preguntó mi hermana.

—Considérame ofendido —dijo Levi.

—Hablo en serio —dijo Laura—. Gigi es medio constructor, medio abogado. Papá prácticamente ya no va a las obras. La mayoría de las cosas que ha hecho últimamente han sido chapucillas.

—Soy perfectamente capaz de pasarme horas en la obra —empezó a decir mi padre. Bastó con que mi madre lo mirara fijamente para que reculara—. Pero no me hace falta, porque os

— 139 —

tengo a vosotros y os he enseñado todo lo que sé —añadió de inmediato.

—¿Cuál es el proyecto más grande que habéis tenido últimamente? —insistió Laura.

—El sótano que reformamos en Park Lake tenía casi doscientos metros cuadrados —dijo Gage.

Mi hermana levantó una ceja con mordacidad.

—¿Y cuándo fue eso? ¿Hace diez u once meses?

—Podemos con el proyecto, Larry —dije, intentando disimular mi enfado—. No es nada que no hayamos hecho antes. Además, trabajamos allí hace diez años, así que ya estamos familiarizados con la casa.

—Espero que seas capaz de contentar a la dueña —dijo Laura con elocuencia—. Ya sabes. Tratándola con respeto. Teniendo en cuenta sus preocupaciones. Sin obligarla a cobrarse a sí misma, ni a embolsarse su propia compra.

—Qué ejemplo tan específico —comentó papá—. ¿Fue la de la factura enorme de anoche?

—¿En serio hiciste que una posible clienta nueva se cobrara a sí misma? —preguntó Gage, escandalizado.

—No digas tonterías —terció mi madre—. Yo he criado a tres caballeros. Y estoy segura de que Cam ha sido de lo más profesional y educado con Hazel Hart.

Me costó un triunfo no revolverme en el asiento.

—Una preguntita —dijo Gage—. ¿Tú conoces a Cam, mamá?

—Yo solo digo que lo último que necesita Bishop Brothers es cabrear a una clienta importante que tiene la casa más emblemática de la ciudad —dijo Laura con inocencia—. Si ese proyecto se tuerce y acabáis con una clienta famosa descontenta, todo el mundo se enterará.

Bishop Brothers había sido fundada por mi abuelo y su hermano, luego había pasado a mi padre y después a mis hermanos y a mí. El negocio había sobrevivido y a veces incluso prosperado durante cincuenta años. Pero las cosas nunca habían ido tan mal como ahora. La mayoría de las veces, mis opiniones diferían de las de mis hermanos. Pero en una cosa estábamos de acuerdo: no queríamos ser la generación que llevara a la tumba a la empresa familiar.

—Nadie se va a quedar descontento —prometió Levi.

—Menos Cam, que siempre lo está —señaló Gage.

En mi ausencia, Levi se había convertido en el líder. Su vínculo con Gage, el más joven, se había estrechado de tal forma que casi me daba envidia. Pero ahora yo había vuelto y todos teníamos que acostumbrarnos.

—No estoy descontento. Lo único que ocurre es que la cara de culo es mi expresión natural.

Mi declaración desencadenó una conversación muy animada y un tanto inapropiada sobre qué implicaba exactamente tener cara de culo. Lo que hizo que el tema de Hazel Hart se quedara justo donde yo quería. Fuera de la mesa.

Mi familia la miraba y veía la salvación. Yo la miraba y solo veía problemas. Unos problemas que me habían tenido casi toda la noche dando vueltas en la cama, pensando en ella.

—A ver, necesito que alguno de vosotros acoja a dos gatitos —anunció nuestra madre.

Ni siquiera había acabado la frase y ya nos habíamos puesto todos a refunfuñar.

—Venga, chicos. Solo será durante unos días, hasta que estén desparasitados. Una semana como mucho —aseguró.

—Mamá: tengo un perro, dos gatos, cuatro lagartos y ese puñetero conejito que dijiste que iban a adoptar. Se acabó —le espetó Laura.

—Ni de coña —dijo Gage—. La semana pasada me tragué dos horas de coche hasta el santuario de aves para llevar a un pinzón púrpura más tonto que mandado hacer de encargo que se había quedado atrapado en la malla antihierbas.

—Lo siento. Mis caseros son muy estrictos con el tema de las mascotas —señalé.

—Nosotros somos tus caseros, idiota —señaló Laura.

—Que se los lleve Livvy. Así tendrán una cabaña entera que cargarse —propuse.

—No puedo. Sigo teniendo las gallinas —replicó Levi, cogiendo tranquilamente otra loncha de beicon.

—Ya hace mucho que las tienes —comenté con suspicacia.

Levi se había librado de las últimas rondas de acogida patológica de animales de nuestra madre gracias a un supuesto par de gallinas heridas que le había dado un desconocido que las había encontrado al lado de la carretera.

—Es verdad, ¿alguien más las ha visto en persona? —preguntó Laura.

—A mí me dijiste que estaban durmiendo en el gallinero, la última vez que me pasé por allí —le dijo Gage a Levi, en tono acusador.

—¡Qué fuerte! Esas gallinas nunca han existido, ¿verdad? —chilló Laura.

Ponernos la zancadilla los unos a los otros era algo típico de los Bishop. En aquel momento sentía tal amor hacia ellos que estaba a punto de estallarme el corazón. Aunque no pensaba decírselo jamás.

Al contrario, entré a matar fingiendo que no me lo podía creer.

—¿Construiste un gallinero entero para librarte de acoger animales indefensos, Livvy?

—Eso está muy mal, tío Levi —opinó Isla.

—No sé en qué nos hemos equivocado, Frank. Esto es otra vez como lo del paintball, ¿verdad? —dijo nuestra madre.

Levi dejó el tenedor.

—¡Me cago en todo lo que se menea! Os juro por la receta de los pastelitos de limón de la abuela Bernie que yo no disparé a la puerta del granero.

—Y una mierda —dijimos Gage y yo a la vez.

13

El demonio peludo

Hazel

Me desperté sobresaltada, mirando fijamente un papel de pared dorado con rosas trepadoras. Solo tardé la mitad de tiempo que el día anterior en recordar dónde estaba. En mi nuevo dormitorio, que pedía a gritos un lavado de cara; en mi nueva casa, que necesitaba reformas importantes y caras; en mi nuevo pueblo, que me consideraba una forastera asesina de aves a la que había que echar de allí.

—Hola, pánico mañanero, viejo amigo —refunfuñé, dándome la vuelta y tirando del edredón hasta la barbilla.

El sol de verano ya brillaba con fuerza, colándose a través de los cristales por encima de las antiguas contraventanas de madera que llegaban solo hasta la mitad de las ventanas. Tenía que plantearme en serio poner unas cortinas.

Cortinas para las ventanas, ropa de cama y perchas para todos los armarios, incluido el nuevo vestidor que Cam había dicho a regañadientes que «seguramente sería factible». Ah, y una alfombra mullida para debajo de la cama. Y algún cuadro chulo para encima de la repisa de madera de la chimenea. Y una cómoda.

Me incorporé. Aquella era mi primera casa propia. El primer lugar donde podría elegir las cortinas, la vajilla y acaparar todo el espacio de las estanterías. Era algo por lo que valía la pena luchar…

—¡Aaah! ¡Aléjate de mí, demonio peludo!

El grito de pavor de Zoey me hizo levantarme corriendo de la cama. Se me enredó el pie en las sábanas y estuve a punto de caerme de culo, pero al escuchar un fuerte golpe y oírla chillar «¿Quieres llevarte un trozo de mí?», hice una maniobra de escapismo al estilo ninja.

Salí a trompicones de la cama, cogí al vuelo la pata del banco del piano y fui corriendo hacia el pasillo.

La habitación de Zoey estaba en la parte delantera de la casa. Había elegido uno de los cuartos más pequeños con vistas a Main Street porque, según ella, ver algo de civilización la hacía sentirse más segura. El papel de pared era rosa chillón y había angelitos tallados en las molduras del techo.

La encontré de pie en la cama con dosel con un botín de ante en la mano, preparada para disparar. Su compañero estaba en el suelo, al lado de… joder.

—¿Eso es un mapache? —grité.

—¡Fuera, oso panda basurero! —Zoey le lanzó el segundo botín al intruso enmascarado. Pero, como la puntería nunca había sido su fuerte, falló por varias decenas de centímetros.

—¡Por favor, Zoey! ¡No lo cabrees! —El mapache me miró y empuñé la pata del banco con las dos manos, como si fuera una espada láser—. Fuera de aquí, fiera. Lárgate.

El bicho se sentó sobre las ancas peludas y entrelazó las manos. ¿O eran las patas? ¿Los pies?

—No pienso compartir habitación con ningún animal salvaje —declaró Zoey.

—¿Crees que lo he invitado a una fiesta de pijamas? ¿De dónde ha salido? —le pregunté, entrando en el dormitorio.

Zoey se puso a dar vueltas sobre la cama.

—¿Y yo qué sé? Pero adivina dónde ha acabado: ¡En la cama conmigo!

—Fuera de aquí, caballero. O señora —le dije, espantándolo con la pata del banco.

El mapache retrocedió tímidamente. Parecía confuso, mientras repartía su atención entre aquellas dos mujeres un poco histéricas.

—¿Qué haces? —me preguntó Zoey.

—¿Tú qué crees? Espantarlo. —Avancé un paso más.

—Esos bichos son fábricas de rabia devoradoras de basura. ¡Que no te muerda en la cara!

—¿Por qué tienes esa fijación con que las cosas muerdan caras? —le pregunté, desconcentrándome por un instante.

—¡Presta atención al animal salvaje, Hazel!

—¡Le estoy prestando atención! Creía que te estaban asesinando. Tengo la adrenalina por las nubes —le grité.

El mapache debió de hartarse de aquel numerito tan ruidoso, porque fue hacia la chimenea y desapareció en su interior. Se oyeron claramente los arañazos de las garras en la pared. Al menos aquello resolvió el misterioso enigma.

—¿Se ha ido? —preguntó Zoey, tapándose la cara con una almohada.

—¡No lo sé!

—¡Pues ve a mirar!

—Acabas de decirme que tenga cuidado para que no me muerda la cara, ¿y ahora quieres que meta mi rostro inmaculado en un espacio cerrado con un animal salvaje?

—¡Acabo de despertarme con un monstruo del bosque lleno de pulgas en la cama porque soy una buena amiga y te he seguido la corriente con este plan disparatado! ¡Lo mínimo que puedes hacer es dejar que te muerda la cara por mí!

—¡Bueno, vale! Voy a mirar. —Agarré con fuerza la pata del banco y me acerqué a la chimenea.

—¿Sigue ahí? —susurró Zoey.

—Cállate. —Me aproximé al recubrimiento de ladrillos—. Lánzame el móvil.

—No.

—¿Por qué?

—Porque lo único que se te da peor que conducir es atrapar cosas. Y me enviaron este móvil la semana pasada para sustituir al que se me cayó por la reja de la alcantarilla.

Me giré hacia ella.

—¿Quieres hacerlo tú? Porque estoy empezando a sentirme insultada y, cuando me siento insultada, lo último que me apetece es dar la cara por la persona que me está insultando.

—¡Vale, perdona! No se te da fatal atrapar cosas. —Zoey no parecía muy convencida, pero desenchufó el móvil que había puesto a cargar sobre la mesilla de noche—. Toma. Píllalo.

Calculé mal el lanzamiento bajo y acabé tirando el teléfono y la pata del piano. Ambos cayeron al suelo con un estruendo.

—Por eso mismo no quería sacrificar mi teléfono. Ni siquiera me había dado tiempo a ponerle el protector de pantalla —se lamentó Zoey, pateando el colchón. Tenía tanta fama de perder y romper móviles que su antigua agencia había dejado de dárselos.

Recogí el teléfono y la pata, y encendí la linterna.

Antes de que me diera tiempo a pensármelo mejor, me agaché y apunté con la luz hacia el interior. Salvo por el batallón de pelusas, la chimenea estaba vacía. Me colé más adentro y apunté con la luz hacia arriba.

Zoey gimió.

—Ay, madre. Como mi única clienta se muera así, nunca más podré volver a trabajar de agente.

Vi la luz del día entrando por la parte superior de la chimenea y me relajé.

—Se ha ido —la tranquilicé, saliendo de la chimenea.

—Gracias. Ahora devuélveme el móvil —me exigió Zoey.

Se lo lancé y lo pilló antes de dejarse caer sobre la cama.

Yo me desplomé en el suelo e intenté calmar los latidos de mi corazón. Nos quedamos así, en silencio, durante varios minutos.

—Supongo que te irás hoy mismo a un hotel —dije finalmente.

Zoey levantó el móvil.

—Mi reserva en el Story Lake Lodge está confirmada.

—Genial. Voy a ducharme para quitarme los sudores del pánico —dije, levantándome del suelo.

—Yo preparo el desayuno —se ofreció Zoey.

La ducha de mi baño no era ninguna maravilla, pero al menos la presión del agua… también era una mierda. Me senté en la bañera con patas y me quedé mirando los azulejos rosas y negros, y el inodoro negro. Estéticamente no era muy allá, pero el espacio de almacenamiento del lavabo doble, el armario de la ropa blanca y el estrecho armarito empotrado me tenían embelesada.

Me sequé con una de las toallas raídas del armario, me envolví el pelo en otra y arrastré la bolsa de artículos de aseo hasta la habitación. En un arrebato de energía tras la ducha posmapache, la vacié enterita, disfrutando con gula del exceso de espacio.

Todavía encantada, me puse una tirita nueva —sin bigotes— en la herida de pez-pájaro, me sequé el pelo, llevé a cabo mi rutina facial completa y hasta me puse un poco de rímel.

Asentí con la cabeza mirándome en el espejo dorado en forma de cisne, tan espantoso que tenía su gracia. Aquella era la nueva versión mejorada de Hazel Hart, que se duchaba, se echaba rímel y se peleaba con los mapaches. Solo esperaba que también escribiera libros.

Me vestí con el nuevo atuendo de Story Lake, dado que el resto de mi ropa seguía en la vieja secadora del sótano, me puse las gafas y bajé corriendo por la escalera de atrás. Tenía dos escaleras. Y una casa en la que cabía varias veces mi apartamento. Y una cocina horrenda.

Zoey estaba revolviendo como una loca la que debía de ser su segunda taza grande de café soluble. Había dos cuencos de avena instantánea humeando sobre la encimera laminada, al lado del vetusto microondas.

—Bonito outfit —dijo, fingiendo protegerse los ojos del amarillo chillón de los pantalones cortos y la camiseta.

—El menaje de cocina y el resto de cosas de mi apartamento, incluida la ropa no empapada en vino, llegan mañana. —Saqué una cuchara de plástico del paquete.

—Para ti las de fresas con nata. Yo me merezco las de chocolate —dijo Zoey, emergiendo de la taza de café—. Y, por favor, dime que eso incluye la cafetera exprés del innombrable.

Mi exmarido era un esnob para muchas cosas, incluido el café. Por eso habíamos destinado un rincón enterito del valioso espacio de nuestro apartamento a una zona para prepararlo.

—Pues sí, pero no sé de dónde vamos a sacar café en grano por aquí.

—Podemos robarle un poco a Cam Cactus la próxima vez que esté trabajando en la tienda —propuso Zoey.

Revolví la avena grumosa.

—Sí, claro. ¿Por qué no añadir el hurto a la lista de razones por las que la gente de por aquí me odia?

—Considéralo combustible para tu libro —dijo ella con elocuencia.

El subidón de energía posterior a la ducha se desvaneció mientras la ansiedad volvía a hacer acto de presencia. Tenía que ponerme a escribir. A partir de ese mismo día. Y lo único que se me ocurría era la vaga idea de narrar todo lo que había sucedido en las últimas veinticuatro horas, pero haciendo que resultara sexy y divertido, en lugar de un poco traumatizante. ¿Y si no lo conseguía? ¿Y si de repente volcar las palabras sobre el papel me resultaba físicamente imposible? A la gente le pasaba. Había escritores que nunca se recuperaban de su particular «noche oscura del alma». Volvían a ser personas normales y tenían que buscarse trabajos de verdad, con tarjetas para fichar, pantalones de vestir y reuniones que podrían haberse sustituido por correos electrónicos. Yo no estaba hecha para eso.

—Necesitamos un coche. No podemos vivir aquí dependiendo de la amabilidad de desconocidos sexis y gruñones para movernos —señaló Zoey, sacándome de mis lamentaciones internas.

Me pasé una mano por el pelo recién lavado.

—Sí, claro. Me pondré en contacto con la empresa de alquiler y veré cuándo puedo conseguir uno nuevo.

Zoey sacudió la cabeza con vehemencia.

—De eso nada. En primer lugar, ninguna compañía de alquiler te va a asegurar después del estropicio del descapotable de ayer.

—Un águila calva me dio en la cabeza con un pez. ¿Por qué todos actúan como si fuera culpa mía?

—La que va a alquilar un coche soy yo y te prohíbo conducirlo. Seré tu agente/chófer, siempre y cuando te sientes de una vez y escribas alguna puñetera línea.

—Nos mudamos ayer, literalmente. Así que deja de decirlo como si me estuviera durmiendo en los laureles. —Me pregunté por qué iba a darle a alguien por dormirse encima de un laurel. Con lo puntiagudas que eran las hojas.

—Pues demuéstrame que estoy equivocada y ve a escribir cien palabras ahora mismo —me retó Zoey, señalando la biblioteca.

—¿Ahora? Si no son ni las nueve de la mañana. Mi cerebro no se despierta por lo menos hasta mediodía —argumenté, intentando escaquearme.

—Ahora mismo —dijo Zoey con firmeza—. Te sentirás mejor después de hacerlo. Y a lo mejor, de cien en cien palabras, logramos acabar con esta crisis de confianza.

Refunfuñando, cogí en la nevera la cafeína seleccionada para esa mañana —una Pepsi Wild Cherry— y entré sin ganas en la biblioteca.

En ella hacía calor, sol y prácticamente parecía un páramo. Mi portátil estaba abierto y enchufado en la destartalada mesa de costura de madera que Zoey —o el mapache— había desempolvado y trasladado al espacio que se hallaba entre el semicírculo de ventanas que daban al jardín lateral. Detrás del escritorio había una vieja silla de madera con la estructura deformada que parecía tan cómoda como un montón de laureles. Mis fieles auriculares con cancelación de ruido estaban colocados sobre un cuaderno abierto por una página en blanco.

Me concentraría más si tuviera una silla de oficina de verdad. Y puede que algunos libros en las estanterías. Y si me hiciera con unos cuantos artículos de papelería divertidos. Me gustaba la sensación de organización que aportaban los bolígrafos nuevos y las notas adhesivas de colores.

—¡No te oigo teclear! —gritó Zoey desde la cocina.

—¡Que te den! —contesté.

Enfadada, sujeté el refresco con el sobaco y cerré las puertas del pasillo. No sonó exactamente como un portazo, pero sí lo bastante fuerte como para dejar claro lo que quería transmitir.

Con pies de plomo, rodeé la mesa y aparté la silla.

—Muy bien, portátil. Aquí estamos, solos tú y yo. Antes éramos amigos, ¿te acuerdas?

Me senté. La estructura de la silla chirrió en señal de protesta.

—Tú cállate.

Sin la menor duda necesitaba un gato. Aquella habitación lo estaba pidiendo a gritos. Además, hablar con un gato era menos raro que hacerlo conmigo misma. A lo mejor podía domesticar al mapache y convertirme en la escritora excéntrica que tenía un mapache de mascota.

Unos pasos en el corredor me hicieron sentir culpable y abrir el programa de escritura. El aviso de actualización del software me proporcionó un respiro de lo más oportuno para mirar por la ventana y beberme la Pepsi.

—Piensa en la historia —me ordené a mí misma, yendo hacia la ventana—. ¿Quién va a ser la afortunada pareja?

Me vino a la cabeza la imagen de Cam con el ceño fruncido, al volante de la camioneta. Me pregunté cómo sería para él un día normal, en el que no tuviera que salvar a ninguna mujer de un águila. Si lo contrataba, tendría un asiento de primera fila para presenciar su trabajo, su día a día y su culo increíblemente esculpido.

Plantas. Iba a necesitar plantas. De aquellas largas que se enredaban, para que treparan por las estanterías y dieran vida al espacio. Por supuesto, tendría que acordarme de regarlas. Pero si escribía allí todos los días, el mantenimiento de las plantas formaría parte de la rutina.

Miré hacia atrás. La actualización había finalizado. El nuevo proyecto estaba abierto.

Regresé al escritorio y me senté. La página en blanco era tan blanca que resultaba agresiva. Me tiré varios minutos jugueteando con el formato del documento para dejarlo a mi gusto. Pero pronto se me acabaron las cosas con las que procrastinar sin levantar las sospechas de Zoey.

—Cien palabras —me dije—. Antes era capaz de escribirlas en cuestión de minutos. Los músculos tenían memoria, ¿no?

—El cursor parpadeante era como una pequeña valla publicitaria que dejaba en evidencia la prístina blancura del documento—. «¿Qué coño estoy haciendo?» —leí en voz alta mientras lo tecleaba—. Muy bien, Hazel. Cuatro palabras menos. Ya solo te faltan noventa y seis. —Asentí con la cabeza al ver el recuento de palabras, me puse los auriculares, busqué la lista de reproducción «Mueve el culo y ponte a escribir» y programé veinticinco minutos en el temporizador del móvil—. ¿Por dónde empiezo? —me pregunté mientras The Killers me gritaban al oído.

Una vez más me vino a la cabeza el protagonista buenorro que se parecía a Cam. Hoy tenía un buen día. No. Un gran día. El sol brillaba, llevaba la ventanilla de la camioneta bajada y en la radio sonaba su canción favorita.

Lástima que todo estuviera a punto de irse al traste, pensé con una sonrisa perversa.

—¡Zoey! —grité, saliendo a toda prisa por las puertas de la biblioteca.

—¿Qué? —me preguntó su voz incorpórea.

—¿Dónde estás?

—¡Aquí!

Me asomé a la cocina, pero estaba vacía.

—¡Este sitio es demasiado grande para que contestes «aquí»!

—¡Estoy en el comedor o en el salón, no recuerdo cuál es cuál! —respondió a gritos.

Me la encontré haciendo sentadillas en el salón mientras contestaba correos electrónicos en el móvil.

—Toma —le dije con suficiencia, pegándole una nota adhesiva en la frente.

Zoey acabó de escribir el correo electrónico y se puso en cuclillas antes de despegar el papelito y leerlo.

—¿Doscientas cincuenta y siete qué? ¿Razones por las que los mapaches son unos cabrones? ¡No me jodas! ¿Palabras? ¿De verdad has estado escribiendo?

—De verdad he estado escribiendo. Estoy oxidadísima y treinta de ellas son notas en plan «insertar algo mejor o más gracioso aquí», pero el resto no está tan mal.

Me agarró por los antebrazos.

—¡Las palabras que no están tan mal son mis favoritas!

—Y las mías —canturreé.

Nos pusimos a saltar. Zoey se detuvo de repente.

—Ahora vuelve a entrar ahí y hazlo otra vez.

—Pero…

—Ni peros ni peras. A no ser que sean las de la protagonista y tengan encima las manos de tu héroe cascarrabias.

—No quiero pasarme de la raya. Si me exijo demasiado, podría quemarme —dije con recelo.

—No te vas a quemar por quinientas palabras. Ya llevas la mitad.

—¿Desde cuándo se te dan tan bien las mates?

—Desde que me puse a calcular cuánto vamos a necesitar las dos el dinero de este libro.

—No me digas que te has fundido todos tus ahorros en zapatos y en cenas.

Zoey me puso las manos en las mejillas y me las estrujó.

—Tengo el dinero justo para sobrevivir hasta que recibamos el anticipo del libro. En cuanto a ti, cuando tengas esta casa restaurada y amueblada, estarás prácticamente en la indigencia. Necesitamos ese libro, Hazel.

—No sé si estás volviendo a usar el miedo para motivarme o si dices la verdad —reconocí, con las mejillas espachurradas.

—Vuelve ahí dentro y dame más palabras, o tendré que poner a la venta mi colección de Jimmy Choos para poder permitirnos más cuencos de avena cutre.

—Eres lo peor.

—Mira quién habla. Si quieres poder volver a vestirte con ropa que no tenga letras en el culo, ponte a escribir de una santa vez.

—Me parece que he agotado toda mi creatividad. No creo que pueda sacar ni una palabra más si no veo a algún obrero buenorro. Debería dar una vuelta a la manzana con los ojos bien abiertos, a ver si me inspiro.

Justo en ese momento sonó el timbre y la interrupción me sobresaltó.

—¡A lo mejor es un obrero macizo con malas pulgas! —me gritó Zoey cuando me dirigía a la entrada.

—¡O a lo mejor es tu amigo el mapache! —le contesté.

La humedad había hinchado muchísimo la puerta y no era capaz de abrirla, ni siquiera con la ayuda de Zoey.

—Un momento —dije, jadeando—. La puerta está atascada.

—No me jodas. Apártate —gruñó mi no tan caballeroso interlocutor.

—Creo que acabas de invocarlo —susurró Zoey mientras ambas nos alejábamos de la entrada.

Al cabo de un segundo y tras una enérgica patada, la puerta de mi casa se abrió de golpe y apareció Cam con su mala cara.

Llevaba puestos una camiseta gris limpia y unos pantalones de trabajo salpicados de pintura, y su ceño fruncido acentuaba su impresionante rostro anguloso. Tratar con un cascarrabias en la vida real era un coñazo, pero mirarlo no suponía ningún esfuerzo. Aquel tío era guapísimo.

—Hola —dije.

—Necesito más medidas —señaló, pasando por delante de mí.

—Entra —refunfuñé en voz baja.

—Esto estaba en la puerta. —Me entregó un papel arrugado.

Lo alisé y lo leí.

—¿Me estás tomando el pelo?

—¿Qué? —preguntó Zoey.

Le enseñé el folleto. «Castiguemos a la asesina de Goose. Pleno municipal hoy a las siete de la tarde. TTPP».

—¿Qué significa «TTPP»? —pregunté.

—Mejor que no lo sepas —respondió Cam—. No la cerréis —añadió, señalando hacia la puerta—. La arreglaré antes de irme.

—Déjame coger el portátil.

Jim
Espero que estés escribiendo mucho.

14

Una sonrisa digna de un puñetazo

Campbell

—Odio arreglar tejados —se quejó Levi desde lo alto del de Erleen Dabner.

Erleen era una señora que coleccionaba piedras de cuarzo y cartas del tarot, además de cultivar hierbas aromáticas en un invernadero adosado a una peculiar y extravagante casa de estilo ranchero. Una casa de estilo ranchero con goteras en el tejado.

—Más odiarías estar sin blanca —le aseguré, arrancando las tejas de asfalto que había alrededor del conducto de ventilación.

En su día habríamos subcontratado un trabajo como aquel. Pero la mayoría de los subcontratistas se habían ido de la zona o eran demasiado caros como para justificar el gasto, cuando podíamos hacerlo nosotros mismos.

—Alégrate de que sea de una sola planta —dijo Gage, paseándose por el caballete como una cabra montesa con botas de trabajo—. He encontrado otro punto blando por aquí. Puede que esté podrido.

—Voy a por otro paquete de tejas —se ofreció Levi antes de bajar por la escalera y recorrer el camino de la casa de Erleen para ir hasta mi camioneta.

—¿Tienes ganas de ir a la reunión del pueblo? —me preguntó Gage mientras empezaba a quitar las tejas del punto nuevo.

—Muchísimas, la he señalado con un corazón en la puta agenda.

Los Bishop habían formado parte del consejo durante tres generaciones. Otra tradición familiar que no podíamos dejar desaparecer así como así.

—Solo era una pregunta. Pues seguro que es muy divertido, entre lo de la nueva concejala y lo nerviosa que está la gente —reflexionó Gage.

Lancé otra teja hacia el remolque que usábamos como contenedor.

—Cómo se nota que tú no vas a tener que aguantar ese circo.

Gage había sido miembro del consejo antes que yo y casi se muere de risa cuando me endosaron el puesto de concejal por sorpresa, después de que los capullos de mis hermanos organizaran una campaña secreta para presentar mi candidatura.

—Yo ya he cumplido. Ahora te toca a ti —dijo él alegremente.

Interrumpí la revisión de la madera contrachapada que había quedado expuesta y lo miré.

—¿Por qué estás siempre de tan buen humor?

—Quizá por la misma razón por la que tú estás siempre tan cabreado. He nacido así.

—Yo no estoy siempre cabreado —protesté. Simplemente me había dado cuenta de que a mis seres queridos podía pasarles algo malo en cualquier momento.

Gage resopló.

—Tío, si tienes arrugas en las arrugas.

—Que no vaya por el pueblo sonriendo como un idiota todos los días no significa que esté cabreado.

—Laura cree que es porque te has visto obligado a volver y Levi piensa que la culpa la tiene el golpe que te arreó en la cabeza cuando intentaba darle a la piñata en la fiesta de cumpleaños de Wes. En mi opinión es porque sabes que nunca podrás ser tan guapo y encantador como yo.

—¿Os dedicáis a hablar mal de mí a mis espaldas?

—Solemos hacerlo directamente a la cara, pero a veces lo hacemos en el grupo «Todos menos Cam».

Le di un golpe de prueba al contrachapado con la palanca.

—¿Quién te ha dicho que no hay un grupo llamado «Todos menos Gage»?

La forma en la que sonrió hizo que me entraran ganas de darle un puñetazo.

—Tengo clarísimo que ese es el único grupo que no puede existir porque, a diferencia de ti, yo me llevo bien con todo el mundo.

Tomé nota mental de crear un grupo de «Todos menos Gage» en cuanto bajara de aquel puto tejado.

Gage lanzó otras dos tejas hechas polvo al remolque de abajo.

—Solo digo que es obvio que volver a casa no ha hecho que seas más feliz ni simpático.

—Cuando volví a casa, mi hermana estaba en el hospital y la empresa familiar iba como el culo. Así que ya puedes irte a la mierda con tus quejas de que no sonrío como un idiota.

Pues no, renunciar a la vida que había construido, a la reputación que me había forjado por mi cuenta, no había hecho que me entraran ganas de ponerme a dar saltos en un campo de margaritas mientras cantaba a lo tirolés, o lo que fuera que hiciera la gente feliz. Aunque lo cierto era que construir aquella vida tampoco me había proporcionado ninguna alegría.

Una vez, yendo hacia una obra, se me había quedado el móvil atascado debajo del asiento y, sin querer, había acabado escuchando una entrevista de un pódcast a un coach que se había tirado una hora hablando sobre cómo construir una vida que te proporcionara alegría.

Me había planteado apagar la radio, pero lo había escuchado entero muerto de vergüenza, preguntándome por qué no había hecho nada de adulto que me hiciera siquiera rozar esa felicidad.

—Es normal que estés celoso, Cam. En cuanto Hazel me vea blandiendo un martillo o haciendo algo así de varonil en su casa, se pondrá de rodillas y me pedirá matrimonio.

—Si estuviéramos en un tejado más alto, te empujaría.

Gage esbozó una sonrisa fugaz como un relámpago.

—Antes tendrías que pillarme. Y eres más viejo y lento que yo.

—No soy mucho mayor que tú, risitas de mierda —le recordé.

—Yo soy más guapo, más agradable y más joven. Además yo la vi primero y sabes que eso me da preferencia.

—¿A quién? —le pregunté, fingiendo haber olvidado de quién hablábamos.

—A Hazel Hart. Escritora residente de novela romántica, objeto de todos los cotilleos y entretenimientos recientes del pueblo, y pronto nueva clienta de Bishop Brothers.

—Vale, pues toda tuya. Me la suda. Es más, me ofrezco a hacer el brindis en vuestra boda.

—Ya. Por eso estás apretando esa palanca como si te fuera la vida en ello.

Miré hacia abajo y relajé la mano de inmediato hasta que los nudillos recuperaron el color.

Estaba a punto de ponerme a pensar en cuál sería la mejor forma de engañar a Gage para que se acercara y tirarlo del tejado sobre uno de los acebos de Erleen, cuando oí un silbido familiar.

Gage y yo nos acercamos al borde del tejado y vimos a nuestro padre con dos bandejas de cafés para llevar en la mano. Levi estaba a su lado, tomándose ya uno.

—Chicos, ¿un descanso para tomar un poco de cafeína? —gritó.

Sospeché de inmediato. Para Francisco Bishop, los dos únicos momentos buenos para hacer un descanso eran la hora de comer y la hora de irse, y estábamos justo en medio de ambas.

—¿Por qué tiene seis cafés?

—Al pobre le dio un ictus. Puede que hoy no esté muy hábil con los cálculos —dijo mi hermano con el irritante optimismo que lo caracterizaba.

Negué con la cabeza.

—Está tramando algo.

—¿Lo ves? Esa es la diferencia entre tú y yo. Papá está tramando algo y tú automáticamente asumes que se trata de alguna cosa mala. Yo, en cambio, como soy mucho mejor hijo que tú, estoy deseando disfrutarlo.

—Hola —saludó alguien desde la calle, con una voz chillona que me resultó familiar.

—No me jodas —murmuré entre dientes cuando Hazel apareció con Zoey en la acera.

Todavía llevaba los pantalones cortos y la camiseta de color amarillo cegador que se había comprado en la tienda y parecía un orbe solar.

Me dispuse a volver al trabajo, pero Gage me agarró del brazo.

—¿Quién coño es esa?

—Hazel, idiota.

Mi hermano negó con la cabeza sin apartar los ojos de las dos mujeres que se acercaban.

—No, la de... —Levantó la mano que tenía libre e hizo un gesto raro en el aire.

—¿La cabeza? —dije.

Yo solo aparté el brazo. Juro por los pastelitos de limón de la abuela que no lo empujé, aunque me estaba cabreando y se lo merecía. Puede que a los Bishop nos gustara vacilarnos entre nosotros, pero no íbamos por ahí haciendo el gilipollas en los tejados.

El caso fue que Gage se tambaleó y dio un paso hacia un lado para compensar. Pero siguió mirándolas mientras se le resbalaba el pie.

—Mierda —dije a la vez que mi hermano caía directamente del tejado al acebo.

Hazel y Zoey se acercaron corriendo. Mi padre y Levi siguieron bebiendo café y esperando a que Gage saliera del arbusto.

Con un suspiro de sufrimiento infinito, fui hacia la escalera. Para que quede claro, lo único que quería era tomarme aquel café. Me daba exactamente igual cuántos huesos pudiera haberse roto Gage. Al ser sus hermanos mayores, Levi y yo sabíamos por experiencia que los tenía de goma.

Lo primero que asomó por el arbusto fue el pie de Gage, seguido de un brazo y después de la cabeza.

—¿Estás bien? —le preguntó Hazel.

Mi hermano se la quedó mirando como un gilipollas.

—Hola, Chica de Ciudad. ¿Quién es tu amiga?

—¡Si es el héroe de la gasolinera! —exclamó Hazel, reconociéndolo—. Te acabas de caer de un tejado.

—Ya…, solo ha sido un piso —replicó él, sacudiéndose el mantillo y las hojas.

—Héroe de la Gasolinera, esta es Zoey. Zoey, este es mi héroe de la gasolinera de ayer y, a juzgar por sus ojos, debe de ser el tercero de los hermanos Bishop.

Gage extendió ambas manos. Hazel y Zoey lo agarraron cada una por una y tiraron de él.

—Gage Bishop, a vuestro servicio —dijo con galantería.

Me acerqué a mi padre y cogí un café.

—Estás sangrando y tienes una hoja en la oreja —señaló Zoey.

Gage sonrió.

—Es parte de la experiencia.

—Como te he comentado, he desglosado el presupuesto por proyectos para que te resulte más fácil elegir —le explicó mi padre a Hazel.

—Ya está. Como nuevo —dijo esta, poniéndole la última tirita con bigote en el rasguño que se había hecho en la barbilla a mi hermano, que estaba sentado en el portón trasero de mi camioneta.

—A las chicas les gustan los bigotes y las cicatrices, ¿no? —dijo Gage, guiñándole un ojo.

—Te hace parecer muy duro —declaró ella.

—Duro como un niño cabezota —murmuré entre dientes.

Levi no se rio. Estaba demasiado ocupado observando con los ojos entrecerrados cómo Hazel intentaba socorrer a nuestro hermano. ¿Es que aquella mujer emitía algún tipo de feromonas exclusivas para los hombres de la familia Bishop?

—¿Qué te parece, Zoey? —le preguntó Hazel a su agente.

Zoey estaba analizando una copia de las hojas que mi padre le había entregado desde la seguridad del otro lado de la camioneta.

—Que vas a tener que empezar a vender más libros.

—Cobramos el cincuenta por ciento por adelantado —anuncié, interponiéndome entre Hazel y Gage mientras fingía que buscaba algo en una de las cajas de herramientas de la parte de atrás de la camioneta.

Hazel me miró y levantó con reproche una ceja. Yo le devolví la mirada y saqué la primera herramienta que encontré. Era una escuadra de carpintero que no me servía para nada. Volví a donde estaba Levi y fingí marcar un ángulo en la plancha de madera contrachapada que habíamos colocado encima de un par de caballetes.

—Recuerda que podemos hacerlo por fases —le dijo nuestro padre a Hazel, en un tono bastante más amable que el mío—. Si no quieres hacerlo todo de una vez, podemos empezar por lo imprescindible. Tenemos flexibilidad.

—Por ahora —añadí siniestramente.

Levi me dio un codazo en la barriga.

—¡Ay! ¿A qué ha venido eso y por qué tienes el codo tan afilado? —susurré, frotándome las costillas.

Nuestro padre miró a Levi con elocuencia. Mi hermano me puso una mano en la nuca y me alejó de la tertulia del café de la entrada.

—¿Es que quieres jodernos? —me preguntó.

Yo me zafé.

—Intento protegernos.

—¿Cabreando a una posible clienta con un proyecto así de grande? Sabes que lo único que tenemos en la agenda después de parchear este tejado es la puta instalación de una lavadora-secadora y darle por cuarta vez a Lacresha un presupuesto para el gallinero del jardín de atrás.

Puede que fuera la vez que más palabras había oído pronunciar a Levi desde su apasionada defensa de sí mismo en el Gran Incidente del Paintball.

—Venga ya. Mírala —dije, señalando a Hazel.

—Ya lo hago.

Era verdad. Me di cuenta de que no me gustaba, así que me puse delante de él.

—No se va a quedar. Nos va a dejar plantados con un montón de materiales y un hueco enorme en la agenda cuando cambie de opinión. Lleva la palabra «ciudad» escrita por todas partes.

—Lo que lleva escrito por todas partes es «Story Lake», literalmente —replicó Levi, señalando con la cabeza aquel horrible conjunto amarillo.

—Tú ya me entiendes.

—Mira, tío. No puedo creer que tenga que decirte esto, pero debes subirte al carro. Necesitamos este trabajo. Ahora ese «necesitamos» también te incluye a ti.

—¿Qué coño quieres decir con eso?

—Te largaste de aquí e hiciste tu vida lejos de nosotros y de este lugar. Fue tu decisión. Y el resto nos quedamos. No por obligación, sino porque quisimos. Como no empecemos a tener más trabajo, Bishop Brothers acabará cerrando como tantos otros negocios y tú pasarás página, como siempre. Pero ¿qué haremos los demás? —No tenía ni idea de lo que había inspirado la verborrea de Levi ni cómo contestarle. Me gustaría decirle que estaba equivocado, aunque puede que muy en el fondo tuviera algo de razón—. Te necesitamos. Pero también estamos acostumbrados a que no estés. Así que, o te unes a nosotros, o te largas. Otra vez —añadió, antes de darme un último empujón fraternal.

Tropecé con un arbusto de lavanda enorme y acabé cayéndome de culo.

—Los muy gilipollas no reconocerían el sentido común ni aunque les diera un puñetazo en la cara —murmuré mientras me levantaba.

Lo seguí para volver a la reunión extraoficial de la entrada, jurando vengarme. Centré mi atención en Hazel. Estaba observando el presupuesto con una expresión inescrutable. Cuando llegó a la última página, soltó un pequeño «¡caray!».

—Una cifra importante para un proyecto importante —dijo nuestro padre.

—No te arrepentirás de darnos esta oportunidad —añadió Gage, muy serio.

Hazel levantó la vista y me miró fijamente. Hice todo lo posible para no parecer tan imbécil. Al verla fruncir el ceño por un instante, di por hecho que no lo había conseguido.

Se giró hacia mi padre.

—¿Qué tal se le da la eliminación de mapaches, señor Bishop?

—Llámame Frank. Y no quiero presumir, pero tengo muy buena mano con los mapaches. —Mentira cochina. Pero la lealtad hacia la familia nos impidió dejarlo con el culo al aire.

Hazel asintió y respiró hondo.

—Vale. Pues si vosotros os apuntáis, yo también.

15

Dos mujeres entran en una funeraria
Hazel

—¿Son imaginaciones mías, o Gage te miraba mucho? —le pregunté a Zoey.

Estaba tumbada en su cama, hojeando las revistas que compraba compulsivamente mientras ella acababa de maquillarse y a la vez hacía la maleta.

—Por favor. Está clarísimo que los Bishop solo tienen ojos para ti. Además, ese hombre es una bandera roja ondeando varias banderas rojas más pequeñas —declaró, aplicándose con sumo cuidado un tinte labial rosado en el espejo.

Levanté una ceja con escepticismo.

—Tú y yo tenemos definiciones muy distintas de las banderas rojas.

Ella se volvió para mirarme mientras se secaba los labios.

—Salta a la vista que es un monógamo en serie que solo quiere enredar con sus tentáculos de obrero pueblerino a alguna mujer para hacerla renunciar a su carrera, fabricar un montón de bebés y llevarlos a los entrenamientos de algún deporte de pelota. Además, te estaba mirando a ti, no a mí. Lo que me hace estar doblemente no interesada.

—¿Por eso te has cambiado de ropa tres veces? —bromeé.

Zoey se giró hacia el espejo y empezó a recogerse los rizos en una coleta esponjosa.

—Perdona, doña Traje de Pantalón. Ni se te ocurra juzgar mi procedimiento de selección de outfits.

—Oye, yo solo pretendo causar buena impresión. ¿Cuál es tu excusa?

—Me estoy poniendo guapa para respaldar esa buena impresión. Hoy has escrito doscientas cincuenta y siete palabras, más que en los dos últimos años. Si quieres caerles bien a las personas de este pueblo, les obligaré a ello.

—Ah. ¿Y en qué va a ayudar a la causa que te pongas un corsé, exactamente?

—Te vas a llenar el traje de pelo de mapache —replicó ella.

Me levanté de la cama y fui hacia el espejo y el rodillo quitapelusas. Me había puesto un traje de pantalón negro clásico, un top lencero de color óxido y, como el coche de alquiler de Zoey aún no había llegado e íbamos a tener que ir andando a la reunión, las zapatillas de deporte más elegantes que tenía. Además de dos capas de desodorante.

—Estoy nerviosa —reconocí.

Zoey dejó lo que estaba haciendo y se reunió conmigo delante del espejo.

—¿Por qué?

—¿Por qué? Porque ya me odia todo el pueblo. Se suponía que esto iba a ser un nuevo comienzo, un resurgimiento. Me he comprado una casa, he dejado la ciudad y te he arrastrado conmigo, ¿y todo por haber tenido una corazonada al ver un artículo de un periódico viejo?

Zoey me pasó el brazo por la cintura y me estrechó contra ella.

—Nunca jamás menosprecies tus corazonadas.

—¿Y si esto no funciona, Zoey? ¿Y si este pleno municipal es el primer paso de una caída en barrena que me lleva a un punto aún más oscuro y deprimente? No creo que fuera capaz de soportarlo.

Zoey me soltó y me agarró por los hombros.

—Eres la puñetera Hazel Hart. Una escritora de superventas. Tú y ese tío perverso con coderas con el que te casaste vivíais en una de las ciudades más caras del mundo gracias a los derechos de autor de unos libros que tú escribiste. ¿Sabes lo difícil que es eso? ¿Sabes cuánta gente intenta hacer lo mismo y fracasa?

—No —repliqué irritada.

—Decenas de miles. Puede que incluso cientos de miles. Pero tú lo conseguiste. Y no hay ninguna razón por la que no puedas hacer cualquier cosa que te propongas con esa mente brillante. Incluyendo conquistar este pueblucho raro, escribir el mejor libro de tu carrera y hacernos ganar a ambas un camión volquete lleno de dinero para restregárselo a la gente por las narices.

—¿Tú crees?

Zoey asintió con energía.

—Lo único que tienes que hacer es abrir el armario en el que has escondido tu poderío y empezar a perseguir lo que quieres. El caraculo, cuyo nombre, como ves, no he pronunciado, se pasó años comiéndote la cabeza. Entiendo que lleva tiempo recuperarse de algo así. Pero ya no está aquí. La única que se come la cabeza ahora eres tú.

Cerré los ojos con fuerza.

—Nunca más pienso volver a casarme —juré.

—Amén, hermana —replicó Zoey.

—¿Y si no soy capaz de escribir una historia de amor por la forma en la que acabó la mía? ¿Y si estoy demasiado desconectada del mundo de las citas para escribir una comedia romántica realista? —pregunté. ¿Y si ya no era lo bastante buena?

Zoey se rio sin ganas.

—Haze, leemos comedias románticas para escapar de la triste realidad de nuestra vida amorosa. O estamos solteras y buscamos «al elegido», pero nos ahogamos en un mar de perfiles, rollos descorazonadores y mentiras descaradas, o llevamos un montón de tiempo en una relación más rancia que el paquete de galletas saladas que hemos encontrado debajo del fregadero de la cocina. Lo último que necesitamos es realismo.

Yo resoplé.

—Caray, y luego dices que yo soy deprimente.

Zoey me giró de nuevo hacia el espejo.

—Pero al menos somos dos chicas malas que no se dejan pisotear. Y lo hacemos con estilazo.

— 165 —

Me alisé la americana con las manos y exhalé un suspiro.

—Vale. Vamos a conquistar a Story Lake para que pueda escribir un libro y salvar nuestras carreras.

—No puede ser aquí —dijo Zoey mientras veíamos entrar a la gente del pueblo en Criando Malvas, una funeraria de Walnut Street. En el cartel aseguraban ser capaces de convertir un velatorio en un jolgorio.

—Es la dirección que me ha dado Darius —repuse, apretando mi cuaderno de apoyo emocional contra el pecho.

Ella negó con la cabeza.

—Pues está claro que te ha vacilado y quería que te colaras en el funeral de alguien.

—Al menos voy de negro. Venga, vamos a echar un vistazo.

Entramos por la puerta doble, donde una mujer con trenzas hasta la cintura y un traje extragrande de color amarillo parecía estar dirigiendo el tráfico peatonal.

—Bienvenidas a Criando Malvas. ¿Vienen al pleno municipal o al funeral de Stewart?

—Al pleno municipal —me apresuré a contestar.

—Estupendo. Será en la Sala Atardecer. Pero antes me gustaría pedirles que hicieran una parada rápida en el Salón de Reuniones Jardín para dar el pésame a la familia del señor Stewart. Tenía ciento cuatro años y está siendo un evento muy poco concurrido, ya me entienden.

—Ah. La verdad es que no conocíamos al señor Stewart. En realidad, somos nuevas en el pueblo. Llegamos ayer —le expliqué.

—Uy, pues entonces permítanme que insista. Creo que el hecho de ver dar el pésame a la mujer que presuntamente ha asesinado a la mascota del pueblo y además se ha cargado el cartel de bienvenida contribuirá en gran medida a reparar su reputación —dijo ella. Su amable sonrisa se volvió un poco más pícara—. Además hay galletitas al lado de la urna.

—Será un placer presentar nuestros respetos —dijo Zoey, agarrándome del brazo y arrastrándome hacia el oscuro Salón de Reuniones Jardín.

—Yo no quiero ir a un funeral —susurré contrariada.

—Y yo no quería venir a un pueblucho a hacer de Frank de la Jungla y aquí estoy —replicó ella con firmeza—. Considéralo la primera parada de la gira del perdón.

Entramos en el Salón de Reuniones Jardín a través de las puertas divisorias plegables, que estaban abiertas. Parecía que no éramos las únicas asistentes al pleno municipal a las que habían obligado a pasarse a dar el pésame. Había una pequeña fila de personas vestidas para cualquier cosa menos para un funeral que gritaban sus condolencias a los tres adultos de aspecto vetusto que se encontraban sentados en unas sillas plegables delante de lo que parecía un tarro grande de pepinillos.

—Por favor, dime que el del tarro de pepinillos no es el señor Stewart —murmuró Zoey.

—Acabemos de una vez. —Enganché el brazo en el suyo y eché a andar hacia la parte delantera de la habitación.

—¡Siento mucho lo del señor Stewart! —vociferó un hombre en vaqueros y camisa de cuadros casi tan viejo como la familia a la que le estaba gritando.

—¿Qué dice? —berreó su interlocutora, con la típica voz ronca de quien tiene una larga relación con los caramelos de menta. Se puso una mano en la oreja a modo de trompetilla y lo miró con los ojos entornados a través de unas gafas nacaradas de color rosa.

—¡Que lo siento muchísimo! —volvió a gritar el hombre.

—¿Cuándo es la cena? —preguntó el anciano decrépito y arrugado que estaba a su lado. Llevaba un traje que tenía pinta de haber sido confeccionado en los años cuarenta.

—¡Ya te he dicho que comeríamos después! —bramó el caballero de su derecha, dándole un bastonazo.

—¿Después de qué?

La cola avanzaba muy rápido, seguramente porque la familia apenas entendía nada de lo que decían las visitas.

—Intenta no decir ninguna barbaridad —me susurró Zoey mientras nos acercábamos al trío de ancianos.

—Hola, soy Hazel y esta es mi amiga Zoey. Solo queríamos decirles cuánto sentimos lo del señor Stewart —dije, tan alto como me atreví. Todos me miraron expectantes. Zoey me dio un codazo—. No lo conocíamos, pero dicen que era para alucinar pepinillos —declaré, señalando el tarro de encurtidos.

—Ay, madre —murmuró Zoey entre dientes.

Los tres se me quedaron mirando. El hombre del bastón se llevó la mano a la oreja y encendió el audífono.

—¿Qué has dicho? —gritó.

—A mí ponme un filete de pollo frito —me dijo el que estaba a su lado.

—¿Tienes un cigarrillo? —me preguntó la mujer—. La señora que va vestida como un diente de león me lo quitó cuando vino a darnos el pésame.

—Lo sentimos mucho —dijo Zoey, antes de sacarme a rastras de la sala—. ¿«Para alucinar pepinillos»?

Birlé una galleta de la bandeja al salir y me la guardé en el bolsillo para una emergencia.

—Me he puesto nerviosa. Y ya sabes que cuando estoy nerviosa hago comentarios muy desafortunados.

—Pues será mejor que se te pasen los nervios rápido, o al final de la noche nos echarán a patadas de la ciudad —dijo Zoey, señalando hacia adelante con la cabeza.

En la Sala Atardecer había más del doble de asientos que en el velatorio de Stewart. Aun así, muchos de ellos ya estaban ocupados. En la parte delantera de la habitación se encontraba una tarima con una mesa y varias sillas.

La gente empezó a darse la vuelta para mirarme con el ceño fruncido.

—¿Adónde vamos? ¿Dónde me siento? ¿Debería quedarme de pie? —pregunté mientras la ansiedad que me entraba en los espacios nuevos me hacía un nudo en los intestinos.

—Vamos a buscar alguna cara amiga —dijo Zoey, echando un vistazo a la sala.

—Buena suerte —susurré.

—Allí. El niño prodigio de la alcaldía.

Zoey me remolcó hacia donde estaba Darius. Se encontraba de pie detrás de una mesa plegable, al otro extremo de la habitación, y tenía una caja con dinero.

—Aquí está la vecina más famosa de Story Lake —dijo.

Llevaba puesto un traje con zapatillas de deporte, una camisa violeta y una pajarita a juego.

—Querrás decir la más infame —repliqué, echando un vistazo a la multitud.

—No te preocupes por eso. Aclararemos el malentendido y seguramente te ahorrarás la humillación pública y el desfile de la patata.

—¿El desfile de la patata?

—Una sanción legal que existe en el pueblo desde hace casi doscientos años. Los culpables desfilan por el parque mientras la gente del pueblo les lanza patatas. Tomad un poco de ponche. Estamos recaudando fondos para el club de Matemáticas de la escuela de primaria. —Señaló el cartel pintado a mano que había delante de la mesa, que ponía: «Las Matemáticas deberían ser deporte olímpico».

—No puedo hacer esto —le susurré a Zoey.

Ella sacó la cartera.

—Puedes y vas a hacerlo. Confía en mí. No dejaré que te lancen patatas.

—Aquí tienes el cambio —dijo Darius.

La mujer que estaba a su lado le entregó dos tazas con una sonrisa.

—Hola, soy Harriet, la madre de Darius. Me encantan tus libros.

Una cara amable. Me entraron ganas de postrarme a sus pies y prometerle un regalo de cumpleaños carísimo.

—Gracias —respondí—. ¿Dónde tengo que ponerme? ¿Puedo esconderme al fondo?

Darius se rio mientras cerraba la caja.

—Tienes que subir al estrado conmigo y con el resto de los concejales.

—Qué bien —dije, antes de beber un sorbo de ponche. Me atraganté mientras los vapores del alcohol me subían por la garganta hasta las fosas nasales.

—Madre del amor hermoso, ¿qué lleva esto? —jadeó Zoey.

—Vodka y ponche de frutas —contestó Harriet con una sonrisa.

—Hemos descubierto que los plenos van como la seda cuando hay galletas y alcohol de por medio. Cuanto más fuerte es el ponche, más cortas son las sesiones —nos explicó Darius.

—Espera —dije, antes de beberme el ponche de un trago y sacar otro puñado de monedas de la cartera—. Ponme otro lingotazo, por favor. —Tenía la sensación de que iba a necesitar toda la confianza líquida que pudiera pimplarme.

Harriet me rellenó la taza.

—Buena suerte ahí arriba. Recuerda que pueden oler el miedo.

Me bebí de un trago la segunda ronda.

—Gracias —jadeé.

Zoey levantó los dos pulgares.

—Acaba con ellos, ya que estamos en una funeraria…

—Ja, ja —repliqué sin ganas. Sentí el peso de varias miradas agresivas mientras seguía a Darius hacia la parte delantera de la sala.

—¡Hola!

Vi a Frank Bishop saludándome con la mano desde la primera fila, embutido entre dos mujeres guapísimas. La más joven era rubia platino, con un corte de pelo muy atrevido y unos ojos ahumados maquillados a la perfección. Estaba en el extremo de la fila, en una silla de ruedas. La mujer que se encontraba al otro lado de Frank se parecía mucho a la primera, pero su expresión era un poco más dulce.

—No te preocupes por nada. Los Bishop te defendemos —me aseguró.

—Gracias —susurré, tratando de fingir que no había todo un pueblo fulminándome con la mirada.

—Estas son mi mujer, Pep, y mi hija, Laura —dijo Frank, haciendo las presentaciones.

—Hablé contigo el otro día por teléfono para disculparme por el comportamiento de mi hermano. Y puede que haya traído seis de tus libros para que me los firmes —dijo Laura.

—Entonces nos vemos después…, a menos que una multitud me eche del pueblo a patatazos.

Laura sacudió la cabeza.

—Hace dos años que no empatatamos a nadie. Tú tranquila. Nosotros te defendemos. Pero recuerda ser agresiva ahí arriba, o te comerán viva.

—Gracias. —Tenía la sensación de que en vez de sonreír había puesto cara de estreñida, pero hacía lo que podía.

Darius me pidió que subiera a la tarima.

—Hazel, te presento al doctor Ace, a Erleen Dabner y creo que ya conoces a ese tío —dijo, señalando a Cam—. Emilie está por ahí, en alguna parte. Señores, esta es Hazel Hart, nuestra nueva concejala.

—Encantado de conocerte —dijo el doctor Ace con una atronadora voz de barítono. Era un hombre negro y muy alto, con el pelo canoso y abultado y una chaqueta de punto sobre la prominente barriga. Llevaba unas gafas de media luna en la punta de la nariz—. Soy el MC del pueblo. Significa «médico de cabecera», por si no lo sabías.

—Hola —dije, estrechando la mano que me ofrecía—. Hazel Hart, escritora de novela romántica y primeriza nerviosa.

—Lo vas a hacer muy bien —me aseguró Erleen.

Era una mujer blanca mayor, con un montón de pecas, una melena pelirroja canosa y suelta, y un vestido de color tierra igualmente suelto. Llevaba anillos en casi todos los dedos y cuatro piedras de cuarzo colgadas del cuello.

—Gracias —dije, correspondiendo su sonrisa con otra, débil y vacilante.

Me di cuenta de que había papelitos identificativos delante de cada asiento y me senté en el que ponía «Concejala Hart». Darius ocupó la silla de mi derecha.

Vi que Gage se acercaba a Zoey y a Harriet en la mesa del ponche. El otro hermano, Levi, estaba sentado en la última fila con una gorra de béisbol calada y los brazos cruzados sobre aquel pecho colosal. Tenía pinta de estar dormido.

Había unas treinta personas en la sala. La mayoría tenía las galletas del funeral en una mano, un ponche en la otra y el ceño fruncido.

Darius se acercó al micrófono.

—Vamos a empezar ya con el pleno municipal extraordinario, amigos. Tengo una partida de *Dragones y mazmorras* mañana por la mañana.

El estrepitoso bullicio aumentó mientras la gente tomaba asiento. Uno a uno, el resto de concejales fueron subiendo al estrado. Cam fue el último. Me miró con expresión inescrutable mientras se sentaba en un extremo. Noté que me ruborizaba y aparté la mirada. Frank me guiñó un ojo desde la primera fila.

Zoey tomó asiento detrás de ellos y Gage se sentó a su lado. Ella acercó los dedos a las comisuras de los labios y tiró de ellos hacia arriba.

Automáticamente, mis músculos faciales reaccionaron y esbozaron una radiante sonrisa falsa. Pero esta se desvaneció casi de inmediato al ver a una mujer levantando un cartel por encima de la cabeza que ponía: «Matapájaros».

Dos filas más atrás había un hombre con un trozo de cartulina azul en la que se leía: «Arruinabingos».

—Estás en mi sitio.

Levanté la vista y me topé con la cara de la mujer que me había gritado la noche anterior durante la cena.

—Ah. Perdón. Me he sentado donde ponía mi nombre —dije, mirando a Darius en busca de ayuda.

Pero él estaba cuchicheando con una especie de cuarteto vocal a capela extragrande. Todos llevaban sombreros de paja y camisetas a rayas rojas y blancas en las que ponía: «Los Jilgueros de Story Lake».

—Muévete —dijo categórica mi archienemiga.

Sabía que tenía que ser agresiva, pero aquella mujer parecía capaz de partirme en dos como a una nuez.

—A ver, Emilie, así nunca vamos a conseguir que venga gente nueva a vivir al pueblo —la regañó Ace.

—Cuanto antes levantes el culo de mi silla, antes conseguiremos justicia para Goose —bramó Emilie.

—¡Justicia para Goose! —La consigna corrió como la pólvora y ahogó la voz de Darius, que pedía silencio.

Murmurando una disculpa, cogí de inmediato la etiqueta y el cuaderno. Antes, cuando entraba en una sala llena de gente que había ido a verme, la acogida solía ser mucho más cálida.

De hecho, los lectores hasta me habían ovacionado alguna vez al entrar en una librería. Este cambio era un asco. Sentí cómo mi agresividad añadía un cerrojo a la puerta del armario.

Estar de pie en aquel escenario agarrada a mis cosas hizo que me sintiera como si estuviera viviendo una de aquellas pesadillas en las que ibas desnuda al instituto. No sabía a dónde dirigirme. Mi mirada de pánico se posó en Cam, que, sin levantar la vista, le dio una patada con la punta de la bota a la silla vacía que tenía al lado.

Con una gratitud más del nivel de una donación de órganos que te salva la vida o un empujón que evita que mueras atropellada por un autobús fuera de control, acepté el asiento que me ofrecía.

—Gracias —susurré.

Cam gruñó y se acercó al micrófono.

—Sentaos todos de una puta vez y cerrad la puta boca para que podamos acabar con esta mierda.

La sala se quedó en silencio, como una clase de preescolar a la que acabaran de regañar. Frank y Pep saludaron a Cam desde la primera fila. Una mujer negra muy guapa que estaba al fondo abrió una bolsa de chuches, como si estuviera en el cine.

—Gracias, Cam —dijo Darius por el micro—. Declaro oficialmente abierta la sesión —exclamó, señalando el coro de voces a capela, que empezó a tararear con entusiasmo delante del micrófono—. Gentes de bien de Story Lake, estamos aquí reunidos para celebrar un pleno municipal extraordinario… y velar al señor Stewart. Gracias a todos los asistentes. Bien, hay unos cuantos puntos en el orden del día, así que vamos a por ello. En primer lugar me gustaría presentaros a nuestra nueva concejala, Hazel Hart —anunció Darius.

Los abucheos ahogaron los aplausos dispersos de Zoey y los Bishop. Cam suspiró a mi lado. Su rodilla chocó con la mía por debajo de la mesa. Estaba segura de que solo había sido un accidente, pero disfruté del roce como si hubiera sido un abrazo amistoso. Dios, necesitaba echar un polvo con urgencia.

—Hazel es una escritora de éxito de novelas románticas y acaba de comprar Heart House. Estoy seguro de que encontrará mucha inspiración en nuestro maravilloso pueblo —continuó

Darius, como si no hubiera oído los abucheos. Nuestro joven alcalde me dedicó una sonrisa de disculpa antes de volver a dirigirse a la multitud—. Muy bien. Pasamos al siguiente punto del orden del día: ¿Ha matado Hazel Hart a Goose, nuestra simpática águila calva y mascota del pueblo?

Liderados por Emilie, los abucheos se volvieron aún más fuertes. Aparecieron más pancartas entre el público.

—¿Alguien está repartiendo cartulinas y rotuladores? —me pregunté en voz alta.

Una patata aterrizó en el escenario, delante de la mesa, con un golpe seco.

—Me gustaría recordaros a todos que el lanzamiento de patatas está estrictamente prohibido a menos que se trate de una sanción oficial —dijo Darius.

Zoey parecía a punto de ponerse a repartir puñetazos desde la segunda fila. Al final le quitó de las manos un cartel en el que ponía «Alejad vuestros helicópteros de nuestras águilas calvas», a una mujer que estaba detrás de ella y lo partió en dos. Gage le hizo volver a sentarse de inmediato.

Aquello era una catástrofe. No estaba preparada para caer mal a la gente. Estaba acostumbrada a ser moderadamente idolatrada en el mejor de los casos o ignorada por completo en todos los demás. ¿Qué haría mi protagonista? ¿Qué haría la antigua Hazel?

Cam se me acercó y garabateó algo en la parte inferior de la página de mi cuaderno.

Defiéndete de una puta vez

Fruncí el ceño.

—Pero quiero caerles bien.

—No les vas a caer bien si no te respetan —señaló.

Me quedé mirando sus palabras. Parecía de uno de esos carteles políticamente incorrectos y motivadores que había en las paredes de las oficinas modernas, del tipo «Machácalos a todos» o «Resiste o muere».

Respiré hondo y cogí el micrófono.

16

Prohibido lanzar patatas sin autorización

Campbell

—Vale. Ya está bien —dijo Hazel por el micro.

Se había quitado las gafas, alisado el pelo y llevaba un maquillaje que hacía que aquellos ojos marrones y observadores parecieran más grandes y peligrosos. Pero, por lo visto, yo era el único que se había dado cuenta.

Me aclaré la garganta ruidosamente. Al fondo de la sala, Levi se puso en pie y empezó a mirar a los vecinos. Gage hizo lo mismo desde el frente. La indisciplinada multitud cerró el pico a regañadientes.

—Gracias —dijo Hazel, mirándome—. A ver, no sé cómo funciona el sistema de propagación de rumores en este pueblo, pero necesita mejorar. Yo no he asesinado a ningún pájaro con ningún vehículo. El águila me golpeó en la cabeza con un pez y me hizo chocar contra el cartel. No he venido aquí a matar aves ni a destruir el pueblo. Y mucho menos a que un puñado de desconocidos me tiren patatas. —La gente empezó a sentarse de nuevo, algo que consideré una buena señal—. Como iba diciendo —continuó Hazel—, me he mudado aquí porque creía que la gente era más amable en los pueblos pequeños. Pero, comparado con vosotros, el tío de mi edificio al que detuvieron por cargarse a otro vecino era una hermanita de la caridad.

—¿Por qué descuartizaste al pobre Goose con tu helicóptero? —preguntó la señora Patsy.

—Por el amor de... ¿Es que tengo pinta de tener helicóptero? Además, ¿quién va por ahí persiguiendo águilas calvas con helicópteros? Eso suena a villano de Marvel.

Hazel parecía a punto de ponerse a gritar, o a llorar. Esperaba que lo primero. Gage me hizo un gesto desde el público y yo negué sutilmente con la cabeza. Si interveníamos demasiado rápido, todos se achantarían, pero Hazel no se ganaría su respeto ni de coña. Y, al parecer, era deber de la familia Bishop asegurarse de que nuestra mejor clienta no estuviera a un tris de ser expulsada de la ciudad.

Garland se acercó sigilosamente al estrado con el teléfono extendido.

—Ni se te ocurra —le advertí.

Pero una sucesión de flashes me cegaron.

—Venga ya, Garland. ¿Es que no sabes quitar el flash? —dijo Hazel, parpadeando con rapidez mientras buscaba a tientas la mesa.

—La integridad periodística me exige arrojar la mayor cantidad posible de luz sobre la verdad —anunció.

—Te voy a meter la integridad periodística por el culo, tan adentro que te va a hacer falta una linterna para encontrarla —le solté.

Garland tragó saliva y retrocedió, aterrizando en el regazo de Kitty Suárez.

—Recibí un golpe en la cabeza con un puñetero pez, amigos. —Hazel se levantó el flequillo para enseñarles la tirita—. Goose está perfectamente. Fin de la historia. Siento que os hayan hecho venir hasta aquí para este pleno, cuando no ha habido ningún asesinato aviar. Pero os prometo que, como concejala, voy a hacer todo lo posible para reducir al máximo el número de reuniones frívolas y evitar que tengáis que renunciar a lo que fuera que ibais a hacer esta puñetera noche.

—¡El Bingo Definitivo! —berreó Junior Wallpeter, haciendo bocina con las manos.

—¿Lo veis? Pues no deberíais estar perdiéndooslo, sea lo que sea eso —dijo Hazel.

—¡Es una pasada! —volvió a gritar Junior.

—¿Dónde están las pruebas? —exigió Emilie desde la mesa de los concejales.

Puse los ojos en blanco. Emilie era una de esas personas que nunca estaban contentas con nada y siempre culpaban a los demás. Hacían enemigos por deporte.

—Sabes perfectamente que el Bingo Definitivo es genial, Emilie —le recordó mi madre con una sonrisa mordaz.

—Tú no te metas, Pep. Estoy hablando con la asesina de aves.

Hazel apretó el puño sobre el regazo. Luego se inclinó hacia adelante y le dio unos golpecitos al micrófono. El estridente chirrido hizo que todos se taparan los oídos.

—¿Este chisme está apagado, o el doctor Ace va a tener que hacerte una prueba de audición, Emilie?

—Uuuh —ululó el público.

Zoey agitó el puño en el aire.

—¡Así se habla!

—No pienso fiarme de tu palabra —dijo Emilie con recelo—. ¿Cómo sabemos que no estás abriendo tus cervezas de urbanita con el pico de Goose, vestida con ese traje tan elegante?

—En primer lugar, soy más de vino. Y en segundo, ¿tú de qué coño vas? —Hazel se puso de pie, apretando los puños a los costados.

Suspiré y la agarré por la parte de atrás de la chaqueta, por si intentaba abalanzarse sobre Emilie. Le hice la señal a Gage.

Él se dirigió con solemnidad hacia el micrófono que había en la parte delantera de la sala.

—Hola a todos. Soy Gage Bishop.

—¡Por el amor de Dios, ya sabemos quién eres! —gritó nuestra profesora de cuarto de primaria.

—Gracias, señora Hoffman. Lo que quizá no sepáis es que además soy el abogado de la señorita Hart.

Hazel abrió la boca para protestar, pero tiré de ella hacia la silla.

—Déjale hablar —le recomendé.

—Si yo no lo he contratado. ¿Qué va a hacer? ¿Va a decir que me declaro culpable? —susurró—. ¡Las patatas hacen daño, Cam!

—Haced el favor de mirar todos hacia la pantalla —continuó Gage, señalando la televisión que había colgada en la pared—. ¿Puedes encenderla, Lacresha?

La directora de la funeraria le dio al mando a distancia desde el asiento.

Empezó a reproducirse un vídeo conmemorativo con jazz suave de fondo que arrancaba con una foto en tonos sepia del señor Stewart de bebé, vestido de marinerito.

—Te has equivocado de vídeo, Lacresha —dijo Gage.

—Perdón, amigos. Dadme un segundo —contestó, pulsando los botones del mando a distancia.

Hazel se acercó a mí.

—¿Qué leches está pasando?

—Vamos a limpiar tu reputación —le dije.

—¿Por qué?

—¿Que por qué? —repliqué—. Bueno, si quieres pasar a la historia del pueblo como una asesina de pájaros, allá tú.

Hazel se mordió el labio.

—No. Me refiero a si lo hacéis porque queréis ayudarme, o porque os preocupa que me larguen del pueblo antes de que pueda pagaros por el trabajo.

—Por lo segundo, obviamente.

Su risa burlona nos sorprendió a ambos.

—Bueno, al menos eres sincero.

—¡Sí, señor! Ahí está —dijo Lacresha victoriosa cuando por fin salieron las imágenes correctas.

Hazel se inclinó hacia adelante, observando la pantalla muy concentrada. Yo, por mi parte, la miré a ella, porque ya sabía lo que iba a ver. Estaba muy guapa así arreglada, pero me gustaba más de la otra forma. Más natural. Más desaliñada. Más tentadora.

Pero ¿qué coño me pasaba? Yo no era de los que se quedaban sentados opinando sobre el atractivo de una mujer.

Un grito ahogado colectivo atrajo mi atención y observé por quincuagésima vez cómo Goose descendía en picado sobre el descapotable con el pez reluciente en las garras.

— 178 —

La gente estalló en carcajadas cuando el puñetero pájaro le dio a la puñetera mujer en la cabeza con el puñetero pescado.

A mi lado, Hazel se tapó la cara cuando el coche se salió de la carretera y se empotró contra el cartel.

—Madre mía. Es aún peor verlo que vivirlo.

—¿Todavía existe *Vídeos de primera*? Porque quedaría finalista fijo —gritó alguien.

Gage esperó hasta que las risas se transformaron en un suave murmullo.

—Bueno, como se puede ver en la grabación de la cámara del salpicadero de mi hermano Cam, fue Goose el que atacó a Hazel, no al revés —explicó, señalando el águila, mientras esta salía volando del coche y se posaba en la hierba.

Hazel se acercó al micrófono.

—Ya os dije que no había ningún helicóptero.

El público emitió un murmullo colectivo.

—Tal vez no. Pero nadie ha visto a Goose desde ayer. ¡Puede que haya muerto por las lesiones internas, después de salir volando! —chilló Emilie.

—Gracias por proporcionarme la introducción perfecta para la prueba número dos, Emilie —dijo Gage, dedicándole una sonrisa encantadora a la mujer, que estaba que echaba chispas.

La grabación de la cámara del salpicadero desapareció y fue sustituida por otro vídeo.

En la pantalla se veía a mi madre saludando desde la orilla del arroyo que atravesaba su propiedad. A su lado estaba Laura sentada en la silla, protegiéndose los ojos del sol. Se encontraban bajo uno de los sicomoros que se cernían sobre el agua.

—Hoy es miércoles, 17 de agosto —anunció la voz de mi padre en el vídeo—. Emilie Rump ha cancelado el Bingo Definitivo para celebrar un pleno municipal extraordinario esta noche por el estado de Goose y el especial del desayuno del Fish Hook han sido tortitas de arándanos.

Enfocó con la cámara hacia arriba, siguiendo el tronco del árbol, hasta llegar a una rama suspendida sobre el agua, donde se encontraba posada un águila calva enorme.

El público ahogó un grito de asombro y Gage me sonrió victorioso.

Hazel apartó la mirada del televisor para mirarme.

—Eso podría haber sido generado fácilmente por inteligencia artificial —resopló Emilie.

—No me vayas a cagar encima, Goose —le advirtió Laura, fulminando al ave con la mirada.

Goose se lo tomó como una invitación para abalanzarse majestuosamente hacia el suelo, aterrizando tres metros por delante de ella. El águila se metió con torpeza un ala en el costado y se le acercó dando saltitos. Laura puso los ojos en blanco y abrió la bolsa de golosinas que tenía en el regazo.

—¿Lo veis? Está claro que sigue herido. ¡Esa mujer debería pagar las consecuencias por haber mutilado a un águila calva! —gritó Emilie.

—Es la otra ala y todos sabemos que hace eso a todas horas. ¿Por qué crees que llevamos golosinas para águilas en la guantera? —vociferó Scooter Vakapuna desde el fondo de la sala.

—O puede que no sea nuestra águila calva —dijo ella—. Los de Dominion siempre nos han envidiado por lo de Goose. A lo mejor ahora tienen su propia águila.

Los murmullos de la multitud ya no tenían como objetivo a Hazel y Emilie lo sabía.

—A la vista de las nuevas pruebas, creo que todos estaremos de acuerdo en que Hazel Hart no atropelló, descuartizó con las aspas de un helicóptero, ni causó ningún otro tipo de daño a Goose —anunció Darius.

Asintieron suficientes personas del público como para que pareciera que se había alcanzado un consenso.

Emilie se sentó e inició una de sus legendarias pataletas. Tuve la corazonada de que Amos, su marido, iba a dormir en el garaje esa noche.

Les hice una señal con la cabeza a mis padres y a mi hermana. Laura me respondió disimuladamente con una peineta. Sin girarse siquiera para mirarla, mi madre extendió el brazo y le arreó un manotazo en el hombro.

— 180 —

Le lancé a mi hermana una mirada socarrona, en plan «te has metido en un lío» y ella me sacó la lengua. Hazel se acercó a mí y me resistí al doble impulso de acercarme y alejarme.

—Entonces ¿no hay patatas? —preguntó esperanzada.

—Esta vez no. Pero yo me andaría con ojo un par de días, hasta que otro meta la pata.

—Menos mal —dijo ella, suspirando aliviada—. Que me echaran del pueblo no formaba parte del plan.

Antes de que me diera tiempo a preguntarle cuál era ese plan, Garland apareció delante de nuestras narices y nos hizo otra foto con aquel flash cegador.

Mientras parpadeaba para eliminar los puntitos luminosos que estaba viendo, lo señalé con el dedo.

—Como no te sientes de una puta vez, Garland, te voy a romper el teléfono en la cara.

—¡Libertad de prensa! —gritó él, retrocediendo lo suficiente como para que eso no fuera posible.

—Bueno, amigos. El seguro del coche de alquiler de Hazel cubrirá los daños ocasionados al cartel, que de todos modos había que cambiar con urgencia. Así que hemos salido ganando. Ahora vamos a pasar al último punto del orden del día —dijo Darius, echando un vistazo a las notas de la reunión que tenía en la tablet. O puede que fueran sus apuntes de narrador de *Dragones y mazmorras*—. Las fuerzas del orden.

Fruncí el ceño. Antes Story Lake tenía un pequeño cuerpo de policía, pero con el éxodo masivo tras el cierre del hospital, el presupuesto se había resentido. Así que ahora le pagábamos a Dominion, el pueblo de al lado, para que nos prestara ese servicio. Algo que desde luego no era lo ideal, teniendo en cuenta que sus habitantes eran una panda de gilipollas con mucha pasta y muy poco sentido común. La mayoría de las veces ni siquiera respondían a las llamadas de Story Lake y, si lo hacían, era horas después de los hechos.

La primavera pasada, la señora Patsy estaba convencida de que alguien había entrado en su garaje y había llamado al teléfono de emergencias antes de pegarle cuatro tiros con la escopeta a la bandera de Pascua del jardín que se le había quedado pegada

— 181 —

a la ventana. La policía de Dominion se había presentado dos días después para tomarle declaración.

—A la vista de ciertos acontecimientos recientes en los que no voy a entrar ahora mismo, resulta obvia la necesidad de que Story Lake tenga sus propias fuerzas del orden.

—¿Te refieres a lo de Jessie enseñando las tetas en Main Street el sábado? —gritó alguien.

—¿Jessie la del Angelo's? Pero ¿cuántos años tiene? —se preguntó Hazel en voz baja.

—Ochenta y cuatro —respondí.

—¿O a la pelea de Quaid y Gator en el cajero del banco, después de que Quaid chocara contra el carrito de golf de Gator?

—Como ya he dicho en otras ocasiones, no deberían usarse los carritos de golf en la vía pública —dijo Darius.

—El cajero del banco no es una vía pública —replicó Gator, poniéndose a la defensiva.

—Ya, pero para llegar hasta él… Da igual. Vamos al grano —dijo Darius, subiéndose las gafas por la nariz.

Hazel se acercó de nuevo a mí.

—¿Sabes? La semana pasada vi cómo un tío apuñalaba a otro en un callejón con los palillos de su pedido de comida al lado de un contenedor en llamas.

Cogió el bolígrafo y empezó a tomar notas.

—Bienvenida a Story Lake —dije con frialdad.

—Deberíamos plantearnos nombrar a un jefe de policía —anunció Darius—. He hecho algunos números después de salir a correr. No tenemos presupuesto para todo un departamento. Pero si aplazamos otro año el cambio de la cubierta del ayuntamiento, tendremos suficiente para un policía mal pagado. Alguien que esté disponible para ocuparse de cosas como golpes con el coche y peleas. Las llamadas más importantes seguirán derivándose a Dominion, pero creo que ya va siendo hora de que recuperemos parte de esa autoridad.

El murmullo de la sala parecía indicar que la mayoría estaba a favor de la propuesta. Y, mientras no me encasquetaran a mí el puesto, yo tampoco veía ningún inconveniente al respecto.

Emilie levantó la mano.

—Me propongo a mí misma. —Y ahí estaba el inconveniente.

Una sibilante versión para gaita de «My Way» empezó a sonar en la sala de al lado y ahogó el murmullo del público.

—Secundo la moción —dijo el marido de Emilie, muy colorado, levantándose de un salto.

Miré a la multitud en busca de una respuesta. Mis ojos aterrizaron sobre mi hermana, que tenía una sonrisa en los labios. Mierda.

Laura levantó la mano.

—Propongo a Levi Bishop —dijo por encima de la gaita.

Gage y yo nos pusimos de pie tan rápido que nos dio un tirón en el cuello.

—¡Apoyamos la propuesta! —gritamos.

Darius pareció aliviado, Levi continuó con expresión imperturbable y Hazel empezó a escribir a toda velocidad.

El alcalde sonrió.

—Creo que vamos a tener que celebrar unas elecciones especiales, amigos. Votaremos en el próximo pleno municipal ordinario.

Y, con el chirrido oficial del cerdo, se levantó la sesión.

Levi, tan enfadado que parecía a punto de escupir fuego por la boca, se vio inmediatamente rodeado por personas que le daban palmaditas en la espalda y le deseaban suerte.

—¿Tu hermano tiene algún tipo de experiencia con las fuerzas del orden? —me preguntó Hazel.

—¿Más allá de haber sido detenido a los doce años por robarle la bici a Dirk Davis después de que encerrara a Gage en el gallinero de su abuelo? No.

—No parece muy contento —señaló.

—Ya.

—Pero tú pareces encantado.

—Sí.

—¿Y ese juguete para perros en forma de cerdo que chirría? —preguntó, recogiendo sus cosas.

—Una movida de un mazo y una resaca en los años noventa. Te veo mañana.

17

Todo tipo de propuestas

Hazel

—En fin, que sentimos mucho lo de los carteles de matapájaros.

—Y lo de los folletos.

—Ah, y lo de los anuncios por megafonía en el lavado de coches. En realidad no creíamos que hubieras matado a Goose.

—No. Es que la cosa estaba bastante aburrida por aquí y nos pareció divertido armar un poco de bulla para animar el cotarro.

Di por hecho que aquellos dos hombres vestidos con camisas de leñador sin mangas eran hermanos. Aunque puede que fueran las barbas y los cortes de pelo estilo *mullet* lo que me hacía pensar que eran de la misma familia. Formaban parte del grupito de vecinos de Story Lake que se habían acercado a la tarima para presentarse en cuanto se había levantado la sesión y habían recogido el alcohol sobrante.

—Me alegra que me hayan exonerado —dije.

Ellos se miraron, confusos.

—¿Qué quiere decir eso? ¿Exxon? ¿Los de las gasolineras pijas? —preguntó el más alto de los dos.

—¿Te apetece salir mañana a tomar unas birras y lo que surja? —me preguntó el más bajito, que no tenía el menor interés en saber lo que significaba «exonerar».

—Ah. Vaya. Es que... —Miré a mi alrededor desesperada por encontrar una cara amiga que me sacara de aquel atolladero.

—¿O prefieres ir a tomar unas cervezas y avistar ciervos conmigo? ¿Se te da bien andar en quad? —me preguntó el hermano más alto.

Hacía más de una década que nadie me invitaba a salir. Y nunca me lo habían pedido dos hermanos al mismo tiempo. Ni siquiera en la universidad, cuando mi nivel de celulitis estaba bajo mínimos.

—Caray. Me siento halagada —dije, haciéndole señas a Zoey para que viniera corriendo, aunque estaba hablando con Laura, la hermana de Cam—. Pero ahora mismo prefiero no salir con nadie. ¡Ah, hola! Es mi agente, seguro que quiere hablar conmigo de alguna urgencia —exclamé mientras Zoey se acercaba.

—Caballeros, tengo que robaros a Hazel un momentito —dijo, entrelazando el brazo con el mío—. ¿Qué ha pasado? —me preguntó, cuando ya no podían oírnos.

—Me han preguntado si quería salir con ellos.

—¿Con los dos a la vez?

—Supongo que no. Aunque no lo tengo muy claro. Los dos me han invitado a tomar unas cervezas. No lo sé. No entiendo nada. —Me pasé las manos por la cara.

—Perdona, ¿Hazel? —La dinámica directora de la funeraria, vestida con su traje radiante como el sol, me dio unos golpecitos en el hombro.

—¿Sí? —contesté con recelo, por si pretendía endosarme otro funeral.

—Oye, acaban de dejarme el coche de alquiler en la puerta. Tengo que volver para terminar de hacer las maletas. ¿Quieres que te lleve? —me preguntó Zoey.

—Voy a ir andando. Quiero absorber todo el positivismo posible antes de mi próximo escándalo —bromeé.

—Vale, pero intenta no pegarle sin querer una patada a algún bebé al salir —me advirtió mi amiga, apuntándome con las manos en forma de pistolas.

Le tapé la boca con una mano, mirando por encima del hombro.

—Zoey, por favor, cállate, no vayas a dar pie a un nuevo rumor. Déjame disfrutar de mis cinco minutos sin que me odien.

Ella se apartó.

—Tienes razón. Me largo. Mañana, cuando me asegures que no hay alimañas presentes, me paso por tu casa para meterte presión mientras escribes.

—Lo estoy deseando.

—Mentirosa.

—¡Disfruta de tu habitación sin pandas de la basura! —le grité.

Zoey se marchó y, al darme cuenta de que me había quedado sola, volví al escenario para coger el bolso y el cuaderno. Se me había pasado el subidón de adrenalina de la reunión y de repente me moría por ponerme el pijama y picar algo en la cama.

—¿Quieres que te lleve?

Me giré y vi a Cam allí de pie, con las manos en los bolsillos. En lugar de mirarme a mí, observaba cómo la sala se iba vaciando lentamente.

—¿A quién? ¿A mí?

Sus ojos se posaron en mí.

—No, a Emilie. A ti, claro.

Ladeé la cabeza y golpeé el cuaderno con el bolígrafo.

—¿Por qué estás siendo amable conmigo? ¿Se trata de algún tipo de bandera roja que desconozco?

—Solo intento ser un buen vecino.

—Claro, porque eso es muy típico de ti —repliqué con una gran dosis de sarcasmo.

Él se encogió de hombros.

—Mi madre está aquí. No quiero aguantarla quejándose durante un mes de lo decepcionada que está con los bárbaros de sus hijos, que ni siquiera son capaces de garantizar que una mujer llegue a casa sana y salva por la noche.

—Eso ya me encaja más. Pero puedes decirle a tu madre que soy perfectamente capaz de volver sola a casa.

—Y yo soy perfectamente capaz de comerme solo una pizza de pepperoni gigante, pero eso no significa que sea una buena idea.

—Veo que los plenos municipales te ponen de buen humor —comenté mientras íbamos juntos hacia la puerta. —Cam gruñó—. Tu ingeniosa réplica no tiene parangón —señalé.

—Y tú usas cincuenta palabras cuando basta con una —replicó él. Yo le respondí con un resoplido. Cam curvó las comisuras de los labios hacia arriba.

Negué con la cabeza.

—Un momento, colega. Si casi acabas de sonreírme. ¿Por qué eres tan amable conmigo de repente? ¿Qué pasa? ¿Como te he contratado, voy a tener que apechugar con el Cam lameculos durante los próximos meses?

—Primera regla de Story Lake: nunca tengas una conversación privada en un lugar público —dijo él mientras me acompañaba al exterior.

La humedad era unos cuantos puntos porcentuales menos sofocante y el ruido de los insectos nocturnos era ensordecedor. Resultaba bastante agradable.

Cam hizo un gesto con la cabeza y echó a andar. Al parecer, así se decía «sígueme» en el idioma de los machos alfa. Y eso fue lo que hice, a regañadientes.

Al menos hasta que recordé lo espectacular que era aquel hombre visto desde atrás. Su impresionante retaguardia enfundada en tela vaquera se detuvo dos escaparates más abajo, delante de lo que parecía una agencia de seguros abandonada.

—Si me disculpas, voy a ir andando a casa para meterme en la cama y picar algo. —Me dispuse a esquivarlo, pero él me lo impidió con aquel cuerpazo gigante y macizo.

—Para el carro. Hemos limpiado tu reputación. Ahora necesito que hagas algo a cambio.

—En primer lugar, mi reputación se habría limpiado solita la próxima vez que vuestro pajarraco le diera un pescadazo en la cabeza a otra persona. Y en segundo: ¿de verdad estás intentando intercambiar favores políticos por sexo?

Cam me miró con el ceño tan fruncido que una mujer con mayor instinto de supervivencia habría retrocedido al menos media manzana.

—Debes de estar agotada de tanto sacar conclusiones precipitadas —replicó al fin.

Me crucé de brazos para protegerme de aquella humedad tan pegajosa.

—No tienes ni idea de lo agotada que estoy. ¿Qué quieres a cambio de decirle a la gente que no he asesinado a un águila calva?

—Tu garantía personal de que no vas a cancelar el encargo. Quiero que me convenzas de que no nos vas a joder. Porque ese dinero, ese proyecto, es todo lo que hay entre la quiebra de un negocio familiar de tercera generación y un nuevo comienzo.

Aquel hombre era sorprendentemente elocuente cuando le apetecía. Intenté no dejarme impresionar.

—Sigues pensando que voy a hacer las maletas para volver. ¿Para volver adónde, Cam?

Él se encogió de hombros.

—¿Y yo qué coño sé? A la vida que llevabas en el rascacielos en el que vivías con tus amigos ricos.

Ya había tenido que sacar las uñas una vez esa noche y parecía que aquello iba camino de convertirse en un hábito.

Le clavé un dedo en aquel pecho marmóreo.

—Mi exmarido me ha echado del piso. Mi editora va a pasar de mí como no me ponga las pilas y escriba la comedia romántica más divertida y picante de mi vida, cuando no he escrito una puta mierda desde el divorcio. A Zoey la han despedido por mi culpa y ahora su sustento depende solo de mí. Y encima me había venido a vivir aquí en busca de inspiración y de momento lo único que he conseguido es empeorar más las cosas. Por cierto, pedazo músculos —dije.

—Gracias. Entreno bastante.

—Cállate y deja de distraerme con tus pectorales —le espeté—. He invertido los ahorros de toda una vida en una casa que ni siquiera había visto. No tengo una vida a la que volver en la ciudad. No tengo ningún hogar al que regresar. Todo lo que tengo está aquí, en este pueblucho fantasma en el que todos me odian menos tu padre y tus hermanos insólitamente guapos.

Cam levantó las manos.

—Vale, vamos a calmarnos.

Me pasé los dedos por el pelo y solté un chillido de frustración.

—Demasiada información junta —declaró.

Avergonzada, centré mi atención en un punto sobre su ancho hombro derecho.

—Sí, bueno, intenta vivir en mi cabeza durante un día.

—Ya. Creo que paso. ¿Yo también soy insólitamente guapo? —me preguntó.

No pude evitar volver a mirarlo.

—¿Con eso es con lo que te has quedado de mi crisis existencial?

—Estoy haciendo una lista. Pero me ha parecido uno de los puntos más interesantes.

—Sois todos guapísimos —dije exasperada—. Eso es lo curioso. Normalmente, los genes del atractivo no están distribuidos de forma tan equitativa.

—¿«Normalmente»?

—Oye, Cam. Entiendo lo que quieres decir. En serio. La verdad es que se me da bastante bien ponerme en el lugar de los demás. No pienso echarme atrás. No voy a hacer las maletas de repente para volver a una vida que ya no tengo en la ciudad. He comprado una casa. Estoy invirtiendo en ella gran parte del dinero que tengo en el banco. Por fin he escrito algo. Voy a quedarme. Pienso sacar adelante este proyecto. No tengo intención de dejar esta casa, este pueblo o vuestro negocio peor de lo que los he encontrado. Te lo prometo.

Cam puso los brazos en jarras y miró hacia el suelo durante un buen rato.

—Déjame llevarte a casa.

—Puf. Vale. Pero solo porque estoy tan cansada que podría quedarme dormida en el jardín de alguien y no quiero que tu hermano me detenga por allanamiento.

—No tiene ninguna autoridad legal hasta las elecciones.

Seguí a Cam hasta la camioneta y fingí indiferencia cuando me abrió la puerta. En el salpicadero seguía el mismo libro de bolsillo, pero con el marcador más adelantado. Ignorando el olor embriagador a coche nuevo y serrín, subí y cogí los papeles que había en el asiento del copiloto. Como buena fisgona nata, los hojeé mientras Cam rodeaba el capó.

Eran unos bocetos toscos pero elegantes de un cuarto de baño. Los observé con más detenimiento.

No era un baño cualquiera. Era un baño tipo spa, accesible para sillas de ruedas.

Cam abrió la puerta del conductor y se puso al volante. Tardó medio segundo en arrancarme los papeles de la mano.

—Eso no es tuyo —dijo bruscamente, metiéndolos debajo de una bolsa en el asiento trasero.

—¿Son para tu hermana?

Él se encogió de hombros irritado y arrancó.

—Puede. No te metas en mis asuntos.

—Una advertencia: los escritores somos muy entrometidos. Si no quieres que vea algo, mejor no lo dejes a mi alcance.

—Pues ahora pienso colgar todos los armarios de tu cocina treinta centímetros más altos.

Me mordí el labio y, por primera vez, me sentí como debía de sentirse la heroína de una novela al vislumbrar la cara más amable del tío bueno gruñón. La inspiración me golpeó como un pez en la cabeza.

—He contratado los servicios de vuestra empresa familiar. Tu familia me ha rescatado. Y te he dado mi palabra de que no me echaría atrás —dije.

—¿Ahora vamos a perder el tiempo recapitulando? —preguntó Cam, girando con la camioneta en dirección a mi casa.

—No. Estoy allanando el camino para pedirte algo.

—¿Qué quieres? ¿Azulejos más caros por el mismo precio? Porque la respuesta es no.

—Necesito que ligues conmigo y me invites a salir. —Le clavé la mirada mientras formulaba la petición. La única señal de que me había oído fue la tensión de sus nudillos sobre el volante y la contracción de su mandíbula, deliciosamente cubierta por una barba de cuatro días. Siguió conduciendo, pero por lo demás no movió ni un músculo. Agité la mano delante de su cara—. ¿Sigues ahí? Vas a hacerte polvo las muelas como sigas apretándolas.

Cam abrió la boca, pero no emitió ningún sonido.

Le clavé un dedo en el pecho.

—Ni siquiera estás respirando, ¿verdad?

Él cogió aire.

—Quieres… que salgamos juntos —dijo, repitiendo mis palabras.

Yo retrocedí y levanté las manos.

—Claro que no.

—No entiendo nada.

—Se llama «documentarse». Madre mía. ¿De verdad crees que estoy tan desesperada como para chantajearte para que salgas conmigo? ¡No contestes! —Cam esbozó una sonrisa burlona—. Estoy escribiendo sobre un macho alfa con mala leche que se dedica a la construcción y no salgo con nadie desde… hace mucho tiempo. Necesito que ese tío y mi peculiar, encantadora y ardiente heroína sean creíbles. Hasta ahora me has inspirado bastante.

Él levantó las cejas y pisó el freno a fondo en la señal de stop.

—¿Perdona?

Me di un cabezazo contra el reposacabezas.

—Sabía que tenía que habérselo pedido a Gage —me lamenté—. Olvida lo que acabo de decir. Mejor aún, no vuelvas a mirarme a la cara durante el resto de mi vida. —Puse la mano en la manilla, con intención de llevarme mi vergüenza a dar un paseo. Pero Cam se inclinó por delante de mí y cerró la puerta.

—Explícate —gruñó.

—¿Lo ves? A eso me refería —dije victoriosa—. Tú frunces un montón el ceño y no paras de gritarme. Y mi héroe frunce un montón el ceño y no para de gritarle a la heroína. Solo quiero verte en acción y utilizar lo que pueda funcionar para el libro.

—Quieres que sea tu héroe —dijo.

—¡No! Bueno, no del todo. Quiero que seas tú, pero en vez de actuar como si me odiaras abiertamente, necesito que actúes como si te sintieras atraído por mí en secreto.

Cam parecía desconcertado, horrorizado e incluso un poco asustado.

—¿Por qué? —gruñó.

—Porque yo he hecho algo por ti y ahora quiero que tú hagas algo a cambio. Así es como funcionan las cadenas de favores.

—Venga ya, Calamidad. Tengo muy claro lo que es un favor. Lo que no entiendo es por qué me estás usando de inspiración. No tengo madera de héroe.

—Bueno, un poco sí. —Hice todo lo posible para no bajar la vista hacia su entrepierna—. Yo solo sé que vi tu foto y no pude evitar mudarme aquí.

—Mi foto —repitió él, como si acabara de proponerle matrimonio.

—Relájate, lerdo. No lo digo como algo personal, sino profesional.

—Me voy a arrepentir de preguntarlo, pero ¿de qué coño estás hablando?

—De inspiración. Vi el artículo en el que salíais tú y tus hermanos después de haber ayudado a Dorothea Wilkes. En la entrevista fuiste superborde y en la foto salías con el ceño fruncido, como si tuvieras cosas mejores que hacer que sonreír y posar para la cámara. Fue como si en mi cabeza empezaran a encajar las piezas de un puzle.

Alguien tocó el claxon detrás de nosotros y Cam pisó el acelerador, propulsándome hacia atrás contra el asiento.

—¿Me consideras una fuente de inspiración? —preguntó.

—Por el amor de Dios. Esto está saliendo fatal. Antes encontraba inspiración en cualquier puñetero sitio. Escuchaba algún comentario jugoso en mi panadería favorita y era capaz de escribir toda una novela alrededor de él. Pero hace siglos que eso ha dejado de suceder. Han sido tiempos muy duros. Hasta que aparecisteis tú y este lugar.

—¿Es algo profesional? —repitió.

— 192 —

—Sí, profesional. No tengo ninguna intención de engañarte para que salgas conmigo y luego bajarte los pantalones. Solo quiero seguir inspirándome. He escrito más aquí que en los últimos dos años. Y estoy tan desesperada que soy capaz de hacer cualquier cosa con tal de que las palabras sigan fluyendo.

Cam se detuvo delante de Heart House y apagó la camioneta.

—¿Qué tipo de cita?

—¿Y yo qué sé? A la que llevarías a una mujer.

Cam exhaló un suspiro y salió del vehículo. Yo me bajé del asiento del copiloto. Él cogió algo en el asiento de atrás y se reunió conmigo en la acera.

—No hace falta que me acompañes a la puerta. No estamos saliendo —le recordé. Definitivamente, debería habérselo pedido a Gage. Era muchísimo más fácil tratar con él.

Cam empujó la puerta de la valla en silencio. Crucé el oscuro jardín detrás de él como una sombra. Subimos los chirriantes escalones del porche. Por un instante creí que iba a darse la vuelta para besarme como si no pudiera seguir viviendo sin saborear mis labios, inclinándome hacia atrás y envolviéndome con sus brazos, algo que me vendría muy bien porque, de lo contrario, me fallarían las rodillas y los movimientos bruscos como aquel durante un beso podían causar daños dentales a uno de los implicados o a ambos.

Cam se acercó a la lámpara que había al lado de la puerta principal. Sin mediar palabra, me pasó una bombilla.

—¿Los chicos no suelen regalar flores? —bromeé.

—Si buscas a un gilipollas romántico en el que basar a tu héroe, no soy la persona adecuada —declaró, desenroscando la parte superior de la lámpara y dejándola en el suelo.

Luego quitó la bombilla vieja y extendió la mano. Estaba segura al noventa y uno por ciento de que no quería que le diera la otra. Le entregué la bombilla nueva y vi cómo la enroscaba con una sola mano mientras me miraba.

La luz se encendió, bañándonos a ambos en un cálido resplandor. Tenía un aspecto… muy varonil. Y eficiente. El filo de su mandíbula y los sutiles huecos de sus mejillas resaltaban en un juego de luces y sombras. Era un bombón. Era un cascarrabias. Era perfecto.

Cam volvió a colocar la parte superior de la lámpara y dio media vuelta para marcharse.

—¿No piensas preguntarme si os he contratado por lo de la inspiración? —le solté.

La mirada que me lanzó lo decía todo.

—Me importa una mierda por qué nos hayas contratado, mientras el cheque tenga fondos y no nos toques demasiado las narices.

—¿No te importa que tenga segundas intenciones? —insistí. La sinceridad era importante.

—Me la sopla. Si las tienes, son problema tuyo, no mío.

Ladeé la cabeza.

—Para algunas cosas, debe de ser mucho más fácil ser hombre.

—Lo de mear de pie es muy práctico.

—¿Vas a hacerlo? —Necesitaba que fuera sincero conmigo.

—¿A qué te refieres? —bromeó.

—A lo de ligar conmigo y pedirme una cita —contesté, bajando la vista.

Me quedé mirando la punta de sus botas hasta que, de repente, un dedo me levantó la barbilla. Miré a Campbell Bishop, que se cernía sobre mí bajo el resplandor de la luz del porche que acababa de arreglar. Había una dulzura en sus ojos que no había visto antes. Se acercó a mí y mi corazón se saltó siete u ocho latidos. Separé los labios con la esperanza de tomar aire, pero todo mi ser estaba concentrado en el hecho de que su boca estaba cada vez más cerca de la mía.

Incliné el cuello hacia atrás, mirándolo con los ojos muy abiertos, como un animalillo del bosque que acababa de toparse con un lobo supersexy y muerto de hambre. Qué metáfora más cutre. Ya la perfeccionaría al día siguiente, cuando recreara aquella escena con pelos y señales sobre el papel.

—Me lo pensaré —dijo Cam.

—¿Qué es lo que tienes que pensar? —pregunté, como si tuviera una boa constrictor enroscada en la garganta.

Esbozó una sonrisa fugaz como un relámpago y fue entonces cuando lo vi. El atisbo de un hoyuelo. Desapareció tan rápido como había llegado, pero la expresión burlona de Cam siguió ahí mientras él retrocedía.

—Hasta mañana, Calamidad. La demolición empieza a primera hora. Espero que no se te peguen las sábanas.

Salió del porche y fue hacia la camioneta. Vi cómo comprobaba que la puerta de la valla estuviera bien cerrada antes de esforzarme para entrar tranquilamente y sin prisas por la puerta principal. Pero, en cuanto la cerré, apoyé en ella la espalda y me deslicé hasta el suelo, al borde del colapso.

Los lectores se iban a morir por Campbell Bishop.

Y yo tampoco tenía muy claro si iba a sobrevivir a él.

18

Tres tíos buenos y yo con estos pelos
Hazel

Reportero Intrépido
La nueva propietaria de Heart House monopoliza el sector de la construcción local con su escandaloso plan de derribar la histórica vivienda.

Estaba intentando explicarle al dentista que se me habían caído los dos dientes de delante y que se me movían otros tres cuando un golpeteo incesante me despertó.

Me pasé unos segundos palpándome los dientes con la lengua para asegurarme de que seguían intactos antes de echar las sábanas hacia atrás y saltar de la cama.

Me metí por la cabeza una camiseta extragrande y estuve a punto de tropezarme con el mapache en el pasillo. Aquel animal salvaje semidomesticado me bufó de forma inquisidora.

—Muérdeme si quieres, Bertha. ¿No puedes buscarte otra casa?

El bicho reculó y se metió en la antigua habitación de Zoey. Bajé las escaleras refunfuñando y abrí de golpe la puerta principal.

—¿Qué? —pregunté.

Los tres hermanos Bishop estaban en el umbral, tan guapos y despiertos que daban asco. Ninguno de ellos me miró a los ojos. Había algo unos centímetros por encima de mi cabeza que estaba llamando su atención. Me pasé la mano por el pelo y me di cuenta de que este se había soltado del moño despeinado para convertirse en un nido de pájaros más revuelto todavía.

—Buenos días por la mañana —dijo Gage, con un café en la mano—. Si nos dejas entrar, te doy un poco de cafeína.

Me sentí como uno de aquellos trolls que vivían bajo los puentes en los cuentos de hadas y que se empleaban a fondo para cobrar peaje a los incautos transeúntes.

—Trae. —Extendí las manos con torpeza hacia el café.

Tras asegurarme la cafeína, me hice a un lado y dejé entrar a aquellos tres tiarrones. Mi madre les habría abierto la puerta con lencería de mil dólares. Yo, sin embargo, me había olvidado de poner el despertador y parecía una especie de criatura del pantano que solo era capaz de abrir un ojo a la vez.

Estaba a punto de cerrar la puerta cuando algo pesado la golpeó desde fuera. La abrí y vi a Melvin, el perro gigante y peludo que parecía pertenecer a todo el mundo. Tenía hojas en el pelo y una cara de felicidad que dejaba claro que no pasaban muchas cosas allá arriba, en su cerebro perruno.

—¿Qué hora es? —gruñí entre sorbo y sorbo de café.

—Las siete —dijo Cam, dejando caer estrepitosamente al suelo dos bolsas de plástico llenas de herramientas—. Bonito peinado.

—¿De la mañana? Eso es casi de madrugada —me quejé.

Yo era un ave nocturna por naturaleza. Y el hecho de haberme mudado a un pueblucho en el que no había servicio a domicilio de pasteles no significaba que mi ritmo circadiano hubiera variado. Había estado hasta la una de la mañana redactando una *newsletter* sobre las primeras cuarenta y ocho horas en Story Lake. Había adjuntado fotos de la casa y un selfi en el que salía con la tirita en la frente.

—Qué recuerdos me trae esta casa —comentó Gage, admirando algo que había en el techo y que yo no tendría energía para pararme a observar hasta que llevara más cafeína en el cuerpo.

— 197 —

—Pues sí —dijo Levi.

Me miró como si quisiera decir algo más. Lo más probable es que fuera sobre mi pelo. O sobre las marcas de la almohada que tenía en la cara. Pero dio media vuelta y fue a echar un vistazo a la cubierta metálica de una tubería.

Suponía que aquello era lo bueno de no querer tener una relación. Que no tenía que avergonzarme lo más mínimo de mis pintas de recién levantada. Aunque puede que, más que una liberación, aquello fuera síntoma de un problema más grave. Había tres tíos en mi casa presuntamente solteros y manifiestamente guapísimos poniéndose cinturones de herramientas de verdad. Y allí estaba yo, pensando en volver arrastrándome al piso de arriba para dormir un par de horitas más.

—A nadie le gusta una heroína de novela romántica sin libido —murmuré para mis adentros.

—¿Qué has dicho? —me preguntó Gage, mirándome como si esperara que lo repitiera.

Uy. Cierto. Había seres humanos de carne y hueso en mi casa. Ya no podía deambular por ella farfullando en voz alta. Me iba a costar acostumbrarme.

—Ah, nada —balbuceé.

—El contenedor llega a las nueve —comentó Cam. Estaba segura de que no me lo decía a mí.

—Yo tengo que irme a las once a la reunión. Vuelvo a la una —dijo Gage.

—Yo me voy a las cuatro para tomar el relevo en la tienda —dijo Levi.

Cogí el café, decidiendo que era el momento perfecto para escabullirme. Me fui a la cocina medio dando tumbos, medio corriendo. Resignándome a tener que empezar oficialmente el día, cogí una Pepsi de la nevera y me serví otro cuenco de la avena que Zoey había dejado.

Mientras los copos eructaban y escupían dentro del microondas, metí la cabeza debajo del grifo de la cocina y la dejé allí, con la esperanza de que el agua me despertara y domara mi pelo enmarañado.

El grifo se cerró.

—¡Eh! —protesté.

—Nada de ahogarse el primer día. —Cam parecía enfadado. Algo que, por lo que había visto, era su estado de ánimo habitual.

—No me estoy ahogando, me estoy espabilando. —Mi voz resonó con un tono metálico en las paredes de acero inoxidable del fregadero.

Un paño de cocina apareció delante de mi cara. Lo cogí y me limpié lo mejor que pude, antes de levantarme y alejarme del fregadero.

El agua cayó de mi pelo al suelo como si fueran las cataratas del Niágara. Melvin entró en la cocina con sus gigantescas patas de perro y empezó a lamerla.

Me doblé hacia adelante y me envolví el cabello empapado en el trapo. Vi unas botas de trabajo y unas garras de perro justo al lado de mis dedos desnudos. Una curiosa y pequeña familia de pies en la cocina de una soltera desastrosa.

—¿Puedo ayudarte en algo? —le pregunté a Cam, levantándome de nuevo. ¿Estaba allí para hablar de mi propuesta? ¿Me iba a decir que sí? ¿O iba a rechazarme y hacerme sentir como una idiota?

—Solo quería repasar la agenda del día —dijo.

—Ah. Vale. ¿Y cuál es? —Abrí la Pepsi Wild Cherry.

—Estamos diseñando un anteproyecto para la cocina y los baños del piso de arriba. Mientras tanto, queremos empezar a demoler lo que podamos. Como imagino que te gustará tener tuberías que funcionen dentro de casa, he pensado que podríamos empezar por la cocina y el baño de invitados, y dejar tu baño para más adelante.

¿De verdad esperaba que le diera mi opinión sobre la demolición?

—Me parece bien —dije, con toda la confianza que fui capaz de reunir.

—Vas a tener que sacar de aquí todo lo que has traído y no vas a poder cocinar —me recordó.

La avena eligió ese preciso instante para explotar en el microondas. Melvin galopó ilusionado hacia aquel desastre contenido, olfateando el olor a manzanas y a canela.

—No creo que haya ningún problema —contesté en tono inexpresivo.

—Vale. Toma. Tira esto. —Me dio un trozo de papel hecho una bola.

Fruncí el ceño y lo desplegué. Era un cartel electoral con una foto de Emilie muy seria, en el que prometía que, si la elegían jefa de policía, implementaría un protocolo vecinal en todo el pueblo para supervisar la decoración navideña.

—Qué fuerte. ¿De dónde lo has sacado?

—De la puerta.

—Sí que es rápida, la tía —comenté.

Cam dio media vuelta para marcharse.

—Espera. —Le puse una mano en el brazo para detenerlo—. ¿Qué me dices de lo que hablamos… ayer por la noche?

Se me quedó mirando un buen rato.

—Aún me lo estoy pensando.

—¡Cam! —gritó Gage desde el piso de arriba.

—¡Que ya voy! —gritó Cam, saliendo de la cocina.

Melvin y yo nos miramos. El perro meneó la cola alentadoramente.

—¿De verdad soy tan chunga que necesita darle tantas vueltas para tener una cita falsa conmigo? —le pregunté a mi peludo compañero. Melvin levantó sus cejas perrunas y salió trotando de la habitación. Cogí la tostadora y observé en ella mi reflejo distorsionado—. Vale, puede que tenga razón.

Me llevé los restos de avena que pude rescatar al piso de arriba y me duché deprisa y con torpeza en la bañera con patas. Descubrí que salir era más difícil que entrar, porque tenía todo el cuerpo empapado. Me sequé el pelo para que no pareciera tan desaliñado y estaba rebuscando en el neceser del maquillaje, cuando oí que golpeaban la puerta del lavabo.

—Ocupado. Creía que no ibais a tocar este baño hasta…

Abrí la puerta y me encontré a Melvin, mirándome expectante. Oí a los hermanos dando golpes en el piso de abajo y gritando por encima de la música. El perro irrumpió en la habitación muy serio, pasó por delante de mí y fue directo a la bañera. Apoyó las patas delanteras en el altísimo borde y miró hacia el interior meneando la cola.

—No sé qué pretendes, pero ¿tienes permiso para hacerlo?

Melvin siguió meneando el rabo y metió una de las patas delanteras dentro.

—Uy, espera, colega. Te vas a quedar... atascado.

El perro acabó con la barriga peluda en el borde de la bañera, las patas de atrás en el aire y las delanteras rozando apenas el fondo de porcelana.

Gimió lastimeramente.

—No sé cómo ayudarte. ¿Quieres entrar o salir? Si entras, ¿cómo voy a sacarte luego?

Melvin decidió por mí lanzándose hacia el interior de la bañera con las patas por delante hasta tocar el fondo. Luego empezó a lamer el agua que había alrededor del desagüe con las caderas y las patas de atrás todavía colgando del borde.

—Voy a ayudarte —dije, apretando los dientes mientras intentaba levantar los cuartos traseros del perro para meterlo dentro. Pero pesaba mucho y la bañera era demasiado alta—. ¿Qué desayunas? ¿Bolas de bolos?

Imperturbable, Melvin siguió sorbiendo el agua de la bañera.

—Vale, vamos a pensar.

Unos minutos y varios planes de contingencia después, acabé metiéndome debajo de las patas de atrás del perro, dejé que se apoyara en mi espalda, que estaba envuelta en la toalla, y lo levanté poco a poco hasta que saltó torpemente sobre el borde.

—Y ahora estoy toda sudada. No puedo creer que ya haya desperdiciado una ducha —refunfuñé.

Melvin exhaló un suspiro de felicidad y se tumbó en el fondo de la bañera. Le eché un vistazo por encima del borde. Estaba golpeando el hierro fundido con la cola, como si fuera un metrónomo, en su nueva posición horizontal, mientras el pelaje se le rizaba con la humedad.

Les di la espalda a la bañera y al perro, y decidí esforzarme un poco con el tema del maquillaje, ya que había causado una primera impresión tan desastrosa. Organicé los cosméticos y luego pensé en un modelito cómodo, pero no desaliñado. Estaba procrastinando descaradamente. ¿Y si ese día las palabras no querían salir? Bueno, siempre podía ir al piso de abajo a que Cam me dijera: «Por cierto, paso de quedar contigo para que puedas documentarte, eres asquerosa». ¿Y si me quedaba allí dentro con aquel perro aficionado a las bañeras y no volvía a enfrentarme a nada nunca más?

Me miré en el espejo. Pues sí, ya había intentado ir por ese camino con la Hazel muerta por dentro. Pero esta era la Hazel de las nuevas aventuras y tenía responsabilidades, plazos que cumplir y un perro atrapado en la bañera, entre otras cosas. Mmm... Volví a mirar a Melvin. Se había cansado de beber y estaba tumbado boca arriba, felizmente hidratado. Si mi heroína estuviera envuelta en una toalla... ¡No! En una cortina de ducha. Y el heroico contratista macizo tuviera que ir a rescatarla... Podría estar bien...

Estaba sentada en la tapa del váter, tecleando en el portátil con la toalla todavía sujeta por debajo de las axilas, cuando me llegó un mensaje al móvil. Estiré los brazos por encima de la cabeza y roté los hombros. Un fuerte ronquido resonó en la bañera. ¿Cuánto tiempo llevaba allí sentada? Miré el recuento de palabras y aluciné.

—Joder —murmuré.

El móvil sonó sobre la cisterna del váter, dando lugar a un ataque furioso de ladridos.

—¿Sí? —grité por encima del perro histérico.

—¡Por fin contestas! —chilló con voz aguda y sofisticada Ramona Hart-Daflure-fuera cual fuera el apellido que hubiera adoptado en la actualidad. Había desterrado el acento de Alabama entre los maridos dos y tres.

—Hola, mamá —respondí, entre los ladridos desesperados de Melvin.

—¿Qué demonios es ese ruido? Suena como si estuvieras en una pelea de perros.

Intenté calmar al perro mojado con las manos, pero Melvin parecía empeñado en salir de la bañera trepando por ella.

—No hay ninguna pelea de perros —dije, metiéndome en la bañera—. Tranquilo, amiguito. No pasa nada. Te has quedado dormido ahí dentro, ¿recuerdas?

—Cielo santo. ¿Interrumpo algo? —preguntó alegremente.

—No lo que tú crees que estás interrumpiendo.

—Pareces agobiada, cariño.

—Estoy bien. Me estoy peleando con un perro empapado de cuarenta y cinco kilos —le expliqué mientras trataba de sujetar a Melvin con cuidado por la cabeza, sin perder la toalla y el móvil por el camino.

—Pues tengo una noticia que va a hacer que alegres esa cara. ¡Estoy prometida! ¿A que es emocionante?

—Enhorabuena —murmuré entre dientes al tiempo que conseguía inmovilizar a Melvin en el fondo de la bañera. Mi madre cambiaba de marido como quien cambiaba de coche.

—Es un hombre increíble. Alto, guapo y moreno. Tiene una casa preciosa en París y una mansión de seis habitaciones enfrente de la de Robert Downey Junior. Este es el definitivo.

Los seis maridos anteriores de mamá también habían sido «el definitivo».

Mientras mi madre seguía enumerando las posesiones de su nuevo prometido, yo me desplomé junto al perro empapado y jadeante, intercalando algunos «ah» y «muy bien» con la frecuencia adecuada.

—¿Cuántos años tiene este, mamá? —le pregunté finalmente.

—Es un setentón muy viril, no sé si me entiendes.

—Ojalá pudiera decir que no —repliqué a la vez que Melvin se me acercaba para lamerme la cara.

Esa diferencia de edad de diecinueve años ocupaba un humilde tercer puesto en la clasificación de maridos de mi madre. Aunque ella aseguraba que le gustaban los hombres mayores, yo siempre había dado por hecho que lo único que quería era que alguno se muriera antes que ella. Era más rentable ser viuda que divorciada.

— 203 —

—No parece que te alegres mucho por mí —se quejó mi madre al otro lado de la línea.

—Estoy encantadísima —mentí.

Melvin soltó un gruñido perruno y luego estornudó.

—Puaj. Qué asco —murmuré.

—¿Y tú, cuándo piensas volver al mercado? —me preguntó mi madre—. Estás desperdiciando los mejores años de tu vida.

Bajé la vista hacia la toalla empapada y cubierta de pelos de perro. Si aquellos eran los mejores años de mi vida, la cuesta abajo iba a ser dura.

—Me acabo de divorciar, mamá.

—Cariño, eso fue hace siglos. Estar soltera no es bueno para nadie.

Me ofendí de inmediato en nombre de las mujeres reales y ficticias de todo el mundo.

—No todas necesitamos un hombre —repliqué, olvidando oportunamente que hacía doce horas le había hecho una proposición a uno.

—Bueno, las lesbianas no, claro —dijo ella.

—¡Mamá! —exclamé, riéndome. Daba igual cuántas veces o de qué manera me decepcionara, todavía seguía haciéndome reír.

—¿Qué? Yo tengo varias amigas lesbianas y ¿sabes qué? Que están todas casadas.

Mi madre estaba convencida de que casarse con alguien rico y poderoso era lo que te daba verdadera seguridad. Pero yo ya había probado el matrimonio y había acabado con tantas inseguridades que, si alguna vez volvía a tener una primera cita de las de verdad, tendría que ser en la consulta de un consejero matrimonial.

—¿Te envié la foto en la que salía oficiando la boda de Trinity y Eviana el verano pasado? Llevaba un traje blanco precioso —continuó mi madre. Solo a ella se le ocurría ponerse un traje blanco para eclipsar a las novias que iba a casar. Siguió parloteando otros cinco minutos, hasta que una voz de hombre la interrumpió—. Ay, Stavros, eres tremendo. Cariño, tengo que dejarte. Stavros acaba de sorprenderme con entradas para la ópera y un vestido nuevo. ¡Ya te enviaré más detalles sobre mis nupcias! Hablamos pronto. —Y colgó antes de que me diera tiempo a decir nada.

Dejé el teléfono en el fondo de la bañera. Había pocas personas más encantadoras y alegremente egoístas que mi madre. Siempre sentía la necesidad de tumbarme después de hablar por teléfono con ella.

Melvin me dio un golpecito con su morro grande y húmedo.

—Venga, va. Vamos a buscar una forma de salir de aquí —dije, levantándome.

Había conseguido ponerle las patas delanteras al perro en el borde de la bañera, cuando nos enredamos con la cortina de ducha. Con un desgarrón tremendo, la tela se soltó de los ganchos metálicos, cayendo sobre nosotros y haciendo que Melvin se pusiera a ladrar de nuevo.

—¡Deja de intentar esconderte debajo de mi toalla! —grité.

—¿Necesitas ayuda?

Melvin y yo nos quedamos paralizados un instante. Cuando por fin conseguí zafarnos de la cortina de ducha, me encontré a dos de los tres hermanos Bishop apoyados en la puerta.

—¿Podéis echarnos una manita? —les pedí a Cam y a Levi.

19

Prepárate para salir conmigo
Campbell

Levi le tendió la mano a Hazel, que solo llevaba puesta una toalla, y dejó que yo me ocupara del chucho zarrapastroso y ladrador.

—He cambiado de opinión. Quiero una ducha y una bañera separadas. Una para la que no haga falta una escalera —dijo Hazel mientras hacía todo lo posible por mantener la toalla en su sitio y se ponía a horcajadas sobre el borde de aquel mamotreto con patas de garra.

Vi un trozo de pierna larga e hidratada y me di cuenta de que seguramente Levi estaba disfrutando de las mismas vistas.

De un tirón, arranqué el resto de la cortina con ganchos y todo.

—Toma —le dije a Hazel, ofreciéndosela.

—¡Oye! —protestó ella.

—Te compraré una nueva —repliqué, metiéndome en la bañera mientras ella salía.

Levi esbozó una sonrisa pícara y maliciosa antes de desaparecer.

Melvin me miró desolado.

—¿Qué hemos dicho de lo de echar siestas en bañeras ajenas? —Él se sentó y levantó una pata gigantesca—. Qué bobo eres —refunfuñé, levantando los casi cincuenta kilos de perro mojado.

Aquel trabajo ya estaba siendo más molesto de lo que me esperaba, y eso que me esperaba que fuera muy molesto.

Se oyó un ruido sordo en el piso de abajo y Melvin empezó a ladrar.

—Creía que Gage tenía una reunión —dijo Hazel, envolviéndose como una momia en el plástico de patitos de goma.

—Y la tiene. Eso ha sido la puerta de la entrada —replicó Levi.

Lo fulminé con la mirada por encima del perro mojado que no paraba de moverse. Mi hermano nunca usaba dos palabras si le bastaba con una, pero ahí estaba, ayudando a Hazel a salir de la bañera y hablando con frases completas.

Hazel bajó la vista hacia su modelito, con cara de pánico.

Iba a ofrecerme a abrir, pero Levi se me adelantó.

—Voy a ver quién es —dijo, cerrando la puerta del baño al salir.

—Tengo que vestirme —anunció Hazel, señalando hacia la puerta.

—Antes ayúdame a secar a este papanatas —dije—. Como abras la puerta, saldrá disparado y se restregará con todos tus muebles. Y luego toda la casa apestará a perro mojado.

—Suena como si hablaras por experiencia.

—Tú coge una toalla.

—Si es tan pesado, ¿por qué lo traes a trabajar contigo? —me preguntó Hazel.

—Porque estaba acostumbrado a ir a trabajar con mi hermana antes de lo del accidente y ahora la vuelve loca si se queda todo el día en casa con ella.

—Ah —contestó Hazel en voz baja—. Lo siento…

—¿Piensas ir a por la toalla, o vamos a tener que usar la tuya? —le pregunté. Hazel se echó la cortina de la ducha al hombro y sacó una toalla limpia del armario de la ropa blanca—. Yo lo sujeto y tú lo secas —dije, en un tono algo menos hostil.

En cuanto Melvin puso las patas en el suelo, intentó escabullirse. Hicieron falta dos personas, cuatro manos y sacrificar una cortina de ducha, pero al final conseguimos secarlo, más o menos.

— 207 —

Abrí la puerta. El puñetero chucho se escapó corriendo y bajó las escaleras ladrando. Me deslicé por el lateral de la bañera, hasta sentarme en el suelo al lado de Hazel.

Nos quedamos allí en silencio, recuperando el aliento, pegados el uno al otro.

—¿Qué hora es? —me preguntó.

Miré el reloj.

—Las once y media.

Ella exhaló un suspiro.

—Las once y media de la mañana y ya estoy agotada, necesito otra ducha… y una cortina nueva.

—Y una pala para recoger el pelo mojado del perro —dije, señalando el desagüe.

Hazel frunció el ceño.

—Qué asco. Creo que mejor me voy a dar un manguerazo en el jardín.

Oí las botas de Levi en la escalera y me puse en pie. Luego le tendí la mano a Hazel y la ayudé a levantarse.

—La toalla —le advertí, al ver que el nudo que tenía entre los pechos estaba empezando a deshacerse.

Ella gritó y se dio la vuelta. Me interpuse entre ella y Levi cuando este asomó la cabeza por la puerta.

—Acaban de llegar tus cosas —anunció, señalando con el pulgar hacia la parte delantera de la casa.

Hazel esquivó mi brazo y salió corriendo.

—¿En serio? —chilló.

Fue hacia la puerta, pero la detuve.

—¿Y si te pones algo antes? —le sugerí.

Mi intención era seguir demoliendo la cocina, pero cuando vimos que Hazel, una vez vestida, pensaba descargar sola todas las cajas del camión, Levi y yo lo hicimos por ella. En diez minutos teníamos todas las cajas en el vestíbulo. Hazel las fue abriendo con entusiasmo.

—¡Mis libros! —gritó, levantando un ejemplar de bolsillo con la cubierta amarilla como si fuera Rafiki con el bebé Simba.

—Casi se me olvida esto —dijo el chófer, metiendo una bicicleta por la puerta principal, que estaba abierta—. No quería que se aplastara ahí detrás.

La cara de Hazel se iluminó como la de un niño al comienzo de un desfile de Halloween.

—¡Mi bici!

—Espero que se te dé mejor que el coche —dije.

—Por supuesto —me aseguró muy seria.

Levi esbozó una sonrisa burlona.

Metí la palanca por debajo de la encimera de formica deformada de la pared más corta de la cocina. Esta se soltó con un gemido reticente que ahogó la música de los Ramones que sonaba por el altavoz inalámbrico. Una vez retirados los armarios básicos de los años setenta y las encimeras desparejadas, podríamos empezar a transformar el actual rincón de desayuno en una despensa y abrir el acceso al porche cerrado del lateral, creando un nuevo espacio de comedor informal.

Levi estaba demoliendo en el extremo opuesto de la habitación, pero pasaba con frecuencia por delante de las puertas de cristal de la biblioteca, donde Hazel estaba trabajando... o escribiendo... o comprando más casas en subastas online.

No me gustaba. No me refería a lo de comprar casas en subastas. Lo que no me gustaba era la parte en la que mi hermano mostraba interés por la mujer que justo la noche anterior me había hecho una proposición. Y eso me confundía.

—¿Adónde vas, caraculo? —le grité, al oír el golpe revelador de su palanca cayendo sobre la bolsa de plástico de las herramientas.

Su expresión continuó tan imperturbable como el monte Rushmore.

—A por algo de beber.

Bajé el volumen del altavoz. Se oyó un ronquido indecoroso en el porche lateral, donde Melvin se estaba echando la segunda siesta de la tarde.

—¿Y qué me dices de lo que tienes en el suelo y lo que has

metido dentro del cubo? —le pregunté, señalando el cubo del revés de Ultramarinos Bishop.

Levi me miró fijamente y casi pude oír los engranajes de su cerebro girando a toda velocidad.

Estaba tramando algo y, fuera lo que fuera, estaba claro que se le daba fatal.

—Me ha parecido oír a Gage volver hace un rato —dijo finalmente.

Estaba a punto de echarle la bronca por sus gilipolleces, cuando un murmullo ahogado de voces llegó a nuestros oídos. Le siguió una risa muy femenina. Levi y yo fruncimos el ceño.

Alguien —quizá el imbécil de nuestro hermano— estaba distrayendo a Hazel en su despacho. Y a ninguno de los dos nos hacía ni pizca de gracia. Levi bajó la vista hacia las dos bebidas isotónicas que tenía en la mano, como preguntándose si colaría que necesitara una tercera. Miré a mi alrededor, en busca de una excusa.

Los azulejos del salpicadero de la pequeña pared de armarios del lado del porche seguían intactos y no parecían en muy mal estado. Tenían un estampado vintage que alguien como Hazel podría considerar «mono».

—Liv.

Mi hermano levantó la vista de su alijo de bebidas.

—¿Sí?

—¿Crees que esos azulejos son… monos?

Tuve que reconocer a su favor que ni siquiera se inmutó ante mi nuevo y extraño vocabulario.

—Supongo.

—Voy a preguntarle a Hazel si quiere conservarlos —dije, yendo rápidamente hacia el pasillo.

—Te acompaño —se ofreció.

Cuando llegamos a las puertas dobles, íbamos casi corriendo. Ninguno de los dos se molestó en llamar, sino que entramos directamente y nos encontramos a Gage con la cadera apoyada en la esquina de la mesa que Hazel utilizaba como escritorio y una sonrisa estúpida en la cara. Ella estaba recostada en la ventana, relajada y con pinta de estar divirtiéndose.

— 210 —

—¿Necesitáis algo? —preguntó Gage.

Levi y yo tardamos demasiado en dar con el insulto adecuado y Hazel se lo tomó como una señal para seguir con la conversación.

—En fin, como te iba diciendo. Solo quiero buscar un poco de inspiración en la vida real —le dijo a mi hermano a la vez que se agachaba para coger una de las cajas de la mudanza. Aquellas mallas realzaban de muy diversas formas cada centímetro de su cuerpo. Y parecía que Gage se estaba dado cuenta.

—Una escritora de método. Tiene sentido —repuso con una sonrisa mientras ella se levantaba—. Dámela. Ya la cojo yo.

Derrochaba tanto encanto como un niño pequeño intentando llenar un vasito infantil con una garrafa de leche de cinco litros.

—Ahora que conoces a mis hermanos, ya te habrás dado cuenta de que yo soy el simpático.

—Fuera —dije.

—¿Cuál de los dos? —preguntó Hazel—. Porque yo vivo aquí.

—Tú no. Él —repliqué, señalando a Gage con la punta de la palanca que todavía llevaba en la mano.

—Después seguimos con la conversación —dijo Gage.

—No. De eso nada —declaré.

Gage me miró levantando una ceja con aire burlón.

—¿Hay algún problema?

—No si te vas en los próximos diez segundos.

Volvió a mirar a Hazel.

—Si se pone contigo en plan Gremlin después de medianoche, pégame un grito.

Gage me dio un golpe en el hombro con el suyo al pasar, pero decidí ignorarlo.

Levi seguía rondando por la puerta.

—Oye, tío, si me echas una mano para descargar la madera, te ayudo a sacar ese fregadero de dos toneladas de la cocina —le dijo Gage, dándole una palmada en el hombro.

Levi miró a Hazel. Luego a mí. Luego al techo. Y se fue sin mediar palabra.

Cerré las puertas cuando salieron y me giré hacia ella.

—No me gusta que me metan prisa —le dije.

—Y a mí no me gusta hacer colas largas —replicó ella tan tranquila mientras se agachaba para coger unas tijeras y cortar la cinta de embalar de la caja.

Me acerqué un poco más.

—Anoche me hiciste una pregunta y esperabas que te contestara de inmediato. Pero no me gusta que me metan prisa.

—Muy bien. Pues a mí no me gusta esperar siglos por un simple sí o no. —Me molestó que ni siquiera me mirara.

—Me lo soltaste de repente ayer por la noche —protesté.

—Y he esperado todo el día. Tengo un plazo de entrega. No puedo permitirme perder el tiempo. Si tanto te molesta, o piensas que soy demasiado horrorosa como para tener una cita falsa conmigo, tendré que proponérselo al siguiente.

—Ni se te ocurra proponérselo a mi hermano.

Ella me fulminó con la mirada.

—No oigo que estés diciendo: «Por favor, Hazel, no me pareces demasiado horrorosa como para tener una cita falsa contigo».

Al menos por fin había decidido mirarme. Pero me preocupaba la forma en la que agarraba las tijeras.

—El sábado. A las siete.

—¿De la mañana? ¿Es que no podéis dejarme descansar al menos hasta las ocho, o mejor aún, hasta las nueve y media?

Me crucé de brazos.

—A las siete de la tarde. Prepárate para salir conmigo.

Era la amenaza más absurda que había hecho jamás y el brillo de los ojos marrones de Hazel reveló que, seguramente, acabaría en las páginas de un libro.

—Vale. Lo estoy deseando —respondió con picardía—. Pero que sepas que espero el as que tienes en la manga. Nada de citas cutres.

—¿Qué te hace pensar que tengo un as en la manga?

Hazel me dio un repaso de arriba abajo.

—Si no lo tienes, será una de las grandes decepciones de mi vida.

—Vale —dije, devolviéndole el repaso—. Pero no actúes como si fuera un experimento científico y me hagas sentir incómodo.

—Hecho. Pero llevaré el cuaderno.

—Me da igual. Ah, y una cosa más.

—¿Qué?

—Mejor que esto quede entre nosotros —dije—. Como alguien nos pille en algo remotamente parecido a una cita, los rumores de que eres una matapájaros te parecerán un juego de niños.

—Vale. No quiero arruinar tu reputación —respondió Hazel con dulzura.

Ya me estaba arrepintiendo. Pero al menos no me quedaría sentado en casa mientras alguno de los idiotas de mis hermanos jugaba a hacerse el héroe.

20

Un peligro sobre dos ruedas

Hazel

A la mañana siguiente decidí hacerme la dura. El hecho de que yo, la puñetera Hazel Hart, fuera a tener la primera cita en más de una década con un hombre que, sin querer, me había inspirado para cambiar toda mi vida, no era razón para permitir que nadie —aparte de Bertha, la mapache regordeta con la que me había topado en las escaleras— supiera que por dentro estaba hiperventilando.

Sabía que solo era una cita falsa para documentarme, pero aun así pensaba darlo todo, como si fuera real.

Cuando llegaron los Bishop con la puta salida del sol —siete y media de la mañana—, ya estaba vestida, maquillada, con mi dosis de cafeína en el cuerpo y tecleando incoherencias en el documento mientras hacía un repaso mental de mi armario. Me había pasado toda la vida de casada rebotando entre los dos extremos del espectro de la moda: la ropa deportiva y la de fiesta. Y ninguno de los dos me parecía apropiado para una cita en un pueblucho con un obrero guaperas.

—Buenos días —dijo Levi, deteniéndose en la entrada de la biblioteca.

—Buenos días —respondí con demasiada alegría.

Cam me miró, gruñó y siguió hacia el campo de batalla de la cocina.

Gage asomó la cabeza por la puerta.

—Buenos días, Hazel. Solo quería recordarte que hoy tienes una cita.

Parpadeé varias veces seguidas. ¿Les había contado Cam a sus hermanos lo de nuestro acuerdo, después de haberme pedido expresamente que yo no lo hiciera? ¿Sería aquella la forma que tenía Gage de invitarme a salir? ¿O alguno de los hermanos de la reunión del pueblo habría creído que había aceptado una de sus extrañas ofertas?

—Ah, ¿sí? —dije, intentando fingir indiferencia, aunque al final sonó como si me estuvieran estrangulando.

—Mi hermana Laura te va a llevar de compras para elegir los acabados. Lámparas, azulejos, ese tipo de cosas —explicó—. Aquí tienes su número. Ha dicho que la llames cuando quieras, a partir de las diez.

Dejé caer los hombros, aliviada. Menos mal que no iba a tener una cita de verdad. Solo el esfuerzo mental ya era agotador.

Gage se acercó a mí y me entregó un papel con un número de teléfono apuntado.

—Gracias —dije—. ¿Hoy no ha venido Melvin?

—Está trabajando en la tienda con nuestra madre. Allí hay menos bañeras en las que meterse.

—¡Gage! —bramó Cam desde la parte de atrás de la casa.

Cuando Gage sonreía, era como si el sol asomara la cabeza entre los nubarrones.

—Creo que no le gusta que esté a solas contigo.

—Seguro que le da miedo que te corrompa con mis modales de la gran ciudad —bromeé.

—Estoy por quedarme aquí todo el día —dijo Gage—. Podría ayudarte a desempaquetar libros. Y llevaros a ti y a tu amiga Zoey a comer...

—¡Oye, imbécil! —Cam apareció en la puerta, con cara de estar enfadado con el mundo—. ¿Piensas ayudarnos a llevar los contadores al contenedor, o vas a quedarte aquí de cháchara?

Gage me miró y sonrió.

—Definitivamente, prefiero quedarme aquí.

Cam agarró a su hermano por la nuca y lo sacó de la habitación. Luego cerró de un portazo, haciendo vibrar la puerta de cristal.

—Caray, eso ha sido... muy interesante —me dije a mí misma.

Me armé de valor e intenté ponerme con lo de «escribir un libro», pero estaba tan nerviosa por la cita falsa y por el ruido incesante de la demolición y las discusiones, que a las nueve ya había tirado la toalla.

Aún era demasiado pronto para llamar a Laura, pero necesitaba salir. Observé con remordimiento el recuento de palabras del día y llegué a la conclusión de que me vendría bien un poco de aire fresco. Al día siguiente tenía una cita con Cam Cactus Bishop, así que el fin de semana estaría rebosante de «Camspiración» y las palabras fluirían como un barril por las cataratas del Niágara. Podía permitirme dedicarme un poco de tiempo a mí misma ese día, concluí.

Salí a hurtadillas por la puerta principal. No como una cobarde que estuviera evitando a los tíos buenos que tenía en casa, sino como una clienta considerada que no quería distraer al equipo de su ruidosísimo trabajo. Me felicité por tener la cabeza tan bien amueblada e inspiré una profunda bocanada de humedad estival.

Las abejas y otros insectos zumbaban ruidosamente en el descuidado jardín, un sonido novedoso que deleitó a aquella procrastinadora de la gran ciudad. Qué tranquilidad se respiraba.

Hasta que se oyeron unos fuertes pasos sobre el tejado del porche y un retrete azul celeste salió volando hacia el contenedor de la entrada, donde se hizo añicos.

—Por el amor de... —interrumpí de repente mi letanía al ver la bicicleta apoyada en la barandilla del porche, cubierta de telarañas. «Huye».

La bajé del porche, agachándome instintivamente cuando alguna otra cosa se estrellaba contra el contenedor que tenía detrás, y me la llevé por el lateral de la casa. Encontré una vieja manguera sin boquilla cerca de las ventanas de la biblioteca y me dispuse a eliminar a base de agua el abandono de mi vieja amiga.

Tenía las dos ruedas deshinchadas y los frenos estaban un poco pegajosos, pero esperaba poder ponerla a punto enseguida para «pasear apaciblemente por el pueblo».

—¿Dónde he puesto la bomba de aire? —murmuré en voz baja.

—¡Hola, vecina!

Chillando, me sobresalté y regué con la manguera un tramo de valla de metro y medio, recuperando el control justo antes de salpicar a la cabeza flotante.

—Ay, madre. Lo siento muchísimo —dije, cerrando el grifo.

—Ha sido culpa mía. Debería haber empezado agitando discretamente una mano, o algo así. Paso tanto tiempo hablando con gente a través de las pantallas, que a veces olvido cómo ser normal en persona.

La cabeza pertenecía a una joven negra que llevaba el pelo corto de color turquesa sujeto con una diadema ancha. Tenía un tatuaje muy elaborado que le llegaba desde el pecho hasta el hombro.

—¿Tú también escribes novelas románticas? —bromeé.

—Muy graciosa. No. Diseño juegos. Digitales, no de mesa. Vivo en la casa de al lado, por si te preocupaba que fuera una tarada allanadora de jardines —dijo, señalando con el pulgar la acogedora casa de campo que tenía detrás—. Me llamo Felicity.

—Yo soy Hazel —dije, saludándola con la mano—. Ahora vivo aquí.

El ruido de unos cristales haciéndose añicos en el contenedor nos hizo estremecer.

—Es muy tranquilo —dijo Felicity, por encima de la sarta de tacos procedentes de la entrada de mi casa.

—Por casualidad no tendrás una bomba de aire, ¿verdad?

—¿Así que cogiste y te mudaste aquí sin ver siquiera la casa? —me preguntó Felicity mientras yo hinchaba a mano la rueda delantera, en el patio enlosado que había construido ella misma en el lateral de su casa.

Estaba repleto de tiestos y también había una zona para gatos enrejada que albergaba a un minino rechoncho y atigrado cuyo único signo de vida era algún movimiento ocasional de la cola.

—La verdad es que en el anuncio de la subasta Darius se tomó algunas licencias creativas con el estado de la propiedad —comenté, intentando no parecer más loca de lo que estaba.

—Aun así hay que ser muy cañera para hacer eso. Me refiero a que fue una decisión muy valiente —añadió de inmediato, como si estuviera acostumbrada a hablar con gente de mediana edad cuyo dominio de la jerga solo llegara hasta los años noventa. Me rellenó el vaso con limonada casera de lavanda—. A veces me gustaría ser un poco más atrevida. Pero luego recuerdo lo cómoda que vivo y llego a la conclusión de que la valentía está sobrevalorada.

—La mayor parte del tiempo yo suelo sentirme más desesperada que valiente —confesé, enroscando de nuevo el tapón en la válvula de la rueda.

—Te enfrentaste a Emilie Rump en un pleno municipal. Eso es muy valiente.

—Madre mía. No sé si sentirme orgullosa o avergonzada. No recuerdo haberte visto allí —dije, apartándome el flequillo de la frente.

—Lo seguí online. No me gusta mucho salir de casa —explicó Felicity—. Soy así de rarita.

—Todos tenemos nuestras rarezas —declaré.

—Ah, ¿sí? ¿Cuáles son las tuyas?

—¿Además de haberme empotrado con el coche contra el cartel del pueblo y haber sido acusada de homicidio involuntario de aves, quieres decir? Tengo que dormir con las manos y los pies tapados para que no me agarren los monstruos que hay debajo de la cama.

—Puf. Eso no es raro —señaló Felicity—. Todos hacemos prevención de monstruos.

—Vale. A ver qué te parece esto. Mientras ceno, solo puedo ver reposiciones en la tele, represento los diálogos que escribo haciendo gestos con la cara y, una vez que me quito un par de calcetines, no puedo volver a ponérmelos. Ah, y acabo de huir de mi propia casa porque estar rodeada de tíos buenos solteros me da urticaria.

—Creo que nos vamos a llevar muy bien —auguró Felicity.

Diez minutos más tarde estaba hasta las cejas de azúcar, vestida adecuadamente para un paseo veraniego y deseando escapar del caos polvoriento y ruidoso de mi casa.

Me encontraba abrochándome el casco en la entrada, cuando Cam apareció en el tejado del porche para lanzar el lavabo de color rosa chicle al contenedor.

—¿Qué coño haces? —me preguntó.

—Voy a dar una vuelta —respondí, pasando una pierna por encima de la bici.

—Intenta no cargarte el mobiliario urbano.

—Intinti ni quirguirti il mibiliri irbini —me burlé.

—Qué madura, Calamidad. Cuidado con los pájaros —me advirtió.

Sonreí con suficiencia y me subí a la bici, haciendo equilibrios sobre las dos ruedas inmóviles.

—Creo que me las arreglaré.

Él sacudió la cabeza.

—Paso de ver esto. Como te caigas delante de mí, tendré que llevar tu cuerpo ensangrentado al médico y hoy tengo demasiado trabajo para hacer de chófer.

—Chao, pringao —le dije, sacándole la lengua mientras arrancaba.

Recuperé la memoria muscular de golpe. Me alejé por la acera, dejando atrás a Cam, que estaba farfullando «esa mujer es un peligro», antes de saltar del bordillo a la calle.

El calor de la brisa en la cara me trajo recuerdos de mí misma zigzagueando entre los coches parados y esquivando a toda velocidad a las hordas de peatones que cruzaban los semáforos en rojo. Al acabar la universidad había trabajado como mensajera con la bici durante tres vivificantes años, antes de vender mi primer libro.

— 219 —

Palpé la mochila para asegurarme de que había recordado coger el teléfono y la cartera y luego di una vuelta rápida alrededor de Main Street. «Otro plácido día en el pueblo», pensé, desviándome hacia Lake Drive. A la izquierda, las aguas cristalinas del lago brillaban bajo el sol del mediodía. Un puñado de barcas y kayaks surcaban la superficie mientras unas cuantas personas disfrutaban de una mañana de verano en la playa de arena y la zona de baño.

Una sombra silenciosa cayó sobre mí y me agazapé sobre el manillar. Goose pasó volando por delante de mis narices y giró con brusquedad sobre el lago, antes de descender peligrosamente sobre un incauto kayakista.

Vi un remo y un chapoteo cuando el kayak volcó, lanzando a su ocupante al agua. Goose aterrizó con suficiencia sobre el kayak volcado.

—Típico de Goose —dije, negando con la cabeza.

Me fije en la breve sucesión de escaparates que había a la derecha. La mayoría estaban vacíos, salvo por una colorida tienda de ropa y... ¡anda! Frené en seco y me detuve delante de Historias de Story Lake, una pequeña librería.

Porque aún no había abierto, que si no habría llevado a cabo un inventario exhaustivo en todo mi sudoroso esplendor. Seguramente era mejor así. Después de la primera impresión que había causado, puede que no estuviera de más que la segunda y la tercera fueran un poco más amistosas y competentes.

Me puse en marcha de nuevo y seguí por la orilla del lago hasta que Lake Drive se convirtió en Lodge Lane. Podía visitar a Zoey. Después de tantas décadas de amistad, a ella no necesitaba impresionarla.

Había árboles a ambos lados de la carretera y el lago pronto desapareció tras una barrera boscosa. Vi unos cuantos caminos de tierra con buzones que discurrían entre la arboleda en dirección al lago y me pregunté qué tipo de casas habría al final de ellos. La carretera serpenteaba cuesta arriba y rodeaba el extremo oriental del lago, ganando bastante altura.

Mis piernas, que habían perdido la costumbre de pedalear, empezaron a acusar la pendiente. Mis huesos pélvicos se sumaron a la protesta, haciéndome desear haberme tomado la molestia de desenterrar las viejas mallas acolchadas de ciclista.

Para cuando pasé arrastrándome por delante del bonito cartel tallado del Story Lake Lodge, ya estaba sudando como si hubiera estado encerrada en una sauna. Me aparté el flequillo húmedo de los ojos y me dirigí con gran esfuerzo hacia el porche cubierto de dos pisos con vigas de madera.

El hotel se alzaba imponente en medio del bosque y las rocas, con un pintoresco revestimiento exterior negro de madera y un tejado de metal verde bosque. Unas gruesas vigas al natural sostenían el porche delantero. Dos alas sobresalían a ambos lados de este, en dirección al lago. Me detuve sin aliento delante de un aparcamiento para bicicletas oportunamente vacío que se encontraba cerca del porche, al lado de un rododendro de hojas brillantes. Solo había media docena de coches en un aparcamiento en el que podrían haber cabido más de cien.

Dejé la bicicleta en uno de los soportes y colgué el casco en el manillar. Subí las escaleras de piedra y todavía me estaba ahuecando el pelo revuelto cuando me topé con las enormes puertas principales de cristal. Estas se abrieron automáticamente y entré, agradeciendo el aire fresco.

El vestíbulo de dos plantas ofrecía unas vistas panorámicas del lago a través de una pared de cristal. Los sofás de cuero estaban dispuestos en forma de «U» alrededor de una chimenea gigantesca de piedra. En una esquina había un barcito decorado como una biblioteca y una docena de pequeñas mesas y sillas repartidas por el suelo de hormigón impreso.

—Venga. Come una cucharadita, como una niña mayor —dijo una voz femenina incorpórea al otro lado del granito retroiluminado de la recepción.

—Ya te he dicho que no me gusta la col —protestó una voz más impetuosa.

—Cariño, es *kimchi*, no col.

—El *kimchi* es col y, siento decírtelo, pero nunca me ha gustado la receta de tu abuelo. Y antes de que vuelvas a soltarme el discursito, ya sé que forma parte de tu herencia coreana, algo que sabes que me encanta. Lo que no me encanta es la col.

— 221 —

—La receta del abuelo era una mierda. La mía es la leche. Prueba.

—No quiero. Anda, pues no está nada mal.

—¿No está nada mal? Las patatas fritas con trufa y alioli no están nada mal. Esto es la perfección gastronómica en forma de tortilla.

—Pues la perfección gastronómica no está nada mal.

Estaba pensando enviarle un mensaje a Zoey para que me indicara cómo llegar a su habitación, cuando me dio un ataque de tos al atragantarme con mi propia saliva.

Una mujer apareció de repente detrás del mostrador.

—¡Bienvenida a Story Lake Lodge! —exclamó.

Era bajita, curvilínea y sonriente, con la tez morena y una cascada de rizos en lo alto de la cabeza. No sé por qué, pero me recordaba a una monitora de campamento dispuesta a tranquilizar a unos padres nerviosos asegurándoles que era poco probable que sus hijos sufrieran daños emocionales mientras estaban a su cuidado. Puede que fuera por el polo, los pantalones cortos color caqui y la acreditación que llevaba colgada del cuello.

Me saludó mientras le daba una patada no demasiado sutil a la mujer que estaba repantingada en la silla de oficina, a su lado. Un par de botas militares de Tory Burch desaparecieron del mostrador y aterrizaron en el suelo. Estaban en los pies de una mujer muy bien vestida que le sacaba al menos veinte centímetros de altura a la primera. Esta llevaba puesto un chaleco de doble botonadura que dejaba al descubierto unos brazos llenos de sencillos tatuajes negros. Tenía el pelo negro y brillante recogido a un lado con una pequeña peineta. Todo su aspecto rezumaba confianza y modernidad.

—¿Quiere que la ayudemos con el equipaje? ¿O que le traigamos una garrafa de agua de cinco litros? —me ofreció la última con voz ronca.

Las dos mujeres me miraron de arriba abajo.

—No tengo equipaje —dije carraspeando—. He venido a ver a una amiga.

El duelo de miradas de decepción me hizo sentir culpable al instante. El vestíbulo estaba aún más vacío que el aparcamiento y, tratándose de una propiedad de aquel tamaño, seguramente eso no indicaba nada bueno.

—¡Ah! Debes de referirte a Zoey. Tú eres la escritora de novela romántica, ¿no? —dijo la que parecía una monitora de campamento—. No te había reconocido. Ayer por la noche… —Dejó la frase a medias porque era demasiado educada como para mencionar mi aspecto desaliñado.

—¿Tenía toda la hidratación dentro del cuerpo? —dije, tirando del cuello húmedo de la camiseta.

Ella arrugó la nariz a modo de disculpa.

—Algo así. Sí.

La moderna de las botas militares apoyó un codo en el granito.

—Dicen que te cubriste de gloria en tu primer pleno municipal.

—Bueno, solo si ser absuelta del asesinato de un pájaro es cubrirse de gloria —bromeé.

—Qué pena que me lo perdiera. Tuve que quedarme a registrar a unos clientes que llegaban tarde. Pero Billie me estuvo mandando mensajes para mantenerme informada —dijo, señalando con el pulgar a su compañera de recepción.

Ambas llevaban anillos de plata idénticos en los dedos anulares.

—¡Es verdad! Eras la que estaba al fondo, comiendo chuches —le dije a Billie.

La moderna ahogó un grito exagerado.

—¡Si me dijiste que no quedaban!

Billie puso cara de circunstancias.

—Bueno, ahora ya no.

La moderna negó con la cabeza.

—Yo alucino —dijo, antes de girarse hacia mí—. Soy Hana, por cierto. Y esta es Billie. Zoey se aloja en la doscientos cuatro. Los ascensores están al final del pasillo. Te acompañaría, pero tengo que quedarme aquí a hacer que mi mujer se sienta culpable por sus escarceos con las chuches.

—Vale —dije.

—Toma. Llévate esto —dijo Hana, empujando hacia mí dos

platitos de degustación con tortilla—. El desayuno de los «kimch-peones».

Billie negó con la cabeza.

—Creía que ya habíamos hablado de lo de los chistes malos, Han.

—Y yo creía que nos habíamos quedado sin chuches. Así que estamos en paz.

Llamé a la puerta de Zoey con el pie.

—¡Servicio de habitaciones! —grité.

La puerta se abrió y apareció mi amiga con los rizos recogidos en un elegante moño, maquillada como una puerta y vestida con un bonito top sin mangas y unos pantalones de pijama de Spiderman.

—¿Llamada de Zoom? —le pregunté, pasando por delante de ella.

—En veinte minutos. ¿Por qué no estás escribiendo? ¿Y qué son esos platos?

—Tortillas de *kimchi*. Cortesía de Billie y Hana, de recepción.

—Trae. ¿Por qué no estás escribiendo? —repitió mientras le pasaba uno de los platos.

Su habitación era de un estilo al que los neoyorquinos llamaríamos «rústico de lujo», con serenas paredes de color camel, sofás de cuero y vistas panorámicas del lago. Además de ser más grande que todo su apartamento.

—Menuda choza —dije, sentándome al lado de una mesita de ónice negro que había al lado de la puerta del balcón.

—Hazel Hart, no me líes. ¿Qué haces sudando como un pollo en mi habitación de hotel, en vez de estar escribiendo como una loca la próxima gran novela romántica estadounidense? —me preguntó Zoey, sentándose en la silla de enfrente.

—Puf. Es que mi casa está llena de tíos buenos haciendo ruido y no puedo ni oír mis pensamientos, así que mucho menos decidir qué va a pasar después de que mi heroína haya convencido al contratista para que tenga una cita con ella. ¿Sabes cuánto tiempo hace que no tengo una cita? Necesito que me asesores.

Por ejemplo, sobre qué debería ponerme para salir con Cam. Aunque no podía contarle a Zoey que tenía una cita con Cam porque él me había pedido que no se lo dijera a nadie. Y tampoco podía mentir y decir que iba a salir con un desconocido, porque Zoey exigiría una investigación exhaustiva de los antecedentes del supuesto ligue y luego intentaría seguirme a la falsa cita.

—Aunque me encantaría ser tu fuente de inspiración, tengo un Zoom en veinte minutos con una vieja amiga de la revista online *Thrive* y luego voy a llamar a todas las responsables de contenidos de los medios de comunicación de la zona para recordarles que sigues siendo relevante.

Probé el desayuno.

—Me parece estupendo, pero ¿de verdad lo soy? Me refiero a si de verdad sigo siendo relevante.

—Pienso conseguir que lo sigas siendo aunque sea lo último que haga en mi vida —dijo Zoey con determinación—. Quiero contraatacar mientras tu renacimiento en las redes sociales está pegando fuerte. La *newsletter* que enviaste ha tenido la primera tasa de apertura decente en siglos y estoy empezando a ver capturas de pantalla en las redes sociales. Voy a venderles la idea de que, en algún momento de su vida, toda mujer fantasea con huir y empezar de cero para encontrar su final feliz y, mira por dónde, esta escritora de novela romántica encantadora y chiflada ha decidido hacerlo de verdad.

—El único problema es que yo no estoy buscando ningún final feliz. Busco inspiración y la estoy encontrando en esta tortilla.

Zoey sonrió.

—Eso ya lo veremos.

21

Mi lancha es más grande que la tuya

Hazel

> Cómo tengo que ir vestida a esa cosa secreta de mañana?

Cam
Y yo qué coño sé?

> Bueno, al menos podrías decirme adónde vamos a ir.

Cam
Repito: y yo qué coño sé?

Tenía intención de volver corriendo a mi casa para ducharme y cambiarme antes de quedar con Laura, pero los mensajes cortantes de Cam me sentaron fatal y decidí ir directamente a la suya. Por supuesto, había sido un error, porque la pinta que tenía ahora era todavía menos adecuada para dejarme ver en público.

Pero a lo hecho, pecho.

Empujé la bici cuesta arriba por el camino de la casa de dos plantas de ladrillo blanco, de estructura clásica y toques molones. Estaba situada en un caprichoso jardín de una parcela que hacía esquina, a unas manzanas de Main Street. Había una canasta de baloncesto en la entrada, un comedero para pájaros colgado en uno de los grandes ventanales, al lado de la puerta principal, y un dragón de resina que escupía agua en un pequeño estanque borboteante.

Dejé la bicicleta en la hierba y subí arrastrándome por el paseo. La puerta gótica de color morado se abrió antes de que llegara al último escalón.

—Hola —dijo Laura, saludándome.

Iba vestida de manera informal, con unos pantalones cortos, una camiseta de tirantes y unas zapatillas Nike, todo ello negro. Pero sus ojos ahumados, sus labios rojos y su pelo rubio platino hacían que pareciera a punto de protagonizar una sesión fotográfica de alguna revista de moda.

Yo, en cambio, parecía al borde de necesitar rehidratación por vía intravenosa.

—Muchísimas gracias por llevar el coche —jadeé—. La verdad, creo que no habría sido capaz de pedalear ni una manzana más.

—Deberías pensar en comprarte uno —comentó Laura.

—No es que me fuera muy bien con el último —le recordé.

—He visto el vídeo. Creo que las dos estamos de acuerdo en que más bien fue Goose el que tuvo la culpa.

—Ya, bueno, pero ahora estoy traumatizada.

—Pues como todos. Pasa. Voy a por el bolso y nos vamos.

Del pequeño recibidor salían directamente las escaleras para subir al piso de arriba. Había un gran salón a mi derecha y un estudio diminuto que parecía haber sido convertido en un dormitorio minúsculo a la izquierda.

Laura me acompañó hasta el comedor. Me fijé en un grupo de fotos familiares que parecían detenidas en el tiempo. Laura y su novio, un hombre negro muy guapo vestido de militar, bailaban bajo varias hileras de luces resplandecientes delante de un grupo musical. Reconocí a un Wesley más joven, pero ya adolescente, que sonreía a la cámara mientras trotaba por una cancha de baloncesto. Harrison también estaba en uno de los marcos, sosteniendo un pez enorme al final de un sedal. Y una chica que debía de ser su hermana sonreía tímidamente desde un escenario, en medias y maillot.

El comedor daba a una cocina pequeña pero organizada. Al lado de la isla, en lugar de taburetes, había una mesa plegable con un hornillo y una plancha eléctrica. Los platos limpios y el menaje de cocina estaban amontonados de forma ordenada en todas las superficies planas disponibles.

Laura cogió una riñonera de un colgador que había en la pared y se la echó al hombro.

—¿Quieres beber agua, o asearte un poco antes de que nos vayamos?

—La verdad es que me vendrían bien las dos cosas —reconocí.

—Voy a por el agua. El baño está ahí —dijo ella, señalando una puerta que había al lado de la cocina.

—La leche. No sabía que existían tantos tipos de azulejos —dije varias horas después, desplomándome en el asiento de cuero del elegante Jeep Cherokee adaptado de Laura. Habíamos visto azulejos, alfombras, papeles de pared y accesorios de cocina y baño. No recordaba ni la mitad de las cosas que había elegido—. ¿Crees que el grifo para la bañera en forma de cabeza de cisne será demasiado exagerado?

—Sí. Por eso es perfecto —contestó Laura, cambiándose de la silla de ruedas al asiento del conductor.

Alargó la mano y cogió un folleto del parabrisas. Era otro panfleto de «Vota a Rump» en el que esta prometía controlar de forma estricta la altura del césped, además de prohibir pintar las casas con colores «demasiado estridentes».

—Caray, no pierde el tiempo —comenté.

Laura puso los ojos en blanco mientras empezaba a desmontar con eficiencia la silla de ruedas.

—Seguro que ha organizado un reparto de folletos mientras estaba subida a la fumigadora. Toma, pon esto en el asiento de atrás —me pidió, entregándome el respaldo.

— 228 —

Una vez guardada la silla, Laura cerró la puerta y consultó su *smartwatch*.

—No sé tú, pero yo me muero de hambre. ¿Qué te parece si vamos a...?

—¿Comer algo? Por favor, dime que ibas a decir «comer algo», porque mi estómago ya se ha comido sus propias paredes.

—Hay un sitio decente a un par de manzanas de aquí. Pero no les digas a mis hermanos que te he llevado —dijo, arrancando el todoterreno.

—Nunca traicionaría la confianza de quien me alimenta. Aunque ahora me pica la curiosidad de escritora.

—Ahora mismo estamos en Dominion —dijo Laura, como si eso explicara algo.

—Ah. Vale.

Esbozó una sonrisa idéntica a la de Cam mientras salía a la carretera.

—Dominion es la capital del condado. Y el pueblo de al lado. La frontera pasa justo por la casa de Emilie Rump. Dominion tiene un lago más grande, es un pueblo con más vida y recibe a muchos más turistas. Y se lo tienen bastante creído —explicó—. Son como el típico deportista sobrado del instituto que se cree la hostia, mientras Story Lake es como el pringado mono y friki al que encierran en la taquilla.

—Uf. Odiaba a esos chulos —dije.

—La actitud de Dominion es todavía peor ahora que hemos tenido que contratar a su departamento de policía. Nos vendría bien recuperar un poco de poder con Levi como jefe.

Señalé con la cabeza el folleto de Emilie.

—¿Crees que tu hermano ganará?

—Más le vale —contestó ella, muy seria.

Al cabo de un instante se metió por una de las calles principales. A diferencia de Story Lake, allí había muchos coches que se peleaban por aparcar y pitaban a los peatones que cruzaban la calle por donde les daba la gana, cargados con bolsas de la compra y cajas de cerveza. Todos los escaparates estaban ocupados, la mayoría con carteles de neón que aseguraban que la vida era mejor en el lago u ofrecían chupitos de Jaeger gratis.

Laura encajó el coche en la última plaza de aparcamiento accesible al final de una manzana repleta de restaurantes, bares y tiendas de recuerdos. Monté guardia para vigilar el desfile interminable de patinetes eléctricos, motos y coches mientras ella volvía a montar rápidamente la silla.

—No me gusta nada —dije mientras Laura se colaba entre los coches para acceder a la rampa del final de la acera. No quería ni imaginar el cabreo que se pillaría Cam como su hermana acabara atropellada por un adolescente en patinete por intentar llevarme a comer palitos de mozzarella.

—Yo tampoco soy muy fan —replicó ella mientras nos tragábamos el humo del tubo de escape de un Escalade—. Pero hay que ir a donde están las rampas. Vamos.

Afortunadamente era un poco más fácil moverse por el restaurante, aunque los tablones de madera de la rampa estaban combados y rajados. Me hizo recordar las entradas accesibles que había visto en el hotel y en el Angelo's, aunque eran más nuevas y estaban en bastante mejor estado.

Mis pensamientos sobre accesibilidad se esfumaron cuando una camarera vestida con unos provocativos pantalones cortos nos acompañó a través de un laberinto de mesas y gente. La perdimos cuando tuve que abrirnos camino entre un grupo de ruidosas mesas altas, pero al final la encontramos esperándonos en la terraza cubierta, donde la música sonaba a todo volumen por los altavoces. Una vasta superficie de lago se extendía ante nosotras. Había una escalera que conducía a un muelle lleno de motos de agua y pequeñas embarcaciones.

Aquellas no eran las tranquilas aguas de Story Lake. Eran las vacaciones de primavera con esteroides, al estilo Poconos. Las motos acuáticas zigzagueaban entrando y saliendo de las trayectorias de otras embarcaciones motorizadas en las que ondeaban originales banderas que ponían cosas como «adoro a las mamás sexis» y «mi lancha es más grande que la tuya». Las barcazas con toboganes se balanceaban sobre las violentas estelas. Varios grupos de veinteañeros flotaban en neumáticos amarrados a un bar hawaiano que había en una de las barcazas.

Aquel frenesí me hizo sentir que mis axilas sin desodorante y yo no encajábamos allí, pero estaba muerta de hambre y dispuesta a soportar un poco de caos para alimentarme.

La camarera dijo algo que no entendí, antes de marcharse y dejarnos con los menús pegajosos en la mesa.

—¡Ya sé que dicen que si te parece que el volumen está demasiado alto, es que eres demasiado vieja, pero yo debo de serlo! —grité por encima de la música.

—Acogedor, ¿verdad? —berreó Laura.

—¡Más vale que la comida esté buena! —chillé.

—¡Pues no! Pero ahora eres de los nuestros, así que quería que vieras a qué nos enfrentamos.

Le gritamos el pedido a un camarero guapo y aniñado que ni se molestó en mirarnos a los ojos porque estaba demasiado ocupado tonteando con el camarero de la barra, igual de guapo y aniñado que él.

Hice bocina con las manos.

—¿Vienes mucho por aquí?

—¡No si puedo evitarlo! —respondió Laura.

En la mesa de al lado había una pareja de amantes del aire libre vestidos para practicar algún tipo deporte de exterior, tipo tenis o golf. Debían de rondar los sesenta años, probablemente estarían jubilados. Se estaban tapando los oídos mientras miraban hacia el altavoz que tenían encima.

Noté la vibración del móvil sobre la pierna y lo saqué para mirar los mensajes.

Cam
Hace tiempo que no me das la turra.
Sigues pedaleando o estás mutilada
en alguna cuneta?

Vaya, quién lo diría. El fornido contratista estaba preocupado por mí. Me había puesto a escribir una respuesta ingeniosa cuando el camarero llegó con las bebidas.

Me abalancé sobre la jarra gigante de agua que dejó, mientras Laura sacaba una cantidad ingente de fruta de su «piña colada light».

—Menos mal —dijo en un tono de voz normal, cuando el volumen de la música disminuyó.

Levanté la vista y vi al profesional del tenis jubilado yendo hacia su mujer con aire victorioso. Nunca había agradecido tanto que alguien se quejara del ruido.

—Oye, ¿tú qué te pondrías para una primera cita? —le pregunté a Laura.

Ella se puso seria y miró hacia el lago, donde parecía que todo el mundo estaba pasando el mejor día de su vida.

—Ni idea. Hace mucho que no tengo ninguna.

Me enfadé conmigo misma. Obviamente había estado casada. Había visto las fotos. Y llevaba una alianza. Pero nadie había mencionado a su marido. A lo mejor lo habían destinado a otro sitio, o estaban separados. O quizá debería centrarme más en no meter la pata y menos en las vidas de unas personas a las que apenas conocía.

—¿Por qué? —me preguntó, recuperando la compostura, antes de darle un trago reconstituyente a su bebida helada.

—Bueno…, es que estoy escribiendo un libro nuevo y…

—Ya era hora.

—Vale, gracias, Zoey dos. El caso es que estoy un poco oxidada en el tema del ligoteo. Hace poco que… me he divorciado.

—Vale —dijo Laura lentamente—. ¿Formabas parte de alguna secta religiosa en la que el divorcio se castigaba con el desmembramiento, o algo así?

—No. Pero si conocieras a mi madre, te darías cuenta de lo divertido que fue.

El teléfono de Laura notificó en su codo una llamada entrante, pero ella la ignoró.

—Solo te lo pregunto porque has mirado hacia los lados para asegurarte de que nadie pudiera oírte susurrar la palabra que empieza por «D».

—Escribo novelas románticas. Se supone que no debería estar divorciada.

—Ya, bueno, a veces las cosas no salen exactamente como las planeamos —replicó ella, señalando la silla de ruedas.

Era una egoísta tremenda y una imbécil. Ahí estaba, lamentándome por haberme divorciado, pobrecita de mí, cuando a gente mucho mejor que yo le pasaban cosas mucho peores.

—Ni se te ocurra —dijo Laura, señalándome con un dedo acusador.

—¿Qué?

Su teléfono volvió a encenderse y pulsó con fuerza el botón de «ignorar», enfadada.

—Ponerte en plan «mis problemas no son nada comparados con los de la pobre guapita desgraciada de la silla de ruedas».

—En primer lugar, yo no soy tan ñoña, ¿no? —Laura se encogió de hombros y suavizó un poco el gesto con una sonrisita irónica—. Y en segundo, no estaba pensando eso —mentí.

Ella resopló.

—Venga ya. Claro que lo estabas pensando. Todo el mundo lo hace. Pero ¿sabes lo que te digo? Que lo peor que te ha pasado es lo peor que te ha pasado y punto. No tienes por qué sentirte culpable porque no te haya sucedido algo más grave. Eso es una puta gilipollez.

—¿Ya eras así de sabia antes de lo de la silla de ruedas, o te ha dado poderes mágicos para entender el significado del universo?

Laura sonrió.

—Creo que vamos a ser muy buenas amigas. Mierda.

—Mierda, ¿qué? —pregunté.

—Nina —dijo, como si fuera sinónimo de «asesinato de bebés foca».

—¿Quién o qué es Nina? —le pregunté, estirando el cuello para echar un vistazo a la terraza.

Una rubia de aspecto nórdico con un traje de infarto y unos tacones como rascacielos nos dedicó una sonrisa con sus labios rojos.

Tenía la piel perfecta y un maquillaje sutil y elegante. Llevaba una pulcra coleta con la raya al lado sin un solo pelo fuera de lugar y presumía de un bronceado tipo californiano y del porte de una estudiante de último año de bachillerato.

Comparada con ella, me sentía como un muñeco troll recién salido del microondas.

—Laura, qué alegría verte en el bando correcto —ronroneó. Nina me caía fatal.

La risa falsa de Laura fue de lo más cómica.

—Siempre igual, Nina. ¿Qué tal el verano? ¿Disfrutando del aroma a combustible de moto acuática, señora alcaldesa?

—Está siendo otro año excepcional para Dominion —respondió Nina, con una sonrisa fría—. Estamos ganando tanto dinero… que no sé qué vamos a hacer con él. Pero seguro que Story Lake está en el mismo barco.

—Juegos de palabras acuáticos. Qué divertido —dijo Laura, enseñando los dientes en una sonrisa fingida.

—Bueno, me encantaría quedarme a charlar, pero tengo que ir a la inauguración. Pásate otro día y nos tomamos un café. ¿No es increíble que vayamos a abrir ya la cuarta cafetería? Saluda a tu hermano de mi parte.

—¿A cuál? Has salido con varios —replicó Laura.

Cogí la jarra de agua y bebí mientras disfrutaba de la sarcástica conversación. Ay, quién fuera tan rápida en tiempo real. A mí no se me ocurrían los mejores insultos hasta horas después.

—Qué boba. —Nina restó importancia a la pullita apenas velada de Laura, mientras sus uñas rosadas reflejaban la luz del sol—. Me alegra ver que todavía conservas ese sentido del humor tan ácido, después de todo lo que ha pasado.

—Hay personas que nunca cambian. Aunque creo que Cam no es una de ellas. Nina, te presento a su novia, Hazel. ¿No es maravilloso?

Los glaciales ojos azules de Nina por fin se posaron en mí. La mujer arqueó las cejas con escepticismo, sin molestarse siquiera en disimular. Pegué las palmas de las manos a la mesa para no intentar alisarme el pelo mientras me miraba.

—¿Qué hay? —dije.

—Qué… interesante. Seguro que vais a ser muy felices juntos. ¡Bueno, adiós!

La observé mientras se marchaba con su traje de pantalón corto irritantemente elegante.

— 234 —

—Es como una villana sexy de dibujos animados.

—¿«Qué hay»? —dijo Laura, ahogando una carcajada.

—¡Déjame! Las mujeres guapas y malas me intimidan.

—¡«Qué hay»! —repitió, partiéndose de risa.

—Y ¿cómo sabes que tengo una cita con Cam? ¡Me pidió que no se lo contara a nadie! —Ella se interrumpió a media carcajada—. Mierda. Solo le estabas chinchando. Ja, ja. Muy bueno. Qué graciosa. ¿Te apetece una copa? A mí sí. Creo que voy a ir a la barra a buscar una.

Laura estiró una mano y me agarró por la muñeca.

—Tú no vas a ir a ninguna parte. ¿Vas a salir con Cam? ¿Con mi hermano? ¿Con Cam Cactus Protestonsaurius Rex?

—¡No! De eso nada. Bueno, no en serio. Solo le he pedido ayuda para documentarme.

—¿Necesitas tener una cita con él para documentarte?

—Yo no lo llamaría «cita». Básicamente, lo he chantajeado. Solo va a invitarme mañana a comer…, creo. Espero. Pero me voy a llevar el cuaderno, así que queda claro que no es una cita de verdad. ¿Quién toma notas en una cita real? Además, se suponía que no tenía que contárselo a nadie y ahora va a usar esto como excusa para echarse atrás y nunca voy a conseguir escribir ese libro. —Laura se quedó sentada en silencio—. ¿Qué? —le pregunté.

—Estaba esperando a que te pusieras a hiperventilar o te desmayaras.

—Todavía estoy a tiempo de hacerlo —grazné. Me tapé la cara con las manos—. ¿Por qué se me da tan mal la gente en la vida real?

—Relájate —me tranquilizó Laura.

Noté por su voz que estaba sonriendo.

—¿No se lo vas a contar?

—Pues claro que voy a acabar soltándoselo. Soy su hermana pequeña. Mi trabajo es hundirlo emocionalmente tantas veces como me sea posible. Pero puedo esperar.

Dejé caer los hombros, aliviada.

—Gracias. Necesito esa cita falsa con desesperación.

—Yo diría que tampoco te vendría mal un poco de sexo falso.

— 235 —

Sacudí la cabeza.

—Es algo puramente platónico. Lo único que quiero es escribir un libro, esconderme en mi casa y tener un gato. Estoy harta de las relaciones.

—Mmm. Claro. ¿Qué te vas a poner? —me preguntó—. Porque conozco un sitio ideal.

Laura arrancó los dos folletos de «Vota a Rump» de camino a Daisy Angel, la tienda de ropa de Story Lake que estaba dos escaparates más allá de la librería.

Dentro olía a una cara combinación de eucalipto y cedro. Las paredes de la tienda eran de color azul pavo real —un color que tenía claro que iba a robar para mi sala de estar— y había llamativos expositores de cosas bonitas por todas partes. Apenas había entrado en la tienda y ya había visto un jersey, un cojín y unos pantalones de cintura alta que me chiflaban.

A Zoey le iba a encantar aquel sitio.

Una mujer morena de piel perfecta, con una melena negra lisa recogida en lo alto de la cabeza y un jersey sin mangas del color de las amapolas salió de la trastienda. Llevaba media docena de pulseras que le trepaban por el brazo y una tablet en la mano.

—¡Hola, Lau! ¿Qué tal los leggings? —le preguntó con un maravilloso y nítido acento británico.

—Me han encantado. Tenías razón en lo de la elasticidad. Tardé mucho menos en ponérmelos que los vaqueros pitillo —contestó Laura, cogiendo una camiseta de Blondie artísticamente desgastada del expositor más cercano—. Vale, oficialmente no venimos a comprar nada para mí, pero esto ya es mío.

—Me la llevo a la nueva y mejorada zona de caja —se ofreció la estilosa desconocida. Laura le echó un vistazo a la mesa larga y baja de color marfil que albergaba un elegante datáfono.

—Accesible y elegante. Buen trabajo.

—Es que estaba harta de hablar con tu coronilla cada vez que venías. Así que de nada.

—Hazel, esta es Sunita. Sunita, Hazel —dijo Laura, haciendo las presentaciones.

La chica esbozó una sonrisa burlona.

—Anda, la asesina de pájaros amnistiada.

—Prefiero «escritora de novelas románticas», pero habrá que conformarse. Encantada de conocerte. Tienes una tienda preciosa, Sunita.

—Llámame Sunny. Estaría mejor si hubiera más tráfico peatonal... o rodado —bromeó ella, mirando la silla de Laura.

Esta puso los ojos en blanco.

—Sunny y yo nos conocemos desde hace muchísimo tiempo.

—Desde el instituto —concretó Sunny.

—Es una de las pocas personas que ha seguido sin tener ningún tipo de filtro conmigo después de lo del accidente. Tuve que convencer a mi pobre suegra para que no se tirara desde un puente, metafóricamente hablando, cuando volví a casa del hospital y me propuso que saliéramos a caminar un rato —dijo Laura.

Hice una mueca de vergüenza ajena. Aquello era algo que yo misma podría haber dicho perfectamente y que me habría hecho sentir fatal.

—¿Qué estamos buscando? —preguntó Sunny.

Laura me lanzó un mono de punto negro sin mangas.

—Algo veraniego, tipo esto. Pruébatelo.

—Por lo visto, voy a probarme esto —dije.

Sunny me señaló los probadores que había en la pared del fondo.

El mono enseñaba mucha más pierna y pecho de lo que era habitual en mí, pero Laura me aseguró que era perfecto para documentarme y ¿quién era yo para llevarle la contraria? También me compré unos pantalones de vestir que no tenía ocasión para ponerme, un jersey blanco corto que parecía hecho con el interior de un osito de peluche, dos pares de vaqueros que me hacían un culo espectacular como por arte de magia y una cazadora *biker* verde de ante.

Laura acabó con tres camisetas y unos vaqueros lavados a la piedra que ojalá hubiera visto yo antes.

Mientras Sunny nos cobraba todos los tesoros, la bruja de Laura se volvió hacia mí, sonriendo con malicia.

—¿Sabes? Hay una tienda de muebles muy chula cerca de aquí. Seguro que encontramos algunos tesoros para tu casa.

Casi sin darme cuenta, acabé comprándome un par de mesillas de noche, una otomana tapizada en color berenjena y un sofá blanco crudo en el que tranquilamente cabían media docena de personas. El dueño ya estaba hablando por teléfono con el transportista para programar la entrega cuando salí por la puerta, conmocionada.

Apoyé la coronilla en el reposacabezas del coche de Laura con un golpe seco.

—Madre mía. Definitivamente voy a tener que incluir una escena de compras en el libro. Así puedo aprovechar y escribir algo de esto.

—Lo has hecho genial, querida. Has apoquinado como una campeona —dijo Laura con alegría.

—La última vez que me gasté tanto dinero en un día yendo de compras fue… nunca. Y eso que una vez me fui a comprar zapatos después de tomarme unos mimosas que parecían pozos sin fondo.

—He pensado que no te vendría mal comprar un poco de buena voluntad… ahora que vas a salir con mi hermano y esas cosas.

—Ja, ja.

—Por favor. —Laura suspiró con dramatismo mientras miraba el móvil.

—¿Qué pasa?

Me lanzó el teléfono y se abrochó el cinturón.

—Aquí tienes un poco de lectura ligera para el viaje de vuelta. —Había abierto un grupo llamado «Mamá y papá están en este grupo, no os paséis».

Cam
Sabéis si alguna bici se ha empotrado hoy
contra un coche o ha arrollado un águila?

Levi
Te preocupa que Hazel haya salido con la bici?

Mamá
No quiero que suene a estereotipo misógino,
pero espero que se le dé mejor conducir bicis
que coches.

Papá
Yo la he visto pasar a toda velocidad por
delante de la tienda, como si estuviera en el
Tour de Francis. Estás preocupado?

Cam
De Francia, papá. Y no. Solo era por decir algo.

Gage
Seguro que está bien. Por cierto, que nadie
saque conclusiones precipitadas sobre lo que
voy a decir, pero Lau no ha respondido a un
meme graciosísimo que le mandé hace dos
horas, ni al mensaje en el que le preguntaba
dónde estaba.

Levi
Yo la he llamado por la tarde y tampoco me ha
contestado.

Papá
Supuestamente iba a llevar a Hazel a elegir los
acabados hoy.
Si las dos han desaparecido, seguramente
estarán juntas.

Cam
Que Dios nos asista.

Mamá
Voy a su casa.

Gage
Yo voy a dar una vuelta,
a ver si veo su coche aparcado en algún sitio.

Cam
Les preguntaré a los niños mientras peino la
zona norte del pueblo.

—Caray.

Le entregué el teléfono, sintiéndome a la vez escandalizada y halagada.

—Tienes un accidente terrible cuando sales a correr y tu familia nunca más te deja olvidarlo —refunfuñó Laura.

Pulsó el botón de videollamada.

—¿Dónde coño estabas? —gruñó Cam al cabo de un segundo.

—¿Ha pasado algo? ¿Hay alguna emergencia? —preguntó Pep, la madre de Laura.

—¿Hazel está contigo? —preguntó Levi.

—Os dije que estaba bien —replicó Frank al mismo tiempo.

—Vamos a calmarnos —dijo Gage.

—Escuchadme bien, circo codependiente. Somos dos mujeres adultas que han salido a hacer cosas de mujeres adultas. Aquí tenéis una prueba de vida —dijo, enfocándome con la cámara. Los saludé con la mano—. Calmaos de una puñetera vez y nada de mandarme mensajes o llamarme en veinticuatro horas.

22

Haciendo el gilipollas en un restaurante caro
Campbell

> **REPORTERO INTRÉPIDO**
> La nueva escritora residente causa un atasco con sus travesuras sobre dos ruedas en Main Street.

—¡No pienso vivir con un mapache! —bramó Hazel mirando hacia atrás, mientras abría bruscamente la puerta principal con una bola de papel higiénico sobre el ojo izquierdo.
—¿A quién le gritas? —pregunté.
—Al mapache, por supuesto —contestó.
—¿Qué te ha pasado en el ojo?
—Nada —dijo con obstinación.
Le quité el papel higiénico.
—¿Te has pinchado con el palito del rímel? —le pregunté.
—Con el lápiz de ojos. ¿Cómo lo sabes?
—De jóvenes, los tres compartíamos baño con Laura. Soy consciente de los peligros de los cosméticos —declaré, secándole el rabillo del ojo enrojecido—. ¿Podemos irnos ya?
Ella asintió con la cabeza.
—Sí. Sí, claro.
—No llevas zapatos —señalé.

—Cierto. Porque los tengo en la mano —dijo Hazel.

—A lo mejor quieres coger también el móvil. Y un bolso.

—Déjame en paz. ¿Qué tal estoy? Solo por documentarme —añadió apresuradamente, mientras se calzaba unas sandalias altísimas.

Debía de haberse cambiado las gafas por unas lentillas. A mí me gustaban las gafas, pero los ojos ahumados también le quedaban bien. El vestido —¿o era un mono?— era corto y sin mangas, con un profundo escote en uve que resaltaba sus pechos.

Menos mal que no habíamos decidido hacer aquello en un día laborable, con mis hermanos por allí, babeando.

—Bien —contesté.

—Mierda. Puedo ir a cambiarme —dijo—. Solo necesito otros veinte minutos. Treinta como mucho.

Hizo ademán de ir hacia las escaleras, pero la agarré por la muñeca y la arrastré hasta la puerta.

—Tengo hambre.

—¿Así es como empiezas una primera cita? —protestó Hazel mientras yo cerraba la puerta principal y comprobaba la cerradura.

—Si tengo hambre, sí.

—Pero si no sé qué ropa es la adecuada, ¿cómo voy a hacer que mi heroína esté guapa?

—Puede que tu puñetero héroe haya dicho «bien» porque tu puñetera heroína está tan guapa que le ha hecho olvidar todo su vocabulario.

No podía creer que me hubiera dejado liar para hacer aquello. Menos mal que nadie de mi familia lo sabía, o me moriría de vergüenza.

—Anda. Estupendo. Espera —dijo, metiendo la mano en el bolso diminuto para sacar un cuaderno igual de pequeño. Destapó un bolígrafo con los dientes y garabateó algo en una hoja—. «Ha olvidado todo su vocabulario».

Puse los ojos en blanco sin ningún disimulo.

—¿Vas a estar haciendo eso toda la noche?

—Solo si se te dan bien las citas. Si se te dan de pena, tendré que invitar a salir a Gage o a Levi. —Y una mierda.

—Odio todo esto —declaré.

El tipo que estaba detrás del atril de recepción tenía un bigote fino como un lápiz y demasiada gomina en el pelo, y el restaurante parecía salido de la película *Todo en un día*.

Estaba casi seguro de que el repaso que me había hecho de arriba abajo era para comprobar que mi ropa era apropiada. Le lancé una mirada de «puedes irte a tomar por culo» que le hizo buscar a tientas las cartas encuadernadas en cuero, que eran más gruesas que mi libro de Historia del instituto.

No soportaba ese tipo de sitios. Habría preferido sentarme en la barra del Fish Hook o tomarme una pizza y una cerveza en Angelo's. Pero se veía a la legua que Hazel Hart era una mujer de restaurantes caros.

El camarero nos llevó hasta una mesa que estaba en el centro de un comedor demasiado iluminado y demasiado lleno de gente, y prácticamente me apartó de un codazo para retirarle la silla a Hazel. Luego hizo chasquear una servilleta blanca como la nieve, se la puso en el regazo y desapareció. Nos quedamos mirándonos fijamente.

—¿Sueles venir aquí? —me preguntó ella, abriendo la gigantesca carta de vinos.

Antes de que me diera tiempo a contestar, una mujer con pajarita, chaleco y delantal blanco surgió de la nada y empezó a explicarnos los platos especiales de la noche. Cuando iba por las trufas, ya estaba más aburrido que una ostra y desconecté por completo al llegar a la mousse de salmón. Tenía clarísimo que iba a ir a comerme una hamburguesa en cuanto aquel desastre terminara.

—Y, sin duda, el sauvignon blanc Three Sisters es el maridaje perfecto para nuestras vieiras. ¿Puedo proponerles una botella para empezar? —sugirió la camarera.

Mi mirada se posó en el vino que acababa de mencionar. A trescientos dólares la botella, ya podía haber pisado las puñeteras uvas la mismísima Taylor Swift.

—Yo creo que voy a tomar una copa del chardonnay de la casa —dijo Hazel.

—Y yo una cerveza. Lager, si tienen.

—Tenemos una lager local de barril, o puedo ofrecerle el aperitivo de gelatina de IPA. Se sirve en una cuchara de degustación y está coronada por una espuma de albaricoque.

Reprimí el impulso de darme de cabezazos contra la mesa.

—Por el amor de Dios. Solo quiero una cerveza normal que salga de un grifo normal —dije, desesperado.

La camarera desapareció y Hazel me miró por encima del menú.

—¿Traes a tus citas a un lugar donde sirven huevos de codorniz?

—No. Te he traído aquí a ti.

Ella cerró la carta de golpe.

—Se suponía que iba a tener una cita con Campbell Bishop.

—Una cita con Campbell Bishop es lo que a mí me dé la gana.

Y ahora me llamaba por el nombre y el apellido y se refería a mí en tercera persona. Aquella mujer iba a acabar volviéndome loco, o llevándome a la tumba. Quizá ambas cosas a la vez.

—Cam, ¿me has visto hacer explotar avena instantánea en el microondas y has deducido que me gustaría la «microgastronomía» selecta con algas y cúrcuma? —dijo.

—¿Cómo coño voy a saber lo que te gusta? Si te conozco desde hace cinco segundos.

Sus ojos marrones se volvieron más fríos y levantó la barbilla.

—¡Estás saboteando la cita a propósito!

—¿Por qué iba a hacer eso? —repliqué, contestando con una pregunta.

—Vale, espera que empiece con la lista. Para que no vuelva a pedirte ayuda. Para que te deje en paz y no tengas que volver a rescatarme. Para poder dejarme plantada sin herir mis sentimientos, ni poner en peligro la obra. —Hazel se recostó en la silla y se cruzó de brazos—. Esto es como cuando un hombre le pide a su mujer que le planche la camisa porque «ella lo hace mejor y no quiere cagarla». Me estás bombardeando con tu incompetencia.

Sabía perfectamente de lo que hablaba porque, de adolescente, había intentado engañar así a mi madre con la colada. Y había funcionado justo cero veces. De hecho, me había obligado a lavar la ropa de toda la familia durante un mes hasta que «aprendiera lo básico», porque a mi madre no le parecía bien «que anduviera por el mundo sin saber cómo funcionaban una lavadora y una secadora». Una mujer capaz de leerte la mente era a la vez una bendición y una maldición.

—Oye, no puedes esperar que sea un Jake de la vida —dije, buscando desesperado una salida. Había calculado mal al intentar escaquearme y ahora estaba pagando las consecuencias.

—Obviamente. A mis héroes se les da mucho mejor que a ti saber lo que quieren mis heroínas. Esto ha sido un error. No debería haber…, un momento. ¿A qué te refieres con «un Jake»? —me preguntó.

Hice lo que debería haber hecho hace diez segundos y cerré la boca.

La camarera volvió con las bebidas.

—¿Puedo sugerirles un limpiador de paladar probiótico a base de col fermentada y judías mungo antes de cenar? —preguntó.

—No, no puede —le espetó Hazel, sin apartar los ojos de los míos.

—Necesitamos un poco más de tiempo —le dije yo. La camarera se marchó sigilosamente, como una ninja con delantal. Cogí el vaso de cerveza helada.

Hazel se inclinó hacia adelante.

—¿Te refieres a Jake Keaton? Y si te refieres a Jake Keaton, ¿eso significa que has leído *Solo un rollo de verano*?

Exhalé un suspiro y, al no encontrar ninguna salida fácil, me encogí de hombros.

—Oye, me gusta leer y quería ver en qué leches me estaba metiendo.

—Has leído mi libro. —Parecía sorprendida y triunfante a la vez.

—Aún no lo he terminado —dije, esquivando la pregunta—. Lo empecé ayer.

Llevaba más de la mitad de la puñetera novela. La había empezado la noche anterior y había estado hasta más de las dos devorando una página tras otra, aunque no pensaba reconocerlo ante ella. Había decidido dejarla después de tener una reacción muy física a la primera escena casi sexual. Y eso sí que no pensaba reconocerlo ni de coña.

—¿Y descubriste en qué te estabas metiendo? —me preguntó Hazel, cogiendo la copa de vino.

—Se suponía que esto era una cita. ¿No deberíamos estar hablando de aficiones y mascotas? —repliqué, desviándome del tema.

—Tienes razón. Lo había olvidado. ¿Le pediste el libro a tu hermana, o te lo descargaste para que nadie supiera lo que estabas leyendo?

—Las gachas de queso fontina con caracoles tienen buena pinta —comenté, estudiando detenidamente la carta.

—Puaj, qué asco. ¿A quién le gustan los caracoles con queso?

—A mí me encantan —mentí—. Tengo un cartel de caracoles con queso colgado encima de la cama firmado por el chef.

Ella soltó una carcajada.

—Te va a crecer la nariz.

—¿Y si hablamos del tiempo?

—¿Y si dejas de avergonzarte, Cam? Muchos hombres leen novelas románticas.

Hazel estaba disfrutando demasiado de mi incomodidad.

—Que sepas que no me avergüenzo. Yo leo de todo. Incluso novela romántica.

—Qué interesante —dijo Hazel, mirándome con sorna por encima del borde de la copa de vino.

—Pues no. No tiene nada de interesante —repliqué.

—No estoy de acuerdo. O estabas nervioso por la cita y querías saber lo que te esperaba, o creías que leyendo uno de mis libros podrías resultar más útil. En cualquiera de los dos casos, eso significa que tienes madera de novio literario. —Me retorcí en la dura silla de plástico—. Lo que me gustaría saber es si decidiste sabotear la cita antes o después de empezar a leerlo —me preguntó.

—Yo no decidí sabotear la cita —insistí.

Vale, puede que me hubiera planteado guardar las distancias. Pero no había decidido nada oficialmente, ni había diseñado ninguna estrategia… más allá de la de elegir un restaurante que me pareció que le proporcionaría una experiencia gastronómica incómoda y confusa.

—Oye, si no quieres hacer esto, no lo hagas. El consentimiento es una cuestión fundamental, sobre todo para las escritoras de novela romántica. Siento haberte hecho sentir que no podías negarte —dijo Hazel, cogiendo el bolsito.

Mierda. Eso no era lo que quería. Bueno, en teoría sí lo era, pero ahora me sentía como un gilipollas.

—¿Quieres que nos vayamos? —le pregunté.

Hazel me miró con cara de «obvio», mientras metía la mano en el bolso y sacaba unos cuantos billetes.

—Es lo que estoy haciendo. Preparándome para largarme hecha una furia.

—¿Y antes de largarte hecha una furia vas a pagar las bebidas? ¿No crees que sería más de heroína tirarme el vino a la cara y hacerme pagar a mí?

—Pensaba beberme el vino y salir de aquí dignamente, como una señora. No me interesa tu opinión al respecto.

La miré impresionado mientras vaciaba la copa y la dejaba de nuevo sobre la mesa. Con un delicado eructo, apartó la silla, se despidió con una inclinación de cabeza y se largó.

—Joder —murmuré.

Cambié su billete de veinte por dos míos y la seguí.

Hazel Hart hacía que fuera imposible que no te gustara. Y creedme que lo había intentado. La alcancé en la puerta y la agarré de la muñeca.

—Te estás cargando mi salida indignada —se quejó.

—Soy gilipollas.

—¿Esperas que te lleve la contraria? —preguntó con cara de incredulidad.

—Solo estoy exponiendo los hechos. —El metre me lanzó una mirada de metre arrogante. Me rasqué la nariz con el dedo corazón—. Venga. Vámonos.

—Creo que no sabes cómo funciona lo de salir hecho una furia —se quejó Hazel al tiempo que yo la llevaba medio a rastras hacia la puerta.

Me aflojé la corbata con la otra mano mientras íbamos hacia la camioneta.

—Voy a llamar a un Uber —dijo Hazel, intentando soltarse.

—Aquí no tenemos de eso —mentí.

—Pues llamaré a uno de tus hermanos.

Abrí la camioneta y le sujeté la puerta.

—Ni de puta coña.

—¿Estás protegiendo a tu familia de mí? —me preguntó, ahogando un grito de indignación, mientras la empujaba hacia el interior del vehículo.

—No. Me estoy protegiendo de mi madre. Como se entere de que me he portado como un gilipollas, me hará la vida imposible durante dos o tres meses. O hasta que alguno de mis hermanos haga alguna gilipollez mayor.

Le cerré la puerta en las narices y, para asegurarme de que no se iba a bajar y salir corriendo con aquellos taconazos, la bloqueé con el mando.

Rodeé el capó, abrí la puerta y me senté al volante. No parecía que Hazel fuera a salir corriendo, pero tampoco tenía pinta de estar muy contenta.

—Toma —le dije, devolviéndole el dinero.

Ella lo miró con desdén y volvió a desviar la mirada.

—No, gracias. Invito yo. Solo era para documentarme. Es un gasto de trabajo.

Estaba empezando a cabrearme.

—Es una cita. Y si crees que algún hombre que merezca tu tiempo te dejaría pagar a ti la primera vez que quedas con él, es que has estado saliendo con los tíos equivocados.

—Ese es un comentario con muy mala baba —dijo en voz baja.

—No vas a pagar. Al menos en una cita conmigo.

—No estoy teniendo una cita contigo. Estoy en un vehículo con un desconocido anónimo que me va a llevar a casa, donde disfrutaré lavándome la cara para quitarme los dos kilos de maquillaje que llevo encima, poniéndome el pijama y comiéndome una sopa de lata.

—No vamos a irnos a casa —declaré mientras salíamos del aparcamiento.

—No puedes secuestrarme. Se lo diré a tu madre.

—Te debo una cita. Una de verdad.

—Ya no me interesa. Me documentaré como todo el mundo, cotilleando en Reddit y Scroll Life.

—Venga. Seguro que tienes hambre —insistí, yendo hacia su casa. Hazel estaba a punto de decir que no, pero su estómago vacío eligió ese preciso instante para expresar su indignación—. Ya me parecía. —La miré con suficiencia y ella me respondió con una mirada fulminante.

23

El gran robo del barco

Hazel

Cuando ya llevaba veinte minutos sentada en el asiento del copiloto en un silencio supuestamente glacial, Cam entró con la camioneta en el aparcamiento del Wawa que había a las afueras de Story Lake.

Parpadeé mirando el cartel rojo del supermercado.

—¿Me estás tomando el pelo?

La sonrisa burlona de Cam hizo que me entraran ganas de arrearle un puñetazo en aquella mandíbula cuadrada sin afeitar.

Estaba empezando a calcular cuánto tardaría en llegar a pie a casa con aquellos zapatos, cuando Cam se desabrochó el cinturón y encogió los hombros para quitarse la americana. Luego le tocó el turno a la corbata.

—¿Qué haces?

Bajó los dedos por la parte delantera de la camisa para desabrocharse algunos botones. Intenté mirar hacia otro lado, pero cada botón me regalaba una nueva imagen espectacular. Pelo en pecho. Músculos. Un tatuaje. Más músculos.

Me tapé los ojos con cierto retraso.

—Ay, la leche. ¿Vas a entrar a comprar en pelotas en el Wawa? —exclamé.

—Se dice «Wawa». Sin «el».

—¡Campbell! —Soltó una risita áspera. Bajé las manos y me

quedé mirando al hombre con el torso gloriosamente desnudo que tenía delante—. ¿Cuántas flexiones haces al día? ¿Mil?

Cam hizo una bola con la camisa de vestir y la lanzó al asiento de atrás. Cuando se inclinó sobre el cambio de marchas, poniendo todavía más cerca de mí aquel pecho musculoso, aquel calor y aquella virilidad, me olvidé de respirar y de moverme. Jim siempre había sido bastante esmirriado. Miembros largos, hombros estrechos, caderas finas. Lo único que le engordaba era la barriga. Pero aquel Adonis que tenía ante mí parecía estar a un frasco de aceite de coco de posar para un calendario.

—No. Nunca he pisado un gimnasio.

—¿En serio? Porque eso es metabólicamente injusto.

—Por favor, Hazel. Vale, hago ejercicio. Deja de cosificarme. —Tenía toda la razón del mundo. Hice lo único que se me ocurría y cerré los ojos—. Relájate, Calamidad —me dijo con una risilla, demasiado cerca del oído.

Me obligué a abrir uno de los párpados, pero no me lo encontré a punto de empotrarme, sino buscando algo en el asiento de atrás con una mano.

Al final encontró una camiseta viejísima y se la puso por la cabeza.

Todos mis músculos expulsaron el vapor acumulado al mismo tiempo y me desplomé sobre el asiento. Ni cita ni leches. Lo que necesitaba con urgencia era echar un polvo, antes de que mi cuerpo explotara solo con mirar a un hombre semidesnudo. ¿Qué pasaría cuando tuviera que sentarme a escribir la primera escena de sexo? Acabaría sufriendo una combustión espontánea en el escritorio.

—¿Qué..., qué está pasando aquí? —pregunté con un hilillo de voz.

Cam sonrió como si no se lo pudiera creer.

—No puedo entrar ahí con americana y corbata, o en menos de tres minutos todo el pueblo se habrá enterado de que hemos salido juntos.

—¡Podrías haberme avisado antes de empezar a despelotarte! —¿Y si en vez de entrar en pánico, creía que me estaba invitando a echar un polvo y me quitaba yo también la ropa? Lo archivé de inmediato para utilizarlo en futuros libros.

—No sabía que te daban miedo los hombres sin camiseta.

—No me dan miedo los hombres sin camiseta. Simplemente…, me he sorprendido.

—Sí, claro. ¿Bocata y cerveza favoritos? —me preguntó Cam.

—¿Qué?

Aquel tío me había descentrado de tal forma, que agradecí que la gravedad me impidiera salir despedida hacia el cosmos.

—Bocata y cerveza —repitió—. ¿Cuáles te gustan?

—Si con «bocata» te refieres a sándwich, el italiano. Y la Molson.

—Espera aquí. No llegarías ni a una manzana de distancia con esos zapatos.

Dicho lo cual, Cam desapareció, cerrando el coche con el mando mientras cruzaba el aparcamiento, como si yo fuera una mercancía valiosísima y no acabara de deslumbrarme con su desnudo integral de pecho.

Saqué el teléfono para escribirle a Zoey.

> Cam acaba de quitarse la camisa
> sin avisar y me he acojonado.

Zoey contestó enseguida con un GIF de *Schitt's Creek* en el que salía David Rose diciendo: «Eso hay que celebrarlo».

> He hundido la cabeza en el cuello como
> una tortuga y he cerrado los ojos.

Zoey
Necesito más información… y fotos.

> Estaba demasiado ocupada entrando en
> combustión espontánea como para
> documentarlo.

Zoey
Vale. Pues entonces me conformo con que me
lo cuentes todo con pelos y señales.

> Ha organizado la peor cita de la historia
> y ha sido un borde porque en realidad no
> quería salir conmigo.

Zoey
Cobarde.

> Le he cantado las cuarenta y me he largado
> indignada del restaurante, o lo he intentado,
> Él me ha interceptado y se ha «disculpado»
> diciendo: «Soy gilipollas».

Zoey
Exponer los hechos no es disculparse!

> GRACIAS! Total, que se ha empeñado en
> llevarme a casa y me ha arrastrado a la
> camioneta de una manera muy sexy.

Zoey
Bueno, mientras haya sido en plan sexy...

> Luego me ha dicho que me debía
> una cita de verdad.
> Y HA PARADO EN UNA GASOLINERA
> Y SE HA QUITADO LA CAMISA.

Zoey
Y, dado que me estás escribiendo,
supongo que lo habrás estrangulado
con la cadena del bolso.

Todo el entrenamiento de defensa personal se
me ha olvidado de golpe cuando se ha
desnudado de cintura para arriba.

Zoey
A ver, cómo de impresionante puede
ser el torso de un tío?

Superimpresionante. Tanto que
no tengo palabras.

Zoey
Y dónde está ahora mismo la octava maravilla
del mundo despelotada?

Ha entrado en el Wawa después
de preguntarme qué tipo de bocata
me gustaba.

Zoey
Quieres que llame a la policía?

Aquí no hay policía, por si no lo recuerdas.
Pero si no tienes noticias mías en una hora,
puedes llamar a la madre de Cam.

Zoey
Pongo sesenta minutos en el temporizador ya.

La puerta del conductor se abrió y cerré con torpeza el móvil. Cam me pasó una bolsa de plástico y luego se inclinó para dejar un paquete de seis cervezas a mis pies.

Me rozó con el antebrazo la pierna desnuda desde el tobillo hasta el muslo y reaccioné como si me hubiera electrocutado con un secador de pelo en la bañera.

—¿Estás bien? —me preguntó, poniéndose al volante.

—Sí —contesté con los dientes apretados.

— 254 —

—Ah. Pues pareces un poco tensa.

¿Un poco tensa? Ya. Tenía todos los músculos del cuerpo completamente en *rigor mortis*.

—¿Adónde vamos? —le pregunté.

—Ya lo verás.

Cinco minutos después entró en el aparcamiento que había delante del lago. No se veía ningún otro coche por allí.

—¿Es aquí donde traéis a las chicas para asesinarlas y tirar los cadáveres al agua? —le pregunté.

Cam se acercó para coger la cerveza y la comida.

—Solo hay una forma de averiguarlo.

Menos mal que tenía tanta hambre como para comerme mi propio brazo, porque dudaba que cualquier otra cosa me hubiera hecho bajar de la camioneta. Murmurando en voz baja las lindezas más creativas que se me ocurrieron, abrí la puerta de un empujón.

—Vamos —dijo Cam, dirigiéndose al puerto deportivo.

Le seguí hasta los tablones de madera del muelle, recordando todas las razones por las que aquella había sido la idea más absurda que había tenido en mucho tiempo. Encima de cada pilote había una luz led que emitía un suave resplandor dorado. El agua golpeaba rítmicamente la orilla rocosa y los cascos de la media docena de lanchas amarradas al muelle.

Cam se detuvo delante de una pequeña lona con forma de embarcación que había en el agua.

—Espera aquí.

—¿Al menos puedo empezar a comerme el bocadillo? —le grité mientras él bajaba por la estrecha pasarela de madera que había entre los aparcamientos de los barcos. «Atracaderos», me recordé a mí misma. Uno de mis protagonistas había capitaneado un velero por las islas del río San Lorenzo, algo que había exigido una documentación exhaustiva sobre embarcaciones.

—Te sabrá mejor en el agua —prometió él mientras retiraba la lona y dejaba al descubierto una reluciente proa de madera.

— 255 —

Estaba cansada, muerta de hambre y cabreadísima. Lo último que me apetecía era meterme en un barco rodeado de agua con Cam Cactus.

—¿Sabes? Creo que prefiero irme a casa —dije.

—¡Pásame eso! —gritó él desde la parte trasera de la lancha.

Me planteé golpearle en la cara con su bocadillo y salir corriendo con el mío. Pero seguía teniendo el problema del calzado y ya había recorrido un buen trecho desde el aparcamiento. Así que cogí las cosas y avancé con cuidado por la pasarela entre los atracaderos.

Cam dejó todas las cosas en el asiento de cuero color crema y luego se giró hacia mí.

—Ven. —Su voz era grave y tan suave como una astilla de cinco por diez centímetros.

—Creo que estoy bien aquí —declaré.

Pero, de repente, me agarró con aquellas manazas hábiles por las caderas y me levantó. Solté un chillido y me aferré a sus hombros con todas mis fuerzas.

—¡Como me tires al agua, te mato en la ficción y en la realidad!

—Relájate, Calamidad. —Parecía que se estaba divirtiendo.

Abrí uno a uno los ojos y me di cuenta de que estaba de pie en el suelo del barco, todavía agarrada a Cam. Lo solté e intenté retroceder, pero él siguió sujetándome por las caderas.

—Deja de moverte, o acabarás cayéndote por la borda.

Me quedé inmóvil e intenté no pensar en cuánto tiempo hacía que un hombre no me tocaba de aquella forma. Pero era difícil pensar en cualquier otra cosa, pegada a un tío bueno cachas.

—¿Estás bien? —me preguntó Cam bruscamente.

—Genial —respondí con voz aguda.

—Pues entonces te suelto.

—¿Todavía me estás agarrando? No me había dado cuenta.

Me pareció verlo esbozar una sonrisa bajo la tenue luz de los pilotes.

Al final me soltó.

—Siéntate. Voy a soltar amarras.

Se me ocurrían mil razones por las que no debía sentarme. Empezando y acabando por el hecho de que no confiaba en que aquel idiota sexy por fuera y pasivo-agresivo por dentro no empeorara todavía más la velada. Por desgracia para mí, me picaba la curiosidad y era en ese estado cuando solía tomar las peores decisiones. Como aquella vez que uno de mis seudopadrastros me había advertido que no me pegara el chicle en el pelo, algo que por supuesto había hecho, justo a tiempo para salir con una calva impresionante en la foto de la clase de tercero de primaria.

No creía que corriera peligro de acabar con una calva en aquella situación en concreto. Pero estaba convencida de que la única labor de «documentación» que iba a realizar esa noche era sobre lo mala que podía llegar a ser una cita. Me senté en el asiento acolchado, cagándome en todo.

Cam soltó amarras y se acomodó a mi lado, detrás del timón. Metió la mano bajo el asiento y sacó una llave.

—¿Guardas la llave del barco en el barco? —le pregunté. La habitante de Manhattan que había en mí estaba horrorizada.

—No es mío —contestó, antes de encenderlo.

—¿Estás robando una lancha? —exclamé.

Su respuesta fue poner el motor en retroceso y alejar la embarcación del muelle hacia aguas abiertas.

—¡Campbell Bishop! ¿Acabamos de robar un barco?

—No si no nos pillan —respondió por encima del ruido del motor.

No llegamos muy lejos. Mientras yo me planteaba si podría seguir escribiendo libros cuando me metieran en la cárcel por el gran robo del barco, Cam se dirigió al centro del lago y apagó el motor.

—Acabas de perpetrar un robo y un secuestro —dije, cruzándome de brazos indignada.

Él me puso un sándwich italiano en el regazo a modo de respuesta.

—Come. A ver si se te pasa la mala leche.

—No estoy de mala leche. El que está de mala leche eres tú. Es obvio que yo soy la alegría de la huerta de esta farsa de cita.

—Pues eres tú la que no para de quejarse mientras estamos sentados en medio de un lago bajo las estrellas. —Cam abrió una cerveza y me la pasó—. Creía que una escritora de novela romántica tendría mejor ojo para el romanticismo.

Abrí la boca pero enseguida la cerré.

Porque nos estábamos balanceando suavemente sobre la superficie del oscuro lago mientras todas las estrellas del firmamento se desplegaban sobre nosotros. Las ranas y los grillos cantaban a dúo un tema estival y todo un regimiento de luciérnagas bailaba a su son. Un búho ululó desde la lejana orilla y otro le respondió a nuestra espalda. El aire era cálido, como el cuerpo de Cam a mi lado.

Bebí un trago de cerveza helada.

—Bueno, vale. No está tan mal.

Cam me fulminó con la mirada mientras abría su sándwich de pavo.

—Sabes perfectamente que es romántico de cojones.

—Pero ¿era necesario robar un barco?

—Eres demasiado buena chica, Calamidad.

—Pues los hombres de mis libros lo dicen de otra manera —repliqué, desenvolviendo mi sándwich.

—Ya me he dado cuenta.

—¿Hasta dónde has llegado? —le pregunté con la boca llena.

—Nada de hablar de trabajo mientras estás disfrutando del Especial de Cam.

—¿Les pones nombre a las citas? —Dejé la cena y empecé a buscar el cuaderno. Él me puso la mano en la rodilla.

—¿No puedes relajarte ni cinco segundos?

—¿Por qué?

—¿Cómo quieres que saque el as que tengo en la manga si no paras de diseccionar al microscopio todo lo que hago?

Volví a coger el bocadillo.

—Tienes razón. Por el bien de la investigación, intentaré experimentar el Especial de Cam con atención plena.

—Buena chica —dijo él, casi en un ronroneo.

Joder. Todo lo que tenía de cintura para abajo reaccionó como si un volcán, una selva tropical y un terremoto se hubieran enamorado, hubieran echado un polvo y hubieran tenido un hijo. El calor me subió hasta la cara y agradecí enormemente la escasa luz de la luna creciente.

—Lo has dicho a propósito.

—Sí.

24

Un baño accidental

Campbell

Hazel le dio otro mordisco al bocata.

—Muy bien, listillo —dijo con la boca llena—. Si esto es una cita, deberíamos charlar para conocernos. Háblame de tu familia.

—¿Para qué? Si ya los conoces.

Ella me señaló con el bocata italiano.

—Es que tengo curiosidad. Tu familia parece estar... muy unida. Es alucinante.

—Es lo que tiene pasar juntos por malos momentos.

—Tu hermana es... increíble —declaró.

—Pues sí. Pero como le cuentes que lo he reconocido, pienso negarlo. —Le di un trago a la cerveza.

—¿Qué más? Que te sientas cómodo compartiendo —añadió rápidamente.

Yo suspiré. Hazel no iba a dejar que me escaqueara con tanta facilidad y, si no quería sentirme como un gilipollas al final de la noche, más me valía seguirle el rollo.

—Pero que no salga de aquí.

—Claro.

—Levi, Gage y yo somos adoptados. Entramos en régimen de acogida después de que nuestros padres murieran en un accidente de coche. Pasamos un par de meses en familias distintas.

—¿Os separaron? Qué horror. ¿Cuántos años tenías?

—Ocho. No tengo muchos recuerdos de aquella época. —Cambié la cerveza por el bocata. Lo que sí recordaba eran el miedo y la soledad. Los sentimientos que no entendía—. Entonces llegaron los Bishop —continué—. Estaban acogiendo a Gage y se enamoraron de él.

—¿Y quién no? —dijo Hazel.

La fulminé con la mirada.

—Mucha gente —repliqué. Ella esbozó una sonrisa burlona.

—En fin, que cuando se enteraron de que tenía dos hermanos mayores, movieron cielo y tierra para reunirnos.

—Son muy buena gente —comentó Hazel.

—Buenísima. Nos dieron un hogar, una familia y una hermana. —Sonreí al pensar en Laura, que se había autoproclamado la líder de todos los hermanos a pesar de que yo era casi un año mayor que ella.

—Los adoras —dijo.

Me encogí de hombros.

—No están mal.

Pero ella negó con la cabeza.

—No. Los adoras. Los quieres con locura.

—Sí. Es verdad. Pero eso no me impidió dejarlos.

Hazel ladeó la cabeza.

—¿Qué quieres decir?

No podía creer que estuviera hablando de aquello con alguien, y mucho menos con una mujer que me había chantajeado para que tuviera con ella una cita falsa.

—¿Sigue siendo confidencial?

—Tengo en la mano un sándwich italiano, no un cuaderno.

—Después de la universidad me quedé por aquí unos años trabajando en Bishop Brothers, mientras Levi hacía el servicio militar. Pero me apetecía… cambiar de aires. Así que acepté un trabajo en Maryland para un promotor inmobiliario y fui ascendiendo en la empresa. Todos los demás se quedaron aquí.

—¿Hasta que…? —preguntó ella.

—Hasta que mi padre sufrió un ictus. Grave.

—Me he fijado en que a veces cojea.

—Sí. Le dejó hecho polvo el lado derecho del cuerpo. Pedí una baja en el trabajo y me vine a casa a echar una mano. Por aquel entonces teníamos la empresa de construcción, la tienda... y la granja de mis padres todavía estaba en funcionamiento. —Negué con la cabeza al recordarlo.

—Eso es mucho que gestionar —comentó Hazel.

—Le ayudamos en todo lo que pudimos durante la recuperación. Mi madre no se movió de su lado. Ella lo llamaba «supervisión». Nosotros «control excesivo». Pero hay que ver de lo que es capaz esa mujer. Consiguió que nuestro padre se recuperara. Era la que se encargaba de llevarlo al médico y al fisioterapeuta. Le daba la turra con la dieta y con las horas de sueño. Los médicos dijeron que la recuperación había sido mi lagrosa. Nuestra madre no se habría conformado con menos. Entretanto, los demás nos encargamos de que todo siguiera funcionando.

Hazel suspiró.

—Me encanta tu familia —declaró con melancolía.

—Tú eres hija única, ¿no?

Hizo un gesto con la mano.

—Más o menos. Pero estamos hablando de ti, no de mí.

—No hay mucho más que contar. Nuestro padre mejoró y yo volví a marcharme.

Hazel levantó la cerveza y bebió lentamente un sorbo. Intenté no fijarme en cómo su boca rozaba la curva de la botella.

—Volviste a la vida que habías construido.

—Hasta que Laura tuvo el accidente. Y ahora aquí estoy.

—¿Para siempre?

—No lo sé. He dejado el trabajo. He vendido la casa. No puedo irme de aquí, con las cosas tan... en el aire. —¿Cómo iba a pensar en el futuro cuando el presente me parecía un limbo interminable?

—Pero cuando lo soluciones todo, puede que decidas que tienes más cosas que demostrar —comentó.

—No tengo nada que demostrar —repliqué.

Ella sonrió con dulzura.

—Yo ya lo sé, pero creo que tú no.

—No sería nadie de no haber sido por ellos. No tendría nada —señalé.

Sin embargo, los había dejado. Me había distanciado de ellos. Y no sabía si iba a volver a hacerlo. Me revolví en el asiento, molesto por los sentimientos que me estaba provocando la conversación.

Hazel se giró para mirarme.

—A lo mejor querías demostrarte que podías conseguir cosas, ser alguien por ti mismo.

Ignoré la punzada que sentí en el pecho.

—Creo que más bien fue puro egoísmo. Debería haberme conformado con quedarme aquí, como Gage y Levi.

—No es egoísta querer tener tu propia vida. Querías que estuvieran orgullosos de ti, pero a lo mejor también querías saber que podías salir adelante solo.

—Puro egoísmo —repetí.

Hazel se acercó y posó una mano sobre el puño que tenía apoyado en el muslo.

—Eras un chico de un hogar estable y lleno de amor que quería desplegar las alas para asegurarse de que funcionaban. No fue egoísmo. Fue un rito de iniciación.

—¿Y por qué mis hermanos no necesitaron desplegar las alas?

—¿Quién te dice que no lo han hecho a su manera? —preguntó Hazel—. Gage fue a la facultad de Derecho y Levi... —Esperé a que terminara la frase. Mi hermano era un enigma para todos, probablemente hasta para él mismo—. Seguro que Levi también tiene sus propios intereses —añadió, corrigiendo el rumbo—. La familia son los cimientos. Lo que construyes sobre ellos lo decides tú.

—¿Sobre qué cimientos has construido tú?

Ella se rio.

—Mejor que no te lo cuente.

—Ah, no. No puedes quedarte ahí sentada, mirando. Eres parte activa de esta cita —señalé.

—No creo que la historia de mi vida sea relevante —dijo, intentando escaquearse.

—Oye, Calamidad, no sé a qué tipo de citas estarás acostumbrada, pero, por aquí, como la primera vez que quedes con alguien te pases todo el rato hablando de ti mismo, ya puedes olvidarte de una segunda cita.

—Sí, claro, como si te estuvieras muriendo por una segunda cita.

—Suéltalo. O perderé las llaves y tendrás que volver nadando a casa.

Hazel refunfuñó.

—No sé a qué tipo de citas estarás acostumbrado tú, pero, de donde yo vengo, amenazar a la chica con la que has salido te garantiza el pasaporte directo al calabozo.

—Querías una cita. Pues aquí la tienes. Suéltalo o atente a las consecuencias.

Saqué las llaves y las dejé colgando a la luz de la luna.

—Vale. Tú lo has querido. Mi madre se ha casado seis veces. Y está a punto de volver a hacerlo con el afortunado número siete.

—Eso son muchos vestidos de dama de honor —dije.

—Sí, bueno, dejé de participar más o menos después de la tercera boda.

—Así que tu madre y tú estáis muy unidas —dije lentamente.

Hazel se rio sin ganas.

—No nos parecemos en nada, salvo en el físico. Pero ¿más allá de la superficie? Ni siquiera creo que seamos de la misma especie.

—Cuántos matrimonios. Debe de ser una romántica —señalé.

—Es una forma de verlo. O puede que tenga pánico a estar sola y sea capaz de cualquier cosa para sentirse joven y deseada. —Hazel puso cara de circunstancias—. Perdona. Seguro que te parece que estoy siendo un poco mala y es verdad. Pero he desperdiciado muchos años de mi vida intentando entenderla y encajar en su vida cuando en realidad ella no tenía sitio para mí.

—¿Y tu padre? —le pregunté.

—Eran novios en el instituto. Murió cuando yo era pequeña. No tengo ningún recuerdo de él. Y mi madre se ha mudado tantas veces que ni siquiera tenemos fotos. Tampoco recuerdo muchas cosas de mi primer padrastro, solo que era mucho mayor que ella y que tenía bastante dinero. Ella lo dejó y se casó con otro. Mi segundo padrastro era genial. Estuve con él de los siete a los doce años. Mi madre lo dejó por un tío que tenía una discográfica y un barco. Luego vino Anatoli, el oligarca. Lo conoció y se casó con él en Las Vegas. El siguiente a Anatoli fue un magnate del petróleo de Texas, al que mi madre dejó por su hermano, que era el presidente de la compañía.

—Bueno, tu madre lleva toda la vida buscando «al elegido» y tú escribes sobre él. Puede que tengáis más cosas en común de las que crees.

A juzgar por la expresión de su preciosa cara, a Hazel Hart le gustaba ser la que analizaba, no al revés.

—No conoces a mi madre, así que no sabes lo tremendo que es ese insulto. Además, esa es la cuestión. Solo hay un elegido. No siete.

—¿Tu marido era el elegido? —le pregunté, tensando un poco la cuerda. Ella abrió la boca y cogió la cerveza—. No te hagas la remolona.

—Estoy bebiendo —declaró—. Fue el que elegí. ¿Contento?

—¿Cuánto tiempo estuvisteis juntos?

—Salimos durante tres años y estuvimos casados siete. Luego nos divorciamos y ahora aquí estoy. —Señaló la luna con la cerveza.

—¿Y ya está? Si te soy sincero, espero que escribas una historia mejor que la que me has contado —acabé diciendo.

Ella me clavó un dedo en las costillas.

—Perdona. ¿Los insultos siempre forman parte del Especial de Cam?

—Solo cuando mi cita miente descaradamente. Tanto a ella como a mí. ¿Cómo era?

—Inteligente. Culto. Encantador. Y vestía de maravilla.

—¿Te hizo pagar en la primera cita? —le pregunté.

Hazel bajó la vista hacia el regazo antes de volver a mirar al cielo.

—Lo invité a salir y me dejó pagar. —Me aclaré la garganta

con elocuencia mientras hacía una bola con el envoltorio y lo metía en la bolsa—. En su defensa he de decir que, como bien sabes, soy muy persuasiva.

—No tanto, Calamidad.

Ella me miró.

—Estás aquí, ¿no?

—Sí.

Apoyé el brazo sobre el respaldo del asiento, justo por encima de sus hombros.

Ella se puso tensa y me miró fijamente con sus grandes ojos marrones, dos pozos de emociones que me hicieron sudar frío. Actuando por impulso, deslicé los dedos por debajo de su melena y se la sujeté detrás de la oreja.

—Vale, ya veo qué pretendes. Estás haciendo de Cam en una noche de cita. Muy bien —dijo Hazel. No retrocedió, pero me miró batiendo las pestañas.

No sabía si estaba actuando o solo dejándome llevar por el momento.

—Zoey dijo que había sido un cabrón.

Hazel se humedeció los labios.

—A ver. ¿Sabes cuando te has sincerado y me has dicho que tenías la sensación de haber abandonado a tu familia, cuando en realidad está claro que estarías dispuesto a dejarlo todo por ellos a la primera de cambio? Pues esa confesión que tanto te atormenta no hace más que confirmar que, bajo esa fachada irascible, hay un tío de puta madre. —Me quedé mirándola en silencio—. Lo que intento decir es que mi historia no es tan… heroica.

—¿Intentaste ponerle la almohada sobre la cara hasta que dejó de roncar?

Hazel soltó una carcajada, atónita.

—¡No!

—Entonces no veo a qué viene tanto rollo.

—Creo que es mejor que nos centremos en ti, ya que me estás haciendo este favor —propuso rápidamente.

—No tienes por qué abrirte, si no quieres. Pero esta conversación es una carretera de doble sentido y tengo la sensación de que tú no haces más que poner conos de tráfico y señales de desvío. Y con eso solo vas a conseguir que tu cita tampoco se abra.

—Joder. Eres buenísimo.

—Nadie supera a Pep Bishop en lo que a chantaje emocional se refiere. He aprendido de la mejor.

—Si ni siquiera te interesa —replicó ella, agitando una mano entre los dos.

—Oye, Calamidad. Eras tú la que querías vivir la experiencia de la cita. No vale elegir unas partes sí y otras no. Yo ya me he abierto. Ahora te toca a ti. Y que sepas que me interesa muchísimo tu historia.

Eso la desarmó por un instante.

—Puf. Vale. Me pasé la mayor parte del matrimonio tan impresionada por él que, cuando me di cuenta de que no era más que un cabrón con clase, estaba demasiado avergonzada como para rebelarme. Permití que me pisoteara hasta el final. Y luego me sentía tan abochornada por no haber sido capaz de conseguir mi final feliz que básicamente le oculté el divorcio a todo el mundo.

—¿Qué tipo de cabrón con clase?

—Prefiero no entrar en detalles porque no quiero volver a sentirme como una idiota. Jim era agente literario, como Zoey. Trabajaban para la misma agencia. Así fue como nos conocimos. Era el representante de Ficción Literaria. Ya sabes, de las cosas serias.

—¿Así lo llamaba él?

—Usaba palabras más rimbombantes, pero sí.

—Así que despreciaba tus libros —dije, dándole un codazo.

—No es que los despreciara —empezó a decir Hazel, pero luego sacudió la cabeza—. Vale. Sí. Eso era justo lo que hacía. Me hacía sentir como si lo que yo escribía no fuera ni de lejos tan importante, interesante o valiente como lo que escribían sus autores.

Los hombres que se sentían superiores haciendo sentir inferiores a sus parejas eran especialmente cabrones.

—Qué putada.

—¿Podemos cambiar de tema? —Hazel bajó la mirada hacia

el bocata que tenía a medias. Extendí la mano y le levanté la barbilla. Sus mejillas se sonrojaron bajo la luz de la luna—. No me gusta hablar de eso. Me hace sentir mal y, cuando escribo, me gusta sentirme... lo contrario de mal. Necesito centrarme en mujeres que están al principio de su FF, no en mí misma al final del mío.

—¿FF?

—Final feliz —me explicó.

—Tomo nota. ¿Te alegras de estar aquí? —No sabía a qué venía aquella pregunta, ni qué respuesta quería que me diera.

—Pues sí. Es decir, me alegraría más si no estuviéramos en un barco robado.

Nuestros rostros estaban muy cerca, iluminados por la luz de la luna. Podía sentir cada una de sus respiraciones y cada movimiento de sus ojos mientras el barco se mecía suavemente.

—Es de Levi —dije, apiadándome de ella—. Se lo compró a alguien que lo había heredado cuando éramos adolescentes y lo restauró.

—¿Tu hermano ha hecho esto? —preguntó Hazel, pasando una mano sobre la teca brillante.

—Sí. Es tan bueno que da asco. Pero mientras no esté cabreado conmigo por algo, no creo que me denuncie.

—No parecía muy contento cuando lo propusisteis para jefe de policía —me recordó Hazel.

—Lo había olvidado.

Seguro que seguía cabreado por eso.

Continuamos mirándonos fijamente bajo la luz de la luna. Tras décadas de práctica, sabía distinguir cuándo una mujer quería que la besaran. La forma en la que Hazel bajaba de vez en cuando la vista hacia mi boca me hacía difícil pensar en cualquier otra cosa. De hecho, no había dejado de pensar en ello desde que me había abierto la puerta descalza y sin aliento.

No era una decisión inteligente.

No podía sacar nada bueno de besar a aquella mujer. No sería algo fácil ni sencillo. Hazel no era ni fácil ni sencilla. Pero, por alguna absurda razón masculina, eso me gustaba. Aunque yo no estaba allí para empezar una relación con una clienta nueva y complicada. Estaba allí para volver a encarrilar a mi familia. No necesitaba distracciones.

—Deberíamos volver —dije de repente, apartando la vista.

Me arrepentí al momento, instintivamente.

—Tienes razón. Se está haciendo tarde. Y aún tengo que escribir.

—¿Esta noche? —Volví a mirarla, pero ella tenía la vista clavada en el oscuro horizonte.

—Cuando llega la inspiración.

Estuve a punto de preguntarle si estaba inspirada para escribir sobre una cita buena o sobre una mala, pero decidí que no quería saber la respuesta. En lugar de ello, conduje de nuevo el barco hacia el muelle en silencio, intentando no pensar en todas las cosas que estaríamos haciendo si fuera una cita de verdad.

—¿Te importa llevar el timón para que pueda coger las defensas? —le pregunté mientras nos acercábamos al atracadero.

Hazel me miró inexpresivamente.

—Ya has visto cómo conduzco.

—Cierto. ¿Puedes tirar un par de esas defensas por la borda y prepararte para atar ese cabo alrededor de un poste?

—Si con «defensas» te refieres a estos parachoques hinchables y con «cabo» a esta cuerda mojada, por supuesto —contestó, subiéndose al asiento trasero de la lancha.

Sus piernas largas, su cabello oscuro y aquel perfume misteriosamente femenino me hechizaron bajo la luz de la luna, haciéndome olvidar casi por completo que tenía que apagar el motor mientras iba hacia la rampa.

Hazel lanzó las defensas por la borda y el barco chocó limpiamente contra el muelle.

—¿Qué hago ahora? —me preguntó, sosteniendo el cabo.

—Envuélvelo alrededor del pilote y sujétalo —dije, saltando por encima del sillón para reunirme con ella, que estaba de pie en el asiento de atrás, inclinada muy precariamente sobre la borda.

—Cuidado, no te vayas a caer por la borda —le advertí, rodeándola con un brazo y atrayéndola hacia mí con la mano que tenía en su vientre.

Nuestros cuerpos chocaron y el mío se hizo instantánea y dolorosamente consciente de todas las suaves curvas del suyo.

«Sí. Aquí está. Por fin».

Fue como si la sangre me susurrara, como si le susurrara a ella y a la noche misma, mientras nos quedábamos inmóviles bajo la luz de la luna. ¿Cuánto hacía que no tenía a una mujer entre mis brazos? Mi mente repasó a toda velocidad los recuerdos y las líneas temporales. Justo antes del accidente de Laura estaba saliendo con alguien, aunque con cierta apatía. Y con la misma apatía rompí con ella antes de volver a casa. ¿De verdad esa fue la última vez?

El tiempo había ido pasando y ahora allí estaba, con una erección digna del monte Rushmore, rezando para que la escritora de novela romántica que la había causado no se hubiera dado cuenta.

—¿Y ahora qué hago? —preguntó Hazel tímidamente, agitando el extremo del cabo.

—Vale —dije entre dientes.

Le quité el cabo y lo até en silencio a la cornamusa con la poca sangre que me quedaba en el cerebro. El barco se balanceó bajo nuestros pies y Hazel perdió un poco el equilibrio. El instinto me hizo sujetarla con más fuerza. Y ese mismo instinto puso su culo torneado en contacto directo con mi erección. La agarré con el pulgar apoyado bajo sus pechos y el resto de la palma de la mano extendida sobre su vientre. Hazel se quedó inmóvil, pegada a mí. Noté cómo inhalaba con fuerza, oyéndola por encima del chapoteo del agua. Su ritmo cardiaco se aceleró bajo mi pulgar. Lo más caballeroso habría sido soltarla, pero me preocupaba que se cayera por la borda. Además había otra parte de mí, no tan caballerosa, que deseaba quedarse así el resto de la noche. La brisa le revolvió el pelo, esparciendo el sensual aroma de su champú, que no hizo nada en absoluto por calmar mi libido descontrolada. Necesité toda mi madurez y autocontrol para ponerle las manos en las caderas y separar nuestros cuerpos.

—Quédate aquí —dije con brusquedad, antes de soltarla.

Cogí la basura, sus zapatos y su bolso y los amontoné en el

muelle. Luego me bajé de la lancha, lo cual no era moco de pavo, con aquella erección monumental, y le tendí la mano a Hazel.

Apoya un pie en la borda y el otro en el muelle —le dije mientras sus dedos se cerraban sobre los míos.

Ella saltó con agilidad a los tablones de madera para ponerse a mi lado. La llevé a la parte más ancha del muelle por seguridad. Debería haberle soltado la mano. Debería haber retrocedido para dejarle espacio. Pero allí estábamos, cara a cara bajo el aire nocturno, mientras aquellos ojos oscuros como el whisky me miraban a través de unos párpados entrecerrados.

No estaba fingiendo. La necesidad de besarla, de tocarla, era real. Era lo único en lo que podía pensar mientras mi cabeza empezaba a bajar hacia la suya por iniciativa propia.

—Nunca he tenido una fase sexual de «hacerlo en todas partes menos en la cama» —me soltó de repente.

Retrocedí, volviendo a la realidad.

—Creo que no sé lo que significa eso.

—¿Sabes cuando empiezas una relación y todo es superapasionado y sexy y lo único que quieres es follar todo el rato, así que acabas haciéndolo en todas partes menos en la cama?

—Sí, supongo que sí.

Tenía algunos buenos recuerdos de «hacerlo en todas partes menos en la cama», sobre todo de cuando era más joven, pero me costaba pensar en otra cosa que no fuera la forma en la que la boca de Hazel se había movido al pronunciar la palabra «follar».

—No sé por qué acabo de decir eso —dijo, horrorizada—. Creía que a ti se te daban mal las citas, pero está claro que el problema soy yo.

—No se te dan mal las citas. Si eres… —A ver cómo acababa aquella frase. ¿Irresistible? ¿Superatractiva? ¿Tan atractiva que mi cuerpo reaccionaba como el de un adolescente?

—¡Eh, gilipollas! —gritó alguien en la oscuridad.

Se oyó claramente un «oinc» mientras alguien se acercaba por el muelle con pasos furiosos.

Hazel abrió los ojos de par en par. Me giré para situarme entre ella y la inminente amenaza. La culpa fue de la falta de riego de mi cerebro. Y del cerdo con el arnés verde. Al tratar de evitar que trescientos kilos de cerdo criado en libertad trotaran hacia mí, me giré demasiado cerca de Hazel y, en lugar de apartarla para ponerla detrás de mí, la empujé y la tiré directamente del muelle.

—¡Joder!, Rump Roast.

—¡Idiota! —me gritó Levi mientras me lanzaba de pie al agua, ahora que el miedo se había encargado del problema de la erección.

Encontré una de las extremidades de Hazel y tiré de ella hacia arriba.

—Joder —balbuceó esta, cuando salimos a la superficie.

—¿Estás bien? —le pregunté, sujetándola sobre el agua.

—Creo que sí. Bueno, un poco mojada. ¿Eso era un cerdo?

—¿Te refieres a mi hermano, o a Rump Roast? Porque, básicamente, los dos van a donde les da la gana.

Hazel escupió una bocanada de agua del lago.

—Este pueblo es de chiste.

Una mano bajó hacia nosotros e impulsé a Hazel hacia ella.

Levi tiró de ella para volver a subirla al muelle y luego se tomó su tiempo antes de hacer lo mismo conmigo.

Me tiré sobre las tablas de madera como un siluro con sobrepeso y me quedé mirando el cielo estrellado. Rump Roast me dio un golpecito con el hocico y se fue corriendo hacia el aparcamiento.

—No te imaginaba robando barcos —le dijo Levi a Hazel mientras esta se escurría el pelo.

—Te prometo que no ha sido idea mía —replicó ella.

—¿Cómo te has enterado de que lo había cogido? —le pregunté.

—Por el localizador —contestó Levi, levantando el teléfono—. Le puse uno cuando Gage me la robó para impresionar a aquella pelirroja de Long Island el verano pasado.

Hazel se dio la vuelta, lanzando gotas de agua en todas direcciones.

—¿Le robaste la idea de la cita a tu hermano?

—Él me la robó a mí —aseguré—. Le cogí el barco a mi padre en el instituto para impresionar a una chica.

—¿A Nina? —me preguntó Hazel.

—¿De qué conoces a Nina?

Levi nos miró a ambos.

—¿Habéis tenido una cita?

—¡Qué va! —exclamó Hazel de inmediato, como si fuera lo peor de lo que la podían acusar en el mundo—. Es decir, no una de verdad. Solo era para documentarme. Aunque Nina cree que estamos saliendo. ¿Te lo ha dicho Laura? —me preguntó.

—¿Qué? ¿Cómo? ¿Por qué? —farfullé.

—¿Cómo se te ocurre robarme la lancha? —me preguntó Levi.

—Tu lancha está perfectamente. Ya me echarás la bronca después —le solté, antes de girarme hacia Hazel—. Mejor te llevo a casa.

—¿Seguro que no prefieres que te lleve yo? Este acaba de tirarte al lago —señaló el gilipollas de mi hermano.

—Vete a la mierda, Livvy —murmuré mientras arrastraba a Hazel hacia el aparcamiento.

Una vez en la camioneta, cogí mi camisa de vestir del asiento trasero y se la di.

—Toma. Está seca.

Si esperaba timidez, estaba muy equivocado. Hazel cogió la camisa e inmediatamente se quitó el vestido, el mono, o lo que fuera aquello, para quedarse solo con el sujetador negro de encaje y las bragas.

«Joder».

Se puso mi camisa por encima, intentando abrochársela con los dedos congelados. No sabía qué era más sexy, si ver a Hazel en ropa interior o con mi camisa puesta. Intenté concentrarme en la búsqueda de ropa seca, pero tardé diez veces más de lo normal en encontrar unos pantalones cortos y una toalla en la bolsa del gimnasio.

Me quedé en ropa interior y me puse los pantalones cortos antes de que se diera cuenta de que volvía a estar empalmado.

—Toma, para el pelo —le dije, pasándole la toalla—. La tenía en la bolsa del gimnasio. Tal vez esté usada.

—A caballo remojado no se le mira el diente —contestó ella,

dejando de intentar abrocharse los botones y enrollándose la toalla alrededor del pelo.

Me entretuve ajustando las rejillas de ventilación y encendiendo la calefacción del asiento.

—No pretendía…, ya sabes —dije.

—¿Tirarme al lago? —preguntó ella.

—Sí. Eso.

—¿Estás de coña? Es una mina de oro para mi inspiración. Puede que ahora mismo tenga los dedos demasiado congelados por el agua del lago como para teclear, pero en cuanto se me descongelen, voy a escribir una escena que te cagas.

Llegamos a su casa calados hasta los huesos y me detuve al lado de la acera con el motor en marcha.

—Bueno, gracias por… todo —dijo Hazel, poniéndose los tacones.

—Te acompaño a la puerta —dije.

—Cam, si algo tengo claro es que ya podemos dar por finalizada la falsa cita. Puedo apañármelas sola.

Pero yo ya estaba saliendo obstinadamente de la camioneta. Me puse la americana sobre el torso desnudo por si algún vecino estaba pegado a la ventana y me calcé las zapatillas de deporte antes de rodear la camioneta para abrirle la puerta.

Hazel se bajó y mi camisa se le subió por los muslos, dejándome vislumbrar de nuevo el encaje negro. Levanté la vista hacia la luna e intenté recordar la sensación del agua cubriéndome la cabeza, pero nada podía distraerme de la necesidad carnal.

Cogí sus cosas mojadas y las sujeté delante de la entrepierna mientras cruzaba detrás de ella la puerta del jardín para ir hasta la entrada de la casa.

Hazel se giró hacia mí. El maquillaje de los ojos se le había corrido en todas direcciones, dándole un aspecto de rockera gótica. Su pelo era como un tornado húmedo. Y su ropa interior mojada ya había creado unas manchas de humedad fascinantes en el tejido de mi camisa. El problema era que ella no parecía ni de lejos tan afectada como yo por nuestro estado de semidesnudez.

—Gracias por ayudarme a documentarme —dijo, tendiéndome la mano ceremoniosamente—. Te lo agradezco mucho. Y prometo no obligarte a volver a hacerlo.

Miré la mano que me ofrecía y luego volví a centrarme en su boca. Definitivamente estaba a punto de hacer una estupidez tremenda.

—No es así como suelo acabar las citas —le solté.

—Esto no ha sido una cita. Ha sido una transacción comercial —replicó ella, soltándome la mano.

—Pues la transacción aún no ha terminado.

Di el paso. Dejé caer sus cosas al suelo y estreché su cara entre mis manos. La hice retroceder hasta la puerta, bajé la boca y la besé con todas mis fuerzas. Tenía la cara fría y suave, pero los labios calientes y firmes. Cuando los abrió para mí, saboreé la embriagadora combinación de cerveza, agua del lago y deseo.

Ella posó las manos heladas sobre mi pecho desnudo y, justo cuando pensaba que iba a apartarme, las deslizó bajo mi chaqueta, atrayéndome más hacia ella.

Nuestras lenguas se encontraron y se enredaron. El pequeño gemido que emitió sobre mi boca me hizo pasar de estar ligeramente excitado a ponérmela dura como una piedra. Por fin pude sentir su desesperación y su deseo, todo ello enmarañado con una tensión que la hacía temblar contra mí. Sin pensármelo dos veces, empujé mis caderas hacia ella, inmovilizándola contra la puerta. Sus uñas se clavaron en mi espalda mientras la sangre retumbaba en mis oídos. Aquella mujer era capaz de matarme con sus besos y parecía dispuesta a hacerlo. Y yo estaba a dos segundos de despelotarnos a ambos en el porche.

Me despegué de su boca, poniendo fin al beso sin previo aviso. Ella se dejó caer contra la puerta, golpeando la madera con la cabeza. Los dos estábamos jadeando y, en aquel preciso instante, con mi erección pegada a ella y sus manos sobre mí, nos miramos fijamente, como si pudiéramos vernos el alma.

—Ahora sí ha terminado —declaré.

25

De morros y de culo

Hazel

Mi héroe le estaba dando un beso de infarto a mi heroína mientras la inmovilizaba contra la puerta de su casa con una erección maravillosamente obscena, cuando el tono de llamada del móvil interrumpió la música que estaba escuchando. Me sobresalté, parpadeé y me quité los auriculares de un tirón.

Era de día. Tenía los hombros llenos de contracturas duras como el hormigón. Y alguien estaba llamando a la puerta.

—Virgen santísima, ¿cuánto tiempo llevo escribiendo? —me pregunté, con una voz tan áspera como la de una rana croando. Cogí el teléfono y me levanté—. ¿Qué? Es decir, ¿sí? —dije mientras iba hacia la puerta principal arrastrando los pies.

Todavía estaba con la camisa de Cam, por aquello de la inspiración, pero al menos me había cambiado las lentillas por las gafas y me había puesto unos pantalones cortos y unas pantuflas mullidas al llegar a casa, antes de sentarme delante del portátil.

—Pero si es mi nueva concejala favorita —me dijo Darius al oído.

—Hola, Darius. ¿Qué puedo hacer por ti? —dije con voz ronca, abriendo la puerta principal contra la que horas antes me habían dado un beso de infarto. En la vida real. Y había sido Campbell Bishop. Alias «el cactus». El alcalde estaba en la puerta con el teléfono en la oreja. Sonrió y colgó—. He venido a acompañarte personalmente al bingo. Pero veo que a lo mejor debería haber llamado antes.

Me llevé la mano a la cabeza, donde encontré una maraña de pelo secado al aire. Me picaban los ojos y tenía la piel pegajosa.

—¿Qué hora es? —le pregunté, entornando los ojos ante la luz del sol, como un vampiro recién salido del ataúd.

—Algo más de la una. Del domingo —añadió amablemente.

Me había pasado toda la noche escribiendo. Porque estaba inspirada.

—Mierda —farfullé—. Tengo que ir a comprobar una cosa. Entra. O no, como quieras. —Dejé la puerta abierta y fui hacia mi despacho. Sacudí el ratón para activar la pantalla—. ¡No jodas! —exclamé.

—¿Todo bien? —gritó Darius—. ¿Puedo arreglar algo, o llamar a alguien?

Volví corriendo al pasillo y le di una palmada de alegría al chaval en el hombro.

—¡He escrito diez mil palabras! ¡En una noche! —Empecé a dar saltitos, representando un torpe baile triunfal.

—Parece mucho —dijo el alcalde, poniéndose a saltar conmigo.

—¡Lo es! —exclamé, bailando el pogo con él en un círculo.

Campbell Bishop, aquel cabrón irascible, se había convertido en mi amuleto de la suerte. Madre mía. ¿Cuánto escribiría si me acostaba con él? Dejé de saltar. Con un solo beso, aquel tío había conseguido que me pusiera a crear una maratón de escenas, como si fuera Brandon Sanderson con un proyecto secreto. Si me lo tiraba, a lo mejor empezaba a producir series como una loca. O a lo mejor me moría por un exceso de orgasmos demasiado intensos, que era lo más probable.

—Volviendo a lo del bingo. ¿Quieres cambiarte antes de que nos vayamos? —me preguntó Darius, esperanzado.

—Vale. Estoy un poco confusa —reconocí—. ¿Desde cuándo en el bingo hay espectadores? ¿Y equipos?

Estábamos sentados en las gradas que había a orillas del

lago, bajo una gran carpa blanca que ondeaba con entusiasmo bajo la brisa veraniega. Ante nosotros, las pistas de *pickleball* se habían transformado en una especie de sala de bingo con mesas y sillas plegables.

Los equipos, cada uno con su propia camiseta, parecían estar calentando en la cancha, mientras la mayoría del resto de habitantes de Story Lake llenaban las gradas.

—Tú estás pensando en el bingo normal. Esto es el Bingo Definitivo —dijo Darius—. Lo hemos inventado nosotros.

—Cómo no. —Le di un mordisco al perrito caliente que le había comprado a Quaid, un surfista moreno con un pecho enorme que había instalado una parrilla y una nevera en el aparcamiento. El mismo en el que Cam y yo nos habíamos quedado semidesnudos la noche anterior.

Hablando de Cam semidesnudo…

Los tres hermanos Bishop se acercaron al borde de las pistas de *pickleball*. Sin camiseta. Tenían la cara y el pecho pintados de azul, con unas letras blancas que ponían «BI-SH-OP». El gigantesco perro de Laura, Melvin, también llevaba una camiseta azul de Bishop Brothers. Supuse que estaban animando al equipo de Pep y Laura, Las Carpas Azuladas. Carpa de pez, no de tienda de campaña.

Cam me miró y me saludó con la cabeza.

Levanté la mano para saludarlo, cohibida. Luego miré a mi alrededor. Podría estar saludando a cualquiera. Seguramente no era por mí. ¿No? A menos que siguiera haciendo de novio literario. Por si ese era el caso, me entretuve fantaseando con que me arrancaba la ropa para hacerme cosas muy picantes que luego yo reproducía sobre el papel. El corazón me dio un vuelco, recordándome que hasta el más leve coqueteo me hacía pasar de cero a cien en la autopista de la atracción física.

No estaba preparada para Campbell Bishop. No podría soportarlo. Aunque en el fondo me moría por probar suerte.

Aparté los ojos de aquel trío de torsos desnudos fingiendo estar concentrada en el juego, que aún no había empezado.

—¿Y qué hacen los equipos? —pregunté al ver que Laura se acercaba a una de las mesas y Pep empezaba a masajearle los hombros como una entrenadora de boxeo. Los tres hijos de Laura permanecían apiñados detrás de ellas, como si estuvieran elaborando una estrategia.

Había jugado al bingo *drag queen* en varias ocasiones, pero para eso no hacían falta uniformes de equipo... ni una hilera de espectadores sujetando tapas metálicas de cubos de basura.

—Es más fácil explicarlo sobre la marcha. Incluye un poco de historia del pueblo y algunas tradiciones locales —reveló Darius.

—¿Para qué tradición local son las tapas de los cubos de basura?

—Esos son los Supervisores de Saneamiento. Determinan la puntuación extra por insultos de cada equipo. También supervisan la limpieza después de cada partido —dijo, como si tuviera algún sentido.

—Ah. Eso no suena nada raro. —Por si acaso, me pellizqué en el brazo—. Pues no. Definitivamente, estoy despierta y esto está pasando de verdad.

El hombre que se encontraba sentado al otro lado de Darius atrajo su atención con una pregunta sobre el horario de recogida de basura el día del Trabajo, así que volví a mirar fijamente la musculosa figura de Cam.

—¡Hola! —Zoey se sentó a mi lado. Llevaba un vaso de plástico en la mano con un líquido morado superfrío que olía como si tuviera todos los tipos de alcohol del mundo mezclados—. ¿Qué leches es esto?

—Una especie de bingo mutante —contesté—. Pero la pregunta más importante es: ¿Y eso?

Ella se encogió de hombros y levantó el vaso.

—Un par de señoras piripis que estaban haciendo botellón en el aparcamiento los estaban preparando con una batidora. Me han dicho que se llamaban «palominos de sirena». O al menos eso les he entendido, entre las risas y los balbuceos. ¿Quieres probarlo?

Negué con la cabeza.

—Creo que paso. —Tirarme toda la noche en vela escribiendo me había dejado una vaga sensación de resaca.

—Tú misma. En fin, que iba hacia tu casa, pero he visto a esas chifladas y me ha picado la curiosidad. Hablando de curiosidad. ¿Por qué tienes tan buena cara?

—Qué mala eres.

Se acercó tanto a mí que pude oler las cebollas que había almorzado.

—Te veo muy contenta —dijo con suspicacia.

Yo resoplé. Dos veces. Y luego solté una carcajada para disimular el exceso de resoplidos. Aunque dos de los hermanos de Cam sabían lo de nuestra cita falsa, no quería meter la pata contándoselo a Zoey… y menos allí, rodeada de toda la población de Story Lake.

—¿Qué? ¿Yo? ¿Contenta? Qué va. Sigo hecha una mierda. Pero he escrito diez mil palabras de una sentada.

—¿En serio? —Me dio un empujón tan fuerte en el brazo que casi me caigo.

Mmm. ¿Y si mi heroína se caía de las gradas y aterrizaba en los fuertes y heroicos brazos del Cam literario? Lo de mirarse fijamente a los ojos podría funcionar. Aunque teniendo en cuenta que acababan de pescarla del lago, a lo mejor debería darle un respiro durante unos cuantos capítulos antes de tirarla de cualquier otro sitio.

—Hola. ¿Adónde te has ido? —me preguntó Zoey, sacudiéndome por los hombros—. Me pones los pelos de punta cuando desconectas de esa forma.

—Cosas de libros —dije, como única explicación—. Y para de empujarme. Ya me han tirado al lago. No necesito caerme de las gradas delante de mi electorado.

—¿Quién te ha tirado a un lago? ¿Quieres que le dé una paliza? ¿Y por qué lo dices tan contenta?

Me libré de responder porque, de repente, todo el público se puso en pie.

—¿Qué pasa? —pregunté.

—Es la ceremonia de apertura —explicó Darius mientras nos levantábamos.

Los Jilgueros de Story Lake, ataviados con camisetas patrióticas, subieron al escenario del bingo e interpretaron a capela el himno nacional de Estados Unidos. Cuando se extinguió la última armonía, los seis equipos se pusieron unos frente a otros y se inclinaron solemnemente.

Scooter Vakapuna se alejó de Los Jilgueros y cogió el micrófono.

—¡Bienvenidos al Bingo Definitivo, «lagueros»! —dijo con una voz que retumbó por los altavoces.

La multitud enloqueció. Zoey y yo nos encogimos de hombros y nos unimos al jolgorio.

—G55 —anunció Scooter por el micrófono.

—¡Ted está vivo! —respondieron los jugadores, poniéndose las manos en las mejillas como en *Solo en casa*.

Sonó un silbato y uno de los supervisores se levantó.

—Cinco puntos menos para Las Rémoras. Willis no ha usado las dos manos para el «Ted está vivo». —Los espectadores se mostraron divididos ante la decisión.

—¿A qué se refiere? —le pregunté a Darius.

—En 1953, un vecino de Story Lake llamado Ted Branberry salió a pescar solo a primera hora de la mañana. Encontraron su barca a la deriva en el lago sin rastro de él, así que lo dieron por muerto. Pero resultó que había fingido su propia muerte por una deuda de juego y lo encontraron vivito y coleando, haciéndole los coros a un cantante de bodas, bautizos y comuniones en Reno.

—Caray. —Ojalá me hubiera llevado el cuaderno.

—¡Uy, esta sí que es buena! ¡N31! —gritó con ímpetu Scooter por el micro.

—¡Levántate y corre! —respondió el público a coro.

Observamos con asombro cómo las personas que tachaban los números, que estaban sentadas, entregaban los rotuladores al compañero más cercano, dando lugar a una extraña carrera de relevos. El resto de miembros del equipo interfería y, a veces, frenaba físicamente a otros corredores que iban a toda pastilla por la improvisada sala de bingo.

—¡Vamos, Isla! —grité, cuando la hija de Laura esquivó a

— 281 —

uno de los miembros del equipo De Perdidos al Lago y se abrió paso entre una marea de cuerpos. Mientras sus hermanos bloqueaban a los demás, Isla realizó todo el recorrido con sus piernas larguiruchas y regresó al lado de su madre.

Laura cogió el rotulador y tachó algo en la tarjeta con aire triunfal.

—¡Bingo, cabrones!

El público, que a esas alturas ya estaba gritando más que con un *touch down* de la Super Bowl, se volvió loco, ahogando la ovación de los Supervisores de Saneamiento por el taco que Laura acababa de soltar. Los hermanos Bishop —y su padre, que había cerrado la tienda para estar allí— saltaban y se abrazaban. En el campo de *pickleball* —perdón, de bingo— el equipo Bishop lo celebró agitando las camisetas por encima de sus cabezas.

—¡Este es el mejor deporte del mundo! —gritó Zoey.

Hice bocina con las manos y aullé hasta que me dolió la garganta, mientras el equipo Bishop recibía una ovación con tapas de cubo de basura incluidas por parte de los Supervisores de Saneamiento.

La oficiante del bingo levantó ambas manos en forma de uve.

—La victoria ha sido verificada —anunció.

—¡Pues este es el juego! —gritó Darius, por encima de la algarabía de la celebración.

Me encontré chocando los cinco con todo el mundo, en un radio de tres filas.

Los ánimos estaban caldeados cuando los equipos se reunieron en el centro del campo para entrelazar los brazos y tomarse un último chupito ceremonial. Los jugadores del bingo se pusieron de cara al público y levantaron los vasitos de plástico.

—¡Bingo! —gritaron al unísono.

Todo el mundo a nuestro alrededor alzó los brazos y gritó:

—¡Definitivo!

Como conjurado por la consigna, Goose alzó el vuelo majestuosamente sobre el lago. La multitud exclamó maravillada.

Hasta que el pájaro gigante vio a un niño con un perrito caliente y se lanzó en picado sobre él. El niño, que obviamente llevaba tiempo en Story Lake, tiró el perrito hacia un lado y salió corriendo hacia el otro.

Los Supervisores de Saneamiento golpearon las tapas de los cubos de basura como si fueran platillos una última vez. La ovación fue entusiasta y prolongada.

—Bueno, ha merecido la pena salir de casa para esto —dije, aplaudiendo junto con todos los demás.

—Deberían televisarlo —le dijo Zoey a Darius.

Él levantó los brazos.

—Llevo años diciéndolo.

Cam se alejó de la pista de *pickleball* y echó un vistazo al público. Cuando estableció contacto visual conmigo, inhalé de golpe y me atraganté con mi propia saliva.

Sin mirarme, Zoey me pasó su vaso de palominos de sirena y le di un trago.

Cam hizo un gesto con la cabeza hacia el aparcamiento. Yo tosí por última vez y me señalé a mí misma.

—¿Yo? —susurré.

Él puso los ojos en blanco. Sí, sin duda iba por mí.

—Ahora vuelvo —dije, dejando a Zoey y a Darius profundizando en el tema de televisar el bingo.

Mi avance se vio obstaculizado por los habitantes del pueblo, que me paraban a cada paso.

—Me alegro de verte, concejala.

—¿Has disfrutado de tu primer bingo?

—Está claro que Goose no ha muerto.

Yo sonreía, asentía con la cabeza y devolvía los saludos sin perder de vista a Cam, que se estaba abriendo paso entre la gente que lo saludaba a él.

Esa era la vida de pueblo sobre la que me había pasado toda mi carrera escribiendo. Allí todos se conocían y la gente te paraba por la calle para charlar. Me di cuenta de que me gustaba. Mucho más que el anonimato de la vida en la ciudad.

Cam había desaparecido cuando llegué al campo. Sus hermanos y su padre seguían siendo el centro de atención, al lado de la valla. Bueno, al menos Gage y Frank. Levi tenía pinta de haber tenido suficiente diversión para un mes y estaba intentando escabullirse.

Rodeé las gradas, donde ya no había tanta gente, y estaba empezando a pensar que me habían plantado cuando alguien extendió un brazo desnudo y me agarró, arrastrándome hacia las sombras como un troll de las gradas de un cuento de hadas.

Solté un chillido agudo.

—Relájate. Soy yo —gruñó Cam—. ¿Quién creías que era?

—Un troll de las gradas.

Cam sacudió la cabeza.

—Tu mente da miedo.

—Ni te lo imaginas.

Él frunció el ceño y se acercó más a mí.

—Pareces cansada.

—Y tú pareces un pitufo vigoréxico.

—No seas borde con los que participan, Calamidad. ¿Por qué tienes cara de haberte pasado toda la noche despierta?

—Porque es lo que he hecho. Y cuando te pasas toda la noche en vela a los treinta y tantos, tu cara suele delatarte.

—¿No podías dormir? —me preguntó, recostándose sobre un soporte y cruzándose de brazos.

La pintura azul no hacía más que acentuar su pecho musculoso y sus abultados bíceps. Me pellizqué de nuevo. Nada. Seguía sin estar soñando.

—Me dejé llevar escribiendo.

—¿Toda la noche? —preguntó.

—¿Qué quieres? Cuando una está inspirada, hay que aprovechar.

La cara azul de Cam se volvió de repente más arrogante.

—Me alegra haberte resultado útil.

—Yo no he dicho que tú me inspiraras.

—Pues claro que fui yo —replicó, con la confianza que uno necesita para pintarse la cara.

—Puede que consiguieras sembrar algunas ideas que luego adorné —respondí, escaqueándome.

—Entonces no te pareció tan mal lo del beso.

Intenté reírme, pero resoplé.

—¿Tenías alguna duda?

Cam sonrió.

—No.

—Madre mía. ¿Estás comprobando si me arrepiento de nuestro minirrollo? Qué mono —bromeé.

Esa vez fue él quien resopló. Pero a diferencia de mí, lo hizo a propósito.

—Más bien estaba comprobando que no te hubieras enamorado de mí y hubieras empezado a diseñar las invitaciones de boda.

—Solo me estaba documentando, colega.

—Pues la documentación te ha tenido despierta toda la noche —señaló.

—Puf. Que sepas que tengo una imaginación desbordante. Tú y tu arrogancia solo habéis sido una pizca prácticamente insignificante de esa inspiración. Además eres tú el que debería tener cuidado. Soy un partidazo. Como pases demasiado tiempo conmigo, acabarás talando árboles para construir un altar para la boda —le advertí.

Estábamos discutiendo debajo de las gradas, como un par de adolescentes tonteando. Hasta hacía un par de semanas, la última discusión que había tenido había sido por gritarle a un tío en la calle que me había escupido en el bolso.

Cam sonrió.

—¿Anoche pensaste en mí? —le pregunté.

Él se encogió de hombros con arrogancia.

—Solo para preguntarme cuándo recuperaría la camisa.

—Ya está en la lavadora —mentí.

—Entonces ¿todo en orden? —preguntó.

—Por supuesto. No volví a pensar en ti desde que te fuiste de mi casa en pantalones cortos de deporte y americana. —Las falsedades se estaban acumulando.

—Ah. Y ya has acabado de documentarte —dijo rápidamente.

Sentí un hormigueo en mis partes bajas que estaba decidida a ignorar.

—Por supuesto. Estás fuera de peligro. Gracias por tus servicios.

Él asintió con la cabeza.

—Bien.

—Genial. —Me estaba enfadando y excitando al mismo tiempo. No sabía muy bien qué hacer al respecto—. Bueno, pues ya nos veremos... por mi casa —dije.

—Vale.

Debería irme antes de hacer o decir alguna estupidez más. Di media vuelta y estaba a punto de largarme sacudiendo el pelo con arrogancia, cuando él me agarró por la muñeca y me hizo girarme hacia él.

Fue como chocar contra una barrera de hormigón.

—Esa puta boca —gruñó.

Y de repente Campbell Bishop me besó de nuevo. Solo que esa vez no estábamos en medio de una cita falsa, lo que sin duda complicaba las cosas.

Como si me hubiera leído el pensamiento, empezó a besarme más apasionadamente. Su lengua sometió a la mía con movimientos magistrales. Me estaba quedando sin aliento. Dios, ni siquiera sabía si debería seguir respirando. Mientras la boca de Cam estuviera pegada a la mía, la supervivencia era lo de menos.

Empezamos a girar y mi espalda chocó contra el frío metal. Cam me estaba devorando, saboreando, destrozando. Y entonces empezó a mover posesivamente aquellas manos grandes y ásperas. Me agarró el culo y me pegó a su cuerpo hasta que sentí su excitación.

Dado que él me estaba manoseando, supuse que yo tenía permiso para hacer lo mismo. Así que bajé una mano entre los dos y le agarré aquella escandalosa erección a través de los vaqueros. Y vaya si había donde agarrar. Había dado vida a muchos héroes bien dotados en la ficción, pero el de Cam era, con diferencia, el miembro más grande con el que me había topado en la vida real.

Gimió sobre mi boca y me sentí la mujer más poderosa del mundo.

Entonces una de sus manos renunció al control de mis nalgas y subió hasta mi pecho. Cuando jadeé, volvió a hundir su lengua en mi boca como si quisiera saborearla.

Lo agarré con más fuerza a través de la tela vaquera y sentí su pulso hipnótico en mi mano.

—Joder —murmuró, antes de levantarme con un solo brazo.

Mis piernas se enroscaron en su cintura como dos boas constrictor hambrientas, mientras sus caderas y su erección me inmovilizaban.

Empezó a frotarse contra mí y los dos gemimos. Hundí los dientes en su labio inferior como si fuera toda una experta en sexo. Una «sexperta». Él contraatacó metiéndome mano por debajo de la camiseta de tirantes y agarrándome de nuevo un pecho. Una fina capa de tela separaba su piel de la mía. Mi pezón se puso duro como una piedra contra aquella mano fuerte y cálida, amenazando con abrirse paso a través de todas las barreras que lo separaban del tacto de Cam.

—Esto es una mala idea —dije con un gemido.

Nos encontrábamos en un lugar público. Toda la población de Story Lake se encontraba a menos de cien metros de donde nos estábamos enrollando.

—Malísima. Terrible —dijo Cam, dándome la razón, antes de lanzarse de nuevo a por mi boca.

—Joder. ¿Cómo puedes ser tan bueno?

—Cuestión de práctica —replicó Cam, antes de meterme otra vez la lengua y hacerme ver las estrellas.

—Definitivamente deberíamos… dejar… de besarnos —jadeé.

—Ya voy —gruñó él, antes de pegar sus labios a los míos una vez más.

Fue más o menos en ese momento cuando empecé a pensar que deberíamos quitarnos la ropa. También fue más o menos en ese momento cuando me sonó el móvil en el bolsillo de atrás.

—Oigo su teléfono. Tiene que estar por aquí. —Escuchamos la voz de Zoey por encima del bullicio de la multitud.

—Mierda —murmuró Cam.

Me dejó en el suelo y retrocedió mientras yo volvía a aprender a sostenerme sobre mis propias piernas.

— 287 —

—Creo que se nos ha ido un poco de las manos —dije con un hilillo de voz. Cam tenía los brazos en jarras y miraba fijamente hacia el suelo… o tal vez hacia la evidente erección del interior de sus vaqueros—. Cam.

—Ni se te ocurra pronunciar mi nombre. Y menos con esa voz. Intento concentrarme —dijo.

—¿Concentrarte en qué? —le pregunté, exasperada.

—No puedo salir de aquí así —respondió, señalando su entrepierna.

El teléfono volvió a sonar y lo silencié enseguida.

—Creo que debería… marcharme. A buscar a Zoey —dije, señalando indecisa con el pulgar por encima del hombro. Cam seguía mirando fijamente sus partes bajas con el ceño fruncido. Me alejé un paso de él, pero volví a girarme—. Una preguntita rápida. ¿Esto ha sido un calentón pasajero? ¿Un error garrafal? ¿O has creído que me vendría bien documentarme un poco más? Porque, a ver, ha sido increíble. Besas muy pero que muy bien. En ese sentido no tengo ninguna queja. Pero estoy un pelín… perdida.

Por fin me miró. El calor que desprendían aquellos preciosos ojos verdes estuvo a punto de hacer que se me cayeran las bragas.

—¿Por qué tiene que ser todo tan complicado? Me gustó besarte, así que he vuelto a hacerlo.

Asentí con la cabeza.

—Claro. Obvio. Tiene sentido. Una preguntita más. ¿Tienes pensado volver a besarme?

—Te mantendré informada.

—Genial. Perfecto. Estupendo. Entonces me voy —repliqué, haciendo que le disparaba con los dos dedos índices.

«Ay, Dios. Sálvame de mí misma».

—¡Hazel! —exclamó Cam.

Me detuve y me di la vuelta.

—¿Sí? —susurré esperanzada y más salida que el pico de una plancha.

—Tienes la cara azul.

—¡Joder, Cam!

Quitándome la pintura con la parte inferior del top, salí a toda prisa de debajo de las gradas justo cuando mi teléfono volvía a sonar.

Encontré a Zoey esperándome cerca del aparcamiento.

—Hola. Estaba poniéndome al día con algunos... lugareños. —Aquello no sonó nada natural.

—¿«Lugareños»? ¿Qué estás escribiendo, una novela histórica? ¿Y por qué tienes la cara azul? —preguntó Zoey.

Volví a frotarme la barbilla.

—Debo de haberme manchado... con algo recién pintado. Oye, ¿vamos a cenar algo?

—Me parece estupendo —contestó ella mientras yo iba hacia la bicicleta—. ¿Tienes la huella de una mano azul en el culo?

—¿Qué? No —resoplé, limpiándome la parte de atrás de los pantalones—. Es que... me he caído.

—¿Te has caído a la vez de morros y de culo sobre un charco de pintura azul?

—¿Te apetece una pizza?

26

Un brusco despertar

Campbell

La había liado.

Besar a Hazel durante la cita falsa había sido una estupidez. Pero volver a besarla en público solo porque me apetecía había sido una cagada monumental. A mí no me interesaba tener una relación y, obviamente, era imposible que una escritora de novela romántica buscara un rollo pasajero sin complicaciones.

Acababa de tirarme otra noche casi sin dormir, luchando contra mis bajos instintos, mientras estos proyectaban una secuencia interminable de todas las cosas que Hazel y yo podríamos estar haciendo desnudos.

Por eso estaba parado delante de Heart House, valorando los pros y los contras de ser un cobarde mentiroso y decirles a mis hermanos que tenía demasiada resaca para trabajar. Si les decía que estaba enfermo, mi madre se enteraría y se presentaría en mi casa con una sopa de pollo, una bolsa de medicamentos para la gripe y el resfriado, y un montón de consejos maternales innecesarios.

Lo único que me impedía elegir la opción más cobarde era que Levi y Gage ya estaban dentro. Y ambos habían demostrado ya demasiado interés por Hazel. Puede que yo no estuviera interesado en tener una relación con ella, pero eso no significaba que fuera a hacerme a un lado y dejar que alguno de ellos intentara camelársela.

Yo la había besado primero.

Desvié la mirada hacia el libro que tenía en el salpicadero. El segundo de la serie, porque el primero ya lo había acabado.

Ay, joder. Llevaba demasiado tiempo sin sexo, eso era todo. No es que estuviera pillado por aquella mujer desquiciante. Simplemente me gustaba su tacto, su sabor... y su forma de reír.

—Hay que joderse —murmuré, desabrochándome el cinturón de seguridad.

Cogí el cinturón y el cubo de la parte de atrás de la camioneta y entré en la casa. No había ni rastro de Hazel, aunque tampoco es que la estuviera buscando a ella específicamente.

—Anda, mira quién ha decidido unirse a nosotros, por fin —dijo Gage, cuando aparté la lona de plástico que hacía las veces de cortina de la cocina demolida. Estaba irritantemente alegre aquella mañana.

Yo le gruñí.

Levi respondió con otro gruñido.

—Nos queda algo más que demoler por aquí, pero acabaremos hoy. Los carpinteros van a venir esta tarde a tomar medidas. Hemos pensado que podríamos acabar de derribar el baño y los armarios de arriba. Cuando la dormilona de nuestra clienta se despierte, claro —dijo Gage.

¿Hazel creía que podía quitarme el sueño mientras ella recuperaba el suyo? Ni de coña. Cogí el mazo.

—¿Adónde vas con eso? —me preguntó Levi, sin demasiado entusiasmo.

No le contesté. Subí las escaleras de dos en dos hasta el piso de arriba y entré en el cuarto que estaba detrás del de Hazel. Después de comprobar rápidamente que la llave de paso del lavabo encastrado del baño estuviera cerrada, me puse las gafas de seguridad, levanté el mazo y lo dejé caer, golpeando el mueble combado.

El armatoste se desprendió por completo de la pared con un agradable estruendo. Volví a levantar el mazo, esa vez

— 291 —

para golpear el horrible azulejo de color rosa chicle. Este se hizo añicos, lanzando fragmentos de porcelana octogonal en todas direcciones. Se oyó un grito ahogado al otro lado de la pared.

—¡Aaah! ¿Qué coño es eso? —Asesté otro golpe con arrogancia y la cabeza del mazo atravesó el yeso. Lo estaba levantando de nuevo cuando oí unos pasos—. Pero ¿a ti qué te pasa? —me chilló Hazel desde la puerta.

Apareció con el pelo recogido en una trenza medio deshecha y las gafas torcidas, vestida con una camiseta de tirantes de David Bowie y, o los pantalones más cortos del mundo, o unas bragas. De repente me arrepentí de la decisión de haber interrumpido su sueño.

—Muchas cosas. Pero ninguna que una buena noche de sueño no cure.

—Ahora mismo tengo ganas de matarte —replicó Hazel, viniendo hacia mí, pero yo la intercepté en la puerta y le cerré el paso.

—Estás descalza y hay trozos de azulejos por todas partes.

—¿Y de quién es la culpa? —Se frotó la cara con las manos—. ¿Qué hora es?

—Las siete y media.

—¿Estás de coña? Me he acostado hace tres horas, gilipollas.

De repente me sentí mucho más animado que hacía un rato. Era lo que tenía la venganza.

—Ya sabías que íbamos a hacer ruido durante las obras. Nos diste permiso.

—No hay suficiente Pepsi en el mundo para esto —refunfuñó Hazel.

Luego dio media vuelta y se tropezó con el marco de la puerta.

La agarré y la llevé hacia el pasillo.

—¿De qué coño vas, Cammy? —dijo Gage, deteniéndose en seco. Levi chocó contra su espalda.

—¿Qué hacéis aquí arriba? —les pregunté, poniéndome delante de Hazel. Una cosa era que yo la viera así (otra vez) y otra, que la vieran mis hermanos.

—¿Aparte de intentar averiguar a qué vienen tanto ruido y tantos gritos? —preguntó Gage.

—Vuestro hermano es un tocapelotas —declaró Hazel, bostezando malhumorada.

—Nada que añadir —replicó Levi.

—Y eso que tú no te has criado con él —dijo Gage.

—Bueno, ahora que estamos todos despiertos, ya podemos ponernos a trabajar —dije, dándole un empujoncito a Hazel para que entrara en la habitación—. Buenos días por la mañana.

Ella levantó el dedo corazón y se dispuso a replicar.

Pero yo me adelanté cerrando de un portazo.

—Tío, pero ¿qué coño haces? —susurró Gage.

—Venga, chicos. Vamos a diseñar un plan de acción —dije, rodeando con un brazo a cada uno de mis hermanos—. Os invito a unos burritos para desayunar.

—¡Joder, Bertha! —gritó Hazel.

La puerta de su habitación se abrió y salió un mapache gordo y peludo. Se detuvo en medio del pasillo y se nos quedó mirando.

—¿Qué cojones es eso? —susurró Levi.

El mapache gruñó con desgana antes de ir tambaleándose hacia la habitación del fondo del pasillo.

—Necesito una foto tuya haciendo algo varonil para las redes sociales —anunció Hazel, apareciendo en la puerta de la habitación que se iba a convertir en su nuevo vestidor.

Al menos ya se había vestido.

Era por la tarde, habíamos tenido un día productivo de demolición y limpieza, y habíamos llevado a los chicos de los armarios por la cocina, el lavadero, el vestidor y los baños.

—Ni de puta coña —me limité a contestar.

—Me debes una por la emboscada de esta mañana.

—Disculpa a ese neandertal, es obvio que ha sido criado por lobos —se entrometió Gage—. ¿En qué puedo ayudarte?

Vi un brillo de malicia en los ojos de Hazel y me di cuenta de que estaba estrangulando el mango del escobón.

—Quería saber si podía haceros algunas fotos en plena acción, demoliendo. A mis lectores les encantaría ver a algún hombre atractivo blandiendo un mazo, sobre todo si es en mi futuro vestidor —explicó.

—Mi padre siempre dice: «Si el cliente te pide algo y puedes hacerlo, dile siempre que sí» —declaró Gage, con una de aquellas sonrisas encantadoras que hacían que me entraran ganas de arrancarle los dientes delanteros.

—Querrás decir «nuestro» padre —le recordé.

—Ya, pero está claro que yo era el único que le hacía caso —replicó Gage. Luego se giró hacia Hazel—. A ver, ¿dónde quieres hacerlas? ¿Con o sin camiseta?

—¿Necesitáis ayuda? —preguntó Levi, apareciendo en el pasillo ya sin camiseta y cubierto de sudor y polvo de yeso.

—Tiene que ser una broma —murmuré en voz baja.

Hazel les dedicó la más radiante de sus sonrisas.

—¡Sois los mejores!

—No, no lo son —refunfuñé, pero nadie me oyó. Estaban demasiado ocupados recibiendo instrucciones artísticas de Hazel.

Salí de la habitación y los dejé con aquello. Era el final del día, así que comprobé que la planta baja estuviera limpia y empecé a llevarme las herramientas y el material a la camioneta.

Gage y Levi se reunieron conmigo con las camisetas puestas.

—Ha sido un buen día —comentó Gage, mirando hacia la casa—. Los techadores empezarán pronto y los encofradores vienen mañana. Y el lunes, los fontaneros y los electricistas.

—Vamos avanzando —dije.

Él se giró hacia mí.

—Por cierto, esto no es el patio del colegio.

—Ahora mismo no tengo energía para aguantaros a ti y a tus metáforas —le solté.

—No puedes tirarle de las trenzas a la chica que te gusta y esperar que te corresponda, gilipollas.

—¿A qué chica? —repliqué, fingiendo que no sabía perfectamente de quién hablaba.

—¿Lo ves? —le dijo Gage a Levi—. Es tonto.

Puse los ojos en blanco.

—No me gusta Hazel. Pero tampoco quiero que le gustéis vosotros.

Levi me dio una palmada en el hombro.

—Hablas como un puto idiota.

—Mira, me da igual cuáles sean tus «sentimientos» —dijo Gage, entrecomillando de forma irritante con los dedos la última palabra—. Tienes que dejar de ser tan capullo con ella. Es una clienta. La más importante que hemos tenido en años.

—Ah, ¿sí? Pues tú no paras de tontear con ella y, cada vez que me doy la vuelta, Livvy está trastabillando con sus zapatos del cuarenta y nueve a su alrededor —señalé.

—En primer lugar, yo no tonteo con ella —me interrumpió Gage.

En vez de defenderse, Levi abrió una bolsa de patatas fritas y se metió una en la boca.

—¿Nada que decir a tu favor? —le pregunté.

—No —respondió con un crujido—. Pero he pillado a Cam saliendo con Hazel.

—Gracias. Muchas gracias, Livvy —le espeté.

Gage gimió.

—Tío, te voy a decir esto desde el cariño. En serio. Pero ¿tú me estás puteando? ¿Quieres cavar tu propia tumba? ¿En qué momento te ha parecido una buena idea intentar ligártela, cuando nuestra empresa está en juego?

—Solo ha sido una vez. Tuve con ella una cita falsa para que pudiera documentarse. Fue idea suya. Yo solo estaba siendo amable.

—Tú nunca eres amable —replicó Gage—. Ni se te ocurra acercarte a ella. Vas dejando un rastro de cadáveres a tu paso, allá donde vas.

—¿Qué quieres decir con eso? —Le quité las patatas a Levi y me serví.

—¿Cuándo fue tu última relación seria? Ay, es verdad. Nunca —dijo Gage.

—Sí he tenido relaciones serias.

Levi resopló y volvió a robarme las patatas.

—De eso nada —aseguró Gage—. Y de repente te parece buena idea liarte con una escritora de novelas románticas. Una mujer que se gana la vida escribiendo finales felices. Una mujer de la que ahora mismo depende exclusivamente nuestra empresa.

Invadí el espacio personal de mi hermano y golpeé su pecho con el mío.

—No estoy liado con ella.

—Ah, ¿entonces te gusta de verdad? —se burló.

—No.

—Ojalá pudiera molerte a palos hasta dejaros en coma a ti y a tu ego.

—Inténtalo, Gigi.

Levi interpuso un brazo entre los dos.

—Parad de una puta vez. No nos quedan tiritas.

Otra camioneta se detuvo delante de la casa, distrayéndonos.

—Mierda —murmuré al ver bajar a nuestro padre, seguido de Bentley, el fiel beagle. Bentley fue directo hacia el descuidado arbusto de salvia de Hazel y se alivió con entusiasmo.

Nos alejamos, aparentando la mayor inocencia posible para tres adultos cabreados.

—¿Qué haces aquí, papá? —le preguntó Gage.

—Tu madre me ha echado de la tienda para que viniera a echar un vistazo. Parece que os he pillado en un buen momento —comentó.

—Estábamos descansando un rato —dije.

—Pues parecía que estabais a punto de pelearos. ¿Qué pasa? —preguntó nuestro padre, cruzándose de brazos.

Todos éramos más altos, grandes y fuertes que él. Pero seguíamos teniendo un sano temor a decepcionarlo.

—Solo estábamos hablando —dijo Levi.

—¿De qué?

—De la bolsa de valores —mentimos al unísono.

Si había algo que cabreara y confundiera más a mi padre que el hecho de que sus hijos adultos actuaran como si aún estuvieran en el instituto, era la bolsa de valores.

—Por el amor de Dios. Todo eso es un invento. No se puede cultivar una acción, construirla o sujetarla en la mano. ¿Qué son todos esos números falsos? Puras mentiras. Ya os lo digo yo, es mejor enterrar el dinero en el jardín trasero —declaró nuestro padre, tal y como esperábamos.

Repetía tanto aquella frase que una vez, a los veinte años, nos pillamos una buena castaña en Semana Santa y nos pusimos a excavar en el jardín trasero de nuestros padres para buscar el tesoro enterrado de papá. Había sido idea de Laura. Como estaba embarazada y, por tanto, no estaba borracha, nos había engañado y se había partido de risa cuando nuestra madre nos había echado la bronca a la mañana siguiente.

—Eso es lo que les estaba diciendo a estos dos —mintió Gage.

—¿Qué es eso? —preguntó mi padre, cuando un camión se detuvo al lado de la acera.

—Entrega de muebles para Hazel Hart —dijo el conductor a través de la ventanilla del pasajero abierta.

—Vamos a despejarle el camino de entrada —se ofreció nuestro padre, yendo hacia la camioneta.

—Lameculos —susurré en voz baja, dándole un codazo en la barriga a Gage.

—Imbécil —resolló él, empujándome hacia atrás contra un arbusto.

—Voy a avisar a Hazel —se ofreció Levi, corriendo hacia la casa antes de que me diera tiempo a salir de los arbustos.

27

Un pacto sexual legalmente vinculante

Campbell

—Los tíos son idiotas —concluyó mi sobrina mientras se sentaba en el asiento del copiloto y daba un portazo.

Era jueves y me tocaba hacer de chófer para recoger a Isla de la primera reunión del consejo estudiantil del curso, porque Laura iba al partido de Wes, que jugaba fuera de casa. Melvin metió la cabeza entre los asientos y le lamió la cara.

—Qué asco —dijo, pero le dio igualmente un cariñoso achuchón.

—¿Quién es y dónde puedo encontrarlo? —le pregunté, abrochándome el cinturón de seguridad. El instituto no era muy grande. Podía pillar al adolescente idiota en cuestión en un santiamén.

Isla sonrió.

—No puedes pegarle a un adolescente, tío Cam. Por muy idiota que sea.

—No, pero puedo darle un susto de muerte. Obligarlo a cambiarse de instituto. A que asuma una nueva identidad. A que lleve una nariz falsa con gafas el resto de su vida.

Su sonrisa fue efímera.

—Creía que le gustaba. Ha estado tonteando conmigo todo el verano. Vacilándome y haciendo bromitas chorras. Y hoy va y le pide a Alice que vaya con él a la fiesta de bienvenida.

—Qué mal —declaré, encendiendo la camioneta.

La fiesta de bienvenida. Me estremecí sin querer. Isla tenía quince años y era tan guapa que daba miedo. Ahora que no tenía padre, no sabía cómo Laura no la mandaba al instituto con un guardaespaldas para ahuyentar a los adolescentes asquerosos rebosantes de hormonas. Yo había sido uno de ellos. Era un milagro que no me persiguieran padres armados con escopetas cada vez que salía de casa.

—No lo entiendo. Si no le gustaba, ¿por qué actuaba como si lo hiciera? Y si le gusto, ¿por qué invita a otra a la fiesta? Preferiría que fuera sincero a que sea un veleta.

Miré fijamente la puesta de sol y pensé en Hazel.

Desde la «discusión» del lunes con mis hermanos, había estado haciendo todo lo posible por ignorarla. Lo que resultó ser mucho más difícil de lo que pensaba, teniendo en cuenta que no podía dejar de pensar en ella. De imaginarme besándola. Hablando con ella. Viéndola fruncir el ceño delante de la pantalla del ordenador mientras escribía.

—A veces los tíos somos idiotas. La mayoría de las veces, de hecho —rectifiqué—. No deberías salir con ninguno hasta que tengan treinta años.

—Eso es lo que dicen el tío Gage y el tío Levi. ¿Podemos parar a tomar una cerveza de abedul? —me preguntó Isla.

Era una tradición que teníamos. Cuando queríamos celebrar algo o animarnos, pillábamos dos botellas de cerveza de abedul en la tienda de la gasolinera y nos las bebíamos de camino a casa.

—Claro, peque.

Me palpé los bolsillos de forma instintiva para comprobar que llevaba la cartera mientras íbamos hacia Wawa.

—Mierda.

—¿Qué pasa?

—No he traído la cartera.

Debía de habérmela dejado en casa de Hazel al pagar los bocatas que habíamos pedido para comer. Recordaba vagamente haberla metido en la caja de herramientas que se había quedado allí.

—No pasa nada. Invito yo —dijo ella.

—No pienso permitir que una sobrina mía pague la cuenta —repliqué, sacando los veinte dólares de emergencia del parasol.

—Qué caballeroso —bromeó Isla.

Pero yo no me sentía como un caballero. Me sentía como una mierda de estudiante de segundo de bachillerato que era demasiado estúpido y egoísta como para saber tratar bien a las mujeres.

Después de dejar en casa a Melvin y a Isla —con otra cerveza de abedul, por si al día siguiente la cosa no mejoraba—, me dirigí de nuevo a Main Street. Pasé por delante de la casa de Hazel y vi que tenía las luces encendidas. Dudaba que estuviera trabajando, dado que la única inspiración que le había proporcionado aquella semana había sido la de un niñato dándole una de cal y otra de arena.

Lo de la cartera podía esperar sin problema hasta por la mañana. No pensaba ponerme a comprar compulsivamente por internet desde el sofá de casa.

Además, aparcar delante de la suya después de las ocho de la tarde desataría unos rumores que ninguno de los dos teníamos por qué soportar.

Lo más sensato era irme a mi apartamento y quedarme allí.

Regresé y aparqué detrás de la tienda de ultramarinos. Tamborileando con los dedos sobre el volante, me quedé mirando el libro de Hazel que tenía en el salpicadero.

—A la mierda.

Cogí las llaves y bajé. Pero en lugar de subir por las escaleras de atrás hasta el primer piso, donde estaba mi apartamento, me puse una gorra de Bishop Brothers —como si así fuera a pasar desapercibido— y me dirigí a casa de Hazel. Solo para dar un paseo vespertino. Aquello no era nada sospechoso, ¿no? A mucha gente le gustaba pasear.

En lugar de atajar cruzando la valla y el jardín delantero, me colé por el oscuro camino de entrada y me abrí paso a través de la maleza hasta el paseo que iba hacia la casa.

La luz del porche estaba encendida y también varias lámparas del piso de abajo. Como no tenía cortinas en las ventanas, vi con claridad cómo arrastraba una escalera por el pasillo vestida con aquellos pantalones cortos en los que no dejaba de pensar desde el lunes. La irritación me hizo llamar a la puerta más fuerte de lo necesario.

Sobresaltada, Hazel dejó caer la escalera con un ruido metálico. Luego se agachó y empezó a buscar algo como loca a su alrededor, seguramente algún tipo de arma.

—Soy yo. Abre —dije con rudeza.

No sabía si reírme o enfadarme por el hecho de que se tirara otros diez segundos buscando algún arma adecuada, antes de darse por vencida y abrir la puerta.

—¿Qué quieres? —me preguntó, cruzándose de brazos.

Llevaba una camiseta corta de manga larga, el pelo recogido en una especie de moño y las gafas. La Hazel cómoda era una de mis favoritas. No es que tuviera un *ranking*. Ni que prestara atención a lo que se ponía. Ni que le dedicara más que algún pensamiento pasajero.

—¿Hola? —me dijo, agitando una mano delante de mis narices.

—La cartera.

Joder, era gilipollas. ¿Por qué no podía tener una conversación normal y agradable con aquella mujer normal y agradable? ¿Por qué todo tenía que ser un puto coñazo?

Oí voces y una serie de ladridos estridentes a mi espalda, en la acera. Conocía aquellos ladridos. Era la señora Patsy dando el paseo de la tarde a su manada de chihuahuas rabiosos.

—¿Quieres mi cartera? —me preguntó Hazel, levantando las cejas.

—No. Quiero la mía. Me la he dejado aquí.

Entré rápidamente y cerré la puerta antes de que la señora Patsy pudiera verme.

—Bueno, pues diviértete buscándola —dijo Hazel, volviendo a concentrarse en la escalera. La arrastró medio metro más hacia la sala de estar.

Exhalé un largo suspiro de desesperación y se la quité.

—¿Qué haces?

Tiró otro poco de ella.

— 301 —

—Intentar colgar unas cortinas para que los cinco habitantes de Story Lake no me pillen viendo telebasura por las noches.

Cogí la escalera y me la llevé al salón.

—El sofá tiene buena pinta —dije.

Era uno de esos armatostes blancos mullidos que parecían más una nube que un mueble. Estaba flanqueado por dos recargadas mesitas auxiliares. Hazel había reutilizado la otomana tapizada del salón como mesa de centro. La nueva zona de estar estaba orientada hacia la pared, donde un televisor no lo bastante grande se encontraba apoyado precariamente contra su caja de cartón, en el suelo.

—Sé que debería haber esperado a que arreglarais los suelos, pero es muy agradable tener un sitio donde sentarse que no sea una caja de mudanzas o el suelo.

Coloqué la escalera delante de uno de los altos ventanales de la parte delantera y cogí la barra de cortina que Hazel había dejado en el suelo.

—¿Cómo quieres colocarlas?

—Bueno, venía con tornillos. He encontrado un destornillador en el garaje y he pensado que podía hacerlo de forma manual… —Hizo una imitación malísima que recordaba más al gesto de apuñalar que al de atornillar.

—Ni lo sueñes.

—¿Quién eres, el policía de las cortinas? —bromeó.

—Como intentes hacerlo tú misma, acabarás con una docena de agujeros en el yeso y en tu propio cuerpo. Tendré que arreglarlos todos y me pondré de mala leche. Además me he quedado sin tiritas.

—Tú siempre estás de mala leche —se lamentó.

—Tienes razón.

Se dio unos golpecitos con el pie en una de sus pantuflas peludas, que parecían chanclas.

—Vale. Lo que tú digas. Pues pillaré unas de esas persianas de papel que se pegan al marco.

—Ve a buscar mi taladro.

—¿Qué? No. Ve tú.

—Necesito el taladro, un nivel, un poco de esa cinta de pintor azul y un lápiz, si lo encuentras. Debería de estar todo en la caja de herramientas de la cocina.

—¿Para qué?

—Para colgarte las puñeteras cortinas y que la gente no te pille viendo telebasura en el televisor del suelo.

—¿Por qué estás siendo casi amable de repente?

—Porque he ido a recoger a mi sobrina al instituto para llevarla a casa y estaba cabreada con un tío que le daba una de cal y otra de arena en vez de ser sincero con ella. Y porque he estado actuando como un gilipollas adolescente de treinta y ocho años demasiado ocupado fijando límites y saltándomelos como para aclarar las cosas contigo.

Hazel se me quedó mirando unos instantes.

—Vale. Voy a por tus cosas.

—¿Qué tal así? —le pregunté, sujetando la barra y las cortinas por encima del marco de la ventana.

—Bien. Tenías razón en lo de no ponerles dobladillo. Quedan más elegantes de esta forma —dijo Hazel.

—Me refiero a si están niveladas —dije con frialdad.

—Ah, sí. Eso también.

—Tornillos —le ordené.

Ella me los pasó y los sujeté entre los dientes.

—Anclajes.

Los anclajes de pared de plástico aparecieron en mi mano abierta. Los dejé en el peldaño superior de la escalera.

—Taladro.

Ella lo levantó, emocionada y con los ojos brillantes, haciéndome sentir como un puto héroe.

—¡Espera! —dijo mientras alineaba uno de los anclajes—. ¿Me enseñas cómo lo haces para poder hacer yo la segunda ventana?

—Claro.

Entendía que quisiera hacer algo por sus propios medios. Esforzarse hacía que la conexión con algo fuera más profunda. Yo seguía sintiéndome orgulloso cuando conducía por el pue-

— 303 —

blo y veía viejos proyectos. En mi antiguo trabajo, los proyectos eran más grandes. Edificios de oficinas y centros comerciales. Pero siempre había algo especial en ver lo que eras capaz de hacer con tus propias manos.

Rápidamente atornillé la barra de la cortina en su sitio y le di un tirón de prueba.

—Queda genial. —Hazel aplaudió mientras yo colocaba las cortinas blancas.

—Sabes que tendremos que quitarlas cuando vengan los pintores.

—Ya. Pero al menos de momento así tengo más sensación de que esto es algo permanente y menos de estar viviendo en el limbo.

—Muy bien, Calamidad. Te toca —dije, bajándome.

Ella cogió las herramientas mientras yo llevaba la escalera hasta la segunda ventana.

—Ni se te ocurra —dije, cuando se subió al primer escalón.

—¿Qué?

Señalé sus pantuflas peludas.

—Con ese calzado no.

Abrió la boca para protestar, pero negué con la cabeza.

—He visto cómo te golpeaba en la cabeza un águila calva con un pez. No digo que fuera culpa tuya, pero está claro que atraes a los problemas. Ponte un calzado que te proteja los dedos ahora mismo.

Hazel salió de la habitación pisando tan fuerte como le permitían sus pantuflas peludas y farfullando cosas muy poco halagadoras sobre mí y mi actitud. Volvió al cabo de un instante en zapatillas de deporte.

—¿Mejor?

—No te pongas borde conmigo por la seguridad laboral.

—Creo que tengo muchas razones para ponerme borde contigo —replicó, subiéndose a la escalera—. Llevas toda la semana portándote como un capullo.

—Ya, bueno, tenía mis razones —murmuré, tratando de no disfrutar del hecho de tener sus largas piernas desnudas y el brevísimo dobladillo de sus pantalones cortos delante de las narices. Podía ver la curva de la parte baja de sus nalgas. Me aferré con más fuerza a la escalera.

—Creo que tengo derecho a conocerlas. ¿Qué mido? —me preguntó, mirándome por encima del hombro.

—Vamos a centramos en una cosa de cada vez. —Corté dos trozos de cinta adhesiva y me los pegué en la pernera de los vaqueros—. Voy a subir. —Me encaramé a la escalera por detrás de Hazel y lo lamenté de inmediato. No podía permitirme estar tan pegado a ella. No sabía qué tenía aquella tocapelotas sabelotodo que no paraba de interrogarme, pero no era capaz de controlarme cuando la tenía cerca. Y a una parte muy egoísta de mí mismo le gustaría averiguar qué pasaría si me dejara llevar—. Primero medimos la posición de montaje para que coincida con la de la otra ventana —le dije, poniendo cara de circunstancias cuando me rozó la entrepierna con el trasero al estirarse para intentar llegar más alto. Nos llevó tres veces más de lo debido porque lo único que mi cerebro quería hacer era delirar sobre su champú y el tacto suave de su camiseta. Sobre lo cálida y tersa que sería su piel, si metía una mano por debajo de su top. Con los dientes apretados, le enseñé a Hazel a colocar los anclajes y fijar los soportes a la pared. Cada vez que ella decía «tornillo», «barra» o «soporte», mi puñetera polla se ponía más dura. Tenía que hacer algo antes de perder por completo el control—. Espera aquí —le ordené—. Voy a por la cortina.

Cuando me agaché, fue como si me hubiera hecho un nudo en la entrepierna. Pero el dolor me vino bien. Me proporcionó otra cosa en la que centrarme.

Cogí la cortina y la barra, y me enderecé justo a tiempo para ver a Hazel poniéndose de puntillas. Cuando la parte baja de su camiseta floja se despegó de su cuerpo, el ángulo en el que me encontraba me permitió ver perfectamente la parte inferior de unos pechos sin sujetador.

El latido de mi erección se agudizó y alcanzó el nivel de emergencia.

—¿Me la pasas? —me preguntó Hazel, mirándome como si no fuera una fantasía andante y parlante que hubieran puesto allí para volverme loco.

—¿Si te paso qué?

—La barra de la cortina que tienes en la mano. —Bajé la mirada y se la tendí sin decir nada—. Ya vuelves a tener cara de enfadado —comentó mientras se estiraba para introducir un extremo de la barra en el soporte.

Volví a sujetar la escalera e intenté no mirar hacia ninguna parte de su cuerpo que me diera ganas de bajarla de allí y tumbarla en el sofá. Por desgracia para mí, hasta sus pantorrillas y sus tobillos eran eróticamente tentadores.

Hazel se inclinó hacia el lado opuesto para alcanzar el otro soporte y se le resbaló el pie en el escalón. Sin pensar, levanté una mano deprisa y la agarré por el culo. Aquel día el universo estaba en mi contra. Porque mi mano no aterrizó sobre unos pantalones cortos y suaves de algodón. No. Aterrizó sobre su piel desnuda. Me quedé mirándola horrorizado, sin saber cómo podía haberse colado por debajo de aquellos pantalones para acabar sobre su culo desnudo.

Era de noche y estábamos delante de una ventana que daba a la calle. Cualquiera podía pasar y ver aquel maravilloso espectáculo.

—Cam.

—No me jodas —gruñí entre dientes.

—¿Sabes qué te digo? Que a principios de semana me planteé hacerlo, pero luego te pusiste en plan cactus conmigo y... —contestó Hazel tan tranquila, ignorando la mano que tenía dentro de sus pantalones.

—Por favor. Cállate.

Nos quedamos inmóviles durante varios segundos. La sujeté por el muslo con la mano que me quedaba libre y aparté la otra de su culo lenta y dolorosamente.

—Bájate de ahí.

—Si aún no he terminado...

—Por el amor de Dios, mujer. Bájate. —Hazel saltó de la escalera y aterrizó con cara de pocos amigos—. Me estás matando —reconocí.

—Genial —dijo con suficiencia.

—¿Genial?

—Es agradable verte expresar algún otro tipo de emoción, más allá de la mala uva habitual.

Tenía caliente la mano que había apoyado en su trasero redondeado. Y mi polla parecía un puñetero metrónomo, marcando el ritmo de la circulación de mi sangre llena de adrenalina.

Me pasé el antebrazo por la frente y di un paso atrás para ponerme a salvo, pero tropecé con la bolsa de herramientas y estuve a punto de caerme.

—He olvidado meter las cortinas en la barra —se lamentó Hazel, ignorando mi crisis hormonal para centrarse en el estado de sus cortinas.

Maldiciendo en voz baja, me subí a la escalera, quité la barra, metí las cortinas en ella y la colgué en su sitio.

Cuando me bajé y me di la vuelta, me la encontré sentada en el brazo del sofá, observándome.

—Han quedado muy bien.

Me acerqué a ella y apoyé los puños a ambos lados del brazo curvado del sofá.

Me moría por besarla. Por tumbarla en el sofá y arrancarle aquellos pantaloncitos. Por hundirme en ella una y otra vez hasta vaciarme por completo, hasta que me quedara espacio en la cabeza para pensar en algo más, en cualquier cosa que no fuera ella.

—Pareces muy enfadado —comentó.

—Estoy intentando ser un caballero —contesté con firmeza.

Ella me miró a los ojos antes de bajar la vista hacia la erección que intentaba salirse de mis vaqueros.

—Estás sudando. Tienes las venas del cuello tan hinchadas que parecen serpientes en una acera. Estás apretando tanto la mandíbula que te vas a romper una muela. Y, una vez más, actúas como si la culpa fuera mía.

Cerré los ojos, con la esperanza de que no mirarla directamente me ayudara a recuperar el control.

—Hazel, estoy intentando controlarme para no arrancarte la ropa y estrenar tu sofá con un tipo de sexo para el que no estás preparada, ¿vale?

Ella se burló.

—Creo que sé mejor que tú para lo que estoy preparada.

Aquella mujer estaba jugando con fuego.

—¿Me estás diciendo que te gustaría echar un polvo salvaje y sin compromiso conmigo? —le pregunté, abriendo de repente los ojos.

Ella contoneó las caderas en el sofá, entre mis puños.

—Lo que estoy diciendo es que podría habérmelo planteado, después de lo del fin de semana, si no hubieras estado tan borde conmigo estos días.

—Estoy intentando no hacerte daño.

—¿Siendo desagradable conmigo? ¡Tienes la madurez emocional de un niño de dos años!

Podía ver sus pezones, duros y puntiagudos, a través de la tela de la camiseta. ¿Se le habían puesto así cuando la había tocado? Si metía la mano entre sus piernas, ¿estaría húmeda?

—En mi defensa he de decir que es difícil aplicar la lógica cuando tienes toda la sangre en la entrepierna —aduje.

—A ver si lo entiendo: resulta que te gusto. Y quieres acostarte conmigo.

—No, quiero echarte un polvo salvaje y sin compromiso —la corregí.

Intenté no fijarme en el brillo que iluminó sus ojos.

—Quieres echar un polvo salvaje y sin compromiso conmigo. Pero has decidido no hacerlo porque crees que no podría soportarlo —resumió.

—Sí.

—Así que en vez de echar un polvo salvaje y sin compromiso conmigo, has decidido actuar como un capullo para no hacerme daño.

—Eso es. —Dicho así, sonaba bastante absurdo.

Nuestras caras y nuestros cuerpos estaban cerquísima. Un centímetro más y rozaría con los puños sus piernas desnudas. Otro, y mi boca estaría sobre la suya.

—Te deseo tanto que me cabrea. No me gusta pasar tanto tiempo pensando en ti. Y no soporto no poder tocarte. Pero no me interesa tener una relación con nadie. Y acostarme contigo sería una gilipollez y una locura.

—Hay un pequeño problema: estás decidiendo por mí y eso no es precisamente lo que más me gusta del mundo.

—Intento hacer lo correcto, Hazel —dije, cada vez más frustrado.

Ella me estaba mirando la boca como si intentara descubrir algo.

—Lo entiendo —dijo—. Y te lo agradezco. Pero actúas como si yo no fuera capaz de controlarme. Como si fuera a perder la cabeza en cuanto tu polla se acercara a mí. La verdad es que me siento bastante insultada.

—Joder, Calamidad. Acabas de salir de una relación monógama larguísima. Hace una década que no tienes una cita, y mucho menos un rollo pasajero.

—¿Y sabes lo que me haría superfeliz ahora mismo?

—Por favor, dime que entrar en un convento.

Ella negó con la cabeza.

—Un poco de sexo salvaje, duro y sin compromiso. Una canita al aire para recuperarme.

Su boca estaba cada vez más cerca de la mía y yo estaba empezando a perder el control.

—Enrollarme contigo, la clienta que puede salvar o hundir el negocio de mi familia, sería una estupidez monumental —le recordé. Me incliné hacia ella y le acaricié la mandíbula con la nariz.

Hazel exhaló lentamente.

—Vale, pues lo pondremos por escrito.

Me eché hacia atrás.

—¿Por escrito? ¿Qué?

—Que tú quieres follar conmigo y yo quiero follar contigo. Que tú no quieres una relación y yo quiero centrarme en escribir un libro.

—Tengo la sensación de que me estás tendiendo una trampa.

—Cam, he escrito más palabras desde que me besaste que en los últimos dos años. Imagínate mi productividad si haces que me corra.

—Cuando haga que te corras. —Aquello sonó a amenaza.

Hazel se bajó del brazo del sofá y me agarró por la muñeca.

— 309 —

—Ven conmigo.

Dejé que me arrastrara por el pasillo, pasando por delante de la biblioteca y el comedor, hasta la oscuridad del despacho. Encendió la lámpara del escritorio y abrió el cuaderno por una hoja en blanco.

—«Nosotros, Hazel Hart y Campbell Bishop, nos comprometemos a disfrutar de sexo salvaje, duro y sin compromiso siempre que nos resulte conveniente a ambos. No permitiremos que nuestra relación física interfiera en nuestro contrato comercial. Y no intentaremos tener una relación sentimental el uno con el otro» —dijo mientras lo escribía todo en la hoja.

Lo firmó con gesto triunfal y me tendió el bolígrafo. Tenía las mejillas ruborizadas y sus ojos marrones estaban vidriosos.

—No puedes estar hablando en serio —le dije cuando ella me pasó el papel.

—Es un acuerdo por escrito. Un acuerdo sexual legalmente vinculante. Estamos dejando claras nuestras expectativas —dijo.

—¿Y si quiero dejar de acostarme contigo antes de que tú quieras dejar de acostarte conmigo? —El bolígrafo me ardía en la mano.

—Pues no pasa nada. En cuanto uno no quiera seguir, paramos y listo.

No estaba pensando con claridad. Había demasiado deseo corriendo por mis venas. Eso fue lo que me hizo posar la punta del bolígrafo sobre el papel y garabatear mi firma.

—Muy bien —dijo ella—. Y ahora, ¿qué?

Lancé el bolígrafo por encima del hombro y la atraje hacia mí.

28

El turbulento pantano de lujuria

Hazel

De repente me encontré sentada en el borde del escritorio improvisado, con los muslos separados y Campbell Bishop y su polla gigantesca entre ellos.

—Espero que no tengas ninguna expectativa romántica para la primera vez, cariño. Va a ser rápido y salvaje —me advirtió Cam, agarrándome la cara con una mano.

—Rápido y salvaje. Me parece bien —dije, una fracción de segundo antes de que su boca se abalanzara sobre la mía. Destilaba pasión y rudeza, y por lo visto a mi cuerpo le encantaba.

Cam metió la mano que le quedaba libre entre mis piernas y la posó sobre mi sexo a través de los pantalones cortos.

—Joder. Sabía que estarías húmeda.

«Húmeda» era un eufemismo. Los charcos eran húmedos. Y los acuarios. Unos cuantos roces en una escalera de mano y de repente me convertía en una inundación de la estación lluviosa de Latinoamérica. ¿Estaría demasiado mojada? ¿Debería preocuparme lo que pensara Cam? Si no era más que un rollo y solo nos estábamos utilizando mutuamente para el sexo, no tenía que preocuparme por impresionarlo, ¿no?

—He estado pensando en esos pantalones cortos desde que te desperté esta semana —confesó con un gruñido—. Preguntándome qué llevarías debajo.

Abrí un poco más las piernas para provocarlo.

—Nada en absoluto.

Jurando deliciosamente, Cam metió los dedos por debajo del tejido hasta encontrar mis pliegues resbaladizos.

El corazón me latía con fuerza en el pecho, en la garganta, en la cabeza. Íbamos muy rápido y me gustaba que fuera así. Los últimos años de vida sexual con mi marido se habían limitado a una serie de encuentros sosegados y planificados en la cama, después de sendas duchas por separado. Esto era diferente.

Cam pasó sus talentosos dedos por mi entrepierna húmeda, deteniéndose para acariciar en círculos aquel pequeño manojo de terminaciones nerviosas. Dejé escapar un gemido que se convirtió en grito cuando introdujo dos dedos en mi interior. Me besó de nuevo, esa vez con más ímpetu. Su lengua se apoderó de todo lo que tenía que ofrecerle y me froté descaradamente con su mano mientras me daba placer.

Me aferré a su camiseta, tirando de ella y levantándola.

Cam me leyó la mente y se la quitó por la cabeza con una sola mano. La gorra salió volando.

Músculos, tatuajes, una pizca de pelo en el pecho que se estrechaba hacia su torso perfecto. Era la viva imagen de un héroe romántico. El Cam literario y el Cam de la vida real eran la misma persona.

—Como sigas mirándome así, esto se va a acabar muy rápido, cariño —me advirtió.

No sabía cómo lo estaba mirando, pero por suerte tomó cartas en el asunto tumbándome sobre el escritorio. Me quedé con la vista clavada en el techo mientras me levantaba la camiseta por encima de las tetas.

—Joder —murmuró con veneración, antes de apretar con fuerza una de ellas con su mano áspera y callosa.

Entonces aquella boca caliente e implacable se posó sobre mi pezón excitado y succionó con tal intensidad que acabé olvidando mi propio nombre.

—Mmm —murmuró Cam pegado a mi pecho—. Te está gustando. Siento la presión alrededor de mis dedos.

—Hablando del tema... —Mi voz sonó como si estuviera intentando desesperadamente colarme por la rendija del correo—. Has dicho que sería rápido y salvaje, pero estoy viendo que como no me metas un apéndice diferente, me voy a correr en tu mano, cuando lo que de verdad estoy deseando es correrme en tu polla.

Noté que sonreía sobre mi pezón. Lo chupó con fuerza una última vez antes de volver a colocarme en el borde del escritorio.

—¿Hay algún condón en esta casa? A ser posible tres —dijo, quitándome los pantalones cortos y lanzándolos por encima del hombro.

Me agaché y abrí de un tirón el cajón de la mesa para rebuscar en él.

—No es que el lunes por la noche escribiera una escena clavadita a esta, pero me gusta estar preparada. —Saqué una caja de condones.

—Buena chica —dijo Cam, casi ronroneando.

Aquel elogio me llegó al alma. Nueva perversión desbloqueada. Estaba a punto de coger el cuaderno cuando Cam me apoyó los talones en el borde de la mesa, abriéndome completamente para él.

Observé fascinada cómo se desabrochaba con movimientos rápidos y bruscos el cinturón y los pantalones para sacarse la polla, gloriosamente dura.

Había escrito sobre muchos penes en mi vida. Y había disfrutado de un buen número de ellos en la vida real. Por lo que podía coronar con total confianza el de Campbell Bishop como rey de todos los penes, tanto de ficción como de no ficción.

Largo, grueso y venoso, se balanceaba como si estuviera encantado de que por fin lo hubieran liberado.

Extendí ambas manos hacia él.

Cam tomó aire de forma entrecortada cuando se lo agarré, casi como si le doliera. La humedad se acumuló en la punta antes de que hubiera llegado a la mitad de la caricia. Él puso sus manos sobre las mías para detenerme.

—Los preliminares para la próxima. ¿Te parece bien?

—Genial. Estupendo —dije, observando cómo desenrollaba el condón por su miembro intimidantemente largo.

Parecía un tópico preocuparse por el tamaño. Pero mi «yo» de la vida real nunca se había encontrado con un pene tan magnífico en estado natural. Mis conocimientos matemáticos estaban más oxidados que mis partes íntimas, pero estaba segura al ochenta por ciento de que aquello no me iba a caber. Aunque por supuesto pensaba intentarlo con todas mis fuerzas.

—Mírame —me ordenó Cam, pasando la punta de la polla por mis pliegues, como si yo no estuviera ya lo bastante mojada como para cerrar un parque de atracciones. Me estaba gustando tanto que eché la cabeza hacia atrás y un quejumbroso gemido salió de mi garganta—. Mírame, Hazel —repitió, presionando mi abertura con su punta roma.

Cuando lo hice, cuando por fin lo miré a los ojos, Cam me agarró por las caderas y tiró de mí hacia adelante para ensartarme. Aquella invasión repentina me hizo poner los ojos en blanco, mientras me aferraba a sus hombros.

—¡Joder, es enorme! —grité.

Probablemente no era lo más elegante que se podía decir durante el sexo, pero estaba desentrenada en lo que a lenguaje erótico se refería.

«Grandísima» era un eufemismo barato. «Gigantesca». «Colosal». «Monumental». «Desmesurada». Mi editora habría estado orgullosa de mí.

Cam hizo un ruido que estaba a medio camino entre una risa y un gemido, y me colocó las piernas alrededor de su cintura. Aquel simple gesto le permitió profundizar un centímetro más. Me sentía como si mi vida fuera la cuerda tensa de una guitarra y Cam estuviera a punto de tocarla.

Posó de nuevo las manos sobre mis caderas, flexionando los dedos con impaciencia. Entonces me di cuenta de que me estaba dando tiempo. Para que me acostumbrara a él, para hacerle sitio. Algo que me pareció muy considerado y sexy, dos cosas que me gustaban mucho.

En algún lugar del turbulento pantano de lujuria en el que se había convertido mi mente, surgió un pensamiento. Yo, Hazel Hart, escritora de novela romántica sin parangón, estaba practicando sexo real y sin compromiso con un hombre capaz de competir con cualquiera de los héroes de mis novelas. Como toda una heroína.

—Abre los ojos. —Las palabras sonaron ásperas como la grava—. Esa es mi chica.

Cam me estaba mirando fijamente a los ojos, poseyendo mi alma como poseía mi cuerpo. Nuestras bocas estaban tan cerca que respirábamos el mismo aire.

No se había movido ni un milímetro, pero yo estaba a punto de explotar. Toda mi percepción se había reducido a la sensación de tener la polla de Campbell Bishop en mi interior.

—Míranos —me ordenó. Bajé la vista hacia donde nuestros cuerpos estaban unidos. Me quedé alucinada al darme cuenta de cuánto Cam me faltaba todavía por acoger—. Déjalos abiertos. Quiero que estés presente aquí conmigo.

Decenas de músculos se estremecieron en mi interior alrededor de su miembro al escuchar aquella orden y Cam reprimió un gruñido.

Entonces se movió y me corrí.

No era mi intención. No pretendía llegar al orgasmo a los siete segundos de polvo. Pero fue como si alguien con una antorcha se hubiera tropezado por el camino con una fábrica de fuegos artificiales. Pura ignición.

Cam soltó un gruñido grave y largo mientras el orgasmo sorpresa me desgarraba. Con la mandíbula dura como la piedra y las mejillas hundidas, me propinó una serie de embestidas controladas que me llevaron al clímax. Quise más en cuanto terminó.

—Joder. Necesito moverme, cariño —confesó. Noté su aliento caliente sobre mi boca—. Esta mesa no va a aguantar y necesito llevarte a algún sitio donde pueda follarte como es debido. ¿Te parece bien?

—Muy bien. Genial. Estupendo —contesté, como la amante motivadora que era.

Cam me sujetó por las nalgas, me levantó del escritorio y me cogió en brazos, todavía ensartada en su polla. Me pregunté cuántos kilos sería capaz de levantar en el gimnasio.

—¿Pared o suelo? —me preguntó.

—Acabo de colgar los cuadros —respondí, señalando las láminas enmarcadas sin apartar los ojos de él.

—Pues suelo —dijo.

La verdad es que no sé cómo consiguió hacernos llegar hasta el suelo sin a) dejarme caer o b) salirse de mi interior. Pero Campbell Bishop era un hombre con innumerables talentos que pensaba detallar sobre el papel... cuando acabara de tirármelo.

En cuanto aterricé de espaldas sobre la moqueta, Cam me quitó el top de un tirón por la cabeza, dejando otra vez mis pechos al descubierto, antes de metérmela hasta el fondo. No estaba mentalmente preparada para recibirlo entero, eso quedó claro de inmediato. Aquella plenitud abrumadora y el intenso movimiento de unos músculos que nunca antes se habían estirado tanto exigieron hasta la última gota de mi atención.

Cam soltó un gruñido de satisfacción que resonó en mi oído. Y yo solté un grito que resonó en las paredes de la habitación.

Cerré los ojos con fuerza, sobrepasada por las sensaciones. Él se retiró poco a poco antes de volver a penetrarme. Su peso me oprimía, anclándome al suelo. El calor de su piel y la forma en la que sus músculos se flexionaban sobre mí me llevaron directamente al límite de la cordura y a un indolente abismo de deseo.

Estaba a punto de obtener mi primera rozadura de guerra sexual por frotarme contra una moqueta. Me pareció una especie de rito de iniciación, un trofeo.

—Cam —jadeé.

Posó una mano áspera sobre mi pecho y me lo apretó un par de veces. Sin previo aviso, echó las caderas hacia atrás, arrastrando su erección casi hasta salirse. Me tensé debajo de él y alrededor de su miembro. Necesitaba que se quedara. Y no me hizo suplicar. No hizo falta que le dijera lo que quería. Se limitó a propinarme una serie de embestidas cortas y bruscas.

—¡Sí! —grité.

Me acarició el pezón hinchado con el pulgar mientras me penetraba una y otra vez. Un deseo primitivo fue creciendo dentro de mí con cada embestida profunda y violenta. Sentí cómo su miembro se hinchaba en mi interior mientras mi cuerpo se aferraba a él. Con el siguiente empellón, me di cuenta de que se estaba acercando al clímax.

—Córrete, cariño. Córrete para mí —jadeó. Su corazón retumbaba contra mi pecho mientras hundía la cara en mi cuello.

Estaba a punto de explicarle que los orgasmos múltiples nunca habían sido lo mío, que ya había sido agraciada con unos intensos clímax individuales y que tampoco hacía falta ser avariciosa. Pero que si aun así quería intentarlo, adelante. Sinceramente, si había alguien capaz de hacer que me corriera varias veces seguidas, seguro que era él. A lo mejor, después de disfrutar de unos cuantos revolcones juntos, conseguía…

Me penetró una vez más, hundiéndose en mí hasta el fondo. Me retorcí contra él cuando mi primer segundo orgasmo oficial se desató en mi interior. Todo mi cuerpo estalló en llamas, desde los dedos de las manos y los pies hasta el pelo, tensándose cada vez más antes de saltar como el alambre de una trampa.

El sonido y la luz desaparecieron temporalmente de mi mundo. Me quedé solo con las sensaciones mientras aquel muro de placer caía sobre mí.

—Sí, joder —gimió Cam, quedándose en el fondo a la vez que eyaculaba.

Sentí las sacudidas palpitantes de su orgasmo mientras me tensaba y me liberaba, presa de una arcaica danza biológica que ejecutamos a la perfección. Aquello había resultado ser mejor que bueno. Mejor que acertado. Como si por fin hubiera respondido a una llamada divina. Me sentía viva y totalmente en éxtasis.

Las convulsiones disminuyeron y se fueron debilitando antes de desaparecer. Nos quedamos en el suelo enredados, sudorosos y saciados, todavía unidos. Ambos estábamos jadeando. Me sentía bien. Como gelatina hecha con champán. Temblorosa y efervescente.

Nunca en mi vida me había hecho tan feliz un polvo sin compromiso.

—¿Estás bien? —me preguntó Cam con la cara todavía hundida en mi cuello. Su habitual barba de tres días me arañaba la piel de una forma agradable.

Me aclaré la garganta y decidí quitarle hierro al asunto.

—Bueno, si esto es lo mejor que sabes hacerlo…, sí, estoy bien.

Él me pellizcó en la cadera con fuerza.

—¡Ay! ¡Vale, vale! Ha sido increíble. Si tuviera algún control sobre mis extremidades, cogería el cuaderno —reconocí.

Cam se giró para que me tumbara encima de él. Me incorporé sobre un codo para observar al hombre exageradamente guapo que tenía debajo. A lo mejor el divorcio y las águilas calvas daban buena suerte, porque no veía absolutamente nada negativo en lo que ese tío acababa de hacerme con la polla.

—Esto solo ha sido el aperitivo. Prepárate para el plato principal —amenazó.

—Será broma.

—Te dije que el primero iba a ser rápido. Ahora que nos hemos quitado la espinita, ya puedo tomarme mi tiempo.

No sabía yo si mis partes podrían permitirse que Cam se tomara su tiempo.

29

La escala oficial de gilipollez
Campbell

—Deberíamos hablar —dije, volviendo a ponerme los calzoncillos.

Tenía el cuerpo debilitado y saciado, los músculos relajados y los huevos vacíos. Pero, mentalmente, estaba hecho un lío.

—¿De qué? —preguntó Hazel, metiéndose una patata frita llena de salsa en la boca. Solo llevaba puesta mi camiseta, lo que hacía que me costara concentrarme.

Al final habíamos ido desnudos hasta el salón y habíamos estrenado el sofá nuevo como se merecía. Yo me había corrido dos veces, con tal intensidad que me había llevado un calambre en los isquiotibiales de propina. Hazel había hecho triplete y luego había suplicado algo de comer, así que ahora estábamos montando un puñetero pícnic en el suelo mientras veíamos una mierda de *reality show* en la televisión, que seguía apoyada en la caja.

Saqué una patata frita de la bolsa e hice un gesto con ella.

—De esto.

—¿Quieres hablar de la salsa de cebolla?

—Hazel.

—Campbell.

Iba a hacerme decir todas las estupideces que habría preferido que intuyera por sí misma.

—Quiero asegurarme de que tenemos clara la situación.

—¿Y cuál es? —me preguntó, apagando la televisión.

—Yo no busco… nada. —Aparte de repetir lo que acabábamos de hacer. Repetirlo muchas veces. Pero no quería parecer un capullo salido.

Con suma tranquilidad, Hazel mojó otra patata frita en el bote de salsa.

—¿Qué es lo que no buscas?

—Ya sabes. Una relación.

Ella se quedó con la patata frita a medio camino de la boca.

—¿Has olvidado el contrato superserio que firmamos antes de que folláramos en el escritorio?

—No estábamos pensando con claridad —señalé.

—Ay, madre. ¿De verdad estás aquí sentado pensando que el sexo ha estado tan bien que automáticamente voy a exigirte una relación seria?

Sí. Pero era lo bastante inteligente como para no reconocerlo en voz alta.

—Solo quiero asegurarme de que estamos en la misma onda —me apresuré a decir.

—Menudo ego tienes, Campbell Bishop. Voy a tranquilizarte. El sexo se te da muy bien. Tanto, que no me importaría revolcarme en todas las superficies planas de esta casa contigo. Sin embargo, no eres carne de relación. Tienes mala leche. Tu capacidad de comunicación es nula. La mayor parte del tiempo actúas como si te resultara físicamente doloroso estar cerca de otros humanos…

—Vale. Ya lo pillo. Puedes parar con la lista interminable de defectos. Tú tampoco eres ninguna joyita.

Blandió una patata frita de forma amenazadora.

—Te pones a la defensiva de inmediato en vez de utilizar los puñeteros oídos. Que no quiero tener una relación contigo. Me darías demasiado trabajo y ya tengo suficientes cosas en la cabeza. No necesito otro proyecto más.

A pesar de que me estaba dando la razón, me sentí ofendido. Abrí la boca para protestar, pero ella me metió dentro una patata.

—Mastica esto antes de echarlo todo a perder.

—No hay nada que echar a perder —repliqué.

Hazel puso los ojos en blanco.

—Escúchame bien. Te voy a dar un voto de confianza porque está claro que debes de estar flipando con lo buenísima que estoy desnuda. Pero para resumir: no me interesa en absoluto tener algo más que una relación física contigo.

Si no me conociera a mí mismo, diría que acababa de herir mis sentimientos.

—Quieres más sexo —dije lentamente.

—Se te da bien y te tengo a mano. —Eso no era demasiado halagador para mi virilidad. Pero era justo lo que yo quería. Entonces ¿a qué venía… aquella extraña sensación de inquietud?—. En cualquier caso, el tema del consentimiento es fundamental —añadió—. Así que depende de ti. Me gusta el sexo. Y me ha gustado mucho el sexo contigo. Ambos tenemos muchas cosas que hacer y creo que lo último que queremos o necesitamos es una relación. Así que podríamos seguir teniendo sexo sin compromiso en un futuro inmediato, hasta que nos cansemos de los orgasmos sin ataduras.

No creía que fuera posible que alguien se cansara del tipo de orgasmos que yo acababa de experimentar.

—Deberíamos darle una vuelta —decidí. Puede que Hazel no estuviera aturdida por el sexo, pero para mí era matador estar sentado a su lado sabiendo que solo llevaba mi camiseta puesta.

—Me parece bien —declaró—. Nos tomaremos un par de días. ¿Problema temporalmente resuelto?

—Sí —respondí. Hazel cogió el mando a distancia, pero le inmovilicé la mano con la mía—. Creo que es mejor no contárselo a nadie —le solté, preparándome para su reacción.

Tenía clarísimo en qué puesto me ponía eso en la Escala Oficial de Gilipollez. Primero le decía que lo único que me interesaba de ella era su cuerpo y lo que este podía hacer por mí. Y ahora le pedía que lo mantuviera en secreto, como si me avergonzara de ello.

—Totalmente de acuerdo —replicó ella, zafándose para volver a activar el sonido.

Me quedé sentado durante casi treinta segundos, antes de poner de nuevo en silencio el programa.

—¿No te parece mal? ¿No te sientes como si me avergonzara, o algo así?

—Pues ahora sí —bromeó.

—Lo digo en serio.

Se giró hacia mí con los ojos entornados.

—Si no te conociera, diría que te estás acojonando.

—No me estoy acojonando —declaré—. Es que no quiero hacerte daño.

—Cam.

Me puso una mano en la rodilla. La imbécil de mi polla cobró vida, recuperándose más rápido de lo que creía posible.

—¿Qué?

—Estamos totalmente de acuerdo. No quiero tener una relación contigo, ni volver a ser la comidilla del pueblo. Si algo he aprendido de este lugar hasta ahora, es que la persona que salga contigo va a acabar siendo noticia en *La Gaceta Vecinal* todos los puñeteros días. Estoy aquí para escribir una novela, no para protagonizarla. Además, tener un rollo secreto debe de ser muy inspirador, ¿no? Ya he esbozado mentalmente tres escenas mientras Breeony explica lo difícil que es ser guapa y rica —declaró, señalando a la rubia compungida de la pantalla, que parpadeaba para contener las lágrimas.

—¿Y Zoey? Estáis muy unidas —dije.

—Le confiaría a Zoey mi propia vida. Pero si no quieres que lo sepa, por mí no se va a enterar. Además, si se enterara y pensara que me estás distrayendo de escribir, seguramente te acorralaría y te amenazaría de muerte.

—Eso suena muy Zoey —reconocí—. Y mis hermanos se pondrían pesadísimos. Cuando se enteraron de que nos habíamos besado…

—¿Les contaste a tus hermanos que nos habíamos besado? —me preguntó Hazel, casi gritando.

—¿No?

—¡Campbell! ¿No fliparon? Seguro que fliparon —dijo—. ¿En qué estabas pensando?

—La verdad es que no lo estaba haciendo. No paraban de tontear contigo y...

—¡No estaban tonteando conmigo! ¡Estaban interactuando conmigo como lo hacen los seres humanos, Cam! ¿Así que decidiste marcar tu territorio? —Se tapó la cara con las manos.

—No. —Sí.

Ella gimió.

—¿Y qué te dijeron?

—No se alegraron mucho, la verdad. Expresaron ciertas «preocupaciones».

—No me digas, lumbreras. Déjame adivinar. Creen que tener una relación conmigo podría poner en peligro la reforma, lo que a su vez pondría en peligro la empresa familiar y, por extensión, a vuestra propia familia.

—Es increíble lo bien que se te da esto.

—¿Qué? ¿Volverme loca? —preguntó Hazel, apoyando la cabeza en el respaldo del sofá.

—No, entender a la gente.

—Estoy todo el rato creando y manipulando personajes de ficción. Es deformación profesional.

—Pero no pienso contarles... esto —le prometí.

—A estas alturas, ¿qué más da? Seguro que piensan que estoy comprando tu afecto físico, básicamente. En vez de extender un cheque por el próximo adelanto, te dejaré el dinero en efectivo en la mesilla de noche.

—No me estás pagando para que me acueste contigo. Y no pienso contarles nada de esto. Más que nada porque prácticamente me amenazaron de muerte si no te dejaba en paz.

Ella resopló.

—Y has tenido el descaro de pensar que iba a querer tener una relación sentimental contigo.

—No he tenido el descaro. He tenido la preocupación y te la he trasladado —repliqué.

Hazel exhaló un suspiro que hizo que su flequillo alzara el vuelo.

—Vale. Lo hecho, hecho está. Lo de tu metedura de pata ya no tiene remedio, como tampoco lo tiene que acabemos de echar no sé cuántos polvos. Lo único que podemos hacer es asegurarnos de que nadie se entere.

—Nadie se va a enterar —aseguré con una confianza totalmente infundada. Intentar guardar un secreto en Story Lake era como intentar guardar las sobras de la comida en un envase de margarina. Ambas cosas eran inviables.

—Tenemos que poner cara de póquer cuando estemos juntos —dijo Hazel—. Nada de ojitos lujuriosos, de guiños, ni de miradas demasiado largas e intensas.

—Y nada de mirarme la entrepierna como si tuvieras hambre.

—Ni de mirarme las tetas cuando no llevo sujetador.

—Nada de ir sin sujetador cuando mis hermanos estén en casa —repliqué.

—Esa norma es injusta. En vez de hacer que me vista de una forma que distraiga menos, ¿por qué no reivindicamos que los hombres aprendan a controlar hacia dónde miran?

Me pellizqué el puente de la nariz.

—Vale. Está bien. ¿Y si, hasta que no creen un programa nacional de entrenamiento para todos los sexos, evitas recordarme lo perfectos que son tus pechos cuando no estamos solos?

—Hecho.

Me recosté aliviado en el respaldo del sofá.

—Para ser solo sexo, estamos hablando un montón.

—Y tanto. Que no se convierta en una costumbre. ¿Te apetece un sándwich?

—Ahora mismo podría zamparme media vaca —dije.

—Menos mal. Esta cena de chicas no me ha llegado ni para una muela. Vamos a hacernos unos sándwiches y luego vemos cómo Breeony intenta convencer a William de que es la mujer de sus sueños.

Debería irme. Debería escabullirme por la puerta lateral y volver a casa agazapándome entre las sombras. Pero tenía la nevera vacía. Y puede que también un poco de curiosidad por saber a quién iba a elegir William para su cita de *Aventuras en Ámsterdam*.

—Vale. —Me puse de pie y le ayudé a levantarse.

—A la cocina provisional —dijo Hazel.

Le di una palmadita juguetona en el culo y la seguí hasta el comedor, ignorando la sensación de ansiedad en el pecho.

Había conseguido todo lo que quería. Entonces ¿por qué estaba tan inquieto?

Acabábamos de terminar los sándwiches y Breeony estaba suplicando una segunda oportunidad cuando llamaron a la puerta.

—¿Esperas a alguien? —le pregunté.

—¿A las diez y media de la noche? No —contestó Hazel.

El pomo de la puerta traqueteó.

—¡Abre, Haze! —gritó Zoey desde el otro lado.

—Mierda —susurró Hazel. Yo me levanté de un salto y me puse a buscar como un loco los pantalones—. ¡Un momento! —gritó, con una voz rebosante de culpabilidad—. Escóndete.

—¿Dónde? —susurré.

—No lo sé. ¿Detrás de las cortinas?

—¿Para que todo el vecindario me vea en ropa interior? ¿Dónde están mis putos pantalones?

—¿Y yo qué sé? —Hazel me esquivó, fue corriendo hasta la entrada y abrió uno de los armarios—. Métete aquí. Yo la distraeré para que busques los pantalones y puedas largarte.

Volví a sentirme como un adolescente, mientras me empujaba dentro del armario y cerraba la puerta.

—¿Quién es la mejor agente del mundo? —dijo Zoey, cuando Hazel por fin le abrió.

Apoyé la frente contra la puerta en la oscuridad.

—Supongo que tú, teniendo en cuenta que son casi las once de la noche y estás dispuesta a arriesgarte a ver a un mapache —contestó Hazel.

—Acabo de conseguir que te dediquen un articulito en una revista de tirada media de Pennsylvania —reveló Zoey.

—Eso es con diferencia lo más emocionante que ha pasado esta noche —contestó Hazel, con un entusiasmo muy poco convincente—. ¿Por qué no vamos al comedor y abrimos una botella de vino, o algo que nos lleve varios minutos?

Felicity
O me traes la compra a casa durante un mes, o
me veré obligada a comentar que he visto a
uno de los solteros más codiciados de Story
Lake saliendo a escondidas de la casa de Hazel
Hart en ropa interior. #elpreciodelsilencio

30

Venirse arriba

Hazel

REPORTERO INTRÉPIDO
Escritora local de novelas románticas es acusada del robo de un barco e intenta huir de la justicia nadando.

El Cam literario le lanzó una mirada ardiente mientras ella se ponía de puntillas para intentar alcanzar en vano la barra de la cortina.
—Te vas a caer sobre ese precioso culo que tienes.
—¿Y qué piensas hacer al respecto? —se burló la Hazel literaria.

Me recosté en la silla y cerré el portátil con un suspiro de satisfacción. La cacofonía de ruidos de la obra me dio la bienvenida en cuanto me quité los auriculares.

El armazón de la despensa, el rincón para desayunar y mi supervestidor estaban ya casi terminados. Los fontaneros y los electricistas se disputaban la prioridad. Mi casa estaba llena de ruido, gente y material de construcción.

Pero yo solo podía pensar en Cam.

El encuentro amoroso con él me había proporcionado mucho más que orgasmos. No había parado de escribir escenas tórridas desde aquella noche secreta de pasión. No me había ayudado mucho para avanzar en la trama, pero sin duda lo estaba disfrutando.

Había concedido una entrevista telefónica para el artículo que Zoey me había conseguido y por fin me había pasado por Historias de Story Lake y había conocido a Chevy, el propietario. Habíamos acordado que, en caso de que hubiera una demanda repentina de libros firmados, Chevy se encargaría de tramitar los pedidos y yo me pasaría una vez por semana a firmar.

En cuanto a las noticias no relacionadas con el ámbito profesional, no había vuelto a salir en *La Gaceta Vecinal* desde el «sexatón» con Cam. Pero había señales de que estaba empezando a encajar.

Dos hermanas de primaria habían llamado a mi puerta vendiendo velas perfumadas para el colegio y les había comprado las suficientes como para que invitaran a pizza a toda la clase. Goose había hecho un vuelo rasante sobre mí mientras paseaba en bici alrededor del lago la tarde anterior, pero, en aquella ocasión, en lugar de arrearme con un pez, había inclinado las alas en una especie de saludo aviar. O puede que fuera una disculpa.

Darius me había invitado a una cena del consejo en el hotel esa noche. Lo que implicaba maquillaje, ropa de adulta y poder ver a Cam lejos de sus hermanos. Habíamos mantenido las distancias desde el rodeo en pelotas del jueves por la noche.

Oficialmente nos estábamos tomando un tiempo para asegurarnos de que ambos seguíamos de acuerdo en lo del sexo sin compromiso. Aunque yo ya empezaba a morirme de ganas de volver a ver el pene de Campbell Bishop.

El ruido de unas botas resonó en el pasillo y levanté la vista justo a tiempo para ver el pene..., perdón, al hombre en cuestión a través de las puertas de cristal. Llevaba un larga viga de cinco por diez sobre un hombro. Nuestras miradas se cruzaron y me guiñó un ojo furtivamente, lo que hizo que mis mejillas se encendieran y mis partes femeninas convulsionaran.

Éramos dos adultos en plenas facultades que nos sentíamos

sexualmente atraídos el uno por el otro. Ya era hora de que dejáramos de marear la perdiz.

Estaba haciendo un repaso mental de mi vestuario en busca de un outfit perfecto que dijera «fóllame», cuando Zoey irrumpió en la habitación sin llamar. Le temblaban los rizos, pero no sabía si de emoción o de rabia.

—Cabrón hijo de puta de mierda —dijo.

Gage se detuvo delante de la puerta abierta.

—¿Va todo bien?

—Seguro que sí —contesté, para tranquilizarlo. Zoey tenía un arrebato emocional al menos una vez por semana.

—No, no va bien. Estoy a punto de coger el coche e ir a Manhattan a cometer un asesinato.

—Tengo unas cuantas lonas de sobra del tamaño de un cadáver, si las necesitas. Además se me da de maravilla cargar pesos muertos —dijo Gage.

—Pues a lo mejor te tomo la palabra —replicó Zoey, amenazadoramente.

—¿Qué ha pasado? ¿Tu primo ha vuelto a mancharte de vino el sofá?

Ella resopló indignada.

—Ese delito merecía una mutilación. Este merece la muerte.

Me pasó el teléfono e inmediatamente empezó a pasearse por delante de mi mesa. El navegador estaba abierto en un artículo de una revista literaria especializada. La cara de mi exmarido me sonreía desde la foto que lo acompañaba. Era una imagen antigua, de antes de que empezara a quedarse calvo poco a poco. Estaba de pie delante de una estantería repleta de premios y libros de tapa dura, con aquella sonrisa de suficiencia en los labios que tan bien conocía.

UN AGENTE LITERARIO NEOYORQUINO
NOS HABLA DE SU DILATADA CARRERA

—Hazme un resumen —le dije, echándole un vistazo al artículo.

—Me niego a leerlo en voz alta. Párrafo cuatro.

—«Whitehead no representa a escritores de novela romántica. En su opinión, ese género, que él considera "de consumo rápido", no genera beneficios a largo plazo. Él guía a sus clientes a través de las complejidades más sutiles de la ficción literaria. "Escriben sobre historias descarnadas, que valen la pena. No sobre simples finales felices y sexo. Cuentan historias importantes y auténticas. Ese es el tipo de libros que el mundo necesita, de los que profundizan en la condición humana"».

Era un comentario bastante gilipollas y fuera de lugar, pero muy típico de Jim. Nada que mereciera un homicidio. Seguí leyendo un poco más abajo y, en cuanto vi mi nombre, me puse tensa.

> Solo hay que ver a mi exmujer, Hazel Hart. Se puso en una tesitura en la que, para tener éxito, tenía que complacer a un grupo demográfico con una necesidad insaciable de contenido. No logró satisfacer esa necesidad y ahora su representante la ha abandonado y su editora va por el mismo camino. Intenté encaminarla hacia un género con lectores más serios y entregados, pero eso es lo que pasa cuando no te tomas en serio la industria editorial. Te mastican y te escupen.

—¡Qué hijo de puta! —exclamé.

—¿Quién? —preguntó Gage—. ¿A quién tenemos que asesinar?

Levi asomó la cabeza por la puerta.

—¿Habéis dicho algo de un asesinato?

—¿Sabes qué te digo? Que la muerte es demasiado buena para él. La tortura es la mejor opción. Empezaré arrancándole las uñas de los pies y luego le pondré las pinzas del coche en los pezones —planeó Zoey, que seguía caminando.

—«No estoy diciendo que esté acabada, ni mucho menos. Pero podría haberse beneficiado mucho de mi experiencia» —leí en voz alta. Me levanté de la silla y me puse a dar vueltas con Zoey como una loca—. Joder.

—Menos mal que es una revista pedante a la que solo se suscriben gilipollas pedantes, pero ya he recibido dos llamadas y media docena de correos electrónicos de otras publicaciones que andan husmeando para escribir un artículo sobre la guerra de los ex —dijo.

—No pienso enfrentarme a él —respondí con amargura. No sabía cómo hacerlo, como demostraba el acuerdo de divorcio.

—¿Qué coño está pasando aquí? —preguntó Cam desde la puerta.

—Vamos a cometer un asesinato —dijo Gage.

—Daría lo que fuera por borrar esa sonrisa arrogante de su puñetera cara —afirmó Zoey. Se detuvo y me agarró por los hombros—. Este libro tiene que ser un megasuperventas. Tiene que ser uno de esos libros que acaparan las listas de los más vendidos durante tanto tiempo, que la gente se harta de ver la cubierta. Quiero que Jim sienta náuseas, literalmente, cada vez que asista a un acto del sector porque todo el mundo hable del éxito que has logrado sin él.

—Tendré que empezar a buscar el vestido de la venganza para cuando entre en la lista del *New York Times* —bromeé.

—¿Quién coño es Jim? —preguntó Levi.

—Su exmarido —respondió Cam.

Todos los ojos se posaron en él.

Se encogió de hombros.

—¿Qué? Estaba en su biografía, en la contraportada del libro que me prestó Laura.

—¿No podías permitirte comprarte un ejemplar? —se quejó Zoey.

Chasqueé los dedos delante de sus narices.

—Céntrate, Zoey. ¿Qué hacemos con esto?

—¿Por qué vamos a cargarnos a tu exmarido Jim? —preguntó Gage.

Ella le pasó el móvil.

—Párrafo...

—Cuatro. Sí, lo he oído —dijo. Sus hermanos miraron por encima de los hombros de Gage mientras este se desplazaba por la pantalla.

—Si por mí fuera, le jodería la vida —me dijo Zoey.

—Claro, porque eso siempre sale bien. —Si a veces yo era demasiado impulsiva, Zoey era extremadamente temperamental. Por lo general, yo solía ser bastante buena persona, pero Zoey era terrible.

—No quiero ir por las buenas —declaró.

—¿Dónde vive este gilipollas de mierda? —preguntó Cam.

—Imagina que escribes el mejor libro de tu carrera. Aunque hicieran rápido una primera tirada pequeña, tendríamos que esperar como un año para hacer que se tragara sus palabras —se quejó Zoey.

—Es el precio que hay que pagar por ser dos adultas maduras —le recordé.

De repente tenía a los tres hermanos alineados, formando un muro impenetrable de músculos y brazos cruzados.

—¿Este imbécil vive en Nueva York? —me preguntó Cam.

—En el Upper West Side —leyó Levi en el teléfono.

Gage miró el reloj.

—Eso está como a dos horas, o dos horas y media de aquí.

—Podríamos estar de vuelta antes de que se hiciera de noche —dijo Cam.

Levi gruñó.

—Podríamos parar en la cafetería de los dónuts al volver.

Agité las manos en el aire.

—Un momento. No estaréis hablando en serio.

Me respondieron tres ceños fruncidos, tremendamente severos y obstinados.

—Zoey, ¿puedes echarme un cable?

—No quiero echarte ningún cable. Quiero ver cómo le dan una paliza.

—Nada de palizas —repliqué.

—Puf. Vale. Seré una adulta responsable —refunfuñó. Luego se giró para mirar a los Bishop—. Caballeros, este no es más que un pequeño y desafortunado daño colateral de ser escritora. Hay que actuar como si fuera el típico matón de instituto: ignorarlo y centrarse en lo positivo. —La última parte la dijo con los dientes apretados.

Los hermanos intercambiaron una mirada incrédula.

—Perdona, pero esa no es la mejor forma de enfrentarse a un matón —replicó Gage.

—¿Y cuál es? —pregunté.

—Venirse arriba —contestaron los tres a la vez.

Fruncí los labios para no reírme.

—Conque venirse arriba, ¿eh?

—Si un matón te tira el libro de Geografía de la mano, tú lo recoges y le arreas con él en la cara hasta que se caiga al suelo —explicó Cam.

—Si alguien te empuja contra una taquilla, le das puñetazos en los morros hasta que alguien te separe de él —añadió Gage.

—Si un gilipollas le roba a tu amigo el dinero de la comida, te cuelas en su casa, le robas todo lo que tiene en la habitación y al día siguiente lo subastas en el instituto —remató Levi.

—Qué ejemplos tan concretos. —Cogí el cuaderno.

Zoey acabó esbozando una sonrisa.

—Esto es distinto, chicos. No podéis presentaros en casa de todos los amargados que escriban algo desagradable en un blog o pongan una crítica de una estrella y amenazarlos. Sería como un trabajo a jornada completa. O como dos, en época de lanzamiento. Hay Jims a patadas. ¡Madre mía, Haze! ¿Te acuerdas de aquella bloguera cascarrabias que inició una campaña en internet para que sus seguidores denunciaran tus libros por infringir los derechos de autor en los puntos de venta online porque no le gustaba que el protagonista fuera hincha de aquel equipo de fútbol americano de la liga universitaria?

Los tres hermanos se quitaron los cinturones de herramientas.

—Conduzco yo —dijo Cam.

Hice un gesto como si me estuviera cortando el cuello con el dedo.

—No es el mejor momento para abrir el baúl de los recuerdos, Zoey.

—Acabo de darme cuenta —dijo.

—Esperad. —Me interpuse entre los Bishop y la puerta—. ¿Qué hacéis cuando alguien le pone una mala crítica a vuestra empresa por internet?

—Solo nos pasó una vez —contestó siniestramente Gage.

—La puñetera Emilie —murmuró Levi.

—¿Por qué es así? —le pregunté.

—El síndrome de la hija mediana. Su hermana mayor era una gimnasta buenísima que estuvo a punto de ir a los Juegos Olímpicos. Y su hermano pequeño es neurocirujano —contestó Gage.

—¿Y qué le hicisteis a Emilie? —preguntó Zoey.

—Yo os diré lo que hicimos —dijo Cam—. Nos presentamos en su casa y, cuando abrió la puerta, fuimos al lavadero y nos pusimos a agujerear la pared nueva de yeso, que según ella era... —señaló a Gage chasqueando los dedos.

—Demasiado lisa —dijo su hermano.

—Arrancamos los paneles de yeso, desenchufamos la lavadora que, según ella, hacía demasiado ruido...

—Algo que no tenía nada que ver con nosotros —terció Levi.

—Después cogimos la secadora nueva, volvimos a sacarla a la entrada y la dejamos exactamente donde la habían dejado los repartidores después de que ella les echara la bronca por haber llegado diez minutos antes —continuó Cam—. Y luego Gage le tiró a la cara un cheque para devolverle el dinero.

—Restándole la mano de obra de deshacer el trabajo, que casualmente era casi igual a lo que nos había costado hacerlo —explicó Gage, con una sonrisa pícara.

—Sí, señor —dijo Zoey, señalándolo—. Me encanta todo lo que acabas de decir.

—No podéis ir por la vida vengándoos de la gente que es injusta con vosotros —repliqué.

—Sí podemos —dijeron todos al unísono.

—Su marido llegó a casa en medio de la movida. Le dejamos elegir entre darle una paliza, demandarlo, o ambas cosas —dijo Cam, como si fuera lo más lógico del mundo.

—Por cierto, eso sucedió como veinticuatro horas después de que Emilie cogiera una rabieta porque Livvy había llegado antes que ella a la cola de la caja de la gasolinera y había sido el cliente número cien del mes.

—Me dieron gasolina y perritos calientes gratis durante treinta días —explicó Levi.

—Por aquí, si eres un matón, te las ves con otros matones —dijo Gage con orgullo.

—Bueno, por muy «divertido» que parezca, en mi sector las cosas no funcionan así —dije—. Somos más civilizados.

Gage agitó el teléfono de Zoey.

—Esto no es ser civilizado.

Levi esbozó una sonrisa burlona.

—Veréis cuando se entere mamá.

—Nadie va a contarle nada a la madre de nadie —dije, en un intento desesperado por hacer entrar en razón al resto de supuestos adultos de la sala—. Es mi problema y me ocuparé de él como mejor me parezca.

—Por favor, no digas que eligiendo el buen camino —farfulló Zoey en voz baja.

—Como digas «camino», cojo las llaves —señaló Cam.

Puse los ojos en blanco.

—Zoey.

—¿Sí, mi señora?

—Elegiremos el buen sendero y lo ignoraremos —anuncié.

Jim
Espero que no te importe, pero te he
mencionado en una entrevista para darte un
empujoncito. Ya me lo agradecerás. Qué tal el
libro? Casi acabado?

31

Un problema de mierda

Hazel

Con la cabeza rebosante de fantasías de venganza y la casa llena de hombres vengativos, apenas conseguí escribir nada durante el resto del día. En lugar de hacer salir a la fuerza las palabras, tiré la toalla y alivié mi frustración en el jardín delantero, eliminando parte de los escombros que había entre la maleza.

Seguía en ello cuando todos se fueron. La mirada de contrariedad que Cam me lanzó cuando iba hacia la camioneta fue de lo más elocuente. Pero sus hermanos lo habían convencido para que se pasara por la granja de sus padres a hacer no sé qué en la valla de un prado. Esperé a que el camino de entrada y la calle estuvieran despejados antes de tomarme cinco minutos de descanso en la nueva mecedora del porche.

Saludé con la mano a un par de vecinos, me bebí un vaso de agua de un trago y fui hacia la única ducha que quedaba en la casa. Elegir el peinado, el maquillaje y la ropa no sería fácil, teniendo en cuenta que iba a ir en bicicleta a la cena del consejo. Con un poco de suerte, a lo mejor lograba convencer a un contratista sexy y gruñón para que me acercara a casa al acabar y me echara un polvo.

Necesitaba con urgencia conseguir un vehículo con puertas. Lo añadí a la lista de cosas por las que preocuparme más adelante y me puse manos a la obra con mi outfit de seducción.

Tras arreglarme con una coleta alta moderadamente sexy, un body con un escote elegante y unos pantalones de cintura alta, me consideré preparada.

Estaba sacando la bici del garaje, cuando un vivaracho todoterreno eléctrico entró en el camino de mi casa. Darius se asomó por la ventanilla del conductor.

—¿Quieres que te lleve? —gritó.

Eso haría menos probable que Cam me acercara después a casa, lo cual reduciría muchísimo las probabilidades de acostarme con él esa noche. Pero al menos no llegaría a la reunión sudando como una enferma con fiebre.

Disimulé mi decepción con una alegre sonrisa.

—¡Vale, gracias!

Me subí al asiento del copiloto y descubrí que mi chófer consistorial llevaba puesta a todo volumen una lista de reproducción de una banda de tambores sorprendentemente fascinante.

—Es mi música para venirme arriba —explicó, siguiendo el ritmo con las manos colocadas de forma reglamentaria sobre el volante a las diez y diez.

—¿Necesitas música para venirte arriba en una cena del consejo? —le pregunté.

—Es más bien una reunión extraoficial para hablar de asuntos extraoficiales antes de hacerlo todo oficial. Con palitos de pan —añadió.

Como la hora punta en Story Lake era casi inexistente, llegamos al hotel con diez minutos de antelación. Me alegró ver que aquella vez había más coches en el aparcamiento. Mientras Darius iba a comprobar que tuvieran listo el reservado para la cena, yo salí a la terraza e hice unas cuantas fotos espectaculares de la puesta de sol sobre el lago.

Me fijé en un grupito de mujeres reunidas alrededor de una hoguera al fondo del jardín. Parecía que estaban pasándose varias botellas de vino y haciéndose selfis.

Estaba a punto de volver a entrar cuando me di cuenta de que todas se giraban de pronto hacia mí.

—¡Ay, madre, es ella! —chilló una mujer con marcado acento de Long Island y dos botellas de vino en la mano.

— 337 —

De repente se volvieron locas, como una bandada de gallinas alteradas y, riéndose, echaron a correr hacia mí. Identifiqué el regusto del Bronx y de New Jersey en la alegre estampida.

—¡Eres Hazel Hart! —exclamó una mujer que llevaba una media melena desfilada con las puntas moradas.

—Es como si la hubiéramos invocado —comentó otra de las mujeres, alta y angulosa, que llevaba una copa de vino en la que tintineaban unos cubitos de hielo.

—Caray. Hola —dije.

—Estamos aquí por ti —anunció una tercera mujer, con un jersey de cuello alto sin mangas y un gorro de lana—. Soy lectora tuya desde hace años y, cuando vi que lo habías dejado todo para empezar de cero, me sentí tremendamente identificada.

—¿En serio? Vaya. Pues gracias —respondí.

—¡No! Somos nosotras las que tenemos que agradecértelo —aseguró la mujer que empuñaba las botellas de vino—. Me compré el primer libro de la serie *Spring Gate* y me lo leí de un tirón. Luego empecé con el siguiente. Y cuando tuve en mis manos el tercero…

—Nosotras también hemos decidido dejarlo todo, durante un fin de semana largo, para venir a ver el lugar que te ha inspirado para empezar un libro nuevo —explicó la mujer del gorro.

—Y puede que de paso para echar un vistazo a esos contratistas que están trabajando en tu casa —dijo la cuarta mujer, que era más bajita que las demás y tenía unos rizos negros y brillantes, y un gusto divino para los zapatos—. ¡Están para comérselos!

—He de reconocer que hemos pasado en coche por delante de tu casa —confesó Dos Botellas—, pero te juro que no ha sido para cotillear.

—Nos hemos hecho un par de selfis en la acera, pero son solo para nosotras. No para colgarlos en internet —explicó muy seria la mujer de los cubitos de hielo.

—Y por supuesto tampoco íbamos a llamar a la puerta, porque eso sería muy de acosadoras y además estás escribiendo un libro nuevo, así que necesitas concentrarte —dijo Zapatos Caros.

—Os lo agradezco —dije, riéndome.

—¿Te importaría hacerte una foto con nosotras? —me pidió Gorro de Lana—. A las chicas del grupo les va a dar un infarto.

—Claro, encantada. ¿De qué grupo?

—Los Incondicionales de Hazel Hart —dijeron al unísono.

—Estamos en Facebook y somos casi mil miembros; la mayoría se unieron cuando anunciaste tu divorcio, huiste de Nueva York y decidiste empezar de cero. ¿Sabes cuántas veces he fantaseado con hacer una maleta y largarme? —me preguntó Dos Botellas.

—No tengo ni idea.

—Al menos tres veces por semana.

—Yo más bien tres al día —bromeó Zapatos Caros—. Pero tengo unos gemelos de cuatro años.

—Que sepas que eres guapísima. No me malinterpretes, en las fotos sales genial, pero en persona…, qué pelazo. Qué *eyeliner*. Qué sonrisa —murmuró Cubitos de Hielo.

—Qué mona eres —dije, sintiéndome arrastrada por una especie de riada de buena voluntad.

—Y pasa de ese mierda de exmarido que tienes. Hemos leído su entrevista y se veía a la legua que estaba desesperado por darse importancia —dijo Dos Botellas.

—Si podemos ayudarte en algo, Los Incondicionales de Hazel Hart estamos a tu disposición y deseando entrar en acción —dijo Gorro de Lana mientras seguían todas rodeándome.

No sabía qué decir, así que me limité a sonreír mientras los ojos se me llenaban de algo sospechosamente parecido a lágrimas.

—¿Quién tiene la mejor cámara y el brazo más largo? —preguntó Zapatos Caros.

Nos hicimos varios selfis para asegurarnos al menos uno en el que todas tuvieran los ojos abiertos, Zapatos Caros no estuviera hablando y a Cubitos de Hielo le gustara su sonrisa.

—Gracias, gracias, gracias —dijo Cubitos de Hielo—. Es que… ¡Uf! Estaba deseando conocerte para decirte lo importantes que son tus libros para mí y ahora que estás aquí, solo se me ocurre decirte lo guapa que eres. —Agitó una mano delante de sus brumosos ojos azules—. Debería haberte escrito una puñetera carta.

—Créeme, de un tiempo a esta parte, que me llamen guapa es un subidón —bromeé, a punto de echarme a llorar de verdad—. Te lo agradezco de corazón.

—Ayudaste muchísimo a Joan con lo del ictus. Y a Millie cuando tuvo que hacer reposo en cama. Y a mí con mi divorcio. Nos conocimos gracias a ti y ahora estamos aquí esta noche tan bonita, en este hotel tan bonito y en este pueblo tan bonito, contigo. Mierda. Ahora voy a llorar —dijo Gorro de Lana.

—Uf, no. Como empieces, me pondré a llorar yo también —le advertí.

Nos pusimos todas a llorar, pero de felicidad. Nos abrazamos y nos hicimos unas cuantas fotos más. Estaba bebiendo un trago de vino directamente de la botella con mis nuevas mejores amigas, cuando un carraspeo masculino interrumpió nuestro alborozo.

—¿Todo en orden?

Cam apareció a unos cuantos metros de nosotras, con pinta de sentirse tremendamente incómodo. Se produjo un éxtasis colectivo antes de que empezaran las risitas nerviosas.

—Es el contratista cañón número tres —susurró Gorro de Lana.

Me aclaré la garganta.

—Señoras, el deber me llama.

—¿Cómo puedo entrar en esa lista de turnos? —preguntó Zapatos Caros, antes de beber un trago de vino.

—Me habéis alegrado el año entero. Ha sido un placer haberos conocido y espero que disfrutéis del resto de vuestra estancia en Story Lake —dije, llevándome las manos al corazón—. Bueno, voy a ocuparme de algunos asuntillos del pueblo.

—Tal vez deberías ocuparte de algunos asuntillos personales —sugirió Dos Botellas por lo bajini, mirando con elocuencia a Cam.

—¿Unas amigas? —me preguntó Cam, cuando llegué a su lado.

—Sí, más o menos —contesté, medio sonriendo.

—Estás muy guapa —dijo bruscamente.

Las palabras de Cam hicieron que el cálido rubor causado por mis lectoras se volviera un poco más intenso.

—Gracias. Darius ha pasado a recogerme, por eso no me he puesto hecha un asco antes de llegar aquí. En la bici, digo. Porque no tengo coche.

—¿Por qué farfullas?

—No estoy farfullando.

Cam me lanzó una miradita de «mentira cochina».

—Puf. Vale. Sí estoy farfullando. Es que me pongo nerviosa cuando me miras y estás así de guapo… —dije, señalando toda su apostura.

—Me alegro.

—¿Te alegras? ¿Te gusta poner nerviosas a las mujeres? Porque hoy en día no está muy bien visto, es como ser un asesino en serie.

—Me gusta ponerte nerviosa a ti. Es una venganza por hacerme…

—¡A ver, los de la fiesta del consejo! ¿A quién le apetecen unos palitos de pan? ¡Yupi! —gritó Darius desde la puerta de la terraza, interrumpiéndonos, mientras agitaba los brazos en el aire.

Estuve a punto de enseñarle los dientes al pobre chaval. Necesitaba saber cómo acababa la frase de Cam. Solo por documentarme, claro.

Cam murmuró algo ininteligible y fue hacia la puerta.

Seguí la estela de su espalda ancha y musculosa hasta el interior, preguntándome si podría pasarle una notita para invitarlo a un revolcón después de cenar. ¿O un mensaje de texto sería más inteligente?

Como toda mujer que se precie, de momento dejé aparcado cualquier pensamiento sexual cuando entramos en el reservado y el olor a pan recién hecho inundó mis sensores olfativos. Nos acomodamos en la mesa redonda. Yo me senté entre el doctor Ace y Erleen Dabner. Ace llevaba otra de sus coloridas chaquetas de punto y Erleen parecía recién salida de un rastro de la familia Addams, vestida con varias capas de ropa larga y negra.

— 341 —

Emilie estaba sentada entre Darius y Cam, mirando con el ceño fruncido a…, bueno, en realidad a todo el mundo.

—¿Un poco de queso y embutido? —dijo Darius, ofreciéndonos la bandeja.

—Ve al grano —dijo Cam, recostándose en la silla—. ¿Por qué estamos aquí?

—Más te vale que esto no sea como aquella vez que querías que nos conociéramos mejor y nos pusiste a hacer un montón de actividades para fomentar el espíritu de equipo. Todavía me duele el dedo gordo del pie —se quejó Emilie.

—Yo quiero un poco de queso y embutido —dijo Erleen.

—Iba a esperar a que trajeran los platos fuertes antes de abordar el tema —comentó Darius tímidamente—. Macarrones con queso, pollo frito y puré de patatas.

Todos ellos ocupaban un lugar destacado en la lista de comidas que te hacían sentir bien. Estaba empezando a preocuparme.

—Cuanto antes, mejor —dijo Ace, cortando un panecillo y untándolo con mantequilla.

—Estamos sin blanca. ¿Quién quiere vino? —preguntó Darius.

Levanté la mano.

—Una servidora.

—¿Cómo que estamos sin blanca? —preguntó Cam.

Los demás empezaron a hacerle preguntas a Darius. Yo me levanté y cogí una de las botellas de vino que había sobre la encimera. Después de llenarme la copa, se lo ofrecí al resto.

—¿Alguien quiere?

—La gente que bebe vino es una esnob o una borracha —murmuró Emilie.

—Ya se lo diré a Jesús —repliqué en voz baja.

Erleen me quitó la botella y se llenó la copa hasta el borde.

—Yo soy una borracha esnob. Y a mucha honra.

—Sabía que no andábamos muy bien de presupuesto, pero ¿cuándo nos hemos quedado sin blanca, exactamente? —preguntó Ace, agitando con elegancia el panecillo.

—Con el éxodo masivo de residentes de los dos últimos

años, lo que recaudamos con el impuesto de bienes inmuebles se ha reducido a la mitad —explicó Darius.

—Por eso subimos los impuestos sobre la propiedad —señaló Cam.

—Por desgracia, esa subida no es suficiente para cubrir la renovación de la planta de tratamiento de aguas residuales con el fin de aumentar la eficiencia y reducir la contaminación medioambiental, algo que los inspectores del condado de Dominion consideran imprescindible. He investigado lo que nos piden que hagamos y digamos que jamás podríamos permitirnos pagar los impuestos sobre la propiedad que harían falta para cubrir el coste —dijo Darius—. ¿Quién quiere puré de patatas?

Todos empezaron a hablar a la vez.

Levanté la mano.

—Hola. Soy nueva en esto del consejo. ¿Qué pasa si no conseguimos el dinero?

—Me alegra que me hagas esa pregunta, Hazel. Si no hacemos las mejoras en la planta en los doce meses asignados, nos enfrentaremos a multas importantes, lo que gravará aún más nuestro escaso presupuesto y nos obligará a declararnos en bancarrota. Y, si eso sucede, cabe la posibilidad de que perdamos nuestro fuero y Story Lake deje de existir —explicó Darius.

Se hizo un silencio tenso mientras todos lo asimilábamos.

—Eso es… terrible —murmuré.

—Caramba, no me digas —replicó Emilie con sorna. Todos la ignoraron.

—¿Y qué opciones tenemos? —preguntó Erleen.

—Esa es la razón por la que estamos aquí. Quiero valorar más opciones que las obvias. Por ejemplo, podríamos volver a subir los impuestos, pero acabaríamos perdiendo más residentes que sean incapaces de pagarlos —dijo Darius.

—Además, ¿quién coño iba a comprar una propiedad en un pueblo abandonado con los impuestos más altos del condado? —añadió Cam.

—Después está lo de la bancarrota municipal —dijo Darius.

—¿Qué implicaría eso? —preguntó Ace, cogiendo un segundo panecillo.

— 343 —

—Bueno, solo he valorado por encima esa posibilidad, pero preferiría que fuera nuestra penúltima opción —dijo Darius, con una cara de lástima que no le pegaba nada.

—Por si no lo sabías, eso es aún peor —me dijo Emilie.

Cogí el vino y le di un sonoro trago.

—Ah —repliqué.

—Estoy seguro de que voy a lamentar esto —dijo Cam—. Pero ¿cuál es la última opción?

Darius se aclaró la garganta.

—Dominion se ha ofrecido a anexionar Story Lake, básicamente.

No veía ningún tocadiscos ni ningún DJ en la sala, pero el anuncio del alcalde tuvo el mismo efecto que el sonido de un disco rayado.

Cam fue el primero en romper el silencio.

—Creo que hablo en nombre de todos al decir... que ni de puta coña.

—Tiene que haber alguna otra solución —dijo Erleen, apartándose la melena plateada de la cara—. Puedo consultar las cartas del tarot esta noche.

—Ya estamos otra vez con las puñeteras cartas —refunfuñó Emilie.

—Vale. Ya está bien. Todos los que estén a favor de mandar a Emilie al rincón de pensar, que digan «sí» —dijo Ace, dándole duro a la mantequilla.

—¡Sí!

—Si ni siquiera es una reunión de verdad —murmuró ella, cruzándose de brazos.

Todos menos yo señalaron hacia un rincón donde había una silla solitaria mirando hacia la pared.

Con un resoplido, la contrariada mujer abandonó la mesa y se sentó en la silla que señalaban.

—Fue a Emilie a la que se le ocurrió lo del rincón de pensar —me susurró Erleen, antes de beber un trago de vino—. No debería causarme tanta satisfacción usarlo en su contra, pero nadie es perfecto.

—Estoy abierto a soluciones alternativas. Considerad esta

cena como una lluvia de ideas. Toda aportación es bienvenida —declaró Darius.

Emilie soltó un resoplido burlón desde el rincón.

—A lo mejor podríamos organizar una reunión con Sanidad y pedirles que bajen el precio del antiguo hospital —sugirió Ace—. Si saben que estamos al borde de la quiebra, a lo mejor intentan deshacerse de la propiedad lo antes posible. Eso podría atraer a algún comprador.

—¿Y cuánto tiempo nos llevaría eso? Tenemos doce meses para actualizar toda la planta de tratamiento de aguas residuales, no para recaudar el dinero —señaló Cam.

—Toda aportación es bienvenida —repitió Darius mientras tomaba nota en la tablet.

—¿Y alguna subvención? —propuso Erleen—. Tiene que haber subvenciones para pueblos pequeños en situaciones como esta. Además tenemos a Hazel en el consejo, que es escritora profesional. Eso podría hacernos ganar algunos puntos en el proceso de solicitud.

Darius la señaló con el lápiz óptico.

—Me gusta.

—Si vamos a subir los impuestos sobre la propiedad, también podríamos subir el alquiler de todos los inmuebles que pertenecen al ayuntamiento —sugirió Cam, antes de morder con rabia un trozo de pollo frito.

—Camarada Cam, me lo apunto en la lista —respondió Darius.

—¿Tú qué opinas, Hazel? —preguntó Ace.

—Eso, ¿qué haría uno de tus pueblos en esta situación? —preguntó Erleen.

Todas las miradas se posaron en mí. Emilie hizo un ruido como si la estuvieran estrangulando.

—Pues no lo sé. Tendría que pensarlo —respondí, titubeando con torpeza. No solo no tenía ni idea de presupuestos municipales, sino que lo de soltar palabras por la boca tampoco era lo mío. Se me daba mucho mejor hacerlo por escrito.

—Claro, claro —dijo Darius—. Esto es solo una toma de contacto, porque me encantaría que tuviéramos algunas opciones viables para presentarlas en el próximo pleno oficial. Confío al mil por cien en que encontraremos una solución.

El muy optimista parecía decirlo en serio. La antigua Hazel, con su matrimonio feliz y su exitosa serie de comedias románticas, también se lo habría creído. Pero la nueva sabía que los finales felices no existían más allá del papel.

Cada vez que empezaba a olvidarlo, la vida se rebelaba y me daba en las narices con un pez... o con una posible bancarrota. Había llegado allí con la esperanza de echar un polvo aquella noche. Pero ahora solo era capaz de pensar en que iba a perder mi nuevo pueblo adoptivo por un problema de mierda, literalmente.

32

«Bien» es una palabra de cuatro letras

Campbell

—No hace falta que acerques a Hazel a casa —le dije al alcalde-niño prodigio cuando se disolvió la reunión extraoficial del consejo.

Un poco más allá, Emilie farfullaba cosas en voz baja sobre el rincón de pensar y la Primera Enmienda.

—¿Nunca te has planteado hacerte una purificación con reiki o una buena limpieza energética? —le preguntó Erleen mientras iban hacia el aparcamiento.

—Ah, ¿no? —preguntó Darius por encima de la cacofonía nocturna de ranas arborícolas y grillos.

—Ah, ¿no? —repitió Hazel, todavía conmocionada por aquella mierda de noticia. Nunca mejor dicho.

—He traído unas muestras de azulejos para que les eches un vistazo —dije, señalando con el pulgar hacia la camioneta. Ella frunció el ceño, obviamente sin darse cuenta de que era una estrategia para que nos quedáramos a solas—. Para todas las habitaciones menos para el dormitorio —añadí con elocuencia.

Hazel levantó las cejas, cayendo en la cuenta.

—Ah, sí, los azulejos. Me encantaría ver tus azulejos.

Puse los ojos en blanco.

—Pues entonces me voy pitando a casa a hacer los deberes

de Química. Espero vuestras propuestas en el próximo pleno municipal —dijo Darius, señalándonos con el dedo.

—Adiós, Darius —le dijo Hazel, antes de girarse para mirarme—. ¿Muestras de azulejos? —se burló.

No me apetecía pensar en problemas, en soluciones, ni en excusas. Quería olvidarme de toda aquella mierda, metafórica y literal, y tan solo sentirme bien, para variar.

—¿Prefieres irte a casa con el niño prodigio? —le pregunté.

—No, claro que no —dijo, y yo la agarré de la muñeca—. Pero me siento un poco mal escaqueándome para echar un polvo, si es que lo de las muestras de azulejos es un eufemismo, cuando el pueblo está al borde de la bancarrota.

—En primer lugar, no me estoy escaqueando de nada. Y en segundo, la vida es incierta. Mejor follar mientras se pueda.

—Interesante filosofía de vida. Apuesto a que no consigues escaquearte.

—Apuesto a que soy capaz de hacer otras cosas más interesantes.

—Eso tendré que decirlo yo —replicó con suficiencia.

Fui hacia la camioneta, que había aparcado al fondo del aparcamiento, de forma que no se pudiera ver desde el hotel.

—¿Lo tenías planeado, o solo querías asegurarte de que nadie te abollara las puertas? —me preguntó Hazel mientras la arrastraba hacia el otro lado de la camioneta y abría la puerta trasera del lado del copiloto.

La ventaja de vivir en un pueblo casi fantasma era que la probabilidad de que alguien te pillara follando era prácticamente inexistente. Allí fuera, en aquella oscura noche de verano, no había más que sombras y bosque.

—¿No se suponía que íbamos a hablar de si seguíamos estando de acuerdo en lo del sexo sin compromiso? —susurró.

Había sido una exigencia poco habitual en mí. Pero quería que estuviera segura, que entendiera que aquello no iba a llegar a ninguna parte.

—Vale. ¿Sigues queriendo acostarte conmigo? —le pregunté con rudeza, esquivándola para inclinarme y apagar la luz del interior del vehículo.

Ella se giró muy despacio para mirarme. Estaba impresionante bajo la luz de la luna.

—Sí. ¿Y tú?

—También.

—Perfecto —replicó Hazel, acercando la mano a la cremallera de mi pantalón.

—Las damas primero.

La levanté y la puse de lado en el asiento de atrás.

—No tenía ni idea de lo excitante que podía ser que te mangonearan, desde el punto de vista de la investigación —murmuró mientras yo bajaba la mano hacia la cintura de sus pantalones.

Se los bajé por aquellas piernas largas y suaves, y los lancé al asiento delantero.

—¿Qué tipo de camiseta es esta? —le pregunté.

—Es un body —contestó ella, señalando los broches de la entrepierna.

Gruñendo, metí el dedo por debajo de la tela y tiré. No llevaba nada debajo y tuve que hacer un esfuerzo hercúleo para no arrancarme los pantalones y hacer que los dos nos volviéramos locos.

—¿Aquí? —jadeó Hazel.

—Aquí —declaré, hundiendo lentamente dos dedos en su interior.

—¡Ah! —Hazel se desplomó hacia atrás en el asiento, tapándose la boca con una mano a la vez que aquellas paredes resbaladizas y suaves se cerraban a mi alrededor.

Introduje más los dedos, curvándolos en el ángulo justo.

—Llevaba toda la cena deseando hacer esto —confesé.

El gemido ahogado de Hazel fue como música para mis puñeteros oídos.

Saqué los dedos, arrastré sus caderas hacia el borde del asiento y me acerqué a ella. Cuando mi boca se posó sobre su sexo, Hazel se incorporó ligeramente, sobresaltada. Pero cuando separé sus pliegues húmedos y le di el primer lengüetazo, volvió a tumbarse con un grito ahogado.

Le puse las piernas sobre mis hombros y me centré en memorizar su sabor.

Ella enredó los dedos en mi pelo y se aferró a él mientras agitaba las caderas contra mi boca ávida. Estaba empalmado, cachondísimo, desesperado por estar dentro de ella, pero antes quería volverla loca. Tanto como ella me volvía a mí. Añadí los dedos a la boca para aumentar su placer, para que fuera más intenso. Cuando me apretó con más fuerza el pelo y los dedos, me di cuenta de que estaba a punto de correrse. Necesitaba saborear su orgasmo.

Ahora tenía ambas manos enredadas en mi pelo.

—¡Campbell! —Su grito resonó en la noche, haciendo palpitar mi polla. Gemí satisfecho y le tapé la boca con la mano que tenía libre mientras se corría.

El sabor de su orgasmo en mi lengua era jodidamente embriagador; su placer, una droga que recorría mi organismo. Lo prolongué todo lo que pude, ignorando mi intenso deseo. Cuando todo acabó, cuando la última sacudida se desvaneció, imaginé que Hazel se quedaría sin fuerzas y podría tomarme mi tiempo para volver a excitarla. Para volver a saborearla.

Pero me apartó la boca, me agarró por la camisa y me arrastró al asiento de atrás. Con manos impacientes, me desabrochó la cremallera y, con un poco de ayuda, me bajó los pantalones hasta los muslos. Mi erección saltó como un resorte.

Lo último que oí fue el suspiro triunfal de Hazel, antes de que su boca se posara sobre la punta de mi polla.

Aquel placer inesperado me hizo pegar el cráneo contra el reposacabezas y empujar sin querer las caderas hacia ella.

—Joder —susurré mientras Hazel separaba los labios y me succionaba profundamente con su boca caliente y húmeda.

Todos los músculos de mi cuerpo se tensaron al tiempo que reprimía las ganas de correrme de inmediato allí mismo.

Hazel estaba a cuatro patas, sin la parte de abajo, en el asiento trasero de mi camioneta, haciéndome la mamada de mi vida. Y yo me encontraba a un peligroso paso de perder la cabeza, el corazón y el control de la realidad.

Me agarró la base de la polla con una mano, mientras con la boca le hacía cosas indescriptibles al resto.

Quería recuperar el control, ahogar aquellos sentimientos

extraños y complicados que ella me estaba haciendo sentir. Y sin embargo allí estaba, casi levitando sobre el asiento, deseando desesperadamente correrme ya pero todavía no, porque quería darle algo más. Aquella mujer era una bruja que escribía novelas románticas y yo estaba bajo su hechizo.

Me engulló hasta el fondo de la garganta y un gruñido gutural salió de la mía. Estaba viendo estrellitas en el interior de los párpados. Estrellitas y unos fuegos artificiales dignos del Cuatro de Julio.

Los huevos se me pusieron como piedras y me di cuenta de que estaba a punto de correrme.

Con todo el autocontrol que fui capaz de reunir, agarré a Hazel por los hombros y la obligué a alejar aquella boca pecaminosa de mi polla. Ella la soltó con un chasquido y una queja.

—¿Qué...? —Pero no era el momento de hablar.

—Ven aquí, cariño.

La puse a horcajadas sobre mí y busqué a tientas la cartera como un loco, con la desesperación de un adolescente virgen.

Cuando encontré el condón, tiré la cartera al suelo y rasgué el paquetito de aluminio.

—Trae.

Hazel me lo arrebató de la mano y lo deslizó por mi pene.

—Joder —gemí mientras su mano me llevaba al borde del orgasmo.

Cerré la mano sobre la suya y apreté los dientes hasta que lo peor —o lo mejor— de aquella sensación amainó lo suficiente como para hacerme dejar de pensar que estaba a punto de ponerme en ridículo.

—Agárrate a mí —le ordené.

—Oído cocina —dijo ella. La muy graciosa me apretó con más fuerza la polla.

—A esa parte no. A esta —murmuré, poniéndole las manos sobre mis hombros.

Enganché los dedos en el escote de su body y se lo bajé junto con las copas del sujetador. Estaba desnuda ante mí y a horcajadas sobre mi regazo. Me encontraba a punto de obtener de ella todo el placer que necesitaba. La sangre me latía con fuerza en las venas. Mi corazón palpitaba como si estuviera en medio de un esprint. No tenía suficiente control como para negármelo por más tiempo.

Alineé mi miembro con su abertura y desperdicié medio segundo pensando en que ojalá no tuviéramos que ser unos adultos responsables para poder experimentar la sensación de estar dentro de ella sin ninguna barrera entre nuestros cuerpos. Pero esas cosas eran para personas comprometidas, para relaciones a largo plazo.

Utilizando las suaves curvas de sus caderas como palanca, tiré de ella hacia abajo mientras me impulsaba hacia arriba.

Ahogué su grito ávidamente con la boca. No fue un beso, sino más bien un jadeo compartido con los labios separados mientras el placer nos recorría a ambos. Las palpitaciones de mi polla resonaban sin cesar en mi cabeza. «Más. Más. Más». Pero me quedé quieto, envainado en ella, asimilando las sensaciones.

Hazel jadeó y sus tetas se agitaron contra mi pecho.

Me alejé de su boca para chupar uno de aquellos pezones rosados, duros como piedras.

Con un gemido grave, Hazel echó la cabeza hacia atrás, haciéndome cosquillas en la mano con la punta de la coleta.

—Cam —suplicó con voz entrecortada y ronca.

No pude resistirme.

Me retiré lenta y dolorosamente, centímetro a centímetro, hasta que Hazel se estremeció pegada a mí. Sin previo aviso, volví a penetrarla mientras me daba el gusto de succionar largamente y con fuerza aquella delicada protuberancia.

—Madredelamorhermoso —gimió ella, como si se tratara de una sola palabra. Sonreí sobre su pecho.

Recolocó las rodillas y se inclinó hacia mí, llevándome hasta el punto más profundo de su cuerpo. Y luego empezó a montarme.

Moví las manos sobre ella estrujándola, acariciándola, controlando la velocidad. Le chupé un pezón hasta convertirlo en un capullo duro y apretado, antes de pasar al siguiente. Hazel me clavó las uñas en los hombros a través de la camiseta. Sus súplicas silenciosas, el calor de su sexo envolviéndome y las suaves curvas de sus pechos eran una tentación contra la que no quería luchar.

Empezó a cabalgar sobre mí con más fuerza. Entonces se escuchó un golpe seco y Hazel se detuvo a medio salto.

—¡Ay!

—¿Te has dado en la cabeza? —le pregunté. Ella asintió.

Le puse la palma de la mano en la coronilla para protegerla del techo del habitáculo. Con una sonrisa, recuperó la cadencia.

No aguantaba más, no era capaz de seguir reprimiendo el orgasmo que se estaba fraguando en mis pelotas.

—A la mierda —murmuré sobre una de sus tetas mientras su sensible pezón se hinchaba.

La agarré por las caderas y la embestí con fuerza. Una vez. Dos veces. Tres. El placer me recorrió la polla como un relámpago, al tiempo que la penetraba hasta el fondo. Y por alguna divina intervención biológica, las paredes internas de Hazel se cerraron alrededor de mí y eyaculé.

—Joder —bramé, y sentí que aquella mujer me destrozaba en cuerpo, mente y alma.

—Cam. Cam. Cam. —Hazel pronunció entre jadeos mi nombre a medida que llegaba al clímax encima de mí.

Seguí follándola mientras nos corríamos y, cada vez que me apretaba, me extraía un poco más de semen, hasta que acabamos desplomándonos el uno sobre el otro, como dos amasijos de sensaciones que intentaban recordar cómo respirar.

No era la primera vez que lo hacía en el asiento de atrás de un coche. Pero nada era comparable con el deseo compulsivo que sentía por Hazel. Se suponía que aquello era solo sexo. Sexo puro y duro, sin complicaciones. Pero acababa de tener el orgasmo de mi vida y todavía estaba medio empalmado dentro de ella, pensando ya en el siguiente polvo.

Hazel despegó la cara de mi hombro.

—Madre mía. Ha estado…

Esperé a que encontrara las palabras que a mí se me escapaban. Que me dijera qué era aquella maraña de sentimientos que se agolpaban en mi pecho.

—Bien —dijo, con un suspiro de satisfacción.

¿Bien? ¿Bien? Bien estaba una porción de pizza de pepperoni de Angelo's recién salida del horno de leña. Despertarse pensando que era lunes pero que en realidad fuera domingo estaba bien.

Lo que acabábamos de hacernos sentir el uno al otro había sido tan intenso que me haría falta un diccionario de sinónimos para definirlo.

—¿«Bien»? —repetí.

Ella se contoneó sobre mi regazo, reavivando mi erección que, al parecer, no se había sentido ofendida por aquel adjetivo cutre.

—¿Sabes lo que necesito ahora mismo? —me preguntó Hazel.

¿Un vocabulario más amplio y específico? ¿Una clase de cumplidos sexuales para las parejas que se lo merecieran?

—¿Qué necesitas? —le pregunté con frialdad.

Tenía la garganta seca, me hormigueaban los huevos y seguía con la polla dentro de ella.

—Picar algo —anunció alegre.

—¿Quieres picar algo? —repetí lentamente.

Hazel asintió con la cabeza.

—Después del notición, estaba demasiado nerviosa como para comer. ¿Qué vamos a hacer?

Mi cerebro empezó a recuperar la operatividad poco a poco.

—¿Qué vamos a hacer? ¿Con lo de picar algo?

—No. Bueno, eso también. Pero ¿qué vamos a hacer con lo de la actualización de la planta de aguas residuales?

—Acabamos de echar un polvo en el asiento de atrás de una camioneta en un aparcamiento, ¿y quieres hablar de la depuradora?

Ella asintió.

—Y picar algo.

Le dije que tenía que madrugar y que el picoteo y las aguas residuales tendrían que esperar a otro momento. La dejé en la acera delante de su casa sin darle un beso de buenas noches ni de agradecimiento por haber puesto mi mundo patas arriba y me largué. Conduje durante dos manzanas y luego aparqué delante de la vieja casa de los Williams.

Se habían mudado hacía más de un año, cuando la señora Williams había perdido el puesto de enfermera en el hospital. La casa seguía en venta.

Me bajé y volví andando a casa de Hazel. Camuflándome entre las sombras del camino de entrada, bordeé el lateral de la casa y llamé con suavidad a la puerta de la cocina.

Oí unos ruidos y el sonido de unos pies descalzos acercándose desde el interior. El pomo de la puerta se agitó y luego tembló.

—¡Está echado el pestillo! —grité.

—¿Cam?

—Gíralo.

—Sé perfectamente cómo abrir una puerta —refunfuñó Hazel, justo antes de que esta se abriera—. ¡Madre mía! ¿Quieres que me dé un infarto? —exclamó, llevándose la mano que le quedaba libre al pecho. En la otra tenía la pata del banco del piano.

—Tienes que instalar un sistema de seguridad y hacerte con un arma mejor. —Pasé por delante de ella y entré en la zona de obras que antes era su cocina.

—¿Qué haces aquí? ¿No tenías que madrugar?

La verdad era que no sabía qué coño estaba haciendo allí, pero habíamos echado el mejor polvo de mi vida y me había quedado insatisfecho. Mi cuerpo estaba feliz, pero el resto de mí no tanto.

—Me has contagiado las ganas de picar algo —mentí.

—Pues has venido al sitio adecuado. Sígueme —dijo Hazel, haciéndome un gesto con la pata de madera.

Habíamos demolido la cocina hasta dejar solo los montantes y el subsuelo. La fontanería y la electricidad tenían buena pinta. Pero aquella era una de las sutiles etapas de la reforma que resultaba más difícil de apreciar para un ojo inexperto.

—Sé que ahora no lo parece, pero valdrá la pena —le aseguré.

—Ya, oye... Quería hablar contigo. —Hazel se cruzó de brazos en medio de la habitación.

Uy. Nunca venía nada bueno después de esa frase, cuando salía de boca de una mujer. De pronto me arrepentí de presentarme allí sin avisar.

—¿Vamos a necesitar alcohol para lo que viene después? —le pregunté.

Hazel sonrió y negó con la cabeza. Tenía la coleta torcida y llevaba varios mechones largos sueltos. Pelo de follar.

—Azul —anunció.

¿Azul? ¿A qué coño se refería? ¿A mis huevos? ¿Al cielo? ¿A ese perro de dibujos animados que tanto le gustaba a todo el mundo?

—¿Podrías explicarte mejor?

—Creo que quiero los armarios de color azul. Azul marino. Ya sé que habíamos decidido que fueran blancos —dijo enseguida—. Pero en realidad ha sido culpa tuya. Desde que me enviaste las opciones de los herrajes, no paro de pensar en los de oro cepillado. Quedarían impresionantes con el azul. Y creo que las encimeras y el salpicadero seguirían funcionando.

—Así que azul.

Hazel se mordió el labio.

—Crees que no va a quedar bien.

—Ya sé que es tu trabajo, pero no estaría mal que dejaras de hablar por mí —le sugerí.

—Perdona. Por favor, dime sinceramente lo que opinas sobre los armarios azul marino.

—¿Para aquí?

—No, para la entrada. Claro, para aquí —dijo, exasperada.

Me encogí de hombros y eché un vistazo a la habitación.

—Creo que podrían quedar bien.

—¿Sí? —preguntó ella.

Asentí con la cabeza.

—Tendrían más personalidad. Y disimularían mejor la suciedad. Además, siempre puedes pintar la isla de blanco o dejarla en color madera, para equilibrar. Por ejemplo en un tono grisáceo, como la madera de deriva, para resaltar las vetas del cuarzo. —Podía imaginármelo, quedaría... bien.

—¿Es mucho lío cambiar el color de la pintura? —me preguntó.

—El acabado de los armarios se hace en la obra. El equipo solo tiene que traer el color que elijas.

Hazel se puso a dar saltitos sobre las puntas de los pies.

—¡Perfecto! Pues adelante. Madre mía. ¡Va a quedar preciosa! Al final voy a tener que aprender a cocinar. Vamos. Te has ganado ese picoteo.

—No puedes andar descalza por aquí, Calamidad —la regañé mientras iba hacia el pasillo.

—No esperaba tener que atravesar una obra para abrirle la puerta a mi amante secreto.

—Ponte unos zapatos, ¿vale? No quiero que acabes con un clavo en un pie.

—¡Señor, sí, señor! —replicó Hazel con impertinencia, entrando en el comedor.

Este se había convertido en una especie de cocina provisional, con la nevera en un rincón y el microondas y el hornillo sobre una mesa plegable pegada a la pared.

—Patatas fritas con salsa otra vez, palomitas de cheddar blanco, o una bandeja de quesos y embutidos que se me ocurrió comprar por si echábamos otro polvo y necesitábamos un tentempié más contundente.

Aquella mujer no tenía ni idea de lo atractiva que era. Me quedé mirando la larga pared vacía.

—Queso y embutido. Mientras estaba tomando nota de los cambios, se me ha ocurrido una idea.

—Soy toda oídos —dijo Hazel, abriendo la puerta de la nevera.

—Esa pared. —Señalé con la cabeza la pared que separaba el salón de la cocina.

—Estabas pensando en la pared —comentó ella en tono burlón, antes de dejar una tabla de quesos y embutidos envuelta en plástico sobre la mesa, al lado del hornillo.

—Vas a mantener esto como un comedor formal, ¿no?

—Ese es el plan.

—Aquí no hay espacio de almacenamiento. Pero tienes esta pared enorme que no sirve para nada —dije.

—Supongo que estará sosteniendo la casa, o algo así.

—Muebles empotrados. Una pared de armarios bajos con una encimera a todo lo largo. Y encima estanterías hasta el techo.

Hazel abrió los ojos de par en par, deslumbrada.

—Qué pasada.

—Podrías darle un poco más de fondo a la parte central y usarla como mueble bar. Y poner algún cuadro o un espejo grande en el centro.

Ambos observamos durante un buen rato la enorme pared vacía.

—Así que no solo se te da bien el sexo, sino también tu trabajo —dijo ella, finalmente. Ahí estaba otra vez la palabrita.

—Se me da todo que te cagas —la corregí.

Hazel asintió con la cabeza, pero no mirando hacia mí, sino hacia la pared.

—Lo veo. Almacenaje para vajilla y mantelería a los lados. Y las copas y las botellas en un mueble bar en el centro. Y estanterías.

—Ya tienes la biblioteca, pero supongo que no querrás tener ahí todos los libros apelotonados.

—Soy escritora. Y eso significa que tengo una reputación que mantener —bromeó, sin dejar de mirar la pared—. ¿Lacado o teñido?

—¿Aquí? Teñido. A juego con la moldura de corona. Es un comedor formal, estaría bien mantener el estilo.

—Joder, Cam. Ahora no puedo vivir sin él.

—Te pasaré un presupuesto. Puede que te haga un poco de pupa —le advertí.

—Bueno, eso dijiste sobre el sexo y mira lo bien que resultó.

—«Bueno». «Bien». Aquella mujer parecía empeñada en clasificarme un peldaño por encima de lo pasable y todos sabíamos que eso era igual que estar un peldaño por encima de una puta mierda—. Ahora no soy capaz de imaginarme esta habitación sin ese mueble —se quejó—. ¿Alguna otra idea cara?

Sonreí con suficiencia.

—Un par de ellas.

Cogimos las cosas para picar y un par de cervezas, y la llevé hasta el hueco que había bajo las escaleras de atrás, que sería perfecto para el armario de los artículos de limpieza. Un cambio que tendría mucho sentido y no le costaría un ojo de la cara. Solo harían falta unos paneles de yeso, unas baldas y una puerta.

—Joder, Cam. ¿Alguna otra idea brillante?

—El escritorio.

Hazel negó con la cabeza, sacudiendo la coleta.

—No quiero ni oírlo.

—Tú misma. —Le di un trago a la cerveza y esperé un poco.

—Vale. Suéltalo.

Entré en el estudio y encendí la luz. Seguía habiendo cajas de libros amontonadas por todas partes, ocupando toda la habitación. Señalé la mesa cutre que utilizaba como escritorio.

—Ese trasto es de chiste.

—Cumple su función. Y es bastante resistente, por si no lo recuerdas —dijo, acariciando la parte superior.

Negué con la cabeza.

—Necesitas algo hecho a medida. Curvado, para que haga juego con la ventana de atrás. No una mesa gigante de ejecutiva. Mejor algo más sencillo, como un tablero de madera con patas de metal. Y así tendrás más espacio debajo, porque cuando escribes parece que te estás peleando con un caimán.

—¡Qué dices! —exclamó Hazel indignada.

—Es como si todo tu cuerpo representara lo que estás escribiendo. Además, así podrías hacer una mesa a juego para poner libros —dije, señalando la otra pared—. Y aún te quedaría espacio para un sofá pequeño o un par de sillones frente a la chimenea.

Ella suspiró.

—Tienes que dejar de tener ideas hasta que empiece a vender más libros.

—Si no vas a poner todo esto en las estanterías, podrías llevarlo a la librería —comenté, dándole un puntapié a una de las cajas.

Hazel negó con la cabeza.

—No, va a ir aquí. Pero cada vez que me pongo a escribir, me siento culpable por no deshacer las cajas y, cada vez que me pongo a deshacer las cajas, me siento culpable por no escribir.

Le entregué mi cerveza y cogí la primera caja.

—¿Qué haces? —preguntó.

—Ayudarte a olvidar que acabo de añadir un montón de pasta a la factura final.

Su risa ronca me provocó un escalofrío.

—No vacíes las cajas de los libros. Es un tarea más propia de un novio que de un rollo pasajero.

—Ya te he colgado las putas cortinas —señalé.

—Bueno, visto así...

Hazel puso un poco de música, una lista ecléctica de rock clásico, y colocamos los libros —los suyos y los de otros autores— en las estanterías.

—Me hacen falta más —dijo mientras yo cortaba con una cuchilla la penúltima caja para reciclarla.

Tenía una colección considerable, pero no lo bastante grande como para llenar todas las estanterías.

Con la mía lo habríamos conseguido. Aunque no es que estuviera pensando en juntar mi biblioteca con la suya.

Lancé el cartón aplastado a la montaña que había al lado de la puerta.

—Tienes que meter por el medio un poco de decoración —dije, mirando las baldas.

Sus ojos se iluminaron.

—¡Creo que tengo algo de eso!

—Ah. ¿Yupi?

—Prueba a vivir toda la vida en Nueva York, donde con suerte consigues un armario del tamaño de una barra de pan. Los vestidores y el almacenamiento son la fantasía universal.

—Entonces estás viviendo una fantasía. —Cogí la última caja y la posé sobre el escritorio.

Hazel ladeó la cabeza.

—Supongo que sí.

—¿Dónde los pongo? —Saqué dos de los libros de bolsillo que había encima. Eran los dos primeros de la serie de Hazel.

El dolor ensombreció su rostro por un instante. Desapareció tan rápido como había aparecido, disimulado con esmero por una falsa expresión de impasibilidad, pero yo sabía lo que había visto.

—Esos son… ejemplares de sobra. Puedes dejarlos en la caja —dijo, quitándomelos de las manos para volver a guardarlos.

Estaba debatiéndome entre hacerle o no la pregunta, cuando un chillido espeluznante nos sobresaltó a los dos.

—¿Qué coño es eso? —pregunté, interponiéndome instintivamente entre Hazel y la puerta.

La puñetera mapache estaba sentada sobre las patas traseras en el umbral, con cara de malas pulgas.

—Bertha quiere cenar —dijo Hazel.

—¿En serio? Si ya hemos tapado la chimenea de la habitación de invitados —dije, dando un paso hacia aquel mamífero noctámbulo.

—Bueno, pues ha encontrado otra forma de entrar. Es muy lista.

—No es lista. Quiere conseguir comida y tú la estás alimentando.

Hazel se encogió de hombros.

—Siempre he querido tener una mascota.

—Seguro que puedes conseguir una mejor que un mapache con mala leche.

33

El hermano

Hazel

Los últimos días de agosto transcurrían lánguidamente, arrastrando consigo un espeso manto de humedad. Las obras avanzaban a buen ritmo. Había un equipo de techadores en lo alto de la casa, instaladores de cartón yeso en la cocina y el primer piso, y hermanos Bishop por todas partes.

Cam y yo fingíamos de maravilla que no nos veíamos desnudos con regularidad. Hasta habíamos hecho una pausa entre polvo y polvo para cenar en un restaurante lleno de turistas en Dominion, después de que ambos acordáramos que aquello no era una cita, sino combustible para seguir acostándonos.

Lo mejor de todo era que, a pesar del ruido y las interrupciones constantes, las palabras continuaban fluyendo. Ya tenía la estructura de una buena historia e iba avanzando día a día… gracias a toda la inspiración sexual que me proporcionaba mi héroe de la vida real.

Mi heroína acababa de salir de la ducha y se había topado con su contratista y amante secreto cerrando la puerta con llave.

«Tengo diez minutos para hacer que te corras antes de que alguien se dé cuenta de que he desaparecido», escribí alegremente, mientras el héroe se quitaba el cinturón de herramientas y los pantalones.

¿Era posible que en una novela hubiera demasiadas escenas de sexo? Según mi editora, sí. Pero la experiencia de la vida real me estaba demostrando que, cuantas más, mejor. Mucho mejor.

Estaba pensando exactamente en cómo el héroe iba a dar placer a la heroína en el tocador del baño, cuando un movimiento al otro lado de las puertas de cristal captó mi atención.

Me quité los auriculares al ver entrar a Zoey.

—Tengo novedades —anunció. Cerré la tapa del portátil, dejando a mis personajes a dos velas—. Necesitas otra silla aquí —dijo, frunciendo el ceño.

—Si la pongo, la gente querrá quedarse y no es bienvenida. —Esbocé una sonrisa falsa y mordaz.

—Oye, dijiste que ibas a escribir hasta las dos. Y son las cuatro y cuarto —declaró, consultando el reloj.

—¿En serio? —Volví a abrir el portátil y eché un vistazo al recuento de palabras—. Caray.

—¿La cosa va mejorando? —Zoey se sentó en el borde del escritorio.

—Pues la verdad es que sí.

—¿Lo suficiente como para enviar algunos capítulos a la editorial?

—¿Qué? ¿Por qué? —pregunté.

—Bueno, piénsatelo. Le he dicho a tu editora que estabas trabajando en algo que no tenía nada que ver con la serie de *Spring Gate* y puede que haya entrado un poquito en pánico.

Me tapé la cara con las manos y gemí.

—Zoey, ¿por qué has hecho eso?

—Es que empezó a hacerme preguntas porque... —No entendí el resto de la frase porque se tapó la boca con la mano antes de continuar.

—Necesito alguna palabra más.

—Porque tu editora se encontró con Jim en un cóctel este fin de semana y él sacó el tema.

—¿Por qué iba a hablar con mi editora sobre mi libro?

Zoey se encogió de hombros.

—¿Porque es un puto estafador y estaba intentando sonsacarle información para seguir con sus estafas?

—¿Y tú le contaste que estaba trabajando en algo nuevo? Los editores odian esas cosas, Zo. Ya lo sabes. Tengo un contrato para escribir otra entrega de *Spring Gate*, no algo nuevo y sin garantías.

Ella puso cara de circunstancias.

—Puede que me pusiera a la defensiva. Pero lo bueno es que, en cuanto lea un par de capítulos, se dará cuenta de que estás escribiendo el mejor libro de tu carrera y a Jim le explotará la cabeza.

Dejé caer mi cabeza sin explotar sobre el escritorio con un ruido sordo.

Zoey me acarició el pelo.

—Tú piénsatelo.

—Odio todo esto —murmuré.

El buen ambiente del día se evaporó, convirtiéndose en una neblina asquerosa y deprimente.

—Menos mal que he dejado las buenas noticias para el final.

Levanté la cabeza del escritorio.

—Más te vale que sea una buena noticia auténtica y no un «no hay mal que por bien no venga» para camuflar otro puto truño humeante.

Zoey se abanicó.

—Espero que estés trasladando esas metáforas al papel.

—No me obligues a hacer que un fornido obrero de la construcción te eche de mi casa.

Ella me entregó victoriosa una carpeta de color amarillo limón con una carita sonriente en la cubierta.

La abrí con recelo.

—Como esto sea una carpeta sonriente de consolación, te vas a enterar.

—Es una carpeta sonriente de las de verdad de la buena, querida. Para empezar, porque tu repercusión mediática se ha triplicado desde que te mudaste aquí. Cierto es que comenzaste siendo prácticamente invisible, pero es un crecimiento importante en la dirección correcta.

—Vale. Eso no está mal. —Pasé a la siguiente página.

—Esas son las veces que han abierto tu *newsletter*. También han aumentado. Muchísimo. Pero lo que más interesante me ha parecido es que estás recibiendo comentarios. Decenas de ellos. Los lectores están conectando con este rollo de empezar de cero, comprarte una casa por impulso e irte a vivir a un pueblo pequeño.

—Ah. Bueno, Cam me ha dicho que estoy viviendo una fantasía —comenté.

—Ah, ¿sí? ¿Y cuándo surgió el tema de las fantasías, exactamente? ¿Cuando estabais eligiendo váteres?

—¿Qué? ¡No! Solo fue un comentario sin importancia. Nos pusimos a charlar sobre el espacio del armario mientras estaba trabajando y le hablé de las fantasías con el almacenaje que tiene la gente de Manhattan. Algo puramente profesional.

—No estaba acostumbrada a ocultarle secretos a mi mejor amiga. Tenía que currarme más el discursito de «aquí no hay nada que ver».

Zoey me miró con los ojos entornados.

—¿Por qué tengo la sensación de que me estás ocultando algo?

—A lo mejor porque has irrumpido aquí en medio de una escena de sexo para decirme que mi editora no está contenta, que mi exmarido anda husmeando y que existe la posibilidad de que la editorial no acepte este manuscrito aunque consiga acabarlo.

La mejor defensa siempre había sido un buen ataque.

Zoey cogió aire para serenarse y lo soltó.

—Siento haber reaccionado con ese odio tan profundo y recalcitrante hacia el capullo de tu exmarido. Pero, Haze, tarde o temprano vas a tener que enseñarle algo a la editora. Es más inteligente hacerlo ahora para que podamos hacer ajustes.

—¿Qué ajustes, Zoey? No puedo escribir otro libro de *Spring Gate*. De verdad que me pone enferma pensar en retomar esa serie cuando ya ni siquiera me pertenece.

—No es nuestra única línea de acción. Para empezar, los lectores ya están mostrando interés por la historia, así que la editora sería gilipollas si la rechazara. Y si resulta que sí es gilipollas y no quiere el manuscrito, podemos cancelar el contrato y buscar otro editor. Uno que no se codee con ese chupóptero comemierda, por ejemplo.

—Eso podría llevar meses. ¿Y quién en su sano juicio iba a contratarme? Mi último libro fue básicamente un fracaso y no he escrito nada en dos años.

Zoey se acercó y me estrujó la cara entre las manos.

—Estás dramatizando. Déjalo ya. No ha pasado nada malo. Estás escribiendo y tus lectores están pendientes de ti. Son todo cosas buenas.

Aparté sus manos de mis mejillas.

—Necesito cargarme unas cuantas malas hierbas.

—Esa es la actitud. Sal ahí fuera y destroza esa maleza. Te sentirás mejor.

La pantalla de mi teléfono se iluminó al lado de mi codo. «Mamá gallina».

—El día mejora por momentos —dije, pulsando «ignorar».

—A lo mejor deberías tomarte una copa de vino antes de empezar a masacrar el jardín —sugirió Zoey—. Y recuerda: estás viviendo una fantasía.

—Vete a la mierda.

—Vete tú.

De repente mi fantasía parecía una pesadilla.

Me salté lo del vino y pasé directa a la matanza de las malas hierbas. El jardín delantero empezaba a tomar forma. Las plantas de verdad de las zonas que ya había desbrozado disfrutaban de no sentirse asfixiadas y estaban floreciendo a lo loco. Tal vez eso era lo único que necesitaban: un poco de espacio para crecer.

Los techadores ya se habían ido y los del cartón yeso habían acabado poco después. A las cinco en punto de la tarde, los Bishop abandonaron la casa.

Levanté la vista de las zarzas que me estaba cargando con una pala de jardinería y observé el desfile de tíos buenos.

—Qué maravilla —dijo Gage, guiñándome un ojo.

—Justo lo que yo estaba pensando —repliqué, pasándome un brazo por la frente.

—Tienes tierra en la cara —me dijo Cam, con su característico ceño fruncido.

Levi se limitó a asentir, dedicándome una mirada intensa.

—¿Te toca cerrar la tienda esta noche? —le preguntó Gage a Cam.

—Sí. Pero primero voy a darme una ducha —contestó, antes de girarse hacia mí—. Ya hemos descubierto por dónde entraba Bertha. Hay una ventana rota en el ático. La hemos tapiado, así que esta noche tendrás que darle la cena fuera.

Me protegí los ojos del sol estival.

—¿Seguro que la habéis engañado?

—Créeme, tu problema con los mapaches se ha acabado.

—¿Quieres que nos apostemos algo? —Estaba tonteando con él, pero era tan inocuo que creí que nadie más se daría cuenta.

Él me respondió guiñándome un ojo y miró el teléfono.

—Hasta mañana —respondió, sin levantar la vista del móvil.

Me sonó el teléfono en el bolsillo de atrás e hice todo lo posible por disimular una sonrisa. Cam y yo no nos veíamos las noches que le tocaba cerrar la tienda, pero nos mandábamos mensajes picantes.

—Me he dejado las llaves dentro —dijo Levi, señalando la casa con el pulgar, mientras sus hermanos iban hacia sus vehículos.

Me despedí con la mano y retomé el exterminio de malas hierbas.

—¡Muere, zarza de mierda!

Mis esfuerzos se vieron por fin recompensados cuando el suelo soltó la raíz, haciéndome caer de culo.

Me quedé allí tumbada sobre la tierra y las flores y cerré los ojos. Si el universo quería humillarme con un baño de tierra, que así fuera.

Me estaba preguntando cuánto tardaría mi cuerpo en descomponerse, cuando algo fuerte y húmedo me dio un golpecito en el tobillo.

Oinc.

Abrí un ojo y me encontré con Rump Roast, el cerdo itinerante, que me miraba con reproche. Tenía un pelaje áspero y tieso sobre la piel moteada. Y unas orejas en forma de cornucopia que se movían sobre sus ojillos porcinos.

—No me juzgues, bola de sebo. Como si tú nunca te revolcaras en el lodo —refunfuñé.

Rump Roast resopló y me dejó una huella de barro en forma de hocico en la tibia, antes de pisotear dos azaleas de camino a la entrada.

El móvil volvió a sonar. Refunfuñando, me puse de lado y lo saqué del bolsillo. Abrí un ojo y miré la pantalla con los ojos entornados. Tenía dos mensajes. Uno de Cam y otro del chupóptero comemierda.

El corazón me dio un vuelco.

—Sé valiente —murmuré para mis adentros. Apuñalé la pantalla con el dedo y abrí el mensaje.

Jim
He oído que estás escribiendo algo nuevo.
De verdad te parece buena idea dejar
Spring Gate?

Me hizo falta una buena dosis de autocontrol para no lanzar el teléfono hacia las azaleas recién liberadas.

—¡Payaso narcisista! —bramé.

Una sombra cayó sobre mí y me preparé para que me arrearan con un pez en toda la cara. Pero no se trataba de un águila calva díscola, sino de Levi.

Me tendió una mano sin mediar palabra y yo la acepté. Me levantó como si no pesara nada.

—¿Te apetece ir a tomar algo? —me preguntó.

No se me ocurría ninguna forma poco sospechosa de rechazar la invitación sin decirle que me estaba tirando a su hermano. Además sentía curiosidad. Levi Bishop era una tumba y si me ofrecía echar un vistazo a su interior, por supuestísimo que iba a hacerlo. Solo para documentarme, claro.

Encima, seguía echando humo por las orejas después del contacto no consensuado con aquel tiparraco, que tenía la desfachatez de fingir que no me había jodido de todas las formas posibles. Así que lo del alcohol me parecía una gran idea.

Y así fue como, treinta minutos más tarde y tras una ducha rápida, cogí la bici y puse rumbo al Rusty's Fish Hook. Me había decantado por el estilo «informal y fresco», con unos vaqueros cortos y una camiseta de tirantes. Aunque, obviamente, el trayecto de seis minutos con una humedad del mil por cien en Pennsylvania acabó convirtiendo lo informal y fresco en desaliñado y empapado.

Até la bici a una farola y me detuve un momento a olisquearme una axila.

—Menudo desperdicio de ducha —masculló.

Levi me estaba esperando en la puerta con las gafas de sol puestas y los brazos cruzados, con más aspecto de portero de discoteca que de compañero de copas, cuando subí por la rampa hacia la entrada. A juzgar por el aroma varonil a jabón que desprendía, él también se había duchado. ¿Creería que era una cita? ¿Que te invitaran a tomar algo ahora se consideraba salir con alguien? ¿Llevaba tanto tiempo fuera del mercado, que ya no sabía lo que era una cita y lo que no?

Lo que tenía con Cam estaba bien. Más que bien. Y no me interesaba agitar las aguas si eso implicaba tener que volver a los orgasmos autoinducidos.

—Hola —dije con voz ronca.

Levi se quitó las gafas de sol y se las enganchó en la camiseta. Me miró de arriba abajo con sus ojos verdes y me abrió la puerta sin mediar palabra. Tragué saliva de forma audible y entré. El bar estaba decorado en un estilo que yo calificaría de «rústico lacustre». Las paredes interiores eran de troncos apilados y piedra. Una canoa gigante colgaba de las vigas, dividiendo el bar del comedor interior. La pared del fondo del local estaba llena de ventanas que daban a la terraza y al lago.

Pero el bar, como el resto de Story Lake, estaba mucho más vacío de lo debido en aquella soleada tarde de agosto.

—Qué hay, Levi —dijo el camarero, un hombre de mediana edad con el pelo rizado y un bigote cuestionable.

—Hola, Rusty —contestó Levi, señalando hacia la terraza.

—Sentaos. Ahora va Francie.

Salí por la puerta a la terraza cubierta, siguiendo la espalda colosal de Levi. La zona exterior tenía una distribución similar a la del bar de Dominion en el que había estado con Laura. Zonas de sol y sombra, una barra al aire libre y unas vistas al lago increíbles. Aunque el lago de Story Lake no estaba lleno de motos acuáticas y lanchas motoras, y la música era más tranquila. Parecía más íntimo, lo cual era una mala noticia para mí.

Levi eligió una mesa en un rincón junto a la barandilla.

Allá fuera había más gente. Todos se nos quedaron mirando, incluido Garland, el aspirante a periodista, que estaba en una mesa con el portátil, el móvil y la grabadora de voz. Me planteé ir al baño y enviarle un mensaje a Cam para avisarlo de que tal vez hubiera acabado por accidente en una cita con su hermano.

—¿Algún problema? —me preguntó Levi.

—Ah, no. ¿No te preocupa que la gente nos vea aquí y crea que estamos teniendo una cita?

Cam me lo había pintado como si nos fueran a mandar directos a la novena puerta del infierno, si nos veían juntos.

—No.

—Eres muy escueto —me quejé.

Eso le hizo esbozar una pequeña sonrisa.

—Lo que opine la gente de mí me la trae al pairo.

—O tienes una actitud muy sana, o eres un poco sociópata.

Su sonrisa se volvió un poco más amplia.

—Yo diría que ambas cosas.

Una camarera con rizos negros oscuros recogidos en unos divertidos moños encima de la cabeza se acercó a la mesa. Tenía la cara redonda y unas uñas azules y brillantes lo bastante largas como para impedirle realizar la mayoría de las actividades cotidianas.

—¡Quinientos uno! —le dijo a Levi, dando una palmada en la mesa justo delante de él—. Cuánto tiempo sin verte.

—¿Dónde se ha metido todo el mundo esta noche, Francie? —le preguntó él.

Ella se encogió de hombros.

—Dominion ha organizado una velada temática de los años noventa con un grupo de versiones de Nirvana y alitas a cincuenta centavos. Nos han robado los puñeteros clientes, igual que nos roban todo lo demás.

—Qué mal —dije.

A Francie se le iluminó la cara.

—¡No jodas! Si eres Hazel Hart, la extraordinaria escritora de novelas románticas.

—Más bien ordinaria, la mayor parte del tiempo —dije en tono de broma.

Ella inclinó la cadera hacia un lado.

—Pues el día que me enteré de que te habías mudado aquí, me descargué tres de tus libros y los devoré. He oído que estás escribiendo una historia sobre nuestro pueblito. ¿Qué tal va? ¿Necesitas a una intrépida especialista en cócteles/manicura para tu libro? Porque tengo historias a porrillo.

Levi parecía a punto de tirarse al lago. A aquel tío le iba todavía menos la cháchara que a su hermano.

—Caray. Pues gracias por leer mis libros… y por el ofrecimiento. Ya te avisaré si necesito inspiración.

—¿Me pones una cerveza, Francie? —le pidió Levi, antes de que ella pudiera decir nada más.

—Claro. ¿Lo de siempre?

—Sí.

Yo también quería tener un «lo de siempre». Y alguien que supiera lo que era y que me saludara con un apodo cariñoso.

Cuando salía de copas por Manhattan, había tantos antros a los que ir que nunca había establecido el campamento base en ninguno de ellos. Pero allí, todo era posible.

—¿Y a mí me pones un…? —El pánico de elegir algo que definiera mi personalidad ante Francie paralizó mi capacidad de decisión.

—Tienes aquí la carta de bebidas —dijo esta, sacando una hoja plastificada del servilletero.

—Ah. Gracias. —Le eché un vistazo, acusando la presión.

Francie empezó a dar golpecitos con el bolígrafo en la libreta, mientras miraba hacia otra mesa que tenía detrás. Levi se había puesto otra vez a meditar sobre el lago.

«Venga ya, Hazel. ¡Elige algo de una vez!».

—Para mí un tumbalubinas, por favor —dije, señalando la carta sin haber leído los ingredientes. No podía estar muy malo, ¿no? El alcohol era el alcohol, ¿cierto?

—Vale —dijo Francie, antes de desaparecer.

Levi seguía sin abrir la boca y yo estaba demasiado ocupada arrepintiéndome de haber pedido algo con nombre de pez como para romper el silencio.

Por suerte, la bebida llegó en un tiempo récord. Mi cóctel era gris verdoso y espumoso. Y tenía una cola de pez de plástico en el borde de la copa.

—Quería hablar contigo —dijo finalmente Levi.

—¿De qué? —Me faltó poco para abalanzarme sobre la mesa como si estuviera llevando a cabo un interrogatorio—. Quiero decir, ah, ¿sí?

Levi cogió la cerveza con una mano mientras miraba con los ojos entornados el lago brillante, donde se divisaban dos kayaks. No sabría decir si estaba eligiendo con cuidado las palabras o si no me había oído. Me estaba planteando volver a preguntárselo el doble de alto, cuando posó en mí sus ojos penetrantes y atentos.

—¿Cómo te diste cuenta de que querías escribir?

Parpadeé sorprendida e, instintivamente, cogí la copa y la acerqué más a mí.

—Ah. Bueno, creo que todo empezó con la lectura. De niña siempre usaba los libros para evadirme. Y cuando me fui haciendo mayor, quise empezar a contar mis propias historias. En la universidad me lo tomé más en serio e hice un montón de cursos de Escritura Creativa. Era lo bastante joven e ingenua como para pensar que no podía ser tan difícil escribir un libro entero.

—Pues parece que tu «yo» joven e ingenua tenía razón —dijo Levi.

Me eché a reír.

—Sí. Parece que sí. Nunca me lo había planteado de esa forma. No me permitía considerar el fracaso como una opción.

—¿De qué iba la historia que te hizo querer escribir el primer libro? —me preguntó.

—Pillé a mi seudonovio, que estudiaba conmigo Escritura Creativa, liándose con otra en su habitación de la residencia. Y después de diseñar varios planes de venganza con Zoey, decidí que el mejor de todos era convertirme en escritora de superventas y poner a los personajes chungos los nombres de las personas que me habían hecho daño. Empecé a escribir el primer borrador esa misma noche. Nunca llegó a ver la luz. Y los dos siguientes tampoco. Pero al cumplir los veintitantos, ya había aprendido unas cuantas cosas.

—Publicaste tu primera novela a los veinticinco años —dijo.

Impresionada, cogí la copa.

—Veo que has estado investigando.

Él se encogió de hombros.

—¿Cuánto tardaste en escribir la primera que vendiste?

—Uf. ¿Casi un año? Trabajaba a jornada completa de mensajera en bici y a tiempo parcial en cualquier otra cosa para pagar las facturas. Escribía entre un turno y otro, y en los descansos. Pero el potencial que veía en aquello hacía que escribir no me pareciera un trabajo.

Se me antojaba una fantasía olvidada hacía tiempo. Aquellos momentos robados, lejos de la vida real, en los que cualquier cosa podía ocurrir sobre el papel porque todo dependía de mí.

—¿Sueles visualizar la historia? ¿La ves en tu mente, como si fuera una película?

Ladeé la cabeza y miré a Levi, observándolo con atención.

—¿Tú escribes? —le pregunté.

Se encogió en la silla, mirando a su alrededor como si lo hubiera acusado de ir por ahí pateando cachorritos de osos panda.

—No hables tan alto.

—Perdona. Me he emocionado. ¿Es eso? ¿Estás escribiendo algo?

Como Levi Bishop me dijera que era un escritor de novela romántica que no había salido del armario, me caería de la silla y después de levantarme me pondría a bailar una danza irlandesa sin ningún tipo de experiencia previa.

Antes de que le diera tiempo a responder o a escaquearse del interrogatorio, se produjo un alboroto en la puerta.

De repente aparecieron Los Jilgueros de Story Lake vestidos de rojo, blanco y azul, con carteles de «Vota a Rump».

—Señoras, caballeros y todo aquel que esté entremedias, les rogamos presten atención —dijo Scooter, haciendo bocina con las manos, algo que resultaba innecesario teniendo en cuenta que solo éramos ocho en la terraza.

—Hay que joderse —murmuró Levi entre dientes.

Scooter sopló una nota en el diapasón y, tras una breve afinación, Los Jilgueros empezaron a cantar.

Fuerte como un oso y lista como una ardilla
Hará que los malos se caguen por la patilla
La paz y la armonía mantendrá en nuestro pueblucho
«¡Rump es la mejor!», le dijo la trucha al trucho
¡No seas patán, vota a Rump!

Toda la gente de la terraza miró a Levi para ver su reacción. Con un largo suspiro, él juntó las manos y aplaudió educadamente. Todos los demás siguieron su ejemplo y Los Jilgueros respiraron aliviados.

—Lo siento, Levi. Nos ha pagado para que hagamos campaña por todo el pueblo —se excusó Scooter mientras Los Jilgueros abandonaban la terraza.

Levi asintió.

Esperé dos segundos enteritos después de que el grupo de cantantes a capela desapareciera, antes de volver a acercarme a él.

—Volviendo a lo de la escritura. Quiero saberlo todo. Incluyendo por qué has tardado tanto en contármelo y por qué parece que preferirías saltar desde la barandilla a que se entere cualquiera de los presentes. —Aquel hombre grande, fuerte y varonil parecía estar buscando una vía de escape—. Levi, colega. Compañero. Amigo. No estoy aquí para juzgarte. Y tampoco pienso contárselo a nadie. Mis labios están sellados. —Fingí que los cerraba con una llave invisible y la tiraba al lago.

Él cogió aire, contrariado, y bebió un trago de cerveza.

Me acordé de la clase de Introducción a la Psicología de la universidad y decidí hacer que se sintiera más cómodo imitándolo, así que le di un trago a mi copa.

Varios sabores intensísimos y totalmente contradictorios atacaron mi lengua y mis amígdalas como un escuadrón de hormigas rojas.

Intenté tragar. Fue un esfuerzo valeroso, pero mi cuerpo había pasado al modo de supervivencia y la única forma de sobrevivir era expulsar aquel brebaje atroz.

Apenas pude llevarme una servilleta a la boca antes de escupirlo como un aspersor.

—¡Perdón! —Me atraganté y estuve a punto de tragarme la servilleta empapada—. Esto es lo más asqueroso que he bebido en mi vida.

A través de los ojos empañados por las lágrimas, pude ver cómo la gente se giraba para mirarnos.

Levi me pasó su cerveza y le di un buen trago.

—¿No te ha gustado el tumbalubinas? —me preguntó.

—Preferiría estar desayunando chinchetas durante una semana que darle otro trago. Joder. Creo que me he quemado la lengua. —Me la froté con una servilleta limpia.

—Deberías pedir otra cosa.

—Y tú también —le dije, acabándome su cerveza. Deslicé el vaso vacío hacia él y cogí el mío.

Levi extendió la mano como un rayo y me agarró de la muñeca.

—¿Qué coño haces? —me preguntó divertido.

—Tengo que tirarlo. No quiero que Francie sepa que no me ha gustado. Quería tener un «lo de siempre». Poder ir a un sitio en el que me conocieran y supieran lo que bebía. Pero esta asquerosidad sabe a gasoil, a tripas de pescado y a bilis estomacal.

—Me tapé la boca con una mano para no vomitar.

Levi cogió la copa, le quitó la cola de pez de plástico y lanzó hacia atrás lo que quedaba, por encima del hombro.

—Problema resuelto. —Le hizo un gesto a Francie.

—¿Otra ronda? —preguntó esta.

—Para mí otra igual —dijo Levi.

Francie abrió los ojos de par en par al ver que tenía la cara llena de lágrimas.

—Lo mismo que él —le dije, señalando su cerveza vacía.

—Enseguida —prometió.

Volví a aclararme la garganta enérgicamente.

—¿Seguro que estás bien? —me preguntó Levi.

Me sentía como si tuviera un pulmón lleno de tripas de pescado, pero, aparte de eso, parecía que había sobrevivido.

—Perfectamente. Me estabas contando que escribías —le dije. Levi se pasó nervioso una mano por la nuca—. Venga ya. Yo acabo de humillarme escupiéndote prácticamente una copa a la cara. Sé un caballero y permíteme cambiar de tema —le pedí.

—¿Cómo sé si tengo algo que merezca la pena explorar? —me preguntó.

—No tienes ningún contrato para un libro, ¿verdad? —Él negó con la cabeza—. ¿Y algún plazo inminente de un editor?

—Tampoco.

—¿Le has prometido a algún agente unos primeros capítulos?

—Todavía no.

—¡Perfecto! Pues no te preocupes por nadie más ni por lo que pudieran pensar. Tú cuenta la historia que quieras contar. Y cuando la tengas, ya te preocuparás por lo que un montón de desconocidos puedan opinar.

—¿Y si... es mala?

—¿Mala?

—Sí, una puta mierda que nunca debería haber existido.

Sonreí.

—Ya hablas como un verdadero escritor.

Él negó con la cabeza.

—No puede ser. Es imposible que esto sea «parte del proceso» —declaró, entrecomillando eso último con los dedos mientras me miraba.

—Siento decírtelo, pero lo es. La mayoría de los borradores iniciales son una mierda pinchada en un palo. Pero una vez tienes la mierda, ya puedes trabajar sobre ella.

Levi se rascó una ceja, irritado.

—¿Quieres decir que es normal que sea dificilísimo y que dude de mí mismo a cada palabra que escribo?

—Justo así es como funciona mi proceso, normalmente.

34

La(s) pelea(s)

Campbell

—Te lo estoy diciendo. Solo hay que darle a ese chisme de ahí para que salga espuma de leche —dijo Gator Johnson, señalando la cafetera expreso que estaba detrás de mí.

—Y yo te estoy diciendo que me la suda. Si quieres un puto capuchino helado con chocolate, vete a otro sitio.

—Deja en paz al chico —dijo Lang, la mujer de Gator, dejando la compra semanal encima del mostrador.

Gator era un patán canoso con acento de la Luisiana profunda que coleccionaba cómics. Lang era una directora de instituto sin pelos en la lengua, educada en un internado de Connecticut y procedente de una familia acomodada vietnamita que había hecho fortuna con la publicidad. Nadie sabía cómo habían acabado juntos y mucho menos por qué su matrimonio seguía funcionando después de más de veinte años.

—Bueno, no hace falta que sea tan borde —se quejó Gator.

Lang le dio una palmada en el hombro a su marido.

—A lo mejor no le hace gracia que su hermano esté teniendo una cita mientras él está aquí, ocupándose de la tienda.

—¿Qué hermano? —pregunté mientras tecleaba el precio de los dos helados que la pareja se iba a tomar de camino a casa.

—Levi acaba de presentarse en Rusty's con esa escritora de

novelas románticas —dijo Gator, girando la pantalla del móvil para que pudiera ver la foto publicada en *La Gaceta Vecinal*.

Se me cayó una lata de sopa en el pie.

Hazel y Levi estaban inclinados sobre una mesa, al parecer compartiendo una cerveza, mientras el robot insensible de mi hermano sonreía como un gilipollas. Levi solía guardarse las sonrisas para las ocasiones especialmente divertidas. Como cuando Gage se había dado de morros contra la puerta de cristal del jardín de nuestros padres.

De repente me entraron ganas de estamparle la cara contra una puerta de cristal.

El móvil me vibró en el bolsillo varias veces seguidas. Las noticias volaban.

Seguí realizando la transacción y embolsando a toda prisa, con expresión impasible. Lang me miraba como si me hubieran salido unas alas de murciélago.

—¿Qué? —le pregunté, rompiendo sin querer el fondo de una bolsa de papel con el puño por segunda vez.

—Pareces un pelín… estresado —comentó.

—No. Estoy todo lo contrario a estresado. Estoy que te cagas. —Arrugué la bolsa, la tiré al suelo junto a la primera que me había cargado y metí el resto del pedido en una reutilizable.

Gator se acercó a mí, con cara de preocupación.

—¿Tienes dolor de cabeza, fiebre o algo así?

—Que tengáis un buen día —dije, con los dientes apretados.

Ellos cogieron la indirecta y sus cosas, y salieron de la tienda.

Todavía no se había cerrado la puerta y ya estaba sacando el móvil.

El grupo de mensajes «Todos menos Livvy» estaba que ardía.

Laura
Livvy está teniendo una cita con Hazel o
Garland ha vuelto a meterse en Photoshop?

Gage
Qué dices?

Laura
Hacen muy buena pareja.

No digas chorradas. No pegan nada.

Laura
Te molesta, Cammy?

Gage
Está enfurruñado porque le dijimos que no
podía salir con ella.

Puse el cartel de «Vuelvo en quince minutos» sobre el mostrador y salí hecho una furia al calor de la tarde.

Laura
Cam y Hazel??????

Yo no quería salir con ella.

Laura
Ni de coña. Cam no tiene ni una neurona
romántica flotando en esa cocorota.

Puedo ser romántico si quiero.

Gage
La besó dos veces y Livvy y yo le advertimos
que pasara de ella.

Ahora ya sé por qué.

Ignoré sus respuestas y me marché al bar.

— 380 —

—Hola, Cam... Vale —me dijo Rusty desde detrás de la barra mientras pasaba por delante de él echando chispas.

Abrí la puerta y salí a la terraza. Justo pillé a Hazel y a Levi con las cabezas casi pegadas. Ella parecía extasiada con la chorrada que él le estuviera contando.

—Mira a los tortolitos —dije, robando una silla de una mesa vecina y poniéndola entre ellos.

—¡Cam! —Hazel se echó hacia atrás de repente, con cara de culpabilidad.

—Creía que esta noche te tocaba cerrar la tienda —dijo Levi.

—Me he tomado un descanso. Y se me ha ocurrido pasarme a ver por qué se había montado tanto alboroto en *La Gaceta Vecinal*. —Lancé el teléfono sobre la mesa para que vieran la foto—. No sabía que estuvierais liados.

—¿En serio? —dijo Hazel, cogiendo mi teléfono—. Alguien tiene que hacer algo con ese Garland.

—Así que no lo negáis —dije, cogiendo la cerveza de Levi—. ¿Estáis saliendo?

—¡No! —exclamó Hazel.

—Eso no es asunto tuyo —contestó lentamente Levi.

—No estamos liados —insistió Hazel. Nos miraba a Levi y a mí como si esperara que alguno de los dos la ayudara.

—No tenemos por qué darte explicaciones —me dijo Levi.

—Tengo que reconocer que no me lo esperaba. Me saltasteis al cuello, diciendo que ella era intocable. Me creí toda esa mierda de «por el bien de la familia» —dije, antes de beberme la cerveza de un trago.

Dejé el vaso sobre la mesa con un ruido sordo.

—¿Eso es lo contrario de pedirse a alguien? —preguntó Hazel, revolviéndose en el asiento.

Todas las personas de la terraza —y algunos clientes y empleados del interior— estaban pendiente de nosotros.

La miré, añadiendo un poco más de frialdad a mi mirada.

—Creía que teníamos un acuerdo.

—Y lo tenemos. Esto no es una cita —aseguró, volviendo a mirar a Levi.

Él la observó, negando sutilmente con la cabeza. Tenían un

— 381 —

secreto. Eso hizo que mi civismo se quebrara como una ramita seca.

—No. Lo teníamos —dije—. De todos modos, estaba empezando a aburrirme. La verdad es que esperaba algo más de una escritora de novela romántica. Es un buen momento para dejarlo.

En cuanto miré a Hazel me di cuenta de que me había pasado. Me había pasado tres pueblos. El impacto de ver el dolor reflejado en su hermoso rostro me llegó al alma, pero este enseguida se transformó en el tipo de rabia femenina que hizo que mi ADN empezara a emitir mensajes de lucha o huida.

—Eso ha estado muy fuera de lugar —dijo Levi con frialdad.

—Ah, ¿sí? Pues yo creo que lo que ha estado fuera de lugar es esto —dije, señalando a los dos conspiradores.

—Le debes una disculpa a la señorita —dijo el falso de mi hermano.

Todas las sillas de la terraza que estaban detrás de mí se echaron hacia atrás, mientras nuestro público se preparaba para lo que se venía.

—De eso nada, Leev. A lo mejor eres tú el que le debe una disculpa a la familia por «poner el negocio en peligro». —Me puse de pie mientras entrecomillaba elocuentemente con los dedos las últimas palabras.

Hazel se levantó de la mesa.

—Lo tuyo es increíble, Campbell —me espetó.

—Oye, fue divertido mientras duró —respondí.

Tenía estupidez líquida corriendo por las venas. De niño, siempre había sido el más impulsivo. Una vez prendida la mecha, ardía deprisa y con intensidad hasta que infligía algún tipo de daño. Al llegar a la edad adulta, ese temperamento legendario había permanecido en estado latente durante mucho tiempo. Pero verlos a los dos juntos había hecho que me convirtiera en un volcán a punto de entrar en erupción.

—Esto no mola nada, tío —dijo Levi, encarándose conmigo.

—Vete a la mierda.

—Para el carro. —Hazel levantó una mano—. Estás a una frase de hacer que me cabree de verdad.

La mala leche me instaba a decir alguna impertinencia, pero Hazel me agarró del brazo y me sacó a rastras de la terraza. No paró hasta que estuvimos en la acera. Entonces se giró y me miró echando chispas por los ojos.

—En primer lugar, nunca hemos dicho que no pudiéramos ver a otras personas —dijo. Abrí la boca, pero ella volvió a impedirme hablar clavándome un dedo en el pecho—. De eso nada. Ahora me vas a escuchar tú a mí. Sé lo que está pasando. Intentas provocar un malentendido que nos obligue a seguir cada uno nuestro camino. A los lectores no les gusta que pase eso en los libros y te aseguro que a las mujeres de la vida real tampoco. Se trata de un conflicto cutre y fácilmente evitable si los dos adultos se comunican, que es justo lo que estoy haciendo yo ahora.

Cerré la boca y me crucé de brazos.

—Continúa.

—Aunque nunca hemos dicho que no pudiéramos ver a otras personas, yo también suponía que, mientras siguiéramos acostándonos, no nos acostaríamos con otros. Deberíamos haberlo incluido en el acuerdo, pero no lo hicimos. En cualquier caso, no estoy aquí con tu hermano por razones románticas ni sexuales.

—Entonces ¿por qué estás aquí? ¿Y por qué coño no me lo contaste? He tenido que enterarme por los clientes de la puñetera tienda. Podías haberme mandado un mensaje. —Lo dije con tan mala leche, que me dieron ganas de darme un puñetazo en la cara.

—Tienes toda la razón. Debería haberte mandado un mensaje.

Eso me tranquilizó un poco, aunque no pensaba perdonarla todavía.

—Pues sí.

—Justo después de que te fueras recibí una noticia... un poco desagradable.

—¿Qué tipo de noticia desagradable?

—Del tipo que no es relevante ahora —replicó Hazel—. Estaba tirada en el suelo del jardín delantero, mosqueada por eso, cuando Levi me preguntó si me apetecía tomar algo.

Ya volvía a estar de mala leche. Pero aquella vez sobre todo con el idiota de mi hermano.

—Mi hermano te ha invitado a salir.

—Me ha invitado a tomar una copa —puntualizó ella, como si fuera una aclaración importante—. Estaba segura al ochenta por ciento de que no era una cita y de que quería contarme algo, lo que hizo que me picara lo suficiente la curiosidad como para olvidarme del cabreo.

—Así que el veinte por ciento de ti creía que mi hermano te había pedido una cita y el cien por cien aceptó.

—Vale, otro punto para ti. Pero justo iba a mandarte un mensaje para avisarte cuando Levi empezó a hablar de lo que me quería hablar, que no tiene nada que ver con salir ni acostarse conmigo.

—¿Y de qué quería hablar? —le pregunté.

—Me ha pedido que no se lo cuente a nadie y no pienso hacerlo. Así que, si quieres enterarte, tendrás que preguntárselo a él.

—Te lo estoy preguntando a ti. —Y en cuanto acabara con ella, acabaría con mi hermano... con los puños y puede que también con los pies.

—Cam, te estoy dando la oportunidad de no meter la pata hasta el fondo. Vale, he cometido un error al no avisarte y entiendo perfectamente lo frustrante que es que no te diga por qué Levi quería hablar conmigo. Pero si estás buscando una salida, esta es bastante chunga y cobarde.

—Así que estabas segura al veinte por ciento de que tenías una cita con mi hermano y ahora me ocultáis un secreto. Y me dices que si dejo de acostarme contigo por eso, soy un cobarde.

—No hay puntos por oído selectivo. Inténtalo de nuevo.

Me pasé la lengua por los dientes y apreté los puños. Joder, qué guerra daba esa mujer.

—A ver. Mi hermano quería algo misterioso de ti y, como te picaba la curiosidad, aceptaste ir a tomar algo con él. Estabas demasiado cabreada por tu propia noticia misteriosa, que tampoco te apetece contarme) y luego demasiado absorta en la puñetera conversación que estuvierais teniendo como para molestarte en avisarme. Pero, al parecer, nada de eso tiene importancia porque no teníamos ningún pacto de exclusividad.

—Vale, hay cierto rencor e inmadurez de por medio, pero, en general, creo que lo has pillado.

—Así que si yo quisiera invitar a otra mujer a tomar algo, podría hacerlo y tú no podrías enfadarte.

Hazel puso los ojos en blanco.

—Sí. Podría enfadarme porque es imposible hacer un pacto legal que incluya no tener emociones. Pero no podría echarte en cara haber roto ninguna promesa, porque nunca me has prometido específicamente nada al respecto.

Nos miramos fijamente durante un buen rato.

—Entonces ¿no quieres salir con mi hermano?

—No. Y la verdad es que tampoco quiero salir contigo.

—¿Quieres acostarte con mi hermano?

—No, si sigo acostándome contigo. Y tú, ¿quieres invitar a otra a tomar una copa?

Con una reacción tan inmadura que hasta me negué a reconocerme a mí mismo que lo estaba haciendo a propósito, dejé la pregunta en el aire, esperando que Hazel sintiera una pizca de los celos absurdos que yo había sentido.

—No, si sigo acostándome contigo —respondí al fin.

—Vale, pues cuando decidamos si todavía queremos seguir acostándonos el uno con el otro, sugiero modificar el acuerdo original para que sea más claro.

Dicho eso, se largó.

Levi vino hacia mí, con las manos en los bolsillos.

—¿En mi casa?

—Vale.

Levi vivía en una cabañita de madera, en el bosque del lago, entre el pueblo y el hotel. Mientras caminábamos uno al lado del otro bajo la arboleda, me fijé en que no había ninguna gallina en el gallinero.

—Eres un puto gilipollas, Leev. ¿Lo sabías? —le dije, dándole el primer empujón.

— 385 —

Él retrocedió un paso, sacudiendo la cabeza con amargura, como si no pudiera creerse que lo estuviera obligando a hacer aquello.

—Hoy solo uno de los dos merece ese título —replicó, antes de darme un puñetazo en la mandíbula que me hizo echar la cabeza hacia atrás.

—No deberías haberme provocado —dije con una sonrisa feroz, antes de devolverle el golpe con un gancho de izquierdas en toda la cara.

Estuvimos intercambiando golpes tranquilamente durante unos minutos.

—No sé cuánto aguante tienes últimamente. Llevas demasiado tiempo fuera —dijo, dándome un puñetazo en el estómago.

Solté un gruñido.

—Bueno, pues ya he vuelto. Me prohibisteis tener nada con ella y vas tú y la invitas a salir. —Hice una finta hacia la derecha y le di un izquierdazo en la cara cuando bajó la guardia.

—Yo no la he invitado a salir, pedazo de mierda gigante. Pero está clarísimo que tú sí, después de que te dijéramos que no lo hicieras.

—No estamos saliendo. Solo nos acostamos —puntualicé. Por la forma en la que me miró Levi, aquella puntualización no debía de ser tan importante como yo creía—. Que te den —le dije, poniéndole el dedo delante de la cara—. La cuestión es que pusisteis el grito en el cielo diciendo que pondría en peligro el negocio familiar si me liaba con una clienta, solo para despejar el camino e invitarla a salir tú.

—¿Cómo eres capaz de vestirte por la mañanas? Eso no era una cita, capullo de mierda —me soltó Levi.

—No intentes hacerme creer que estoy loco, comemierda de los cojones.

—No la he invitado a tomar algo para tirármela. La he invitado a tomar algo para hablar con ella de escribir, niñato testarudo e impulsivo.

Dejé caer los puños y miré fijamente a mi hermano.

—¿Escribir? ¿Qué? ¿Es que quieres dedicarte a la novela romántica?

—Más bien estaba pensando en thrillers —dijo Levi, propinándome un gancho rápido que casi me desmonta.

Lo agarré por el cuello y lo arrastré para hacerle una llave de cabeza.

—¿Lo estás diciendo en serio?

—¿Y a ti qué te importa? —me soltó.

—Eres mi hermano. Un gilipollas, pero mi hermano, al fin y al cabo. Claro que me importa. Es que creía que solo te interesaba trabajar en la empresa familiar y fingir que tienes unas putas gallinas.

Livvy me clavó sus dedos gruesos entrenados militarmente en los antebrazos.

—Tú te largaste para hacer algo diferente. Gage es abogado. ¿Por qué coño no iba a tener yo algo que fuera solo mío?

Con un gruñido, Levi me barrió las piernas y nos tiró a los dos al suelo.

—Porque nunca has dicho nada —protesté con los dientes apretados mientras forcejeábamos sin demasiado entusiasmo.

—¿Por qué coño iba a decir nada? Los Bishop no hablamos.

Tenía razón. Lo solté y me quedé tumbado boca arriba. Levi siguió donde estaba, metió las manos bajo la cabeza y observó fijamente las frondosas copas de los árboles.

¿Era culpa mía que eso fuera cierto? ¿Les había fallado a mis hermanos pequeños al no enseñarles a comunicarse?

—¿Y de qué se supone que tendríamos que hablar? —le pregunté.

—¿Y yo qué coño sé? Nunca hablamos de lo del ictus de papá. Ni del accidente de Laura. Ni de Miller.

El nombre de nuestro cuñado se quedó suspendido en el aire. Si estuviera allí, nos habría separado y luego nos habría dado una paliza a cada uno.

En ambos casos, yo había llegado para enfrentarme a las secuelas. Pero Levi y Gage habían vivido el trauma en primera línea.

—Me estoy planteando quedarme aquí... para siempre —anuncié.

Levi me respondió con un gruñido.

La brisa de finales de verano agitaba las hojas allá en lo alto. Las voces emocionadas de las personas que pasaban remando atravesaban el agua centelleante. Y, mientras tanto, dos hombres adultos yacían en el suelo, sangrando sin necesidad.

—Conque thrillers... —dije.

—Sí. Tú sigue portándote como un capullo y te asesino para documentarme.

—Tomo nota. —Prefería los métodos de documentación de Hazel. El mero hecho de pensar en ella hacía que se me cayera la cara de vergüenza—. Creo que la he cagado.

—No me digas. Te gusta de verdad.

—No me digas —repetí.

35

Una seducción no consensuada

Hazel

La indignación y los planes de venganza me hicieron levantarme de la cama temprano a la mañana siguiente. Para cuando los Bishop entraron en mi casa a las siete y media, yo ya estaba levantada, vestida y lista para presentar batalla. Había desplegado todas las armas de mi arsenal femenino: vestuario, peinado, maquillaje y desdén. Cam me había avergonzado y cabreado. Y quería hacérselas pagar.

Abrí la Pepsi del desayuno, me atrincheré detrás del escritorio y abrí el correo electrónico con la actitud de una mujer a la que no deberían haber ofendido.

La puerta principal se abrió, seguida del ruido varonil de las botas de trabajo sobre la madera.

Me concentré en la pantalla del portátil y eché un vistazo a un correo de Darius.

—«... deseando escuchar vuestras ideas para financiarnos en el pleno municipal de mañana por la noche...».

Los pasos se acercaron. Llegué a la conclusión de que quedaba mejor estar trabajando activamente que mirando la pantalla y empecé a escribir cosas al azar.

—Ya estás despierta.

Me negué a levantar la vista ante el rudo saludo de Cam.

—Sí —contesté mientras seguía tecleando sin sentido.

—Te hemos traído una cosa. —El tono sumiso de Levi me hizo dejar de fingir y alzar la mirada.

Los dos hermanos estaban en la puerta, con sendos ramos de flores silvestres.

La novelista romántica que había en mí estuvo a punto de desmayarse. ¿Dos arreglos florales gigantescos de dos hombres guapísimos? ¿Qué más se podía pedir? Pero la Hazel humillada no se dejó impresionar.

Arqueé una ceja.

—¿Y eso a qué viene?

—A que somos gilipollas —contestó Cam escuetamente.

—Él es gilipollas —puntualizó Levi—. Yo solo te hice una faena al pedirte que mintieras por mí.

Entraron tímidamente en la habitación, y se acercaron con cautela, como si yo fuera un gato salvaje capaz de convertirlos en mi desayuno.

Cam dejó el ramo en la esquina de la mesa que hacía las veces de escritorio. Las flores venían en una jarra de cerámica desconchada. Levi lo imitó y colocó el jarrón de cristal en la esquina opuesta.

Mi curiosidad de escritora de novela romántica se impuso.

—¿Dónde habéis conseguido flores a estas horas de la mañana? —pregunté.

Los hermanos sonrieron con picardía.

—Se las hemos robado a nuestra madre —reconoció Levi.

—Con jarrón y todo —dijo Cam—. Igual es mejor que las escondas, si viene a visitarte.

Entonces me di cuenta de que tenían moratones en la cara.

—¿Es que las flores se resistieron? —les pregunté.

Cam se pasó una mano por el cardenal que tenía en la mandíbula, bajo la barba incipiente. Levi se tocó la tirita en forma de mariposa de la ceja.

—Yo me he despertado así —mintió Cam, encogiéndose de hombros. Levi me guiñó un ojo.

Dos guapísimos hombres adultos se habían pegado por mí y luego me habían traído flores. No estaba mal.

—Puto Dominion.

La queja venía del pasillo.

—¿Qué han hecho ahora esos gilipollas? —preguntó Cam cuando Gage apareció con cara de querer lanzar el móvil al otro lado de la habitación.

Gage le clavó un dedo en el pecho.

—Llama a tu puñetera ex y dile que pare de una puta vez.

Cam apartó el dedo de su hermano de un manotazo.

—Mejor hablamos más tarde —gruñó.

—¿A quién? ¿A Nina? —pregunté.

Cam me fulminó con la mirada.

—¿De qué la conoces? —dijo.

—Los techadores no van a volver hasta la semana que viene porque Nina nos los ha robado para un trabajo «urgente» en el ayuntamiento. Dominion les va a pagar un cincuenta por ciento más por cubrir un patio para que coman los empleados —anunció Gage, con una rabia impropia de él.

—Puto Dominion —coincidió Levi.

—Ojalá pudiéramos robarles algo a ellos, para variar —murmuró Cam.

Aquella idea me sobrevino como un giro argumental. De repente se me encendió la bombilla. Eché la silla hacia atrás para apartarla de la mesa y me levanté de un salto.

—Tengo que irme… a investigar una cosa —dije, cogiendo el cuaderno y el teléfono.

—¿Necesitas ayuda? —se ofreció Cam, lobuno.

—Todavía no he decidido si sigo necesitando tus servicios para documentarme —repliqué, saliendo a toda prisa de la habitación.

—¿Por qué tenéis pinta de haber estado toda la noche dándoos de leches? ¿Y esos no son los jarrones de mamá? —le oí preguntar a Gage mientras me dirigía a la puerta principal.

Me pasé toda la mañana sudando debajo de mi armadura de maquillaje, frustrada por no tener un vehículo con aire acondicionado mientras husmeaba por Dominion. Pedaleé por el pueblo, zigzagueando por las calles y esquivando a los turistas de finales de verano.

Incluso me pasé por el ayuntamiento y fui testigo, a la sombra de un roble, de cómo la propia Nina, con unos tacones de aguja amarillo limón y un vestido veraniego a juego, repartía bebidas frías a mis techadores.

Después de la investigación, me metí en una tienda de recuerdos y compré una gorra de béisbol y un bote de protector solar. Luego elegí un restaurante al azar para comer, me acomodé en una mesa en un rincón del concurrido comedor y me puse a organizar las notas.

Decidí tomarme un descanso cuando me trajeron la ensalada Cobb. La lechuga estaba medio pocha y los cocineros habían escatimado en el pollo y el aliño. Aunque, a juzgar por el número de comensales, la calidad no parecía ser un obstáculo. A mi lado, dos padres quemados por el sol intentaban regañar a tres niños menores de cinco años enfurruñados y, a la vez, pedirle la cuenta al camarero. Añadí algunas notas más.

El móvil sonó encima de la mesa y lo cogí.

Cam
Te has largado sin avisar?

Quieres algo, o solo me escribes para tocarme las narices?

Cam
Un poco de todo. Solo quería saber si necesitabas que te llevaran.
Hace calor.

Si lo necesitara, no te llamaría a ti.

Cam
Sigues cabreada?

Estoy pasando del modo cabreo
al modo irritación.
Las flores te han dado algunos puntos.

Cam
Mi ramo es más grande que el de Levi.

Como el moratón que tienes en el ojo.

Cam
Su puño es gigantesco y abarca más
superficie.
Me ha contado lo de escribir.

Antes o después de partiros la cara?

Cam
Antes, durante, después... quién sabe?
La cuestión es que he sido un gilipollas.
Y puede que estuviera un poco celoso.

De verdad tus hermanos te prohibieron
liarte conmigo?

Cam
Dónde estás?
Se me están cansando los pulgares
de mandar mensajes.

Estoy ocupada.

Cam
No puedes evitarme eternamente. Trabajo en
tu casa.

Reto aceptado.

Me planteé preguntarle a Cam su opinión, pero descarté la idea de inmediato. Teníamos otras cosas de las que ocuparnos. Mejor elegir a un vecino menos desquiciante.

Le pagué al ojeroso camarero y me fui al baño a hacer un pis y secarme la humedad de los sobacos. Acababa de cerrar la puerta del retrete, cuando oí entrar a otra persona. Unos tacones de aguja amarillos pasaron con elegancia por delante de mí.

—Ya me ocupo yo de eso. Tú sigue pasándome información. En cuanto nos quedemos con Story Lake y empecemos a construir el campo de golf, obtendrás la recompensa por haber elegido el bando correcto —dijo Nina por teléfono.

Abrí la boca en un grito mudo de indignación.

La granja de los Bishop quedaba a las afueras de Story Lake, en el lado opuesto a Dominion. Para cuando entré sobre dos ruedas en el camino de grava flaqueado por sendas cercas blancas de troncos, ya estaba agotada. La suave pendiente hasta la granja de piedra de dos plantas resultó ser demasiado para mis piernas exhaustas y acabé dejando la bicicleta a la sombra de dos pinos gemelos, al otro lado del paseo que iba hasta la casa.

El todoterreno de Laura estaba aparcado delante del garaje exento. Más allá había un alegre granero rojo en medio de pastos y más pinos. Vi un trío de vacas descansando a la sombra de este.

La puerta principal de la granja se abrió y Pep Bishop me saludó con la mano vestida de granjera con unos vaqueros viejos y una camiseta blanca de tirantes.

—Hola —jadeé, apartándome el flequillo lacio de los ojos.

—¡Si estás agotada! ¡Entra!

—Gracias. Intentaré no estropear ningún mueble.

Subí como pude los escalones del porche y dejé que la dulce promesa del aire acondicionado me animara para recorrer el resto del camino hasta el interior.

Vislumbré la sala de estar, con sus sofás mullidos y sus estanterías llenas de generaciones de figuritas y fotos, antes de seguir a Pep hasta un amplio anexo que albergaba una espaciosa cocina-comedor.

—Caray, ni que te hubieras caído al lago —comentó Laura desde el extremo de la mesa.

Melvin y Bentley se levantaron de la siesta y me dieron la bienvenida con la cola y la lengua.

—La pobre ha venido en bici hasta aquí —dijo Pep, haciéndome un gesto para que tomara asiento.

—No sé si debería sentarme. Igual me cargo la madera con el sudor —dije, mirando la jarra de agua helada que había sobre la mesa.

—Cariño, estas sillas han sobrevivido a tres niños, a tres adolescentes y a tres hombres. Seguro que aguantan un poco de sudor —replicó.

—Necesitas un coche —señaló Laura, echando agua en un vaso antes de pasármelo.

—Sí —contesté, tan educadamente como pude, antes de bebérmelo de un trago.

Tuve que rellenarlo dos veces más antes de sentirme lo bastante recuperada como para coger uno de los dulces dispuestos en la bandeja.

—Madre mía, está buenísimo —farfullé, con un trozo de pastelito de limón con azúcar glas en la boca. Me di cuenta de que Pep y Laura me estaban mirando expectantes. Puse cara de circunstancias—. Perdón. La deshidratación y la rabia siempre me hacen olvidar los modales.

—¿Qué han hecho ahora mis hijos? —me preguntó Pep—. Además de robarme dos de mis mejores jarrones.

—Seguro que los devuelven sanos y salvos —dije, con voz de culpabilidad.

Madre e hija se miraron de una forma que no fui capaz de interpretar. Mi madre y yo nunca habíamos tenido el tipo de relación que hacía posibles las miradas cómplices. ¿Las de perplejidad? Sí. ¿Las de irritación? Desde luego. Pero ¿las cómplices? Para nada.

—Qué interesante —reflexionó Laura.

—Pero no creo que hayas venido a vernos por eso, ¿verdad? —Pep empujó más hacia mí la bandeja de los dulces.

—Al principio quería consultaros una idea que se me había

ocurrido. Pero, cuando venía hacia aquí, ha sucedido una cosa que me ha convencido de que tenemos que hacer algo.

—Ahora sí que estoy intrigada —dijo Laura.

—Supongo que no tiene nada que ver con el libro que estás escribiendo —comentó Pep.

—Tiene que ver con una cosa que dijo Cam.

—Intenta no tomártelo como algo personal —me aconsejó Pep—. A veces es un poco zoquete, pero hay que quererlo igual.

Me atraganté con el segundo pastelito de limón.

—Ah, no. No es nada de eso. Es que dijo que estaba harto de que Dominion nos robara y que estaría bien que nosotros les robáramos algo a ellos, para variar.

—Me apunto. ¿Necesitamos pasamontañas? Yo pongo el coche para salir pitando —se ofreció Laura.

—Podría ser. Para empezar, se supone que no debería contárselo a nadie, pero como el pleno municipal es mañana por la noche, tampoco creo que sea lo peor que he hecho desde que he venido a vivir aquí.

—¿Es sobre la renovación de la planta de tratamiento de aguas residuales? —preguntó Pep.

—¿Cómo…? Da igual. Es un pueblo pequeño. Lo había olvidado. Entonces también sabréis que no tenemos dinero para las reformas, ¿no?

—A ninguno nos hace ilusión que vuelvan a subir los impuestos —dijo Laura.

Pep negó con la cabeza.

—Va a hacer que se vaya aún más gente del pueblo.

—Bueno, o suben los impuestos o acabamos con la mierda por las rodillas —señaló Laura.

—Por desgracia, hay mucho más en juego —dije, antes de ponerlas rápidamente al corriente de lo que había escuchado en el baño y de lo que Nina había dicho.

—Sanguijuela tramposa y manipuladora —dijo Pep, dando una palmada en la mesa una vez que hube terminado—. ¿Un campo de golf? ¿Y qué va a hacer? ¿Demoler Story Lake para poner el hoyo número nueve?

—Hay un topo en nuestras filas. Voy a necesitar un poco de

vino para esto. —Laura se alejó de la mesa y rodó hasta el otro lado de la isla de la cocina, donde estaba la nevera del vino.

—Voy a por las gafas —dijo Pep.

—Creo que tengo una idea para conseguir el dinero —dije, cuando ambas regresaron a la mesa y empezaron a servir el vino—. Pero necesito que me digáis si es un disparate y está condenado al fracaso.

—¿Por qué has acudido a nosotras? Cam está en el consejo y nuestro querido alcalde adolescente piensa que eres el equivalente al Batman de Story Lake, que ha venido a salvarnos —manifestó Laura.

—Cam va a echar por tierra mis ideas, por muy buenas que sean, y Darius cree que soy un genio y es capaz de apoyar cualquier sugerencia mía, por muy mala que sea. Vosotras dos conocéis este pueblo mejor que nadie.

—Te quedas a cenar —decidió Pep.

Levanté la vista del cuaderno, que ahora contenía más notas de «salvar el pueblo» que de «proyecto actual».

—¿Qué?

—Mándales un mensaje a tus hermanos —le ordenó a su hija.

Laura esbozó una sonrisa burlona.

—Cam dijo que venía hacia aquí en cuanto se enteró de que Hazel estaba de visita.

«Mierda».

—Mejor me voy —dije.

—De eso nada —replicó Pep alegremente—. Tenemos veinticuatro horas para preparar el pleno municipal. Necesitamos toda la ayuda posible y eso significa que hay que llamar a los chicos. Voy a ponerme con el pastel de carne. Deberías invitar a tu amiga Zoey. Alguien con su experiencia podría tener algunas ideas sobre cómo sacar esto adelante.

—El pastel de carne de mamá es sin duda el mejor del mundo —aseguró Laura—. No deberías perdértelo, aunque eso signifique tener que compartir mesa con los tres melones que tengo como hermanos.

Oímos cerrar de un portazo la puerta de una camioneta y yo me estremecí. Reconocería ese portazo en cualquier parte. Cam.

—Creo que voy a llamar a Zoey… desde algún otro sitio.

—Puedes usar mi despacho —dijo Pep—. Saliendo, al pie de la escalera.

Cogí otro pastelito de limón y puse pies en polvorosa lo más dignamente posible. Acababa de escabullirme por la puerta cuando oí a Pep.

—¿Qué demonios te ha pasado en la cara y por qué ha desaparecido mi jarrón de flores?

—¿Dónde está Hazel? —preguntó Cam.

Cerré la puerta haciendo el menor ruido posible y me apoyé en ella. No se le ocurriría decir ni hacer ninguna estupidez delante de su familia. ¿No? Habíamos acordado que todas las cosas que habíamos hecho desnudos y que probablemente volveríamos a hacer quedarían entre nosotros dos. Aunque Laura sabía lo de la cita falsa. Y Levi, por supuesto, se había enterado de la verdad gracias al arrebato de su hermano. Pero no tenía pinta de cotilla… ni de ser muy hablador.

No. Cam no me acorralaría delante de su familia. Harían demasiadas preguntas. Demasiadas suposiciones. Pedirían demasiadas explicaciones.

Después de exhalar un suspiro de alivio tras haber racionalizado las cosas, marqué el número de Zoey y eché un vistazo a la habitación mientras esperaba a que contestara.

Era pequeña, en lo que a metros cuadrados se refería. Pero los Bishop habían aprovechado al máximo el espacio con un escritorio a medida para dos personas. En uno de los lados, impecablemente ordenado, había un ordenador portátil y un calendario mensual actualizado. En el otro se amontonaban un batiburrillo de cartas sin abrir, pequeñas piezas de maquinaria agrícola y otros cacharros de oficina.

—Hola —dije, cuando Zoey contestó.

—¿Qué pasa? ¿Tus personajes por fin han dejado de follar el tiempo suficiente como para que puedas resolver el conflicto?

La puerta se abrió y Cam entró en el despacho, apoderándose de todo el espacio y oxígeno disponibles.

— 398 —

—Mmm —contesté.

Cerró la puerta y se quedó de pie delante de ella, con las piernas separadas y los brazos cruzados, traspasándome con la mirada.

Noté el pulso acelerado en la base del cuello.

—Nos han invitado a cenar en la granja de los Bishop —dije, o más bien gemí, prácticamente—. Hay pastel de carne.

Cam esbozó una sonrisa.

—¿En esa granja hay animales de corral sueltos? —preguntó Zoey.

—He visto algunas vacas. Pero estaban detrás de una valla.

Intenté mirar a otro sitio que no fuera la cara y el cuerpo de Cam. Para mi desgracia, ocupaban toda la habitación.

—No sé, Haze. Una granja parece el lugar perfecto para que te pisotee el ganado.

—Me niego a que añadas todos los animales a la lista de cosas que te asustan. Lo de los peces y los pájaros lo entiendo. Pero no pienso permitir que vayas por la vida con miedo también de las vacas. —Tapé el teléfono con una mano—. ¿No tienes otro sitio al que ir? —le susurré a Cam.

—No.

—¿No te preocupa que tu madre piense que pasa algo raro?

—Seguramente lo sabe desde la primera vez que te desabroché el sujetador.

La temperatura de mi cara se disparó a mil grados. Destapé el teléfono.

—Oye, Zoey. Es importante y tiene que ver con la exnovia malvada de Cam y el destino de Story Lake. Además me han dicho que el pastel de carne merece el viaje.

Cam se acercó un poco más.

—Cuelga el teléfono.

—¿Quién está ahí? —preguntó Zoey, que tenía un oído muy agudo.

—Nadie. Es la televisión. Te mando la dirección en un mensaje —dije a toda velocidad, retrocediendo hacia el escritorio mientras Cam acortaba distancias.

Su sonrisa era puro deseo, cuando me arrebató el teléfono y colgó.

—¿Qué haces? —le pregunté mientras sus pulgares se movían sobre la pantalla y yo realizaba una flexión de espalda digna de una clase de yoga avanzado.

—Enviarle la dirección a Zoey.

Dejó el teléfono sobre el escritorio, detrás de mí, y apoyó sus enormes manos en mis caderas.

Todo mi cuerpo se derritió como la cera.

—Sigo enfadada contigo —declaré, apoyando las manos en su pecho.

—No es verdad. —Levantó una mano y me apartó el pelo de la cara en un gesto casi tierno.

—Vale. Sigo molesta contigo. Y ahora tu familia va a pensar que hay algo entre nosotros.

—Ya me ocuparé yo de eso.

—¿No quieres saber lo que está haciendo Nina? —le pregunté, esperanzada.

—Ahora mismo tengo otras prioridades —replicó.

Deslizó la mano sobre mi mandíbula y me la puso en la nuca. Su cara se estaba acercando cada vez más a la mía.

—¡Ni se te ocurra besarme en casa de tus padres! —susurré.

—No me digas lo que puedo o no puedo hacer —me advirtió, una fracción de segundo antes de posar su boca cálida y firme sobre la mía.

Aquello era una seducción no consensuada, decidí mientras todo mi cuerpo se veía atraído hacia su campo gravitatorio.

Cam me agarró de la coleta y tiró de ella, echándome la cabeza hacia atrás. Su beso se volvió más apasionado y mis piernas, ya exhaustas, perdieron la batalla contra la gravedad. La cabeza me daba vueltas. No podía respirar. Su lengua se enredó con destreza en la mía hasta que me aferré a él con tanta fuerza que me dolían los nudillos.

Entonces me levantó una pierna y se la enganchó en la cadera, frotando su espectacular erección contra mí.

Solté un gemido sobre su boca y él lo devoró con avidez.

—Joder, Calamidad —murmuró, con la voz como papel de lija.

Quería desnudarlo, quería que estuviera dentro de mí, mirándome exactamente como me estaba mirando en ese momento. Con los párpados caídos, los labios apretados y el deseo grabado en su hermoso rostro.

Unos golpes repentinos en la puerta del despacho me hicieron volver a la realidad. Intenté alejarme de Cam, pero él no me lo permitió.

—¿Qué? —bramó.

—¿Eh? —Parpadeé un par de veces antes de darme cuenta de que no me hablaba a mí.

—Mamá dice que muevas el culo y la ayudes a pelar patatas —dijo Gage al otro lado de la puerta, con cierta arrogancia.

Me subí al escritorio para alejarme de la magnética erección de Cam. Él bajó la vista hacia mis tetas y pude ver su mirada hambrienta. Me di cuenta de que mis pezones luchaban por liberarse.

Cam me miró con deseo. Le puse una mano en el pecho para contenerlo. Si volvía a besarme, estábamos perdidos.

—Gracias por explicarme cómo se esquilan las ovejas, Cam —dije en voz alta, en un tono muy poco convincente.

Él volvió a tirarme del pelo y me dio un beso burlón en los labios hinchados.

—No hay de qué —respondió.

Una puerta se abrió de golpe en algún lugar de la parte de atrás de la casa y se oyó un coro de saludos.

36

Pedorrator 2000

Campbell

Cada vez que preparábamos la cena en la cocina de mis padres era como si cuatro Gordon Ramsays estuvieran gritando a la vez mientras las ollas hervían, los ingredientes volaban de un lado a otro de la habitación y los perros hacían tropezar a los humanos como si fuera un deporte olímpico.

Solíamos referirnos cariñosamente a la experiencia como *Los juegos del hambre*.

La casa estaba llena porque mi padre le había cambiado el turno de cierre a Conner, un empleado que trabajaba a media jornada, y los hijos de Laura también habían renunciado a cualquier plan que tuvieran en la agenda para estar allí. Era lo que tenía el pastel de carne de mi madre.

Hazel y Zoey preparaban una ensalada mientras observaban el caos con una copa de vino desde la seguridad de los taburetes de la barra. Yo estaba embadurnado en carne picada, huevos y pan rallado, lo que me obligaba a tener las manos quietas. Algo que no me entusiasmaba demasiado.

Mi madre me había visto la cara al volver de mi brevísimo besuqueo con Hazel y había decidido asignarme las labores cárnicas. Nunca nos habíamos explicado cómo era capaz de darse cuenta de todo solo con mirarnos, pero Pep Bishop tenía el instinto de los padres de élite.

Entre la pelea con Levi y que Hazel había estado desaparecida todo el día, me había dado cuenta de que había cosas más importantes que el hecho de que mi familia se enterara de que estaba saliendo con una clienta.

Pero aquella discusión tendría que esperar hasta más tarde, porque me habían relegado a la tarea de estrangular carne cruda mientras Hazel explicaba lo que había oído por casualidad en Dominion.

—No pueden quedarse con Story Lake, ¿verdad? —preguntó Zoey, indignada.

—En teoría, sí. Se llama «anexión». Pero no sería fácil. Tendría que haber algún motivo económico y los ayuntamientos de ambas partes tendrían que estar de acuerdo. Algo que no creo que vaya a ocurrir —dijo Gage mientras pelaba patatas con Laura.

—Bueno, es evidente que Nina ya se ha metido a alguien de nuestro bando en el bolsillo —señaló mi madre al tiempo que se giraba con una fuente de maíz dulce. Se detuvo en seco y estuvo a punto de tirar la bandeja cuando Melvin le cortó el paso—. ¡Ya está bien! Niños, sacad a los perros fuera y poneos a desgranar el maíz.

Mis sobrinos se llevaron a los perros hacia la puerta e Isla cogió las mazorcas.

—No sé qué le hiciste a esa chica, pero está claro que te guarda rencor —comentó mi padre, dándome una palmada en la espalda.

Hazel y yo cruzamos una mirada.

—Cam salió con Nina en el instituto y después durante un par de años más —le explicó mi madre a Hazel, amablemente.

—Ya lo sabe, mamá —dije, enfadado.

—¿Y cómo piensa Nina anexionarnos? —preguntó Levi, que estaba en la mesa pelando una montañita de patatas.

—Creía que, como candidato a jefe de policía, estarías más al tanto de los secretos del pueblo —dijo Gage.

—Se refiere a esa movida del tratamiento de aguas residuales —le explicó Laura.

—No tenemos dinero —dijo mi padre.

—Mierda —repuso Levi.

—Literalmente —replicó Laura.

—Entonces ¿qué hacemos? —preguntó Zoey.

Mi madre miró con elocuencia a Hazel, que agachó la cabeza.

—Ahora no vale hacerse la tímida. Mañana tienes que presentar el plan ante todo el pueblo.

Hazel parecía a punto de vomitar en el cuenco de la ensalada.

—¿No puede hacerlo otra persona? Mejor dicho, ¿no debería hacerlo otra persona? Yo solo llevo aquí unas semanas.

—Este pueblo necesita ideas nuevas —declaró mi padre—. Y no lo digo solo porque ahora mismo seas nuestra principal clienta.

—Muchas gracias, Frank —dijo Hazel con ironía.

—¿Cuál es el plan, Chica de Ciudad? —preguntó Gage.

Ella vaciló.

—Es más bien una idea.

—Una venganza —puntualizó Laura con tono alegre.

—Cuéntanos —dije.

—Básicamente consiste en robarle turistas a Dominion. Aquellos a los que no les interesa un pueblo lleno de gente, las carreras de lanchas rápidas con alcohol de por medio y salir de fiesta hasta el amanecer.

—A los padres con niños pequeños —dijo Laura.

—A las parejas de jubilados —dijo mi padre, dándole una palmadita en el trasero a mamá, que estaba delante del fregadero, mientras iba a por una cerveza fría.

—A la gente que quiere salir en kayak sin ahogarse en las estelas de las motos acuáticas —añadió Levi.

—Exacto —dijo Hazel, mirándome nerviosa, mientras yo echaba los restos de la mezcla del pastel de carne en el tercer molde de cristal.

—No está mal —dije. Era un gran elogio viniendo de mí.

Laura me lanzó un ramillete de brócoli a la cabeza.

—¡Mamá! Larry me ha pegado con un brócoli.

—No estropees unas verduras tan buenas con la cabeza dura de tu hermano, Laura —dijo mi madre de inmediato.

—Se merece mucho más que un «no está mal» —le dijo Gage a Hazel—. Nos hemos acostumbrado a que Dominion se salga siempre con la suya. Estaría bien quitarles algo, para variar.

—La pregunta es: ¿cómo? —preguntó Zoey.

Sopesamos y descartamos opciones hasta que el pastel de carne estuvo en el horno y las patatas hechas puré. Hazel parecía abrumada, pero contenta.

—Falta media horita para que la cena esté lista. Cam, ¿por qué no le haces a Hazel una visita rápida por la granja? —sugirió mi madre, lanzándome una mirada elocuente.

Fruncí el ceño, tratando de entender qué pretendía. Pero merecía la pena tolerar cualquier truco que mi madre se hubiera sacado de la manga con tal de pasar un rato a solas con la mujer a la que intentaba convencer para que volviera a meterse en mi cama.

—Puedo hacerlo yo —se ofreció Levi, mirándome con suficiencia.

—No, no puedes. Vas a estar demasiado ocupado cortándole las uñas a Melvin. Eres el único al que le deja hacerlo —dije, improvisando.

—¡Genial! Ese comportamiento infantil me va a ahorrar un viaje a la peluquería canina, por no hablar de la pasta —dijo Laura, aplaudiendo—. Eres el mejor hermano del mundo.

Levi me fulminó con la mirada.

—Si alguna vez necesitas un riñón, no pienso donártelo.

Le sonreí antes de agarrar de la mano a Hazel.

—Vamos.

—Zoey, deberías venir con nosotros —dijo Hazel, elocuentemente—. A ti te encantan… las granjas.

Su amiga parecía a punto de salir corriendo hacia el coche y volver cagando leches a la civilización.

—No puede. Tiene que hacer esa llamada tan importante —dije.

Hazel frunció el ceño.

—¿Qué llamada?

—Esa de la que lleva hablando sin parar desde que ha llegado —mentí.

—Ah, esa llamada tan importante —dijo Zoey. Fingió mirar el reloj—. Pues sí, tengo que hacer una llamada exactamente a las cinco y diecinueve. Gracias, Cam.

—No recuerdo que hayas dicho nada sobre...

Hazel no pudo acabar la frase porque ya la estaba arrastrando hacia la puerta.

—¿De qué coño vas, Cam? —me preguntó, intentando soltarse la mano mientras salíamos de la cocina bajando por la rampa—. Creía que no querías que tu familia se enterara de que estábamos liados.

La verdad es que hacía más o menos un día que eso había dejado de preocuparme tanto, pero no creía que fuera un buen momento para sacar el tema.

—¿Vamos a seguir acostándonos? —le pregunté, tirando de ella hacia el granero.

—Aún no lo he decidido.

—Entonces tengo media hora para convencerte de que me dejes volver a verte desnuda. —La conduje hasta la puerta del garaje abierto, en la parte trasera del granero. El olor a pienso, a heno y a animales me recordaba a casa tanto como el pastel de carne en el horno—. ¿En quad o en paralelo?

—¿Son posturas sexuales? Y si es así, ¿podrías describírmelas con más detalle?

—¿En quad o en paralelo? —repetí, señalando el quad y el UTV que estaban aparcados uno al lado del otro.

—Qué decepción. Y, como no me fío nada de ti, me inclino por el que tiene cinturones de seguridad —decidió.

Cogí las llaves del gancho de la pared y se las tiré.

—Conduces tú.

—¿Yo? Nunca he conducido un UTI.

—UTV. En inglés, *Utility Task Vehicle*. Es decir, «vehículo utilitario de trabajo» —aclaré, corrigiéndola—. Tómatelo como una clase para aprender a conducir. Necesitas un puñetero coche. Con la bici te morirás deshidratada en verano y te helarás en invierno.

—Ya está en mi lista —replicó Hazel, dándome esquinazo para ir hacia el lado del conductor del embarrado vehículo de dos puertas. Estaba lleno de abolladuras y golpes, tras casi una década de vida agrícola.

Me senté a su lado y me abroché el cinturón.

—La llave va en el contacto. Acelerador, freno y embrague, igual que en un coche. Intenta no chocarte con nada. —Hazel me fulminó con la mirada—. Rápido, Calamidad. No quiero quedarme sin pastel de carne. —Ella refunfuñó un par de lindezas en voz baja, pero aun así consiguió arrancar el UTV—. El acelerador es un poco...

Salimos disparados hacia el campo por la puerta del garaje antes de que me diera tiempo a finalizar mi advertencia. El fardo de heno de la plataforma de atrás salió volando. Hazel pisó el freno a fondo y estuvimos a punto de rompernos el cuello al detenernos.

—Cállate —me advirtió, por si acaso.

—Vamos a intentarlo de nuevo —dije, fingiendo que la forma en la que me aferraba a la barra antivuelco era algo casual.

Esa vez pisó con más cuidado el acelerador y no estuve a punto de clavarme los dientes en la lengua cuando arrancamos.

—Gira y sigue por ese camino —le indiqué—. Y no corras mucho al pasar al lado de la casa, mi madre se cabrea si levantamos polvo.

Mordiéndose el labio inferior y agarrando el volante como si lo estuviera estrangulando, Hazel siguió escrupulosamente mis indicaciones. Las vacas y la burra Diva ya estaban en fila al lado de la valla para que las llevaran al granero a cenar.

—Aparca ahí, bólido —le dije, dándole un golpecito en el muslo.

Se detuvo haciendo crujir la grava y me bajé de un salto.

—¿Qué vas a hacer?

—Darles de comer a las chicas —contesté por encima del hombro—. ¿Listas para cenar, señoritas?

Las tres frisonas agitaron el rabo. Bambi, la más grande, mugió con impaciencia. Diva pateó el suelo y soltó un rebuzno ensordecedor.

— 407 —

Abrí la puerta del redil y retrocedí hasta la del prado.

—Prepárate para perseguirlas si se escapan —bromeé.

—¿Estás de coña? —chilló Hazel, que seguía al volante.

—Tranquila. Saben dónde es su casa.

Abrí la puerta del prado y les di a las tres vacas una palmada en la grupa cuando salieron desfilando hacia el campo. Diva las siguió, deteniéndose para que le rascara el cuello. Les eché el pienso, comprobé que tuvieran agua y, después de recibir un cabezazo de Bambi, cerré la puerta y volví a subir al vehículo.

—Tus padres viven en un zoo de mascotas —comentó Hazel.

—En un zoo de mascotas repudiadas. Antes teníamos vacas lecheras y cultivábamos maíz, pero mi padre no pudo seguir trabajando después de lo del ictus. Así que ahora solo somos granjeros aficionados con animales rescatados.

—La gente vendría. Aquí, me refiero —dijo—. Pagarían por venir a ver a los animales que habéis salvado. Para escuchar cuáles son sus historias. Y harían donaciones para que pudierais rescatar más.

—¿Me estás diciendo que los turistas vendrían a Story Lake y pagarían por acariciar a Pedorrator 2000? —Señalé a la vaca más pequeña, que había asomado la cabeza por encima de la valla y estaba intentando que la rascara una última vez.

—Por favor, dime que Pedorrator 2000 es tu apodo —dijo Hazel con socarronería.

—Mis padres cometieron el tremendo error de abuelos de dejar que los hijos de Laura les pusieran nombre a todos los animales rescatados durante un año —le expliqué. Hazel sacudió la cabeza—. ¿Qué? —le pregunté.

—Que el tío al que me he estado tirando acaba de darles las buenas noches a unas vacas y a un burro. A veces pienso que todo esto es un largo delirio febril y que voy a despertarme en Manhattan.

—¿Te gustaría? —Le hice un gesto para que volviera a ponerse en marcha.

—Ahora mismo estoy más interesada en dar por saco a Dominion —contestó.

La guie hacia el oeste, en dirección al sol.

—La casa de Gage está por allí, al otro lado de la colina. Reformó un granero antiguo y lo convirtió en vivienda.

—¿Un granero de verdad? Vaya, adiós a mi diabólico plan de emparejarlo con Zoey para que se quede a vivir aquí para siempre.

Puse los ojos en blanco. Debería estar pensando en dejarme volver a su cama, no en meter a su amiga en la de mi hermano. Para recordárselo, le pasé el brazo que tenía libre por encima de los hombros. Al notarlo, dio un volantazo que nos hizo salirnos del camino y luego corrigió demasiado la trayectoria y dio otro hacia el lado contrario.

—¿Por qué somos los únicos que hemos salido de excursión en coche? —me preguntó mientras me traqueteaba todo el cuerpo al pasar sobre una zanja.

—Cosas de mi madre. Que no comparte con nadie, por cierto. Pero estoy seguro de que sabe lo nuestro.

—¿Primero Levi y ahora tu madre? ¿Significa eso que mañana por la mañana todo el pueblo va a estar al tanto de nuestros deslices?

—En primer lugar, nadie ha dicho que no vayamos a «deslizarnos» más —repliqué.

—Mi editora te llamaría la atención por esa palabra.

—Y en segundo lugar, una cosa son los cotilleos familiares y otra los del pueblo. ¿Que si cuando volvamos ahí dentro, todo el mundo va a saber ya que nos hemos acostado? Desde luego. Pero no van a ir pregonándolo a los cuatro vientos.

—¿Cómo es que no estás más enfadado? Eras tú el que no quería que nadie se enterara de lo nuestro y, sin embargo, estás ahí tan tranquilo, frunciendo el ceño con la misma intensidad de siempre.

—Quizá lo haya reconsiderado.

—¿Quizá? —Hazel me miró mientras subíamos una pequeña colina, con pastos a ambos lados.

Me agarré al asa de encima de la puerta justo antes de que se metiera en un bache del tamaño de un coche.

—No hace falta que te metas en todas las cunetas que veas —le dije.

—No puedo hablar y conducir al mismo tiempo. Son demasiadas cosas en las que concentrarse.

—Si puedes escribir con todo el ruido de una casa en obras, puedes conducir y hablar a la vez.

—¿Cuál es la razón por la que puede que lo hayas reconsiderado? —me preguntó, desviándose bruscamente para evitar otro bache.

—Ni lo sé ni me apetece ponerme introspectivo al respecto. Me gusta lo que hacíamos. Y puede que al verte en público, riéndote con el capullo de mi hermano, pensara que eso también parecía divertido.

—Te portaste como un gilipollas —señaló.

—Lo sé.

—No sé yo si unas flores, un magreo improvisado y una visita al zoo serán suficientes para volver a caerme en gracia. Y aunque lo fueran, no sé si estoy preparada para algo más público.

—Hazel, solo somos dos adultos pasándoselo bien. A veces hay que decir «que le den».

No sabía por qué me empeñaba en eso. Por qué quería ser yo quien la llevara al pueblo y compartiera con ella copas y secretos. Pero no tenía mucho sentido diseccionarlo. Era lo que quería y pensaba ir a por ello.

—¿Ese «le» se refiere a ti?

Le dediqué una sonrisa arrogante antes de girarle la barbilla para que mirara hacia el camino.

—Si buscas poesía y romanticismo, estás con el tío equivocado.

—Ya escribo cosas románticas todo el día. Lo que necesito es un hombre que no tenga una pataleta cada vez que hago algo que no le gusta.

—Intentaré tener el menor número de pataletas posibles siempre y cuando tú seas más comunicativa.

—No eres el más indicado para echarme en cara que no sé comunicarme —refunfuñó.

—Pues imagínate lo mal que se te da, para que yo tenga algo que decir.

—Vale. Lo tendré en cuenta —aceptó ella.

—Es lo único que te pido.

Nos estábamos acercando a una curva del camino.

—Levanta el pie del acelerador —le aconsejé—. No hace falta ir a toda leche para llegar a tu destino.

Hazel resopló, pero me hizo caso.

—Lo que acabas de decir es muy de pueblo pequeño.

37

Margaritas a los cerdos
Hazel

Entré en mi segundo pleno municipal con ganas de vomitar. Por eso nunca me involucraba en nada. Ponía las cosas sobre el papel y las lanzaba al mundo, así no tenía que ver a la gente, ni sobrevivir a sus comentarios inmediatos. Aquella noche iba a exponerme, y no precisamente desde la distancia protectora de las páginas de un libro.

Apretando contra el pecho mi cuaderno de apoyo emocional, eché un vistazo a la sala. A diferencia del primer pleno, aquella noche Criando Malvas estaba hasta la bandera. Y, como no había ningún velatorio que nos hiciera la competencia, habían unido las tres salas de reuniones de la funeraria para crear un único espacio enorme. Al parecer, todo el mundo quería enterarse del resultado de la votación para jefe de policía. Aunque Levi no quisiera el puesto, prefería no imaginarme lo desastroso que sería que Emilie, la policía de la diversión, se convirtiera en policía de verdad.

—Hola.

Me giré y vi a Levi detrás de mí. Era difícil asegurarlo, entre la barba y el ojo morado, pero me dio la sensación de que estaba un poco demacrado.

—Ah, hola. ¿Preparado para los resultados, futuro comisario en potencia?

—No. O acabo siendo el responsable de los problemas de todos, o tendremos que aguantar a Emilie controlando cómo masticamos en público. Ambas opciones son una mierda. —Aquella era una ristra de palabras considerablemente larga para Levi.

Justo en aquel momento, la susodicha entró en la sala acompañada de su marido. Ambos llevaban camisetas que ponían: «No seas patán, vota a Rump». Garland caminaba hacia atrás por delante de ellos, haciendo fotos con el móvil como un fotógrafo desesperado por sacarle una buena sonrisa a un niño pequeño antes de la siesta.

Arrugué la nariz.

—Creo que los dos sabemos que sería mejor para el pueblo que tú llevaras la placa. —Levi gruñó—. Por cierto, gracias por colgarme la televisión y acabar de arrancar las malas hierbas del jardín delantero hoy. No teníais por qué hacerlo.

Después de haberme pasado todo el día evitando a Cam, había salido del despacho con los ojos cansados, la presentación del pleno terminada y una discusión bastante chula esbozada, y me había encontrado la casa vacía y una lista de tareas pendientes mucho más corta.

Levi agachó la cabeza.

—Básicamente ha sido cosa de Cam. Está intentando volver a congraciarse contigo.

—Mmm. —Fue lo único que pude responder. No sabía si quería que volviera a congraciarse conmigo, es decir, a mi cama. Bueno, en realidad nunca habíamos llegado hasta la cama.

Levi esbozó una sonrisa breve pero radiante.

—Sigue torturándolo —me recomendó, antes de escabullirse entre la multitud.

Vi a Darius en la mesa de la bebida, esa vez recaudando fondos para el perro de terapia de la pequeña Zelda Springer, y fui hacia él. Aquella noche no me vendría mal un poco de valentía líquida.

Me puse a la cola detrás de los anchos hombros de Gator Johnson, el conductor de la grúa.

—Anda, si es Hazel Hart —dijo—. Me he descargado uno de tus audiolibros. No está nada mal.

—¿En serio? Imaginaba que serías más de ficción militar histórica.

—Soy un hombre con intereses muy diversos —declaró—. Lo disfruté mucho. Tanto que tuve que ir a recoger a Scooter porque se le había averiado la camioneta y nos quedamos sentados dentro cinco minutos más para acabar el capítulo en el que Bethany evita que el malvado promotor se cargue el roble más viejo del pueblo.

Sentí una punzada en medio del pecho. El orgullo y la pérdida estaban tan entrelazados que no sabía cuál de los dos se estaba imponiendo.

—Gracias, Gator —dije.

—Estoy deseando escuchar el que estás escribiendo ahora. Si quieres que ponga voz a mi propio personaje, será un placer coger el micrófono.

Inmediatamente me imaginé a un Gator canoso de ficción caminando hacia la incauta heroína mientras se limpiaba la grasa en el mono. «¿Quieres que te lubrique el cacharro?».

—Lo tendré en cuenta —dije, intentando quitarme aquella imagen de la cabeza.

Por suerte, la llegada de Campbell Bishop me proporcionó justo la distracción que necesitaba. Llevaba unos vaqueros y una camisa abierta sobre una camiseta ajustada. El ojo morado le daba un aspecto de chico malo que me resultaba inquietantemente atractivo. La mala leche con la que apretaba la mandíbula, cubierta por la habitual barba de tres días, revelaba que aquel era el último sitio en el que le gustaría estar. Hasta que me vio.

Ni siquiera mi degradante falta de confianza en mí misma fue capaz de ignorar el brillo de sus ojos.

Le di la espalda. Puede que mi cuerpo estuviera dispuesto a dejar que Cam volviera a tocarme, pero por suerte mi cerebro se estaba resistiendo.

—Oye, Gator, siempre he querido saber cómo se remolca un coche que está aparcado —dije, centrando toda mi atención en su detallada y enrevesada explicación.

Sentía el peso de la mirada de Cam sobre mí, pero no se acercó. Cuando llegué al principio de la cola de la bebida, me aventuré a mirar un momento hacia atrás y vi que Garland, el periodista aficionado, lo había acorralado.

—¡Anda! Aquí está mi novelista favorita —dijo Darius, a modo de saludo—. ¿Preparada para el pleno?

Me incliné sobre la barra improvisada.

—¿Cómo puedes estar tan contento? Estás a punto de comunicarle a un pueblo entero que puede que en unos meses estemos en bancarrota y con las calles llenas de mierda.

—Con una persona tan creativa como tú en el consejo, seguro que encontramos una solución. Si algo se le da bien a Story Lake, es salir adelante —dijo con una confianza envidiable.

Yo no estaba tan segura.

—Ya. Hablando del tema. ¿Alguna vez han abucheado a alguien en un pleno municipal? —le pregunté, cambiándole el dinero por alcohol.

—Desde luego. Pero solo pasa un par de veces al año —contestó.

—Gracias —repliqué con frialdad.

—Pero tengo buenas noticias —anunció—. Hoy he vendido una casa y he alquilado uno de los locales vacíos de Main Street, y todo gracias a ti.

Uy. ¿Qué había hecho ahora?

—No me digas. ¿Por qué?

—Es una pareja de Connecticut que tenía una cafetería. Tuvieron que dejar el centro comercial en el que estaban porque les subieron el alquiler y los impuestos. La mujer es una de tus lectoras. Lee tus *newsletters* y te sigue en las redes sociales. Ella y su marido se pasaron por aquí, se enamoraron de Story Lake e hicieron una oferta en efectivo en el acto.

Genial. Ahora estaba atrayendo a mis lectores a un pueblo que estaba al borde de la ruina.

—Qué... maravilla —dije, con fingido entusiasmo.

Estaba rebuscando en la cartera más monedas para darme a la bebida cuando Zoey apareció sin aliento y sonrojada.

Me quitó el vaso de la mano y se lo bebió de un trago.

—Vale. Lacresha ya tiene las diapositivas preparadas. Lo vas a petar.

—¿En el buen sentido, o en el malo? —Volvía a tener ganas de vomitar.

—Es hora de empezar —dijo Darius, cerrando la caja del dinero. Me acompañó al escenario mientras yo miraba con nostalgia el alcohol por encima del hombro.

Cuando llegué al escenario, el único sitio que quedaba libre era el que estaba entre Emilie y Cam. No sabía cuál de los dos me hacía menos ilusión. Me embutí en la silla como si fuera el asiento de en medio de un avión. Cam me rozó la rodilla con la suya por debajo de la mesa. La descarga eléctrica causada por aquel contacto físico me sobresaltó y me aparté de repente, dándole sin querer un codazo al vaso de un litro de bebida isotónica de Emilie.

Contemplé horrorizada a cámara lenta cómo el vaso se volcaba, creando un tsunami verde lima que se precipitó sobre la primera fila, ocupada por un grupito de acólitos de Emilie.

Se produjo un grito ahogado colectivo cuando el líquido cayó sobre ellos, llevándose por delante tres camisetas de «Vota a Rump». Los chillidos encolerizados de las víctimas se vieron sofocados enseguida por las risas.

Cam se rio con disimulo a mi lado. Su rodilla implacable reafirmó su dominio sobre la mía.

—Lo siento muchísimo —exclamé mientras las mujeres chapoteaban y se dirigían empapadas al baño.

—Me las vas a pagar —me susurró Emilie por el micrófono.

—No me cabe la menor duda.

—Mantengamos las amenazas al mínimo. Tenemos un montón de cosas importantes en la agenda de esta noche —dijo Darius a los presentes.

Señaló a Los Jilgueros de Story Lake, que estaban congregados a un lado del escenario. El grupo afinó con un largo tarareo. La sala se fue quedando en silencio poco a poco, hasta que tuve la certeza de que todos los presentes podían oír los latidos de mi corazón, que intentaba salírseme del pecho.

—¡Orden en la sala! —exclamó Darius—. Lo primero es lo primero. Ya tenemos los resultados de las elecciones para jefe de policía. —Eso captó la atención de todos. Emilie se sentó más erguida y se puso a hojear un taquito de tarjetas. Era el discurso de la victoria. Y, a juzgar por el tamaño del montón, era largo. Vi a Levi al fondo de la sala de brazos cruzados, apoyado contra la pared, como si estuviera dispuesto a enfrentarse a un pelotón de fusilamiento—. Y para anunciar al ganador de estas elecciones extraordinarias, tenemos aquí a Los Jilgueros de Story Lake —añadió.

Los Jilgueros se dirigieron con brío al frente de la sala y afinaron un poco.

—Hay que joderse —murmuró Cam entre dientes.

Atención, ciudadanos, los votos han sido contados
Es para nosotros un honor anunciar al claro vencedor
¡Y el ganador susodicho es el jefe de policía Levi Bishop!

Un miembro de Los Jilgueros disparó un cañón de confeti, llenando el escenario de papelitos rojos, blancos y azules.

La gran mayoría del público empezó a aplaudir. Frank y Pep Bishop levantaron sobre sus cabezas unos carteles que ponían «Jefe de policía Bishop», mientras Laura se acercaba a Levi y le daba un afectuoso puñetazo en la tripa.

Con la mandíbula apretada y los rizos rubios temblando por lo que supuse que era una rabia mal disimulada, Emilie se acercó al micrófono.

—Solicito la inhabilitación en virtud del artículo cincuenta y dos, subsección G.

Ace suspiró y puso una gruesa carpeta de anillas sobre la mesa.

Darius agitó una mano.

—No es necesario, doctor Ace. El artículo cincuenta y dos, subsección G, establece que un funcionario electo puede ser destituido si el candidato ganador ocasiona o permite intencionadamente una estampida de ganado dentro de los límites del pueblo durante un mínimo de tres manzanas.

Amos, el marido de Emilie, se levantó de un salto y señaló hacia la ventana.

—¡Qué ven mis ojos! ¡Si hay un cerdo corriendo por la calle! —anunció con la emoción de quien está siguiendo un guion. Seguramente estaba leyendo la frase en su propio montoncito de tarjetas.

—Un momento. ¿Ese no es tu cerdo, Amos? —preguntó un asistente con vista de lince desde el fondo de la sala.

—Sin duda es Rump Roast. Reconocería a ese cerdo en cualquier parte —dijo otra persona.

—¡Mirad! Ha parado a echarse una siestecilla en las margaritas de los Dilbert.

Ace miró a Emilie.

—Creo que podemos afirmar sin temor a equivocarnos que un cerdo que camina treinta metros y luego se queda dormido no constituye una estampida de ganado. —Emilie refunfuñó y se cruzó de brazos.

—Enhorabuena, comisario Bishop. Organizaremos la ceremonia de investidura en la fecha que más le convenga —dijo Darius, muy serio—. Pasemos al siguiente punto del orden del día. Ya hemos recibido los resultados del informe sobre el tratamiento de aguas residuales y tenemos ocho meses para reunir los doscientos mil dólares necesarios para renovar la planta. —Se hizo tal silencio que podían oírse los ronquidos de Rump Roast. Y de repente se desató el caos—. Por favor, ciudadanos, vamos a tranquilizarnos para poder buscar soluciones —dijo Darius. Las preguntas se sucedían raudas y veloces.

—¿De dónde leches vamos a sacar tanto dinero?

—¿Y si no la renovamos?

—¿Por qué no podemos celebrar en el parque el día del Despelote en el Jardín?

—¿Las personas que han votado a Levi van a tener que preocuparse por sufrir algún tipo de represalia por parte de... algún otro candidato?

—¿Y si todos instalamos letrinas fuera de casa?

Miré a Cam.

—¿No puedes intervenir?

—Vale. Pero solo porque me interesa hacerme el héroe delante de ti. —Se acercó al micrófono, se metió el dedo corazón y el pulgar en la boca y soltó un silbido estridente—. Sentaos y callaos de una puta vez, o mi hermano se estrenará deteniéndoos a todos y no hay sitio en el calabozo para tantos.

Los gritos se convirtieron en un murmullo sordo.

—Gracias, Cam —dijo Darius—. A ver, sé que esta noticia es como un jarro de agua fría, pero los miembros del consejo han estado devanándose los sesos en busca de posibles soluciones.

—Solo hay dos soluciones realistas. Triplicar los impuestos sobre la propiedad o que nos absorba Dominion —aseguró Emilie—. Es mejor rendirse ya. ¡Empezad a hacer las maletas y poned vuestras casas en venta antes de que las calles se llenen de mierda y los impuestos os lleven a la bancarrota!

Los gritos comenzaron de nuevo y continuaron durante varios tarareos de Los Jilgueros y peticiones de silencio de Darius.

Cam apoyó la mano en el respaldo de mi silla, rozándome la espalda con los dedos. Luego se inclinó por detrás de mí.

—Erleen, haz que presten atención.

La esotérica mujer le hizo un breve saludo militar y sacó una bocina de aire de debajo de la mesa.

Tuve el tiempo justo para taparme los oídos antes de que Erleen hiciera temblar la sala con un bocinazo. El público se calló a regañadientes.

—Gracias a todos por vuestro entusiasmo. La concejala Emilie ha propuesto dos posibles opciones, pero me gustaría escuchar a unos cuantos concejales más —dijo Darius, para hacer que la cosa avanzara.

Erleen se inclinó hacia adelante y su ristra de pulseras tintineó por el micrófono, haciéndola parecer un hada mágica.

—Propongo que empecemos a solicitar subvenciones para infraestructuras que nos ayuden a sufragar los gastos. Seguro que hay un par de ellas a las que podríamos optar y tenemos a una escritora profesional en el pueblo para ayudarnos.

—Excelente propuesta —la animó Darius.

Ace levantó la mano.

—Mi recomendación es que pidamos una ampliación del plazo. Con más tiempo podríamos explorar mejoras alternativas menos costosas.

—Una sugerencia excelente —replicó Darius, ignorando el bufido de burla de Emilie—. Pero ya me he adelantado presentando la solicitud a los inspectores del condado y han dicho que no. —La multitud se lamentó—. Aunque tampoco me ha parecido un no rotundo —añadió Darius—. Creo que podríamos llegar a un acuerdo.

Cam se acercó a mí, rozándome la oreja con los labios.

—Esto se va a pique, Calamidad. Es mejor que lo sueltes ya.

Iba a vomitar sobre el resto de la primera fila. El corazón me latía tan rápido que me planteé si necesitaría atención médica. Pero Cam tenía razón. Había ido allí para empezar de cero y puede que, en vez de limitarme a mirar y observar, hubiera llegado el momento de participar.

Pep y Frank me animaron levantando los pulgares. Al fondo de la sala, Laura me hizo un gesto con la mano para que empezara a hablar. Zoey estaba en el pasillo junto a Lacresha, mirándome fijamente, mientras se levantaba las comisuras de los labios con los dedos, simulando una sonrisa.

La multitud empezó a murmurar de nuevo.

En lugar de volver a provocarme escalofríos con otro susurro al oído, Cam me dio una patada por debajo de la mesa.

—¡Ay!

—Ahora o nunca, Calamidad.

La antigua Hazel habría elegido el nunca. Pero esa se había quedado en Manhattan, en un apartamento demasiado pequeño y solitario.

—¿Y si...? —Mi micrófono se acopló y emitió un chirrido agudo.

—Con mucho gusto realizaré revisiones auditivas gratuitas tras el pleno de esta noche —se ofreció Ace.

Me alejé un poco del micrófono y volví a intentarlo.

—¿Y si el dinero no tuviera que venir de los residentes de Story Lake?

—¿Nos vas a extender un cheque? —gruñó Emilie desde la esquina.

—Déjala hablar, Rump —dijo Cam.

—Lo que digo es que Dominion os ha quitado... nos ha quitado muchas cosas a lo largo de los años. ¿Y si encontramos una forma de quitarles algo a ellos?

—¿Como qué? —preguntó Gator, que estaba en medio de una de las filas.

—A mí siempre me ha gustado la fuente que tienen delante del ayuntamiento —dijo una joven madre que tenía a un niño pequeño en brazos y se encontraba junto a un lustroso ataúd, esperaba que vacío.

—¿Recordáis cuando nos robaron la mascota de *pickleball*, el año pasado? ¡Deberíamos colarnos en el pueblo y robarles todas sus mascotas! —gritó una mujer muy cachas que iba en chándal y estaba sentada delante de un expositor de urnas.

—Vale. Estaba pensando más bien en los turistas —dije—. Este es un pueblo precioso con un lago impresionante. Tiene que haber alguna forma de atraerlos para que vengan aquí en vez de a Dominion.

—Robar a Dominion. Atraer turistas —dijo Darius en voz alta, anotando mis sugerencias—. Me gusta.

Por el rabillo del ojo, pude ver a Emilie retorciéndose en su asiento, roja como un tomate.

Lang Johnson se puso en pie.

—Aunque me encantaría devolvérsela a Dominion, ¿cómo pretendes exactamente que compitamos con ellos?

—Eso —dijo Scooter, levantándose una fila por detrás de ella—. Tienen todo lo que un veinteañero puede desear para las vacaciones de primavera.

A Emilie se le acabó la paciencia.

—Es una idea absurda. ¿Quién en su sano juicio iba a querer venir aquí en vez de a Dominion? Es un pueblo en el que hay fiesta durante todo el año y tienen todos los servicios necesarios para que así sea. Nosotros no tenemos una mierda, comparado con ellos. Deberíamos tirar la toalla y vender todo a Dominion.

—Me alegra que me lo preguntes —dije con una sonrisa solo un poquitín insegura—. Zoey, ¿puedes empezar con la presentación?

La primera foto era del lago de Dominion el Cuatro de Julio. Estaba abarrotado de barcos con gente de fiesta y cuerpos flotantes. Apenas se veía el agua.

—Parece la piscina de un casino de Las Vegas en agosto, ¿verdad? ¿Os imagináis cuánto pis debe de haber en esa agua?

—Prefiero nadar en orina que en mierda —replicó Emilie.

—Por el amor de Dios —murmuró Cam.

—Emilie, creo que vamos a tener que replantearnos qué comentarios son útiles y cuáles no. Te agradecería que no nos hicieras mandarte al rincón de pensar delante de todo el pueblo —dijo Darius, sin inmutarse.

—Vale, obviamente es asqueroso y es probable que se transmitan enfermedades por la orina del agua del lago. Pero ¿en qué nos ayuda eso? —dijo Hana, la del hotel.

Zoey pasó a la siguiente diapositiva. Era una hermosa foto veraniega de nuestro lago con un par de kayaks y un barco de arrastre pescando por la costa.

—¿Y si ofrecemos lo opuesto a Dominion? —sugerí—. ¿Y si en vez de ser un pueblo en el que se puede ir de fiesta todo el año, intentamos atraer a la gente que no quiere motos acuáticas y chupitos de Jaeger?

—¿Por ejemplo? —preguntó Ace.

—Por ejemplo, familias con niños que todavía duermen la siesta. Parejas de jubilados. Introvertidos que prefieren irse a un bar con un libro, en vez de tener que gritarle al oído a un desconocido. Personas con problemas de movilidad. Gente que no vaya a lanzar fuegos artificiales a las tres de la mañana o a caerse borracha en medio del pueblo.

—O familias con hijos autistas —añadió Erleen.

Le sonreí agradecida.

—¡Exacto!

Darius nos señaló.

—¡Sí! Acabo de leer un artículo sobre un parque de atracciones de un pueblito que organiza días especiales de silencio para personas con problemas sensoriales. En el primer año recuperaron con creces el dinero que habían perdido al limitar el acceso esos días y los ingresos del parque aumentaron un diez por ciento en un año.

— 422 —

Se me puso la piel de gallina. Habíamos encontrado un filón.

—Podríamos centrarnos en atraer a pescadores… en vez de a los de las lanchas rápidas —señaló Cam—. Así el lago estaría más tranquilo y limpio.

—Y cuanta más gente atraigamos a nuestro tranquilo pueblito, más dinero gastarán aquí y más probabilidades habrá de que vuelvan —dije con entusiasmo—. Pensadlo bien. Tenemos un lago inmaculado, un hotel precioso y el centro del pueblo más mono que he visto nunca. Y eso que escribo novelas románticas ambientadas en pueblos pequeños, así que ya es decir mucho.

—¿Y qué hacemos con los locales vacíos y los carteles de «Se vende»? —preguntó alguien al fondo.

—La verdad es que sí que transmiten un rollo de pueblo fantasma —reconoció Laura a regañadientes.

Señalé a Zoey, que pasó a la siguiente diapositiva.

—¿Qué es el Festival de Verano? —preguntó Kitty Suarez, levantando la vista del gorrito que estaba tejiendo.

—Es básicamente como un cambio de imagen. No somos el hermano pequeño y ñoño de Dominion que no tiene nada que ofrecer. Somos la evasión del caos de la vida real. Lo promocionaremos con algún evento o festival el día del Trabajo —dije—. Podemos hacer un desfile, una regata de kayaks o un concurso de tartas. Esconderemos todos los carteles de «Se vende» solo por ese día y haremos que parezca que somos un pueblito próspero del que cualquiera querría formar parte.

—¿No es un poco turbio? —preguntó Gator.

—Bueno, sí, tal vez —reconocí.

—¡Me apunto! —exclamó.

—¿Podemos hacer un zoo de mascotas? —preguntó desde los hombros de su padre una niña desdentada con una esponjosa mata de rizos negros.

—Me gusta la idea —contesté.

—Y una carrera de cinco kilómetros para destinar los beneficios al proyecto del tratamiento de aguas residuales —sugirió Ace. A los amigos de atletismo de Darius les entusiasmó la idea.

—Ojalá fuera una causa más atractiva —dijo Erleen—. «Carrera contra la caca» no suena muy bien.

—¡Créeme, si alguien puede hacer que las aguas residuales resulten atractivas, es Hazel Hart! —gritó Pep, señalándome. Una cálida carcajada recorrió la sala.

Me di cuenta de que me estaba ruborizando.

—Gracias por el voto de confianza.

—A lo mejor podríamos poner puestos en el parque de la plaza. ¡Ah! Y *food trucks* en Main Street.

—The Lodge organizará encantado una hoguera para asar nubes de azúcar —se ofreció Billie, mirando a Hana.

Un acontecimiento para todos. Un lugar en el que todos se sientan bien. Pensé en los lectores de la terraza, de distintas procedencias y en diferentes etapas vitales. Era como si cogiéramos una historia y la hiciéramos realidad. Juntos.

Cam se recostó en la silla y me miró levantando una ceja. Si no lo conociera, pensaría que estaba impresionado.

Vi que Emilie sacaba el móvil y se ponía a teclear como una loca. Al cabo de un segundo su marido miró el teléfono y frunció el ceño. Luego se levantó.

—Aquí un vecino preocupado. ¿Cómo vamos a ganar doscientos mil dólares con un día de actividades comunitarias cutres y cogidas con pinzas? —leyó.

—No tenemos que ganar doscientos mil dólares el día del Trabajo, Amos —dije—. Pero por algo hay que empezar. Se trata de una estrategia múltiple con el objetivo final de salvar Story Lake. Empezaremos por volver a solicitar la prórroga, pedir subvenciones y buscar formas de aportar más ingresos al pueblo. Pero para eso necesitamos la ayuda de todos. De lo contrario, Dominion nos fagocitará y sé de buena tinta que planean convertir parte de Story Lake en un campo de golf.

Los asistentes ahogaron un grito.

—Me gusta la forma que está tomando esto —declaró Darius—. Pero solo falta una semana para el día del Trabajo. ¿Podremos organizar algo así de rápido?

—¿Por qué no le preguntas a la concejala de Parques y Zonas Recreativas? —sugirió Cam.

Todos se giraron hacia mí.

—Ay, madre.

Garland apareció a mis pies e hizo varias fotos con el móvil con el flash activado, para variar.

Mientras parpadeaba para dejar de ver las manchas causadas por la luz, sentí que el pánico volvía a apoderarse de mí. Era mucho trabajo, sumado a una fecha de entrega que ya me iba a costar cumplir y las obras de la casa en la que vivía. ¿Quién era yo para encabezar una campaña para salvar a todo un pueblo? Si la mayoría de los días almorzaba fiambre sacado directamente del paquete.

—Buscaremos un copresidente para el Festival de Verano y voluntarios para formar un comité —dijo Darius.

Me sorprendí al ver varias manos alzadas.

—Yo lo copresidiré —dijo Cam.

Estuve a punto de caerme de la silla al girarme para mirarlo.

—Por cierto —dijo, dirigiéndose a la multitud—. Hazel y yo estamos saliendo.

38

Maite Jodas
Campbell

Reportero Intrépido
El soltero más codiciado de Story Lake, Campbell Bishop, conmociona a todo el pueblo al declarar su amor por la nueva residente, Hazel Hart. Se ve venir una boda de invierno.

Deberíamos quedar.

Hazel
Por qué?

Somos copresidentes. Tenemos que conseguir que se celebre lo del Festival de Verano.

Hazel
Pues va a ser difícil, porque te he retirado la palabra.

Pues supéralo. Tenemos un pueblo que salvar
de una tormenta de mierda, literalmente. Nos
vemos en la tienda hoy a las ocho de la tarde.

Hazel
No estoy de humor para una de tus trampas
para quedar conmigo cuando, para empezar,
yo no quería que saliéramos.

He comprado Pepsi Wild Cherry
y cuadernos nuevos.
Hasta tengo uno que pone «sé curioso»
y tiene un dibujo de un puñetero gato.

Acababa de hacer caja cuando oí el golpecito en el cristal. Unos familiares ojos marrones me miraron por encima del cartel de «Cerrado».

Sabía que Hazel vendría. Aunque solo fuera para echarme la bronca por airear públicamente nuestras intimidades. Y por los cuadernos.

Le quité el pestillo a la puerta y abrí.

—Buenas noches, copresidenta.

—No empieces ya a tocarme las narices —replicó mientras entraba.

—Veo que sigues cabreada.

Se había pasado toda la mañana encerrada en su despacho. Yo mismo había ido a comprobarlo. Y no una vez, sino dos. Cuando volví de comer, había desaparecido. Mi red de espías fisgones me había informado de que se había reunido con Zoey y algunos otros vecinos en el hotel para hablar del desastre inminente del día del Trabajo. Del festival, quiero decir.

Fue directa hacia el expositor de linternas solares y repelentes de insectos que había en una de las cabeceras.

—Ni siquiera sé por dónde empezar. La antigua Hazel lo barrería todo bajo la alfombra. Daría el brazo a torcer en favor de la armonía y toda esa mierda.

— 427 —

—La antigua Hazel me parece bien —bromeé, apoyándome en la puerta y observándola.

Se dio la vuelta y me miró con frialdad. Tenía el pelo largo recogido en una coleta alta que parecía disfrutar de la humedad de finales de verano. Llevaba una falda larga que fluía alrededor de sus tobillos y una camiseta de tirantes ajustada que resaltaba algunos de los lugares que más me gustaba acariciar y saborear.

Mientras yo la admiraba, ella me miraba como si fuera un chicle pegado en la suela de un zapato.

Joder. Hazel Hart estaba guapa hasta cabreada. Y parecía que yo tenía una habilidad extraordinaria para hacer que se pusiera así, por suerte para mí.

—Vale. Ya está bien. ¿A qué estás jugando, niñato de mierda? —me preguntó, interrumpiendo el repaso visual que le estaba dando.

—Gracias por reunirte aquí conmigo esta tarde —dije afablemente—. Hoy me ha tocado cerrar la tienda. Podemos subir a mi casa. ¿Ya has cenado?

—¿A tu casa? ¿A cenar?

Menos mal que Melvin no estaba allí, o se habría puesto a aullar cuando la voz de Hazel subió siete octavas. Parecía que mi plan para desconcertarla estaba funcionando.

—Vivo arriba. Y he preparado comida. —Señalé hacia el piso superior.

—No he venido hasta aquí para que me atraigas a tu dormitorio o para comer unas alitas picantes de hace una semana que tú consideras «cena», mientras todo el pueblo cree que somos una pareja de verdad.

—Pensaba preparar *pulled pork*, pero he tenido que hacer un cambio de última hora por hamburguesas de pavo, ensalada y bolitas de patata.

Hazel fingió desinterés, pero su estómago gruñó alto y fuerte. La victoria era mía.

Alguien intentó abrir la puerta a mi espalda.

—¡Está cerrado! —bramé. Tenía muy poco tiempo para que Hazel olvidara que me había comportado como un imbécil y la había avergonzado delante de todo el pueblo, y no pensaba dejar que un cliente me robara esos preciados minutos.

—¡Vamos, Cam! ¡Soy yo, Junior! —gritó el invitado no deseado lastimeramente desde el otro lado de la puerta.

—Lárgate, Junior —le dije, echando el cerrojo.

Junior Wallpeter hablaba por los codos. Era una de esas personas que ignoraba cualquier comentario elocuente de que se estaba haciendo tarde y en vez de pillar la indirecta y largarse, cogía el móvil y se ponía a hacer una presentación con comentarios de cincuenta de las fotos más recientes de sus hijas gemelas.

—Venga, hombre. Solo necesito leche infantil y un paquete de M&Ms. De los grandes. Tessa me va a matar como vuelva a casa con las manos vacías.

Hazel se cruzó de brazos.

—No irás a negarle a un hombre leche infantil y M&Ms, ¿no?

Maldiciendo en voz baja, miré a Junior a través del cristal.

—Espera aquí.

Junior ahuecó las manos y las pegó a la puerta para echar un vistazo.

—¡Hola, Hazel! No estaré interrumpiendo una cita nocturna, ¿no?

—No —contestó ella.

—Sí —repliqué yo.

Entré a toda velocidad en el pasillo de las pilas, los artículos de aseo y los productos de bebé y cogí un bote enorme de leche en polvo de la estantería. Luego fui al expositor que había al lado de la caja registradora y cogí los tres tipos de M&Ms que teníamos. Volví corriendo a la puerta, la abrí y le tiré todo a Junior.

—Que sepas que acabas de salvarme el pellejo. Tessa está agotada y los bebés, un poco inquietos. Espera, que cojo la cartera. Ah, y tengo un vídeo monísimo de la cena de esta noche. Había espaguetis y...

Le cerré la puerta en las narices y eché el pestillo.

—Vamos —le dije a Hazel.

—¡Adiós, Junior! —gritó ella.

— 429 —

—¡Hasta luego! Mañana me paso a pagar. A lo mejor traigo a las niñas y...

Agarré a Hazel por la muñeca y la arrastré a la trastienda.

—Qué amable y tremendamente grosero por tu parte —comentó mientras la arrastraba escaleras arriba, al primer piso.

—Te repito que soy un hombre complicado.

—Más bien un tocapelotas complicado —murmuró.

—Te he oído.

—Era lo que pretendía.

Llegamos al funcional piso de arriba. En la parte de atrás estaba el almacén de la tienda. Y en la de delante un pequeño apartamento que había convertido en mi hogar temporal después de que Laura me echara de casa tras el accidente, porque estábamos tan apretujados que habíamos acabado peleándonos.

Abrí la puerta del apartamento y le hice un gesto a Hazel para que entrara.

—¿Por qué no podemos hacer esto en un lugar público? —me preguntó ella, deteniéndose en el pasillo.

Esbocé lentamente una sonrisa de satisfacción.

—Estás nerviosa.

—¡De eso nada!

—Te preocupa no poder fiarte de ti misma cuando estás cerca de mí. Admítelo.

—Eres lo peor. Estoy enfadada contigo, por si lo habías olvidado. No volvería a acostarme contigo ni aunque fueras el último hombre del planeta y tuvieras un pollón.

—Pues entonces no tienes de qué preocuparte. Solo somos dos adultos hablando sobre cosas del pueblo —le dije, dándole un empujoncito para ayudarla a cruzar el umbral.

Intenté ver mi casa desde su punto de vista. Mientras Hazel convertía cada centímetro de Heart House en un hogar, mi apartamento era básicamente un receptáculo para la colada, la comida y los libros.

Era un pisito de soltero de una habitación y un baño que rozaba el cliché. No había recuerdos personales. Los muebles parecían de un estudiante de posgrado sin blanca. En la nevera solo había cerveza y sobras de comida para llevar. Y la televisión era tan grande que daba vértigo si te sentabas demasiado cerca. Las cosas de mi último piso seguían en el trastero, que aún no había empezado a vaciar.

Había sacado veinte minutos para limpiar entre un trabajo y otro. La casa no estaba precisamente impoluta, pero el olor penetrante del friegasuelos daba el pego.

—Vaya —dijo Hazel, echando un vistazo a la habitación.

No había mucho que ver. La cocina era del tamaño de una mesa de cafetería. Delante de las ventanas que daban a Main Street, había una mesa cutre para cuatro personas. La usaba para amontonar el correo y los paquetes. En el salón tenía un sofá verde horrible y un sillón marrón todavía más feo. Había puesto unas estanterías a ambos lados del televisor, pero las había dejado sin terminar.

Tanto el apartamento como mi estancia por tiempo indefinido eran una solución temporal. Pero un año después seguía sintiéndome como si viviera en una especie de limbo. De hecho, lo único que recordaba de aquel año era estar de pie en mi casa, juzgándola.

—No es Heart House —reconocí.

—Ay, madre. —Hazel se llevó las manos a la cara mientras mi arma secreta se revolvía bajo la manta en el corral improvisado que había montado en un rincón—. ¿Eso es...?

—¿Un cerdito con un virus respiratorio? Sí.

—¿Por qué tienes un cerdito con un virus respiratorio en el salón?

—Cosas de mi madre. Había que separar a Peaches del resto del ganado hasta que le hiciera efecto la medicación para el resfriado porcino que, por cierto, es cara de cojones. —Justo entonces, Peaches estornudó.

—Por favor. —Hazel se arrodilló en el suelo y, con cautela, le acarició al cerdo la cabeza con un dedo—. No te ofendas, pero ¿por qué te lo ha dejado a ti? No tienes pinta de ser de los que cuidan cerditos.

Yo resoplé y cogí a Peaches, con manta y todo, para acunarlo como un bebé.

—A mí se me da que te cagas cuidar cerditos. —Hazel levantó una ceja—. Que sí. Además, mi madre ya le ha encasquetado a Gage un golden retriever que suspendió el examen de perro guía y Levi está alimentando con biberón a unos puñeteros conejitos.

—Nota mental: visitar a Levi lo antes posible —dijo Hazel.

Y una mierda iba a ir a visitarlo. Le pasé el cerdo envuelto en la manta.

—Toma. Entretenla mientras preparo la cena.

—Hola, Peaches —susurró a la vez que acunaba con cuidado a la cerdita.

Encantado con mi plan diabólico, puse música y me dirigí a la cocina.

—¿Quién es la cerdita más guapa del mundo? —canturreaba Hazel, paseándose por la habitación.

Peaches le dio la razón con un gruñido.

—Cam.

—¿Sí? —Levanté la vista de la parrilla.

—¿Por qué hay velas en la mesa? —preguntó.

—Por si se va la luz.

—Has puesto a Michael Bublé. Hay unas velas sin estrenar en la mesa. Y casualmente esta noche tienes un cerdito en casa. ¡Estás intentando seducirme!

—No grites con el cerdo en brazos.

Con gran energía y un agresivo contacto visual, Hazel dejó a Peaches en el suelo.

—Esta vez no te vas a ir de rositas sin una explicación y una disculpa —aseguró.

—¿Una explicación? ¿Y qué se supone que tengo que explicarte? Creía que íbamos a hablar de cuánto cobrarles a los vendedores por los puestos del parque. ¿O quieres que hablemos de cómo hacer que se entere la gente que no vive aquí? —pregunté, con cara de no haber roto un plato en mi vida.

—Quiero hablar de tu arrebato de anoche —dijo Hazel. Entró en la cocina y me puso una hoja de un cuaderno en el pecho. No cualquier hoja, sino la de nuestro contrato—. ¿En qué parte de este acuerdo dice que vamos a hacer pública nuestra no-relación delante de todo el pueblo, sin hablarlo siquiera?

—Oye, ese papel es muy pequeño y esta situación tiene muchos matices. Es normal que no nos cupiera todo.

—Te juro por Peaches y por el resto de animales de la granja de tus padres que estoy a un tris de añadir un segundo ojo morado a tu colección.

—No quiero discutir delante del cerdo.

—Campbell Bishop, en ningún momento acordamos tener una relación. Acordamos tener sexo salvaje en secreto y punto.

Me encogí de hombros y puse las hamburguesas de pavo en la sartén.

—Ya, bueno. Pues he cambiado de opinión.

—No puedes cambiar de opinión delante de todo el pueblo.

Peaches entró trotando en la cocina y metió el hocico en su plato de comida.

—Mira qué mona está la cerdita cuando come —dije.

—No me vas a distraer con… ¡oooh! Eso es, de verdad, lo más cuqui que he visto en mi vida.

—Hazme un favor y sirve el vino, ¿quieres? —le pedí, yendo hacia el fregadero para lavarme las manos.

Hazel cogió la botella sin pensar, pero se detuvo.

—¡Deja de intentar distraerme, Cam! Y dime en qué leches estabas pensando anoche.

—Estaba pensando en que quiero ser yo quien te lleve al Fish Hook. En que no quiero tener que esconderme desnudo en tu armario nunca más. Y en que estoy harto de vestirme como un puto ninja para poder colarme en tu casa por las noches. La última vez casi me rompo un tendón al saltar la valla.

Hazel se rio y cogió el vino.

—Por favor. No seas dramático.

—Soy demasiado mayor para andar por ahí a hurtadillas.

—Y yo lo suficientemente mayor para saber cuándo no quiero tener una relación.

Negué con la cabeza.

—Le estás dando demasiadas vueltas. Nada ha cambiado.

Podemos seguir acostándonos. Solo que ahora todo el mundo sabrá que solo puedes hacerlo conmigo.

—No sé si horrorizarme o cabrearme por esa lógica emocional atrofiada.

Les di la vuelta a las hamburguesas.

—¿Cheddar o suizo?

—Los dos. ¿Por qué no lo has hablado conmigo, como un adulto?

Dejé la espátula boca arriba sobre la encimera.

—Porque habrías entrado en pánico y te habrías tirado una semana analizándolo todo antes de llegar a la conclusión de que tomarnos unas copas en público y tener sexo casual y sin ataduras conmigo era demasiado compromiso. Y luego yo habría tenido que pasarme una semana más intentando estar más atractivo en la obra, hasta que bajaras la guardia y te hubieras vuelto a acostar conmigo.

—¿Cómo puede alguien ser tan listo y tan gilipollas al mismo tiempo? —se preguntó Hazel.

—Sabes que tengo razón.

—Había mejores formas de hacerlo, sin dejarme totalmente al margen del proceso de toma de decisiones.

—Puede. Pero estoy acostumbrado a buscar el camino más rápido del punto A al punto B. Y si estas hamburguesas y ese cerdo surten efecto, volveremos a la normalidad muchísimo más rápido.

—Creo que ahora estoy todavía más enfadada que antes —replicó Hazel. Pero me había puesto las manos en el pecho y no para empujarme. Estaba dibujando pequeños círculos sobre mis pectorales—. Por curiosidad profesional, ¿cómo habías pensado ponerte en plan atractivo en mi casa?

—Trabajando en el jardín sin camiseta delante de tu despacho y descansando de vez en cuando para echarme agua por la cabeza.

—No está mal.

—Y luego iba a idear algún tipo de estrategia para usar tu ducha.

—¿Qué clase de estrategia?

—Me había decidido por salpicarme la piel con algún producto químico peligroso y luego dejar que me vieras solo con una toalla.

—Tampoco está mal.

Me acerqué a ella, enrollé su coleta en la mano y tiré hasta que me miró.

—Hazel.

—¿Qué, capullo?

Dios, me moría por besar aquella boca impertinente.

—Me gusta lo que tenemos y no quiero compartirte.

—No soy un juguete, ni una muñeca estúpida.

La miré con picardía.

—Ya lo sé. No te estoy atando. Te estoy reteniendo. Para que solo folles conmigo.

Hazel puso los ojos en blanco.

—Hay un cerdo en esta habitación y no es Peaches.

—Solo estoy siendo directo. Reconozco que a lo mejor podría haber encontrado una forma más agradable de hacerlo, pero no lo hice. Así que esto es lo que hay. ¿Te apuntas, o tenemos que llamar a Garland para anunciar nuestra ruptura?

—Qué romántico eres.

—Perdona, pero he traído vino, velas y un cerdito. Además, tú no quieres un romance. Quieres follar. Conmigo. Reiteradamente.

La sangre estaba abandonando mi cerebro para dirigirse hacia el sur. La deseaba tanto que me había vuelto gilipollas. Necesitaba que ella fuera tan gilipollas como yo. Bajando la cabeza, me concentré en su boca. Pero justo antes de que pudiera establecer contacto con ella, Hazel metió una mano entre nuestras caras.

—Creo que me habían prometido una cena y un cuaderno nuevo.

—Entonces ¿todo solucionado? —murmuré sobre su mano.

—No te vengas arriba. Si no me como tus hamburguesas, tendré que comerme unos macarrones precocinados en casa y todavía no he limpiado los copos de avena de esta mañana del microondas. Además, quiero comprobar lo impresionantes que son la cena y tus ideas para el festival, y así tomar una decisión con conocimiento de causa.

—Te vas a arrepentir —le advertí.

Hazel resopló sobre la hamburguesa.

—Hay una lista muy larga de cosas en la vida de las que me arrepiento, pero dudo que someter a votación el lema de la ciudad vaya a ser una de ellas. La democracia nunca es algo de lo que arrepentirse.

Peaches se había vuelto a dormir en el redil. Y yo había conseguido controlar mis hormonas lo suficiente como para fingir que me interesaba seguir completamente vestido mientras comía y hablar con coherencia de cosas serias. El cartel de bienvenida de la ciudad estaba en la lista de tareas pendientes de Bishop Brothers, solo nos faltaba el lema oficial.

Esbocé una sonrisa burlona.

—¿Alguna vez te has parado a pensar por qué nuestra águila calva se llama «Goose»? ¿O por qué en el colegio pone «Eskuela de Primaria» con K?

—¿No es una errata?

—¿Crees que encargamos y atornillamos por error unas letras blancas de aluminio fundido en un edificio de ladrillo? Pues te vas a llevar una gran sorpresa. Cada vez que hemos sometido a votación pública la elección de un nombre, se ha liado parda. Mejor que no sepas cómo se llama la máquina quitanieves.

Hazel agitó la mano delante de la cara.

—Un momento. ¿Me estás diciendo que votasteis para ponerle nombre a un águila calva y acabasteis llamándole «ganso»… a propósito?

—La campaña del equipo Goose fue muy agresiva. Fuimos de puerta en puerta regalando dónuts.

Hazel cerró los ojos.

—Cam. ¿Cómo se llama la quitanieves?

—Maite Jodas.

Hazel se quedó con la boca abierta.

— 436 —

—No.

—Sí.

Apoyó la cabeza entre las manos.

—Pero Darius ya me ha dado permiso para enviar el email con el enlace a la encuesta. ¿Por qué no me ha avisado?

—Porque el pobre chaval es más optimista que un golden retriever con un dueño blandengue y un tarro de golosinas. Seguro que sale bien. Siempre y cuando no hayas dado opción a los votantes de añadir sus propias sugerencias.

—¿Hay alguna forma de desactivarlo? —susurró, antes de apoyar la cabeza en la mesa.

—Cariño. —Me acerqué y le estreché el hombro—. Todo va a salir bien. Y si no…, nos «olvidaremos» de añadir el lema al cartel hasta después del Festival de Verano.

Hazel levantó ligeramente la cabeza.

—¿En serio?

—¿Lo ves? Acostarte exclusivamente con el tío que hace el cartel tiene sus ventajas.

—Aún no he decidido si vamos a seguir acostándonos o no —dijo con un resoplido—. De hecho, lo único que tengo claro ahora mismo es que esta noche no vamos a echar ningún polvo. Tenemos todo un festival que planificar y sacar adelante —dijo, señalando sus notas.

39

La veneración del miembro viril

Hazel

—Entonces, la próxima vez que sientas la necesidad de hacer alguna gilipollez que me pueda molestar, lo hablarás conmigo antes, ¿verdad? —jadeé, aferrándome con fuerza a los hombros de Cam.

Me costaba concentrarme, pero no estaba dispuesta a dejar que ninguno de los dos llegara al orgasmo antes de que él hubiera aprendido oficialmente la lección.

Estaba encaramada en el borde de la isla de la cocina mientras el hombre, el mito, el alborotador, ocupaba todo el espacio que había entre mis muslos abiertos. Con una satisfactoria maniobra que seguramente sería estudiada durante décadas por las mujeres que quisieran dejar las cosas claras a sus parejas, le había rodeado las caderas con las piernas, limitando sus movimientos de forma que ninguno de los dos se sintiera del todo satisfecho.

Cam gruñó.

—Joder, Calamidad. ¿Me estás vacilando?

—Pues sí. ¿Funciona? —le pregunté, apretando los dientes.

Dejó escapar un gemido ahogado.

—Te juro por todos los cerditos del mundo que hablaré contigo antes de hacer más anuncios sobre el estado de nuestra relación.

Podría haberme hecho la dura, pero los orgasmos no eran tan abundantes cuando tenías una moral irreprochable.

—Eso me basta.

Mis muslos se abrieron como si fueran desplegables.

Pero en lugar de penetrarme hasta el fondo, Cam se salió y me levantó de la isla.

—Me las vas a pagar —me advirtió, arañándome el cuello con los dientes.

Un escalofrío me recorrió de arriba abajo. Era guapísimo. Aunque él no lo consideraba un cumplido. Parecía un dios ancestral recién salido de un libro de mitología nórdica para invadir mi cuerpo.

Me empotró contra la pared de ladrillos que había entre las dos ventanas delanteras.

Eso fue lo único que me dio tiempo a sentir, porque Cam me puso contra aquellos ladrillos helados en un abrir y cerrar de ojos. Nuestras bocas empezaron a luchar la una con la otra. Sus manos no vagaban por mi cuerpo, lo conquistaban.

—Joder, me encanta esta falda —dijo, metiéndome la mano entre las piernas y apartando hacia un lado las bragas como si tuviera un doctorado en la materia.

Pegó la parte trasera de la palma de la mano a mi sexo y hundió dos dedos dentro de mí.

Fui incapaz de ahogar un grito de éxtasis. El cerdo resopló desde el redil del rincón y apreté los labios. Me fallaron las rodillas y Cam me sujetó con más fuerza contra el ladrillo.

Lo deseaba con una ferocidad que me aterrorizaba y a la vez me extasiaba. Necesitaba que él sintiera el mismo deseo punzante que yo sentía.

Gemimos el uno sobre la boca del otro cuando le agarré la polla. Esa vez fueron las rodillas de Cam las que se doblaron. Acompasé mis movimientos con los de sus dedos resbaladizos y en cuestión de segundos ambos estábamos jadeando.

Pero necesitaba que me diera más. Sin dejar de agarrar su erección, le puse una mano en el pecho y le hice darse la vuelta para que apoyara la espalda en la pared.

—¿Qué estás tramando, Calamidad? —me preguntó con voz ronca mientras volvía a penetrarme hasta el fondo.

—Quiero volverte tan loco como me vuelves tú a mí —dije, alejándome de él.

Tenía los muslos húmedos por la excitación y todo mi cuerpo temblaba, deseando llegar al clímax. Pero cuando vi el brillo en los ojos entrecerrados de Cam mientras me arrodillaba, dejé de preocuparme.

—Espera —me ordenó.

Hice un mohín entre sus piernas, mientras su erección se agitaba en mi mano.

—No creo que lo estés diciendo en serio —dije, demostrándoselo con un apretón.

Él siseó entre dientes y se encogió de hombros para quitarse la camiseta.

—Póntela debajo de las rodillas —dijo.

Hasta con la polla a unos centímetros de mi boca, Campbell Bishop era un caballero. Bueno, más o menos.

Hice una bola con la camiseta y la puse en el suelo, debajo de mis rodillas.

—¿Mejor? —me preguntó él.

Respondí de la forma más adecuada que se me ocurrió: llevándome su erección al fondo de la garganta sin previo aviso.

—Joder, cariño. —Cam golpeó con el puño la pared de ladrillo que tenía detrás y, si su impresionante miembro no me estuviera llenando la boca, habría sonreído victoriosa.

Me dejó juguetear con él y saborearlo, chuparlo y lamerlo, mientras su mandíbula se tensaba cada vez más. Estaba perdiendo el control y yo estaba ganando. Gemí de satisfacción y aparentemente eso lo llevó al límite.

Me agarró del pelo con una mano y se enroscó en ella mi coleta. Agarrándome de esa forma, me marcó la velocidad mientras empezaba a embestirme. Emití otro gemido, esa vez más largo, y fui recompensada con un chorro cálido de líquido preseminal.

Iba a escribir la mejor escena de mamadas de mi carrera justo después de haber hecho la mejor mamada de mi vida, concluí.

—Joder, joder, joder —murmuró Cam.

Era la heroína de los penes. La campeona de las mamadas. La oráculo del sexo oral.

Cam me sujetó la cabeza, inmovilizándome. Su polla palpitaba contra mi lengua y mis amígdalas.

—Joder, Hazel. Necesito estar dentro de ti así.

—¿*Ají cama?* —pregunté hablando con la boca llena, como una maleducada. Mi madre estaría horrorizada.

—Sin nada que nos separe. Necesito sentirte, cariño.

Mi entrepierna dio una voltereta de entusiasmo. Había escrito sobre momentos así, pero nunca había vivido uno. Hasta cuando estaba casada tomaba escrupulosamente todas las precauciones. Cam estaba llevando todo ese asunto del novio literario a un nuevo nivel.

—*Ale.*

—¿Vale? —repitió él. Asentí con la cabeza.

Me embistió victorioso con las caderas y gimió. Otra explosión de calor salado me llegó al fondo de la garganta. Apreté los muslos para aliviar parte de la presión que se acumulaba en mi interior. Pero no me sirvió de nada.

—Mierda —murmuró Cam, alejándome de su erección con un chasquido.

No tuve tiempo de avergonzarme, porque me levantó de inmediato, me cogió en brazos y me enganchó las piernas alrededor de su cintura. Choqué con la espalda contra el ladrillo, quedándome casi sin aliento. Pero no me importó, porque Cam estaba poniendo en posición aquel capullo hinchado para dirigirlo hacia donde más lo necesitaba.

—¿Todo bien? —me preguntó con voz ronca.

—Genial. —Asentí con tanto ímpetu que me di con la cabeza en la pared—. ¡Ay! Por cierto, lo de los anticonceptivos. Estoy tomando… cosas.

No era capaz de pensar como era debido ni de decir nada coherente. Y mucho menos cuando la punta abrasadora del pene más perfecto del mundo estaba a punto de invadirme.

Cerré los ojos, temiendo lo que Cam vería en ellos si los dejaba abiertos.

—Abre los ojos y mírame, cariño.

Mierda.

Abrí uno. Me estaba observando con las pestañas entreabiertas y una voracidad con la que nunca nadie me había mirado. Abrí el otro de inmediato.

—Eso es —gruñó satisfecho.

Entonces metió su polla desnuda dentro de mí y perdí la puñetera cabeza.

Se había activado una especie de interruptor biológico. Estaba programada para llegar al clímax con la polla desnuda de Cam dentro. Era la única razón que se me ocurría para explicar el orgasmo instantáneo que me recorrió como un maremoto.

Grité mientras me corría.

Sus ojos se endurecieron con una mirada triunfal, mientras me penetraba brusca y rápidamente, controlando mi orgasmo a voluntad. Vi cómo estos se oscurecían de pasión y cómo se le tensaban los músculos del cuello. Se asomó a las profundidades de mi alma en la vida real, mientras me agarraba por las caderas y me penetraba por última vez. Con un grito ahogado, eyaculó por primera vez dentro de mí.

Estaba abrasadoramente caliente y llegó a un lugar de mi interior que nadie había tocado jamás. Un gruñido visceral hizo vibrar su pecho contra el mío, pero aun así Cam siguió follándome. Cada fuerte y espasmódica embestida me recompensaba con una nueva y embriagadora descarga de semen.

Me volví a correr. O seguí haciéndolo. Era como si mi cuerpo quisiera obligar al suyo a darlo todo. Nuestras bocas se fundieron y nuestra respiración se hizo una mientras llegábamos juntos al clímax.

—¿Todo bien?

Cam había insistido en llevarme a casa. Y yo había insistido en que, ya que estaba allí, podía aprovechar para colgarme la tele del dormitorio. Así fue como acabé desnuda en la cama, viendo *Los Bridgerton* con él y comiendo helado de una tarrina que había robado de su propia tienda.

Mis partes femeninas todavía palpitaban por la retahíla de orgasmos que Cam había hecho desfilar por mi cuerpo, y había un cerdito roncando en un rincón de la habitación. En términos generales, me parecía una forma excelente de pasar la noche.

—Mmm —contesté, con la boca llena de helado de chocolate con nueces y nubes—. Genial. —Le pasé la tarrina y la cuchara—. Podemos ver otra cosa —dije, aunque en realidad no quería.

Él se encogió de hombros.

—Bah. Me gusta la música. Y el pelo raro de la reina.

Aquello era todo un cumplido, viniendo de Campbell Bishop.

—¿No deberíamos hablar del hecho de que tu camioneta está delante de mi casa, son las diez y media de la noche y te has traído un cepillo de dientes?

Cam se tomó su tiempo para sacarse la cuchara de entre los labios.

—No, a no ser que quieras.

—Mañana por la mañana ya se habrá enterado todo el pueblo.

—Todo el pueblo se ha enterado ya —replicó, poniendo su móvil en mi regazo.

En la pantalla estaba abierto un mensaje grupal.

Larry
Cammy está doblando la apuesta.

Incluía una captura de pantalla del último post de Garland en *La Gaceta Vecinal*.

REPORTERO INTRÉPIDO
Parece que los nuevos tortolitos de Story
Lake están anidando.

—Ay, la leche. Tu madre acaba de mandar un mensaje al grupo que pone: «Tu hermano siempre está de mejor humor cuando se encuentra sexualmente satisfecho». Ahora todos tus hermanos están enviando emoticonos de caritas vomitando.

—La culpa es tuya por estar tan buena, soltera e interesada en mi manejo del martillo. Básicamente, soy como el chico que limpia la piscina pero en versión reformas del hogar —dijo Cam.

—Puf —gruñí—. ¿Y cuándo vas a dejar de ser el centro de interés? Me siento más cómoda siendo la interesada y no la interesante.

Cam me revolvió el pelo.

—Cuando pillen a otro de mis hermanos liándose a escondidas con alguien — declaró.

Volví a robarle el helado.

—¿Puedo liar a Levi con Zoey? Necesitará un buen agente, si se le da bien escribir.

—En primer lugar, harían una pareja pésima. Zoey necesita a alguien que la cuide sin que se dé cuenta de que la están cuidando. Y en segundo, no empieces a hacer de casamentera en la vida real solo porque vayas a necesitar inspiración para el segundo libro.

Ahogué un gritito.

—Yo jamás haría eso.

—Dijo la mujer que me propuso salir con ella para documentarse. Y ahora estamos desnudos en la cama, comiendo helado y viendo a ese vizconde fingir que su honor es más importante que el problema que tiene en los pantalones.

—No pueden tener una relación. Las repercusiones podrían ser nefastas para las familias de ambos —le expliqué.

—Ya, en fin, son cosas que pasan. Incluso a los buenos.

Cam dijo aquellas palabras de tal forma que se me quedaron grabadas en la mente. En ellas había sarcasmo, pero también dolor. Un dolor descarnado y real.

—Eso no es lo que quiere oír una escritora de novelas románticas —repliqué, decantándome por el sarcasmo.

—¿Y qué tal te ha ido a ti con los finales felices?

—Vale, ya lo sé. Mi príncipe azul resultó ser un fraude. Pero eso no significa que el resto también lo sean.

Me dirigió una mirada larga y fría.

—¿Un «fraude»? Calamidad, ese cabrón se tiró años menospreciando tu trabajo, te humilló públicamente en una revista y delante de tu editora... ¿y solo se te ocurre decir que es «un fraude»?

—Estás ignorando mi excelente puntualización de que no todas las relaciones acaban mal.

—Y tú estás ignorando mi excelente puntualización de que tu ex es un cerdo de dos patas.

—Pues no sabes ni la mitad. —Cogí el cuaderno de la mesilla para anotar «cerdo de dos patas».

—Cuéntamelo —me pidió Cam, poniéndose encima de mí y sujetándome los brazos por encima de la cabeza.

Resoplé, riéndome.

—Tú y tus hermanos estuvisteis a punto de coger el coche y presentaros en su casa para darle una paliza por haber dicho cuatro maldades sobre mí en una revista. No pienso darte más munición cuando en vez de eso podríamos estar follando.

Contoneé las caderas provocativamente debajo de él y me deleité con su mirada lujuriosa.

—Eres insaciable —dijo, apartándome el flequillo de la cara.

—Eres tú el que tiene el taladro entre las piernas.

Cam puso los ojos en blanco.

—Se nota que estás cansada. Tus metáforas sobre mi pene están empezando a decaer.

—Las metáforas, puede. Pero mi veneración hacia tu miembro viril nunca flaquea.

Cam bajó la cabeza y me dio un beso en la nariz. Fue un gesto tan cariñoso, tan inesperado, que me asusté y decidí cargarme el momento.

—Cam.

—¿Mmm?

—¿Qué le pasó al marido de Laura? —Él suspiró, pero sentí que sus músculos se tensaban contra mí como si se protegiera de algún enemigo invisible—. Iba..., iba a preguntárselo a ella o buscarlo en Google, pero he pensado que...

—Murió —respondió Cam, quitándose de encima de mí y tumbándose boca arriba.

—Madre mía. Qué horror.

—Sí —dijo Cam inexpresivo.

Literalmente, tuve que morderme la lengua para no hacer más preguntas. Aquello no era material para un personaje de ficción. Se trataba de un drama de la vida real y no era asunto mío. Cam me arrastró hacia él y me apoyó la cabeza en su hombro.

—Iba corriendo con ella cuando los atropellaron. Fue un conductor joven. Estaba distraído. Y el sol..., en fin, da igual. Miller intentó apartar a Laura de su camino. Murió antes de que pudieran llegar al hospital.

Una lágrima serpenteó por mi mejilla y aterrizó sobre el pecho cálido y duro de Cam.

—¿Estabais muy unidos?

—Era mi mejor amigo desde primaria. Menos cuando descubrí que él y Laura estaban liados a mis espaldas y nos dimos de hostias todos los días durante una semana entera, en el último curso. Lo quería muchísimo. Todos lo queríamos mucho.

—Lo siento un montón —volví a decir.

—Era un buen tío. Un buen padre. Un buen marido. Un buen amigo. Lástima que lo bueno no dure para siempre.

Escuché los fuertes latidos regulares del corazón de Cam y deseé no haber hecho aquella pregunta, no haber indagado más sobre el tema.

40

Esos son muchos cerdos

Hazel

Nuestra gira de presentación en público se aceleró accidentalmente a la mañana siguiente. Tras despertarnos temprano después de haber descubierto a Bertha acurrucada junto a Peaches en su redil improvisado, Cam fue el primero en ducharse. Refunfuñando por «la pésima presión del agua» y porque ese mapache era «un puto Houdini», bajó a preparar el desayuno.

Yo me tomé mi tiempo para ponerme la camiseta que Cam se había quitado y domar el pelo revuelto de recién levantada en un moño. Estaba bajando a Peaches por las escaleras, cuando oí un fuerte grito seguido de un ruido sordo y un «¡Joder!».

Fui corriendo hacia el comedor y me encontré a Zoey tapándose la cara con las manos y espiando entre los dedos.

—¿A quién se le ocurre cocinar huevos desnudo? —chilló.

—¿A quién coño se le ocurre no llamar a la puerta? —replicó Cam, cubriendo sus impresionantes genitales con un paño de cocina e intentando volver a echar los huevos en la sartén, que se le había caído.

—Hola, Zoey —dije.

Ella se dio la vuelta y me miró con los ojos muy abiertos.

—Sabía que tonteabas con él y estaba dispuesta a perdonarte por no contármelo. ¡Pero no sabía que era ese tipo de tonteo en el que acabas preparando el desayuno desnudo! ¿Y por qué llevas en brazos a un animal de granja como si fuera un bebé?

—¿A qué viene tanto grito? —preguntó Gage, entrando en la habitación con Levi pisándole los talones—. Joder.

—Para mí, estrellados —dijo Levi, esbozando una sonrisa burlona al ver a Cam con el paño de cocina.

—Así que estáis saliendo oficialmente —dijo Zoey mientras nos comíamos unas ensaladas de pollo frente al lago.

Después de los gritos y las bromas sobre la preparación del desayuno en pelotas, Zoey y yo habíamos pasado la mañana yendo de puerta en puerta por los negocios locales, hablándoles del Festival de Verano y pidiéndoles ayuda para convertir durante un tiempo la ciudad en una agresiva trampa para turistas. Todo el mundo parecía sorprendentemente interesado en darle a Dominion un poco de su propia medicina, por una vez, y yo estaba empezando a hacerme ilusiones.

Negué con la cabeza.

—Más bien estamos follando en exclusiva.

Zoey me señaló con el tenedor.

—Si vais a salir a cenar esta noche. Además os pillé enrollándoos después de que lo pescara haciendo los huevos desnudo.

—Tiene una cara muy besable a juego con su cuerpo follable.

—Mmm. ¿Y qué tal el libro?

—Tan bien como para haberte enviado por correo electrónico los diez primeros capítulos para disipar los temores de mi editora —respondí con suficiencia—. Espero que vean que escribir algo nuevo no ha sido tan mala idea.

—Ya lo sabía. Pero quería oírtelo decir en voz alta. Lo leí treinta segundos después de que me lo enviaras por email. Antes de seguir interrogándote sobre el Cam de la vida real, tengo que decirte que has vuelto a escribir como la Hazel previa a Jim.

—No sé si tomármelo como un cumplido —dije.

—Dejaste que te comiera la cabeza.

—¿Quién? ¿Cam? No es eso lo que le he dejado comerme, precisamente.

—Jim, boba. Permitiste que te convenciera de que tus personajes no eran lo suficientemente angustiosos ni tus historias lo suficientemente importantes. Por eso tus dos últimos libros fueron una mierda. Te metió en el cerebro esos dedazos literarios pegajosos y esnobs, y empezaste a dudar de ti misma.

Ambas sabíamos que tenía razón. Suspiré.

—A ver, no digo que le permitiera hacerme luz de gas, pero...

—Eso fue justo lo que le permitiste. Pero Jim ya es agua pasada. Eres la puñetera Hazel Hart y estás escribiendo una historia con calado.

—Pero también tiene un punto divertido, ¿no? —le pregunté.

—Pues claro que es divertida. Es divertida, sincera y real. Y volviendo a lo de Cam —dijo—. ¡Te gusta de verdad!

—¡Que no me gusta! A ver, me gusta acostarme con él. Mucho. Y tener miles de orgasmos.

—Para, o te tiro al lago.

—Orgasmos a porrillo —bromeé.

—Qué mala eres cuando estás sexualmente satisfecha y enamorada —canturreó Zoey.

—No estoy enamorada. Si cuando tiene la ropa puesta casi no lo soporto.

—Yo solo digo que estás radiante, escribiendo a la velocidad de antes de Jim, organizando un festival de pueblo digno de una película de Hallmark para salvar Story Lake y duchándote con asiduidad. No quiero gafarlo, ojo, pero creo que podrías estar siendo feliz.

—Puede que la vida de pueblo me siente bien. Hablando del tema, necesito tu experiencia para publicar anuncios segmentados geográficamente en las redes sociales para el Festival de Verano. Tenemos un presupuesto de cincuenta dólares.

—Eso debería bastar para atraer a la friolera de una persona y media a nuestro fiestón. Pero haré lo que pueda. Volviendo al tema de que Cam y tú estéis saliendo, como nos han informado en *La Gaceta Vecinal*.

—No estamos saliendo. Estamos... copulando en exclusiva.

Era curioso lo fácil que me había resultado acostumbrarme a nuestro nuevo acuerdo. Quizá los orgasmos me habían cegado, llevándome a la sumisión.

—Ya. Claro. Déjame repasar los hechos. Os estáis acostando. Vais a salir a cenar. Oficialmente habéis pasado la noche en la misma casa. Veis telebasura picante juntos. Y has conocido a toda su familia.

Se me cayó el tenedor dentro de la ensalada.

—Dicho así, todo junto, suena fatal.

—Haze, sabes que te quiero. Eres una de las personas más inteligentes que conozco. Pero creo que Cam te ha liado para que tengas con él una relación de verdad.

Negué con la cabeza, despacio al principio y luego cada vez más fuerte.

—No. No, no puede ser.

—¡Hasta luego, señorita Hazel! —exclamaron los tres niños de ocho años mientras daban la vuelta en las bicis para volver a Main Street. Me habían visto saltando de un bordillo y me habían pedido que les enseñara, lo que había dado lugar a treinta minutos de diversión sobre dos ruedas a la vieja usanza.

—¡Id con cuidado! —les grité.

Volví a casa pedaleando bajo el sol y con una sonrisa en la cara. Aquella mañana me había despertado con Cam agarrándome el muslo mientras dormía, a las doce ya había escrito todas las palabras del día y Chevy, el de la librería, tenía veinte encargos de libros de bolsillo para que los firmara. Había media docena de vendedores apuntados para participar en el Festival de Verano y había conseguido engatusar a Gator para que sacara del almacén algunos de sus viejos kayaks y canoas de alquiler. Y, por si eso fuera poco, en la librería me había encontrado con dos lectores que acababan de escuchar uno de mis audiolibros en el coche, de camino al pueblo.

Puede que lo celebrara aprendiendo a hacer chuletones a la parrilla esa noche. Hacía poco había descubierto una antigua barbacoa de carbón en el garaje. La combinación de carne y fuego parecía fácil y apropiadamente veraniega. Y Cam tenía pinta de ser un tío de chuletones.

Acababa de girar hacia mi calle, sumida en mis pensamientos carnívoros, cuando los instaladores del cartón yeso salieron de mi casa marcha atrás con la furgoneta y se cruzaron delante de mí. Apenas me dio tiempo a reaccionar. Pisé el freno, puse el pie en el suelo y ejecuté un derrape controlado perfecto, haciendo girar la parte trasera de la bici y deteniéndome a escasos centímetros del neumático trasero.

Cerré el puño, victoriosa. Todavía lo petaba. Un éxito más que sumar al día.

—¡Disculpe, señorita Hart! ¡No la habíamos visto! —gritó Jacob, el conductor.

—Estoy bien —los tranquilicé.

—Uy —dijo el copiloto de Jacob.

Cam venía hacia nosotros cruzando el jardín delantero, hecho una furia. Le dio una patada a la puerta de la valla, abriéndola de golpe.

—Es mejor que os vayáis —les aconsejé.

Jacob dio marcha atrás y recorrió con la furgoneta a toda pastilla el resto de la manzana.

Cam continuó su furioso avance hacia mí.

—¿Has visto cómo arraso con la bici? —le grité.

—Ya está bien —dijo, al llegar a mi lado. Me bajó de la bicicleta y nos arrastró a ella y a mí al patio.

—¿Qué pasa? —le pregunté, tomando eróticas notas mentales sobre su fortuita demostración de fuerza.

Cam dejó la bici apoyada en la valla y me cargó sobre el hombro como un saco.

—¡Gage! —bramó.

Gage salió al porche delantero.

—Buena frenada, Hazel. Se ve que tienes tablas.

—Gracias —contesté, intentando zafarme de Cam—. ¿Por qué tu hermano me está llevando como un saco de cemento?

—Mejor preguntárselo a él —respondió Gage.

—Las llaves —dijo Cam.

—¿Las tuyas, las mías o las de Hazel? —preguntó Gage.

— 451 —

—Las mías.

Dejé de resistirme y pasé al Plan B: pellizcar el culo perfecto de Cam. Él gruñó, pero hasta ahí llegó la comunicación.

—¡Toma! —gritó Gage, lanzándole las llaves a Cam—. Disfruta del secuestro.

Cam me sacó a la calle y me dejó al lado de la camioneta. Luego me entregó las llaves.

—Vamos.

—¿Adónde? Tengo cosas importantes que hacer.

—Ya has hecho todo lo de la lista de tareas pendientes —me dijo, abriendo la puerta del conductor y haciéndome un gesto para que subiera.

Solté un grito ahogado.

—¿Has cotilleado mi lista?

—Estaba calculando cuánto tiempo faltaba para que pudiéramos echar un polvo esta noche. Hasta que he visto que casi te mata una furgoneta.

—No seas dramático.

—Sube a la puñetera camioneta, Hazel.

Me encaré con él.

—Oblígame, Cam.

—Sigo sin entender cómo puedes conducir este trasto. Es más grande que mi primer piso —refunfuñé al volante, mientras aparcaba aquella monstruosidad en paralelo entre dos contenedores de reciclaje.

—Ya van tres veces seguidas que no chocas con el bordillo ni con los contenedores y estás a veinte centímetros de la acera. Cada vez eres menos penosa —dijo Cam.

No era un gran éxito, teniendo en cuenta que había golpeado dos veces los cubos con aquel vehículo colosal y tres veces el bordillo con los neumáticos. Pero, curiosamente, parecía que a Cam le traían sin cuidado los daños que estaba ocasionando a su camioneta.

—Sal del pueblo y coge la autopista que va hacia el sur —me ordenó.

—¿Quieres que conduzca este trasatlántico por la autopista?

—Estamos en el noreste de Pennsylvania, no en la ruta cuatrocientos cinco de Los Ángeles —replicó él con frialdad.

—Quería hacer chuletones esta noche —protesté mientras me alejaba del bordillo y aceleraba para ir a paso de tortuga por la calle—. Pensaba ir a un supermercado a comprar comida de verdad y cocinar como era debido para celebrar que hoy había sido un día redondo. Pero, en vez de eso, me han secuestrado y obligado a conducir este mamotreto por la Pennsylvania rural porque el tío al que me tiro odia mi bici.

—En primer lugar, ¿cómo que «el tío al que me tiro»? ¿En serio? —Cam giró un poco el volante hacia la izquierda al ver que me acercaba demasiado al arcén.

—¿Y cómo quieres que te llame? ¿Mi «amiguito con derecho a roce»?

—Y en segundo, no tienes ni barbacoa ni cocina. ¿Qué pretendías, encender velas en el patio y sostener carne cruda sobre las llamas?

—Para tu información, he encontrado una barbacoa vieja de carbón en el garaje —dije con altanería.

Cam se revolvió en el asiento y sacó el móvil.

—¿Qué haces?

—Mandar un mensaje. Mira hacia la carretera —me ordenó—. Esto no es una película. No puedes ignorar la carretera y mirar fijamente a tu pasajero, por muy bueno que esté.

—Alguien se ha levantado hoy en plan gallito.

—Cariño, yo me levanto en plan gallito todos los días.

Mmm, no era una mala frase para un héroe alfa. Me imaginé al Cam literario diciendo eso mientras hacía ese rollo tan sexy de acercarse a mi heroína en el umbral de la puerta. Uf. Eso estaría muy bien. Le levantaría la barbilla con arrogancia y…

—Joder, Haze, vas a acabar conmigo, literalmente —dijo el Cam de la vida real, sacándome de mi sensual ensoñación. Volvió a agarrar el volante, esa vez para alejarnos de las líneas centrales—. ¿Estás intentando conducir como una niña de seis años la primera vez que se sube a los coches de choque?

—Perdón. Es que estaba…

—¿Montándote otra película?

—¿Qué? No —me burlé, volviendo a centrar mi atención en el parabrisas y en todas las cosas del exterior que, aunque no eran ni de lejos tan interesantes como mi héroe sexy y engreído, tampoco merecían ser aplastadas por quinientas toneladas de metal.

—Me da igual que desconectes cuando estamos hablando, cenando o cuando te hago ver alguna chorrada en YouTube. Pero hay dos lugares en los que no puedes abstraerte de la realidad —dijo.

Exhalé un suspiro.

—¿Cuando estoy conduciendo y en qué otro sitio?

—En la cama —respondió.

—Perdone, caballero, pero la culpa es suya. Si no me inspiraras tanto, no tendría que anotar mentalmente todo lo que haces para la posteridad. —Agité las pestañas mirando hacia la carretera.

—No hace falta que me hagas la pelota cuando te estoy instruyendo.

—¿Y cuando me estás gritando? ¿Entonces puedo hacerte la pelota? —pregunté con dulzura.

—Dime dónde estamos ahora mismo —me pidió de repente.

—¿Y yo qué sé? He ido a donde tú me has dicho.

—Tú eres la que conduces, listilla. Esto no es un Uber. No puedes sentarte en el asiento de atrás y pasar de todo mientras otra persona te lleva de paseo. Tienes que saber dónde estás y a dónde vas.

—Si quisiera acostarme con un profesor de autoescuela, habría elegido a un profesor de autoescuela de verdad, Cam.

Él ignoró la pullita.

—Parece que estás estrangulando a un caballo. ¿Y por qué te inclinas tanto hacia adelante? No estás conduciendo con las tetas.

—¡No lo sé, capullo! ¡A lo mejor porque no me estoy divirtiendo, no me gusta conducir y mi copiloto no para de criticar todo lo que hago, como si esto fuera un examen final de la universidad para el que hubiera olvidado estudiar! —le espeté.

Cam se quedó en silencio unos cuantos segundos y me pregunté si habría sido demasiado sincera para una relación meramente física. Pero ahora era la nueva Hazel. Y la nueva Hazel decía lo que pensaba… al menos de vez en cuando.

—Coge la siguiente salida. Despacio —me pidió Cam, finalmente.

—¿Por qué siguen todos aquí? —pregunté media hora más tarde, cuando me detuve al lado de la acera (sin raspar los neumáticos, por cierto), delante de mi casa.

Las camionetas de Levi y Gage estaban en la calle, y también el coche de alquiler de Zoey.

—Querías hacer una barbacoa. Pues vamos a hacer una barbacoa —dijo Cam, dejando de aferrarse con todas sus fuerzas a la manilla de la puerta y flexionando los dedos.

—¿Y eso implica a más de dos personas? —pregunté.

Él señaló el cielo vespertino, azul y despejado.

—En un día como hoy, sí.

Salimos de la camioneta y nos recibió un agradable aroma a carne y fuego. Cam me pasó un brazo por los hombros y me acercó a él mientras subíamos por el camino de entrada, siguiendo el sonido de las risas.

—Hola, Hazel. Hola, Cam —exclamó la vecina de tres casas más allá mientras corría por la acera detrás de su hijo, que iba en triciclo.

Nos saludamos y de repente algo hizo «clic» en mi cabeza. Todo me resultaba tan… normal. Tan maravilloso. Parecía una escena escrita por mí antes de que todo se fuera al traste y alguien se lo cargara todo.

—¡Haze! Hemos hecho un pícnic —gritó Zoey cuando rodeamos la casa y entramos en el jardín trasero, sosteniendo orgullosa una tarrina de algo que parecía una especie de ensalada blanca.

—¿De dónde ha salido eso? —le pregunté, señalando el mastodonte reluciente que había en el patio y que, definitivamente, no era la oxidada barbacoa de carbón de tres patas de Dorothea.

Gage, Levi y Frank contemplaban aquella monstruosidad

de acero inoxidable como si fuera el santo grial. Bentley, el beagle, seguía a cualquiera con pinta de tener comida.

Cam me dio un apretoncito en el hombro.

—No te enfades. Es que la barbacoa que encontraste era, literalmente, una mierda. Toda la cavidad era un excremento de ratón gigante.

—¿Así que le has robado la barbacoa a alguien? Por favor, dime que no se la has robado a tus padres. Seguro que tu madre aún sigue enfadada por lo de los jarrones.

—Nadie ha robado nada. Es mi barbacoa y, como tu puñetero mapache, se ha mudado aquí por una temporada.

—La caja está en la entrada y no recuerdo haber ido a la ferretería a comprar una —señalé.

—¿Qué tal ha ido? —gritó Gage.

—Genial —dije.

—Regular. —Cam suavizó la respuesta apretándome con cariño el hombro.

—¡El maíz dulce está listo! —gritó Pep desde la puerta de atrás.

Sonó un claxon y levanté la vista para ver el todoterreno de Laura entrando en mi casa. Los tres niños y Melvin estaban asomados por las ventanillas.

—¡Tenemos hambre! ¿Está lista la comida?

—¡Venid a por ella! —exclamó Frank, saludándolos jubiloso con las pinzas de la parrilla.

Acabábamos de colocar todas las sillas de jardín cuando llegó un invitado más.

—¿Huele a perritos calientes? —exclamó Darius, rodeando la casa por un lateral.

—Vaya, si es nuestro ilustre alcalde —dijo Gage—. ¿Qué te trae a casa de Hazel, además de la carne a la parrilla?

—Tengo noticias del Festival de Verano.

—Emilie ha encontrado una forma de cancelar el día del Trabajo —aventuró Laura.

—Frío frío, amiga mía. Hemos conseguido no uno, sino dos autobuses. Story Lake es oficialmente un destino turístico desde el lunes.

—¿En serio? —dije.

—Uno de ellos es de un grupo de Brooklyn que había organizado una excursión para pasar el día en familia en una bodega de los lagos Finger y se la han cancelado. El otro es de un centro para la tercera edad de Scranton.

Todo el mundo empezó a aplaudir y a gritar encantado.

—Vamos a comer —dijo Frank.

Y eso fue lo que hicimos: comer. Y reír. Y cuando Felicity, la vecina de al lado, se unió tímidamente a nosotros con una bandeja de sandía fresca, lo celebré para mis adentros.

Cam me arrastró hacia la hierba que había junto a la puerta trasera después de despedir a Laura y a su familia.

—¿Sabes? Si esta fuera mi casa, añadiría una terraza aquí atrás. Y un sitio para guardar la barbacoa. Y puede que una mesa, algunas sillas y una sombrilla.

—Deja de tener ideas caras para mi casa —dije, aunque me estaba imaginando todo lo que acababa de decir.

—Solo era una sugerencia. Es un buen sitio. Justo al lado de la cocina. Y luego, claro, tendrías que hacer un patio allí, tal vez con uno de esos braseros de exterior. Así habría más espacio para disfrutar y menos césped que cortar. Y podrías colgar unas cuantas guirnaldas de luces.

Cam estaba pintando cuadros en mi mente. De noches acogedoras alrededor del fuego con buen vino y mejores amigos. De cenas, cumpleaños y noches de martes normales y corrientes. Tendría que aprender a cocinar. Y, probablemente, a cuidar el jardín. Y averiguar cómo encender hogueras.

—¿En esa terraza imaginaria habría espacio para una rampa? —le pregunté.

Su expresión se ablandó y estuve a punto de caerme de culo al ser testigo de su vulnerabilidad.

—¿Harías eso? —preguntó con voz ronca y quebrada.

Me aclaré la garganta.

—A ver, no por ti, follamigo de autoescuela. Pero tu hermana me cae muy bien y me encantaría que tuviera acceso a mi espectacular casa. Bueno, si alguna vez la acabáis.

—Sí. Creo que podríamos añadir una rampa —dijo, con una

mirada que no fui capaz de identificar pero que puso nerviosas a las mariposas turbopropulsadas que tenía en el estómago.

—Venga. Haz un presupuesto de esos astronómicos y hablamos.

—Vale.

—Cam —dije.

—Dime, Calamidad.

—¿Estamos saliendo?

Esa vez le tocó a él aclararse la garganta.

—¿Por qué lo dices?

—Eso no es un «no» —señalé.

Levantó la cerveza.

—¿Qué más da cómo lo llamemos?

—Cam, sabes que no quiero salir con nadie. No tengo tiempo para una relación.

—Pues siempre encuentras tiempo para mí.

—Estás en mi casa ocho horas al día. Eso no es encontrar tiempo, es comodidad.

—Si pones una terraza y una barbacoa, vendré aún más a menudo.

Le di un codazo en el hombro.

—Lo digo en serio.

—Ya, es verdad que no tiene gracia.

—Me preocupa que me estés liando para que salgamos y despertarme un día viviendo contigo, tres niños y siete cerdos.

—Esos son muchos cerdos —dijo Cam con voz sensual, enredando una mano en mi pelo.

—Campbell Bishop —le advertí.

—Relájate, cariño. Solo nos estamos divirtiendo —prometió mientras acercaba mi boca a la suya.

Dejé de discutir cuando deslizó su lengua en mi interior, haciéndome olvidar todo lo que no fuera su sabor y su tacto.

—Vete a un hotel, Cammie —se burló Gage.

—Todo el mundo a casa —dijo Cam, sin dejar de mirarme fijamente a los ojos.

41

¿Qué les gusta a los ancianos?

Hazel

El día del Trabajo amaneció con un calor tan sofocante que hizo que los habitantes de Pennsylvania creyeran en el infierno. Como soy nueva en el estado, me pillaron un poco por sorpresa aquellas condiciones similares a las de una sauna. A las nueve de la mañana ya había treinta y pico grados, y la temperatura seguía subiendo. En los cinco minutos que tardé en llegar al lago en bici, empapé de sudor mis bonitos pantalones cortos vaqueros y la camiseta del Festival de Verano.

Pasé por debajo de la pancarta de salida de la carrera de cinco kilómetros, saludando a los voluntarios, y pedaleé hasta el parque. Dejé la bicicleta en el soporte metálico recién instalado, comprobé disimuladamente hasta dónde llegaba la humedad de mis pantalones cortos y recé para que se produjera el milagro de la ventilación de la entrepierna.

Como un misil rastreador de calor, eché un vistazo al caos generalizado y mis ojos se posaron en Cam. Iba sin camiseta, con los tatuajes a la vista y el torso reluciente como si fuera de mármol, mientras instalaba a marchas forzadas las vallas provisionales del zoo de mascotas bajo una pequeña arboleda. Me vio y me dedicó una de esas sonrisas de tío bueno sobrado, en plan «recuerda el polvo de anoche».

Me imaginé a mi heroína llegando y, al ver también a su

héroe gloriosamente semidesnudo, dirigiéndose de forma cómica hacia una mesa de la zona de hidratación. Era más divertido y quedaba un poco mejor que lo de tener la entrepierna como un pantano.

Mientras caminaba tan tranquila hacia Cam, observé la actividad de los alrededores. Los preparativos de última hora de nuestro pequeño pero potente Festival de Verano se hallaban en pleno apogeo y Story Lake se había volcado para la ocasión. Gator tenía una docena de kayaks recién lavados alineados en la playa, listos para salir a navegar. Los responsables de los puestos de helados y patatas fritas estaban conectando cables eléctricos y ventiladores portátiles para conseguir el máximo frescor posible. Y el señor y la señora Hernández estaban retocando la decoración veraniega estilo bar hawaiano de su vieja barcaza neumática para dar paseos por el lago.

Los voluntarios estaban construyendo un escenario en las pistas de *pickleball* para la banda y el DJ, ambos de la familia de Darius. Garland correteaba de aquí para allá haciendo fotos como un paparazi. Incluso Emilie se encontraba allí, merodeando por el muelle del puerto deportivo con cara de pocos amigos.

—Hola —dije con entusiasmo, cuando llegué junto a Cam.

Él levantó la vista del punto por el que estaba uniendo dos secciones de valla.

—Buenos días por la mañana.

—Hoy has madrugado mucho —comenté.

Se había escabullido de la cama a las seis de la mañana, una hora infame, y se había marchado después de darme un beso en el pelo y hacerme un par de promesas obscenas sobre compensármelo más tarde. Para cuando conseguí ponerme en posición vertical, él ya se había ido y me había dejado un cuenco de avena cocida sobre la encimera e instrucciones para recalentarla con el fin de evitar explosiones.

—Pensé que sería mejor hacer todo lo posible antes de que el sol nos abrasara a todos —respondió, señalando el *paddock* improvisado y los fardos de heno.

—Tiene buena pinta. ¿Cuántos animales…?

Él me interrumpió enganchando su mano enguantada en la cintura de mis shorts y tirando de mí para darme un beso rápido, intenso y lujurioso.

Justo entonces, «Summer Lovin» empezó a sonar a todo volumen por los altavoces de la DJ, que era la hermana pequeña de Darius, y una vez más me sentí como la heroína de mi propia historia. Ni siquiera tendría que reescribir nada de aquella escena perfecta.

—Caray —farfullé.

—Lo mejoraré más tarde —dijo Cam—. Después de unos electrolitos y una ducha de una hora.

—Lo estoy deseando. —Hice un gesto hacia lo que había a nuestro alrededor—. Ya va tomando forma, ¿verdad?

—Eso parece.

—Tengo un buen presentimiento sobre lo de hoy —declaré, con una seguridad que casi no reconocía.

—Bien. Ya que estás en plan positivo, ¿por qué no te acercas a ver si puedes hacer algo con Zipi y Zape?

Cam señaló con la cabeza a nuestro alcalde adolescente y al doctor Ace, que estaban enzarzados en una discusión acaloradísima (nunca mejor dicho) junto a las gradas. Parecía que la mayoría de los treinta y cuatro participantes de los Cinco Kilómetros Para Cagarse de Story Lake estaban poniendo la oreja.

—Ya voy. —Di media vuelta para marcharme, pero me detuve y me quedé mirando a Cam con picardía—. Que sepas que, en mi cabeza, te estás moviendo a cámara lenta al ritmo de un solo de guitarra de rock duro.

Su sonrisa, descaradamente perversa, casi hizo que me fallaran las rodillas.

—Bien.

Puse los ojos en blanco y volví a dar media vuelta para largarme. Pero Cam me enganchó de la trabilla del cinturón y, de un tirón, me pegó de nuevo a su cuerpo. Se acercó a mí y me rozó la oreja con la boca.

—Que sepas, Calamidad, que solo hay algo que me haga sudar más que este clima y lo tengo justo delante.

Estuve a punto de desmayarme. En un ochenta por ciento a

causa del atractivo de Campbell y en un veinte por ciento a causa de la humedad.

Llegué a la conclusión de que era imposible que se me ocurriera una frase de despedida más sexy, así que me limité a darle un beso en la mejilla y alejarme contoneando un poco más las caderas, con la esperanza de captar su atención antes de que se fijara en el sudor en mi entrepierna. Me acerqué a Darius y Ace, y llegué justo a tiempo para escuchar parte de la discusión.

—Sinceramente, no puedo permitir que la gente corra cinco kilómetros con este calor —dijo Ace.

Llevaba una camiseta de la organización del Festival de Verano, unos pantalones cortos tipo cargo, unas Birkenstock y unas medias de compresión hasta las rodillas. Tenía uno de esos ventiladores portátiles colgado del cuello y un sombrero de paja de ala ancha sobre el pelo afro canoso.

El atuendo de Darius era más interesante. Iba de mascota, con un disfraz de emoticono de caca y estaba sudando a mares. Sus compañeros de equipo de campo a través se turnaban para echarle agua en la cara con unas botellas.

—Doc, estás hablando con un gran defensor del juramento hipocrático. En serio. Pero no podemos cancelar el primer evento del Festival de Verano. Hay un montón de gente que se ha inscrito para correr y cuyas cuotas de inscripción van directamente al proyecto de tratamiento de aguas residuales.

—Darius, son treinta y cuatro personas y han pagado veinte dólares cada una. Si permitimos que esa gente te persiga por todo el pueblo disfrazado de caquita, tú y la mitad de ellos acabaréis sufriendo un golpe de calor, o algo peor.

—¿Puedo ayudaros? —me ofrecí.

—¡Sí! —Darius escupió mientras uno de sus amigos le lanzaba un chorro de agua por la cara.

—Hazel, haz entrar en razón al alcalde —me pidió Ace—. Hace demasiado calor para que la gente salga a correr. Caerán como moscas en el primer kilómetro.

—Esto es Pennsylvania. Estamos en verano. La gente sabe lo que le espera. Hemos montado tantos puestos de hidratación que me preocupa no haber alquilado más aseos portátiles —dijo Darius, agitando los brazos.

Zoey apareció de repente a mi lado.

—Necesito saber a qué viene ese disfraz de popó.

Darius sacó pecho.

—Me alegra que me lo preguntes, Zoey. Todos los beneficios se destinarán a la mejora de nuestro sistema de tratamiento de aguas residuales. Y todos los corredores que terminen antes que yo recibirán gratis un paquete de papel higiénico de la tienda de ultramarinos. Del bueno, el que tiene las microperforaciones onduladas —añadió.

Un chorro de agua le golpeó en la nuca y de rebote me dio a mí.

—Cuánto me alegra haber preguntado —declaró Zoey.

—¿Vamos a correr, o qué? —gritó una mujer de aspecto atlético que se estaba embadurnando con un *stick* antirrozaduras.

—Madre mía. Vale. ¿Y si dejamos la decisión en manos de los corredores, pero pedimos en *La Gaceta Vecinal* que la gente abra las mangueras o ponga ventiladores en la acera para la carrera? —propuse.

—Lang Johnson ha traído una carpa de sobras. Puedo prepararla como punto de refrigeración. Y seguro que el Rusty's Fish Hook puede donarnos jarras de agua con hielo. Tal vez alguien tenga ventiladores de repuesto que podamos usar —sugirió Zoey.

Darius dio una palmada con las manos enguantadas, lanzando lo que yo esperaba que fueran solo gotitas de agua en todas direcciones.

—¡Es una gran idea! Nos habéis salvado el pellejo.

Ace se dio por vencido.

—Al menos quítate el disfraz de caca, Darius. Solo nos faltaba tener que hospitalizar al alcalde por un golpe de calor.

Pero Darius negó con la cabeza.

—Te entiendo, de verdad. Pero esta carrera es más importante que yo mismo y que un disfraz de boñiga. Se trata de salvar a nuestro pueblo. Además no llevo nada debajo —anunció, poniéndole una mano en el hombro a Ace.

Zoey tosió para disimular una risita.

—Darius, tú nunca serás un truño de alcalde —dijo.

Nuestro optimista alcalde adolescente disfrazado de caquita le sonrió como si acabara de invitarlo al baile de graduación.

—Gracias, Zoey.

—Tengo un buen presentimiento sobre lo de hoy —repetí, esa vez con un poco menos de seguridad.

—Esto es una pesadilla —refunfuñé mientras intentaba apuntar con el ventilador oscilante hacia la mitad del equipo de campo a través del instituto.

—Un auténtico infierno —dijo Zoey, sumergiendo una toalla de mano en una jarra de agua tibia para ponérsela en la nuca a un corredor.

—¡Os traigo otro! —gritó Levi, acercando la camioneta a la carpa de refrigeración, que estaba tan llena de cuerpos que seguramente en ella hacía diez grados más que fuera.

—No caben más —repliqué, señalando a la zarrapastrosa masa humana desplomada en sillas de jardín prestadas.

Ace me lanzó una mirada de médico sabelotodo y carraspeó al pasar a mi lado para ayudar a Levi a descargar al recién llegado de la parte de atrás de la camioneta.

Una mano cálida y firme se posó en mi hombro. Me aparté el flequillo húmedo y vi a Cam a mi lado. Se había cambiado y se había puesto unos pantalones cortos de deporte. Llevaba la camiseta empapada del Festival de Verano colgada de la cintura, como la toalla de un *quarterback*.

—Laura acaba de llegar con Gatorade y unas bolsas de hielo. Voy a ayudarla a descargar.

—Madre mía. ¡Gracias! Esto es una puñetera pesadilla.

—Míralo por el lado bueno —replicó él—. Son las diez y media de la mañana y estamos a treinta y seis grados. La cosa solo puede ir a peor.

—Creo que no sabes cómo funciona lo del lado bueno —refunfuñé.

Cam desapareció y yo me aparté justo a tiempo para que Levi y Ace metieran a un Darius empapado en la tienda.

—¿He ganado? —murmuró este.

—Si por ganar te refieres a haber sido la última persona en cruzar la línea de meta y a que mi familia tenga que regalar todo el papel higiénico de la tienda, entonces sí —contestó Levi.

—Bien hecho, Darius —replicó él débilmente.

—Tenemos que quitarle ese disfraz absurdo —dijo Ace.

Cuando recordé que Darius había dicho que no llevaba debajo, me escaqueé para ir a ayudar con el Gatorade.

Estaba yendo hacia el aparcamiento con el alegre ritmo de «Hot in Here» de Nelly retumbando en mi cabeza, cuando la madre de Darius vino trotando hacia mí.

—Traigo ropa limpia para Darius y una mala noticia.

—Está en la carpa. ¿Cuál es la mala noticia?

—Hemos perdido uno de los autobuses.

—¿Uno de los autobuses de las excursiones?

Ella asintió.

—Al parecer, la carretera estaba cortada y los desviaron hacia Dominion.

Ahogué un grito.

—Los muy cabrones nos han robado el autobús.

—A Darius le va a dar algo.

—Encontraremos la manera de que esto funcione —mentí—. ¿Qué autobús se han llevado? —«Por favor, que sea el autobús de la residencia. Por favor, que sea el autobús de la residencia».

—El de las familias. —Mierda. Los del autobús familiar se lo habrían pasado en grande entreteniendo a los niños y dándoles de comer a todos. Era mucho menos probable que triunfáramos con los del autobús de la residencia de ancianos—. Pero el autobús de la residencia llegará en una hora. Ellos tenían más paradas para ir al baño.

Joder. Pensé en qué haría mi heroína. ¿Evitaría el desastre dando con una idea perfecta y factible, y acabaría celebrándolo con copas gratis del Rusty's Fish Hook para el resto de su vida? ¿O sería aquel el momento aciago en el que descubriría que todo había sido en balde y que el pueblo estaba condenado a desaparecer fagocitado por el malvado municipio de al lado? Por cierto, ¿por qué ya nadie usaba la palabra «balde»?

—Vale. Podemos solucionarlo. Somos de Story Lake. No nos

dan miedo los retos —anunció Darius, entre trago y trago del segundo Gatorade de uva.

Todo el consejo municipal, además de Levi, Gage y Zoey, estaba alrededor de él, que seguía sentado en la silla de jardín, dentro del dudoso punto de refrigeración.

—A veces sí —susurró Erleen.

Darius sacó pecho.

—Pues esta vez no. Dominion va a por nosotros y no vamos a rendirnos sin presentar batalla.

—¿Por dónde empezamos? —preguntó Gage.

—Por rendirnos y aceptar la derrota —dijo Emilie con obstinación.

—Por ocultar las pruebas del desastre —propuso Ace, señalando los cuerpos deshidratados y tendidos por toda la tienda—. Los ancianos no necesitan recordar su propia mortalidad. Necesitan ver más vida, no menos.

—¿Por qué no los metemos en el lago? —sugirió Zoey. Todos se giraron para mirarla.

—¿Qué? —pregunté.

Ella se encogió de hombros.

—Así todos nos refrescaríamos y les diríamos a los mayores que es bueno para el dolor muscular, o algo así. O que es una tradición.

—Es la mayor tontería que he oído en mi vida —se burló Emilie.

—Siempre dices lo mismo —señaló Erleen.

—A las personas mayores les encantan las tradiciones curiosas —dije, ignorando a la aguafiestas y hablando desde un punto de vista puramente literario.

—En cuanto a salud, refrescarlos es una buena idea —reconoció Ace.

Los hermanos Bishop se miraron y se encogieron de hombros. Levi soltó un suspiro de jefe de policía.

—Vale. Meteremos a todos los que quieran en la camioneta y los llevaremos a la playa.

—¿Y qué hacemos los demás? —preguntó Emilie—. ¿Fingir que somos un pueblo más grande con mejores servicios?

Darius chasqueó los dedos.

—¡Sí! ¡Eso es lo que vamos a hacer! Tenemos que convertir Story Lake en un paraíso para los ancianos, para que hablen de él a todos sus amigos y familiares.

—Yo no pienso participar en esa idiotez —replicó Emilie. Nadie la detuvo cuando salió de la tienda hecha una furia.

—Rápido. ¿Qué les gusta a los ancianos? Estoy abierta a traficar con estereotipos en favor de la brevedad —dije.

Todos se giraron hacia Erleen.

—Bueno, yo siempre tengo frío, aunque haga calor —contestó esta.

—Cenar temprano —sugirió Zoey.

—Conducir como putos caracoles —dijo Cam—. Excluyendo a la presente. Tú conduces como un murciélago del infierno propulsado por óxido nitroso.

Erleen le guiñó un ojo con picardía.

Ace se acarició la barbilla.

—A mí aún me faltan unos años para entrar en el club de los jubilados, pero me encanta la jardinería.

—¡Bingo! Incluir pasatiempos que impliquen estar sentados. Jóvenes dispuestos a acompañarlos y escuchar sus batallitas —dijo Gage.

Aplaudí mientras visualizaba aquella imagen. No tenía muy claro si estaba planeando una escena para un libro o una estrategia para salvar el pueblo. Pero era el único plan que teníamos.

—¡Eso es! Bien. Los Bishop se encargarán de meter los cuerpos, perdón, a los corredores, en el lago. Pedidles que se animen un poco cuando llegue el autobús. Erleen, tú ve a engatusar al Fish Hook y al Angelo's para que creen menús especiales para madrugadores. Que los escriban con letras bien grandes y los pongan fuera para que se puedan ver desde un autobús.

—Cuenta conmigo —dijo Erleen, antes de salir hacia el Fish Hook.

Luego señalé a nuestro alcalde, ya rehidratado.

—Darius, necesito que hables con tu hermana y con la banda y que adapten el repertorio para un público mayor de setenta y cinco años.

—Ahora mismo —respondió él, saltando de la silla como si hubiera revivido. Le fallaron un poco las rodillas, pero volvió a levantarse.

—Yo iré con él para evitar que se desmaye o vomite sobre alguien —se ofreció Laura.

—Perfecto. Cuando acabéis con eso, ¿podéis ir a buscar los cartones del bingo? Podemos montarlo aquí, en la carpa de refrigeración, cuando se hayan llevado a todas las víctimas del golpe de calor.

Laura sonrió con malicia.

—A Cam se le da genial cantar los números.

—Es bueno saberlo —dije—. Vale, chicos. Traedme a Garland, al de *La Gaceta Vecinal*, no a la de *El Mago de Oz*, unas cartulinas, varios rotuladores y tantos *walkie-talkies*, adolescentes y tiestos con flores como podáis encontrar. Vamos a salvar este pueblo aunque sea lo último que hagamos en la vida.

42

El apagón de los congeladores y la gran evasión del zoo interactivo

Campbell

Aquella mujer era un genio diabólico. O una mente criminal. Pero eso era lo de menos, porque cuando el autobús de la residencia de ancianos Silver Haven regurgitó a los dieciocho pasajeros de la tercera edad y a sus acompañantes en el aparcamiento, Hazel ya había hecho milagros con el Festival de Verano y con todo Story Lake.

Los Jilgueros dieron la bienvenida a nuestros invitados con una entusiasta interpretación a capela de «Good Vibrations», de los Beach Boys. Los escaparates vacíos de Main Street y Lake Drive se habían transformado en falsos negocios que, casualmente, o estaban «cerrados» ese día o iban a abrir «próximamente». Story Lake albergaba ahora una nueva floristería, una cafetería, una tienda de artículos infantiles y otra de maquetas.

Gracias a los mensajes de Garland en *La Gaceta Vecinal*, teníamos a un ejército de ciudadanos creando un flujo constante de tráfico peatonal falso, cambiándose de ropa y de configuración familiar cada media hora.

La pista de baile del festival era ahora la mitad de grande gracias a las dos docenas de sillas plegables que había aportado la funeraria de Lacresha y la música que pinchaba la hermana de Darius era décadas más antigua que antes.

La carpa de refrigeración se había transformado en una sala de bingo con mesas plegables y más sillas. Y las víctimas de nuestra ruinosa carrera de cinco kilómetros se habían espabilado de inmediato al meter las sillas de jardín en el lago.

En medio de todo el caos, Hazel Hart dirigía la red de mentiras con la precisión de un general desde el *walkie-talkie* de Hello Kitty que le habían prestado.

—Fósiles madrugando. Repito. Fósiles madrugando —dijo por radio mientras se dirigía al puesto de helados para ayudar a solucionar una avería de un congelador.

Se oyó un zumbido de electricidad estática antes de que Rusty respondiera.

—Recibido. Las alondras se han posado a papear. Solicito más clientes, preferiblemente familias con niños monos y bien educados.

—Los refuerzos están en camino —contestó por radio Darius, con voz crepitante.

El sol se reflejó en uno de los cristales del apartamento que había encima de la tienda de ropa de Sunita, donde nuestro intrépido alcalde había instalado un centro de operaciones con aire acondicionado.

Gage se acercó a mí, al lado de la carpa, observando cómo media docena de figurantes se preparaban para el bingo.

—Menos mal que Livvy es el único poli del pueblo, porque podrían detenernos por estafa por todo esto —dijo.

—¿Qué es una pequeña estafa entre vecinos y plantas de tratamiento de aguas residuales?

Mi hermano negó con la cabeza.

—No me lo puedo creer. Estás sonriendo.

Reajusté con esmero mi expresión para volver al habitual ceño fruncido.

—De eso nada. Me parece todo fatal.

—¿Qué pasa? —preguntó Levi, mirando cómo Gator empujaba al lago un kayak en el que iba un jubilado.

—Que Cam está sonriendo —contestó Gage.

—¿Es que algún niño ha chocado contra una puerta corredera de cristal?

—¿Qué ocurre? —preguntó Laura, uniéndose a nosotros. Llevaba un *walkie-talkie* enganchado al tirante de la camiseta y una mochila nevera llena de botellas de agua.

—Cammie está sonriendo —dijo Levi.

—De eso nada —insistí.

—¿Es que alguien se ha caído de un trampolín y ha aterrizado con los huevos? —preguntó mi hermana.

—¿Por qué pensáis que lo único que me divierte es que la gente se haga daño?

—Porque todos estábamos presentes cuando casi te meas de la risa al ver a Livvy chocarse contra la rama de un árbol y caerse del quad —respondió Gage.

—O aquella vez que te partiste el culo cuando Larry tropezó con el perro llevando la tarta de cumpleaños de Isla en la mano y se cayó de morros sobre ella —añadió Levi.

—Mamá tuvo que mojarte con el grifo del fregadero para que dejaras de descojonarte —recuerda Laura.

—Callaos de una vez —dije.

Abrir el baúl de los recuerdos era peligroso, porque inevitablemente nos hacía recordar todo lo que habíamos perdido. Y si algo había aprendido en el último año era que la única forma de seguir adelante era evitar pensar en el pasado y en cómo acabaría repitiéndose sí o sí.

—Pues si nadie se ha hecho daño, ¿por qué sonreirá mi querido hermano? —preguntó Laura.

Gage señaló a Hazel con la cabeza.

—Adivina. Te doy tres oportunidades; las dos primeras no cuentan.

—¡Ooooh! —corearon mis hermanos al unísono, antes de ponerse a hacer ruiditos de besos como si no hubiera un mañana.

—No os soporto.

—Disimulad. Viene ahí —susurró con elocuencia Gage mientras Hazel se dirigía hacia nosotros.

— 471 —

—Justo la familia que buscaba —dijo ella, sin reparar en que los idiotas de mis hermanos la miraban sonriendo. Se apartó el flequillo húmedo de los ojos y consultó el cuaderno—. Gage, ¿puedes ayudar a la mujer de la camiseta que pone «Mi nieto es un genio» a cruzar la calle para ir a la librería? Ha dicho que la artritis le está dando la lata. Y coquetea con ella por el camino.

—Por ti lo que haga falta, Chica de Ciudad —dijo, presumiendo de puñetero hoyuelo.

Le di un empujón.

—Guárdate eso para la abuela, idiota.

Hazel ya había pasado al siguiente punto de la agenda.

—Levi, ¿puedes hacer un turno de diez minutos sentado al lado del caballero del banco del parque que hay al lado del muelle y simplemente asentir mientras habla?

—¿Sentarse y asentir? —preguntó.

—Se llama Lewis y se ha olvidado los audífonos en casa, así que no oye nada, pero era el capitán de un catamarán en las Bahamas, antes de jubilarse. Es bastante guay.

—Voy —dijo mi hermano, dirigiéndose al banco asignado.

—Laura, ¿puedes hablar con tus padres para ver si necesitan más comida para el zoo de mascotas?

—Ya se la he llevado. Y también dos alargadores nuevos al puesto de helados, porque los suyos han desaparecido. Y también he reabastecido el puesto de hidratación del muelle.

Hazel puso varias cruces en el papel.

—Hoy estás siendo la estrella del equipo.

—Hoy y todos los días —replicó mi hermana con ligereza.

Le tiré de la coleta a Hazel.

—Sácame, entrenadora.

Ella esbozó una sonrisa burlona.

—Me alegra que te ofrezcas, porque necesitamos a alguien que cante los números del bingo.

Sacudí la cabeza con tanta energía, que varias gotas salieron volando.

—No. Ni de coña. No hay nada bajo este sol infernal capaz de hacerme subir ahí delante de todo el pueblo y un hatajo de ancianos desconocidos.

—I24. Ya sabéis todos lo que significa —dije por el micrófono.

—¡Anótate un tanto! —corearon los participantes.

Los equipos de bingo lanzaron una lluvia de pelotas de ping-pong de colores hacia la boca abierta del pez espada de dos metros disecado y puesto en vertical.

—Te estoy viendo bloquear tiros, Horace. Recuerda que si haces trampa... —dije, mirando al público.

—¡Te llevas una somanta! —respondieron todos a coro.

Los equipos de bingo de Story Lake habían incluido encantados a varios ancianos, atrayendo a una multitud.

Una vocecilla aflautada se oyó por encima del alboroto general.

Pertenecía a una mujer alta y desgarbada de Silver Haven, con gafas bifocales y un cardado que parecía una colmena.

—¡Creo que tengo bingo!

El caos se desató y continuó durante el proceso oficial de verificación. Resultó que Ethel, en efecto, tenía bingo.

—Gracias por jugar, amigos. Vamos a estirar las piernas, o cualquier otra parte del cuerpo dolorida, a rehidratarnos y a visitar el puesto de patatas fritas. Bishop corta y cierra —dije, dejando el micrófono sobre la mesa mientras recibía una salva de aplausos.

Una Hazel radiante apareció a mi lado y me entregó una botella de agua fría.

—Has estado verdaderamente...

—¿Atractivo? ¿Guapo? ¿Follable, después de una ducha? —dije, pasándome un antebrazo por la frente.

—Increíble —replicó ella—. Además de todo lo anterior.

La arrastré al exterior de la carpa, hasta la sombra del puesto de patatas fritas. El sol seguía empeñado en achicharrarnos, pero se había levantado la brisa del lago, haciendo que el calor resultara un poco más soportable. La banda del primo de Darius, The Equations, había sustituido a DJ Deena y estaba tocando una versión de «Help Me, Rhonda» que habían aprendido a todo correr.

— 473 —

—A Levi le toca sentarse y asentir con lo del viejo y el mar, y a mí dirigir una acalorada batalla por la supremacía durante una hora —señalé.

—Tu tarjeta de agradecimiento será mucho más cara que la suya —me prometió Hazel.

—¿Cómo ha ido todo lo demás mientras yo triunfaba ahí dentro? —pregunté, echándome la mitad del agua por la cabeza.

—¡Muy bien! La librería está arrasando con las rebajas del cincuenta por ciento. Una señora de ochenta y seis años ha intentado llevarse a Peaches dentro del bolso. Hasta ahora nadie se ha dado cuenta de que el pequeño Timmy ha formado parte hoy de cuatro familias diferentes, ni siquiera el propio Timmy, al que le importa un bledo pasear con adultos desconocidos siempre y cuando no le falte un granizado de cereza. Ah, y diez de nuestros queridos invitados están disfrutando de una excursión didáctica a baja velocidad por el lago en la barcaza neumática de los Hernández.

—¿Y qué les va a enseñar Beto? —le pregunté.

—Al parecer algo de historia y geología del pueblo, todo completamente inventado.

—Por algo nos llamamos «Story Lake». ¿Y cuánto falta para que podamos largarnos de aquí y echar un polvo en la ducha?

Hazel consultó la lista y el reloj.

—Aún faltan el concurso de canto de pájaros, la cena para madrugadores en el Angelo's, el karaoke, la banda de música…

—Disculpe, señorita Hart.

Nos giramos y vimos a una de las acompañantes del grupo de Silver Haven detrás de nosotros. Era una mujer de mediana edad que medía alrededor de metro setenta. Cuatro de esos centímetros eran de pelo. Tenía manchas de sudor en el polo y un montoncito de libros en la mano.

—¿Sí? —dijo Hazel, intentando de nuevo apartarse el flequillo lacio de los ojos.

—Espero no molestarla. Soy Sylvia, del grupo de Silver Haven. Bueno, en realidad soy la gerente y mi madre una de las residentes. Me he ofrecido voluntaria para venir hoy a la excursión porque había oído que usted vivía aquí. Quería decirle que soy una gran admiradora suya.

Hazel sonrió de oreja a oreja.

—¿De verdad? Muchas gracias.

Sylvia asintió enérgicamente.

—He leído todos sus libros varias veces. Y cuando me enteré de que se había mudado a un pueblito de verdad, como si fuera una de sus heroínas, decidí aprovechar la oportunidad de venir a comprobarlo por mí misma.

—Pues muchas gracias —dijo Hazel—. Significa mucho para mí que haya venido. Espero que esté disfrutando de Story Lake.

—Salta a la vista que tiene algo muy especial aquí —dijo Sylvia. Luego me miró a mí, sonriendo más todavía—. Y puede que también a alguien muy especial.

—Ah, bueno…, eh…, puede… —balbuceó Hazel.

Disfrutando de su incomodidad, le pasé un brazo alrededor de los hombros. Su piel húmeda rechazó la mía y mi brazo se resbaló.

Sylvia se volvió hacia Hazel.

—Solo quería decirle que nos llena de esperanza verla empezar de cero y encontrar su propio final feliz. Nos hace pensar que los demás también podemos hacerlo.

Hazel abrió los brazos.

—El efecto del desodorante se me ha ido hace como siete horas, pero ¿puedo darle un abrazo?

—¿Qué tal un abrazo y un selfi? Y a lo mejor podría firmarme los libros —propuso Sylvia.

—Creo que podré encontrar un bolígrafo —dijo Hazel, sonriendo emocionada.

Se estaban haciendo el vigésimo selfi cuando las radios crepitaron.

—S. O. S., S. O. S. Aquí el Bar Hawaiano Edad Dorada. Tenemos una vía de agua. Solicitamos ayuda inmediata.

—No me jodas —murmuré.

—¡Por el amor de Dios! Le advertí a Arthur que no tocara el barco —dijo Sylvia, cogiendo el teléfono.

Hazel y yo la dejamos para ir corriendo hacia el lago. Gage,

Levi y el resto de personas con *walkie-talkie* se presentaron en el muelle.

La barcaza estaba en medio del puñetero lago, pero hasta desde allí se veía escorada en el agua. Me quité el *walkie-talkie* con personajes de dibujos animados del cinturón.

—Bar Hawaiano Edad Dorada, aquí Locutor de Bingo. ¿Cuántos pasajeros hay a bordo? Cambio.

—Diez, además de mi señora y yo.

Hazel gimió.

—¿Qué hacemos? ¡No podemos dejar que vuelquen!

Mi madre se acercó a nosotros y le entregó el pollo bizco que llevaba en brazos a Zoey, que estuvo a punto de desmayarse.

Luego dio unas cuantas palmadas.

—Levi, ve hasta allí y evalúa los daños. Llévate chalecos salvavidas de sobra y averigua quién no sabe nadar. Gage y Cam, coged todos los botes disponibles y lleváoslos para iniciar el rescate. Laura, llama a Gator para saber hasta dónde llega el cabrestante de su grúa. Si acercamos el barco lo suficiente, tal vez podamos remolcarlos hasta la orilla.

—¿Qué puedo hacer yo? —preguntó Hazel, apretando el cuaderno contra el pecho.

—Llama a Darius y localiza a todas las *girl scouts* que puedas. Han conseguido las insignias de salvamento este verano.

Volví a pulsar el botón del *walkie*.

—Locutor de Bingo a Edad Dorada. Operación de rescate en marcha. Sentaos bien e intentad disfrutar del sol.

Beto me dio el visto bueno agitando la mano desde el barco y yo me lancé al muelle en busca de embarcaciones de gente demasiado confiada como para cerrarlas con llave.

Emilie se acercó a mí mientras intentaba desatar del muelle el Sunfish de Junior Wallpeter.

—Te dije que era una mala idea —me soltó.

Dejé de pelearme con el nudo y la fulminé con la mirada.

—Casi parece que quieres que fracasemos.

—¿Qué? No. ¿Por qué demonios iba a querer eso? —me espetó.

—Exacto, Rump. ¿Por qué demonios ibas a quererlo? —repliqué.

El nudo dejó de resistirse y salté a la embarcación. Para cuando me alejé del muelle y cogí la driza, Emilie ya había desaparecido.

Al cabo de unos minutos estaba ocupado subiendo a bordo a una pequeña pero ágil anciana de ochenta y seis años cuando mi radio crepitó.

—Sé que ahora mismo todo el mundo está ocupado salvando vidas, pero tenemos un problemilla en el puesto de helados y en el zoo interactivo.

—He pensado que a todos nos vendría bien una de estas —dijo Rusty, acercándose con dos cubos de cervezas heladas.

—Gracias —dije, cogiendo dos por el cuello.

Me abrí paso a través del lodazal de miembros del comité del Festival de Verano, abatidos y deshidratados, para llegar hasta Hazel, que estaba sentada en la acera. Parecía como si alguien hubiera atropellado a su abuela y luego hubiera prendido fuego a su casa, mientras observaba cómo los residentes de Silver Haven subían al autobús con unas cenas que el Angelo's había preparado a toda prisa y había metido en cajas.

Le puse la cerveza delante de la cara.

—Haze.

Ella dio un respingo y aceptó la botella.

—Gracias.

Me senté a su lado en el bordillo. El sol estaba ahora más bajo en el cielo y se había llevado consigo el grueso del calor. Pero eso era lo único que podíamos celebrar.

—No ha sido para tanto —señalé, abriendo mi cerveza—. Podría haber ido peor.

—¿Cómo, Cam? ¿Cómo podría haber ido peor? Hemos perdido un autobús entero de turistas. Todo el equipo de campo a través del instituto ha acabado con insolación. Vuestra tienda tiene que regalar treinta y cuatro paquetes familiares de papel higiénico porque todos los corredores cruzaron la línea de meta antes que el emoticono de caca del alcalde. Hemos estado a punto de ahogar a un autobús entero de ancianos y a un par de *girl scouts* durante el rescate. Y hemos acabado todos cubiertos de helado derretido y pelo de ganado gracias al apagón de los congeladores y la gran evasión del zoo interactivo.

—Nadie ha muerto, ni ha acabado en el hospital —señalé.

—Hemos necesitado una carpa entera para las emergencias médicas. Eso no debería ser sinónimo de éxito.

Le abrí la cerveza y se la volví a dar.

—Cariño, todos sabíamos que esto era una apuesta arriesgada. La primera batalla de una guerra muy larga. Estaba claro que el primer evento iba a ser una mierda. Pero ¿sabes cuál es el lado bueno?

Hazel hizo un mohín mirando la cerveza.

—¿Cuál?

—Que lo hemos conseguido.

—¿Qué hemos conseguido?

—Hemos trabajado juntos. Todo el pueblo. Y todo gracias a ti.

—Ahora mismo estoy ocupada revolcándome en la mierda. No creo que los cumplidos falsos sean apropiados en este momento —dijo con tristeza.

Le di un codazo en el hombro.

—Has organizado a todo el pueblo para alardear y fingir que éramos más grandes y mejores de lo que somos. Y ha funcionado.

—Sí, hasta que ha dejado de hacerlo.

—Hasta que alguien se aseguró de que no lo hiciera —dije.

Eso captó la atención de Hazel.

—¿Qué quieres decir?

—Comentaste que, cuando escuchaste a Nina hablando por teléfono, parecía que estaba hablando con alguien de Story Lake. Con un infiltrado.

—No sé…, me parece una idea demasiado sofisticada para un pueblo tan pequeño. Además, todo el mundo ha venido hoy. Todo el mundo ha colaborado y… hasta las *girl scouts* han arrastrado a otras personas nadando hasta la orilla.

—Levi y yo echamos un vistazo al barco cuando Gator lo

remolcó. Encontramos un pinchazo en la parte trasera de uno de los flotadores.

Ella le dio un trago a la botella.

—¿Qué dices?

—El policía es Levi, pero apostaría cualquier cosa a que alguien lo pinchó a propósito.

Hazel se atragantó con la cerveza.

—¿Alguien ha saboteado la excursión por el lago? ¡La gente podría haber acabado gravemente herida, o algo peor!

—Hay metro y medio de profundidad, lo más probable es que habrían tenido que mojarse un poco para volver a la orilla. Cualquiera que viva aquí lo sabe. Luego está lo de la electricidad del parque —continué—. Primero desaparecen los alargadores. Luego salta el automático. Y mientras todos estamos intentando meter varios litros de helado derretido en un congelador que sí funciona, alguien abre la verja del zoo interactivo.

—¿Crees que alguien nos ha estado saboteando durante todo el día?

—Si digo que sí, ¿te vas a poner más triste todavía?

—No, me voy a cabrear y voy a iniciar una cruzada para pillarlo y acabar con él.

—Perfecto. Me pone cuando te enfadas. Pues sí. Alguien nos ha estado saboteando durante todo el día y creo que sé quién ha sido.

Zoey se sentó en la acera al lado de Hazel. Tenía plumas de pollo pegadas a la camiseta de tirantes llena de manchas.

—No veo el momento de ducharme. Mi piel sabe como el borde de un margarita.

—Cam me estaba diciendo que cree que alguien nos ha estado saboteando todo el día —anunció Hazel.

—¿Que alguien ha hecho qué? —chilló Zoey—. ¡Dame un nombre y voy a por él ahora mismo!

—Baja la voz —dije, mirando por encima de los dos hombros.

Hazel se dio una palmada en la rodilla.

—Tenemos que preparar una trampa.

Zoey se animó.

—¡Como en *Spring Gate* cuatro! Cuando Madeline se cuela en la casa de Chester y...

—Joder —murmuré, al ver a una rubia a la que conocía muy bien venir hacia nosotros—. Fingid que estáis hechas polvo y esas cosas.

—¿Qué? ¿Por qué? —preguntó Zoey—. Yo tengo ganas de cargarme a alguien.

—Mierda —dijo Hazel, dándose cuenta del problema—. Nina. Es la exnovia de Cam y la alcaldesa de Dominion.

Zoey asintió.

—Vale. Ya me han puesto al corriente.

Nos levantamos a la vez cuando Nina se detuvo frente a nosotros. Tenía el aspecto de una mujer que se había pasado todo el día en salas de conferencias con aire acondicionado.

—Bueno, parece que vuestro pueblito ha tenido algo de emoción hoy —dijo Nina con una sonrisa de política, mientras echaba un vistazo a las ruinas del Festival de Verano que teníamos detrás—. Estaré encantada de compartir mis recursos con vosotros para ayudaros a subsanar este desastre. Podría enviar un equipo de limpieza en cuanto acabe nuestra fiesta mucho mayor.

—Creo que pasamos, Nina —dije.

—¿Quién iba a pensar que podrían salir mal tantas cosas en un solo día? Casi me dais pena —declaró.

—Tiene gracia. Justo iba a decir lo mismo de ti —dijo Hazel, con una risita.

Nina se llevó una mano al pecho.

—¿De mí? Si mi vida es perfecta. ¿Por qué iba a darte pena?

—Eres adulta, la alcaldesa de un pueblo supuestamente próspero, tienes una ropa estupenda, buen pelo...

—Pasa directamente a la parte de los insultos —me pidió Zoey.

—Y sin embargo, aquí estás, casi veinte años después de que tu novio del instituto te dejara y todavía tratando de vengarte. Tienes un marido, hijos y quizá una bonita casa con vistas al lago. Pero sigues pensando en el que te rechazó. Y eso es muy triste —dijo Hazel.

Nina soltó una carcajada gélida y falsísima.

—No he vuelto a pensar en Cam desde el verano siguiente al último año de instituto.

—Sí, ya. Por eso estás aquí hablando con él en vez de estar enviándole tus falsas condolencias al alcalde Oglethorpe —dijo Hazel con suficiencia.

La rodeé con el brazo y la atraje hacia mí.

—Qué fuerte, Nina. Qué vergüenza. No deberías seguir colada por mí. Yo ya he pasado página. —Estreché a Hazel de forma sugerente.

—Venga ya —se burló Nina—. La última vez que pensé en ti fue en el baile de graduación, porque me preocupaba que te presentaras vestido con ropa de camuflaje. No estoy aquí por ti. Estoy aquí para haceros una oferta.

—No pienso acostarme contigo por dinero, Nina —dije, lo suficientemente alto como para que toda la gente del parque y del aparcamiento pudiera oírnos.

—Siempre has sido un capullo inmaduro —murmuró ella.

—Bueno, eres tú la que sigue pillada por ese capullo inmaduro —señaló Zoey.

Nina la miró.

—¿Y tú quién eres?

—La que está a punto de partirte la cara —contestó Zoey en tono amable mientras avanzaba hacia ella.

Esta entrecerró los ojos y retrocedió medio paso.

—Este pueblo es de chiste. Deberíais darme las gracias.

—¿Las gracias? ¿Por qué? ¿Por odiarnos tanto como para sabotear un zoo interactivo? —dijo Hazel, dando un paso amenazador hacia adelante.

—Me importáis una mierda vosotros y vuestra patética aldea. He venido a ofreceros un trato. Si aceptáis la anexión, sufragaremos vuestro problemilla con las aguas residuales.

—¿Qué pasa aquí? —preguntó Gage, acercándose. Darius le pisaba los talones.

—Alcaldesa Vampic, qué agradable sorpresa —dijo Darius.

—Y una mierda —repliqué yo.

—La alcaldesa Vampic ha venido a recordarnos su oferta de

pagar la remodelación del sistema de saneamiento si renunciamos a nuestro fuero —anuncié.

La mirada de Darius se endureció.

—Me temo que ya hemos tenido esa conversación y, de momento, Story Lake no está abierto a considerar esa oferta tan generosa.

Nina miró con ironía los restos del Festival de Verano.

—¿Cuánto más podéis permitiros perder? No parece que quede mucho por lo que merezca la pena luchar. Ahora, si no os importa, creo que voy a disfrutar de un poco de paz y tranquilidad antes de volver para los fuegos artificiales y el espectáculo náutico.

Nina se fue a pasear por el muelle.

—No puedo creer que salieras con ella —murmuró Zoey.

—Cam me dijo que no estaba mal —dijo Gage, poniéndose a la defensiva.

Zoey y Hazel se giraron para mirarnos.

—¿Ha sido novia de los dos? —preguntaron al unísono.

—Entonces éramos mucho más jóvenes y más tontos —se justificó Gage, tímidamente.

—Bueno, tú solo eras más joven. Tu nivel de tontería sigue siendo más o menos el mismo —declaré.

Hazel estaba fulminando con la mirada a Nina, lanzándole dardos venenosos invisibles con los ojos.

—Perdonad, tengo que hacer una cosa.

Fue hacia el muelle echando humo por las orejas.

—Uy —dijo Zoey.

—¿Qué va a hacer? —le pregunté.

—Creo que intentar hacer justicia más allá del papel, por una vez en la vida —vaticinó.

Oliéndose una primicia, Garland se levantó de la silla plegable en la que había acampado bajo la carpa del bingo y salió corriendo tras ella.

Hazel cruzó furiosa los tablones del muelle y se detuvo a escasos centímetros de Nina.

Exhalé un suspiro.

—Mierda. La está apuntando con el dedo.

—Al menos no se lo ha clavado —dijo Zoey, protegiéndose los ojos del sol—. Tiene una fuerza acojonante en ellos. —Nina apartó la mano de Hazel de un manotazo. Por su cara de suficiencia, apostaba lo que fuera a que acababa de soltar una de sus famosas puñaladas esnobs. Pero Hazel se limitó a echar la cabeza hacia atrás para reírse—. Y ahora se está riendo de la mala de la película —añadió—. Qué bien. Normalmente suele tragarse la mala leche, largarse a su casa y pasarse dos días escribiendo insultos geniales que le gustaría que se le hubieran ocurrido en el momento.

—¡Nadie va a robarle nada a Story Lake, payasa de mierda! —gritó Hazel, lo bastante alto como para que toda la gente del parque se girara y viera lo que sucedía a continuación.

Nina, claramente poco acostumbrada a recibir insultos creativos, empujó con ambas manos a Hazel.

—Uf, la ha cagado —masculló Zoey—. La payasa de mierda acaba de cavar su propia tumba.

Pero yo ya estaba yendo hacia allí. Por desgracia llegué demasiado tarde.

Hazel recuperó el equilibrio y empujó a Nina hacia atrás… echándola del muelle y tirándola al agua.

—¡Toma ya! —gritó Zoey, aplaudiendo, mientras salía corriendo detrás de mí.

—Hay que joderse —murmuró Gage.

Nina salió a la superficie escupiendo. El pelo le colgaba sobre la cara como una cortina mojada. Su vestido de verano blanco estaba cubierto de lodo del lago.

—¡Cómo te atreves! —bramó.

O al menos eso fue lo que me pareció que decía. Era un poco difícil oírla por encima de los gritos de ánimo de la gente del parque.

—¡Hazel! ¡Hazel! ¡Hazel!

La mujer en cuestión se reunió conmigo al pie del muelle, sonrojada y triunfante.

—Si has venido a echarme la bronca, yo que tú me la ahorraría. Ahora mismo me siento como una heroína de la vida real —dijo.

—Eres una heroína de la vida real —le aseguré, agarrándola por la parte delantera de la camiseta—. Mi heroína.

La besé apasionadamente, lo que hizo que aumentara el volumen de los vítores. Me despegué de ella reorganizando mentalmente el programa de polvos de la noche, mientras Darius le lanzaba un salvavidas desde el muelle a Nina, que seguía chillando.

—¡Os voy a demandar a ti y a todo este puñetero pueblo! —gritó, hasta que se vio obligada a escupir más agua del lago.

Hazel puso cara de circunstancias.

—Creo que he sido un poco Cam de más.

—Eso es imposible. Todo el mundo debería ser más como yo —señalé, sonriéndoles a Gage y a Levi cuando se reunieron con nosotros en el muelle.

—No podemos permitirnos una planta de tratamiento de aguas residuales, para cuanto más una demanda —se lamentó Hazel.

—Pienso quedarme con tu casa, tus zapatos y tu puto coche, y luego voy a desmantelar este pueblo pedazo a pedazo —aulló Nina mientras Gator actuaba a regañadientes como un caballero y la ayudaba a salir del agua. Le faltaba una de sus elegantes sandalias y tenía pinta de haberse enfrentado diez veces a un túnel de lavado automático y haber perdido.

Gage se burló.

—Como abogado de la señorita Hart, exijo que presente cualquier tipo de demanda frívola a través de su equipo legal.

—¡Vete a la mierda, Gage! ¡Voy a hacer que detengan a toda tu puñetera familia!

—Como jefe de policía de Story Lake, voy a tener que pedirle que se abstenga de jurar en público, ya que es ilegal que una mujer lo haga dentro de los límites del pueblo entre las dos y las siete de la tarde —dijo Levi, cruzando los brazos sobre el pecho.

—Sois una panda de paletos que no merecéis compartir frontera con Dominion. ¡Deberíais estar besándonos los pies y suplicándonos que nos hagamos cargo de vuestro patético pueblucho!

La gente empezó a abuchearla. Sabiamente, Nina se lo tomó como una señal para volver cojeando y chapoteando al aparcamiento.

La vimos ir hacia el coche de Emilie Rump y hacerle un gesto para que le abriera la puerta.

—Qué interesante —señalé.

—Mucho —dijo Gage. Levi gruñó.

Vimos cómo se alejaban. De repente, el ambiente a orillas del lago era mucho más optimista que hacía unos minutos.

—Esto se merece otra cerveza —decidí.

—Ay, madre. No puede ser —murmuró Hazel—. ¿Es una alucinación?

—¿Qué pasa? —le pregunté.

—Joder. Si lo es, yo estoy teniendo la misma —dijo Zoey, poniéndose delante de Hazel para protegerla—. ¿Qué narices es esto? ¿Un desfile de exparejas?

43

Pantalones pijos

Hazel

Me aparté el flequillo de los ojos estupefacta, mientras mi exmarido se acercaba con una sonrisa crítica de superioridad a nuestro sudoroso grupito de pueblerinos inadaptados.

Vestía unos pantalones de lino y uno de esos polos que yo llamaba «de los de antes». Era su uniforme informal de verano. Seguía llevando el pelo largo y ondulado por arriba, como un poeta de principios de siglo. Tenía bastantes más canas y, aunque puede que se tratara de pura maldad por mi parte, me daba la impresión de que sus entradas eran un par de centímetros más profundas.

—Ahí está mi chica.

Antes, aquellas palabras me hacían sentir mariposas en el estómago. Ahora solo me hicieron sentir una rabia candente en el pecho.

—¿Jim? —dije con voz ahogada, como si tuviera un pez en la boca.

Se suponía que aquello no era lo que tenía que pasar. Me había imaginado que la próxima vez que me viera estaría espectacular, con un vestido de cóctel que me sentara como un guante, con un peinado perfecto y un maquillaje impecable. El plan era haber estado recogiendo algún codiciado premio literario o saliendo con un hombre guapísimo.

Cam y Zoey se pusieron delante de mí en plan protector, formando un muro entre el hombre que me había estafado y yo. El hombre al que había permitido que me estafara.

Levi y Gage presintieron que había algún problema y se unieron a ellos. Gage puso suavemente a Zoey detrás de él.

—¡Hazel, cariño!

Aquella entonación infantil tan familiar me hizo asomarme por encima de los hombros de mis protectores y quedarme anonadada al ver a la deslumbrante alucinación que me saludaba con la mano.

Zoey me miró con los ojos como platos.

—Ay, la leche, ¿esa es…?

—¿Mamá? —dije, abriéndome paso a través del muro de testosterona.

Ramona Hart-Daflure-fuera cual fuera su segundo apellido actual vino hacia mí con elegancia. Llevaba un vestido floral plisado de Oscar de La Renta y unas gafas de sol de estrella de cine. Me envolvió en un abrazo con aroma a Jo Malone. En su dedo anular brillaba una alianza nueva con un diamante del tamaño de un coche mediano.

A diferencia de Jim, mi madre no había envejecido ni un solo día desde la última vez que la había visto en un breve encuentro para comer e ir de compras, hacía dos años. Teníamos el mismo cabello espeso y oscuro, y los mismos ojos, pero todo lo demás en ella era más suave, más delicado, más… calculado.

—¿Qué estás haciendo aquí? ¿Con él? —le pregunté cuando me soltó.

—No seas así, bichito —dijo Jim, con su encanto juvenil. Me entraron ganas de vomitarle en los mocasines de ante.

—Bueno, cuando Jim me llamó y me dijo que estabas sufriendo una especie de crisis vital, que habías dejado de escribir y te habías mudado al medio de la nada, le dije a Stavros que la luna de miel iba a tener que esperar. Que mi niña me necesitaba.

—Ni tengo una crisis ni he dejado de escribir. Aunque puede que tenga que hacerlo cuando me metan en la cárcel por asesinato —dije con elocuencia, mirando a Jim.

—¿Algún problema? —preguntó Cam, uniéndose a nosotros.

—¿Por qué no os vais a tomar un par de cervezas y nos dejáis hablar? —sugirió Jim, derrochando encanto, mientras sacaba la pinza de los billetes.

Cam cogió los cuarenta dólares que le tendió, se los guardó en el bolsillo y dijo:

—No. —Zoey ahogó una carcajada.

—Caramba —dijo mi madre, mirando a los Bishop de arriba abajo, admirada—. Preséntame a tus amigos, Hazel.

Lo último que me apetecía hacer era seguir allí, empapada en sudor y derrotada, haciendo las presentaciones de rigor.

—Mamá, estos son Cam, Levi y Gage. Chicos, esta es mi madre, que ahora mismo debería estar en un yate en el Mediterráneo.

—Bueno, de repente ya estoy mucho menos preocupada por ti —me dijo mi madre, estrechándole la mano a Cam.

—¿A qué has venido, Jim? —le preguntó Zoey—. ¿A vigilar tu inversión?

Jim levantó las palmas de las manos.

—Intentemos ser civilizados, Zoey.

Ella le enseñó los dientes y esa vez fue Cam el que se rio.

—¡Zoey! Debería haber imaginado que no ibas a dejar que Hazel huyera sola —dijo mi madre, tirando de ella para darle un abrazo no deseado.

—Me alegro de verte, Ramona —dijo Zoey, tras zafarse del abrazo—. Pedazo anillo, a ver si le vas a sacar un ojo a alguien. ¿Qué narices haces con el exmarido de tu hija, después de que la estafara y le robara su obra?

Mi madre entrecerró los ojos.

—¿Perdona?

—A ver, Zoey, no he ido por ahí pregonando esa información, precisamente —dije.

Jim soltó una risita nerviosa.

—Tampoco hace falta dramatizar.

Había oído aquella frase condescendiente tantas veces que casi se había convertido en «nuestra canción». La primera vez había sido cuando Zoey y yo nos habíamos pillado un pedo con vino barato en la cena de entrega de unos premios literarios. Nos había metido en un taxi y nos había mandado a casa antes de que lo dejáramos en evidencia. Siempre hacía que me avergonzara hasta la sumisión. Al fin y al cabo, las apariciones en público eran la piedra angular de su reputación. Y, aunque se hubiera casado con una mujer bastante más joven, no quería que sus compañeros pensaran que era una inmadura.

Pues ya podía irse a la mierda.

Cam me estaba mirando, pidiéndome permiso para…, bueno, no sabía muy bien para qué. Pero imaginaba que implicaría algún tipo de violencia y muchos insultos. Negué con la cabeza. Aquel era mi problema y ya era hora de que lo afrontara.

—Pienso ser todo lo dramática que quiera, puto capullo de mierda —le espeté, volviendo a apartarme el flequillo de los ojos.

—Hazel, no veo ninguna razón por la que no podamos ser civilizados.

La antigua Hazel habría cedido, le habría dejado soltar el rollo y habría acabado dándole la razón. Pero la antigua Hazel estaba muerta. Y la nueva Hazel había pasado una cantidad de tiempo considerable con Campbell Bishop.

—Te daré una: que a mí no me da la gana de serlo. He ignorado tus llamadas, mensajes y correos electrónicos por algo, Jim. No sé qué mosca te ha picado para presentarte aquí e involucrar a mi madre después de robarme los tres primeros libros en el divorcio. Pero tú y tus pantalones de lino deberíais largaros ya porque nada de lo que tengas que decir me interesa lo más mínimo y la última persona que me ha cabreado ha acabado de cabeza en el lago. —Se oyeron unos cuantos aplausos dispersos a nuestro alrededor y me di cuenta de que habíamos atraído a una pequeña multitud. Garland me puso el móvil delante de las narices—. Garland, te juro por Dios que como hagas esa foto, voy a por ti y te hago tragarte el móvil —le solté.

—Joder. Pues sí que se te ha pegado algo de Cam —murmuró este, poniendo el móvil a salvo en el bolsillo de atrás.

—¿Qué es eso de que te robó los libros en el divorcio? —me

preguntó mi madre. Su voz dulce de mujer florero había desaparecido. Ahora sonaba como si fuera de acero—. Porque ya sabes que lo único que tenías que hacer era pedirme ayuda y habría puesto un equipo de abogados a tu servicio.

Mi madre conocía a los mejores abogados especializados en divorcios y a los más caros de todas las grandes ciudades.

—No quiero entrar en eso ahora, mamá. ¿Qué haces aquí, Jim? —le pregunté, cruzándome de brazos.

—He venido porque me preocupo por ti. Y porque está claro que necesitas orientación. —Señaló a nuestro alrededor como si estuviéramos rodeados de pruebas. Pero lo único que había a nuestro alrededor eran mi pueblo, mis vecinos y mis amigos.

—No te importo más de lo que me importas tú a mí —repliqué.

—Vamos a hablar a un sitio más… privado —dijo, mirando a Cam y a sus hermanos, que estaban detrás de mí.

—Ni lo sueñes —le espetó Cam, poniéndose a mi lado.

—Di lo que tengas que decir —dijo Gage, uniéndose a él.

—Y luego lárgate —añadió Levi, situándose al otro lado de mí.

Jim parecía a punto de tragarse su lengua de pedante. Estaba acostumbrado a las puñaladas por la espalda civilizadas, no a los enfrentamientos cara a cara.

—Vale. Solo intentaba protegerte de la vergüenza —dijo Jim, sacándose las manos de los bolsillos y poniéndoselas en las caderas, como un profesor decepcionado.

—La única persona a la que siempre has querido proteger es a ti mismo.

—Eso no es cierto —señaló.

—Tío, como no vayas al puto grano en los próximos cinco segundos, mis puños te van a escoltar fuera del pueblo —dijo Cam.

Jim resopló.

—La violencia solo es la solución cuando la inteligencia no está presente en la ecuación.

Cam hizo amago de ir a por él y mi exmarido retrocedió de un salto.

Jim tragó saliva.

—Vale. Hazel, tienes que renunciar a ese ridículo proyecto emocional. Has firmado un contrato para escribir otra entrega de *Spring Gate*. Eso es lo que quiere la editora, no ese otro manuscrito fruto de una crisis existencial estilo *Cómo Stella Recuperó la Marcha* o *Come, reza, ama* que estás escribiendo.

El aire abandonó mis pulmones con un silbido silencioso. Estuve a punto de desmoronarme, pero me obligué a enfrentarme a él.

—¿Cómo lo sabes? —El temblor de mi voz me irritó.

—Ayer comí con tu editora y con el departamento de Compras.

—¿Que has hecho qué? —exclamó Zoey.

Gage estiró inmediatamente un brazo y la agarró por la cintura antes de que pudiera abalanzarse sobre Jim.

—Tú no eres mi agente. No tienes derecho a hacer de mi representante —dije, armándome de valor, aunque me había invadido un malestar terrible.

—Oye, Hazel. A todos nos interesa que triunfes. Dales otro libro de *Spring Gate*.

Empecé a negar con la cabeza antes de que acabara la frase.

—A ti te interesa porque eres el que se lleva los derechos de autor de los tres primeros libros de la serie. Porque, aunque mis libros y mis historias te parezcan una mierda, fueron los que nos mantuvieron mientras tú jugabas a darte importancia. Esos libros que tú tachabas de poco realistas, diciendo que eran «porno para mamás» y «banalidades inútiles», son los que te están pagando el puñetero alquiler ahora mismo.

Cam gruñó y Jim retrocedió medio paso.

—¡Eres un mierda! —gritó alguien entre la multitud. Se escuchó un murmullo de aprobación.

—Jim, ¿es eso cierto? —le preguntó mi madre.

—Tenía derecho a un reparto equitativo —dijo Jim. Estaban apareciendo unas manchas en las axilas de su elegante camisa.

—¡Eres un capullo! —le gritó Zoey desde detrás del brazo de Gage, que hacía las veces de barrera.

—Y tú nunca has sabido comportarte como una adulta.

—Yo que tú tendría cuidado, amigo —dijo Gage con frialdad—. Como la suelte, no serás más que un cadáver al que tendremos que enterrar.

Cam se volvió hacia mí.

—Cariño, me parece muy bien que te defiendas, pero este tío está pidiendo a gritos que le den un puñetazo en la cara y, si tú no piensas hacerlo, me gustaría tener el honor.

—¿«Cariño»? —se burló Jim, mirándonos a Cam y a mí.

—Ninguno de los dos ha pedido tu opinión —dijo Cam amenazadoramente.

—Yo que tú, ya estaría subiéndome al coche —le aconsejó Levi a Jim con una sonrisita despiadada.

—Un momento —dije, dando un paso hacia mi pasado—. Tú has hablado durante los últimos diez años. Ahora me toca a mí. Te presentas en mi pueblo y me sueltas delante de mis amigos que tengo que abandonar esta pequeña fantasía y volver a ganar para ti un dinero que nunca has merecido.

Le clavé un dedo en el pecho y me di cuenta de que era más blando de lo que recordaba. Claro que, comparado con el de Cam, cualquier pecho parecía blandurrio.

—Está haciendo lo del dedo —susurró Zoey en voz demasiado alta.

—¡Cielo, no te estropees las uñas! —me gritó mi madre.

—Bueno, pues ahí va un mensaje para ti y tus amiguitos editores, Jim. Vete a tomar por culo, payaso de mierda.

La gente se echó a reír y alguien me jaleó.

—Le está sacando mucho partido a lo de los payasos de mierda —comentó Gage.

—Pienso escribir lo que me dé la gana —añadí, sin dejar de clavarle el dedo en el pecho a Jim—. Y si no quieres que haga todo lo posible para que la gente deje de comprar tus libros, yo que tú me iría ahora mismo y no volvería más. Ah, y no se te ocurra volver a hablarle de mí a nadie.

Cam gruñó satisfecho una fracción de segundo antes de que el público empezara a aplaudir con entusiasmo.

—¡Coge tus pantalones pijos y lárgate de aquí! —le gritó Gator.

Jim abrió la boca para contestarme, pero no lo habría oído con el ruido de la multitud. Así que dio media vuelta con sus elegantes mocasines y fue hacia el aparcamiento.

Ocurrió tan rápido que casi me lo pierdo.

Una cabeza de pez escamosa bajó de los cielos y aterrizó con un «plof» justo delante de Jim.

—¡Mejor que te des prisa! ¡Has cabreado a Goose! —le gritó Gage.

Jim esquivó el pez y, con un brazo sobre la cabeza para protegerse, salió corriendo para ponerse a cubierto.

Cam me puso una mano en el hombro y me sacudió entusiasmado.

—Así se hace, Calamidad.

Zoey hizo bocina con las manos y gritó:

—¡Hasta nunca, pringado!

Mi madre se unió a nosotros para presenciar el paseo de la vergüenza de Jim.

—Creo que ya va siendo hora de que hablemos largo y tendido.

Bajé las escaleras después de una ducha de treinta minutos de lo más emocional. Tenía el pelo mojado y llevaba tres capas de desodorante. Mi madre estaba fresca como una lechuga en mi maravilloso sofá blanco.

Había una botella helada de chardonnay en la mesa, delante de ella.

Zoey abandonó el sillón y se puso en pie.

—Me agencio tu ducha —dijo.

A juzgar por la expresión de mi madre, parecía que Zoey le había confirmado lo que Jim había dicho sobre mi editora. Pero estaba demasiado agotada psicológicamente como para preguntárselo.

—Toda tuya —dije, aceptando la copa de vino que me ofreció al pasar—. Cuidado con los mapaches.

Mi madre acarició el cojín que tenía al lado con unas uñas delicadamente pintadas de rosa.

—¿Cómo te las arreglas? —le pregunté, sentándome y llevándome las rodillas al pecho.

Ella ladeó la cabeza, haciendo que los diamantes centellearan en sus orejas.

—¿Para qué?

—Para parecer siempre recién salida de una sesión de fotos de una revista.

Ella se acarició el pelo, que llevaba recogido en un elegante moño castaño.

—Nunca salgo de casa desarmada —bromeó—. Mejor vamos a hablar de por qué no me contaste lo que había pasado entre Jim y tú.

—Te dije que nos habíamos divorciado —alegué, esquivando la pregunta.

—No me dijiste que te había desvalijado.

—No me desvalijó —repliqué, hablando dentro de la copa de vino.

—Se ha quedado con tus derechos de propiedad intelectual. Eso es inaceptable.

«Inaceptable» me parecía una palabra demasiado aséptica para los sentimientos que tenía.

—Cariño, yo podría haberte ayudado —dijo mi madre.

—No quería que lo hicieras. Solo quería acabar cuanto antes. Y la verdad es que no me apetece hablar de eso.

Mi madre se giró en el sofá para mirarme a la cara.

—¿Quién te habría entendido mejor que yo? Podría haberte orientado. No habría permitido que se quedara con tus libros. He pasado por eso varias veces, ¿o ya lo has olvidado?

—Claro que no. Pero a lo mejor no quería ser como tú, ¿vale? —Hice una mueca de dolor y volví a coger el vino—. Lo siento. No lo he dicho en serio. Estoy deshidratada y de mala leche.

Mi madre puso los ojos en blanco ante aquel insulto.

—Claro que lo has dicho en serio. Deja de disculparte por tener sentimientos.

Había olvidado lo bien que llevaba mi madre la honestidad, incluso la más brutal.

—No te di una infancia fácil y sé que no estamos tan unidas

como podríamos. Pero no entiendo que no me pidieras ayuda. Seamos sinceras. ¿Hay alguien con más experiencia que yo en negociar divorcios? Así que dime, ¿no querías ser como yo, o no te sentías capaz de reclamar lo que te correspondía por derecho? —Incliné la cabeza hacia atrás para mirar el medallón del techo—. ¿Las dos cosas? —murmuró mi madre.

—Me utilizó —dije, sentándome y pasando el dedo por el borde de la copa—. Zoey estaba negociando mi último contrato con la editora. Me pidió que quedáramos y yo creía que era para celebrarlo con unas copas.

Se me revolvió el estómago al recordarlo.

—Supongo que no era para celebrar nada.

Negué con la cabeza.

—Pues no. Zoey estaba furiosa. Me dijo que Jim había negociado un acuerdo clandestino con la editorial que asignaba parte de mi anticipo a un autor que iba a presentar. Un tío que había escrito una retorcida metáfora autobiográfica en la que decía que quería acostarse con su madre y matar a su padre. —Mi madre no dijo nada, pero arqueó una ceja mientras bebía en silencio—. Fue la gota que colmó el vaso. Soportaba insultos velados y menosprecios sobre mis libros y sobre mí cada día. Que si no era una escritora seria. Que si lo mío era un hobby. Que si eran banalidades. Y la cosa empeoraba cuando creía que no lo estaba escuchando. Pero permitía que siguiera haciéndolo. Creo que hasta me lo creí. Hasta que me robó, literalmente. ¿Y sabes lo que dijo cuando me enfrenté a él?

—No quiero ni imaginármelo.

—Dijo que creía que me alegraría de ayudar a compensar a un artista de verdad que tenía algo importante que decir. Nos robó el dinero a Zoey y a mí y se lo quedó.

La mirada de mi madre se endureció.

—Rata codiciosa. Sabía que por algo no me caía bien.

—¡Si parecía que lo adorabas!

—Cariño, no tiene ninguna ventaja dejar que la gente que no te gusta sepa que no te gusta hasta el momento adecuado.

—Y me lo dices ahora —murmuré.

—Creías que lo querías. No iba a intentar impedirte que eli-

— 495 —

gieras tu propio camino. Pero te hiciste más pequeña y menos interesante por él. Dejaste que te alejara de los focos y te recluyera entre bastidores. ¿Por qué crees que eligió los libros que habías escrito antes de conocerlo? Porque eran mejores que los que tenían su influencia.

—¿Lees mis libros?

Mi madre resopló.

—Por supuesto que leo tus libros.

—Nunca me lo habías dicho…

—¿Y cuándo esperabas que lo hiciera? ¿Cuando evitas mis mensajes y correos electrónicos, o cuando me cortas por teléfono porque estás demasiado ocupada con una vida que no quieres compartir conmigo?

—Eso ha dolido.

Ella se encogió de hombros.

—No hagas preguntas si no puedes con las respuestas.

—No creo que pueda con nada más hoy. —Cogí un cojín y lo abracé contra el pecho—. La rata y tú me habéis pillado un poco de bajón. El día empezó a complicarse a la media hora de levantarme de la cama.

—Hablando del tema. Cuéntame lo de ese tal Cam.

—¿Qué le pasa? —pregunté, apostando por una inocencia que me hizo parecer descaradamente culpable.

—Eso digo yo. Es guapísimo y muy protector contigo.

—Solo nos estamos divirtiendo —aseguré.

Mi madre me dio un golpe con un codo perfectamente hidratado.

—¿Eso es lo que quieres?

—Es lo único que soy capaz de gestionar. Al parecer no se me dan muy bien las relaciones.

—Ya estás otra vez haciéndote pequeñita.

—Madre, no necesito que me pisotees con los tacones de aguja cuando ya estoy en el suelo —me quejé.

—No dije nada cuando te casaste con Jim, pero te aseguro que pienso aprovechar la oportunidad de decir algo ahora. Deja de conformarte con menos de lo que te mereces. Con menos de lo que quieres.

—Yo no soy como tú. No puedo ir saltando de relación en relación.

—¿Por qué? La vida es complicada y, desde fuera, la gente no siempre está de acuerdo con nuestras decisiones. Pero intentar conseguir lo que deseas es más importante que hacer que unos cuantos desconocidos se sientan más cómodos. Si lo único que quieres es un poco de sexo satisfactorio, no dudes en seguir así. Pero si crees que podrías tener una verdadera relación con ese apuesto granjero…

—Contratista —la corregí.

—Con ese contratista tan guapo, te debes a ti misma intentarlo. Decide lo que quieres y ve a por ello con todas tus ganas. Porque nadie en este mundo te lo va a regalar, por mucho que te quiera o muy bien que te conozca.

—¿Y tú qué quieres, mamá?

Ella esbozó una sonrisa soñadora, con el pintalabios todavía intacto.

—Esa es fácil. Quiero que me adoren.

Bebí un largo y ruidoso trago de vino.

Mi madre me dio una palmada juguetona en el brazo.

—No seas así. Tú no tienes por qué aprobar mis deseos.

—Menos mal —resoplé.

Esbozó una sonrisa radiante y preciosa, y media docena de recuerdos felices de la infancia que había enterrado me vinieron a la mente.

—¿Y si quiero más de Cam y él no está dispuesto a dármelo? —le pregunté—. ¿Y si quiero escribir ese libro y nadie quiere leerlo?

—Pues sigues viviendo y enamorándote de lo que venga después —me aconsejó.

—Eso parece muy trabajoso.

—Pero es muy divertido.

La puerta principal se abrió y entró un Cam recién duchado. Incluso en mi estado de embotamiento, siguió llamándome la atención lo atractivo que era. Saludó a mi madre con la cabeza y luego se fijó en mí.

—¿Estás bien?

—Acabo de airear mis trapos sucios delante de todo un pueblo al que he fallado con un plan absurdo que podría haber causado heridos graves. Todo el mundo me va a odiar eternamente y voy a tener que mudarme a otro pueblo, hasta que allí también empiecen a odiarme. Habría sido mejor haber invertido en una de esas minicasas móviles, para poder cogerla y largarme en cuanto empezara a decepcionar a la gente.

Mi madre me dio unas palmaditas en la rodilla.

—No pasa nada. Solo es un poco dramática.

Cam se dejó caer en el sofá a mi lado y puso los pies encima de la otomana.

—No has fallado ni herido a nadie. Esta era solo la primera batalla, no la guerra entera. Y airear los trapos sucios delante de todo el pueblo es un rito de iniciación en Story Lake.

—El apuesto contratista tiene razón, aunque tendré que fiarme de él en lo de los heridos —dijo mi madre—. Y ahora que veo que estás en buenas manos, y muy capaces, me vuelvo a la luna de miel. Stavros me ha enviado un helicóptero.

Me dio un beso en la mejilla y se puso en pie.

—Por favor, mamá. Si ves un águila calva cerca de ese helicóptero…

—Vigílala. Parece un poco deshidratada —le dijo mi madre a Cam mientras iba hacia la puerta.

—Ahora la llevo a la cama —prometió Cam con lujuria.

Mi madre abrió la puerta principal.

—Ah, hola —dijo.

—¿Alguien está repartiendo folletos de «Odiamos a Hazel»? —refunfuñé.

Darius, Gage, Levi, Pep, Ace, Erleen, Gator, Billie y Hana entraron en casa. Traían neveras y sillas plegables.

—¿Qué pasa? —pregunté aturdida.

—Reunión estratégica —anunció Darius—. Tenemos mucho de qué hablar. Cam, tenías razón. Definitivamente, Emilie estaba confabulada con Nina. Levi encontró en su maletero los alargadores que faltaban y la herramienta que usó para agujerear la barcaza de Beto.

—Nina prometió nombrarla teniente de alcalde si se aprobaba la anexión y Dominion podía construir el campo de golf —explicó Levi.

Vamos a ir unos cuantos a empapelarle la casa con panfletos de «los traidores dan asco», nos informó Gator.

Darius dio una palmada.

—Venga, a colocar las sillas y a sacar la comida. Vamos a alimentarnos y a trazar las próximas estrategias.

—Un momento. ¿No estáis enfadados conmigo por haber hecho que el Festival de Verano haya sido un fracaso monumental? —pregunté, sin entender nada.

—¿Estás de broma? —exclamó Darius—. Sylvia, de Silver Haven, me ha mandado un mensaje diciéndome que los residentes se lo han pasado pipa hoy. Quiere organizar otra excursión en autobús el mes que viene.

Mi madre llamó mi atención desde la puerta. Me guiñó un ojo, me hizo un gesto pidiéndome que la llamara y desapareció.

44

Podríamos haberlo pasado mal juntos

Campbell

Septiembre transcurría con menor humedad y temperaturas más frescas. Los días seguían siendo soleados y cálidos, pero las noches adquirieron una clara frescura otoñal. Había especias para tarta de calabaza por todas partes y las reformas de Hazel iban viento en popa. Los armarios de la cocina y el comedor ya estaban instalados y en diversas fases de acabado. El tejado estaba terminado, la terraza empezada y los baños de invitados del piso de arriba finalizados, salvo por los marcos y las molduras de las paredes. Habíamos empezado a demoler el baño de la habitación de Hazel y la había convencido para que pusiera una ducha más grande.

Bishop Brothers estaba presupuestando la renovación de la fachada de la cafetería nueva y la construcción de un despacho. Habíamos puesto en marcha los planes para un Festival de Otoño y un torneo de bingo de todo un fin de semana. Y Hazel y el nuevo equipo de redacción de subvenciones de Story Lake estaban ocupadísimos buscando opciones de financiación.

Todo estaba progresando.

Y, aunque no sabía si eso contaba como progreso, yo cada vez tenía más cosas (ropa, libros, herramientas) en Heart House. Hazel y yo fingíamos no darnos cuenta de que dormía allí todas las noches. Todo iba… bien. Genial. La situación me gustaba lo suficiente como para no tener intención de agitar las aguas hablando de ello.

—¿Cómo va lo del libro? —me preguntó Levi mientras dejaba la nevera en el asiento de atrás de la lancha.

Los grillos y las ranas arborícolas del verano estaban más silenciosos en el crepúsculo de principios de otoño.

—Bien —contesté, disimulando una sonrisa pícara. La nueva queja de Hazel era que mi inspiración la estaba obligando a escribir una historia con un montón de sexo y cero conflictos.

—Zoey ha dicho que va a empezar a enviarlo a otras editoriales —comentó Gage, desatando el cabo del muelle.

Era viernes por la noche y habíamos tenido una semana larga y productiva. Hazel y yo íbamos a pasarnos el fin de semana rodeados de hojas de instrucciones para montar los muebles de la habitación de invitados, así que había accedido a tomarme algo en el lago con mis hermanos. Estábamos empezando a llevarnos mejor, aunque tampoco es que me fijara mucho en esas cosas. Ni que ninguno de nosotros fuera a admitirlo. Pero parecía que por fin estábamos creando una nueva rutina.

—Sí. Es lo más inteligente. Su antigua editora parecía bastante chunga. ¿Tú has empezado a escribir algo que no sea una puta mierda? —le pregunté a Levi mientras llevaba la lancha hacia aguas más profundas.

—Puede. Es difícil saberlo —contestó.

—Y tú, ¿qué has estado haciendo? —le pregunté a Gage—. ¿Poniéndote al día con la abogacía?

—Esta semana he tenido dos testamentos, una consulta de divorcio y Zoey me ha pedido que redacte un contrato para un cliente nuevo.

Le di a Levi un golpecito en el hombro con una de las cervezas que estaba repartiendo.

—¿Se lo dices tú o lo hago yo?

—Dale.

—¿Decirme qué? —preguntó Gage, desde el asiento delantero.

—Que llevamos en el barco treinta putos segundos y ya has nombrado a Zoey dos veces —comenté.

— 501 —

—¿Y? —preguntó.

—Que estás coladitooo —canturreamos al unísono Levi y yo.

De repente me teletransporté al momento en el que Miller nos había dicho que iba a ir con nuestra hermana a la fiesta de principio de curso. Gage fue el que se burló. Yo le había dado un puñetazo a mi amigo, sin previo aviso. Levi me había sujetado, y luego amenazó a Miller con meterle la cabeza tan dentro del culo que podría hacerse sus propias colonoscopias, como se le ocurriera hacer daño a Laura.

—Yo soy el más joven. ¿Por qué parezco el único adulto del barco? —se quejó Gage, devolviéndome a la realidad. Me froté distraídamente el pecho y obligué al pasado a volver a su caja.

—Es muy guapa —dijo de forma escueta Levi.

—Y un terremoto —añadí yo.

—No pienso hablar de eso con dos capullos —dijo Gage.

—La primera vez que la viste, te caíste de un tejado —comentó Levi.

—Como alguno de los dos le diga una puñetera palabra a Larry sobre esto...

—¿Quién coño crees que nos lo ha soplado? —repliqué—. Fue ella la que se dio cuenta de cómo babeabas en el Festival de Verano.

—Deberíamos hacernos con una barcaza —comentó Levi.

Gage y yo lo miramos en la oscuridad.

—¿Qué dices? —replicó Gage.

—¿A qué coño viene eso?

—Así Larry podría venir con nosotros —explicó.

—No es tan mala idea —reconocí.

—Eres un buen hermano..., al menos para Larry —dijo Gage.

Levi se encogió de hombros en la oscuridad.

—Seguro que echa de menos venir aquí, pero es demasiado testaruda para decir nada.

—Hablando de que es demasiado testaruda para decir nada, he esbozado algunos planos para su casa. Para poner un baño y una habitación en la planta baja —anuncié.

—¿Se los vas a enseñar? —me preguntó Levi.

—No lo sé. No me los ha pedido y me da un poco de miedo. A lo mejor le pido a papá que se los enseñe él.

Levi gruñó.

Gage se pasó una mano por la cara.

—Joder. ¿Nunca os cansáis de no hablar de las cosas? —dijo.

—No —respondimos Levi y yo al unísono.

—Vaya dos gilipollas —masculló Gage.

La pantalla del teléfono de Levi se iluminó justo cuando Gage se llevaba la mano al bolsillo. Sentí vibrar mi propio móvil contra la pierna.

Papá
Laura ha tenido una mala caída.
Está en el hospital.

Odiaba aquel puto sitio, con sus olores antisépticos, sus pitidos intermitentes y su personal uniformado que actuaba como si fuera un puñetero día como otro cualquiera. Los recuerdos que tanto me había costado mantener enterrados salieron a la superficie.

Me preguntaba si mis hermanos también sentirían aquella presión en el pecho y tendrían la sensación de que se les cerraba la garganta, mientras corríamos por los pasillos. Me repetía sin parar que no estaba en la UCI. Que no era como la última vez.

En esa ocasión no íbamos a salir de allí con un miembro menos en la familia.

Pero, me dijera lo que me dijera, no podía evitar sentirme como si estuviera de nuevo en caída libre. Como si el suelo hubiera vuelto a ceder cuando menos me lo esperaba bajo mis pies, cuando debería haber estado preparado para ello.

—¿Habitación? —pregunté mientras girábamos para entrar en otro pasillo.

—Cuatrocientos dos —contestó Levi, agobiado.

—Está bien. Mamá ha dicho que está bien —nos recordó Gage, sin aminorar el paso.

La última vez yo no estaba con ellos. Imaginé a mis hermanos corriendo por los pasillos hacía un año, mientras yo recibía las noticias a horas de distancia. Aquella vez nadie nos había tranquilizado y las posibilidades que nos preocupaban no eran ni por asomo tan malas como la realidad que nos esperaba.

—Ahí —dijo Levi, señalando más allá de dos enfermeras.

Irrumpimos en la habitación, casi atascándonos en la puerta.

—¿En serio? ¿Habéis avisado a los tres chiflados? —se quejó Laura desde la cama. Tenía una venda en la frente y varios moratones en la cara. Estaba bien. Esa vez sí.

«Ha sufrido un traumatismo medular. No sabremos la magnitud de los daños hasta que recupere el conocimiento». Sacudí la cabeza para alejar el recuerdo del médico de expresión sombría que me dio aquella noticia que había cambiado el rumbo de nuestra familia.

—Tus hermanos solo están preocupados por ti —dijo mi madre, acariciándole la rodilla a Laura.

—¿Qué demonios ha pasado, Larry? ¿Te has peleado con Melvin? —le preguntó Gage tan tranquilo y encantador como siempre.

«Miller no ha salido adelante».

Fue Gage el que me lo dijo. Esperaron a que llegara al hospital para darme la noticia.

—Sí, tienes una pinta horrible —comentó Levi, apoyándose en la pared, al lado de la pizarra. «Paciente Laura Upcraft».

Estaba sudoroso y mareado. El oxígeno de la habitación no me bastaba mientras mi cerebro, presa del pánico, mezclaba el pasado con el presente.

Laura suspiró.

—Si os lo cuento, ¿prometéis iros todos a casa de una puta vez?

—Sí —mentimos al unísono.

—Me estaba cambiando del váter a la silla y olvidé bloquear las putas ruedas. Me di con la cabeza en el puñetero lavabo, ¿vale? ¿Contentos? —Gage resopló, riéndose. Levi esbozó una sonrisa burlona. Yo me quedé allí de pie, intentando recuperar el aliento—. Que os den. Al menos aún puedo hacer esto —dijo Laura, mirándonos a todos mientras nos hacía una peineta.

—Vuestra hermana solo tiene un par de puntos y un chichón en la cabeza —explicó nuestra madre alegremente.

«Laura no lo sabe. Y los niños tampoco», me había susurrado mamá desde la cabecera de la cama de mi hermana, donde se aferraba a su mano vendada.

—Menos mal que tiene la cabeza dura —intervino Levi.

«No sabemos si sobrevivirá». Recordé a Levi dándome la noticia con la delicadeza de un mazo.

—Gracias por la información, mamá. Hala, ya podéis iros todos a casa. ¿Alguno de los tres inútiles puede vigilar a los niños, mientras yo convenzo a estos de que no me hagan quedarme aquí toda la noche? Me están petando el teléfono con memes absurdos e Isla me ha dicho que papá ha tropezado con Melvin cuando les hacía la cena.

—Ya voy yo a ver cómo están —se ofreció Gage.

«¿Y qué vamos a hacer si no se despierta?». Nadie se había atrevido a hacerse la pregunta en voz alta. Pero yo sabía que todos lo pensábamos.

—¿Quieres algo de casa? Puedo ir con él y traerte algunas de esas cosas de chicas —se ofreció Levi.

Quería hacer algo útil, pero me sentía como si mi lengua fuera tres tallas más grande que mi boca y no era capaz de dejar de sudar.

Me vibró el móvil en la mano y lo miré.

Hazel
Laura está bien? Y tú?

Levanté la vista y, por un instante, no vi a Laura en la cama del hospital, sino a Hazel.

«No sabemos si sobrevivirá».

Joder, puto ataque de pánico de los cojones. Hazel estaba bien. Laura estaba bien. Y yo estaba perfectamente. ¿O no?

—¿Estás bien, Cammie? Pareces a punto de vomitar —comentó Laura.

—Cariño, estás muy pálido —dijo mi madre, levantándose enseguida de la silla y poniéndome una mano en la frente.

—Estoy bien, mamá —conseguí articular, aunque las palabras sonaron poco convincentes incluso para mis propios oídos—. Creo que… me voy a largar.

—Chao, pringao —dijo Laura.

Al ver que la cerveza no lograba tranquilizarme, me pasé al bourbon que encontré en la cocina.

Ni siquiera me había molestado en encender las luces del apartamento. Solo quería oscuridad. No quería volver a sentir aquello. No era la primera vez que enterraba la pérdida, el miedo y el dolor. Podía volver a hacerlo.

Había bajado la guardia. Había permitido que Hazel me hiciera olvidar la regla más importante y despiadada del mundo: que podías perder a la gente a la que amabas.

A veces la gente salía a cenar y no volvía a ver a sus tres hijos pequeños. A veces las personas salían a correr y no llegaban nunca a la meta. A veces se producía un diagnóstico repentino, o había quien se marchaba sin más. Pero, al final, el resultado era siempre el mismo.

En medio de aquella angustia, alguien llamó a la puerta.

La abrí. Hazel levantó la vista hacia mí. Tenía el pelo alborotado y me miraba preocupada. Me entraron ganas de acercarme a ella, de rodearla con mis brazos y abrazarla fuerte. Pero no podía permitírmelo. Ya amaba a mi familia. No podía hacer nada al respecto. Tendría que soportar la devastación de ir perdiéndolos uno a uno en las tragedias que la vida tuviera la crueldad de depararles.

Cada uno lo afrontaba de una forma distinta. Hazel escribía historias de ficción con finales felices imposibles. Mi hermana superaba como podía el día a día y lo llamaba «vida». Pero al menos yo podía minimizar los daños. No tenía por qué añadir a nadie más a esa lista. No tenía por qué enamorarme de ella para luego perderla, como Laura perdió a Miller.

—¿Qué haces aquí? —le pregunté, plantándome en la puerta y negándome a dejarla entrar. Como defensa, era demasiado penosa y llegaba demasiado tarde.

—Te he llamado un par de veces y te he enviado varios mensajes, pero no me has contestado. Gage me lo ha contado todo y he venido a ver si estabas bien. —Me puso una mano en la mejilla.

No lo estaba. Ni muchísimo menos.

Me aparté con brusquedad de ella, y se sobresaltó.

—¿Por qué? ¿Quieres usar las miserias de mi familia para tu libro?

—¡Cam!

Se encogió como si le hubiera pegado. Como si le hubiera hecho daño físicamente. Me dije que eso estaba bien. Que era lo mejor, aunque se me revolvieran las tripas y me ardieran los pulmones.

—¿Qué? Has estado explotando mi vida durante semanas en beneficio propio, por diversión. ¿Por qué ibas a parar ahora?

—No es verdad —replicó—. ¿A qué viene eso?

—¿Podemos saltárnoslo? ¿Podemos limitarnos a reconocer que ha sido un puto día de mierda y que ambos sabemos que esto ya no funciona?

—Pues hasta esta tarde parecía que funcionaba —replicó Hazel.

Negué con la cabeza, como si sintiera vergüenza ajena. Hasta a mí me sorprendía mi nivel de imbecilidad.

—Siento haberte hecho creer eso. Pero esto no es lo que quiero.

—Para el carro. Espera un momento, antes de que alguno de los dos, bueno, más bien tú, diga algo imperdonable. —Abrí la boca para hacer precisamente eso, pero Hazel me lo impidió con un gesto de la mano—. No. Estabas bien cuando te fuiste. Estábamos bien. Estábamos mejor que bien. Estábamos haciendo planes. Entiendo que volver a ver a tu hermana en el hospital haya desencadenado...

—Oye, simplemente no tengo tiempo ni espacio para ti en mi vida. Lo siento si estoy hiriendo tus sentimientos, pero lo que ha habido entre nosotros ha seguido su curso natural. Nos lo hemos pasado bien, pero se acabó. Necesito centrarme en mi familia y en el negocio, sin distracciones.

Hazel ahogó un grito. El casco se le escapó de las manos y cayó al suelo con un ruido sordo.

—¿Sin distracciones? ¡Si fuiste tú el que me lio para que saliera contigo, para que me enamorara de ti! Yo no quería, pero me convenciste. Me hiciste creer…

—¿Qué? ¿En los orgasmos múltiples? —dije con frivolidad.

Ella retrocedió y parpadeó.

—No. Me hiciste creer que no había perdido la oportunidad de conseguir mi final feliz.

Reaccionando de una forma que sin duda haría que le pusiera mi nombre a uno de sus villanos de ficción, puse los ojos en blanco, como si lo que estaba diciendo fuera lo más absurdo que había oído en mi vida.

—Teníamos un acuerdo. Nada de ataduras. Solo sexo. Lo siento si pensaste que era más que eso.

Hazel parpadeó lentamente y, por un instante, pensé que iba a echarse a llorar, lo cual me habría desarmado. Pero, en lugar de lágrimas, lo que vi en sus ojos fue puro fuego.

—No. No te permito que hagas eso —declaró.

—¿Hacer qué? Teníamos un acuerdo. Y en cuanto dejara de funcionar para uno de los dos, lo dejaríamos —declaré.

Me clavó el dedo índice en el pecho, como si fuera un puñal.

—No te atrevas a abrir la mochila con la que seguramente has estado cargando desde la infancia y que no tiene nada que ver conmigo para usarla en mi contra.

—Y tú no te atrevas a analizarme, cuando eres tú la que vive la vida desde la barrera, observando cómo viven los demás. Ya va siendo hora de que te des cuenta de que no somos los personajes inventados de un libro. Somos personas de carne y hueso, joder —le espeté.

—Tienes toda la razón. Y podríamos estar pasándolo mal juntos.

—Ese no era el plan, Hazel. ¿Quieres dejarlo de una vez?

Me clavó el dedo con más fuerza.

—No. Esta vez no te vas a ir de rositas. ¿Vas a romper conmigo después de convencerme para intentarlo? ¿Después de haber hecho que me enamorara de ti? ¿Por qué decides de repente pasar de todo? ¿Porque es complicado? ¿Porque no te conviene? Pues no pienso ponértelo fácil.

Después de haber hecho que se enamorara de mí. Sus palabras resonaron en el vacío que nos separaba.

—¿Qué quieres de mí, Hazel? —le pregunté con voz ronca.

Ella me miró. Me traspasó con la mirada. Pero lo único que vi fue decepción y dolor.

—Nada —dijo, sacudiendo la cabeza con tristeza—. Nada de nada.

Dio media vuelta para marcharse y sentí cómo la oscuridad que había en mi interior se apoderaba de mí.

—Pero podemos seguir siendo amigos, ¿no? —pregunté, a la desesperada.

—No, Cam. No podemos —contestó ella, yendo lentamente hacia las escaleras.

—Voy a seguir trabajando en tu casa —señalé, como un gilipollas.

Que no pudiera amarla no significaba que ella tuviera que odiarme. Podía seguir formando parte de la periferia de mi vida.

Hazel no se dio la vuelta, ni siquiera reaccionó ante mis palabras. Simplemente se fue.

No sé cuánto tiempo me quedé allí, mirando el sitio en el que la había visto por última vez. Pero cuando por fin bajé la vista, me di cuenta de que se había dejado el casco a mis pies.

Me sentí fatal, mientras miles de posibilidades se amontonaban en mi cabeza. Hazel necesitaba el casco. Pasaban cosas malas todos los putos días. Ella era un imán para los problemas. Era de noche y bastaba un pequeño error para echarlo todo a perder.

Cogí el casco y corrí tras ella. Pero cuando salí por la puerta de atrás, Hazel ya se había ido y yo me había quedado solo.

45

Un duelo demasiado largo

Hazel

> **Reportero Intrépido**
> El romance entre Hazel Hart y Cam Bishop ha llegado oficialmente a su fin. Se rumorea que ha sido el deseo de Cam de convertirse en *road manager* de la banda de versiones punk El Ombligo del Mundo y los Narcisistas lo que ha puesto fin a la incipiente relación.

Noté que el colchón se movía y, por un segundo absurdo y maravilloso, pensé que era Cam que se estaba quitando las botas de trabajo y la ropa para meterse entre las sábanas y atraerme hacia él.

Entonces alguien me arrancó la almohada de la cara y cerré los ojos con fuerza, rechazando la realidad de la habitación bañada por el sol y la irritante cara de alegría de mi representante.

—Lárgate —le dije, dándome la vuelta y envolviéndome en las sábanas como un burrito mexicano triste.

—¿Qué piensas hacer? ¿Quedarte en la cama regodeándote en tu propia mierda y no volver a escribir nunca más? —me preguntó Zoey, arreándome con la almohada.

—Es un buen plan. —Le quité la almohada y hundí la cara en ella. Olía a Cam. Y no soportaba que me gustara.

Mi supuesta amiga me agarró del moño y me sacó la cabeza de las sábanas.

—¡Ay! —me quejé.

—No. Nanay. De eso nada. Ya pasaste un duelo demasiado largo cuando lo de Jim. Esta vez vamos a probar algo diferente.

«Esta vez». Ahora mismo no se me ocurren unas palabras más deprimentes... aparte de «lo siento, nos hemos quedado sin vino».

Gruñí algo poco halagador sobre la madre de Zoey.

Ella me dio un azote en el culo enmantado.

—La última vez dejé que te regodearas en la fase de la depresión y fue un error. Esta vez te he dado cuarenta y ocho horas, lo cual no está nada mal. Así que hala, a seguir adelante.

—¿Seguir adelante con qué? No tengo energía para seguir adelante.

—En ese caso vamos a pasar directas a la fase de «sujétame el cubata» —anunció.

—Puaj. ¿No puede ser vino?

—A estas alturas, por mí como si es zumo de ciruelas, siempre que se lo des a alguien para que te lo sujete. Cam no es el único hombre del mundo. Qué leches, ni siquiera es el único hombre de la familia Bishop que está bueno. Espabila.

—Estoy demasiado cansada. Me duele la cabeza. Tengo el estómago revuelto. Creo que tengo mononucleosis... o un sarpullido interno por la hiedra venenosa. —Solté la retahíla de excusas directamente sobre la almohada.

Unas manos me rodearon los tobillos un segundo antes de sacarme a rastras de mi capullo de abatimiento.

Intenté aferrarme a algo, a lo que fuera, pero acabé en el suelo con edredón y todo.

—Es peor de lo que pensaba —dijo alguien con un marcado acento británico.

Me puse de lado y vi a Sunita, dueña de la *boutique* e intrusa criticona, estremeciéndose al ver mi viejo pantalón de pijama y la camiseta de Cam. Una persona normal habría tenido el sentido común de avergonzarse. Pero yo estaba tan hundida en la miseria, que me daba absolutamente igual quién me viera en todo mi patético esplendor.

—Hola, Sunita —dije sin energía.

—Hola, Hazel. Cam es un capullo.

—Totalmente.

Ignoré la mirada que cruzaron Zoey y Sunita.

—«Tírate a la piscina». «Sé tú misma». Eso es lo que dicen todos, ¿no? Pues solo son patrañas. En realidad están esperando para pisotearte la cara. Yo soy de las que están detrás de la barrera, acechando. Soy una mirona. Ese es mi destino —me lamenté—. Yo observo cómo viven los demás y luego escribo sobre ello.

—Esto va a ser divertido —bromeó Sunita.

—Un momento. —Mis párpados se abrieron como resortes—. ¿Has dicho cuarenta y ocho horas? ¿Eso significa que no es domingo?

—Enhorabuena. Por una vez, tus cálculos son correctos —dijo Zoey, tirando de mí para ayudarme a sentarme.

—Es lunes —dijo Sunita amablemente.

—¿Lunes? ¿Lunes lunes? ¿Lunes laboral?

O sea, ¿que Cam podía aparecer en cualquier momento en mi puerta y verme espachurrada como un insecto por la ruptura? Eso último no lo dije en voz alta, pero el pánico agudo de mi voz lo hizo innecesario.

—Por fin —dijo Zoey alegremente.

—Ay, madre. ¿Han llegado ya?

Me levanté de un salto, me quité la camiseta y la lancé a una esquina de la habitación, como si estuviera llena de escorpiones.

—Gage y Levi están delante de casa «coordinando una cosa», que creo que significa que quieren que compruebe que no te los vas a cargar si entran. Y, por cierto, no sé si eres consciente de ello, pero no llevas sujetador.

Me tapé los pechos con las manos.

—¡Mierda! Perdona, Sunita.

Sunita se encogió de hombros.

—En mi trabajo veo muchas tetas. Soy una profesional.

—¿Dónde está... Cam? —Me felicité por no levantar los dos dedos corazones ni hacerme un ovillo al verme obligada a pronunciar su nombre.

—Según Gage, hoy está visitando otra obra —dijo Zoey.

Me apreté las tetas con las manos. Una historia plausible.

—Si mi ex lo que sea no ha venido, ¿por qué me haces levantarme de la cama? ¿Y qué hace Sunita aquí? Sin ofender.

—No me ofendes —dijo Sunita.

—Hemos venido a crear la ilusión de una adulta guapa y funcional que pasa de Campbell Bishop y de todas sus mierdas —explicó Zoey.

—Eso parece muy trabajoso —dije.

—No quiero asustaros, ni nada, pero hay un mapache en el pasillo y tiene cara de pocos amigos. —Sunita señaló hacia la puerta.

—¡Joder, Bertha! —gritó Zoey.

—No os preocupéis. Creo que, ahora mismo, yo estoy más rabiosa que ella —declaré.

—Bueno, por si acaso... —Sunita cerró la puerta del dormitorio y se acercó a la cama. Dejó una bolsa de la compra sobre el colchón—. A ver, solemos pensar que los hombres no cotillean. Que se comunican básicamente con gruñidos. Pero sí que hablan. ¿Y quieres que Gage y Levi le cuenten a Cam que han estado trabajando mientras tú parecías un saco de patatas deprimido? Bueno, creo que me decanto por el encaje negro, para darle un toque sexy.

—¡Perfecto! —declaró Zoey—. Voy a enchufar las planchas del pelo y a coger el *eyeliner*.

En quince minutos, mi equipo de glamour aficionado me dejó como si estuviera a punto de hacerme una sesión de fotos sexis. Me depositaron en mi escritorio con mi querida Pepsi Wild Cherry matutina y, cuando oímos abrirse y cerrarse la puerta principal, Zoey y Sunita soltaron unas risas enlatadas.

—Ja, ja. ¿De qué nos reímos? —pregunté.

—Síguenos el rollo. Te la pela tanto que nos estamos partiendo de risa con tu sentido del humor. —Zoey se echó a reír.

—Sí, claro, soy la alegría de la huerta —dije con desgana.

Eso las hizo echarse a reír de nuevo, justo en el momento en el que unos pasos indecisos se detenían en el vestíbulo.

—Ay, Hazel, eres tremenda —dijo Sunita, secándose teatralmente las comisuras de los ojos.

Zoey fingió que necesitaba recuperar la compostura antes de mirar a los dos Bishop que estaban plantados en la puerta, nerviosos.

—Caballeros, qué alegría verlos. Hazel nos estaba entreteniendo con sus aventuras del fin de semana.

—Ah, hola —dijo Gage.

Levi asintió, mirándome. Los dos parecían preparados para salir corriendo al primer indicio de peligro.

—Hola, chicos —dije, con una voz que parecía que me estaba atragantando con un sándwich de crema de cacahuete.

¿Por qué Cam tenía que parecerse tanto a sus hermanos? Mejor dicho, ¿por qué había tenido que encapricharme precisamente de él? ¿Por qué no podía haberme enamorado de Gage, el chico bueno, o de Levi, el tío fuerte y callado?

—Muchas gracias por concedernos unos minutos, chicos. Hazel estaba acabando una entrevista para un pódcast —mintió Zoey sin miramientos.

—Sí. Para un pódcast británico. Ha tenido que ser tan temprano por lo de la diferencia horaria. Por eso está aquí Sunita —balbuceé.

—¿Para ayudarte con lo de la diferencia horaria? —preguntó Gage.

—Sí. Quiero decir, no —me corregí—. Para eso ya está Google. Ja, ja. Sunita ha venido para… asegurarse de que no se me escapara sin querer el acento británico y ofendiera a los anfitriones.

Me entraron ganas de darme un puñetazo en la cara para evitar que las palabras siguieran saliendo de mi boca.

Afortunadamente, Zoey me dio una patada por debajo de la mesa.

—¡Au! Aullar... es cosa de lobos —señalé, intentando sin éxito disimular, mientras me frotaba la espinilla dolorida.

Sunita y Zoey me miraron como si me hubiera vuelto loca de remate.

—Pues sí. Es verdad —dijo Gage, confundido. Luego señaló hacia el techo—. Si te parece bien, ¿empezamos arriba?

—Sí, claro. Perfecto. Chachi —contesté, señalándolos con ambas manos como si fueran pistolas—. Pum. Pum.

Ambos retrocedieron asintiendo con la cabeza, sin apartar los ojos de mí, como si fuera un animal salvaje impredecible.

—Cuidado con Bertha —les advertí.

—Creía que se colaba por el agujero de los cimientos que habíamos tapado —replicó Gage.

—Pues obviamente estábamos equivocados —declaró Levi, señalando el mapache que estaba en el pasillo.

—Vamos a seguirla —propuso Gage.

—Guarda esas cosas —susurró Zoey, dándome un sopapo en las manos-pistola, cuando los chicos desaparecieron detrás de mi peluda compañera de casa.

—Bueno, podría haber sido peor —dijo Sunita mientras yo dejaba caer la cabeza sobre el escritorio.

—Me siento como si estuviéramos haciendo con ella lo de *Este muerto está muy vivo* —murmuró Zoey.

—Solo necesita un poco más de práctica —aseguró Sunita alegremente.

Yo gemí.

—¿«Aullar es cosa de lobos»?

—En fin, bastante más práctica —rectificó Sunita.

—Bébete la Pepsi —me ordenó Zoey, dándome una palmadita en el hombro.

—Tienes que ponerte a escribir —dijo Zoey con firmeza, cuando ya llevaba una hora siguiéndome mientras yo procrastinaba de forma descarada.

Me horrorizó tanto la sugerencia que dejé caer el trapo que estaba usando para limpiar a fondo los rodapiés del salón.

—No puedo escribir. Ese anormal de mierda era mi inspiración.

—Ah, ¿es que nunca habías escrito un libro antes de conocer a ese anormal de mierda? —me preguntó ella con inocencia.

—Sabes que no escribo bien cuando estoy alterada emocionalmente. Además, ¿para qué? Mi editora me ha dejado colgada. —Igual que Cam.

De repente ya ni siquiera tenía ganas de «procraslimpiar». Solo quería tumbarme en el sofá y fingir que el mundo no existía.

—Como des un solo paso hacia ese sofá, te juro por Dios que llamo a Garland para que te haga una entrevista en exclusiva.

Ahogué un grito.

—No serías capaz.

—Por supuesto que sí. Eres la puñetera Hazel Hart. La heroína de tu propia vida.

—Pues no me siento muy heroica.

—Porque este no es el final de la historia. Es la noche oscura del alma. Ya sabes, la parte del libro donde todo se desmorona y...

—Ya sé lo que es la noche oscura del alma. Me han dejado, no..., extirpado el cerebro.

De pronto, estar de pie se me antojaba demasiado esfuerzo, así que me deslicé por la pared y me senté en el suelo.

—Entonces sabes que este es el momento en el que tienes que decidir si vas a enfrentarte al reto y apretar unas cuantas tuercas, o dar media vuelta y hacerte la muerta.

—No me gusta enfrentarme a retos. Me gusta ir tranquilamente cuesta abajo.

—Hazel —dijo en tono de advertencia.

—Zoey —repliqué, imitándola.

—Vas a obligarme a hacerlo.

Suspiré.

—¿A hacer qué?

—Esa cosa tan chunga que nos hace sentir tan mal a las dos.

—¿De verdad crees que podrías hacerme sentir peor ahora

mismo? El tío del que no quería enamo…, por el que no quería pillarme acaba de romper conmigo. Mi editora me deja tirada y, tras la disminución de las ventas y mi reciente historial de incapacidad total para acabar un libro, me mudo a otro pueblo para empezar de cero y acabo hundida en la mierda hasta las rodillas, en breve de forma literal. Ah, y la primera vez que veo a mi exmarido desde el divorcio, estoy hecha un despojo humano deshidratado y emocionalmente consumido como una uva pasa. —Levanté los brazos—. Así que, adelante, suéltame lo peor que se te ocurra, Zoey.

—Estoy aquí por tu culpa —me espetó ella, paseándose por delante de mí como una directora de colegio furiosa—. He perdido un trabajo que me encantaba por lealtad hacia ti. Te he seguido a la Pennsylvania rural porque creía en ti. Y ahora te sobreviene una noche oscura del alma y, en vez de vengarte de todos los que te han hecho daño, pretendes volver a revolcarte en tu propia mierda. ¿Eso te parece propio de una heroína cuya historia te interesaría? ¿O más bien de una de la que los lectores pasarían tres pueblos?

En contra de mi voluntad, paseé por ambos escenarios de ficción, imaginando a mi heroína devastada y desolada, compartiendo chocolatinas en la cama con un mapache durante el resto de su vida. Luego me la imaginé actuando como una adulta y continuando valientemente con su vida, aunque solo estuviera fingiendo y no tuviera ninguna esperanza de lograrlo. Una heroína pusilánime y sin agallas era carne de cañón para las críticas de una sola estrella.

—¿Qué? —me preguntó Zoey.

—Me estoy tomando mi tiempo para valorar mis opciones —repliqué, cruzándome de brazos.

—¡Pues yo no puedo permitirme ese lujo, Hazel! Necesito clientes. Necesito libros que vender. Estoy viviendo en un hotel. Hace tres meses que no me acuesto con nadie. Todo mi futuro depende de que seas capaz de dejar de mirarte el ombligo. ¡Y tú actúas como si te importara una mierda! —Hice una pedorreta y me abracé las rodillas contra el pecho—. ¿Ha funcionado? —me preguntó Zoey, jadeando a causa de la regañina.

—Bueno, definitivamente ahora me siento peor.

Ella deslizó la espalda por la pared y se sentó a mi lado.

—Si acabas el libro, lo venderé. Estamos juntas en esto.

Asentí con la cabeza, observando las décadas de rayaduras del suelo. Seguía siendo bonito, aunque no fuera nuevo ni estuviera inmaculado. Puede que el carácter que tenía lo hiciera más interesante que un suelo brillante y perfecto.

—Me gustaba de verdad, Zo. De verdad de la buena.

Ella apoyó la cabeza en mi hombro.

—Ya lo sé. Y a mí. Es decir, no en plan romántico como a ti. Pero pienso comprarme una pala para estampársela en la cara la próxima vez que lo vea.

Un carraspeo nos sobresaltó. Levantamos la vista y vimos a Gage y a Levi de pie en la puerta, pertrechados con un martillo y una llave inglesa gigantesca.

—Hemos oído gritos —dijo Gage—. Creíamos que Bertha había bajado hasta aquí después de que la echáramos de tu cama.

—Puñetera Bertha —murmuré.

—Aquí no hay ningún mapache —dijo Zoey, mirándome de reojo—. Solo estábamos…

—Representando un diálogo que he escrito —expliqué—. Es una discusión.

Gage bajó el martillo.

—Ah. Vale. Pues entonces… volvemos arriba.

—Perfecto —dijo Zoey, con falso entusiasmo.

Levi se detuvo en la puerta y la miró.

—Y que sepas que no te detendría si hicieras eso.

Ella le sonrió.

—Gracias, Levi. —Él asintió y desapareció—. Bueno, al menos uno de los hermanos Bishop tiene cerebro además de una cara bonita. —Zoey se animó—. Oye, ¿sabes qué cabrearía muchísimo a Cam? Que salieras con uno de sus hermanos.

—Se acabaron las citas. Me voy a comprar un gato.

—¿Qué le va a parecer eso a tu mapache?

—Vamos —le dije, poniéndome en pie y tendiéndole la mano.

—¿Adónde?

—Ayúdame a guardar el portátil y llévame al hotel. No puedo escribir aquí, preocupada por que él pueda aparecer en cualquier momento.

—¡Esa es la actitud! Ya me había hecho con un alijo de refrescos, ganchitos de queso y helado —reconoció Zoey.

46

El lanzamiento de la bomba

Campbell

Coloqué en su sitio la última tapa a presión y comprobé que no se movía.

Era una soleada tarde de jueves. Estaba trabajando solo, cambiando parte de la barandilla de la terraza del Fish Hook después de que Willis empujara a Chevy contra ella mientras representaba borracho una dramática historia de pesca.

Las cosas iban bien.

Se respiraba un ambiente otoñal. Algunas hojas tempranas anunciaban el colorido que estaba por llegar. Mi hermana había salido del hospital y volvía a estar tan borde como siempre. Y no había ningún animal de granja, ni sano ni enfermo, esperándome en casa.

Pero estaba hecho una puta mierda.

De pronto me sentí observado y, al girarme, vi a Lang Johnson y Kitty Suarez disfrutando de un almuerzo tardío en la terraza. Las fulminé con la mirada. Ambas cogieron inmediatamente sendos ejemplares de los libros de Hazel, los abrieron y me miraron por encima de ellos como si quisieran matarme.

La noticia de la ruptura se había extendido más rápido de lo habitual y los rumores se habían descontrolado a gran velocidad. La gente había creado bandos. Había elegido equipo. Y el de Cam había sido superado en número de forma arrolladora.

Aunque a mí me la sudaba.

Todo ese asunto era absurdo. Se trataba de algo privado que se había resuelto en privado. La gente actuaba como si estuviera involucrada personalmente en una relación que nunca había sido más que un rollo pasajero.

No había visto a Hazel en persona desde que había roto con ella. Había evitado su casa durante casi una semana por respeto a sus sentimientos, antes de que mis hermanos se molestaran en decirme que estaba trabajando desde el hotel. También disfrutaron bastante al comunicarme que no parecía que sintiera nada por mí que justificara mi noble deferencia.

La cobertura de Garland sobre ella en *La Gaceta Vecinal* había pasado de la rumorología exagerada a la adulación excesiva. Y por si acaso me perdía algún post de nuestro entrometido y tecnológico residente, todo el pueblo se encargaba de ponerme al día de lo bien o lo feliz que se la veía cuando pasaba por la librería, o cuando iba con algunos vecinos al Angelo's a cenar y tomar algo.

O lo bien que se llevaba con el grupito de niños que la seguía a todas partes en bicicleta.

Siempre había dado por hecho que tendría hijos. Pero en un alarde que hasta yo reconocía como un claro privilegio masculino, nunca le había dado muchas vueltas a cómo acabaría teniéndolos. Un atisbo innecesario de una vida familiar con Hazel me vino a la mente y me hizo volver a meter las herramientas en la bolsa de plástico con violencia.

Me pregunté si mis hermanos se habrían planteado alguna vez tener hijos. Pero el grupo de Ojetes Bishop estaba sospechosamente silencioso desde que había hecho lo que debía y había roto con Hazel. Gage y Levi seguían hablándome en el trabajo. Aunque, ahora que lo pensaba, no paraban de buscar excusas para mandarme por ahí solo. Como en ese momento.

Laura ignoraba mis mensajes y llamadas. Y no me habían invitado oficialmente a los dos últimos Desayunos Bishop.

Me dije a mí mismo que me daba igual. Me gustaba la soledad. ¿Y qué si pasaba una cantidad de tiempo enfermiza mirando las fotos que Garland colgaba de Hazel, o entrando en sus redes sociales? Estaba haciendo como en *La princesa prometida* con los polvos de iocaína: desarrollar tolerancia al veneno. Solo que, en este caso, el veneno eran mis sentimientos.

Se suponía que debería estar mejor. Debería sentirme aliviado. Pero, en vez de eso, me sentía… vacío. Nervioso. Tenso.

A lo mejor me pasaba por la tienda a ver si Levi quería tomar una cerveza. Estaba sustituyendo a nuestra madre, que había llevado a Laura al médico para una revisión.

—¡Eh!

Rusty me sacó de aquella ensoñación quejumbrosa. Lo vi escalando por las rocas que estaban a mis pies.

—¿Qué leches estás haciendo ahí abajo? —le pregunté.

Él se puso un dedo sobre los labios para hacerme callar.

—Baja la voz. No quiero que nadie me pille hablando contigo.

—¿Estás de coña?

Me planteé lanzarle el taladro, pero no quería ir a comprar uno nuevo. Además tenía la sensación de que Levi estaba esperando una razón para detenerme por primera vez.

—Oye, tío. Te agradezco que hayas arreglado la barandilla y tal, pero la has cagado —dijo, susurrando en voz demasiado alta.

—Yo no he hecho nada —le solté. Lang y Kitty me miraron con desaprobación—. En serio —insistí, doblando la apuesta.

Rusty soltó una risa sibilante.

—No, claro que no. Solo te rajaste y saliste huyendo de lo mejor que te había pasado nunca. Pero, bueno, ya habrá otro con las pelotas necesarias para acabar lo que tú solo empezaste. En fin, te he dejado el dinero de la factura en la caja registradora a nombre de Gage. He pensado que si alguien veía tu nombre en ella, a lo mejor metía un chicle mascado dentro, o algo peor.

—Gracias, Rusty. Agradezco tu apoyo —dije en voz tan alta que el camarero y los siete clientes me miraron.

—¿Por qué has hecho eso, Cam? —refunfuñó Rusty—. Ahora me veo obligado a hacer esto.

—¿A hacer qué?

—¡Equipo Hazel! —exclamó, haciendo bocina con las manos.

Varios gritos y alaridos acompañaron a una enérgica salva de aplausos, mientras yo recogía el resto de las herramientas y me largaba.

Aún seguía cabreado cuando me encontré un folleto del Equipo Hazel rosa y lavanda, los colores de la cubierta de su último libro, debajo de una de las escobillas del parabrisas. Incluía una lista de propuestas para apoyar a la novelista romántica residente en su mal de amores. Una de las sugerencias era hacerle bizcochos y emparejarla con algún hombre soltero de buen ver. El graciosillo que había hecho el folleto hasta había enumerado los atributos del hombre perfecto para Hazel.

- *Culto*
- *Que apoye su carrera y su éxito*
- *Guapo*
- *Que no sea un capullo*
- *Que no la estafe*
- *Que no sea un acojonado de mierda y salga por patas cuando la cosa se ponga demasiado seria*

Lo arranqué del cristal e hice una bola con él.

—Muy gracioso —dije, por si alguien estaba mirando.

Algo cálido y húmedo me cayó en la cabeza. Levanté la mano justo cuando una sombra se abalanzaba sobre mí.

—¡Joder, Goose! ¿Acabas de cagarme encima? —grité mientras el puñetero pajarraco aterrizaba sobre un Subaru, dos plazas de aparcamiento más allá.

Soltó un graznido de indignación y levantó una pata como si estuviera herido.

—¿Crees que puedes engañarme para que te dé golosinas, después de haberme cagado encima? —bramé.

—Muy bien, Goose. Buena puntería —dijo mi profesora de cuarto de primaria, la señora Hoffman, antes de fulminarme con la mirada y lanzar un puñado de chucherías al techo del coche.

— 523 —

Jurando en voz baja, utilicé el folleto para limpiarme los excrementos de pájaro del pelo mientras intentaba no potar. No quería darle a Story Lake otra cosa más sobre la que chismorrear.

Me acerqué a la papelera y tiré dentro el papel embadurnado en mierda. Un movimiento me llamó la atención e instintivamente me sobresalté. Pero no era otra pasada de un águila calva. Los Jilgueros de Story Lake avanzaban hacia mí en formación militar. Se detuvieron justo delante de mis narices, muy serios y ocupando toda la acera.

—No —gruñí.

Me interrumpió una nota indignada del diapasón de Scooter, seguida de un armónico y furioso tarareo. No me quedaba más remedio que aguantar el chaparrón.

Campbell Bishop, eres un desalmado
Y te vas a arrepentir de este desaguisado
Nuestra amiga Hazel está hecha papilla
Porque eres una vulgar rata de alcantarilla
Pero está mejor sin tu corazón despiadado
Y al final serás tú el que se quedará tirado

Un aplauso espontáneo estalló entre los transeúntes de la acera.

—¿En serio, Livvy? —le grité a mi hermano, que aplaudía y silbaba desde las escaleras de la tienda. Él me respondió haciéndome una peineta.

Volví a centrarme en Los Jilgueros.

—¿Os ha contratado Hazel? Muy maduro por su parte.

Scooter entrecerró los ojos.

—Nadie nos ha contratado. Lo hacemos gratis —anunció con altanería.

Estaba a punto de decirle a Scooter exactamente por dónde podía meterse el diapasón, cuando me vibró el teléfono en el bolsillo. La primera persona en la que pensé fue en Hazel y me avergoncé mientras me palpaba como loco los bolsillos.

— 524 —

Papá
Necesito que te pases por la granja en cuanto puedas.

Definitivamente, no fue decepción lo que sentí en el pecho al ver que no era Hazel. De eso nada. Ya había pasado página y ella también.

—¿Qué demonios te has hecho en el pelo? —me preguntó mi padre, cuando entré en casa.

—No he sido yo. Goose estaba practicando tiro al blanco en el centro. —Mi madre dejó de golpear enfadada las ollas y las sartenes para soltar una carcajada vengativa—. Por favor. Tú también no. A todo el puñetero pueblo le molesta más esta ruptura que a nosotros —declaré.

—Ya que sacas el tema… Mejor vamos a hablar al despacho —dijo mi padre, alejándome de la línea de fuego de mi madre.

Cerró la puerta y me señaló la silla de mi madre para que me sentara. Luego cogió un papel que había sobre la mesa, se aclaró la garganta y empezó a leer.

—Estás valorando la vida en función del número de baches que hay por el camino. Y ese no es un cálculo exacto, ni mucho menos.

—¿Qué haces?

Mi padre levantó la vista de las notas.

—Echarte un rapapolvo. Tu madre sabe que me pongo nervioso, así que me ha hecho apuntar algunas cosas.

A día de hoy, todavía recuerdo con claridad el torpe intento de mi padre de darme una charla sobre los pájaros y las abejas cuando tenía diez años.

—Yo no llamaría «baches» a tu ictus y al accidente de Laura.

—Desvíos, entonces —me concedió.

—Papá, no me apetece nada hablar de esto ahora mismo.

—Pues mala suerte. Porque no vas a salir de esta habitación hasta que escuches lo que tengo que decirte.

Con un suspiro, me despatarré en la silla.

— 525 —

—Vale. Vamos a escucharlo, entonces.

Mi padre volvió a bajar la vista hacia el papel.

—Eras un buen chico y te has convertido en un buen hombre. Pero a veces no puedo evitar tener la sensación de que te he fallado.

—¿Qué demonios estás diciendo?

—Que se te da fatal hablar de tus sentimientos, igual que a mí —dijo, agitando las notas como prueba.

—Somos Bishop. Los Bishop no hablamos de sentimientos. Qué coño, yo diría que las únicas emociones que sentimos son el enfado y el hambre.

Mi padre no se rio, como yo esperaba.

Se tiró del lóbulo de la oreja.

—¿Por qué rompiste con Hazel?

—Eso son cosas nuestras.

—Vale. Pues entonces intentaré adivinar, como todos los demás. Creo que te asustaste y decidiste huir.

—No me asusté. Y si hubiera querido huir, me habría alejado bastante más que un par de manzanas.

—¡Será mejor que se lo sueltes antes de que deje de escucharte, Frank! —berreó mi madre desde el otro lado de la puerta.

—¡Ahora voy! —le contestó él, con otro grito.

Me acerqué a la puerta y la abrí.

—¿Quieres unirte a nosotros? —le pregunté a mi madre.

Ella se apoyó en el marco de la puerta y se cruzó de brazos.

—Te estás comportando como un cagueta de campeonato y estás haciendo daño a otra persona para no pasarlo mal.

Me arrepentí de inmediato de haber abierto la puerta.

—Hazel y yo somos dos personas diferentes y queremos cosas distintas —declaré—. No tengo que daros explicaciones ni a vosotros, ni a nadie.

—¿Cosas distintas? A mí me parece que ella quiere vivir en este pueblo y formar parte de esta familia —murmuró mi padre, volviendo a tirarse del lóbulo de la oreja.

—No digas tonterías —le solté.

Mi madre me dio una colleja.

—Cállate y escucha.

—¿Por qué estamos hablando de esto? A Gage no le tocáis las narices cuando rompe con alguna chica —señalé.

—Hazel no es «alguna chica» y Gage aún no se ha enamorado de nadie —replicó mi madre.

—¿Y crees que yo sí? —El corazón me dio un vuelco extraño en el pecho.

Mi madre señaló mi cara con el dedo, triunfante.

—¡Ah! Ahí está esa mirada, como de asco con una pizca de miedo. Eso es amor, hijo.

—No, no lo es. Es… ardor de estómago.

—Te has enamorado de ella y te has asustado, así que has hecho lo de siempre: largarte —me espetó ella. Mi padre asintió con la cabeza, dándole la razón.

—No me lo puedo creer. Lo decís como si os hubiera abandonado. Me fui del pueblo porque quise. Conseguí un buen trabajo en una ciudad que me gustaba porque quería tener una vida propia que no estuviera enredada en la de los demás. —Mis padres se miraron de aquella forma que tanto me molestaba, como si fueran más listos que nadie. Entonces fui yo el que los señaló con el dedo—. No. Ahora os toca escucharme a mí. Que a vosotros os encante reunir a todo el mundo alrededor de la mesa los domingos, que no os importe hacer turnos en la tienda aunque estéis jubilados, que acojáis a niños que no son vuestros y que viváis con la misma gente que conocéis de toda la vida, no significa que yo tenga que hacer lo mismo.

Mi madre puso los ojos en blanco.

—Y yo que creía que Levi era el más duro de mollera. Si eso es justo lo que quieres.

Me tapé la cara con las manos y dejé escapar un gemido de frustración.

—Por favor. ¿Qué te hace pensar eso?

Mi madre levantó las manos y mi padre tomó el relevo.

—Bueno, para empezar, tu madre no es tonta.

—¡Gracias! —dijo ella, señalándolo con el dedo—. Oye, no estoy aquí para adivinar por qué eres como eres. Pero cuando llegaste a nuestra casa eras un niño asustado y destrozado que había perdido a sus padres y había sido separado de sus hermanos. Y eso tiene que dejar huella.

—A lo mejor tenías algo que demostrar —insinuó mi padre—. A lo mejor querías demostrarle a ese chico que podías cuidarte solo.

Recordé las palabras que me había dicho Hazel en el lago: «Eras un chico de un hogar estable y lleno de amor que quería desplegar las alas para asegurarse de que funcionaban».

—¿Por qué todo el mundo siente la necesidad de psicoanalizarme de repente?

Estaba harto. Estaba cabreado. Llevaba días escuchando arengas de gente que creía que me conocía mejor que yo.

—Porque estás empeñado en hacer una tontería enorme, como si te hubieras propuesto autodestruirte, o algo así —señaló mi madre.

—Hemos roto. No se trata de ninguna crisis vital y, desde luego, tampoco es para tanto. —Más mentiras. No dejaban de salir de mi boca.

—No pareces muy preocupado, para acabar de renunciar a lo mejor que te ha pasado en la puñetera vida —dijo mi padre.

—Lo mejor que me ha pasado en la vida no ha sido Hazel —dije en voz baja—. Habéis sido vosotros dos.

Ambos se quedaron callados. Hasta que mi madre, con lágrimas en los ojos, me atizó en la cabeza con una carpeta de informes veterinarios.

—¡Ay! ¿Por qué leches has hecho eso?

—Porque me cabrea lo equivocado que estás, alma cándida —replicó—. No tienes por qué quedarte solo una cosa buena.

—Empiezas por una y vas construyendo sobre ella —dijo mi padre, muy serio.

—¿Crees que nosotros nos conformamos con encontrarnos y enamorarnos? —me preguntó mi madre—. No. Compramos esta casa. Montamos un negocio y luego otro. Tuvimos a tu hermana. Encontramos a tus hermanos. Te trajimos a casa.

—Y me alegro muchísimo por vosotros. Pero eso no es lo que yo quiero, joder. —El pánico empezó a aumentar de nuevo, aunque esa vez no me quedaba nada a lo que renunciar.

—Vale. Entonces ¿qué es lo que quieres? —me preguntó mi padre.

No volver a perder nada nunca más. No volver a sentir esa punzada de pánico. Ese fogonazo de dolor y miedo.

No sentirme como si tuviera algo bueno y sólido, y luego darme cuenta de que me lo podían arrebatar así como así.

Olvidar cómo me sentí al ver a mi hermana, cuando se enteró de que su marido no iba a volver a entrar por la puerta.

—Quiero una vida tranquila y sencilla. Y no entiendo por qué todo el puñetero pueblo y alrededores sienten la necesidad de opinar al respecto.

—El problema es que todo el mundo sabe que estás mintiendo descaradamente —señaló mi madre.

Me dispuse a levantarme de la silla.

—Estoy muy ocupado. No tengo tiempo para aguantaros. Solo porque no esté viviendo la vida como vosotros creéis que debería...

—Campbell Bishop. Ni se te ocurra despegar el culo de esa silla hasta que acabemos. La vida es un bien muy preciado, hasta cuando lo pasas mal. No es algo que deba evitarse. Es lo único que tenemos —dijo mi madre con dulzura.

—Pero, bueno, si lo que de verdad quieres es llevar una vida solitaria... —empezó a decir mi padre.

—Claro que no —lo interrumpió mi madre, enfadada.

—Si es así, sigue tranquilamente como hasta ahora. Pero si existe la más mínima posibilidad de que solo estés intentando protegerte, debes pararte a pensar. Te mereces una vida mejor que esa.

—Y el niño que apareció en nuestra puerta también —dijo mi madre con elocuencia. Los dos se quedaron sentados, mirándome expectantes.

—De acuerdo. Lo pensaré —dije, dándome cuenta de que fingir que iba a tener en cuenta su consejo era la única forma de salir de aquella habitación.

—Pequeños alijos de felicidad —dijo mi madre.

—¿Qué?

Mi padre asintió con la cabeza.

—Ya conoces el dicho: «No pongas todos los huevos en la misma cesta».

—¿Qué tiene eso que ver?

Mi madre levantó las manos.

—No puedes tener solo una fuente de felicidad. No puedes ser feliz solo mientras tu familia goce de buena salud. Nadie goza de buena salud eternamente.

—¿Recuerdas lo que hizo tu tatarabuelo Melmo con su dinero? —me preguntó mi padre.

—¿Fundírselo en alcohol y mujeres? —aventuré.

—Cuando murió, tenía una modesta cantidad en el banco que había ahorrado. Pero dejó un mapa del tesoro con una auténtica fortuna que había escondido por todo el pueblo. Así, si el banco quebraba o si alguien encontraba y robaba uno de sus alijos, sabía que no pasaba nada.

—Así que, para ser feliz, ¿sugerís que empiece a enterrar monedas de oro en el jardín de atrás?

—Estás diciendo tonterías aposta y eso se va a ver reflejado en tu regalo de cumpleaños de este año —dijo mi madre.

—No quiero ningún regalo de cumpleaños. Lo único que quiero es que esta conversación termine.

—Escúchame, Campbell: te has enamorado de Hazel. —Mi padre levantó una mano cuando me dispuse a protestar—. Está más claro que el agua, para todos menos para ti. Y te has asustado.

Me puse a la defensiva.

—No me he asustado.

—Mentira, hijo. Todo hombre se asusta cuando se enamora, pero los hombres de verdad afrontan sus miedos. Te comportas como si enamorarte de una buena mujer fuera lo peor que te hubiera pasado en la vida.

En mi opinión, lo era. Y teniendo en cuenta que ellos habían estado sentados al lado de la cama de Laura durante las primeras semanas y meses después del accidente, no podía entender por qué no opinaban lo mismo.

—A ver si así lo entiendes. La cuestión es diversificar —dijo mi padre.

—Ah, esa es buena, cariño. —Mi madre le dio una palmadita en la rodilla.

—Tú no tienes todo el dinero invertido solo en unas de esas acciones que se inventan, ¿verdad? —me preguntó mi padre.

—No.

—Bien. Distribuyes tus inversiones de manera que, si unas se van a pique, tienes otras que están a salvo..., a menos que todo el mercado de valores implosione, algo que, por cierto, visto lo visto...

—Te estás yendo por las ramas, Frank —le advirtió mi madre.

Decidí ir al grano.

—¿Estás diciendo que debería hacerme con un par de esposas? No creo que eso sea legal en Pennsylvania.

—Hace falta ser neandertal... —murmuró mi madre entre dientes.

—Te he oído —le dije.

—Me alegro, porque era lo que pretendía.

—Sabes perfectamente a qué nos referimos —señaló mi padre.

Mi madre negó con la cabeza.

—Yo creo que no. Así que voy a lanzarle la bomba. Cuando volviste, tenías un sentimiento de culpa enorme porque, iluso de ti, creías que si te hubieras quedado podrías haber evitado el accidente de Laura.

—A mí no me parece una ilusión. Habría sido yo el que hubiera salido a correr con ella. Y habríamos salido antes, como siempre que entrenábamos juntos. Así que ese coche no habría...

—Eso es una puta gilipollez.

—Esa lengua, madre.

—Vale, perdona, es que lo de lanzar la bomba no funciona si lo suavizas. Viste a Laura llorar por Miller, por su incapacidad física y por su antigua vida. Lo viviste en primera persona, como el resto de nosotros, y crees que alejando a Hazel te ahorrarás ese tipo de dolor. Pero eso es...

—Una puta gilipollez —dijo mi padre, acabando la frase por ella.

—¿Hay eco aquí?

—Mira a tu hermana —dijo mi madre, ignorándome—. Ha pasado por un trauma que hundiría a muchas personas y no les permitiría volver a levantar cabeza. Pero ella se estaba riendo a carcajadas el día del Trabajo. Tiene a los niños, nos tiene a nosotros, tiene al pueblo. Y cuando todos vosotros, panda de alelados, os sentéis por fin a hablar, os daréis cuenta de que está deseando volver a trabajar. —Mi padre y yo miramos a mi madre con la misma cara de tontos. Ella puso los ojos en blanco—. ¿Es que tengo que explicároslo todo, pazguatos testarudos?

Mi padre y yo nos miramos y nos encogimos de hombros.

—Pues sí —respondimos.

—Laura se muere por volver a la tienda. Quiere hacer crecer el negocio. Pero, para que eso ocurra, tenéis que convertirlo en un lugar accesible para ella y dejarle llevar las riendas. —Mi madre señaló a mi padre al decir eso último.

—¿Y por qué Lau no ha dicho nada? —le pregunté.

—Porque tu hermana es como el resto de vosotros. No sabe pedir ayuda. ¿Crees que le apetece sentarse contigo y con tus hermanos y pediros que pongáis una rampa y un baño nuevo? ¿Crees que le apetece ser la que le diga a Frank el Ahorrador que necesitamos contratar a más personal? Espera que le leáis la puñetera mente, igual que tú esperas que ella te explique con pelos y señales lo que necesita que hagas.

Ninguna de las dos cosas había pasado jamás en la historia de la familia Bishop..., sin contar a mi madre, claro.

—¿Y por qué no nos lo dijiste tú, Pep? —preguntó mi padre.

Mi madre levantó las manos.

—Porque no voy a estar aquí siempre para hacer que dejéis de miraros el ombligo. Sois todos adultos e intento respetar eso, pero no puedo creer lo difícil que me lo estáis poniendo. Esta conversación llega con seis meses de retraso.

—Debería ir a hablar con Larry —dije, volviendo a hacer amago de levantarme.

—No. Deberías analizar fríamente tu vida y darte cuenta de que has puesto toda tu felicidad en la misma puñetera cesta. Solo estás bien si tu familia lo está.

—Joder, mamá. Te comportas como si papá y tú hubierais

alquilado una autocaravana y os hubierais ido de farra por todo el país mientras Laura estaba en el hospital. Yo os vi. Sufristeis con ella. —Se me quebró la voz, lo que me hizo callar de inmediato.

Mi madre suspiró y extendió la mano para revolverme el pelo.

—Claro que sí. Pero no dejamos de vivir y tu hermana tampoco. Tú, en cambio, ni siquiera has empezado.

—Novias, hijos, mascotas, amigos, aficiones, vacaciones, aventuras, herramientas nuevas. Hijo, el mundo está lleno de cosas a las que amar. ¿No crees que ya va siendo hora de que pruebes algunas? —dijo mi padre.

47

Confesiones entre hermanos

Campbell

—Veo que seguimos enfadados —dije a la mañana siguiente en el gimnasio, cuando mi hermana me enseñó los dientes a mitad de la dominada.

Ya estaba sudando la gota gorda, lo que significaba que había llegado antes de lo habitual. Me pregunté si eso querría decir que otra vez estaba durmiendo mal. Luego pensé si debería preguntarle si descansaba bien.

Y entonces me di cuenta de que no tenía ni idea de cómo abordar el tema sin que se rebotara.

—Pues ya somos dos —anunció Levi desde el banco de pesas, al lado de ella.

—Si quieres enfadarte con alguien, esta bruja de aquí es la que propuso tu candidatura, jefe —repliqué, cambiando la toalla y el vaso por las pesas.

Levi me respondió con una mirada fulminante y un gruñido, antes de empezar la siguiente serie de bíceps.

—Livvy es incapaz de enfadarse conmigo —dijo Laura, secándose la frente—. Por lo de la silla de ruedas y todo eso —añadió, señalando con elocuencia la silla.

Era una de esas bromas que no tenían gracia porque eran ciertas. Antes habríamos sido implacables los unos con los otros. Ahora pasábamos de puntillas alrededor de las cosas.

Nuestra dinámica de hermanos había cambiado y ninguno de nosotros sabía cómo volver a ser como antes.

Haciendo lo de siempre, es decir, reprimiendo cualquier sentimiento de inquietud, empecé el calentamiento con una serie de ejercicios de movilidad.

—Vaya, mirad quién está aquí —dijo Gage, jadeando por los kilómetros que había hecho en la cinta.

—Vi cómo la mirabas —anunció Laura.

—¿A quién? —pregunté, apretando los dientes y fingiendo que no sabía perfectamente de quién hablaba.

—Oye, ya sé que no hablamos de las cosas que importan, pero estoy harta. La has cagado. Eras feliz. Y ella también. Y lo has echado todo a perder. —A mi hermana le temblaba la voz y me acojonaba que no fuera de rabia.

—Tú deberías entenderlo mejor que nadie —le dije.

—¿Mejor que nadie? ¿Qué coño quieres decir con eso? —preguntó Laura.

—Creo que eso ha sido una estupidez —murmuró Gage entre dientes.

—Y tanto —gruñó Levi.

—No. A la mierda. ¿Queréis hablar? Pues vamos a hablar. Yo estaba allí sentado, viéndote sufrir, Lau. Viví en primera persona cómo lo perdías todo. Te vi sufrir cada segundo agónico del día. No puedo hacerlo, joder. No puedo arriesgarme a perder a alguien de esa forma. Ya estuve a punto de perderte a ti y casi me muero.

Los ojos de Laura echaron chispas.

—No puedo creer que acabes de usarnos a Miller y a mí como excusa para tu cagada.

—No estoy usando a nadie como excusa y no ha sido ninguna cagada.

—Mejor ve preparando las esposas —le dijo Gage a Levi.

—¿Crees que no daría cualquier cosa por disfrutar de un día más, de una hora más con Miller? —me preguntó Laura—. Y tú acabas de dejar a una persona que te hacía más feliz de lo que jamás te había visto. Hace falta ser capullo.

—Oye. Vamos a calmarnos —dije.

—¿Calmarnos? Yo no pienso calmarme, Cammie. Porque me cabrea muchísimo no poder levantarme y darte un puñetazo en esa cara de idiota cada vez que te lo mereces. Porque no hablamos de las cosas. Porque no soporto quedarme sentada en casa haciendo el papel de puñetera viuda sufridora ni un minuto más.

—Joder, Larry. ¿Por qué no nos has dicho nada? —le preguntó Gage en voz baja.

—¡Porque nunca hablamos de una puta mierda! —gritó Laura—. Ninguno lo hacemos.

—No deberías haber tenido que pedirlo —reconocí—. Deberíamos habernos dado cuenta.

—Vete a la mierda. Ninguno de vosotros sabéis leer la mente, gilipollas. La culpa es de todos y blablablá. Pero ahora estamos hablando de ti.

—¿No podemos hablar de Gage? —bromeé.

—Estoy viva, Cammie. No lo perdí todo. Tenía a los niños y os tenía a vosotros, memos. Y a Melvin y a mis amigos. Me tenía a mí misma. Soy la hostia de fuerte y no me arrepiento ni de un segundo de la vida que tuve con Miller. Ni siquiera del final. Así que ni de coña pienso permitirte que me uses como excusa para huir del amor porque «da miedo» o porque «podría pasar algo malo». ¿Sabes qué, puto cabeza hueca? Que lo único que nos ayuda a superar los malos momentos son las personas y las cosas que amamos.

Me rasqué la nuca.

—¿A alguien más le hace sentirse incómodo esto de hablar?

Gage, Levi y Laura levantaron la mano.

—Ya que nos sinceramos, yo sigo cabreado porque volvieras al pueblo e intentaras hacerte el héroe —reconoció Gage.

—¿Quién? ¿Yo? —pregunté, señalándome a mí mismo.

—Sí, tú, capullo —replicó Levi.

—Yo no intenté hacerme el héroe.

—Actuaste como si no fuéramos capaces de hacer nada sin ti. Como si la empresa estuviera yendo mal porque no estabas aquí. Como si tú pudieras haber evitado el... contratiempo de Laura —dijo Gage, señalando con la mano la silla de ruedas.

—Yo soy el mayor. Mi trabajo es protegeros, pringados —declaré.

—Que seas el mayor no significa que seas el único capaz de proteger las cosas —dijo Gage.

Levi chocó con él el puño en silencio.

—Vale. Así que la he cagado con Hazel, Larry quiere volver al trabajo y Gigi piensa que soy un narcisista prepotente. ¿Cuál es tu problema, Livvy?

Todos nos giramos para mirar a Levi.

—Yo no bombardeé el puto granero con bolas de pintura y todavía estoy cabreado por haberme comido el marrón.

48

Esta muerta está muy viva

Hazel

—No quiero socializar —refunfuñé mientras Zoey me arrastraba hacia el Fish Hook.

El sábado por la noche el tiempo se había inclinado finalmente a favor del otoño, así que llevaba puestos los vaqueros y el jersey que ella me había elegido. Aquellos vaqueros estaban hechos para estar de pie y el escote del jersey azul oscuro dejaba a la vista una cantidad excesiva de clavícula para una mujer a la que habían tenido que despegar del portátil y arrancarle sus pantalones de chándal favoritos para escribir hacía solo una hora.

Era sábado por la noche, lo cual me daba otra excelente razón para quedarme en casa deprimida. Durante dos semanas había evitado estar en ella entre las siete de la mañana y las cinco de la tarde.

Tanto la obra como el libro avanzaban a todo trapo.

En un arrebato de retorcida inspiración, había hecho que mis personajes discutieran y rompieran en el tercer acto. Me había estado basando mucho en la vida real, por lo que me hallaba atrapada en un callejón sin salida literario. El «héroe» era un imbécil irredimible y no había ninguna demostración de amor lo bastante grande como para que se ganara el perdón. Aunque yo estaba barajando la posibilidad de atenuar su estupidez para encontrar una salida... ficticia, por supuesto.

Mientras esperaba alguna fuente de inspiración nueva, había aprovechado para pasar el rato con los lectores en las redes sociales y comprar en internet artículos de primera necesidad para la casa, como unos sujetalibros en forma de gárgola que llegarían el martes.

—Pues mala suerte —dijo Zoey, abriéndome la puerta de cristal—. Porque forma parte del numerito de «estoy estupendamente».

Yo resoplé.

—No estoy estupendamente.

No es que me encantara ser una cascarrabias, pero la familiaridad reconfortante del mal humor era como un jersey viejo y calentito. Una vez que me lo ponía, no quería quitármelo.

—Lo importante es que lo parezca.

—Claro, porque las apariencias son lo principal.

—Sabes de sobra lo chungo que es encontrarse con un ex en un mal día, en lugar de en pleno modo venganza —señaló.

—¿Está aquí? —Los pies se me quedaron pegados al suelo. En aquel momento preferiría enfrentarme a un espéculo frío y a una sala de exploración con corrientes de aire en el ginecólogo, que ver a Campbell Bishop en persona.

—Claro que no —dijo Zoey con un resoplido—. Además, tengo buenas noticias y tú eres mi mejor amiga. Así que estás obligada por contrato a celebrarlas conmigo.

—¿Al final tu primo no te ha atascado el váter, ni ha inundado el piso de abajo?

—No, eso sí ha pasado. Pero, por mucho que lo intentes, no conseguirás que me venga abajo.

Nos saltamos el atril de recepción y fuimos directas al bar, que estaba bastante lleno para tratarse de Story Lake.

Se oyó una ovación y me di la vuelta en busca del motivo. Pero no había nadie detrás de mí. Estaba echando un vistazo a las pantallas de televisión, esperando ver la victoria de algún evento deportivo, cuando alguien gritó:

—¡Qué guapa estás, Hazel!

Se oyeron más aplausos, algunos silbidos y varias personas

sonrieron mirando hacia mí. Vi a Laura y a Sunita saludándonos desde una mesa.

—Ah. Gracias… —balbuceé, alisándome el jersey con la mano—. ¿Por qué todo el mundo me aplaude? —murmuré entre dientes.

—Porque son del Equipo Hazel. —Zoey agitó el puño en el aire.

—¡Equipo Hazel! —respondió todo el bar con entusiasmo.

—¿Llevan ejemplares de mis libros? —pregunté, convencida de que estaba desvariando.

—Así es como los miembros del Equipo Hazel se reconocen entre sí —me explicó mientras me acompañaba a la barra.

Rusty vino hacia nosotras desde el otro extremo.

—Señoritas. ¿Lo de siempre, Hazel? —me preguntó, con una sonrisa burlona.

Me puse pálida.

—Ni de broma. ¿Puedes traerme un chardonnay, por favor?

—Por supuesto.

—Otro para mí —dijo Zoey.

Junior Wallpeter se acercó y me dio una palmada en la espalda. Tenía una especie de mancha de vómito de bebé en el cuello de la camisa de vestir.

—Te mereces algo mejor, Hazel. Espero que encuentres el amor verdadero, como mi señora y yo.

—Gracias, Junior —respondí con un hilillo de voz.

—Oye, te voy a enviar por correo electrónico algunas fotos de las gemelas, ¿vale? Así ves el doble reventón de pañales en el parque. Seguro que te anima.

—Me parece… genial —mentí.

Junior volvió a la mesa con su mujer y yo me quedé mirando con melancolía mi vino. Hasta Junior Wallpeter tenía su final feliz. Y yo allí, condenada a escribir sobre los finales felices de otras personas.

—Deja de deprimirte —me ordenó Zoey—. Garland viene hacia aquí.

Solté un gruñido.

—¿En serio? Esta noche no estoy de humor para enfrentarme a mi paparazi personal.

—Aquí está mi famosa local favorita —dijo Garland, acercándose a mí por la izquierda—. ¿Qué te ha parecido mi último artículo?

Sentí una brisa detrás de mí y me giré justo a tiempo para ver a Zoey simulando que se cortaba el cuello.

—No lo he visto —respondí, mirando con suspicacia al periodista aficionado.

—Bueno, en ese caso, solo necesito una foto rápida para… una cosita —dijo.

—Oye, Garland, no me apetece ponerme delante de la cámara —repliqué.

Pero no me oyó. Estaba demasiado ocupado chasqueando los dedos hacia Quaid, el veinteañero cachas del final de la barra.

—Quaid, hazme un favor y ponte aquí para…, eh…, rellenar —dijo Garland.

Quaid, un armario empotrado rubio con permanente y corte *mullet*, se bajó del taburete y vino hacia nosotras con toda su musculatura.

—Parece un Ken de los ochenta —comentó Zoey, con un suspiro de admiración.

—Tenemos edad suficiente para ser sus hermanas mayores. Mucho, mucho mayores —señalé.

—Entonces me dije: «Puedes hacerlo, Quaidster. Doscientos kilos no son nada». Y los levanté.

Garland nos había colocado estratégicamente a «Quaidster» y a mí para hacer una foto en la que pareciera que estábamos charlando en el bar. Aseguró que era para su otro trabajo, el de marketing. De repente desapareció, Zoey se fue al baño y yo me quedé allí sentada, a solas con Quaid, mientras este me explicaba la diferencia entre los ejercicios con peso muerto normales y los ejercicios con peso muerto rusos.

¿En eso consistían ahora las citas de verdad? ¿En quedarse

sentada en silencio hasta que tenías oportunidad de meter baza para hablar de tus propias aficiones raras con alguien con el que no tenías nada en común?

—Quaid, deja que te haga una pregunta. Si la cagaras bien cagada con una mujer, ¿qué harías para recuperarla? —le pregunté.

Ya que el tío estaba empeñado en darme la turra con sus *hobbies*, a lo mejor podía aprovechar y sacar algo en limpio para mi libro.

Él frunció el ceño.

—Creo que nunca la he cagado con una mujer.

—Acabas de dejarme sin palabras —reconocí.

—Es muy fácil charlar contigo, Hazel —dijo, como si fuera un halago—. ¿Quieres que te hable de mi plan de entrenamiento para la competición de culturismo de noviembre?

—Claro, Quaid.

Zoey llevaba demasiado tiempo fuera y yo empezaba a sospechar. Estaba a punto de inventarme alguna excusa para ir a buscarla, cuando una docena de notificaciones de mensajes sonaron por todo el bar al mismo tiempo.

—¿Qué pasa? —pregunté, por encima del murmullo de emoción de los presentes.

—¿Te apetece otra? —me preguntó Rusty, apareciendo delante de mí.

—No, gracias.

—Para mí otra cerveza de «broteínas» de hierba de trigo —dijo Quaid, levantando el vaso vacío—. Es como si un batido de proteínas y una cerveza *light* hubieran tenido un bebé alucinante.

—Qué… interesante.

Me froté distraídamente la nuca.

—¿Te duelen los trapecios? —me preguntó Quaid.

—¿Qué?

Se acercó y presionó un punto que había entre mi cuello y mi hombro.

—Madre mía. —Aquellas palabras salieron de mi boca en forma de gemido de admiración.

—Ya, estás supertensa —dijo el chaval, girándome en el taburete para poder masajearme los músculos contracturados con aquellas manos como jamones.

—Qué gustazo —ronroneé.

Había pasado mucho tiempo fingiendo que escribía durante la semana y, al parecer, me hacían falta los mismos músculos para fingir que escribía que para escribir de verdad.

Algo estaba ocurriendo en el bar, detrás de mí. Se mascaba cierta tensión en el ambiente, como si todo el mundo estuviera conteniendo la respiración al mismo tiempo. Pero los pulgares mágicos y musculosos de Quaid me impedían concentrarme en cualquier otra cosa.

—Quítale las manos de encima.

Aquella orden amenazante me hizo abrir los ojos de repente, como si fueran dos botes de Pringles.

—Ah, hola, Cam. No te había visto —dijo Quaid tranquilamente, sin dejar de masajearme el cuello.

—Me da igual que seas capaz de levantar una camioneta. Como no apartes esas manazas de ella en los próximos dos segundos, te arranco los brazos y te parto la cara con tus propios puños.

Me desembaracé de las carnosas manos de Quaid y me di la vuelta.

A juzgar por su cara, parecía que Campbell Bishop estaba padeciendo algún tipo de dolor físico.

—No tan rápido, Cam. Si Hazel quiere salir con Quaid, tiene todo el derecho del mundo —le advirtió Rusty.

—Estoy de acuerdo con Rusty —declaró Sunita, con su marcado acento británico—. Tú eres el tontolaba que la dejó escapar.

—Jiji. «Tontolaba» —dijo Laura, al lado de Sunita.

La gente asintió con la cabeza y se escucharon varios gritos de apoyo.

Gage y Levi entraron y se detuvieron en la puerta, detrás de Zoey.

—Al menos nadie está sangrando —observó Gage con frialdad.

— 543 —

—Todavía —murmuró Levi.

Me levanté de un salto del taburete, impulsada de repente por una ira que me calaba hasta los huesos.

—Pero ¿a ti qué te pasa? —le pregunté a Cam, clavándole un dedo en el pecho.

—¿Podemos hablar después de que haya tirado a este armario empotrado al lago? —me preguntó.

—Ahora quiere hablar —comentó Junior.

Cam se giró hacia las mesas.

—Os juro por Dios que soy capaz de pelearme con todos vosotros.

La señora Patsy se levantó y se puso a girar el bolso en círculos sobre la cabeza, como si fuera un lazo.

—Me gustaría verte intentarlo, mequetrefe.

—Menos con usted —dijo Cam, señalándola—. No me fío nada de ese bolso.

Gage y Levi se acercaron a regañadientes para colocarse detrás de Cam. No tenía muy claro si estaban allí para protegerlo de todos, o para protegerlos a todos de él. Aunque, a juzgar por sus caras de pocos amigos, también cabía la posibilidad de que sus hermanos quisieran asegurarse los primeros puñetazos.

—Nadie va a pelearse con nadie, a menos que Hazel quiera darle un guantazo a Cam —anunció Levi.

El jefe de policía sofocó de inmediato los murmullos de decepción con una mirada gélida.

Cam se volvió hacia mí, con ojos suplicantes.

—Cinco minutos. Lejos de estos imbéciles.

—No.

—Ya tuviste tus cinco minutos. Ha pasado página, colega —dijo Zoey con suficiencia.

—¡Qué bien! ¡No nos lo hemos perdido! —exclamó Frank, entrando por la puerta.

—Creía que a estas alturas ya estarían cubiertos de sangre —comentó Pep, dejando el botiquín de primeros auxilios sobre la mesa más cercana—. Ponnos unas birras, Rusty.

—Si crees que pelearte en el bar del pueblo es una forma de demostrarme tu amor, estás muy equivocado —le dije a Cam.

—Pues sí que me había planteado demostrártelo, pero es difícil mientras sales con todos los hombres del lugar.

—¿Qué? ¡Si no estoy saliendo con nadie!

—Ya, tampoco salías conmigo, ¿no? ¿Y qué me dices de que Bronson Vanderbeek te abriera la puerta de la librería? Si ni siquiera lee, Hazel. ¿Y de esa comida íntima con Scott, el primo de Darius? ¿O de la excursión en kayak con Scooter?

Me enseñó la pantalla del móvil, pasando varias fotos mías en las que les sonreía a otros hombres.

Me quedé a cuadros al darme cuenta de lo que había sucedido.

El pueblo entero me había hecho un *Este muerto está muy vivo*.

—¡Garland! —bramé.

49

Hueles a pescado

Campbell

Me dolían la cara, los puños y las costillas. Mis zapatos chorreaban agua del lago a cada paso mientras iba cojeando por Main Street.

No me quedaba pelo en las muñecas, por culpa de la cinta adhesiva que Levi había utilizado en lugar de esposas.

Me había peleado por ella, me había convertido en el primer detenido oficial de mi hermano, que además me había encasquetado una multa exorbitante por destrucción de mobiliario urbano, y mis padres me habían pagado la fianza.

Pero me había demostrado a mí mismo y a Story Lake que no pensaba rendirme sin luchar. Y estaba preparado para el segundo asalto.

Eché los hombros hacia atrás al ver la casa de Hazel. La luz del porche estaba encendida, pero las del salón y la sala de estar se encontraban apagadas. Eran más de las diez y sabía que era imposible que se hubiera ido ya a la cama.

Abrí la puerta del jardín y subí por el paseo. Había un ochenta y cinco por ciento de posibilidades de que no me abriera la puerta si llamaba al timbre y un cien por cien de ellas de que no me dejara entrar, para evitar que le llenara el suelo recién barnizado de agua del lago y sangre.

Me decidí por el Plan B y fui por el lateral de la casa, abriéndome paso a través de la maleza que quedaba. Me di un golpe en la cara con la rama de un cerezo silvestre y me rasgué los pantalones con algo espinoso antes de llegar a la ventana de su despacho, de la que salía un haz de luz.

Estaba sentada detrás del escritorio, sola, afortunadamente. Llevaba el pelo recogido en un moño torcido. Tenía los hombros encorvados y sus dedos se movían a gran velocidad sobre el teclado. Aquella era la espalda más bonita que había visto jamás. Quería ver aquella espalda todos los días durante del resto de mi vida.

—¿Piensas quedarte ahí plantado toda la noche, o vas a mover ficha?

Me di la vuelta y vi a Felicity asomada por encima de la valla.

—¿Estás subida a una escalera de mano?

—Prefiero considerarla una plataforma de observación. ¿Por qué estás empapado?

—Porque he sido un idiota y ya no lo soy.

—Ah. Solo para que me quede claro: has venido a demostrarle tu amor y no en plan siniestro, a cometer algún delito raro, ¿no? —me preguntó.

Suspiré y tomé nota mental de comprar y colgar cortinas en todas las ventanas de ese lado de la casa de Hazel, independientemente de si me daba una segunda oportunidad o no.

—Sí y agradecería un poco de intimidad —dije con elocuencia.

—¿Qué me das a cambio?

—Me encargaré yo mismo de tus pedidos y te los entregaré durante un mes —le prometí.

—Un placer hacer negocios contigo. Bonitas tiritas, por cierto —dijo mientras desaparecía de mi vista.

Me miré los nudillos. Mi madre, la muy graciosa, había repuesto las tiritas del botiquín de primeros auxilios con otras de emoticonos que brillaban en la oscuridad. A mí me había puesto todas las de los emoticonos de cacas.

Levanté la mano con intención de dar unos golpecitos en la ventana de Hazel, pero me detuve.

Mierda. Llevaba auriculares. Eso significaba que estaba a

punto de darle un susto de muerte. De repente todo aquel plan me parecía absurdo... y peligroso. ¿Y si me atacaba con la pata del piano, o me lanzaba al mapache?

Jurando en voz baja, saqué el móvil del bolsillo húmedo, rezando para que aún funcionara.

Date la vuelta.

Envié el mensaje y esperé.

Ella bajó la vista hacia el teléfono y sus dedos vacilaron sobre el teclado. Pero, en lugar de cogerlo, enderezó la espalda y siguió escribiendo.

—¿En serio, Hazel? —murmuré en voz baja mientras le enviaba otro mensaje.

Estoy viendo cómo me ignoras, literalmente.
Date la vuelta.
Por favor.

La pantalla de su teléfono volvió a encenderse y Hazel dejó caer la cabeza sobre el respaldo de la silla.

Lo apagó y siguió escribiendo.

Refunfuñando, pulsé el botón de llamada.

—¡No me jodas! —Escuché el grito ahogado de Hazel en el interior. Le dio una palmada al móvil y contestó—. ¿Qué?

—Date la vuelta —le pedí.

Ella se giró en la silla, echando chispas por los ojos. El teléfono salió disparado y Hazel estuvo a punto de caerse de culo mientras soltaba el típico grito de casa embrujada al ver mi enorme silueta en la ventana.

—¿Todos bien por ahí? —gritó Felicity por encima de la valla.

—Lárgate, Felicity.

Señalé la ventana con impaciencia.

—¿Qué leches haces merodeando por mi jardín y pegando la cara al cristal? —me preguntó Hazel, abriendo la ventana de golpe.

— 548 —

—No he pegado la cara al cristal —protesté—. Apártate.

—¡No! ¿Por qué?

Me subí al alféizar de la ventana.

—Ay, madre. ¿Por qué estás mojado? —Arrugó la nariz—. Hueles a pescado.

—Gage me ha dado con uno en la cara —le expliqué, acabando de colarme por la ventana.

Aterricé con las botas empapadas sobre la madera.

Hazel tenía pinta de estar buscando un arma por la habitación.

—Vengo en son de paz —prometí.

—Me da igual. Si todos los demás te han dado tu merecido, yo también quiero hacerlo.

—Pues a menos que estés dispuesta a darme un puñetazo o tengas una trucha viva a mano, no es tu día de suerte.

Ella asintió.

—Vale. —Cerró el puño y echó el brazo hacia atrás—. Tienes diez segundos para decirme por qué coño me has dejado, me has humillado públicamente y luego has asaltado mi casa oliendo como un monstruo del lago, o me veré obligada a usar contra ti las llaves de autodefensa que he buscado en YouTube.

Levanté las palmas en señal de rendición.

—Rompí contigo porque tenía miedo. Todo esto del amor es nuevo para mí. Empezaba a sentirme cómodo con ello, cuando Laura acabó de nuevo en el hospital. Eso me recordó al accidente. A cómo perdimos a Miller y estuvimos a punto de perderla a ella. A que a duras penas logró sobrevivir cuando le dijimos que Miller se había ido. Creo que tuve un ataque de pánico y decidí solucionarlo todo dejando de estar enamorado de ti.

Hazel bajó el puño unos centímetros.

—Eso es terrible —admitió.

—Nunca lo superé. Laura es una de las mejores personas que conozco y la quiero con locura, pero eso no la protegió. Yo no la protegí. El amor no la salvó de una vida sin su media naranja, de una vida sin ninguna de las cosas que antes podía hacer. Me quedé mirándola cuando estaba postrada en aquella cama y te vi a ti.

—Y prefieres no tener que estar al lado de la cama de nadie. Ya lo pillo. Gracias por comunicármelo después de que me haya enamorado de ti —me soltó Hazel, levantando ambos puños en una postura completamente incorrecta.

—Laura ya me ha puesto las pilas. Y mis padres también. Todos morimos. Todos perdemos a nuestros seres queridos. Es imposible librarse. No hay ningún atajo para evitar la pérdida. Así que quiero sufrir contigo, Hazel. Quiero llorar, enfadarme y estar al lado de todas las camas que me toque.

—Es la declaración de amor más deprimente de todos los tiempos.

—Creía que, teniendo menos de lo bueno, podía protegerme de lo malo.

Su expresión se suavizó poco a poco.

—Eso es una gilipollez.

—Cierto. Pero tú me has dado demasiado de lo bueno y ahora quiero más. Porque de lo malo vamos a tener sí o sí. Eso está garantizado. Y la única forma de sobrevivir a ello es hacer acopio de todo lo bueno que sea posible.

—Vale, eso ya es un pelín menos deprimente.

La agarré por las muñecas y la atraje hacia mí.

—La vida es un caos, pero prefiero formar parte de tu caos que verte compartirlo con otra persona.

—En realidad, no lo estaba compartiendo con otras personas. Me tendieron una trampa. Nos tendieron una trampa. Zoey la llamaba «Operación *Este muerto está muy vivo*» porque era como obligar a un cadáver a moverse.

—Todo el pueblo sabe que estamos hechos el uno para el otro. Y ahora yo también lo sé. Y no pienso dejarte escapar —le dije, pegándola más a mí.

—No esperes que vuelva a confiar en ti de repente y me baje los pantalones…

—No llevas pantalones —señalé.

Ella miró hacia abajo.

—Mierda.

—Pienso poner cortinas por todas partes —le dije, bajando la cabeza hacia la suya.

Hazel entreabrió la boca y aproveché la oportunidad. Fue un beso dulce, pero lleno de deseo. Le estreché la cara entre las manos y la besé a conciencia, hasta que ambos nos quedamos sin aliento.

—¡Joder! ¿Por qué leches tuviste que hacer algo así? —me preguntó, apartándose—. Me hiciste daño, Cam. Mucho daño. Me dejaste tirada. No tienes ni idea de lo duro que fue para mí. Y me hiciste polvo.

Le acaricié el pelo con una mano.

—Lo siento —dije en voz baja—. Quiero que me digas lo que quieres. Prometo dártelo. Aunque sea algo que me asuste.

—¡No quiero que al idiota de mi novio le asuste tener una relación!

—Cariño, no me asustaba estar contigo. Me asustaba perderte.

—Lo cual suena a un disparate de profecía autocumplida. ¿Cómo voy a olvidar eso? No sé si quiero perdonarte.

—Vale. No lo hagas. Aún no me lo he ganado. Te mereces un gran gesto romántico propio de un héroe. Lo de darte un susto de muerte y colarme por la ventana no cuenta.

Ella miró hacia atrás.

—Bueno, la verdad es que la ventana es bastante alta y has trepado como si nada.

—No lo bastante alta, Calamidad. Te mereces algo más. Quiero tener una vida contigo. Un hogar. Una familia. —Un movimiento en la puerta captó mi atención—. Una población de mapaches de interior considerablemente más pequeña.

Hazel echó los hombros hacia atrás y levantó la barbilla.

—Pues sí, me merezco algo más. Y Bertha también. Y para que lo sepas, yo soy mucho menos indulgente que mis heroínas.

Me acerqué a ella y le di un beso en la frente.

—Pues que sepas que yo no pienso dejarme vencer por un mapache. Además, soy mucho más terco que tus héroes.

—Bueno, ¿y cuál va a ser tu gran gesto romántico? Podría darte un par de ideas.

Negué con la cabeza.

—No. Ya me he documentado todo lo necesario —aseguré, señalando con el pulgar los libros que había en la estantería.

—¿Vas a salvar la plantación de árboles de Navidad de mi familia y regalarme una manada de burros en miniatura?

—Duerme un poco —le aconsejé—. Porque cuando perpetre el gran gesto romántico, ninguno de los dos va a dormir en cuarenta y ocho horas. —Pasé el dedo por la cintura de su ropa interior.

Hazel se estremeció.

—¿Aún tienes ganas de darme un puñetazo? —le pregunté.

—Sí, pero me da la sensación de que eso no se me va a pasar nunca.

Sonreí y le di un beso en la punta de la nariz.

—Hasta luego, Calamidad. —Fui hacia la ventana, sintiendo por primera vez en semanas que tenía un objetivo.

—¿Tienes en mente algún plazo temporal? Por aquello de estar preparada —dijo Hazel.

Le lancé una mirada sugerente antes de volver a saltar por la ventana.

> Necesito vuestra ayuda.

Levi
No te vas a librar de la multa.

Larry
Qué tal con Hazel?

Gage
Te ha encerrado en un armario con
un mapache?

> Pienso recuperarla.

Gage
Por agotamiento, quieres decir?

Laura
Y qué diferencia hay?

Necesito vuestra ayuda para
el gran gesto romántico.

Levi
Qué coño es eso?

50

El final feliz empieza aquí
Hazel

El conductor se detuvo en la entrada de mi casa y exhalé un suspiro de alivio. Había estado bien volver a Nueva York. Pero, después de tres días de reuniones editoriales, entrevistas y *networking*, estaba deseando volver a casa.

Zoey y yo nos habíamos separado la noche anterior. Ella iba a quedarse un día más para restregarles por las narices nuestro éxito a sus excompañeros y reparar los daños que su primo había ocasionado ese mes en su apartamento. Pero yo estaba encantada de estar en casa. Heart House brillaba ante mí como un faro de bienvenida.

Tardé un buen rato en darme cuenta de que no había ningún vehículo de trabajo aparcado en la calle. Ni contenedores en la entrada. Lo que sí había eran cestas con helechos y crisantemos que colgaban alegremente de las vigas del porche. Justo del tipo que yo quería.

—Qué raro —murmuré para mis adentros.

El conductor se detuvo delante del garaje que, si mis ojos no me engañaban, parecía más limpio y rosa que cuando me había marchado. Las puertas ya no tenían la pintura descascarillada, sino que eran de un blanco reluciente. Pero la mayor sorpresa fue que la terraza y la rampa ya estaban terminadas.

Le di a toda prisa una propina al chófer y cogí las maletas, antes de llamar a Cam. Pero no me contestó. Habíamos intercambiado unos cuantos mensajes desde que había entrado por la ventana de la biblioteca apestando a pescado y me había prometido celebrar conmigo mi nuevo contrato editorial en cuanto me reconquistara oficialmente.

Por impulso, llamé a su hermana.

—¿Sí? —dijo Laura.

—Oye, ¿quieres pasarte y ser mi primera invitada para probar la rampa? Creo que no tengo comida en casa, pero podríamos pedir algo.

—Me apunto. Llego en cuarenta y siete segundos —dijo.

—A ver si Levi va a tener que detenerte por exceso de velocidad.

—Levi no está en el pueblo y el resto tampoco. Pero justo yo estoy ahora en tu barrio —dijo, antes de colgar.

Fiel a su palabra, aparcó en la entrada menos de un minuto después.

—¿Puedes coger el vino de atrás? —me gritó.

—¿Cuándo han terminado todo esto? —le pregunté, sacando la bolsa de la tienda del asiento trasero mientras ella volvía a montar la silla en el suelo.

—Digamos que Cam estaba muy motivado para acabar.

Un nudo de preocupación se instaló en mi aparato digestivo. ¿Estaba muy motivado para acabar porque no quería saber nada más de mí? ¿Porque había recapacitado y decidido que estábamos mejor como enemigos acérrimos? Llegados a aquel punto, era nuestra única opción, porque ni de coña pensaba ser su amiga. No era lo suficientemente madura para eso.

—Han empezado con la rampa de la tienda y vamos a cerrar toda la semana que viene para que puedan redistribuir las cajas registradoras y hacer el baño —dijo Laura, cambiándose con agilidad a la silla.

Llevaba una tirita con un emoticono de una carita llorando de risa en la frente por la caída, pero parecía emocionada, casi contenta.

—¿Eso significa que vas a volver a trabajar?

Laura esbozó una sonrisa más radiante que el sol.

—¡Por fin! He seguido tu ejemplo con el libro y he llenado un cuaderno entero de planes e ideas de productos. El próximo año va a ser importante para todos nosotros. Lo presiento —declaró.

—Me alegro muchísimo. —Me moría por formar parte de «todos nosotros»—. Venga, vamos a ver qué han hecho dentro.

Subí por la rampa delante de Laura hasta la terraza.

—Si no había comprado muebles —dije, mirando la mesa y las sillas de teca, y los taburetes giratorios acolchados que había alrededor de una mesa de centro. Todo estaba lleno de flores en macetas. De crisantemos de todos los colores. La varonil parrilla brillaba en un rincón.

—Habrán sido los duendes de los muebles de jardín —susurró Laura con inocencia. Abrí la puerta de atrás y la sujeté para que pudiera entrar.

—¿Qué tal tu hermano? —le pregunté mientras atravesaba detrás de ella el umbral bajo de la puerta.

—¿Cuál de ellos? —se burló—. Por cierto, puedes dejar eso en la encimera.

Parpadeé y dejé caer la bolsa al suelo sin contemplaciones. Tenía encimeras. Y baldosas.

Y una puerta en la despensa. Y una zona acristalada para desayunar.

—No me... ¡si ya está listo!

—¡Sorpresa! —gritó Laura, girando sobre sí misma para celebrarlo.

Los armarios eran de un majestuoso azul marino con herrajes dorados. Las elegantes encimeras —porque había varias— eran blancas con vetas grises y brillaban complementando la textura del salpicadero.

—En mi piso tenía doce centímetros de encimera —comenté, inclinándome sobre la isla y estirando los brazos a ambos lados. En ella había seis taburetes altos con patas blancas rústicas y asientos curvados de madera de deriva.

—Pues sí, definitivamente vas a tener que aprender a cocinar. —Laura sacó dos copas de vino del armario que había al lado de la nevera para las bebidas—. Ya tienes una cita con mi madre para una clase de pastel de carne la semana que viene.

—Pero ¿cómo...?

Dentro de las vitrinas había un arcoíris de platos para los invitados. Les hice una foto y se la envié a mi madre. Había hecho un esfuerzo y los resultados me habían sorprendido gratamente.

—Los chicos se pasaron un par de noches en vela y pidieron refuerzos.

—¿Adónde han ido? ¿Por qué no están aquí, presumiendo de lo bien que ha quedado la casa?

Parecía la cocina de una revista. La cocina perfecta en la casa perfecta, y era yo la que iba a vivir allí.

—Tenían que hacer una cosilla. Volverán pronto —prometió, empezando a colocar quesos, galletas y embutidos en la mesa del rincón del desayuno.

Me llevé la mano al corazón mientras observaba el espacio.

—Esto es demasiado.

Si aquel era el gran gesto romántico de Cam, pensaba abalanzarme sobre él y arrancarle los pantalones en cuanto asomara la cabeza.

—¿Qué tal por Nueva York? —me preguntó Laura, sirviéndome una copa de vino y pasándomela.

Me la llevé a la puerta de la despensa.

—Ha estado… genial. Zoey me ha conseguido un contrato nuevo con otra editorial y… ¡madre mía! Esto es más grande que toda mi cocina de Manhattan —exclamé—. Un momento. ¿Qué hace aquí la freidora de aire de Cam? ¿Me la ha regalado? ¿Y de dónde ha salido esa batidora de mano?

—A lo mejor han sido los duendes de la despensa.

Salí de ella marcha atrás y señalé a Laura.

—¿Qué sabes tú de esto? ¿Qué está pasando?

Ella se encogió de hombros inocentemente, justo en el momento en el que sonaba el timbre.

—Es mejor que vayas.

Cogí el vino y fui medio corriendo por el pasillo.

—¡Madre mía, qué pasada de cortinas! —chillé por el camino.

Abrí la puerta de golpe, esperando encontrarme a un Cam con cara de fanfarrón. Pero, en lugar de ello, me encontré con la sonrisa de Darius.

—¡Hazel, mi mujer favorita después de mi madre! Te acuerdas de Sylvia la de Silver Haven, ¿verdad?

Me quedé pasmada.

—¡Sí! Claro. Te pido mil disculpas. Siento haber puesto en peligro a los residentes en aquella barcaza.

—No hace falta que me pidas perdón —declaró Sylvia.

—¿Podemos entrar? —preguntó Darius.

Me sentía mareada, como si estuviera en una especie de tiovivo delirante.

—Sí, claro. Al parecer ya han terminado la casa. Laura está en la cocina, con un poco de queso y vino.

—¿Has dicho queso? —exclamó Sylvia. Los acompañé hasta la cocina.

—Hola, señor alcalde. Encantada de volver a verte, Syl.

—Lo mismo digo, Laura.

Todos se sonreían como si formaran parte de una broma de la que yo no era partícipe.

—¿Alguien puede decirme qué está pasando? —pregunté.

—Bueno, Sylvia y yo queríamos que fueras la primera en saber que el hospital antiguo por fin se ha vendido.

—Ay, madre. ¿Lo ha comprado Dominion, para lo del campo de golf?

—En realidad, lo ha comprado Silver Haven por recomendación mía. Story Lake va a ser la sede de nuestro nuevo hogar tutelado —anunció Sylvia.

Parpadeé varias veces seguidas.

—Pero si os engañamos para que vinierais aquí. Os hicimos creer que éramos un pueblito próspero con una población activa y luego estuvimos a punto de ahogar a la mitad de vuestros residentes en el lago. Por supuesto, yo asumo toda la responsabilidad. Solo pretendíamos que la gente viera lo que podíamos llegar a ser, pero fue un fracaso estrepitoso…

—Ya lo sé. He leído tu *newsletter* —dijo Sylvia, sonriendo con dulzura—. Hazel, lo que me demostraste fue que Story Lake es capaz de hacer lo que sea para que todo el mundo se sienta a gusto. Además de todas las modificaciones para mejorar la accesibilidad que todo el pueblo había hecho ya por Laura, tú y tu pueblo hicisteis que mis residentes se sintieran como en casa.

—Así es como me ha hecho sentir a mí también Story Lake —reconocí.

—No solo formo parte del consejo de administración. También soy la vicepresidenta de adquisiciones de terrenos y llamé a mis jefes antes incluso de que el autobús saliera del aparcamiento. Sois un pueblito con mucha vida que ya ha hecho grandes avances en lo que a accesibilidad se refiere. Los terrenos del hospital son perfectos para uno de nuestros centros de viviendas tuteladas. Lo vi claro desde el principio.

—Pero está el problema del tratamiento de las aguas residuales —dije.

—Resulta que Nina coaccionó a los inspectores del condado para que adelantaran el plazo. Hay otros veinte condados del estado que tienen que hacer las mismas mejoras y les han dado cinco años —explicó Darius.

—No sé qué decir —reconocí, mirando con los ojos llenos de lágrimas a aquellas tres personas maravillosas que decían cosas maravillosas en mi maravillosa cocina nueva.

—Nos encantaría que pudieras pasarte por allí para impartir un taller mensual de Escritura para los residentes —añadió Sylvia—. Laura ya se ha ofrecido voluntaria para ser la asesora local de Accesibilidad. Y Darius ha dicho que podía recomendarnos a un contratista del pueblo para las quince cabañas tuteladas que vamos a construir.

Sentí como si mi corazón intentara dar un salto mortal y salírseme por la garganta.

La puerta principal se abrió de golpe y un coro de borrachos gritó «¡Hazel!».

—¿Me disculpas un momento? —dije, retrocediendo hacia la puerta.

—Uy, esto no me lo pierdo. —Laura vino rodando detrás de mí.

—¿Qué pasa, es que el bar está lleno? —pregunté, deteniéndome en la puerta del comedor.

—Céntrate, Haze —dijo Laura, clavándome un dedo en la espalda.

—Vale. Me centro.

—¿De dónde ha salido ese sillón? —me pregunté al pasar por delante de la puerta del salón.

Me los encontré hechos una maraña en el recibidor.

—¡Hazelcita! —gritó Zoey, agitando los brazos hacia mí, mientras Gage intentaba quitarle el abrigo. En cuanto se zafó, se abalanzó sobre mí.

—Hola —dijo Levi, con una sonrisa bobalicona.

—Concejala Hart, tenemos que hablar con usted —anunció Gage.

Zoey aplastó su cara contra la mía y me dio un ruidoso beso con olor a alcohol en la mejilla.

—Oléis como si una cervecería, una destilería y una bodega hubieran tenido un *ménage à trois* —declaré.

Pero no los estaba mirando a ellos. Estaba mirando a Cam, que se encontraba justo en medio de todos, como el ojo sobrio de un huracán etílico.

Estaba muy serio y llevaba una caja bajo cada brazo.

—Calamidad, te lo suplico. Haz el favor de darles algo de comer o acabaré cavando tumbas en el jardín trasero —me pidió—. Llevan así desde que salimos de Nueva York.

—¿Por qué habéis ido todos a la ciudad? ¿Qué está pasando aquí? —pregunté.

—¡Estamos de celebración! —gritó Zoey, levantando los brazos en el aire.

—¡Sí! —dijo Gage.

Levi me saludó con una mano, tambaleándose, y sonrió.

Un ladridito resonó dentro de la caja que Cam llevaba bajo el brazo izquierdo. Una pequeña nariz húmeda y un ojo marrón me miraron.

—Por favor, dime que no es otro mapache —susurré.

—Quiero decírselo yo —gritó Zoey.

—No, tiene que decírselo Cam —dijo Gage, agachándose para mirar a Zoey a los ojos. Pegó la frente a la de ella y cerró un ojo—. Es importante que él se lleve todo el mérito.

Zoey hizo un mohín.

—Sí, supongo que tiene sentido. Pero nosotros le hemos ayudado.

—Hemos sido los mejores ayudantes —aseguró Levi, clavándose un dedo en la mejilla—. No siento la cara. ¿Es normal?

—Larry, sácalos de aquí —dijo Cam, que parecía a cinco segundos de empezar a dar puñetazos a diestro y siniestro.

—Voy, Cammie. Vamos, chicos. ¿Quién quiere queso con picatostes y más alcohol? —dijo.

—¡Yooo! —El grupo de amigos y familiares borrachos la siguió a la cocina.

—Pero yo quería verle la cara cuando le cuente lo del gilipollas de Jim —refunfuñó Zoey.

Cerré los ojos.

—¿Qué le has hecho al gilipollas de Jim?

—Vamos a hablar a tu despacho —sugirió Cam.

Cogí el vino y lo seguí, preguntándome qué profundidad debería tener exactamente una tumba superficial.

Allí también había cortinas nuevas. De terciopelo grueso. Las puertas de cristal solo conseguían ahogar parte del caos, pero Cam tenía toda mi atención.

—Vale. Vamos allá —dijo, dejando las cajas delante de la puerta. Me agarró ambas manos—. Hazel Hart.

—¿Sí? —dije, con un hilillo de voz.

—La cagué muchísimo.

—Eso ya lo sé. A menos que hayas vuelto a cagarla en los últimos tres días.

—Y voy a volver a cagarla —declaró—. Sin duda muchas veces. Los Bishop no somos precisamente famosos por hablar de las cosas. Así que vas a tener que ser paciente, pero que sepas que lo estoy intentando.

—Vale. ¿Dejamos salir ya lo que haya en las cajas?

—Aún no. Antes necesito que sepas que te quiero.

—¡Qué fuerte!

Miré más allá de Cam y vi a Zoey, Gage y Levi aplastados contra las puertas de cristal.

—Chicos, dadles un poco de intimidad —los regañó Laura.

—¿De verdad? —le pregunté a Cam, volviendo a centrarme en él.

—Tanto que me acojona.

— 561 —

—¿Tanto como para querer huir?

Negó con la cabeza.

—Nunca más. Además, tú también me quieres —replicó con arrogancia.

—Ah, ¿sí?

—Estoy seguro al noventa por ciento y confío en ganarme el diez restante cuando acabe de perpetrar este gran gesto romántico.

—Has acabado mi casa. Eso es un gran gesto romántico.

—Quiero tener una vida contigo. Quiero tener un hogar contigo. Quiero llenar esa vida y ese hogar con la gente y las cosas que ambos amamos.

—¿Como las barbacoas gigantescas?

—Como las barbacoas de un tamaño totalmente razonable, los familiares molestos, más libros, mascotas y puede que niños.

—¡Eh, para el carro!

—Así me gusta, no quiero ser el único acojonado aquí.

—Pues misión cumplida —aseguré, posando una mano sobre mis inquietos intestinos.

—Pero nada de lo que yo pueda ofrecerte podrá reemplazar lo que has perdido —dijo Cam.

Un maullido enfadado salió de la otra caja y me pareció atisbar unos bigotes.

—¿Y qué he perdido? —le pregunté.

A modo de respuesta, Cam fue hacia la última caja de la mudanza, que yo había escondido en un rincón. Sacó los libros. Mis libros, que ahora pertenecían a Jim.

—Esto —dijo—. Ya puedes ponerlos en la estantería.

—Un momento. ¿Qué quieres decir?

—No lo pilla. ¿Hacemos mímica? —preguntó a gritos Gage desde el pasillo.

—¡Uy! Me encanta la mímica. Venga, haced gestos: ¡Hemos recuperado tus libros! —gritó Zoey eufórica.

Mi corazón no trastabilló. No dio un salto mortal ni se saltó un latido. Se detuvo sin más.

—¿Que habéis recuperado mis libros?

—Caray, qué bien se le da adivinar —comentó Levi.

—Es que es superinteligente —le informó Zoey.

Cam asintió.

—Lo hemos conseguido entre todos. Jim ya no es el dueño de tu propiedad intelectual. Hoy ha firmado la devolución de los derechos.

—Ay, madre, ¿está muerto? ¿Te lo has cargado dándole una paliza con sus propios brazos? ¿Vas a ir a la cárcel? Son solo libros, Cam. Puedo escribir más. Muchos más.

—No le he dado ninguna paliza con sus propios brazos y tampoco voy a ir a la cárcel. Ha sido todo legal.

—¡Lo hemos intimidado de forma legal! —gritó Gage al otro lado de la puerta.

—Principalmente —añadió Levi.

—Zoey organizó una reunión con Jim y su jefe —me dijo Cam—. Nos plantamos allí con seis de los mejores abogados de tu madre. Y cuando al fin ese charlatán pedante cerró la puta boca, expusimos lo perjudicial que sería para la reputación de la agencia que todos los clientes supieran que contrataban a agentes que utilizaban artimañas legales para quedarse con los derechos de propiedad intelectual de sus autores.

—Al principio hubo muchos más gritos y jerga legal —dijo Gage.

—Chicos, ¿podéis parar de una vez? —les pidió Laura, con un gemido ahogado.

—¿Le habéis hecho chantaje?

—Ha sido casi tan satisfactorio como darle un puñetazo —aseguró Cam.

Le miré las manos. Tenía una tirita de un emoticono con una carita vomitando en un nudillo.

—¿Eso es una herida de un puñetazo antiguo o de uno nuevo?

Cam esbozó una sonrisa perversa.

—Digamos que el pequeño Jim pensó que podría recuperar algo de hombría siendo el primero en atacar. Pero se equivocó.

No tenía palabras. Apenas si podía ver bien. Unas lágrimas ardientes lo empañaban todo.

—Hazel, quiero que tengas todo lo que deseas. —Su voz era

como miel vertida sobre grava—. Quiero defenderte, inspirarte y protegerte. Quiero estar a tu lado en lo bueno y en lo malo.

No fui capaz de contenerme más. Corrí hacia él, choqué contra su cuerpo y lo rodeé con los brazos.

Él hizo lo mismo, anclándome a él con sus fuertes brazos mientras me levantaba del suelo.

—Te quiero —le dije, besando cada centímetro cuadrado de su cara.

—Chicos, creo que está feliz —susurró Levi.

—O eso, o se está comiendo su cara. ¿Alguien se ha acordado de alimentarla hoy? —preguntó Zoey.

Cam me besó y dejé de hacer caso a los comentarios de los borrachos, a los sospechosos ruidos animales y a las dudas.

—Yo también te quiero, Calamidad. Y nos vamos a casar.

Se me escapó un ruido que estaba entre una tos y una carcajada.

—¿Qué dices?

Cam me dejó en el suelo y se llevó la mano a la cintura de los vaqueros.

—Toma. Para que podamos empezar a organizarlo. —Era un cuaderno para planificar bodas que ponía: «¡Nos casamos!».

—Un momento. ¿Antes no debería haber un anillo, o no sé, una declaración? —le pregunté, abriendo el cuaderno.

Allí, pegado en la primera hoja, había un anillo de compromiso con un diamante enorme, encima de una nota que Cam había garabateado rápidamente: «Di que sí». Me quedé mirándolo, boquiabierta.

—Dilo, Calamidad. Acaba con este sufrimiento.

—Sí.

Nos besamos de nuevo durante un buen rato, con la banda sonora de la celebración de nuestros amigos y familiares de fondo. Las puertas de mi despacho se abrieron de golpe y nos separaron para abrazarnos casi hasta matarnos.

—¡Un momento! ¿Qué hay en las cajas? —pregunté mientras Gage me hacía girar en círculo, completamente piripi.

—¿No le has enseñado a esas monadas? —Zoey le dio una palmada en el pecho a Cam.

Él se encogió de hombros.

—Eran el Plan B, por si me decía que no.

—Por favor —dijo Laura, agachándose para abrir el pestillo de la puerta de la primera caja.

Un gato regordete de color naranja salió tambaleándose, plantó su orondo pandero en el suelo e inició un intenso proceso de acicalamiento. El segundo, un adorable perrito tuerto de raza indeterminada, necesitó un poco más de persuasión. Pero después de zamparse un puñado de golosinas, no tardó en ponerse a corretear por el despacho.

—Se suponía que solo iba a ser el gato, pero, según mi madre, están muy unidos y sería una aberración separarlos —dijo Cam.

—¿Y Bertha? —le pregunté. ¿Los mapaches se llevaban tan bien con los gatos y los perros como con los cerditos?

—Bertha ha sido reubicada en la casa para mapaches más lujosa del mercado, en el jardín de atrás. Ahora sí que no tiene ninguna forma de entrar en casa, a menos que alguien le dé un juego de llaves —aseguró Cam.

—Estás fatal. —Me reí, girándome para admirar mi anillo a la luz de la ventana. Mi risa se convirtió en un grito ahogado al darme cuenta de que había otra cosa nueva en la habitación.

Mi desvencijada mesa había sido sustituida por un impresionante escritorio curvado de madera. Su intenso barniz dorado brillaba bajo la luz del atardecer. Bajo el borde del tablero había una moldura tallada en la que ponía: «El final feliz empieza aquí».

—Cam —susurré.

—¿Te gusta? —me preguntó.

Asentí, incapaz de articular palabra durante casi un minuto entero.

—Me encanta. Te quiero.

—Menos mal —dijo, tirando de mí para volver a abrazarme y darme otro beso apasionado—. Porque ya me he traído todas mis cosas.

—Ya está bien de cochinadas. Mamá y papá están aquí. ¡Vamos a tomar algo para celebrarlo en la terraza! —gritó Laura desde el pasillo.

—Seguiremos con las cochinadas en cuanto nos deshagamos de ellos —me prometió Cam.

—Con toda una vida de cochinadas —repuse.

Aquella noche, después de las copas de celebración, las cochinadas y una exploración a fondo de la ducha de vapor, Cam y yo nos aventuramos a salir a la terraza nueva. El perrito Flechazo y el gatito DeWalt —bautizado así en honor a la marca de herramientas favorita de Cam— se tumbaron a nuestros pies. Sentía las extremidades débiles y pesadas. Estaba un poco aturdida. Y el anillo que llevaba en el dedo era como un ancla que me mantenía en el momento presente.

Bajo la luz del crepúsculo, una sombra planeó sobre las guirnaldas de luces. Goose, el águila, hizo un vuelo rasante e inclinó las alas en un saludo aviar.

—Voy a tener que esforzarme más —susurré, con el brazo de Cam sobre los hombros.

—¿A qué te refieres? —me preguntó él, acariciándome el pelo con los labios.

—A los finales felices. Has superado con creces a todos mis héroes de ficción con este gran gesto romántico.

—Pues claro. Ve acostumbrándote.

Epílogo

Hazel

En un año pueden cambiar muchas cosas.

O en trece meses, para ser exactos..., más o menos. Por ejemplo, una escritora de comedias románticas desmoralizada de «la gran ciudad» que ha perdido la magia puede encontrar esa magia, enamorarse, casarse y acabar subiéndose al escenario delante de todo un pueblo en la Segunda Fiesta Anual del Otoño, para recibir el primer Premio Hazel G. Hart a los Servicios Comunitarios.

La «G» es de Gillian, por cierto. Tendré que preguntarle a mi madre por qué eligió ese nombre cuando venga la semana que viene con su bronceado Stavros, que ha resultado ser un gran osito de peluche griego.

¿Y el tío con el que me casé? El que me hizo darme cuenta de que aún no había encontrado de verdad al «elegido». El que sigue regalándome despertares eróticos casi todas las mañanas. El que añadió un ahumador de carne descomunal a los electrodomésticos de exterior sin consultármelo. Pues está sentado en primera fila, con cara de orgullo y un poco cachondo.

Se llama Marco.

Es broma, amigos. Es Cam. Campbell Michael Bishop, de los Bishop de Story Lake.

No sé cómo es posible, pero ahora está aún más guapo que

la primera vez que lo vi. Claro que entonces yo estaba sangrando por una herida en la cabeza y gritando como una loca.

Desde entonces ha habido mucho menos de las dos cosas. Pero mucho más de otras. De las buenas.

Como una barcaza llamada FF con rampa de accesibilidad. Y muchos fines de semana en la Granja Refugio de Story Lake. Y nuestra solicitud para ser padres de acogida. Y la prueba de embarazo de esta mañana, de la que todavía no le he hablado al apuesto marido anteriormente mencionado.

Mi libro inspirado en Cam alcanzó el número uno en la lista de superventas del *New York Times* y sigue vendiéndose como rosquillas. ¿Las rosquillas son lo mismo que los dónuts? Lo pregunto por un amigo. Cam tuvo mucho éxito en la gira de presentación.

Flechazo y DeWalt siguen haciéndonos reír a diario. DeWalt duerme la siesta encima de mi escritorio, con unos ronquidos de lo más ruidosos, mientras Flechazo duerme a mis pies, tirándose pedos…, también de lo más ruidosos… y apestosos. A Bertha le gustó tanto su casa para mapaches al aire libre que tuvo cuatro crías en ella.

Obviamente no todo han sido animales salvajes realojados y rosas. Ha habido mucho trabajo duro. Yo he escrito dos libros más y Bishop Brothers está en pleno apogeo. Y también ha habido alguna que otra discusión. Pero con un cabezota novato en esto de las relaciones como Cam, era de esperar.

Yo también sigo tratando de mejorar algunas de mis rarezas. Intento participar de manera más activa en la vida en vez de limitarme a observar a los demás en busca de inspiración. Doy clases de Escritura Creativa en Story Lake Haven, la nueva residencia tutelada que ha acabado convirtiéndose en una novela más. Pero Zoey es la heroína de esa historia en concreto, así que dejaré que os lo cuente ella.

Darius se fue a la universidad y Story Lake se quedó sin alcalde. Cam y sus hermanos se divirtieron muchísimo proponiendo como candidata a Laura y haciendo campaña a su favor. Al final acabó ganando por goleada y está más ocupada que nunca entre los niños, la tienda, su consultoría de accesibilidad y —no quiero gafarlo, pero aquí estamos entre amigos, así que voy a contároslo— el entrenador del gimnasio, que está como un queso.

Los padres de Cam siguen organizando las cenas de los domingos, pero Cam y yo hemos tomado el relevo de los Desayunos Bishop. Poco a poco estoy aprendiendo a no quemar las torrijas y, sorprendentemente, la avena al horno de la semana pasada triunfó con los hijos de Laura. Aunque puede que se la dieran a los perros por debajo de la mesa.

Story Lake también está avanzando. Resulta que a los lectores de novelas románticas les pirra irse de vacaciones en cualquier época del año al pueblo del que me enamoré. Algunos de ellos incluso se han mudado aquí, a pesar de que nuestro lema oficial es: «Story Lake: el que quiera peces, que se moje el culo».

Total, que tengo el corazón y la casa llenos. Pero aún queda mucho espacio en ambos y estoy deseando seguir rellenándolo. Os mantendré informados. Pero ahora tengo que subir a recibir el premio e intentar que no se me corra el rímel con las lágrimas.

Un beso,

HAZEL

Agradecimientos y curiosidades

Me gustaría dar las gracias a los lectores que sugirieron «Criando Malvas» como nombre de la funeraria.

La frase «ventilación en la entrepierna» surgió cuando compartí en las redes sociales que había escrito cinco mil doscientas palabras en un día, antes de descubrir que tenía un agujero enorme en la entrepierna de los pantalones. Creo que fue por haber estado caminando en la cinta mientras escribía esas cinco mil doscientas palabras y el roce de los muslos hizo que el tejido se desintegrara. Los lectores me pidieron que la añadiera al manuscrito.

El grupo «Ojetes Bishop» lleva el nombre cariñoso del grupo que tenemos mis hermanos, nuestras parejas y yo para escribirnos mensajes.

Justo después de haber escrito la escena en la que a Hazel le arreaban en la cabeza con un pez, a mí también me dio un pescado en todos los morros. #invocación.

Quiero dar las gracias a Taylor, Stephanie, Claire, Crystal P., Crystal S., Theresa, Annmarie, Amanda, Kelly y Karen por ayudarme tantísimo a documentarme sobre cómo es la vida en silla de ruedas.

Gracias también a Flavia y Merie, por ser siempre las mejores agentes.

A Deb y al equipo editorial y de ventas de Bloom Books por entusiasmarse con esta historia tanto como yo.

Gracias a mi equipo, tan maravilloso como paciente: el señor Lucy, Joyce, Tammy, Dan, Heather, Rachel, Lona y Rick, por hacer que todo funcione cuando estoy enfrascada en un libro. También a los abogados Eric y Adam, y al relaciones públicas Leo, por su sabiduría.

A Kari March Designs y Kelly y Brittainy, de Bloom Books: ¡Gracias por crear una vez más la cubierta perfecta!

Y por último, gracias a ti, mi querido amigo lector. ¡Es un placer poder explorar contigo Story Lake!

Nota de la autora

Querido lector:

Espero que hayas disfrutado tanto leyendo la primera entrega de Story Lake como yo escribiéndola. Esta serie es una carta de amor para vosotros. Llevaba madurando la idea desde que recibí el primer correo electrónico de un lector que decía que le encantaría irse a vivir a uno de los pueblos que yo había creado.

Durante años he tenido la fantasía de construir un pueblo para los lectores. Pero hasta que pueda comprar un terreno enorme en algún lugar bonito y convertirlo en un Story Lake de la vida real para que podamos ser todos vecinos, espero volver a veros en el segundo libro. Tenemos que averiguar si Gage es capaz de convencer a Zoey de que su final feliz no está en la gran ciudad, después de todo. (Es como una película de Hallmark, pero con sexo. Con muchísimo sexo).

¡Volveremos a vernos pronto en Story Lake! Mientras tanto, si te ha gustado este libro, por favor, deja una reseña, cuéntaselo a tus amigos o aborda a desconocidos en la librería para recomendárselo. ¡Los amigos de los libros son los mejores!

Con cariño,

LUCY